STUDY ON
GEORGE HERBERT'S
POETICS OF VIRTUE

乔治·赫伯特
美德诗学研究

吴虹 ——— 著

商务印书馆
创于1897　The Commercial Press

绪　言

　　宗教与文学的产生都源于对生命意义的探索和对死亡的恐惧。宗教与文学自从其产生的时代起，就存在着"一体共生、托体同根"的关系。宗教为文学的发展提供了重要的题材，并为文学增添了别样的审美风格，而文学又以审美的形态为宗教的弘扬与传播起到了重要作用。

　　文学关注人类的情感、认知、表达以及审美，这既是文学产生的动因，也是文学发展的目标。而宗教是人类的宗教，人类借助宗教信仰，拓展自身的想象空间、抒发情感。基督教尤为如此。正如费尔巴哈所言："上帝是人之公开的内心，是人之坦白的自我；宗教是人之隐秘的宝藏的庄严揭幕，是人最内在的思想自白，是对自己的爱情秘密的公开供认。"[①]诗歌，作为最早的文学形式，自然在诞生之日起就与宗教密切地结合在一起，正如吴笛在论及诗歌与宗教之间的关系时指出，《亡灵书》，这部人类历史上的第一部书面文学，就体现了诗歌与宗教的结合。[②]

　　基督教对平等与博爱的追求以及圣经文学对人的价值观的塑造所产生的影响，都表明文学与宗教相互交融、相互促进，共同探索人的生命与价值。弗莱等文论家曾经指出宗教文学就是宗教与想象文学的重叠，因为这二者都以想象为基础，在很大程度上都依赖于形象化语言与神话。[③]

　　麦格拉斯在《基督教文学经典选读》的序言中，探究了文学作品，诸如小说和诗歌与基督教之间的联系。他认为："这些作品并不是专门为基督教信仰的需要而创作的，但是它们已经被基督教的思想、观念、意象、故事等所影响和定格；尤其是基督教的诗歌，它明确反映了一系列基督教的思想和意念。所以，我们必须看到这些作品中能够反映和融合基督教思想

---

　　① ［德］费尔巴哈：《基督教的本质》，荣震华译，北京：商务印书馆，1997年，第43页。
　　② 吴笛：《英国玄学派诗歌研究》，北京：中国社会科学出版社，2013年，第51页。
　　③ 马焯荣：《中西宗教与文学》，长沙：岳麓书社，1991年，第59页。

和意念的表现手法，这是很重要的。"①由此可见，麦格拉斯把宗教诗歌看作一种文学创作形式，在他看来，解读宗教诗歌，更重要的是去发现诗人运用的独特的表现手法以及其中蕴含的宗教思想与意念。

以乔治·赫伯特（George Herbert，1593-1633）为代表的 17 世纪英国基督教诗歌，与基督教初期文学和中世纪基督教文学相比，反映了神学基督教文学向人学基督教文学的转变。基督教初期文学以讲述圣徒的故事为基准，而中世纪基督教文学，尤其是基督教诗歌，重点表现的是一种单一的公众情感，表现个体对基督的痛苦呼求，但是鲜有神与人之间的互动，这种人神关系是单一的。但是，以赫伯特为代表的 17 世纪基督教诗歌则有很大不同。

赫伯特的宗教作品描述作为人的基督徒的生活，抒发作为人的基督徒的宗教情感，在对生活现实与情感现实反思的过程中，展开宗教想象，抒发了自己的宗教理想与社会理想。

赫伯特的代表作诗集《圣殿》（The Temple）虽然具有浓厚的基督教色彩，但是，它也具有极强的文学性与艺术性，能够给各国读者带来艺术享受，丰富其情感体验。赫伯特的抒情诗描绘抒情主体与上帝灵性交流过程中的种种情感体验。

赫伯特诗歌的美德主题体现了现世人生对美德与理想的追求。

作为英国最重要的宗教诗人之一，赫伯特深入探究 17 世纪英国基督教徒的灵魂状况，在社会形态发生巨大变化的时代，思考基督教对于引导基督徒生活的真正意义。在他看来，基督教并不是一个起着恫吓作用的遥不可及而又威力无比的宗教幻象，而是与基督徒的社会生活与个人生活密切相关。他在诗集《圣殿》与散文集《乡村牧师》（The Country Parson）中对基督教以及基督教徒生活的分析与阐释，表明基督教信仰在 17 世纪宗教斗争异常激烈的英国，仍然是当时基督教徒生活与思想的塑造者，信仰状况能够塑造基督徒的生活。

作为杰出诗人与散文家，赫伯特具备将精神生活方面的复杂性与自己的思想和日常生活联系在一起的能力，因此，他的诗歌中不乏被奉为经典

① ［英］麦格拉斯：《基督教文学经典选读（上册）》，苏欲晓等译，北京：北京大学出版社，2004 年，第 5-6 页。

的神学诗，不乏被教会选用的赞美诗；而他的散文也被奉为基督教经典。在散文集《乡村牧师》中，赫伯特对乡村牧师的日常生活与社会生活提出各种要求，为他们成长为他心目中的理想牧师提供了精神指引，可以说，《乡村牧师》具有指导乡村牧师成长的实践神学特征。

赫伯特诗歌具有浓厚的基督教色彩，诗歌创作技巧纯熟，思想深厚，给后世诗歌乃至文学创作带来深远影响。而他的《乡村牧师》则更是他基督教思想的集中体现，对他以后的英国教会以及牧师职业规范的确立产生了重要影响，他的宗教思想被后世学者定义为"赫伯特主义"。从诗集《圣殿》到散文集《乡村牧师》，赫伯特对基督教的理解、对理想的基督徒的认识发生了一系列转变，本书将对这些问题进行一一论述。

西方学术界对赫伯特及其诗歌的研究至今已有近 400 年历史，研究成果丰硕，几乎涉及了诗歌研究领域的各个方面。但是，专门研究赫伯特诗歌宗教属性与美德思想之间关系的成果非常少，而对赫伯特散文集《乡村牧师》的关注也只是近几年才有兴起的趋势。我国学术界普遍把赫伯看作是玄学派诗人，多从分析他的奇思妙喻与图形诗入手。其实，在赫伯特的宗教思想中，体现出对基督教美德的不断追寻与探索，并将其体现在诗歌与散文的创作之中。赫伯特把对美德的理解和想象与基督徒的行为实践结合起来，体现出一种"别具一格"的诗歌创作技艺和道德引领作用。因此，本著作把对《圣殿》和《乡村牧师》的文本细读与对历史语境的考察相结合，在分析赫伯特诗歌宗教属性的基础上，尝试探究赫伯特诗歌与散文中所蕴含的独特的美德思想，探寻赫伯特的宗教价值取向以及阐释美德思想的诗学表达方式。

目　录

上篇

赫伯特美德诗学的生成与内涵

第一章

赫伯特美德诗学的生成

乔治·赫伯特文学创作的鼎盛时期处于莎士比亚与弥尔顿创作的鼎盛时期之间，推动了英国宗教抒情诗的发展。他的作品主要包括一部宗教抒情诗集《圣殿》（*The Temple*）、一部散文集《通往圣殿的牧师或乡村牧师，其品格与神圣生活法则》（*A Priest to The Temple or The Country Parson His Character and Rule of Holy Life*），简称为《乡村牧师》（*The Country Parson*）、两部拉丁诗集、两部格言集和一些翻译作品，被誉为"自成一格的诗人"、"圣殿的甜蜜歌者"、17世纪英国唯一"碰触到戴维斯诗琴"的诗人，英国六位"天国歌手"之首。埃文斯将赫伯特与多恩进行了对比，指出赫伯特"比起多恩"更有"一股单纯而毫无挂碍的虔诚劲"[①]。海伦·威尔科克斯（Helen Wilcox）在逐一注释《圣殿》中的诗歌并写了多篇颇具影响力的评论以后，指出"赫伯特也许是英语语言界最杰出的宗教诗人"[②]。

布拉迈尔斯（H. Blamines）指出《圣殿》是"一感情发自内心而又感人至深的宗教诗集"[③]。从创作内容与风格来看，赫伯特的诗歌是复杂的抒情诗式冥想诗而不是史诗或者充满戏剧色彩的神话，他的作品倾向于对自我的检查与审视。在某种程度上说，赫伯特是英国17世纪文学史上的一位重要人物：他的作品传播广泛，产生了深刻而广泛的影响，不仅是17世

[①] ［英］艾弗·埃文斯：《英国文学简史》，蔡文显译，北京：人民文学出版社，1984年，第39页。

[②] John C. Hunter ed. *Renaissance Literature: An Anthology of Poetry and Prose.* 2nd ed., Oxford: Blackwell, 2010, p. 1007.

[③] ［英］哈里·布拉迈尔斯：《英国文学简史》，濮阳翔、王义国等译，成都：四川人民出版社，1987年，第139页。

纪，也是其他世纪有目共睹的最富技巧、最重要的英国神圣抒情诗人。①

赫伯特在英国诗坛的地位已经毋庸赘言，他在英国文化发展史上的地位也不容小觑。他不仅受到 17 世纪读者的关注，也受到后世读者的关注。后世批评家们在考察赫伯特在 17 世纪英国社会中的作用时把他称作当时的"文化偶像"（"cultural icon"）②。17 世纪至少 11 个《圣殿》版本的出版发行就与赫伯特自身承载的文化信息密切相关。在《圣殿》第一版的序言中，尼古拉斯·费拉尔（Nicholas Ferrar）介绍了赫伯特的高贵出身与高尚行为，对"神圣的赫伯特先生"（"holy Mr. Herbert"）进行了简要描摹："赫伯特对当时英国教会及其教规的遵守与服从格外引人注目"，他"忠诚地履行"神圣职责，因此，被称为"原始圣徒的伙伴，他所在时代的楷模"③。这不仅是对赫伯特一生行为的高度概括与评价，也是对 17 世纪上半叶英国政治生活与宗教生活的褒扬：费拉尔对赫伯特生平的描述，使他成为和谐、有序、毫无争议的崇拜上帝的楷模。对赫伯特而言，重视基督教信仰，挖掘基督教信仰的美德传统与塑造基督徒个体行为的观念给当时英国社会的改良带来了解决方案与承诺。

赫伯特是一位拥有卓越才智的诗人，他用自己非凡的才能歌颂上帝的荣耀，把英国教会的宗教信仰和实践与历经若干世纪的整个基督教思想与实践的发展过程连接起来。在诗歌中，赫伯特歌颂上帝恩典的神圣之美、人类尊崇的秩序与礼仪、青年人的教育问题、治疗病患的问题、充分发挥个人才能的问题以及侍奉上帝的欢愉等。他的诗歌涉及的主题如此之广，以至于当代美国著名文学评论家海伦·文德勒（Helen Vendler）认为赫伯特的诗歌不仅对于那些有宗教信仰的人来说具有重要价值，而且对于那些

①　Poetry Foundation. "George Herbert"[EB/OL][2011-6-20]. http://www.poetryfoundation.org/bio/george-herbert.html.

②　Poetry Foundation. "George Herbert" [EB/OL][2013-8-8]. http://www.poetryfoundation.org/bio/george-herbert. html. 根据《牛津英语词典》，"cultural"一词于 1868 年首次出现在英语中。雷蒙·威廉斯在《关键词：文化与社会的词汇》一书中也指出"cultural"是个重要的形容词，出现于 19 世纪 70 年代，在 19 世纪 90 年代变得相当普遍。所以，把赫伯特称作"cultural icon"明显是后人的观点，意在突出赫伯特在 17 世纪英国社会文化生活中的重要地位。

③　Poetry Foundation. "George Herbert"[EB/OL][2013-8-8]. http://www.poetryfoundation.org/bio/george-herbert. html.

没有宗教信仰的人来说，赫伯特的诗歌同样也具有重要价值。①

赫伯特的诗歌具有精神自白的性质。在诗歌中，他将自己真实的心灵状态展现给读者，让读者感受到的是一种高贵的真实。正是这一点，吸引无数读者，无论基督教徒与否，阅读他的诗歌。而对于基督教徒读者而言，赫伯特诗歌的内涵则更加丰富，英国诗人兼文学批评家塞缪尔·泰勒·柯勒律治（Samuel Taylor Coleridge）说：

> 赫伯特是位真正的诗人，而且是位自成一格的诗人（"a poet sui generis"），如果不了解赫伯特的思想与个性，读者就不会感受到他诗歌的魅力。如果读者仅仅拥有判断力、欣赏古典文学作品的品味和对诗歌的敏感性，并不足以欣赏赫伯特的诗集《圣殿》。除非他是位基督教徒，而且是热情而又正统的基督教徒，虔诚而又诚恳的基督教徒。但是，即使拥有这些品质，也不足以欣赏到赫伯特诗歌艺术的魅力。他必须从行为习惯、信念、法律倾向到讲究礼节方面服从教会，认为教会的形式与仪式有益于宗教，而不是出于礼节的需要；因为宗教是他生活的元素，前进的区域。②

柯勒律治不仅承认赫伯特诗歌的基督教背景，同样，也承认他诗歌所承载的文化价值。美德是赫伯特诗歌创作的一个重要主题，其代表作诗集《圣殿》，就多处直接或者间接用到美德一词，而且每次诗人表达对美德的观点，都不是空论，而是把他对美德的赞颂与个体行为的约束和改造结合在一起，以诗歌的形式，表达他的美德伦理思想。

毋庸置疑，乔治·赫伯特的作品具有非常明显的基督教属性，可以从基督教的宗教视角来解读；同时，赫伯特的文学创作还具有明显的道德属性，可以从道德伦理学角度来解读。因此，赫伯特的作品具有一种内在的、深刻的力量。T. S. 艾略特将其概括为精神持久力，认为"他（赫伯特）作品的精神持久力使其从平庸中脱颖而出。"③

---

① Helen Vendler. *The Poetry of George Herbert*. Cambridge, Massachusetts and London: Harvard University Press, 1975, p. 4.

② Samuel Taylor Coleridge. *The Complete Works of Samuel Taylor Coleridge*. W. G. T. Sledd (1871) ed. Vol. IV, pp. 388-391. In C. A. Patrides ed. *George Herbert: The Critical Heritage*. London: Routledge & Kegan Paul, 1983, p. 170.

③ T. S. Eliot. "George Herbert: Writers and Their Work". In Mario A. DiCesare ed. *George Herbert and the Seventeenth-Century Religious Poets*. New York: W. W. Norton, 1978, p. 241.

第一节　责任生态理论与赫伯特的理想牧师

在论及宗教的影响与重要性时，英国当代神学家福特（David Frank Ford, 1948-）认为："宗教与家庭生活有不少相似之处，不管是好是坏，对人们的身份认同和行为方式都至关重要。"[①]

福特认为基督教对学术、对教育、对教会以及对社会都应该担负"责任"。按照他的责任生态理论（ecology of responsibility），基督教的这种责任担当体现在基督教神学实践的方方面面。

神学的实践特征，其重点并不是在"解释罪恶"，而是在想办法"抵制罪恶"。基督徒如何才能认识上帝？需要依靠爱的实践，需要用"决定"的行动来塑造自己的人生。因此，在福特看来，基督教的实质是实践。虽然赫伯特生活的年代距今已有将近400年，他并没有把自己对基督教神学的思考提升到某种理论的高度，但是，却将神学思想与社会实践密切联系起来。他的散文集《乡村牧师》就是指导乡村牧师社会实践、践行神学理论的实际可操作手册。

《乡村牧师》的写作表明赫伯特认识牧师社会角色的重要性。在英格兰乡村，牧师担当共同体的领导者，他已经非常清醒地意识到用他的行动——无声的布道加强对共同体生活的掌控。例如在第12章，他强调牧师要给教区的穷人发放救济金。此外，赫伯特还认识到牧师在维护共同体内部的和平关系中也发挥重要作用，他对共同体中出现的矛盾提出解决方案。

赫伯特的基督教诗集《圣殿》与散文集《乡村牧师》以及格言集，将精神方面的复杂性与自己的思想和日常生活联系起来，用诗性语言诠释基督教思想与基督徒的生活实践。在他的宗教作品中，既有关于《圣经》文本、基督教历史与传统的思考与讨论，也有关于基督教信仰的学习与富有想象力的思考，还有关于教育、医疗、家庭以及公众生活的思考，这些内容涉及范围广阔，可操作性与实践性强，形成了一种全新的诗学。

---

① ［英］戴维·福特：《基督教神学》，吴周放译，南京：译林出版社，2011年，第4页。

　　这种全新的诗学关注基督教的德性实践，关注基督教现世生活的最大价值，关注美德对基督教行为与心理的引领和指导。

　　福特根据不同机构研究神学与宗教的目的与责任，提出了生态责任理论。在福特看来，神学与宗教研究的责任主要有三个基本取向。

　　责任之一是面向世界范围内的学术群体及其学科。在福特看来，这种责任在学术意义上不仅在于给意义与真理的问题以公正判断，而且也是为了关注奉献、行为规范以及价值等问题。福特认为，这涉及对文本、历史、法律、传统、实践、制度、思想、艺术等的研究，因为它们自古及今都与宗教不无关系。

　　责任之二是面向教会及其他宗教群体。在福特看来，教会和其他宗教群体需要拥有受过良好教育且通晓神学的成员以及其他人。宗教界属于学习型群体，他们从与其他学习型群体的互动中获益，同时也需要培养自己的教育机构。福特指出，当宗教群体对研究、学识以及理性信仰持消极态度，或者未能明智地面对重大问题、发现及事态发展时，曾经产生过灾难性的后果。而当理性信仰、深入学习与富有想象力的智慧携手并进时，曾取得过非凡的成就。

　　责任之三是学术界和宗教界最容易忽视的。它所向的是整个社会。福特认为，对于许多有关正直、法律、经济、媒体、教育、医疗以及家庭生活的讨论，宗教与神学都无法独立解决，需要跨学科、跨信仰以及跨国界的通力合作，才有可能认清问题的复杂性。①

　　从福特的"责任生态"理论来看，神学与宗教研究是一个广阔的文化概念，与社会生活中的方方面面密切相关，涉及行为规范与价值观念，与文本、历史、法律、传统、实践、制度、思想、艺术等有关。而他研究视域中的宗教信仰，并不是狂热和非理性的，而是一种理性信仰，能够丰富人的想象力，提升人类智慧，繁荣文化发展与社会发展，当然，他也不否认宗教有失去理智、引发灾难性后果的时刻。在他看来，神学与宗教有着重要的社会担当，不仅与个体的人的家庭生活相关，也与群体的社会生活有关。因此，福特的理论涵盖学术界、宗教界以及社会的三种责任，不像某些机构偏重于宗教群体，或者像某些机构一样偏重于学科研究。这是一

_____

① ［英］戴维·福特:《基督教神学》，吴周放译，南京：译林出版社，2011年，第17-18页。

种开放的理论与思想，"没有使用任何整体性的整合，并且不断地将基督教信仰与各种问题、哲学、符号、学科和世界观相互关联。"①

在论述神学的研究类型时，福特特别引用了保罗·蒂利希（Paul Tillich，1886-1965）的观点，他说蒂利希是 20 世纪最著名的"关联神学"倡导者，"他首要关切的是将信仰与文化相互关联。实现这一点的主要做法是，揭示宗教符号如何应付有关生活和历史的意义这些基本问题。他对'符号'的定义非常宽泛：不光是视觉图像，仪式、故事、圣徒甚至思想都可以作为强有力的符号，只要我们能从中发现意义"。② 那么，这样做的目的是怎样的？就又涉及蒂利希对"终极关怀"（'ultimate concern'）的论述，他说"终极关怀意在使崇拜（worship）潜在地普适于芸芸众生"。③

福特的神学与宗教研究的"责任生态"理论视野广阔，对神学和宗教与各学科之间关系的认识产生于他对以英国为基础的西方文化中神学与宗教研究的认识，体现出与时俱进的当代神学研究者的精神风貌。鉴于"责任生态"理论的当代性与开放性，借用这一理论分析赫伯特的神学与宗教思想，能够充分挖掘赫伯特的基督教抒情诗集《圣殿》在 17 世纪的英国能够受到不同教派推崇的原因，能够帮助读者理解其中蕴含的基督教文化与时代精神。

在福特看来，"理性信仰"神学的一项基本任务就是"思考上帝"，④ 而不是想方设法证明上帝的真实存在。在"思考上帝"的过程中，以求对此问题做出公正评判。因此，他引用《出埃及记》中"燃烧的灌木"的故事来说明基督徒认识上帝是通过崇拜亚伯拉罕、以撒和雅各等关键人物得以辨识的，阅读这些人物的故事是理解上帝是谁的主要途径。在"理性信仰"神学看来，上帝是通过心怀怜悯与慈悲，救民于苦难而为人所知的，上帝永远站在正义一方。⑤ 当摩西站在燃烧的树丛前问到上帝的名字时，上帝回答他说："我就是我所是的。"（3：14）"我就是我所是的"这种神秘的名号至少说明上帝可以按照自己决定的方式自由地成为上帝，他"永远超乎

① ［英］戴维·福特:《基督教神学》，吴周放译，南京：译林出版社，2011 年，第 29 页。
② ［英］戴维·福特:《基督教神学》，吴周放译，南京：译林出版社，2011 年，第 25 页。
③ ［英］戴维·福特:《基督教神学》，吴周放译，南京：译林出版社，2011 年，第 48 页。
④ ［英］戴维·福特:《基督教神学》，吴周放译，南京：译林出版社，2011 年，第 35 页。
⑤ ［英］戴维·福特:《基督教神学》，吴周放译，南京：译林出版社，2011 年，第 36 页。

想象"。① 在基督教传统中，圣父、圣子与圣灵三位一体，不同的基督教派别对圣子耶稣的说法、名号和行为方式等的认识多种多样，但是，福特认为"他有着无限的意义、无穷的活力和无尽的善，与上帝不可分割。不仅如此，他的生命也能以无限多的方式被分享。这在《新约》故事中有所表现：圣灵降临节上，耶稣将圣灵广撒人间；升天的耶稣把圣灵呼入信众。"②

在福特看来圣父、圣子与圣灵三位一体的教义能够帮助基督徒应对来自异教徒和犹太教徒的挑战、处理基督教内部的纷争以及在日常生活中坚守信仰。然而，英国社会的历史却并非完全如此，仅以 16 世纪下半叶和 17 世纪上半叶的英国社会为例，在新教发展成为英国国教以前，天主教徒不断迫害新教徒以及清教徒，在极端情况下，天主教徒破坏新教徒的教堂，流血冲突事件不断。而当信仰新教的君主上台以后，天主教徒几乎失去一切工作机会。当时的诗人约翰·多恩就是一个非常典型的例子，他出身于天主教之家，深信天主教，但是因为信仰，他无法找到适合自己的工作，在改信英国国教之后，他的生活境遇才有所改善，而他的诗歌创作就反映了他的这种复杂的情感体验。多恩坚信圣父、圣子与圣灵三位一体的神学理念，然而，这却无法改变天主教与英国国教之间的矛盾状态，他在撰文攻击罗马天主教之后，才在仕途上有所发展。

与多恩同时代的乔治·赫伯特的灵性生活与多恩就有很大不同。赫伯特没有在《圣殿》或者《乡村牧师》中明确自己的宗教派别立场，但是，他的作品却受到不同教派人士的尊敬，符合福特对基督教理想状态的期待与描述，体现出无限的意义、无穷的活力和无尽的善。对赫伯特而言，上帝是正义的符号，是一种超乎想象的存在，上帝在他的作品中，往往被想象为各种形式，上帝与诗中说话人之间的关系也体现出多样性，例如情人关系、父子关系以及主仆关系等。

一、基督教的责任伦理

基督教徒对于责任的最初理解，来自他们对圣子耶稣生平的理解。这

① ［英］戴维·福特：《基督教神学》，吴周放译，南京：译林出版社，2011年，第36页。
② ［英］戴维·福特：《基督教神学》，吴周放译，南京：译林出版社，2011年，第37页。

一点福特描述地异常清晰，"欲为上帝之所欲者，必当背负责任。以基督教关于耶稣一生的经典诠释视之，耶稣在上帝面前替众人背负了全部责任直至最终被钉死于十字架。这在后来成为'为他人，为上帝'的一种模式，是基督教爱的伦理的核心。"

福特把他对基督教徒责任的理解纳入到了一整套"生态系统"当中。在这个生态系统中，包含着若干个生态龛，例如敬神信众、对上帝的信仰、祈祷、塑造生命的欲望、七种传统德行和传统的"七宗罪"。七种传统德行包括信心、希望、爱、谨慎、正义、勇气和自制，除这传统的七种德行以外，这套"生态系统"中还包含其他德行；"七宗罪"包括傲慢、暴怒、嫉妒、贪婪、懒惰、色欲和暴食。

诠释《圣经》对于基督教徒把握基督教的伦理教义以及要对负责任的行为作神学方面的探究，其重要性不言而喻。"对于那些身处不同境地、时时需要负责任地作出判断、决策和行动的人而言，基督教神学伦理有助于个人和群体形成其智、其心、其志。"[①] 然而，《圣经》是一部早已经完成的基督教作品，时过境迁，对不同时代的基督教徒而言，如何获得对他们的行为指导而言有价值的教义，确实是一个十分艰巨的问题。福特认为，仅仅依靠阐释《圣经》经文，还不足以完成这一问题，需要关注史学、社会学、人类学、心理学、生物学以及文学研究等的学科资源，然而，《圣经》与其他学科的交汇融合却往往在基督教徒中间引发争议。"上帝的审判和正义如何与上帝的宽恕和悲悯相联系？说上帝耐心仁慈，同时又一以贯之、责人甚切，这究竟是什么意思？如果一切力量皆归上帝，解救也来自上帝，则人类在某种特定境况下的责任又意味着什么？"[②]

邪恶是崇敬上帝、信仰上帝的行与思的最大障碍。在面对人世间的痛苦、腐化与邪恶，创造并维持这个世界的慈爱的上帝却一直保持着积极态度，并没有用自己的大能消灭邪恶等一切不合理因素，这不仅令人难以置信，也让人感觉荒谬。福特认为，这不单是与上帝有关的信仰的问题，这是"任何哲学体系或世界观的基本议题"。[③]

福特将邪恶分为个人的邪恶、结构性邪恶与自然邪恶三种类型。"道德

---

① ［英］戴维·福特:《基督教神学》，吴周放译，南京：译林出版社，2011年，第61—62页。
② ［英］戴维·福特:《基督教神学》，吴周放译，南京：译林出版社，2011年，第62页。
③ ［英］戴维·福特:《基督教神学》，吴周放译，南京：译林出版社，2011年，第67页。

邪恶"或"罪恶"触及人类活动的方方面面。人们置正义于不顾、心怀恶意,作出撒谎、谋杀以及背叛等种种恶行,在这些恶行当中,谋杀这类行为是违法的,但除此以外的撒谎、背叛等行为并非全都是违法的。如果从法律角度而言,所有的法律也并不是全都与道德的是非对错有关,例如许多交通立法或者商业立法就是如此。但是,与邪恶有关的议题却常常与法律联系在一起。福特认为,这其中包含有自由与责任的问题。他就当今西方社会的自由与责任观念进行了分析,认为他们"已经发生了深层次的分裂。一方面,它捍卫了各种形式的人类自己——人权、性自由、正直自由、诸多领域的自由选择权。另一方面,许多极为睿智的西方社会成员相信人根本就是不自由的,他们不遗余力地想要表明,我们只不过是基因、无意识的驱动力、教育、经济压力或者其他形式的调适的产物。换句话说,一些人肯定人的自由、尊严、权利、理性和责任,另外一些人依据自然和人文学科提出了各种各样关于人性的'还原论'解释,二者之间关系紧张,存在冲突。"福特在分析出现这一现象的原因时说,"这些分歧深深植根于神学。"[1] 关于神学内部的问题,并不是本书论述的重点,因此不予展开。

二、耶稣的复活

对于耶稣这一基督教中的重要神学形象,非基督教读者很难想象其在基督教信仰当中的重要意义。根据福特的考证,不同地区的信徒,在想象基督形象、理解基督方面也有很大的不同;甚至,在基督教内部,不同教派对基督的理解也有很大差异。总体而言,他认为《新约》中反复讲述的耶稣复活的事件似乎表明,上帝让钉在十字架上的耶稣起死回生,使他在复活中变得不同于以往,但却仍然与那个曾经与门徒们共进晚餐的人保持了一致。福特在分析耶稣复活的意义时说,"关键不在于复活,而在于耶稣其人仍然一如往常,可以随时现身,可以交流,可以行动,死亡不再是个问题——人们所体验到的是,他已经超越了死亡。"[2]

福特对耶稣复活的神学结构作了总结,认为这一神学结构包含"上帝施事;耶稣表现为上帝所施之事的内容;通过飞升耶稣带来的圣灵,人们

---

① [英]戴维·福特:《基督教神学》,吴周放译,南京:译林出版社,2011年,第69页。
② [英]戴维·福特:《基督教神学》,吴周放译,南京:译林出版社,2011年,第90页。

得以转化"①这三个因素。耶稣复活的神学结构在福特看来被基督徒描述为"可与上帝等量齐观的事件",是对基督徒所信仰的那位上帝有所指。②秉承基督教信仰的人相信,"耶稣以各种方式现身,使自己与信仰、爱、希望、喜悦和顺从产生关联"③,在他们看来,"耶稣说过的、做过的、遭受过的"以及复活的耶稣与先前的耶稣保持着一种延续,全都"有据可查"。④这对不信仰基督教的读者而言无法理解,因此,福特对耶稣复活神学结构的解读,能够为非基督教读者提供一个了解基督教和了解耶稣复活基督教事件在基督教信仰中的意义的阐释。

三、基督教拯救概念的责任意识

"拯救"(salvation)一词的词根意义是健康,健康可以是人的身体的健康,也可以是社会的健康、政治的健康、经济的健康、环境的健康,也可以是头脑的健康、精神的健康、德行的健康。"拯救"作为一个重要的基督教术语,与其他几大宗教传统对该词的理解相关联,历来受到各界关注,但是关于拯救的概念、内涵以及如何实现,福特却告诉我们一个惊人的事实,他说"基督教居然从未正式界定出拯救的教义"⑤。这样,这个开放性概念便给基督教作家留下了广阔的思考与阐释空间。福特认为,拯救具有多面性,不仅仅局限于基督教,还与整个世界的其他宗教产生关联,他认为"这一话题既牵涉自我,又牵涉上帝,同时还牵涉整个世界,而依照多数宗教传统教义,要想真正理解拯救,还需要经历自我转化。"⑥自我、上帝、整个世界与自我转化这四个要素,在福特看来,是基督教拯救概念的核心要素,而这四要素恰恰在赫伯特基督教抒情诗集《圣殿》与散文集《乡村牧师》的创作中都有明显体现。

自我、上帝、整个世界与自我转化这四要素之间互相关联,关系密切。其中,自我与上帝之间的关系,主要体现在诗集《圣殿》中。《圣殿》中的抒情主体与上帝之间的关系表现为父子关系、主仆关系和情人关系这

①　[英]戴维·福特:《基督教神学》,吴周放译,南京:译林出版社,2011年,第90页。
②　[英]戴维·福特:《基督教神学》,吴周放译,南京:译林出版社,2011年,第90页。
③　[英]戴维·福特:《基督教神学》,吴周放译,南京:译林出版社,2011年,第90页。
④　[英]戴维·福特:《基督教神学》,吴周放译,南京:译林出版社,2011年,第90页。
⑤　[英]戴维·福特:《基督教神学》,吴周放译,南京:译林出版社,2011年,第103页。
⑥　[英]戴维·福特:《基督教神学》,吴周放译,南京:译林出版社,2011年,第102页。

三对主要关系。围绕这三对关系，赫伯特将"自我"对上帝的理解与情感体验呈现在读者面前，处理好自我与上帝之间的这三种关系，诗中的抒情主体就能够获得灵魂上的救赎。然而，诗中的这个自我，不仅是属灵的自我，也是一个生活在现实世界中的自我，需要履行其自身的责任，赫伯特对基督徒应该履行的责任的论述主要体现在《圣殿》第一部分"教堂门廊"和散文集《乡村牧师》中。在"教堂门廊"部分的长诗"洒圣水的容器"（Perirrhanterium）①中，赫伯特对拥有"美好青春"（sweet youth）的人提出建议，建议他该克服哪些罪孽，应该如何在社会生活与教会生活中规范自己的行为。而关于基督徒的"自我转化"问题，不仅体现在他的诗集当中，也体现在《乡村牧师》中：在《圣殿》中，诗人不仅在灵魂与上帝之间的多种关系中，探究灵魂获得拯救的可能性与途径，而且也探究他对耶稣复活、圣诞节等一些重要基督教事件、节日以及教堂中的物品的宗教情感与冥想体验；在《乡村牧师》中，诗人则以乡村牧师为主要研究对象，对乡村牧师的职业素养、能力以及信仰等问题进行了深入探究，这既涉及牧师的"自我转化"问题，也涉及牧师指导教区民众实现"自我转化"的问题。

耶稣收下的十二个门徒象征着以色列民族，"他所宣扬的拯救本质上是社会性的，与'天国'的到来不可分割。这一天国首先表现为盛宴或聚会，而耶稣与众人同餐的做法是其事工的重要组成部分。以色列人立约的传统——上帝和以色列之间的圣约是其群体生活的明显标志——为基督教教会所适应，早期的基督教徒将自己视为上帝的子民。他们在构成拯救时从未忽略群体这一方面，其文献中满是群体的意象，如基督教会、会社、家庭、圣堂、过继和人子身份、家庭分支以及城市。要成为基督教徒就需要接受洗礼——与基督结合，从而连带地加入教会。这一特征最明显的表现莫过于祝圣晚餐或曰圣餐了，它体现了拯救的关键因素：对三位一体的上帝的崇拜；通过《圣经》、布道和训导传达出来的上帝的言辞活动；忏悔有罪与求得宽容；互为祈祷并为所有世人祈祷；在教义中肯定自己的信仰；与耶稣基督交流也彼此交流；心向世间的服务和使命；期待天国的到

---

①　"洒圣水的容器"是《圣殿》开篇的第一首长诗，在这部分，诗人对准备进入教堂的年青人提出了道德与行为方面的具体要求。

来；需要合宜的领袖和组织机构来促成这一切。"①

"在教会内部，个体生活中拯救的实现需要具备教义的其他方面，通常概括于信仰、希望、爱三大'神学德行'之下。为了明确拯救对于普通生活的影响，由此三者产生了道德训导以及决策，从而开拓了教义的又一广阔领域。婚姻家庭、政治、经济、法律、教育乃至医疗，这些都难与道德议题脱离干系，因此，这些领域的问题不可避免地都需要得到解答。还有其他许多问题要求人们去思考怎样塑造生活——与宴饮、斋戒、扶贫济困、祈祷的戒律、休闲、个人的天资和禀赋有关。拯救的影响便是这样不断分枝发权的。"②

福特认为，"上帝、生命、死亡、罪恶、邪恶、善、人、责任等等造成了"基督教的"拯救"，"在这样一个力场中，思想需要强度及统摄的力量。它可以利用概观、综合概念，利用系统的相互关联，但对于能够将思考、想象、欲念、感觉和行动共同塑造在一起的图像、隐喻、符号，它有着更基本的需求。在这里，神学只能屈居礼拜仪式、诗歌、故事、音乐和建筑之后。但是，在理论、分析、评论和辩论中，神学理论拥有属于自己的被激发的强度。一个隐喻或者图像便统摄了一种有关拯救的神学理论，所采取的方式使之跨越了一个强化的历程，达到了不如此便无法达到的深度和高度，这样的事并非不可能。"③

耶稣受刑，是福音故事的高潮，"成了基督教拯救的中心强度……显然，人们并不认为耶稣复活与耶稣受刑相抵牾或是相冲突，而是觉得它强化了耶稣受刑的意义。"那么，耶稣受刑到底有何意义？福特在分析这一问题时认为，"几大福音书的基本策略就是将故事和盘托出，而不是用过度的阐释使之承载过多的负担。与福音书一致的基督教策略，一直以来都是在洗礼和圣餐中让故事更新上演。在洗礼这种一次性的入会仪式当中，浸水的意象象征着对耶稣之死的感同身受（据说耶稣曾将自己意料之中的死亡比作洗礼），而入会者更以十字架作为自己的标志。在圣餐当中，导致耶稣受难的最后晚餐的故事被重新叙述，分享的面包和红酒则等同于他被钉在十字架上的身体和流下的鲜血。一则故事、两个仪式的这些相互关联、

---

① ［英］戴维·福特：《基督教神学》，吴周放译，南京：译林出版社，2011年，第107页。
② ［英］戴维·福特：《基督教神学》，吴周放译，南京：译林出版社，2011年，第108页。
③ ［英］戴维·福特：《基督教神学》，吴周放译，南京：译林出版社，2011年，第109页。

非常久远的元素，是一连串意象的核心。"①围绕耶稣受难这个基督教徒们认为的"无比神秘、无比感人，意义无比重大"②的基督教事件，他们分别从自身的视角展开想象。

福特认为，"似乎受难的全部意义需要借助现实的各个方面才能得以呈现。来自大自然的，有黑暗和地里将死的种子这些基本符号。来自宗教仪式的，有祭祀和圣堂。来自历史的，有犹太人出埃及和被掳入巴比伦。来自法庭的，有审判、惩罚和辩护。来自军旅生活的，有赎金、胜利和凯旋仪式。来自日常生活的，有采购和兑换银钱这些市场隐喻，有婚姻、顺从、亲子关系、赎买奴隶、儿子遭佃农杀害的地主等家庭当中的意象，有救死扶伤的医疗意象，也有朋友轻生的场景。"③

在基督教对这些意象的维系与强化方面，福特认为，《新约》的作者"就与圣堂仪式相关的意象，尤其是就以自我为祭品的大祭司耶稣进行了创作……其自身集中了一些强有力的元素：圣堂仪式中献祭礼拜和由此与上帝建立的圣约关系；上帝所赐的祭品与代价高昂的顺从的回应之间的会合；血肉之躯和残暴的杀戮；赞美和感谢上帝、庆祝上帝的恩惠与恩赐、确定与上帝的关系、赎罪、代人祈祷和请愿——将这一切统统包揽在内的实际牺牲的多重含义；以及大量施诸舍己为人、善行、斋戒、感恩及其他仁慈之举的隐喻意义上的牺牲。"④

"牺牲"（The Sacrifice）这首诗歌中被钉在十字架上的耶稣阐释了自己作为献祭的行为。有些人类学家认为献祭这一行为的动力来自于赠予与代人受过的相关做法，这两种做法在大多数社会中不可或缺。

基督徒对基督教理解的程度，取决于他们对《圣经》文本中不同"层次"与"意义"的理解。在阐释基督徒对以色列人逃离埃及这一节的时候，福特说："可以从字面上理解为出埃及这一历史性拯救事件；可以从象征意义上理解为其他拯救事件（对基督徒而言，最重要的是通过耶稣得以拯救）；可以进一步理解为在天堂或天国最终获得的拯救；也可以看成是道

---

① ［英］戴维·福特：《基督教神学》，吴周放译，南京：译林出版社，2011年，第109-110页。

② ［英］戴维·福特：《基督教神学》，吴周放译，南京：译林出版社，2011年，第110页。

③ ［英］戴维·福特：《基督教神学》，吴周放译，南京：译林出版社，2011年，第110页。

④ ［英］戴维·福特：《基督教神学》，吴周放译，南京：译林出版社，2011年，第110-111页。

德意象，表示从罪恶到美德的转变。"①

　　基督教的美德观念由来已久，深受古希腊哲学影响。古希腊哲学家普鲁塔克认为美德的获得与道德实践密切相关。普鲁塔克认为德行的精进与恒常和有效的习性有着莫大的关系，恒常和有效的习性可以给予道德精进最大的帮助②，不要受到赏心乐事的影响，因为在他看来，"赏心乐事都是恶派来的使者"③，人们在学习哲学、培养自己的德行修养时，不要沉溺于声色犬马的欢娱之中，否则就容易形成中断，很难取得道德的精进。

　　傲慢自大以及倨傲骄矜都会对德行的精进产生影响。在论述这一问题时，普鲁塔克引用了农夫的例子，他说："农夫看到麦穗低垂弯向地面感到极其欣喜，如果植株高耸表示谷粒很轻，这时出现不结实的空壳，农夫不会受到欣欣向荣的外表所欺骗；因此年轻人研习哲学应该知所警惕：须知有些人的心胸空洞而没有一点分量，无论是表现在外的姿态、步伐和神情，充满着傲慢和自大，像是把任何人都不放在眼里；等到他们的头脑开始从课堂和阅读获得成果，就会放弃神气活现的举动和肤浅幼稚的谈吐。如同空容器注入液体形成的压力会将空气排出去，等到一个人充满真正美好的东西，倨傲和骄矜的毛病就会革除，自视过高的心态不会像从前那样固执。只要能像哲学家留起胡须和穿着长袍，自命不凡的神情就会逐渐消失，这时训练的重点已经转移到心灵，他们会毫不留情地自我批判，在与别人交谈时非常温和体贴。"④

四、普鲁塔克的"中庸之道"

　　"中庸之道"在古希腊哲学思想中具有十分重要的地位，地位超然。在普鲁塔克看来，"保持中庸之道和持平之论是神圣的大事，因而他们认为追

---

① ［英］戴维·福特：《基督教神学》，吴周放译，南京：译林出版社，2011年，第126-127页。
② ［古希腊］普鲁塔克：《道德论丛I》，席代岳译，长春：吉林出版集团有限责任公司，2016年，第172页。
③ ［古希腊］普鲁塔克：《道德论丛I》，席代岳译，长春：吉林出版集团有限责任公司，2016年，第172页。
④ ［古希腊］普鲁塔克：《道德论丛I》，席代岳译，长春：吉林出版集团有限责任公司，2016年，第180页。

求进步非常类同于情绪的缓和与节制。"① 此处，他所说的进步，指的是道德的精进。他认为"我们的责任是要比现在的我与过去的我，在情绪方面有无变化，除此以外，彼此之间也应该作一比较，因为下达的决心必须冷漠以待。他们应该与过去的我作比较，用以得知我们现在所经验的欲望、畏惧和愤怒的情绪；等到与过去经常出现的状况相比以后，得知是否在强度方面已经降低；何况我们还可以借着理性的力量，很快消除可以引发烈焰、带来毁灭的成因。因而我们必须让他们彼此之间进行比较，用以得知是否我们现在的感觉是倾向于羞耻而不是畏惧，情愿引起相互的竞争而不是出于猜忌之心，是为了追求良好的名声而非金钱使得我们充满热情。"②

普鲁塔克在言明理想的行为状态时说，"我们的行动要求从容不迫而非草率仓促……一个人在性格方面有所精进，主要的转变在于情绪更加节制，从而知道他的恶行逐渐遭到清除……如果发现恶行利用机会进入他那微不足道的过错之中，还想找出种种借口加以宽恕，这对他而言不仅无法忍受而且感到极其苦恼；因为这个人已经坦诚地表示，他为自己赢得清白又干净的宝藏，对于任何可以玷辱他的手段，都抱着极其藐视的态度。"③

从普鲁塔克的德行观点来看，在古希腊，个体的人在践行道德的过程中，要学会追求"中庸之道"，以适度的原则指引自己的行为，学会节制情绪，管理好自我。

普鲁塔克曾经为亚里士多德撰写传记，他的有关德性的观点不可避免地受到亚里士多德的影响。

在亚里士多德看来，"人是天生的政治动物。生活于国家之中是他的天性。"因此，人是特定社会的产物，并非"自我造就"，"国家的首要功能是使集体主义的人类能进行哲学讨论，并最终就共同的伦理法规达成一致"。④ 可是，这些生活在社会集体中的人在思维成熟以后，"大多数就

---

① ［古希腊］普鲁塔克：《道德论丛 I》，席代岳译，长春：吉林出版集团有限责任公司，2016 年，第 185 页。

② ［古希腊］普鲁塔克：《道德论丛 I》，席代岳译，长春：吉林出版集团有限责任公司，2016 年，第 185 页。

③ ［古希腊］普鲁塔克：《道德论丛 I》，席代岳译，长春：吉林出版集团有限责任公司，2016 年，第 186-190 页。

④ ［英］戴维·罗比森：《伦理学》，郭立东译，北京：生活·读书·新知三联书店，2016 年，第 2 页。

会开始质疑造就了我们的社会，并且以一种仿佛是我们独有的方式来这么做。"在苏格拉底看来，"对公认的道德观点提出问题，并且永无休止"[1] 就是我们的责任。

伦理学是一门复杂的学科，"因为我们的道德是被承继的传统和个人观点的奇妙混合。有些哲学家强调共同体的重要性，并把个人伦理学看作是派生的。其他哲学家会强调自律的个体的重要性，并主张社会只是一种必须顺从于个人目的和野心的便利安排。但是，无论是个体主义哲学家还是共同体主义哲学家，都不愿把伦理规范解释为不过是被成员一致同意并形式化了的'俱乐部规则'。他们都想通过某种'中立'的理想集合，来使共同的伦理或者对个人道德的需要合法化。"[2]

那么，基督教的道德体系是建立在服从神的指令吗？对此，笔者认为不同哲学信仰的人，给出的答案定然不同。比如，注重个体心灵独立的苏格拉底，在柏拉图的《游叙弗伦篇》中曾经强调说道德不只是服从宗教。那么，由此可以认为，哲学家以及思想家在探究人类伦理信念完善的且令人满意的基础时往往寻求的是"一种独立于宗教信仰的证成道德价值的方式"。[3] 以此为基础，赫伯特的美德诗学就脱离了单一的基督教信仰背景。基督教作为赫伯特的叙事手段与抒情动力，在他的诗集以及散文中有所体现，但是，他的美德观念并不是来自于外部的超自然神学，也不是客观的现实世界，而是来自人类自身，是一种内在德行推动力的具体体现，以美德诗学为其最明显特征，他的美德诗学引导读者内在的转化自我，完成道德精神上的蜕变。然而，作为信仰基督教的诗人与作家，赫伯特的作品必然打上信仰的印迹，这一切都圆融地体现在他的美德诗学之中。

谁应该对人的道德形成负责任？戴维·罗比森（Dave Robinson）认为"社会对我们道德人格的影响比起任何遗传特质来都更强烈，几乎要为一切

---

① ［英］戴维·罗比森：《伦理学》，郭立东译，北京：生活·读书·新知三联书店，2016年，第2页。

② ［英］戴维·罗比森：《伦理学》，郭立东译，北京：生活·读书·新知三联书店，2016年，第3页。

③ ［英］戴维·罗比森：《伦理学》，郭立东译，北京：生活·读书·新知三联书店，2016年，第8页。

使我们成为人或使我们有道德的事物负完全责任。"①

那么，关于道德这一问题，苏格拉底是如何理解的呢？在他看来，虽然道德知识可以通过辩驳和讨论来获得，但是，他"强调道德不是那种可以真正教授给你的知识。真正的知识是关于事物'本质'的认识，就像'正确的行为'或'正义'，你最终必须自己去发现"。②

苏格拉底的学生柏拉图是一个"双重世界论者"。他既相信物质世界的存在，认为其肮脏不堪，又相信存在着一个更纯洁、更美好的世界。在他看来，世界上有两类知识：经验知识和理性知识，而且理性知识比经验知识更高级，且永恒不变。罗比森指出，柏拉图是一位道德绝对主义者，在他看来，"柏拉图假设个体的道德和城邦的道德是一回事，这可能导致不道德的压迫性专制。它由自命的'精英'来统治，他们对个体的判断只依据个体对国家的贡献如何。"③

柏拉图的学生亚里士多德的道德观点，比柏拉图更具有实用主义色彩。"在《尼各马可伦理学》中，亚里士多德强调他感兴趣的不是'善自身'之类的遥远的抽象概念，而是普通的日常之善，它是大多数人在大多数时候会选择的善。"④

对于早期现代时期英国社会历史的真相，历史学家们并没有达成共识，而文学批评家在描述这段历史时，总是在不加批评、不加辨析地情况下引用相关的历史著作，尤其是喜欢引用劳伦斯·斯通（Lawrence Stone）的《1500-1800 年英国的家庭、性与婚姻》（*The Family, Sex and Marriage in England, 1500-1800*）。对此，克雷西（David Cressy）却认为该著作不够谨慎、缺乏可信度。⑤ 他认为，斯通的主要著作所代表的"历史分析阶段……在 20 世纪 70 年代已经达到顶峰，但是，从那时起就已经开始衰

① ［英］戴维·罗比森：《伦理学》，郭立东译，北京：生活·读书·新知三联书店，2016 年，第 14 页。

② ［英］戴维·罗比森：《伦理学》，郭立东译，北京：生活·读书·新知三联书店，2016 年，第 31 页。

③ ［英］戴维·罗比森：《伦理学》，郭立东译，北京：生活·读书·新知三联书店，2016 年，第 37 页。

④ ［英］戴维·罗比森：《伦理学》，郭立东译，北京：生活·读书·新知三联书店，2016 年，第 39 页。

⑤ Ronald W. Cooley. *'Full of All Knowledge': George Herbert's Country Parson and Early Modern Social Discourse*. Toronto: University of Toronto Press, 2003, p. 9.

退"。[1] 克雷西认为，鉴于早期现代时期英国革命发生前的社会状况，历史学家们并没有达成共识，因此，我们无法仅仅通过重述历史学家的话语来回顾这段历史时期的特征，简单地概括说说这段历史是"绅士阶层兴起"的历史，是议会"初步取得进步"的历史，这是一种"倒退"的历史观。库利（Ronald W. Cooley）赞同克雷西的观点，并且从马克思（Karl Marx）与韦伯（Max Weber）那里找到了理论证明的依据；马克思主义者兼历史学家托尼（R. H. Tawney）、麦克弗森（C. B. McPherson）、希尔（Christopher Hill）以及斯通对此也表达了相似的观点，只是稍有不同。[2] 他们认为，在早期现代时期的英国社会，中产阶级开始出现；专制的斯图亚特王朝与议会反对党之间的政治局势越来越紧张，这些历史学家们竭力在这复杂的社会历史环境中寻找那些长期存在的、大范围的矛盾冲突与社会变革。

在修正主义者（revisionist）看来，17 世纪 30 年代的英国是"一个稳定的政治实体"（"a stable polity"），他们"认为查理一世的治理使得反抗抵制成为可能"。[3] 对修正主义者持批判态度的批评家则探索了英国"长期以来的意识形态与社会紧张局势，"认为"导致英国形势走向内战的原因是复杂的、犹豫不决的、矛盾的"。[4] 对 17 世纪上半叶，尤其是 17 世纪 30 年代英国社会状态的分析，长久以来，学者们从例如斯通等历史学家那里获得关于性、婚姻、医学与生理学、宗教与崇拜、土地与财产等方面的资料。虽然这些文献研究有助于了解历史现实，但是，对于一些在当时英国历史中发挥特殊作用的历史人物撰写的针对某些问题进行深度思考的文字中，可以获得对当时历史的更为客观、更为深刻的认识。乔治·赫伯特撰写的《乡村牧师》正是这样一部历史文献，其叙事话语代表了他对当时英国社会状况的理解与认知。

---

[1] David Cressy. "Foucault, Stone, Shakespeare and Social History". *English Literary Renaissance* 21, 1991, pp. 126-127.

[2] Ronald W. Cooley. *'Full of All Knowledge': George Herbert's Country Parson and Early Modern Social Discourse*. Toronto: University of Toronto Press, 2003, p. 9.

[3] John Morrill. *The Nature of the English Revolution: Essays by John Morrill*. London: Longman, 1993, pp. 6-7.

[4] Richard Gust and Ann Hughes. "After Revisionism". Introduction to *Conflict in Early Stuart England: Studies in Religion and Politics, 1603-1642*. Richard Cust and Ann Hughes ed., London: Longman, 1989, p. 17.

福柯（Michel Foucault）在《话语的秩序》中说"话语即权力"，这个隐喻是一个强有力的哲学命题。在福柯看来，话语是对社会实践主体具有支配性和役使性的强大社会力量。福柯把这种力量定义为"权力"，并由此得到了一个著名的哲学命题：话语即权力。福柯所言的"权力"是指一种渗透于社会实践主体之中的、难以被人们感知，却又无所不在的"支配人体的政治技术"，是一种带有司法之立法功能的支配性社会力量。这种支配性力量管约或者役使社会实践主体，使其成为"合格"的社会人。①

福柯认为话语作为说话者主体的一部分，具有社会主体性，对社会实践主体具有支配意志，与语言学界所揭示的话语具有等级之分的共识一样。最底层的话语是日常生活中的话语与交往话语，这些话语的功能最弱，一经说出便失去其交流功能，对社会的公共生活不会产生影响。真正对社会文化生活、对整个社会公共空间的塑造产生影响的是法律、政治、宗教、哲学、科学、文学以及生态文本等代表社会主流叙事的话语。这些文本不仅本身蕴含丰富，而且还不停地被人评说。因此，这些文本在反复叙述中形成真正对社会生活产生强势影响的"权威"话语。赫伯特对乡村牧师职责的详细叙说，对宗教问题以及当时其他社会问题的思考表明他具有非常强烈的社会参与意识，具有明显的权威意识。

但是，在《掌握各种学识》（'Full of All Knowledge': George Herbert's Country Parson and Early Modern Social Discourse）一书中，库利对于福柯的权力话语观点，并没有完全接受，他说，为避免偏颇，他要找到一种适合分析赫伯特社会与宗教观点的方法。在分析评论家雷蒙·威廉斯（Raymond Williams）的文化物质主义（cultural materialism）时，库利说威廉斯对文学批评家颇具吸引力，因为他特别关注文学生产与文化生产的显著作用，然而，马克思主义历史学家尼尔（R. S. Neale）却否认了唯物主义的基本信条且不予理睬。② 但是，库利却没有因此而彻底放弃威廉斯的文化物质主义观点，在他看来，在分析赫伯特的《乡村牧师》这部极具社会、历史与宗教色彩的文学作品时，如果只运用某一种理论都易造成偏颇，因

---

① 王馥芳：《"话语即权力"的哲学本质》，《社会科学报》，http://www.shekebao.com.cn/shekebao/2012skb/xs/userobject1ai6784.html, 2018/3/22。

② Ronald W. Cooley. *'Full of All Knowledge': George Herbert's Country Parson and Early Modern Social Discourse.* Toronto: University of Toronto Press, 2003, p. 11.

此，有必要运用多种理论的合理内容与方法。

马克·安吉诺（Marc Angenot）的社会话语理论对于分析赫伯特牧师手册的社会历史价值具有重要意义。安日诺认为社会话语并不是由一系列静止不变的主要思想、表达方式、信仰体系以及意识形态构成，而是由可供调控的、相对稳定而又永远也达不到平衡的相互矛盾的形象、观念、认知分歧与不合构成的。① 对 17 世纪英国内战的成因颇有研究的安·休斯（Ann Hughes）指出："真正的'修正主义者'拒绝在冲突与共识之间做出简单选择，而是在英国政治文化内部探索各种矛盾冲突存在的可能性。"库利赞同休斯的观点，认为，在解读赫伯特的《乡村牧师》时，很有必要去分析当时英国社会可能存在的各种矛盾冲突。② 因此，通过分析《乡村牧师》，读者可以从中找到揭示当时英国社会政治、经济以及文化等社会事务的线索，了解当时英国社会面临的种种矛盾冲突。赫伯特的措辞与对牧师社会职责的思考，能够揭示他的宗教倾向与他对英国社会问题的思考。

在《乡村牧师》序言，赫伯特已经明确牧师是上帝代理人，他要"勤勉而忠诚地传输"上帝思想，因此，他写此书的目的是"决定记下真正牧师（true pastor）的决定因素与主要特征"。

在诗歌"坚贞"（Constancy）中，赫伯特强调了理想的基督教徒在各个方面的一致性问题。在该诗中，他写道："他的话语、行为与风格／自成一体，一切都清晰明了"（ll. 19-20）③。美德指导他实现这三者的一致和统一，其最终结果是指导这个理想的基督教徒成为一名神射手（Mark-man）。由此可见，"目标"（"Mark"）是一个与美德密切关联的关键词，在《乡村牧师》的序言中，赫伯特再次用到这个词，他说："我决定记下真正牧师的决定因素与主要特征，这样我就有了努力的目标（a mark to aim at）：我将尽我所能设定最高目标，因为瞄准月球的人要比瞄准树梢的人射得更远。""真正牧师"就是赫伯特笔下理想中的牧师，也是他在"教堂门廊"

———————

① Ronald W. Cooley. *'Full of All Knowledge': George Herbert's Country Parson and Early Modern Social Discourse*. Toronto: University of Toronto Press, 2003, p. 11.

② Ronald W. Cooley. *'Full of All Knowledge': George Herbert's Country Parson and Early Modern Social Discourse*. Toronto: University of Toronto Press, 2003, p. 11.

③ 此处 "ll." 是 "lines" 的缩写。"ll.19-20" 表示改两行诗歌引自诗歌原文第 19-20 行。在诗歌引文后面出现的 "l." 是 "line" 的缩写，后面数字表示该引用诗行对应诗歌原文所在行数。例如，"l.13" 表示该诗行对应原诗第 13 行。中文译诗部分除特别注明外，均为笔者拙译。翻译时，笔者尽量仿照原文诗行的排列形式。

中对拥有"美好青春"（sweet youth）的人提出的希望，希望他能够成为"神射手"，成为"真正牧师"。

当赫伯特以及其他牧师撰写牧师手册这类基督教文本的时候，他们希望用自己的文本抒发对具有美德的神射手的向往之情，他们希望最终对社会的发展方向产生影响。

16 世纪末、17 世纪初，英国教会的发展经历了一个重要的过渡时期，不仅王室出台政策规定牧师布道应该遵循一系列法规，而且，有着种种思想抱负的牧师们也撰写著作，试图给教区牧师进行再定义，论证其存在的合理性以及他们应该遵循的一系列规范等。

经济的发展、封建社会结构的逐渐解体以及社会流动性的加快致使牧师的内涵与外延都发生了明显变化，人们对教区牧师的身份认知也相应发生改变，绝大多数具有贵族血统出身的青年都不愿意担任这一社会角色。早在 16 世纪末，随着英国资本主义的进一步发展，财富积累的逐渐增加，一部分人把儿子送到剑桥、牛津等高等学府，去学习贵族的礼仪规范，欲跻身于贵族行列。

在这一时期，许多牧师撰写布道文或者小册子，来描绘他们心中理想的教区牧师形象。因斯尔（Neal Enssle）在对此进行分析之后，得出结论认为牧师在社会中的角色已经由教士转变为传道士，从忏悔者转变为顾问。[1]16 世纪末、17 世纪初英国社会动荡，经济发展极不稳定、政治信仰的变化、王室改革、教育标准的提高以及对牧师职责与功能的认识不够准确，甚至经常变化等，都促使牧师们对自身的社会角色进行反思。同时，这个复杂的时代也促使牧师们在教区内以更加广阔的宗教视角、道德视角以及社会需求视角来审视自身角色，给乡村牧师重下定义。

理想（"ideal"）本身就具有光亮、温暖的属性，能够给读者带来愉悦和希望。理想的牧师形象是牧师们对现实中贪婪牧师的指责与反思。处理好贫穷与合理财富之间的关系并对教区穷人行善，是教区牧师取得成功的标志之一。上帝的爱通过牧师，传递给需要帮助的人，不仅可以使他们身体上获益，也可以使他们获得灵魂的救赎。

首先，《乡村牧师》的写作体裁值得分析与思考。读者是否可以用散文集来给这部著作下定义？这部作品的文本类型该如何定义？文本类型与文

---

[1]　Neal Enssle. "Patterns of Godly Life: The Ideal Parish Minister in Sixteenth- and Seventeenth-Century English Thought". *The Sixteenth Century Journal*, Vol. 28, No. 1, 1997, p. 3.

本的社会功能之间有必然联系吗？库利引用了阿拉斯泰尔·福勒（Alastair Fowler）的文体学观点，在福勒看来文体（literary genre）"不仅仅是一系列编码规则体系……而且文体作为真实说话情景的文学替代物，也具有准实用倾向。文体作为语境的替代物，提供了相关的共同指南。"[①] 因此，断定《乡村牧师》的种类，就是赋予其社会语境与文学语境，判断其读者及其读者对这部作品功能的理解。库利认为这个问题既简单又麻烦。认为其简单，是因为就其表面而言，《乡村牧师》是牧师手册这种令人敬仰的文学形式；认为其复杂，是因为通过仔细观察可以发现该书是一个精心混合的通用模型，它融入并且与一个相当随意且开放的形式相适应。[②]

　　牧师手册这种文体最早出现于大约公元 590 年，教皇格里高利一世撰写了《司牧训话》（Liber Regulae Pastoralis，在英语中通常被译为 Pastoral Care），这是他写给东罗马帝国拉文纳主教（Exarch of Ravenna）约翰的回信，主要谈论与牧灵职责有关的问题。到赫伯特生活的时代，已经出版印刷了该书的十几个拉丁文版本，其中只有 1629 年版是在英国出版的。库利认为，就结构而言，赫伯特的《乡村牧师》与格里高利的《司牧训话》非常相似，因为二者都是由一系列简要章节组成，有些章节只包含一个段落，有些章节则要长达几页，且每一小节都是围绕某个话题、建议或者格言展开。格里高利的许多主题都可以非常容易地归入《乡村牧师》：格里高利的"劝诫臣民与上级"和"告诫懒人与草率之人"这两个标题在语气与内容上都与赫伯特的"作为参照物的牧师"与"牧师对天道的思考"这两章内容相距不远。《司牧训话》写于 590 年格里高利被选为教皇之际，他含蓄地点名该书的读者是教会统治者，诸如主教或者大主教等。因此，在该书中的一些章节及其标题中，格里高利经常在"统治者"与"牧师"这两个术语之间自如地转化，使得这些术语几乎成为同义词。赫伯特特别注重探索牧师的"尊严与职责"，是因为他所处的环境与格里高利大相径庭：作为一个显赫家族接受过良好教育的儿子，在毫无晋升希望的情况下接受圣

---

　　① Alastair Fowler. "Georgic and Pastoral: Laws of Genre in the Seventeenth-Century". In *Culture and Cultivation in Early Modern England: Writing and the Land*. Michael Leslie and Timothy Raylor ed., Leicester: Leicester University Press, 1992, p. 82.

　　② Ronald W. Cooley. *'Full of All Knowledge': George Herbert's Country Parson and Early Modern Social Discourse*. Toronto: University of Toronto Press, 2003, p. 12.

职，成为一个谦卑的教区牧师，这简直是一种不可能的决定。但这就是事实。赫伯特的读者，就是那些像他一样在大学里接受教育准备加入牧师行列，准备在英格兰乡村承担牧职的人。[①]

库利发现赫伯特撰写《乡村牧师》之前英国的新教牧师文学（Protestant pastoral literature）寥寥无几。乔治·吉福德（George Gifford）的《乡村神学》（*Country Divinity*）是其中一部作品，他呼吁牧师要虔诚。虽然吉福德的著作围绕牧师的社会功能展开，但是，库利指出这是一本颇具争议的作品，因为在著作中吉福德谴责神职人员的不当行为，号召进行广泛的社会变革。另一部在形式上更加接近《乡村牧师》的牧师文学作品是理查德·伯纳德（Richard Bernard）于 1607 年出版的《忠诚的牧羊人》（*Faithful Shepherd*），1609 年再版时，他对该书进行了修订，而到 1621 年的第三版出版时，伯纳德对该书内容进行了大幅调整，使得整本书焕然一新，成为 17 世纪英国牧师的必读书目之一。《忠诚的牧羊人》的重要性表明时代对诸如《乡村牧师》一类书籍的需求，然而，库利认为这还不足以阐释《乡村牧师》是揭示该主题的通用文体形式。《忠诚的牧羊人》具有宗教改革时期论辩术的典型特征，书中有大量艰难的论证与对《圣经》经文的引用与证明……1630 年，当赫伯特下定决心接受圣职时，库利认为赫伯特已经深刻认识到像他一样出身显贵并接受牧师职位的年轻人迫切需要一本与伯纳德的《忠诚的牧羊人》内容与风格迥异的牧师指导手册。《忠诚的牧羊人》具有讲道术（homiletics）的特点，全书共分为四部。前两部介绍牧师职业与入职准备的问题，后两章致力于布道与教义的运用。伯纳德在第二章隐约用到了赫伯特在《乡村牧师》中运用的创作手法，然而，他却没有将这一写作手法贯彻下来。在伯纳德看来，教区居民是他布道的听众。[②] 这是伯纳德写作《忠诚的牧羊人》的主要内容，然而，赫伯特与伯纳德关注的内容有很大不同："乡村牧师要彻底了解人类行为中的一切特点，至少是了解他已经观察到的教区人们行为的一切特点。"[③]

---

① Ronald W. Cooley. *'Full of All Knowledge': George Herbert's Country Parson and Early Modern Social Discourse.* Toronto: University of Toronto Press, 2003, p. 13.

② Ronald W. Cooley. *'Full of All Knowledge': George Herbert's Country Parson and Early Modern Social Discourse.* Toronto: University of Toronto Press, 2003, pp. 13-15.

③ George Herbert. *The Country Parson.* In George Herbert. *George Herbert: The Complete English Poems.* John Tobin ed., London: Penguin Books, 2004, pp. 206-207.

就文学体裁而言，《乡村牧师》属于牧师手册（clerical manual），是17世纪前后英国文坛出现的一种文体。对于当时熟悉"给牧师的忠告"（"advice to clergy"）这类文体的读者来说，《乡村牧师》这一标题能够激发他们的阅读兴趣。沃伯格（Kristine A. Wolberg）认为，赫伯特的《乡村牧师》明显优于同类型的其他作品，在她看来，赫伯特非常善于运用这种文体，用以传达自己的宗教思想，表达自己的写作目的。她说，通过探究赫伯特的主题、形式、题目、重点、上下文以及与其他同类作品相比，《乡村牧师》的设计安排显得更加精致细腻，赫伯特巧妙地将当时流行的神圣主题材料与世俗主题材料结合在一起，取得了意想不到的效果。因此，《乡村牧师》属于赫伯特文学遗产的一部分。[①] 确实，《乡村牧师》作为一种类型的文学形式，没有受到文学评论界的重视，我国学者对于该作品的译介和分析也很少见。但是，《乡村牧师》这部散文形式的牧师手册却是赫伯特生前打算出版的文学作品，在他看来，《乡村牧师》最能代表他的宗教思想、政治思想与文化思想。可以说，《乡村牧师》表达了诗人作为牧师参与社会政治、规范和改进基督教徒行为的坚定决心以及在他看来切实可用的办法。

《乡村牧师》的主题是赫伯特对乡村牧师典范的描绘，主要涉及乡村牧师对基督教教义的理解以及他在日常生活中的信仰与行为标准两大方面。沃伯格认为在《乡村牧师》的写作中，赫伯特对这两部分的着墨并不均衡，他并没有特别强调牧师的基督教信仰与信仰的纯洁性，而是非常关注牧师的日常生活，这主要表现在三个方面：首先，他重视牧师的外在表现，而将牧师内在精神生活的作用降到最低；其次，加强对经验效用的描绘，而非重视信仰的效用；再次，赫伯特认为一些"优秀的基督教作品"（"good works"）似乎有碍新教思想赋予信仰的核心作用。

17世纪英国流行的"给牧师的忠告"这类文学作品具有虔诚、大量引用《圣经》经文以及使用警句等特点，这些都对赫伯特创作《乡村牧师》提供了可供借鉴的经验，同时，当时专门写给牧师的礼仪手册也对赫伯特创作《乡村牧师》产生了影响。

在《乡村牧师》第13章"牧师的教堂"（The Parson's Church）中这样

---

① Kristine A. Wolberg. *"All Possible Art": George Herbert's The Country Parson*. Madison: Fairleigh Dickinson University Press, 2008, p. 13.

描绘乡村牧师对教堂以及教堂中物品的态度：

> 乡村牧师特别在意自己的教堂，教堂里的物品必须得体且适合它被命名的教堂这一名称。首先，他服从神的命令，让教堂里的所有物品都完好无损。例如：墙面要涂抹平整、窗子要装好玻璃、地面要用砖铺平、椅子要完整、结实且样式统一，尤其是圣坛、讲道台、圣餐桌以及圣洗池，因为那些重要的宗教仪式都是在这些地方举行的。其次，教堂要打扫得整洁，无尘土或蛛网，在重大节日时，地面上要松散地撒上灯心草、插上树枝并且焚香让教堂充满香气。再次，在教堂里任何有绘画的地方都要写上适宜的经文，这样，所有的绘画都应该庄严神圣，不应有轻浮之色或者愚蠢荒唐之感。第四，教堂里必须有教会指定的所有经书，没有破损或者污秽，并且完好、整洁、装订整齐；教堂里还必须有合适且美观的用亚麻细布制作的圣餐桌布，配上大方得体的用昂贵的材料或者布料制作的桌毯，以及高脚杯和杯盖、大酒杯或者酒壶，以及用来布施或者盛放祭品的盆子，所有这些都要存放在结实而且质量上乘的箱子中保持芳香清洁；此外，他还有一个济贫箱，放在便于接受心地善良的人捐赠的地方，用以储藏帮助贫病者的财富。他做这一切并不是出于需要，也不是要给这一切镀上神圣的光环，而是因为要在迷信与懒惰之间保持中间道路。①

霍奇金斯（Christopher Hodgkins）和德克森（Daniel Doerksen）曾经指出仔细研读《乡村牧师》，能够帮助读者更好地理解赫伯特的神学与教会政治观念。然而，这绝非易事，因为《乡村牧师》本身是一部散文集、加长版的性格特写和入职手册，并不是传统意义上的神学著作。而且，赫伯特在撰写此书的时候，与他撰写诗集《圣殿》的目的截然不同，他想在当时宗教斗争、教会内部纷争不断、政治形势异常复杂多变的情况下出版此书。因此，《乡村牧师》中赫伯特对当时教会事务的评价与观点并不能仅仅看作是他个人的思想，不能看作是他对已经确立的教会政策的简单阐释，而是要将其看作是在激烈的斗争中有计划地进行干预，而且很可能是非常危险地干预。这样做的结果就是形成一种微妙的而且时刻发生调整变

---

① George Herbert. *The Country Parson*. In George Herbert. *George Herbert: The Complete English Poems*. John Tobin ed., London: Penguin Books, 2004, pp. 221-222.

化的立场。所以，在第 13 章"牧师的教堂"开篇，赫伯特提到圣餐桌（a communion table）而非圣坛（an altar）表明在他忠于已经式微的劳德主教以前的英国正统教会。然而，他并没有将这一观点一直坚持到底。在谈及圣餐桌以后，赫伯特允许信徒在教堂内部进行节日布置与绘画，这些明显是劳德派重视礼节的体现，与他之前所表明的劳德主教以前的教会正统完全不相容。他之所以论及节日布置与绘画的重要性，库利认为是赫伯特向当时在英国教会中发挥主导作用的劳德派的让步。可是，他似乎对此并不甘心，在向主要宗教势力让步以后，他坚定地说"所有的绘画都应该庄严神圣，不应有轻浮之色或者愚蠢荒唐之感"①。而在论及由权威指定的书籍时，赫伯特在传统新教徒坚持独立阅读《圣经》经文和教会与王国在解释经文过程中的权威性之间寻求平衡，赋予权威以授权力量，而不是将其看作是阻碍宗教信仰的障碍物。此处，赫伯特的灵巧措辞是他给予乡村牧师以生命活力的意识形态策略与修辞策略，是他使得乡村牧师即可以前进同时也可以撤退的策略，是他提出的时有创新、时有争议的观点，对某些特定岗位上的对手最具吸引力。②

在《乡村牧师》中，赫伯特远远不止是表达对都铎时代教会纪律以及仪式的一丝追忆与向往，而是对他所处时代的深切关注。在詹姆斯一世登上英国王位，极力倡导君权神授思想的影响下，赫伯特想在《乡村牧师》中表达的是一种进行改革与重组，加强牧师纪律与社会纪律的治国兴教理念，其目的是要把英国国家教会的教区牧师转变为一种强有力的社会统治工具。库利认为，赫伯特的这项计划具有明显的意识形态色彩，而不是为抨击时弊的愤世嫉俗之举。赫伯特的理念是教会应该为国家服务，以维持公共秩序与公共道德规范。库利在评价这一理念时说，这对赫伯特及其同时代人来说完全是司空见惯的，并没有任何特殊之处。③

对于教会纪律与仪式而言，赫伯特对不同教派所持的包容态度，也许能够成为平衡当时英国社会各种矛盾的有效政治手段与宗教手段。霍奇金

---

① George Herbert. *The Country Parson*. In George Herbert. *George Herbert: The Complete English Poems*. John Tobin ed., London: Penguin Books, 2004, p. 221.

② Ronald W. Cooley. *'Full of All Knowledge': George Herbert's Country Parson and Early Modern Social Discourse*. Toronto: University of Toronto Press, 2003, p. 26.

③ Ronald W. Cooley. *'Full of All Knowledge': George Herbert's Country Parson and Early Modern Social Discourse*. Toronto: University of Toronto Press, 2003, p. 28.

斯论证说:"如果在詹姆斯一世与查理一世执政时期,英国牧师能够'彻底'执行赫伯特提出的一半理论,已经确立的新教教义就很有可能渗透整个王国,也许就会因此而减轻对清教徒的迫害,避免英国内战的发生"。①

科林森(Patrick Collinson)在评价詹姆斯一世的执政状况时说,詹姆斯一世表现出一种明显有别于伊丽莎白女王的牧师概念:

> 与那些更加保守的主教不同,与伊丽莎白女王也很不一样……[詹姆斯]对加尔文主义的理解使得他理所当然地认为教会的牧师应该是博学多才的、善于讲道的牧师。因此,在大会[1604 年汉普顿宫会议(the Hampton Court conference of 1604)]的最后一天,他郑重要求主教们保证为"在每个教区培养出博学而又愿意经受痛苦考验的牧师"提供充足的资源。②

由此可以看出,詹姆斯一世在位期间,努力从改善教育、个人行为以及经济地位等几方面对教区牧师进行改革。库利在把詹姆斯一世的宗教政策与赫伯特的教会理念放在一起比较之后指出,这二者都试图建立一个包容一切的国家教会(an inclusive national church),主张"有才华的少数人"(virtuoso minority)的热情将会被利用起来并被制度化。詹姆斯一世的教会与处于 16 世纪 90 年代的伊丽莎白女王的教会相比,有很大不同。库利指出,虽然二者的神学主张都源于加尔文主义(Calvinism),但是,他们的基督教思想却大相径庭,可以用"实验得救预定论"(experimental predestiriarianism)与"教义得救预定论"(credal predestiriarianism)来概括这二者之间的区别。实验得救预定论强调上帝在拣选时的可见标志:

> 他们想要把自己对宿命、拣选以及保障的观点置于实践神学的中心,用以理解这些教义,并且对以这些教义行事的人来说,就是他们要以加尔文的宿命论为基础建立一种虔诚风格,以此来定义神圣的共同体(在很多情况下,指的是可见的教堂实体)。③

---

① Christopher Hodgkins. *Authority, Church and Society in George Herbert: Return to the Middle Way*. Columbia: University of Missouri Press, 1993, pp. 1, 85, 147.

② Patrick Collinson. "The Jacobean Religious Settlement: The Hampton Court Conference". In *Before the English Civil War: Essays on Early Stuart Politics and Government*, Howard Tomlinson ed., New York: St Martin's, 1983, p. 46.

③ Peter Lake. "Calvinism and the English Church: 1570-1635". *Past and Present*, 114 (1987), p. 39.

很明显，詹姆斯一世时期的实践神学把宗教改革时期注重内在灵性属性的神学倾向转变为一种与维护社会秩序有关的社会计划。赫伯特笔下的理想的乡村牧师特别关注牧师社会行为的虔诚特性以及日常行为的垂范作用。此外，他还致力于对英国国家教会形象的想象与构建，并把这一想法传递给普通大众。对于乡村牧师来说，他关注的"教民过错"与"时代顽疾"中有一条就是"整个国家的……懒惰"①。此外，赫伯特坚持认为布道时必须使得教义能够被听众理解：

> "他还因人而异调整他的演讲内容，使其适合青年人，然后适合年长的人；使其适合穷人，然后使其适合富人。这些内容适合你们倾听，而那些内容更适合你们倾听，因为有针对性的知识比一般性知识更具有感染力，更容易唤起人们的觉醒。"②

在《乡村牧师》附录部分的"布道前祷告"（Prayer Before Sermon）中，当赫伯特评价基督之死时，他说："他为他的敌人而死，甚至是因为那些嘲弄他的人而死，是为那些蔑视他的人而死。"③

詹姆斯一世时期的英国教会在既排外又包容的宗教理想指引下对英国的神职人员进行重大改革，到17世纪20年代，英国教会招募的牧师人员绝大多数是大学毕业生，他们拥有更加一致的教育背景、职业责任与社会阶层认同感，因此，用现代意义上的职业术语来讲，乡村牧师已经发展成为职业。这与伊丽莎白女王统治时期牧师的入职状况相比有很大不同。詹姆斯一世与他的主教们共同创建了"使徒"主教制度模式（a model of "apostolic" episcopacy），这样，他们就比伊丽莎白时代的前任们为主教入职做了更好的准备工作，赋予牧师职责以活力与才华。詹姆斯一世"废除了主教必须居住乡间的规定……这是伊丽莎白女王统治时期主教必须做的事。于是，自1603年起，主教得以恢复曾经的宗教政治家与枢密院议员

---

① George Herbert. *The Country Parson*. In George Herbert. *George Herbert: The Complete English Poems*. John Tobin ed., London: Penguin Books, 2004, p. 248.

② George Herbert. *The Country Parson*. In George Herbert. *George Herbert: The Complete English Poems*. John Tobin ed., London: Penguin Books, 2004, p. 209.

③ George Herbert. *The Country Parson*. In George Herbert. *George Herbert: The Complete English Poems*. John Tobin ed., London: Penguin Books, 2004, p. 261.

的双重职责"①。

　　虽然主教在詹姆斯一世统治时期成为一种重新获得活力的职业，牧师工作氛围与职业期待的改善和提高使得很多大学毕业生愿意在毕业以后从事牧师行业，但是，在神学院里学到的书本知识与现实中他们需要完成的任务有很大差距。因此，赫伯特撰写《乡村牧师》就是为填补这一空缺，指明牧师的"性格与神圣生活模式"。这可以用现在的流行术语"在职教育"（in-service education）来描述。另外，因为当时一些在职牧师的行为也并不尽如人意，面对这一现状，赫伯特在担任乡村牧师以后经过认真思考撰写的《乡村牧师》就运用当时宫廷盛行的批评劝诫与奉承并用的双重文体指出在任牧师与即将入职牧师的不足之处。②例如，赫伯特在任剑桥大学官方发言人期间，1623 年他把从西班牙返回的查理王子（Prince Charles）理想化为和平的缔造者，其目的是要使得他自己有关和平的论述能够更容易被人接受；同样，作为牧师的赫伯特在他描绘的牧师同事时，也对其进行美化，说他"定然严谨得一丝不苟，他圣洁、公正、慎重、懂得克制、胆大勇敢、庄重严肃"③。

　　在《乡村牧师》第 2 章"不同类型的牧师"（Their Diversities）中，赫伯特阐明当时从事牧师行业的人的工作环境有很大不同，有的牧师需要住在大学里，有的牧师需要住在显贵之家，有的牧师需要住在教区，无论如何，他们的职责始终都是要拯救信徒的灵魂。赫伯特对那些住在大学里学习的人说："对于那些准备成为牧师的人而言，其目标与努力不仅要致力于获得学识，还要克制进而抑制欲望与激情，不要去幻想当他们阅读《圣父书》（The Fathers）或者《经院学者书》（Schoolmen）时，就成功培养出了一名牧师。"④在《乡村牧师》整本书中，赫伯特利用大量篇幅描述乡村居民，其原因可能在于即将入职的牧师大多出身于富裕家庭，并接受过大学

---

　　①　Ronald W. Cooley. *'Full of All Knowledge': George Herbert's Country Parson and Early Modern Social Discourse.* Toronto: University of Toronto Press, 2003, p. 35.

　　②　Ronald W. Cooley. *'Full of All Knowledge': George Herbert's Country Parson and Early Modern Social Discourse.* Toronto: University of Toronto Press, 2003, p. 36.

　　③　George Herbert. *The Country Parson.* In George Herbert. *George Herbert: The Complete English Poems.* John Tobin ed., London: Penguin Books, 2004, p. 203.

　　④　George Herbert. *The Country Parson.* In George Herbert. *George Herbert: The Complete English Poems.* John Tobin ed., London: Penguin Books, 2004, p. 202.

或者学院教育，对乡村居民的生活不了解。

从《乡村牧师》目标读者以及内容的分析中，可以发现詹姆斯一世统治时期，从事牧师行业的人大多接受过大学教育，而且，他们对乡村居民以及乡村生活不了解，与乡村教民之间明显有距离。就经济状况而言，受过良好教育的新牧师并不比他的乡村教区教民高，因此，他们在工作过程中会遇到种种诱惑。[①] 奥戴（Rosemary O'Day）对这一时期在职牧师的工作状态进行了分析，认为：

> 他们作为群体出现了……好像有种姓等级一样，能够自我延续，并且坚信王权统治与大学教育为职业发展的关键阶段。由这种教育背景和职责责任自然而然生发的共同趣味使得牧师紧密地团结在一起。有人指责牧师远离教区是说他们在心理上与教区有距离，而不是他们自身距离教区很远。[②]

面对牧师职业面临的这一问题，赫伯特在《乡村牧师》中给予了回应。在第 14 章"牧师巡视"（The Parson in Circuit）中，赫伯特强调牧师要参与乡村教民的日常生活，了解他们的生活动态并对他们进行指导。而在第 27 章"欢乐的牧师"（The Parson in Mirth）和第 25 章"牧师的屈尊俯就"（The Parson Condescending）中，赫伯特警告牧师与信众之间的关系不要过于疏远。因此，赫伯特特别注意《乡村牧师》中措辞的运用，库利说赫伯特总是在排他与包容之间转换、在坚持己见与妥协和解之间转换、在认同与差异之间转换。换句话说，《乡村牧师》通过与先前宗教改革时期所有信徒的理想的牧师形象相妥协，致力于维护、巩固与推进 17 世纪二三十年代的新教权主义（new clericalism）。[③]

鉴于 17 世纪 20 年代晚期以及 30 年代早期任何与信仰崇拜有关的公告都极易引起争议的事实，任何想要创作或者出版牧师手册的行为都是非常冒险的，而这种尝试本身实属卓越之举。虽然赫伯特在 1632 年完成了《乡村牧师》的创作，但是，他一定是在刚刚踏入牧师这一行业或者在 1630 年

---

① Ronald W. Cooley. *'Full of All Knowledge': George Herbert's Country Parson and Early Modern Social Discourse.* Toronto: University of Toronto Press, 2003, p. 36.

② Rosemary O'Day. *The English Clergy: The Emergence and Consolidation of A Profession 1558-1642.* Leicester: Leicester University Press, 1979, p. 211.

③ Ronald W. Cooley. *'Full of All Knowledge': George Herbert's Country Parson and Early Modern Social Discourse.* Toronto: University of Toronto Press, 2003, p. 38.

接受圣职以来就有了创作该书的想法。赫伯特的做法表明，在他看来这是一项刻不容缓的任务，然而，对赫伯特行为的这一分析与一贯以来学界普遍认为的他选择到伯默顿担任牧师是为了逃避现实的观点相冲突。马尔科姆森（Cristina Malcolmson）这样评价赫伯特，她说，赫伯特也许"把这个从城市绅士到乡村牧师的过渡阶段看作是……从社会精英到教会精英的转变阶段"，不过，他"从充满压力的城市与宫廷竞争中"逃离出来表明他"有一种现代观念，把就业与劳动看作是个体实现社会价值的源泉"。①

《乡村牧师》这部散文集是赫伯特在伯默顿（Bemerton）担任牧师以后开始撰写的，大约完成于1632年。而出版时间则要晚得多，大约是在1652年，出版时的标题为《通往圣殿的牧师或乡村牧师，其品格与神圣生活法则》。当时，正值英国共和国发展到巅峰之时，英国国教遭到镇压；牧师、主教和祈祷书都被长老会当权派（Presbyterian establishment）取代。据此，英国牧师刘易斯－安东尼（Justin Lewis-Anthony）推测，《乡村牧师》能够出版的唯一可能原因是赫伯特家族与英国内战中胜利方之间的关系：赫伯特的继父约翰·丹弗斯爵士（Sir John Danvers）曾经参与签署对查理一世执行死刑令。② 尽管如此，伊丽莎白·克拉克（Elizabeth Clarke）依然将《乡村牧师》看作是"一种对内战以前英国教会的致敬行为"③。刘易斯－安东尼指出"通往圣殿的牧师"是编辑给该书加上去的标题，并且指出这是一种非常精明的营销手段，以此引起读者对《圣殿》中那些经典诗篇的回忆。④ 鉴于此，学界在论及赫伯特的这部散文集时，一般都选择用《乡村牧师》作为标题。赫伯特在《乡村牧师》中传达的基督教理想与社会思想在英国教会史上产生了深远影响，其运作模式与核心理念直接影响了英国教会的运作与牧师职责的界定，刘易斯－安东尼将赫伯特对英国牧师

① Cristina Malcolmson. *Heart-Work: George Herbert and the Protestant Ethic*. Stanford: Stanford University Press, 1999, pp. 32, 44-45.

② Justin Lewis-Anthony. *If You Meet George Herbert on the Road…Kill Him! Radically Rethinking Priestly Ministry*. London: Mowbray, 2009, p. 17.

③ Elizabeth Clarke. "The Character of a Non-Laudian Country Parson". *Review of English Studies*, 54, (2003), pp. 479-496.

④ Justin Lewis-Anthony. *If You Meet George Herbert on the Road…Kill Him! Radically Rethinking Priestly Ministry*. London: Mowbray, 2009, p. 2.

与教会的观点总结为"赫伯特主义"（Herbertism）。[1]

赫伯特的标题《通往圣殿的牧师或乡村牧师：其性格与神圣生活模式》表明该书与当时一种描绘"人类行为特点"的重要文体——"性格特写"散文（"character" essay）相呼应。17 世纪早期，约瑟夫·霍尔（Joseph Hall）、托马斯·奥弗伯利（Sir Thomas Overbury）与其他作家共同撰写了《奥弗伯利性格特写》（Overburian Characters），在他们和约翰·厄尔（John Earle）的共同努力下，性格特写成为一种盛行一时的文体形式。赫伯特的传记作家艾米·查尔斯（Amy Charles）把《乡村牧师》看作是"一种扩展了的、稍微有些理想化的'性格特写'，也许是这类文体中最长的一部"[2]。然而，在马尔科姆森看来，赫伯特不仅在心理与意识形态方面与同时代的性格特写散文作家之间有关联，而且还与古希腊哲学家有着承继关系，她认为：

> 这一体裁的鼻祖古希腊哲学家提奥弗拉斯特（Theophrastus）撰写的性格特写散文，以亚里士多德的假设为基础，认为就本质而言，人是社会性动物，通过行为进行创造与自我表达。然而，像约瑟夫·霍尔这样的英国性格特写作家则修正了亚里士多德的理念，他们认为人的内在性格决定行为，个体的言行是他们内心动机的线索。[3]

与其他性格特写作家一样，赫伯特坚持人的内在与外在联系的一致性：他提出"需要提升心灵、双手与双眼，用尽一切姿势表达忠心而真诚的虔敬之情。"[4] 在马尔科姆森看来，"赫伯特的牧师将他的神圣性格融入经验之中，使得他的教民得以通过其习惯性话语与行为清楚地了解他的内在品质。"[5] 因此，在撰写这部《乡村牧师》时，赫伯特自身也过着一种神圣生活，他对自己的行为提出神圣要求，这也就可以理解为何在他去世以后，

---

[1]　Justin Lewis-Anthony. *If You Meet George Herbert on the Road...Kill Him! Radically Rethinking Priestly Ministry*. London: Mowbray, 2009, p. 2.

[2]　Amy M. Charles. *A Life of George Herbert*. Ithaca: Cornell University Press, 1977, p. 157.

[3]　Cristina Malcolmson. *Heart-Work: George Herbert and the Protestant Ethic*. Stanford: Stanford University Press, 1999, p. 29.

[4]　George Herbert. *The Country Parson*. In George Herbert. *George Herbert: The Complete English Poems*. John Tobin ed., London: Penguin Books, 2004, p. 207.

[5]　Cristina Malcolmson. *Heart-Work: George Herbert and the Protestant Ethic*. Stanford: Stanford University Press, 1999, p. 31.

每当提起他时，人们都把他称作"神圣的赫伯特先生"。在担任乡村牧师以后，赫伯特放弃了早年打算在宫廷大显身手的打算，而是追求一种兼顾维护封建社会秩序与"重视职业与劳动，并将其看作是个体实现自身社会价值源泉的现代观念"[①]的复合式理念。

1608 年，约瑟夫·霍尔出版的《美德与罪恶的性格特写》(*Characters of Virtues and Vices*) 几乎全部由各种道德类型的性格特写组成："诚实的人"(The Faithful Man)、"谦卑的人"(The Humble Man)、"奉承者"(The Flatterer)、"有抱负的人"(The Ambitious)，其中仅有一篇"善良的法官"(The Good Magistrate) 与职业有关。库利据此指出从霍尔的性格特写来看，霍尔认为人的内在气质决定人的行为，但是，霍尔的性格特写所涉及的社会行为种类并不广泛，在职业素养方面提到的内容更是微乎其微。与霍尔同时期的奥弗伯利撰写的性格特写不仅脱离了霍尔的道德教益转向诙谐讽刺，而且还给予各种职业以重视，例如：《侍臣》(A Courtier)、《乡村绅士》(*A Country Gentleman*)、《海员》(A Sailor)、《裁缝》(A Tailor)等。从霍尔到奥弗伯利性格特写内容的转变可以发现，性格特写这种新兴文体并没有被限定于描绘人的内在品质与心理特征，而是越来越强调等级和职业这些外在于个体、但是却决定个体行为方式的因素。[②]

性格特写内容与观念的转变还体现在约翰·厄尔撰写的《微型宇宙志》(*Micro-Cosmographie*) 中，厄尔的创作时间与赫伯特撰写乡村牧师的时间相同。1628 年，厄尔出版的第一版《微型宇宙志》共有 54 篇性格特写，其中有超过半数的性格特写与职业或者岗位类型有关："年青的缺乏经验的牧师"(A Young Raw Preacher)、"严肃的牧师"(A Grave Divine)、"自命不凡的骑士"(An Upstart Knight)、"警察"(A Constable)、"店主"(A Shop keeper)等。[③] 在这些性格特写中，"年青的缺乏经验的牧师"与"严肃的牧师"明显与《乡村牧师》有着某种必然联系，尤其是因为厄尔曾经

---

① Cristina Malcolmson. *Heart-Work: George Herbert and the Protestant Ethic*. Stanford: Stanford University Press, 1999, p. 45.

② Ronald W. Cooley. *'Full of All Knowledge': George Herbert's Country Parson and Early Modern Social Discourse*. Toronto: University of Toronto Press, 2003, p. 17.

③ Ronald W. Cooley. *'Full of All Knowledge': George Herbert's Country Parson and Early Modern Social Discourse*. Toronto: University of Toronto Press, 2003, p. 17.

受过赫伯特家族的资助，而且，他后来还成为了索尔兹伯里主教。[①] 厄尔与赫伯特两人很可能在彭布罗克伯爵的餐桌上就英国牧师的状况展开讨论、交流思想。

另外一个促使性格特写作家写作内容发生转向的原因可能是由文学出版市场的需要引发的，奥弗伯利和厄尔等性格特写作家已经不再满足于当时性格特写中提到的那些美德与罪恶，他们在自己的创作中增加新的道德评说与职业描述，以增加作品的新鲜感与魅力。同样，赫伯特在《乡村牧师》中也谈论到牧师的世俗职责，尤其是在"牧师调查"（The Parson's Surveys）这一章，赫伯特笔下的牧师身兼多种社会职责，具有强烈的社会参与意识与社会管理意识。

17 世纪英国图书出版业的发展体现出一种新趋势，大量职业手册与操作手册的出版进一步丰富了职业性格特写散文的主题与内容。正如贝内特（H. S. Bennett）所示，16 世纪下半叶与 17 世纪早期不仅见证了"文学"书籍（诗集、剧本、罗曼斯散文）、广泛引发讨论的小册子、布道文、民谣与报纸的兴起与发展，而且也见证了大规模教育与信息出版物的出现，例如医学书籍、介绍草药知识的书籍、法律教材、法规删节本、法官手册，也许最流行的就是关于畜牧业和其他从测量到国内经济的某些特定主题的手册。从都铎王朝后期一直到斯图亚特王朝时期，越来越多的职业手册涉及畜牧业、马术以及家政行业。因此，库利有足够证据表明赫伯特的《乡村牧师》不仅是一部性格特写，同样，正如库利所言，也是早期现代时期职业文学繁荣发展的必然产物的一部分。[②]

从早期现代职业手册的发展来看，库利认为我们可以发现一种发展并不均衡、但是却可以辨认出来的趋势，敦促文化集体知识与自我认知的合理化与系统化。如果运用福勒的术语，认为《乡村牧师》的文体发挥"准语用"作用，那么将赫伯特的文本与一种松散的前类型文本联系在一起，就是因为他们共同拥有一种理性的、民族的自我塑造意识。然而，这种自我意识的塑造并不是孤立的，而是与独特个体的主观性相对联系并不紧密

---

① Michael G. Brennan. *Literary Patronage in the English Renaissance: The Pembroke Family*. London: Routledge, 1988, p. 184.

② Ronald W. Cooley. *'Full of All Knowledge': George Herbert's Country Parson and Early Modern Social Discourse*. Toronto: University of Toronto Press, 2003, p. 18.

的民族、等级、所在的地方区域与职业等共同定义的。①

在《乡村牧师》第 6 章 "牧师祷告"（The Parson Praying）中，赫伯特说："当乡村牧师在礼拜中准备诵读，准备表现对上帝的崇敬时，他首先举起双手、提升心灵、抬高双眼，用尽一切可能的姿势表达发自内心的、真正的热爱之情，他所做的这一切才能够真正被上帝感受到，然后他才能将自己呈现在上帝面前。然而，他并不是独自一人，而是要将会众呈现在上帝面前，背负他们的罪孽来到神圣的祭坛接受洗礼，在盛放基督血液的神圣器皿中洗涤罪孽。这正是他内心忧虑的真正原因，因此他心甘情愿地在外在表现中尽最大可能表现这一切；只有他先被自己感染，才可能感化会众。因为他知道以前的布道没有达到如此程度，会众就会遗忘。因此，他们来祷告的时候，牧师要在祷告这个行为中表现得非常虔诚。"②

从此处描写来看，赫伯特重视牧师在祷告时的行为举止的一言一行，他似乎认为至诚的身体行为犹如精心安排的诗歌结构，能够揭示他的灵性生活，真正感化会众，诗歌在他的世俗生活与灵性生活之间建立起桥梁。

伊丽莎白统治以来社会的相对稳定发展、早期现代英语的形成、詹姆斯一世钦定本圣经的出现以及现代教育的发展等众多因素促成了英国普通大众阅读水平的提高。"在很大程度上来说，教育质量与社会行为直接决定了伊丽莎白统治时期牧师的有效性……教区居民在他们的牧师身上寻找知识、合乎道德的行为以及崇高品质。"③ 教民对教区牧师的知识要求、德性要求与行为要求促使赫伯特提升自我的各种修养，同时，在对理想牧师的塑造中，将各项要求推向极致，他笔下的理想乡村牧师"掌握各种学识"、在精神上与行动上追求美德，以树立他们在教民心中的形象，维护牧师权威。

在赫伯特看来，理想牧师不仅能够掌控自己的行为与灵性生活，而且还必须能够控制自身的欲望。

福特在分析欲望这一基督教伦理时说，"在生活的各个领域，欲望都是

① Ronald W. Cooley. *'Full of All Knowledge': George Herbert's Country Parson and Early Modern Social Discourse*. Toronto: University of Toronto Press, 2003, p. 19.

② George Herbert. *The Country Parson*. In George Herbert. *George Herbert: The Complete English Poems*. John Tobin ed., London: Penguin Books, 2004, p. 207.

③ Richard L. Greaves. *Society and Religion in Elizabethan England*. Minneapolis: U. of Minnesota Press. 1981, p. 71.

行为的基础，故而也是道德的基础。欲望的塑造和引导占据了人类生存的核心位置。欲望、道德以及生活的每个重要领域相互交织，因此，道德与生活的其他领域，与我们的思维习惯、情感习惯和身体习惯无从分离。"①不仅基督教承认这一点，其他宗教也承认这一点。各大宗教都关注对欲望的训练，方式也多种多样。福特认为"崇拜"已经成为基督教的"一个核心方式，其中习惯性的欲望被导向了所认为的最具满足感、最具价值的目标——上帝。包括教育、社会制度、习俗、规则、文化交流在内的一整套体系共同作用，维系着以崇拜为核心的欲望行为。"②他特别强调"在这套体系当中，绝不能认为伦理仅仅关注成问题的决定和选择：它所关注的是善的欲望的基本形成过程和维系过程，因此关注的也就是神性的事情。"③

福特认为"基督教神学关于欲望最重要的命题就是人为上帝之所欲。其实质就是相信，他们势不可挡地被爱着他们的那个上帝所需要。上帝创作了他们，护佑他们，对他们讲话，选择他们，召唤他们，宽恕他们，教导他们，给他们以圣子圣灵。"④对于基督教领域以外的无神论者而言，上帝的存在以及上帝的做法与行为对人的生活进行干预，侵犯了人的自由，这就形成了以基督教为基础的哲学体系中的一个永恒悖论：上帝给予人自由，却又对人的自由进行干预。

福特在评判当代的基督教神学的基础上，指出"基督教神学中关于如何理解人与神的自由的基本线索，是通过对耶稣基督的思考得出的。"⑤福特从对《马太福音》《马可福音》《路加福音》中记载的耶稣生平以及传道经历的分析入手，认为这些故事"揭示了被欲求和欲求作为基督教伦理观及上帝面前人类生活形态的根基所可能具有的意义。耶稣传道始自受洗。耶稣受洗之时，圣灵降临其身，圣父如是认定了耶稣：'这是我的爱子，我所喜悦的。'（《马太福音》，3：17）这是一幅耶稣为上帝所乐见、所欲求的情景。耶稣'由圣灵引导'，在旷野里四十天的斋戒当中受到了试探。在面临种种选择时——对食物，对令人艳羡、不劳而获的成功，以及对权

---

① ［英］戴维·福特：《基督教神学》，吴周放译，南京：译林出版社，2011年，第55页。
② ［英］戴维·福特：《基督教神学》，吴周放译，南京：译林出版社，2011年，第55页。
③ ［英］戴维·福特：《基督教神学》，吴周放译，南京：译林出版社，2011年，第55页。
④ ［英］戴维·福特：《基督教神学》，吴周放译，南京：译林出版社，2011年，第55-57页。
⑤ ［英］戴维·福特：《基督教神学》，吴周放译，南京：译林出版社，2011年，第59页。

力的欲望，种种试探可被视作对他是否希求上帝、欲求上帝之所欲的一种试炼。其一生所为统而观之，决定性地依赖于生而为上帝之所欲，依赖于信赖上帝之道，依赖于他借以应对诱惑的无所不包的欲求：'当拜主你的神，单要侍奉他。'（《马太福音》，4：10）在生死复活的整个过程当中，耶稣始终被描述为维系着一种统一，即一方面为圣父所派、所欲、所认定，另一方面又自由地满足着上帝的欲念和意旨。以故事形式对此所作的描述已被基督教神学奉为圭臬……耶稣被描述成了为上帝所欲求、欲求上帝及上帝欲求的对象三者合一的化身，并且这是理解他的生、死、复活的核心所在。"①

在论述理想的乡村牧师角色时，赫伯特说："在生活方面，乡村牧师定然严谨得一丝不苟，他圣洁、公正、慎重、懂得克制、胆大勇敢、庄重严肃。因为牧师生活中最被人看重的两点是耐性与禁欲，耐性是就痛苦而言；禁欲是就欲望、激情以及削弱并制止灵魂中所有的喧嚣力量而言。因此，他认真学习这一切，有可能完全成为自己的主人与掌舵人，因为上帝已经授予他一切。"②

控制性冲动是理想的乡村牧师真正掌控身体、思想与情感表达的唯一方法。③"对于新近从独身生活中解放出来的牧师而言，他的婚姻与性行为是他的牧师声望与工作有效性的重要维度。"④《乡村牧师》中有一章专门对此进行过论述，赫伯特承认"贞洁比婚姻更高尚，"并就此谈到了过独身生活的牧师，不应该在公众场合以外的其他场合单独与女性谈话。

除此以外，理想的乡村牧师还要控制自己的饮食，并在特定的宗教节日进行斋戒。

牧师的自我控制（self-control）还体现在他的日常谈吐之中。赫伯特的同时代牧师基尔比（Richard Kilby）认为能够掌握自己言辞的人最容易感受到幸福，因此，他建议："当一名有智慧而又寡言的人。学会慢慢讲

---

① ［英］戴维·福特：《基督教神学》，吴周放译，南京：译林出版社，2011年，第59-60页。

② George Herbert. *The Country Parson*. In George Herbert. *George Herbert: The Complete English Poems*. John Tobin ed., London: Penguin Books, 2004, p. 203.

③ Neal Enssle. "Patterns of Godly Life: The Ideal Parish Minister in Sixteenth- and Seventeenth-Century English Thought", The Sixteenth Century Journal, Vol. 28, No. 1 (Spring, 1997), p. 13.

④ Eric Josef Carlson. "Clerical Marriage and the English Reformation," *Journal of British Studies*, 31 (1992), pp. 1-31.

话，在讲话时要简短而亲切。话多的人处处招惹是非。"因此，他建议牧师要努力做到"安静地生活：这样，你就可以避免很多麻烦，免受一些伤害，享受更多祝福。"①

第二节　理想牧师的职业划分与职业焦虑

《乡村牧师》(The Country Parson)英文标题中"Parson"这个词语最初表达的意思与牧师执行牧师职务的文化语境是完全背离的。"Parson"是一个盎格鲁－诺曼词，可以追溯到 13 世纪，来自于古法语"persone"，在这一语境中，意为"教会尊严"("ecclesiastical dignity")。因此，就词源意义而言，简单地说，牧师就是那个在教区中代表教会的人。②

一、18、19 世纪英国牧师职业发展概况

安东尼·罗素(Anthony Russell)的权威著作《牧师职业》(The Clerical Profession)探究了 18 世纪末、19 世纪初八种不同类型牧师的作用与地位，其中，牧师最重要的作用是公共崇拜活动的领导者(a leader of public worship)。有时，甚至是大多数时间，人们普遍认为这就是牧师职责的全部。1856 年，布伦特(J. J. Blunt)在著作中写道：

> 曾经有这样一段时间，在我的记忆中似乎存在过这样一种观念，人们普遍认为牧师的职责只是在星期日的职责，除此以外，就很少了。他们的活动范围仅限于在教会的公共活动中履行相应职责。我不需要明确说明，这确实是对牧师职责的不够成熟的观点。③

的确，牧师就应该是传道士(preacher)，这几乎可以看作是神职人员的"宪章作用"("charter role")。在 18 世纪的英国，建立教堂的目的就是为了牧师布道(sermon)，传道(preaching)比牧师担任圣餐礼上的司仪牧师重要得多。18 世纪的圣餐礼不仅是一种主日仪式，而且也是国家与社

---

① Richard Kilby. *The Burthen of a Loaden Conscience*. London, 1608, pp. 51, 97.

② Ronald W. Cooley. *'Full of All Knowledge': George Herbert's Country Parson and Early Modern Social Discourse*. Toronto: University of Toronto Press, 2003, p. 26.

③ J. J. Blunt. *The Parish Priest: His Acquirements, Principal Obligations, and Duties*. 1856. In Justin Lewis-Anthony. *If You Meet George Herbert on the Road…Kill Him! Radically Rethinking Priestly Ministry*. London: Mowbray, 2009, p. 26.

会相一致的体现。查理二世统治时期曾经颁布的《宣誓条例》与《公司法》（*The Test and Corporation Acts*）要求所有市政官员都参加英国国教社区，这两个法案的目的就是要在公职人员中排除不信奉英国国教的新教徒。在这两个法案的要求下，牧师就名正言顺地成为社会融入与社会排斥的把守人：于是，圣餐仪式成为一种准则。这两部法案的提出表明如果社会没有领取圣餐礼的迫切需求，那么社会也不会有对基督教的迫切需求。[①]因此，在17世纪的英国，牧师是一个非常重要的职业，而且，有专门法案规定牧师的职责，牧师对国家与社会而言，承担重要责任。

在17世纪，经过文艺复兴的沉淀，英国牧师的工作内容越来越多，在英国社会中承担越来越重要的责任。从历史角度而言，英国牧师这一职业在17世纪中后期逐渐走向发展顶峰。早在17世纪初，《1604年法典》（*The Canons of 1604*）规定，每名"牧师或者副牧师"都要检查教区内孩子们的信仰，这样牧师才能成为传道师。这是牧师礼拜日职责的一部分，应在第二节课之后的晚祷中进行。按照要求，牧师要讲授《十诫》（*Ten Commandments*）、《三十九条信纲》（*Thirty Nine Articles*）、《主祷文》（*The Lord's Prayers*）以及《公祷书》（*The Book of Common Prayer*）中的《教义问答》（*Catechism*）。[②]

然而，在18世纪晚祷这一宗教活动逐渐走下坡路，教义问答也随之式微。虽然如此，牧师仍然是教区中的唯一教师，18世纪的许多教区学校由牧师经营管理，而且许多富裕人家的私人家庭教师也往往由牧师担任。安东尼指出，在教学中，牧师渗入到教会生活中，就本质而言，体现出牧师世俗的一面：牧师的职责已经超出了教堂门廊的范围。[③]

而且，作为教区中唯一具有读写能力的人，牧师还需要担任书记员（Clerk）工作，记录教民的出生、婚姻与死亡。牧师的记录是教区中的唯一合法记录，而有关遗产继承问题的记载也取决于牧师是否勤勉。通常，牧师登记簿也被用来记录国会立法（parliamentary legislation），因此，牧

---

① Justin Lewis-Anthony. *If You Meet George Herbert on the Road…Kill Him! Radically Rethinking Priestly Ministry.* London: Mowbray, 2009, pp. 26-27.

② Justin Lewis-Anthony. *If You Meet George Herbert on the Road…Kill Him! Radically Rethinking Priestly Ministry.* London: Mowbray, 2009, p. 27.

③ Justin Lewis-Anthony. *If You Meet George Herbert on the Road…Kill Him! Radically Rethinking Priestly Ministry.* London: Mowbray, 2009, p. 28.

师是教区居民与国家之间的连接点。移民、海员、士兵、牧师的遗孀、领取养老金的人、精神病人以及想要维修公共住宅的人都需要牧师的签名。[①]由此可见，由赫伯特主义衍生出的牧师职责具有明显的社会性，在赫伯特之后的英国教会牧师有着强烈的社会参与意识。

在英国社会福利制度正式形成以前，历史上的英国牧师还担任过救济员，主要表现在以下三方面：第一，伊丽莎白女王颁布的济贫法要求每一个教区委员会都要上缴地方税，用以支付济贫院的开销，教区牧师是教区委员会主席；第二，捐助者为了减轻贫苦人的痛苦而建立的慈善机构，形成了一个慈善网络。教区牧师或者教会委员通常是，但并不总是，这些善款的执行人；第三，可以料想到的是牧师作为绅士阶层中的一员，要有足够的收入能够用来直接帮助穷人、失业者以及无家可归的人。[②]

自赫伯特的《乡村牧师》出版以来，许多牧师实践手册都表明，牧师需要掌握一些最基本的医学常识与治疗技能，因为牧师还是教民的医药卫生官员（Officer of Health）。赫伯特建议他的读者："如果他的教区中有人生病，他就要担任医生，或者是他妻子担任医生，在世界上的所有能力当中，他除渴望具有治愈伤口或者帮助生病的人的能力以外，不再渴望其他。"[③] 伍德福德牧师（Parson Woodforde）是凯里堡（Castle Caryl）鼎鼎有名的兽医，当牧师西德尼·史密斯（Sidney Smith）迁居到科贝·弗洛里（Combe Florey）时，他立刻在教区内建立了一家药店，他花费大量时间为教民配药。1820 年，英国出版了一本牧师手册《用于治愈频发疾病中生病穷人的指令，适用于住在远离专业人员的教区牧师》（*Instructions for the Relief of the Sick Poor in some Diseases of Frequent Occurrence, Addressed to the Parochial Clergyman residing at a Distance for Professional Aide*），专门用来指导那些没有掌握医学知识的牧师。该书的作者是一名医生，由此可见，在 19 世纪 20 年代牧师与医生之间的职业界限尚不明确。

根据安东尼·罗素的描述，牧师的最后一个社会角色是政治家。在 19

① Anthony Russell. *The Clerical Profession*. London: SPCK, 1980, p. 143.

② Justin Lewis-Anthony. *If You Meet George Herbert on the Road...Kill Him! Radically Rethinking Priestly Ministry*. London: Mowbray, 2009, p. 29.

③ George Herbert. *The Country Parson*. In George Herbert. *George Herbert: The Complete English Poems*. John Tobin ed., London: Penguin Books, 2004, p. 235.

世纪议会改革以前，选举权只属于那些年财产价值超过 40 先令的人。在乡村地区，牧师是唯一一位具有选举权的人，因此，各政党想方设法拉拢乡村牧师，但是，几乎没有牧师直接参与到政治进程中。曾经只有一位牧师被选为议会议员，1801 年，来自老塞勒姆（Old Sarum）的约翰·霍恩·图克（John Horne Tooke）牧师被选举为议会议员。然而，这却在议会中激起了不满情绪，最终议会通过一项法案，要求霍恩·图克牧师辞去议会席位，否则每日罚款 500 英镑。霍恩·图克立刻退出了议会。大多数牧师都将自己的职责限定于帮助那些候选人拉选票，尤其是帮助那些致力于改善人们生活条件、改善社会现状的大人物拉选票：在经历过法国大革命引发的激烈动荡以后，没有人比神职人员更积极地支持既定秩序和排斥不忠与革命行为了。①

到 19 世纪时，牧师的日常生活已与绅士无异。他的"宪章作用"已经不是他在社会中存在的最重要作用了，当然，这也无法明显看到。19 世纪末，英国社会发生了翻天覆地的变化，工业革命的发展与推进、人口的迅速增长、城市化进程的进一步加快以及科学、医学和技术方面的重大发现使得维多利亚时代的英国社会更加复杂，刘易斯－安东尼指出拥有治理权的人仅仅凭借绅士身份是不恰当的，新时代的出现使得维多利亚时代变得更加"职业化"。到 19 世纪末期，牧师在社会中的地位与功能由圣职授任决定，体现出明显的职业化色彩。②

二、赫伯特的理想牧师的多重职业身份

在赫伯特看来，理想的乡村牧师的职责并不仅仅局限于与基督教传播有关的讲道传道，而且还兼具牧师与医生职责，负责教民生活的稳定与健康。对于理想牧师如何能到达到这一目标，赫伯特提出了自己的见解：

> 乡村牧师渴望成为他教区的多面手，他不仅是牧师，而且也是律师和医生。因此，他不能容忍教民打官司；但是，出现任何争端，他们都应该向他求助，请他为他们做法官。为此，他必须使自己对一些

① Justin Lewis-Anthony, *If You Meet George Herbert on the Road…Kill Him! Radically Rethinking Priestly Ministry.* London: Mowbray, 2009, 30.

② Justin Lewis-Anthony, *If You Meet George Herbert on the Road…Kill Him! Radically Rethinking Priestly Ministry.* London: Mowbray, 2009, 30.

日常事件或者有争议的问题具有洞察力，这些可以通过经验获得，也可以通过阅读一些初级法律读物来获得，例如多尔顿（Dalton）的《和平正义》（*Justie of Peace*）和《法规节略》（*Abridgements of the Statutes*），也可以通过与那些谈论过案件的专业人士的对话来获得；那些专业人士坚信人们与他们交谈他们最擅长的事情是对他们谈话的最大奖赏……像牧师从事法律工作一样，牧师也要照管生病的人：如果他的教区中有人生病，他就要担任医生，或者是他妻子担任医生，在世界上的所有能力当中，他除渴望具有治愈伤口或者帮助生病的人的能力以外，不再渴望其他。如果他或者他妻子都没有这些技能，那么他能服务教区的方法就是，让他家里某个年轻的执业医生为教区服务，他曾经告诫他不要超越他的责任边界，但是，在难以处理的情况下，他会请他帮忙。如果无法达到上述两点，那么，牧师要与附近医生保持良好关系，并因他帮助治愈教区而款待他。①

由此可见，赫伯特的理想牧师具有多重身份，掌管教区多种事务，具有强烈的责任意识，这份责任意识与基督教有关，然而，又超越基督教；具有广阔的社会管理意识，又与国家意志相关联。

英国牧师刘易斯－安东尼认为，英格兰教会组织目前还没有意识到至今他们仍然受到赫伯特生活与思想的深刻影响。

在探究教会组织的概念时，刘易斯－安东尼引用社会学家的观点说："我们在这个组织的原因是什么？我们为什么在这个组织？"因此，"目的、信奉与秩序在一个组织内部因其创立者的情感和行动而产生，因我们坠入的贴着信仰、意识形态、语言、仪式以及神话的混合物标签的组织文化而产生。"②

刘易斯－安东尼把《乡村牧师》的思想与观点进行了总结，称其为赫伯特主义，认为这是"英格兰教区全体牧师的典范，这一典范来源于我们对乔治·赫伯特人生与神职工作的尊敬，相应地，这也是对基督教正统的

---

① George Herbert. *The Country Parson*. In George Herbert, *George Herbert: The Complete English Poems*. John Tobin ed., London: Penguin Books, 2004, pp. 234-35.

② Andrew M. Pettigrew. "On Studying Organizational Cultures". *Administrative Science Quarterly*. Vol. 24, No. 4 (1979), p. 572.

需要。"① 刘易斯－安东尼把赫伯特主义与马克思主义进行了比较，指出，"就如同卡尔·马克思不是马克思主义者一样，耶稣·基督不是基督教徒，乔治·赫伯特也不是赫伯特主义者。但是这并没有阻止马克思、基督和赫伯特的生平与著作日后成为以他们的名字命名的运动获得灵感的来源。"②

在探究牧师在基督教共同体中的作用时，刘易斯－安东尼指出，"他们（牧师）无处不在，他们参加共同体中的任何一次活动，无论这些活动是'教会活动'还是'公民活动'。他们无所不在的作用就是去证实、鼓励、甚至记录社会秩序中的个体与群体对共同体所做的有价值的贡献。"③

刘易斯－安东尼发现在《乡村牧师》中有部分内容对卡罗琳教会历史学家（historian of the Caroline Church）颇具吸引力。他指出，《乡村牧师》展示给读者的是在一个特定教区内劳德主义（Laudianism）与清教徒的加尔文主义（Calvinistic pressures of the Puritans）之间的中间道路（via media），描绘了英国乡村理想的社会关系。《乡村牧师》向教会牧师阐明哪些教育与技能是有价值的，他们应该具备哪种教育与技能。刘易斯－安东尼说，《乡村牧师》中提到的教育与技能有些对于当今英国牧师而言依然有用：牧师需要了解人类的心理，这一点在当今时代仍然有必要。例如，在探究"牧师礼节"的第 11 章，赫伯特认为，乡村牧师在一年时间里，要邀请教区所有教民，让他们都有与他一起共进晚餐的经历，"因为乡村居民对此类事情非常敏锐，他们不相信牧师会邀请他们。在他们看来，牧师憎恨他们，根本不会邀请他们。"④ 而且，赫伯特认为牧师将要而且必须对整个社会有用，这是英国教会对自身理解的一部分。刘易斯－安东尼指出，在很大程度上，这是因为英国教会热爱赫伯特的作品形成的。这些内容使

---

① Justin Lewis-Anthony. "If You Meet George Herbert on the Road…Kill Him! Herbertism and Contemporary Parish Ministry", *George Herbert Journal*, Vol. 32, No. 1 and 2, Fall 2008/Spring 2009, p. 36.

② Justin Lewis-Anthony. "If You Meet George Herbert on the Road…Kill Him! Herbertism and Contemporary Parish Ministry", *George Herbert Journal*, Vol. 32, No. 1 and 2, Fall 2008/Spring 2009, p. 36.

③ Justin Lewis-Anthony. "If You Meet George Herbert on the Road…Kill Him! Herbertism and Contemporary Parish Ministry". *George Herbert Journal*, Vol. 32, No. 1 and 2, Fall 2008/Spring 2009, p. 37.

④ George Herbert. *The Country Parson*. In George Herbert, *George Herbert: The Complete English Poems*. John Tobin ed., London: Penguin Books, 2004, p. 219.

得赫伯特的作品可以穿越时光的限制，为当今英国教会所接受，为当代人所理解。

但是，在赫伯特的作品中，也有一些章节内容与当今英国的时代价值格格不入。刘易斯－安东尼说当今英国牧师把告诫教民看作是他们的职责，可是赫伯特却告诫他的教民，说"不要过深地陷入世俗事务中"，提醒他们"不要为财富与生活费劳作，因为他们不应该把财富与生活费作为奋斗目标，而是因为他们可能因此而有资金去侍奉神，去行善事。"[1]刘易斯－安东尼指出，在赫伯特担任教区牧师时，如果有人在布道时迟到，那么，牧师就应该责备迟到的人。在对待子女的教育时，理想的乡村牧师的"子女首先因为他成为信徒，而后成为共和国的合法居民；这是牧师对天国的亏欠，也是牧师对世俗王国的亏欠，他对这些没有所有权，唯一能做的就是做对天国与世俗王国有益的事。"[2]

赫伯特对英国教会产生深远影响的另一个原因在于，他在牧师岗位上不足三年，而他居住的社区人数不足 500 人，根据一些学者的考察，实际有可能不超过 200 人，赫伯特教区人数较少这一事实为他的牧师工作取得成效提供了现实条件。他在这个较小的教区担任牧师工作，可以获得一份稳定的收入，而且，这个教区距离伦敦、威斯敏斯特以及牛津、剑桥等大学城也较远，独特的地理位置，为其创造了相对稳定的政治社会环境。另外，如同其他所有受欢迎的文化偶像一样，赫伯特去世时还很年轻，并给后世留下了美好的诗集《圣殿》与散文集《乡村牧师》。《乡村牧师》的教育意义对于基督教而言不容置疑。虽然有学者假想如果赫伯特经历内战，他到底会支持哪一方，但无论怎样想象，赫伯特都是在英国内战以前去世的，而且是死在自己的工作岗位上，他还没有机会到附近较大教区谋求更高职位。赫伯特在教民中的崇高地位使得他出现在共同崇拜日历（Common Worship calendar）2 月 27 日那一页，上面写着"乔治·赫伯特，牧师，诗人，在 1633 年去世"[3]（George Herbert, Priest, Poet, 1633）。

---

[1]　George Herbert. *The Country Parson*. In George Herbert, *George Herbert: The Complete English Poems*. John Tobin ed., London: Penguin Books, 2004, p. 223.

[2]　George Herbert. *The Country Parson*. In George Herbert, *George Herbert: The Complete English Poems*. John Tobin ed., London: Penguin Books, 2004, p. 215.

[3]　Justin Lewis-Anthony. *If You Meet George Herbert on the Road...Kill Him! Radically Rethinking Priestly Ministry*. London: Mowbray, 2009, p. 21.

牧师可能提供的专门知识，即牧师职业的"服务定位"（"service orientation"）不再仅仅局限于牧师这一行业本身：

> 牧师，而不是当今时代其他任何一个职业，是一个博而不精的人。他拥有一个独一无二的职位，但是这一职位的独一无二的特性却与其独一无二的技能或者说能力毫无关系。牧师所做的事情中没有一样能和教堂会众中的律师或者瓦工做得一样好……就某种意义而言，牧师根本就没有从事当今人们能够理解的工作，当今，而不是以往，人们必须从事一份工作以融入社会……牧师……已经处于社会边缘，而且人们可以明显发现这一现象。牧师是社会中一个孤独的公众人物，总是身穿独特的法衣。当他像其他当代牧师一样抛弃法衣，摒弃自己的边缘状态时，他依然对自己的边缘状态无计可施。①

在当今社会，牧师所掌握的知识与技能不足以使得他受到日益扩大的教区的重视，他无法再以教区绅士自居，再也不是教区的"职业"人士了。刘易斯－安东尼认为陶勒（R. Tower）与考克森（A. Coxon）的观点有些极端，但是，这确实已经实实在在地发生了，并且，在英国越来越多社区志愿者的出现，使得牧师职业变得越来越边缘化。②

进入 21 世纪，英国牧师的社会地位进一步弱化。沃伦（Yvonne Warren）在 2002 年发表的博士论文《破裂的罐子：当今英国国教会牧师现状》（*The Cracked Pot: The State of Today's Anglican Parish Clergy*）对英国南部和北部两个教区的牧师进行了调查走访，她发现：

> 南方教区的几位牧师认为他们执行牧师职责的社区对社区内是否有教会存在毫无兴趣。他们感觉到他们自己代表的机构和他们宣扬的《福音书》与人们现在的生活一点关联也没有。③

这两个教区的牧师对他们的牧师职业深感不安，这一心态的出现主要

---

① R. Towler and A. Coxon. *The Fate of the Anglican Clergy: A Sociological Study*. London: Macmillan, 1944, pp. 54-55. In Justin Lewis-Anthony. *If You Meet George Herbert on the Road…Kill Him! Radically Rethinking Priestly Ministry*. London: Mowbray, 2009, p. 45.

② Justin Lewis-Anthony. *If You Meet George Herbert on the Road…Kill Him! Radically Rethinking Priestly Ministry*. London: Mowbray, 2009, pp. 45-46.

③ Yvonne Warren. *The Cracked Pot: The State of Today's Anglican Parish Clergy*. Stowmarket: Kevin Mayhew, 2002, p. 13. In Justin Lewis-Anthony. *If You Meet George Herbert on the Road…Kill Him! Radically Rethinking Priestly Ministry*. London: Mowbray, 2009, p. 42.

是由以下五个因素造成的：第一，在日益富裕的社会中出现的相对贫困问题，在这个富裕社会中，可支配收入是衡量一个人社会地位的标准；第二，曾经理解并重视教会、牧师及其传达的信息的社会文化的衰落；第三，到教会参加教会活动的教民数量持续减少，势必对牧师薪俸产生不利影响；第四，一种浪费精力的无力感，因为没有新方案或者策略能够对去教会参加活动的人口数量以及人们理解教会的能力产生影响；第五，"认知悔误"（"cognitive dissonance"），即人们的信仰与经历之间的不协调，这是因为理想的教会是在天国中团聚的圣人，而现实的教会却是一群屡教不改的、争吵不休的罪人。①

　　正如库利所言，在《乡村牧师》的写作中，赫伯特通过运用言辞技巧，努力将各方宗教势力融合在一起，构建一条动态的、难以捕捉的中间道路。此外，库利还发现赫伯特写作《乡村牧师》的另一个技巧，他从不直接陈述某种当时已经明确了的教会立场或者神学立场。那么，赫伯特竭力避开政治话语与神学话语对他产生的影响，他在《乡村牧师》的写作中所用的言辞，还具有哪些特征？

　　库利认为，把《乡村牧师》的语言措辞放在其他职业形成时期的语境中来考察，能够带来新发现。在中世纪与早期现代的欧洲文化中，有三大职业，分别为法律、医学与神学，表面上看，每一种职业都需要从业人员接受大学教育或者其他类型的高等学术训练，例如到律师学院实习（虽然这仅仅是实习，但是，只有在每个领域实习过且拥有较高等级的从业者才能拥有这样的机会）。②到18世纪时，以上三种职业以及军官成为士绅家庭子弟最愿意选择从事的令人尊敬的职业，而且这四种职业也赋予那些出身地位低微的人以令人羡慕的绅士称号。③然而，这四种职业也仅仅是开始符

---

① Justin Lewis-Anthony. *If You Meet George Herbert on the Road…Kill Him! Radically Rethinking Priestly Ministry.* London: Mowbray, 2009, p. 42.

② Geoffrey Holmes. *Augustan England: Professions, State and Society, 1680-1730.* London: George Allen and Unwin, 1982, pp. 3-4. In Ronald W. Cooley. *'Full of All Knowledge': George Herbert's Country Parson and Early Modern Social Discourse.* Toronto: University of Toronto Press, 2003, p. 55.

③ Joseph Addison and Sir Richard Steele. *The Spectator.* Donald F. Bond ed., 5 Vols. Oxford: Clarendon Press, 1965, Vol. 1, p. 88. In Ronald W. Cooley. *'Full of All Knowledge': George Herbert's Country Parson and Early Modern Social Discourse.* Toronto: University of Toronto Press, 2003, p. 55.

合当代社会学家给职业这一概念所下的定义：社会声望与明确界定的正式的专门知识机构相联系，而"劳动力市场庇护所"或"社会封闭"机制则是用来限制未经批准的实践行为。[①] 然而，在早期现代时期，法律、医学以及神学这三个需要掌握大量知识的职业往往同时由一人承担，因此，这三种职业有时交叠重合在一起；而每种职业在逐渐走向成熟且形成一个明确的概念时，彼此之间体现出一种竞争关系。[②] 在赫伯特的《乡村牧师》中，读者可以发现赫伯特给牧师、律师与医生这三种职业所下的定义以及他对这三个职业间界限的界定。赫伯特尝试在这部散文著作中勾画乡村牧师的"性格与神圣生活模式"。

库利认为，近年来职业以及职业话语研究对于早期现代英国史学家以及文学史学家来说变得越来越重要，因为在 16、17 世纪各行业的专业人士互相耍手段在毗邻学科之间谋得属于自己的位置。各行业之间的竞争关系以及职业发展与社会控制之间的关系，曾经引发了福柯与克雷西之间的争论。无论如何，"职业的兴起"作为社会控制的工具都与 18 世纪城市化与工业化进程的推进有着密切关系。然而，在过去大约 50 年间，包括奥戴、来瓦克（Brian P. Levack）、布鲁克斯（C. W. Brooks）、普雷斯特（Wilfred Prest）和库克（Harold J. Cook）在内的许多早期现代英国历史学家，在探究 16、17 世纪的英国乡村与城市地区这些新兴职业的训练、实习以及社会功能之后，却对这一观点持有异议。[③] 正如普雷斯特所言，"在 18 世纪中叶以前的英格兰……专业职业……的数量与社会经济影响……被大大低估了。"[④] 库利就此推断说，如果说上述三种职业在 17 世纪的英国还没有成为

[①] Eliot Freidson. *Professional Powers: A Study of the Institutionalization of Formal Knowledge.* Chicago: University of Chicago Press, 1986, pp. 34-35. In Ronald W. Cooley. *'Full of All Knowledge': George Herbert's Country Parson and Early Modern Social Discourse.* Toronto: University of Toronto Press, 2003, p. 55.

[②] Ronald W. Cooley. *'Full of All Knowledge': George Herbert's Country Parson and Early Modern Social Discourse.* Toronto: University of Toronto Press, 2003, p. 55.

[③] Ronald W. Cooley. *'Full of All Knowledge': George Herbert's Country Parson and Early Modern Social Discourse.* Toronto: University of Toronto Press, 2003, p. 57.

[④] Wilfred R. Prest ed. *The Professions in Early Modern England.* London: Groom Helm. 1987, p. 8. In Ronald W. Cooley. *'Full of All Knowledge': George Herbert's Country Parson and Early Modern Social Discourse.* Toronto: University of Toronto Press, 2003, p. 57.

社会统治工具，那么至少在 17 世纪已经走上了这一进程。①

　　在英国社会秩序中，劳伦斯·斯通提出的"半独立专业等级"（"semi-independent professional hierarchies"）日益突出，而赫伯特的《乡村牧师》这一理想化的专业手册对此已经有所暗示。②赫伯特宣布"乡村牧师渴望成为他教区的多面手，他不仅是牧师，而且也是律师和医生。"③这是早期现代时期萌发的职业话语的一部分，赫伯特以此为素材来勾画他心目中理想的乡村牧师形象。在第 32 章 "牧师的调查" 中，赫伯特写道：

　　　　这片土地上最严重、最具有民族特色的罪过他认为是懒惰；懒惰本身很严重，其后果也非常严重：因为当人们无所事事的时候，他们就会去饮酒、偷盗、嫖妓、嘲笑他人、谩骂以及从事各种类型的赌博。来吧，他们说，我们无事可做，就一起去酒馆，去妓院等类似地方。因此，无论何时他去，牧师都竭力反对这种罪过。懒惰有两种，其一是因为没有从事任何行业；其二是在从事自己的行业中漫不经心，所以，牧师首先向每个人表明从事某一行业的必要性。他强调这一点的原因是来自他对人类本性的认识，因为上帝赐给人两样伟大工具，一个是灵魂中的理性，另一个是双手，因为这些是从事工作必然需要的：这样，即使在天堂，人也能有工作，而在天堂之外的更多时刻，引诱他的罪过皆可因人的合理工作被阻挠或者被迫转向。④

　　接下来，赫伯特用了整整一章内容阐述他对职业问题的看法，库利指出赫伯特的许多职业思想在当代研究职业发展的学术著作中引发了回应，例如威廉·珀金斯（William Perkins）收录在《威廉·珀金斯全集》（*Works of William Perkins*）中的文章《关于人类行业或者职业的论文》（Treatise of the Vocations or Callings of Men）、克里斯蒂娜·马尔科姆森的《用心之作》（*Heart-Work*）、（唐纳德·弗里德曼）（Donald M. Friedman）的《多恩、

---

　　① Ronald W. Cooley. *'Full of All Knowledge': George Herbert's Country Parson and Early Modern Social Discourse*. Toronto: University of Toronto Press, 2003, p. 57.

　　② Lawrence Stone. "Social Mobility in England, 1500-1700". *Past and Present*. Vol. 33 (1966), pp. 16-55.

　　③ George Herbert. *The Country Parson*. In George Herbert. *George Herbert: The Complete English Poems*. John Tobin ed., London: Penguin Books, 2004, p. 234.

　　④ George Herbert. *The Country Parson*. In George Herbert. *George Herbert: The Complete English Poems*. John Tobin ed., London: Penguin Books, 2004, p. 248.

赫伯特与职业》(*Donne, Herbert and Vocation*)、黛安娜·贝尼特(Diana Benet)的《赞扬的书记员》(*Secretary of Praise*)以及罗伯特·肖(Robert B. Shaw)的《上帝的召唤》(*The Call of God*)。①

在第4章"牧师的学识"(The Parson's Knowledge)中，赫伯特曾经说过："乡村牧师掌握各种学识。他们说拒绝任何一个石块的石匠不是好石匠：只有巧手才能积极发挥作用，抑或展示其他知识。"②因此，他将这一理念付诸于实践，用他的法律以及医学知识"展示其他知识"，在这种语境中的其他知识指的就是英国教会中乡村牧师的"尊严……与权威"。③但是，在库利看来，赫伯特倚重法律和医学术语不只是因为这三者之间存在相似性，而是通过类比与辨别牧师、医生以及律师之间的不同点，《乡村牧师》便融入了一个更加复杂的、似乎有些偏离牧师职责的职业领域的争夺战之中。

二、理想牧师的职责：履行牧师职责与治理国家

17世纪早期，各种职业声望与影响力的日益增长不可避免地加速了职业化进程，这一点在赫伯特对乡村牧师的建议中明显可见一斑，这些内容在第23章"牧师的完整性"(The Parson's Completeness)中有明显体现，赫伯特说理想的乡村牧师"渴望成为他教区的多面手，他不仅是牧师，而且也是律师和医生。"④赫伯特对牧师职责以及牧师需要承担的多种工作的认识贯穿全书始终。

赫伯特在评价优秀乡村牧师时说："在他拜访病人或者痛苦的教徒时，他遵循教会的指引，也就是说，劝说他们进行某种特别的忏悔，要不遗余力地让他们明白这种古老而虔诚的宗教仪式的巨大好处以及在一些情景下，这样做的必要性；他也劝说他们做慈善工作，尤其是作为那时的必要证明

---

① Ronald W. Cooley. *'Full of All Knowledge': George Herbert's Country Parson and Early Modern Social Discourse*. Toronto: University of Toronto Press, 2003, p. 57.

② George Herbert. *The Country Parson*. In George Herbert. *George Herbert: The Complete English Poems*. John Tobin ed., London: Penguin Books, 2004, p. 204.

③ George Herbert. *The Country Parson*. In George Herbert. *George Herbert: The Complete English Poems*. John Tobin ed., London: Penguin Books, 2004, p. 202.

④ George Herbert. *The Country Parson*. In George Herbert. *George Herbert: The Complete English Poems*. John Tobin ed., London: Penguin Books, 2004, p. 234.

与信仰成果；参加圣礼，对于所有有罪的灵魂来说，是何等惬意与美好；他显然是从一般意义上向那些愤愤不平的或者生病的人宣告，它给予我们何种力量、喜乐、安宁去抵制诱惑。"[①]库利在解析赫伯特的这一思想时说，就字面意义而言，赫伯特的这句话丝毫没有特殊之处，但是，在这句话中有一对非常重要的隐喻值得特别重视。罪过是疾病的隐喻，而上帝、基督、先知以及使徒则是医生的隐喻，这在文学语境以及圣经语境中是司空见惯的。此外，当有人得了重病时，毫无疑问赫伯特会因为疾病本身而对病人进行救治。[②]在"痛苦"组诗（"Affliction" Poems）以及"十字架"（The Crosse）这首诗歌中，赫伯特对疾病与疼痛的过度关注似乎扰乱了他对牧师职业的认知：

> 疟疾寄居在我身体，
>
> 寄居在我灵魂（记忆啊，
>
> 我能为你做什么，如果我的呻吟
>
> 有助于奏出和谐的乐音）：
>
> 我住在虚弱残疾的躯体，
>
> 除了看到我的虚弱以外，还是虚弱。(ll. 13-18)

1622 年，在写给母亲的一封信中，赫伯特说"对于我而言……我总是害怕疾病，胜过我害怕死亡，因为疾病使我无法履行我来到这个世界上应该履行的职责，我不得不为疾病所困。"[③]

库利认为，赫伯特对待医治/牧师这对类比的看法需要特别关注，而"执行"（"administer"）这个词语本身将这对类比联系起来。圣礼（sacrament）作为"君王……医药"（Soveraigne…Medicine）这个特别意象，至少在某种程度上，取决于"执行"（administer）这个动词在这两种语境中的适用性。"administer"的拉丁语词根是"administrare"，就分配与传递这层意义而言，该词与圣礼（sacrament）联系在一起至少始于 13 世纪初，同时，库利指出，他没有找到证据证明该词在 13 世纪初与调配药

---

　　① George Herbert. *The Country Parson*. In George Herbert. *George Herbert: The Complete English Poems*. John Tobin ed., London: Penguin Books, 2004, p. 225.

　　② Ronald W. Cooley. *'Full of All Knowledge': George Herbert's Country Parson and Early Modern Social Discourse*. Toronto: University of Toronto Press, 2003, p. 58.

　　③ Izaak Walton. *The Life of Mr George Herbert*. In George Herbert. *George Herbert: The Complete English Poems*. John Tobin ed., London: Penguin Books, 2004, p. 285.

物（administer medication）这一含义有关。但是，让人感到奇怪的是，库利说，在《牛津英语词典》（*Oxford English Dictionary*）中，记载的最早的"掌管圣礼"（"to administer the scarament"）的用法出现于 1585 年，当时桑兹大主教（Archbishop Sandys）掌管圣礼；而关于调配药物（administer medication）或者说进行药物治疗（medical treatment）的用法则回溯到 1541 年。因此，库利说，英语中"执行"这个词语的含义本身与调配药物或者进行药物治疗有关，而后来牧师们才从治疗中延伸出"执行"这层含义。因此，在 17 世纪时，进行药物治疗这一概念在医学话语语境中早已经根深蒂固了，最明显的例子体现在《1617 年药剂师社团法案》（*The 1617 Charter of the Society of Apothecaries*）中。在这样的语境中，读者很可能发现赫伯特的"君王……医药"隐喻拓展了这一隐喻的使用空间。赫伯特将这一策略用于净化世俗爱情诗，例如，"约旦（一）"（Jordan I）这首诗歌就是一个典型例子。此外，他还在赠送给母亲的十四行诗中清楚地表达了这一思想，这首十四行诗首次出版于艾萨克·沃尔顿（Izaak Walton，1593–1683）撰写的《赫伯特传》中：

> 我的主啊，那对您的亘古热情在哪里？
> 除却那烧死他们的烈火，大群的殉道士
> 曾经用何物把它燃烧。诗歌能否
> 披上爱神维纳斯仆人的外衣？仅仅满足她的欲望？
> 为何十四行诗不是由您写就？而只在
> 您的祭坛上燃烧短小的抒情诗？①

如果世俗爱情诗的语言能够被改造用来为上帝服务，那么医学语言相应地也应该可以被改造，用来为歌颂上帝服务，正如赫伯特在《乡村牧师》中说："拒绝任何一个石块的石匠不是好石匠"，任何一种行业的语言都可以被改造，用以歌颂上帝。

三、治愈身体与拯救灵魂

赫伯特在《乡村牧师》中说牧师是其教民"医生"的说法表明当时医

---

① George Herbert. *George Herbert: The Complete English Poems*. John Tobin ed., London: Penguin Books, 2004, p. 194.

生与牧师的话语与职责之间存在着共性与竞争关系。在散文中，赫伯特没有明确强调治愈灵魂这层隐喻："如果他的教区中有人生病，他就要担任医生，或者是他妻子担任医生，在世界上的所有能力当中，他除渴望具有治愈伤口或者帮助生病的人的能力以外，不再渴望其他。"[①] 在赫伯特时代，长久以来一直存在这样一种传统，牧师需要掌握医学知识。在中世纪晚期，所有的"天主教执业医生"都是牧师，由主教司法制度任命产生，且主教对医生实习进行管理，给他们颁发执照，允许他们在教区行医。这种任命医生牧师的政策，甚至在医学院（College of Physicians）成立乃至成为为伦敦输出医生的常规性职业机构以后，依然存在。[②] 这在 1512 年法令中有明确规定，该法令授予教皇特权，允许教皇给牧师颁发医生执照，当医学院成立以后，该法令中的这一条款也没有被废除。[③] 不仅如此，教区教堂以及教区牧师总是在照顾病患中发挥重要作用，尤其是在大灾之年或者是危机时刻。在英国进行宗教改革以及解散修道院以后，由修道院资助管理的大多数医院都关门了，这一现象导致的后果就是增加了教区牧师的医疗负担，牧师不得不承担更多的医疗救治职责。[④] 虽然大多数牧师都没有接受过正规的医学训练，但是，许多人，尤其是那些接受过大学教育的人，似乎都正式或者非正式地学习过医学。例如，牧师提摩西·布莱特（Timothie Bright，1551?-1615）就是在圣巴塞洛缪医院进行正规的医学学习和工作以后才接受圣职的。[⑤] 在 16 世纪晚期，"存在着大量的牧师-医生，他们不受医学院的管理，而且他们完全有能力同专科医生相提并论"，这一事实的

① George Herbert. *The Country Parson*. In George Herbert. *George Herbert: The Complete English Poems*. John Tobin ed., London: Penguin Books, 2004, p. 235.

② Frederick F. Cartwright. *A Social History of Medicine*. London: Longman, 1977, pp. 43-44. In Ronald W. Cooley. *'Full of All Knowledge': George Herbert's Country Parson and Early Modern Social Discourse*. Toronto: University of Toronto Press, 2003, p. 60.

③ Harold J. Cook. *The Decline of the Old Medical Regime in Stuart London*. Ithaca: Cornell University Press, 1986, pp. 79-80. In Ronald W. Cooley. *'Full of All Knowledge': George Herbert's Country Parson and Early Modern Social Discourse*. Toronto: University of Toronto Press, 2003, p. 60.

④ Frederick F. Cartwright. *A Social History of Medicine*. London: Longman, 1977, pp. 23-24, 32-36. In Ronald W. Cooley. *'Full of All Knowledge': George Herbert's Country Parson and Early Modern Social Discourse*. Toronto: University of Toronto Press, 2003, p. 60.

⑤ Ronald W. Cooley. *'Full of All Knowledge': George Herbert's Country Parson and Early Modern Social Discourse*. Toronto: University of Toronto Press, 2003, p. 60.

存在对正式的医生职业领域产生了不小冲突。[1]

自 1518 年首部医学法案出台以来，伦敦那些精通医术的医生们已经从王室和议会那里寻求帮助，并且得到了他们的支持，努力确立他们在首都伦敦对医疗服务的垄断地位。1551 年，医生联合会（the Company of Physicians）获得王室许可，成立了皇家医学院（the Royal College of Physicians）。皇家医学院是一个精英学术机构，作为监督机构，它颁布法令，对无照执业医生进行起诉与处罚，而且随着时代的进步，这个机构愈来愈成为对社会政策，尤其是在发生瘟疫和饥荒年代的一个顾问机构。[2] 在履行监督管理功能时，皇家医学院尤其注重对药剂师和外科医生的管理，以确保从业医师都是学会成员或者是有照经营。[3] 然而，直到英国内战开始时，皇家医学会取得的成功都非常有限，因为他们仅仅在伦敦而没有在伦敦以外的其他地区推行其管理政策。即使在伦敦，除那些拿到教皇颁发执照的医生以外，像提摩西·布莱特一样学习医学的大学毕业生，拒绝接受皇家医学院颁发的执业证书，已经成为这个时代的一些典型事件。[4] 此外，库利指出还有数以百计、甚至数以千计的没有经过专门训练的执业医生，无论是在城市还是在乡村、无论是男性还是女性、无论是受过教育的还是没有受过教育的，其数量规模之大已经远远超出皇家医学院的掌控范围。库利认为，这一问题体现在两个方面：一是皇家医学院及其成员妒忌他们的权威、特权以及地位，这样他们就表现出明显的垄断愿望，并且从王室

① Margaret Pelling and Charles Webster. "Medical Practitioners". In *Health, Medicine and Mortality in the Sixteenth Century*, Charles Webster ed., Cambridge: Cambridge University Press, 1979, p. 199. In Ronald W. Cooley. *'Full of All Knowledge': George Herbert's Country Parson and Early Modern Social Discourse*. Toronto: University of Toronto Press, 2003, p. 60.

② Ronald W. Cooley. *'Full of All Knowledge': George Herbert's Country Parson and Early Modern Social Discourse*. Toronto: University of Toronto Press, 2003, p. 60.

③ Charles Webster. *The Great Instauration: Science, Medicine and Reform, 1626—1660*. New York: Holmes and Meier, 1975, p. 253. In Ronald W. Cooley. *'Full of All Knowledge': George Herbert's Country Parson and Early Modern Social Discourse*. Toronto: University of Toronto Press, 2003, p. 60.

④ Harold J. Cook. *The Decline of the Old Medical Regime in Stuart London*. Ithaca: Cornell University Press, 1986, p. 79; Harold J. Cook. "Against Common Right and Reason: The College of Physicians versus Dr. Thomas Bonham". *American Journal of Legal History* 29 (1985), pp. 301-322. In Ronald W. Cooley. *'Full of All Knowledge': George Herbert's Country Parson and Early Modern Social Discourse*. Toronto: University of Toronto Press, 2003, p. 61.

以及枢密院获得了大量支持，帮助他们实现这一愿望；第二个事实就是在斯图亚特王朝时期建立起来的医学垄断机构处于高度的不稳定状态。[①]伦敦医生的数量还不足以对整个医学行业构成垄断地位。

对此，库利总结说早期现代时期皇家医学院的公共政策反映出傲慢的野心与有限的实现之间的巨大反差。[②]自1577年起，瘟疫的爆发与匮乏的时代得到了出版社的回应，他们根据枢密院的命令，出版法令书籍。这些书籍是当时的政策法规汇编，尤其是在1630年和1631年，这些书籍向各地治安法官讲明应该如何阻止传染扩散、如何调剂粮食供给。[③]这些对抗瘟疫的政策中就包含着一些来自皇家医学院的医学建议。正如斯莱克（Paul Slack）所示，在查理一世统治时期早期，此类医学建议产生了越来越重要的社会政治影响力，反映了查理一世的法国御医德梅耶内爵士（Sir Theodore de Mayerne）的观点，"积极主权"（"positive sovereignty"）观念在欧洲大陆以及英国的政治思想中变得越来越普遍。[④]德梅耶内根据他在巴黎担任医生的实践经历，主张实行新的隔离措施并支持建立新的医学研究机构。他认为不仅需要建立医院，还需要12名成员组成卫生局，其中应该有两名主教、两名枢密院议员、四名伦敦官员。[⑤]在枢密院的督促下，医学院批准了德梅耶内的提议，他们热切希望能够将他们的指导意见延伸至国家治理。然而，最终他们的愿望能够变成现实的却非常少。在斯莱克看来，德梅耶内的观点"不能被简单地看作是一名来异域的医生的乌托邦幻想的

---

① Charles Webster. *The Great Instauration: Science, Medicine and Reform, 1626—1660*. New York: Holmes and Meier, 1975, p. 254. In Ronald W. Cooley. *'Full of All Knowledge': George Herbert's Country Parson and Early Modern Social Discourse*. Toronto: University of Toronto Press, 2003, p. 61.

② Ronald W. Cooley. *'Full of All Knowledge': George Herbert's Country Parson and Early Modern Social Discourse*. Toronto: University of Toronto Press, 2003, p. 61.

③ Paul Slack. "Books of Orders: The Making of English Social Policy, 1577-1631". *Transactions of the Royal Historical Society* 30 (1980), pp. 3-4. In Ronald W. Cooley. *'Full of All Knowledge': George Herbert's Country Parson and Early Modern Social Discourse*. Toronto: University of Toronto Press, 2003, p. 61.

④ J. G. A. Pocock. *The Ancient Constitution and the Feudal Law*. Cambridge: Cambridge University Press, 1957, pp. 353-60. In Ronald W. Cooley. *'Full of All Knowledge': George Herbert's Country Parson and Early Modern Social Discourse*. Toronto: University of Toronto Press, 2003, p. 61.

⑤ Ronald W. Cooley. *'Full of All Knowledge': George Herbert's Country Parson and Early Modern Social Discourse*. Toronto: University of Toronto Press, 2003, p. 61.

破灭；他的思想应该受到医学精英阶层的支持，应该受到宫廷以及议会中那些影响力颇深的人物的重视。"[1]

造成德梅耶内提议失败的原因，在于医学院没有能力建立起牢固的垄断地位，或者是在社会与卫生政策方面确立起可靠的咨询功能，这些现象的出现必然加深医生对牧师执业医师的愤恨。[2]因此，毫不奇怪，像哈特（James Hart）和科塔（John Cotta）这些与赫伯特同时代的医生在医学书籍以及容易引发争议的小册子中说那些行医的牧师"做得不对，而且对病人造成了伤害，这即与上帝的律法相悖、也与人本身相悖，践踏了另一项重要职业。"[3]这两位住在北安普敦的医生特别值得关注，他们既不是伦敦人，也不是医学院成员，但是，他们二人都获得了医学博士学位，而且，哈特还从医学院拿到了营业执照。库利说，这两位医生看起来一直都妒忌皇家御医的特权。伯顿（Robert Burton）也在《忧郁的解剖》（*Anatomy of Melancholy*）的前言中说他能够预料到会遭到任何一名医生的反对意见，"当我"带着特有的咄咄逼人的语气嘲笑不同职业之间的主观区别，主张饱受抑郁症之苦的病人"需要一名完整的医生。在这复杂场景中，神与疾病相遇，可是神能够独立做到的很少，而医生能够做到的就更少了，但是，二者却能够共同完成治疗。"[4]赫伯特对这个问题表达了非常明确的看法，貌似颠覆了原有观点，恭敬地回应了这类指控，在"牧师的完整性"一章结尾，赫伯特写道："对于牧师生活的共和国而言，不去蚕食他人的职业是一种公义与职责，他需要依靠自己的职业谋生。公义就是慈善的基础"。[5]

---

① Paul Slack. "Books of Orders: The Making of English Social Policy, 1577-1631". *Transactions of the Royal Historical Society* 30 (1980), pp. 9-10. In Ronald W. Cooley. *'Full of All Knowledge': George Herbert's Country Parson and Early Modern Social Discourse.* Toronto: University of Toronto Press, 2003, p. 62.

② Ronald W. Cooley. *'Full of All Knowledge': George Herbert's Country Parson and Early Modern Social Discourse.* Toronto: University of Toronto Press, 2003, p. 62.

③ Ronald W. Cooley. *'Full of All Knowledge': George Herbert's Country Parson and Early Modern Social Discourse.* Toronto: University of Toronto Press, 2003, p. 62.

④ Robert Burton. *The Anatomy of Melancholy.* Thomas C. Faulkner ed., Nicholas K. Keissling and Rhonda A. Blair. 5 Vols. Oxford: Clarendon Press, 1989, Vol.1, pp. 21, 23. In Ronald W. Cooley. *'Full of All Knowledge': George Herbert's Country Parson and Early Modern Social Discourse.* Toronto: University of Toronto Press, 2003, p. 62.

⑤ George Herbert. *The Country Parson.* In George Herbert. *George Herbert: The Complete English Poems.* John Tobin ed., London: Penguin Books, 2004, p. 236.

在医学教育方面，一个对医学院特别重要的话题就在于其尝试创建一种职业垄断，赫伯特坚持认为"对于学者来说，很容易掌握这类药物知识，因为这些知识不仅对他有用，而且对其他人也有用。这些可以通过观看一次解剖、阅读一本医学书籍和拥有一本药草书来实现。"[①] 而事实是1606 年以后，医学院研究员必须拥有医学博士学位，此外，为得到这一学位，医学硕士需要通过额外 7 年时间来实现，而且还要经历包含哲学、病理学和治疗学三部分内容的口试，这些问题来源于包括由古希腊名医伽林（Galen）和希波克拉底（Hippocrates）撰写的医学名著在内的 17 本医学著作。因此，在这种语境中，赫伯特"对于学者"的建议显得有些漫不经心，在他看来，学者可以通过研读几本书籍以及观看一次解剖而变得经验丰富。赫伯特的建议反映了使哈特与他的医生同行陷入窘境的推测。也许哈特头脑中一直记着赫伯特的话，因为他说：

> 这样的初学者也许像他们在语法学校学到的那些零星拉丁语一样；也许更进一步说，当他们在大学里获得居住之所以后，他们在这还要阅读一些医学书籍，他们在没有能够胜任这一职业的老师的教育或者引导的情况下，不得不全力以赴履行这一伟大任务。[②]

正如库克所言，在人文素养的培育、职业权威以及有学识的医生和牧师的实践方面存在的相似性，使得医生与牧师成为天然的竞争对手。[③] 人文主义者的医学教学和临床教学与医学院的医生培育相比更加具有文学性，而医生与新教牧师作为主要的意见提供者，也许他们都曾经做过尝试，但是没有一方能够在为王室与国家的政策意见咨询方面建立起垄断地位。[④] 且不说哈特那容易引发争议的前言，就本质而言，他的著作《病人的饮食》（*KAINIKH or The Diet of the Diseased*）基本上处理的也是与意大利人路易

---

① George Herbert. *The Country Parson*. In George Herbert. *George Herbert: The Complete English Poems*. John Tobin ed., London: Penguin Books, 2004, p. 235.

② James Hart. *KAINIKH or The Diet of the Diseased*. London, 1633, p. 12. In Ronald W. Cooley. *'Full of All Knowledge': George Herbert's Country Parson and Early Modern Social Discourse*. Toronto: University of Toronto Press, 2003, p. 63.

③ Harold J. Cook. "Good Advice and Little Medicine: The Professional Authority of Early Modern Physicians". *Journal of British Studies* 3 (1994), pp. 1-31.

④ Ronald W. Cooley. *'Full of All Knowledge': George Herbert's Country Parson and Early Modern Social Discourse*. Toronto: University of Toronto Press, 2003, p. 63.

吉·科尔纳罗（Luigi Cornaro）的专著《节制》（*Temperance and Sobriety*）相同的主题。赫伯特曾经将《节制》一书译为英文，内容是关于通过审慎节食以达到延年益寿的效果。因此，库利认为从某种意义上说，在医生与牧师这两个毗邻的职业之间，资历与特权没有明确的区分界限，这就使得这两种职业从一开始就存在着职业纷争。

赫伯特将医学专业知识下定义为"对于任何学者来说容易掌握"的知识，他坚持认为医学知识从属于神学知识，他的观点冒犯了当时的医学界：

> 一边阅读弗尼利厄斯（Fernelius）的医书，一边学习草药知识对乡村牧师而言大有裨益，而且还能成为他从事更多神学研究的消遣。承蒙上帝，自然既能提供舒适的消遣，又能根据需要提供有用的好处；甚至通过图解的形式，我们的救世主创造了植物与种子用以教育人们。[1]

根据《乡村教师》，不仅医学知识容易学习，而且其作用是处于第二位的，正如赫伯特在《乡村牧师》中接着说医学知识是"他从事更多神学研究的消遣"[2]，这意味着在赫伯特看来，"自然为上帝的恩典服务"。甚至当赫伯特承认牧师无力医治教区内生病的教民时，他也让医生从属于牧师：

> 如果他或者他妻子都没有这些技能，那么他能服务教区的方法就是，让他家里某个年轻的执业医生为教区服务，他曾经告诫他不要超越他的责任边界，但是，在难以处理的情况下，他会请他帮忙。如果无法达到上述两点，那么，牧师要与附近医生保持良好关系，并因他帮助治愈教区而款待他。[3]

库利在分析这段话时说，里面包含了两则信息。首先，牧师对"年轻执业医生"的偏爱，在牧师看来，年轻执业医生的身份似乎比家里仆人的地位稍微高一些，牧师能够在自己不能胜任的领域管理他，让他发挥医生应有的作用。其次是与"附近牧师"有关的那条建议，如果这位附近牧师有资格或者说很有名，能够行使自己的社会权利与特权——乡村牧师"如

---

[1]　George Herbert. *The Country Parson.* In George Herbert. *George Herbert: The Complete English Poems.* John Tobin ed., London: Penguin Books, 2004, p. 235.

[2]　George Herbert. *The Country Parson.* In George Herbert. *George Herbert: The Complete English Poems.* John Tobin ed., London: Penguin Books, 2004, p. 235.

[3]　George Herbert. *The Country Parson.* In George Herbert. *George Herbert: The Complete English Poems.* John Tobin ed., London: Penguin Books, 2004, p. 235.

果无法达到上述两点",那么他就应该咨询这位牧师。赫伯特在《乡村牧师》序言中已经表明,此书的目的是要在英国教会体系中维护牧师尊严,明确牧师职责。正如医学院打算将药剂师和外科医生纳入一种有学识的职业体系当中一样,赫伯特的牧师手册同样也是致力于让医学服从于神学,使其处于一种有学识的职业制度之中。①

一般而言,上述几例是《乡村牧师》中对医学职业发出的最明显挑战,但是赫伯特笔下的许多与职业有关的话语边界就本质而言却是含混的或者是具有比喻意义的,例如在第 33 章 "牧师的图书馆"(The Parson's Library)中,赫伯特说:

> 乡村牧师研究并掌握了自己所有内在的欲望与偏好以及外在的所有诱惑,所以他已经写下许多布道词,就像他成功克服了这一切一样。这种经历就同他身体的经历一样,他曾经得过肺痨,知道是医生使他康复,这样,当他再次遇到相同病症以及特质的时候,与学习知识广泛却从没有生过病的人相比,他的治疗能够更快更有针对性。如果这个人得过所有类型的疾病,并且都用他知道的那些物品治好了,那么,除了他以外,就技巧与敏感度而言,没有人比他更适合当医生。在信仰方面,同样也是如此,其原因不言自明。②

库利指出,在论述医生这一职业时,赫伯特含蓄地反对给医学职业下明确定义。在这方面,"当他再次遇到相同病症"时,任何懂得如何给病人医治的人都是医生。这不仅是对医学实践排他性的间接攻击,也是对医学行业整体性的明显挑战。有可能赫伯特在暗示成为医生需要特定的情境,至少,库利猜测赫伯特似乎认为彻底成为一名医生不需要经过正式的医学学习、获得学位或者营业执照。然而,皇家医学院对医生的定义却非常明确,注重医生行业的排他性,注重行医执照的重要性。赫伯特对医生职业的界定和理解与皇家医学院之间存在巨大反差。但是,需要明确的是通过分析可以发现,赫伯特并不是说任何可以抵制诱惑的人都可以成为牧师,相反,赫伯特强调能够克服诱惑的牧师将会成为更加优秀的牧师。赫伯特

---

① Ronald W. Cooley. *'Full of All Knowledge': George Herbert's Country Parson and Early Modern Social Discourse*. Toronto: University of Toronto Press, 2003, p. 64.

② George Herbert. *The Country Parson*. In George Herbert. *George Herbert: The Complete English Poems*. John Tobin ed., London: Penguin Books, 2004, pp. 251-252.

对牧师与医生两种职业之间相似性的分析融入了他对两者之间细微差别的理解，他强调了牧师的职业特权，却损害了医生的职业特权。就医学实践而言，正规医学训练与官方制裁都是偶然性的，而非必要条件。而另一方面，授圣职礼却是成为牧师成员、获得牧师称号的基本特征之一。[①]

库利认为在《乡村牧师》的写作中，像上文这样工于算计的圆滑老道随处可见，赫伯特的文字总是在摧毁和扩大医学事务与灵性事务之间的区别中变换。对于这种叙事风格，库利说，赫伯特对贪食这种原罪的论断是一处明显证明：

> 当一个人吃食物的量超出他的健康或者工作所能承受的量，或者他控制不住对美食的量的追求，这个人就是贪食者……因此，人们吃东西不能扰乱自身的健康、不能打扰他们的工作……不能妨碍他们的房产、不能侵犯他们的兄弟……许多人认为他们应该享有比现在更多的自由，就好像他们是自己健康的主人一样，他们能够容忍疼痛，这样一切都很好。而且，一个人吃东西吃到伤害自己包含了违背理性这种伤害行为，因为伤害自己是不正常的；这样他们就不再是自己的主人了。[②]

库利指出这是一种典型的诡辩论，赫伯特用诡辩论模糊了牧师与医生的职业边界，目的在于建构牧师的职责与特权。对暴饮暴食这一原罪的确认，在很大程度上，取决于医学（或者是社会的、经济的）诊断，是牧师对教民饮食习惯造成的伤害的评估。至少在这种情况下，灵性伤害可以从对身体产生的影响中观察到，因此，牧师成为教民健康的看管人。教民并不纯粹是"他们自己健康的主人"，同样，医生也不是诊断术的绝对所有者。库利将赫伯特对暴饮暴食这一原罪的分析与沃姆斯利（Justice Walmsley）对博纳姆（Bonham）案件的分析进行了比较，指出这两者之间存在着惊人的相似之处。在博纳姆案件中，沃姆斯利支持伦敦皇家医学院的观点：

> 国王办公室打算调查他的臣民，他是一名治疗疾病的医生，想要

① Ronald W. Cooley. *'Full of All Knowledge': George Herbert's Country Parson and Early Modern Social Discourse*. Toronto: University of Toronto Press, 2003, p. 65.

② George Herbert. *The Country Parson*. In George Herbert. *George Herbert: The Complete English Poems*. John Tobin ed., London: Penguin Books, 2004, p. 240.

治愈他们的麻风病，同时，他也想除去影响他们身体健康或者对他们身体不利的烟雾与臭气……因此，如果这个人的理智不端正，国王就要保护他、治理他，以免因为他体弱，浪费或者毁坏他的土地或者商品，对于国王而言，他的臣民仅仅活着这一点还不够，他们应该幸福地生活。①

赫伯特在论述牧师的特权时也像医生为他们的专职权利辩护一样，采用了相同的论辩方法。库利指出，这里貌似离题的争论不仅仅是新兴职业精英与等级分明的传统文化之间的争论，也是一个阶层通过盗用其职业竞争对手的话语来维持其社会影响力的斗争，其目的在于将自身转化为一名职业精英。在第 34 章 "牧师机敏地运用治疗方法"（The Parson's Dexterity in Applying of Remedies）这个颇具挑衅色彩的章节中，赫伯特运用了相似的、甚至更加顽皮的方法打破两种职业之间的界限。就标题本身的字面意义而言，赫伯特是在讨论牧师作为医生的职责，但是该章的内容实际上是在探究灵魂应该如何抵御诱惑的问题，与一般意义上的药物丝毫没有关系。关于暴饮暴食这一原罪的巧妙论辩表明赫伯特挪用了医学话语与实践，将其作为牧师职业领域的一部分，这种机智的简短辩论表明赫伯特已经明显意识到他正在进行的游戏的性质。

与暴饮暴食有关的讨论反映出赫伯特兼具医生身份的牧师建构理论的讽刺之处。② 一方面，牧师在治疗病患中发挥的作用，仅仅是一个非常古老的涉及家庭、邻人、当地女巫医和江湖术士（local wise women and men）以及贵族家庭的 "慷慨女士"（"Ladies Bountiful"）③ 的非职业医学传统的一部分。④ 正如罗伊·波特（Roy Porter）所言，通常医学被看作是 "就其本质而言是公众性质的、由口头传承下来的、有时保存在家庭秘方手稿

---

①　Richard Brownlow and John Goldesborough. *Reports of Diverse Choice Cases in Law, Taken by those Late and Most Judicious Prothonotaries ...* 2nd ed. London, 1654, pp. 260-261. In Ronald W. Cooley. *'Full of All Knowledge': George Herbert's Country Parson and Early Modern Social Discourse.* Toronto: University of Toronto Press, 2003, p. 66.

②　Ronald W. Cooley. *'Full of All Knowledge': George Herbert's Country Parson and Early Modern Social Discourse.* Toronto: University of Toronto Press, 2003, p. 66.

③　Alice Clark. *Working Life of Women in the Seventeenth Century.* London: Frank Cass, 1919, pp. 254-258.

④　Ronald W. Cooley. *'Full of All Knowledge': George Herbert's Country Parson and Early Modern Social Discourse.* Toronto: University of Toronto Press, 2003, p. 66.

中，或者是从已经出版的成卷的书籍中整理出来的知识整体的一部分"。[1]然而，从 17 世纪开始，上流社会的知识分子突然对植物学与草药迸发出热情，库利认为这种热情表现在对博物学的积极关注与对最近实验科学所取得进步的愈来愈明显的接受方面。[2]1621 年，丹比爵士亨利·丹弗斯（Henry Danvers）——赫伯特继父的兄长资助了英格兰的首家植物园——位于牛津的"医学花园"（"Physic Garden"），目的是要打造一座"草药苗圃"（"nursery of simples"），此外，许多与赫伯特交往的人都是非常谨慎的园艺师。[3]而《乡村牧师》这本小书中也包含了一段类似文字，其目的，库利认为赫伯特是故意为之，意在降低医学职业的等级地位：

> 在草药知识中，上帝的多重智慧巧妙地向世人展现，有一样事物特别需要仔细观察；那就是，哪种植物用来做草药，哪种植物用来装点花园与店铺：因为自家产的草药不会给牧师造成经济负担，并且都在所有人身上尝试过。因此，药剂师用大黄来缓释，用止血草药来包扎，而乡村牧师用大马士革玫瑰或者白玫瑰来缓释，用车前草、荠菜、两耳草来包扎，并且取得的效果更好。[4]

在维护牧师用"自家产的草药"进行医治的权利方面，赫伯特含蓄地维护了社会共同体医学和进行自我治疗的"更加广阔的社会网络"以及给自己的佃农和侍从治疗疾病的绅士阶层的特权。[5]另一方面，牧师对暴饮暴食这一罪孽及其对身体产生影响的"诊断"很明显是在强调牧师职业的行业竞争力，而赫伯特与新涌现出来的绅士阶层和具有科学性质的医学植物学的私人联系，使他稍微从民间医学传统中脱离出来。正如牧师与医生之间既是联盟关系又有所区别一样，进行治疗的牧师与读者在《乡村牧师》中没有读到的非专业的治疗者、助产士、当地女巫医（和男巫医）之间既

---

① Roy Porter. "The Patient in England, c. 1660-1800". In *Medicine in Society: Historical Essays*, Andrew Wear ed., Cambridge: Cambridge University Press, 1992, p. 97.

② Ronald W. Cooley. *'Full of All Knowledge': George Herbert's Country Parson and Early Modern Social Discourse*. Toronto: University of Toronto Press, 2003, p. 67.

③ Ronald W. Cooley. *'Full of All Knowledge': George Herbert's Country Parson and Early Modern Social Discourse*. Toronto: University of Toronto Press, 2003, p. 67.

④ George Herbert. *The Country Parson*. In George Herbert. *George Herbert: The Complete English Poems*. John Tobin ed., London: Penguin Books, 2004, p. 236.

⑤ Roy Porter. "The Patient in England, c. 1660-1800". In *Medicine in Society: Historical Essays*, Andrew Wear ed., Cambridge: Cambridge University Press, 1992, p. 97.

存在着联系，又存在着明显区别。[①]

在《乡村牧师》中共有两个章节，赫伯特分别描述了牧师妻子应该具有的治疗才能，赫伯特认为治疗技能是牧师妻子应该具备的最基本的资历之一。在第 10 章 "牧师在家中"（The Parson in His House），赫伯特描绘了理想的牧师伴侣形象：

> 他并不要求她具有社交手段，相反，他仅要求她具有三种能力。首先，她通过祷告、问答式讲授以及一切宗教仪式教育子女仆人敬畏神；其次，她的双手具有治疗与治愈伤口与创伤的能力；她可能本身就已经习得了这一能力，或者他坚持她向信主的邻人学习这一切。[②]

根据赫伯特的观点，牧师作为医生的职责由他的妻子履行或者分担。这与当时的社会语境之间有一定的必然联系，库利引用莫妮卡·格林（Monica Green）的观点，指出在中世纪末期以及早期现代时期的欧洲，女性渐渐被医学实践排除在外。[③]库利认为这一点特别值得关注，当牧师妻子以牧师妻子身份对病人进行医治时，能够获得一种保护，免于受到对 "江湖医生"（"empirics"）和 "女巫"（"wise women"）等类似的指责。因为在赫伯特生活的时代，也会偶然发生一些对女巫的指控和对无照执业医生的迫害事件，牧师既能给予妻子给人看病的特权，也能剥夺这一权利。"在仆人与他人面前，他敬重她，给予她一半的管家权利，同时保留一些事务用来转移自己的注意力；他绝不会放弃主控权，但是他有时会观察事务的运作方式，这需要一个理由，但并不是通过报告的形式。他是经常还是偶尔这样做，是由他对妻子谨慎行事的满意程度决定的。"[④]据此，库利推测，牧师即能赋予他的妻子以特权，又能在妻子面前维持自己的权威身份，这同样也适用于牧师对医生妻子的看法。牧师妻子以她丈夫的名义安排家中

① Ronald W. Cooley. *'Full of All Knowledge': George Herbert's Country Parson and Early Modern Social Discourse*. Toronto: University of Toronto Press, 2003, p. 67.

② George Herbert. *The Country Parson*. In George Herbert. *George Herbert: The Complete English Poems*. John Tobin ed., London: Penguin Books, 2004, p. 215.

③ Monica Green. "Women's Medical Practice and Health Care in Medieval Europe". In *Sisters and Workers in the Middle Ages*, Judith M. Bennett et al. ed., Chicago: University of Chicago Press, 1989, pp. 51-52. In Ronald W. Cooley. *'Full of All Knowledge': George Herbert's Country Parson and Early Modern Social Discourse*. Toronto: University of Toronto Press, 2003, p. 68.

④ George Herbert. *The Country Parson*. In George Herbert. *George Herbert: The Complete English Poems*. John Tobin ed., London: Penguin Books, 2004, p. 214.

的一切，因此，牧师妻子能够以她丈夫的名义（"他治疗病患因为上帝，而她代替他治疗病患是因为上帝在她心中"）治疗病患。① 牧师作为基督副手的职业尊严为那些非职业医生打开了广阔的社会空间，包括那些能够给人治病的女性，但是，牧师对这空间进行限制，将其纳入牧师的父权管制之下。②

对此，库利认为《乡村牧师》反映了一种职业领域内合作、竞争与扩张的复杂过程。虽然《乡村牧师》对牧师从事医治职责的描绘与当时日渐独立的医学职业范围之间形成了一种竞争关系，但是，赫伯特努力扩张牧师的职责范围、努力界定其职责边界。在《乡村牧师》中，赫伯特对牧师职业化要点的归纳，库利认为非常有创意，他一直用一些看似离题的材料来实现这一写作目标。

三、维护社会秩序与拯救灵魂

在《乡村牧师》中可以发现赫伯特挪用医学术语的方法同样适用于这部散文集中的法律话语。在《乡村牧师》的写作中，赫伯特运用法律术语与观点来扩展与巩固牧师的职业权威。虽然赫伯特习以为常地将医生与律师看作是亲属与职业对手，但是，在处理法律与律师的问题时，他却表现出一种稍微有些不同的方式、方法与态度。他对整个法律机构表现出一种可以感知到的矛盾的、模棱两可的态度。③ 赫伯特与 17 世纪早期其他绅士阶层的继承人一样，在《习惯法》（The Common Law）的保守话语与意识形态中成长起来，很明显，赫伯特继承了这一传统。④ 按照赫伯特在《乡村牧师》中的记载，绅士阶层的继承者还有一项职责："他们还应该阅读法律与司法书籍，尤其是要通读法律条文。"⑤ 而且，"最重要的事情是他们要主

---

① Ronald W. Cooley. *'Full of All Knowledge': George Herbert's Country Parson and Early Modern Social Discourse*. Toronto: University of Toronto Press, 2003, p. 68.

② Ronald W. Cooley. *'Full of All Knowledge': George Herbert's Country Parson and Early Modern Social Discourse*. Toronto: University of Toronto Press, 2003, p. 68.

③ Ronald W. Cooley. *'Full of All Knowledge': George Herbert's Country Parson and Early Modern Social Discourse*. Toronto: University of Toronto Press, 2003, p. 69.

④ Ronald W. Cooley. *'Full of All Knowledge': George Herbert's Country Parson and Early Modern Social Discourse*. Toronto: University of Toronto Press, 2003, p. 69.

⑤ George Herbert. *The Country Parson*. In George Herbert. *George Herbert: The Complete English Poems*. John Tobin ed., London: Penguin Books, 2004, p. 250.

持一系列规模不同的治安会议，因为这不仅是他们对那些至少在他们郡出席治安会议的令人尊敬的审判员与法官表现的应有尊重，而且对他而言也有好处，教他了解土地的实际使用价值，因为我们将其诉诸法律就是履行我们的义务。"① 然而，在敬畏法律的同时，赫伯特却明显表示出不愿意毫无条件地接受哪种意识形态，在《乡村牧师》的写作中，赫伯特探索了法律话语的局限与不足之处。赫伯特引用《圣经》中的例子，坚持认为"上帝的律法有一种要求，而《福音》有另一种要求；虽然两种要求不同，但这两者却并不矛盾。"② 在阐述这一问题时，库利引用格伦·伯杰斯（Glenn Burgess）的观点，认为"在早期现代时期英国的社会语境中，神学话语与《习惯法》和《民法》的话语共同运用传统方法解决社会政治问题，尤其是那些与社会秩序和等级有关的问题。一般而言，这两种类型相近又不尽相同的话语能够完美和谐地发挥作用，因为按照习俗，每种话语都对应着不同类型的问题。然而，1625 年以后，查理一世与其官员频繁打破运用《习惯法》、《民法》以及神学话语的传统，用伯杰斯的术语来说，这种"不合习惯的"方式，引发了一场"人们不再信任《习惯法》的信任危机。"③

伯杰斯描述的"《习惯法》的危机"主要是由议会举行的、关于并非由议会决定的税收展开的辩论所引发。但是，诸如怀疑法律提供"坚定而可靠的阻碍，抵制了……对出身自由的英国人行使自由权利的攻击"的想法在大众引发了对司法体制的威严与复杂的深刻焦虑，或者说对早期现代时期那个并非是系统的，而是广大的、让人困惑的、诉讼当事人需要依赖的法庭产生了焦虑情绪。④ 就地方层面而言，正如赫伯特所指出的那样，地方法庭由地方治安委员会（a county Commission of the Peace）管理，还有巡回法庭（Assizes）直接把威斯敏斯特法庭中的"国王正义"直接送到乡

---

① George Herbert. *The Country Parson*. In George Herbert. *George Herbert: The Complete English Poems*. John Tobin ed., London: Penguin Books, 2004, p. 250.

② George Herbert. *The Country Parson*. In George Herbert. *George Herbert: The Complete English Poems*. John Tobin ed., London: Penguin Books, 2004, p. 205.

③ Glenn Burgess. *The Politics, of the Ancient Constitution: An Introduction to English Political Thought. 1603-1642*. London: Macmillan, 1992, pp. 130-138, 200-203, 179. In Ronald W. Cooley. *'Full of All Knowledge': George Herbert's Country Parson and Early Modern Social Discourse*. Toronto: University of Toronto Press, 2003, p. 69.

④ Ronald W. Cooley. *'Full of All Knowledge': George Herbert's Country Parson and Early Modern Social Discourse*. Toronto: University of Toronto Press, 2003, p. 69.

村。截至 17 世纪，在伦敦共有三个习惯法法庭，他们之间存在明显的竞争关系。但是，问题并不在于此。[①]17 世纪英国牧师、医生以及律师职业化进程的加快与现代国家意识的发展使得各个职业之间竞争不断，并且与国家政治联系在一起。赫伯特通过规定理想牧师的职责，试图为其谋求更为广泛的社会职责与培养更为广泛的国家政治意识，通过规范教区的秩序进而对整个国家秩序的确立产生影响。

四、牧师的社会影响力

牧师在教区生活中发挥特别的作用，例如牧师需要在教区布道讲道，在没有电视机、互联网以及报纸等当代媒体的时代，能够对教区信众的观点产生深刻影响。大多数从政府获得消息的忠诚派牧师宣扬君权神授以及服从国王。例如在查理一世继位的第二年（1626 年），神职人员按照政府要求在布道中宣扬拒绝对国王提供财政支持是有罪的。此外，人们期待牧师能够成为完美的典范：除非在必要情况下，牧师不准进入酒吧或者经商；牧师被禁止触碰扑克牌以及骰子；他们身着黑色服装，把他们的业余时间全部用来研究经文以及提高学识。17 世纪，越来越多的牧师都只是传教士，牧师本身曾经担任的多重社会功能因为早期现代医生与律师职业的发展而减少，而且牧师中穷人越来越少。出现了更好阶层接受圣职的候选人，这个新兴圣职候选人阶层包含绅士的儿子。塞尔登（Seldon）在《席间闲谈》（Table Talk）中说"如果他（牧师）出身于绅士之家，就会备受敬重。"克拉伦登在评价劳德主教时期的牧师说"与过去相比，低等神职人员担任了更多角色，他们不必像过去那样恭敬而凝重地对待他们的信众或者赞助人。"[②]

在《乡村牧师》第 1 章"论牧师"（Of a Pastor）中，赫伯特说：

牧师是基督的助理，他指引人归顺上帝。这则定义明显包含牧师的职责与权威这些具体步骤。首先，人因为违背上帝而堕落。其次，基督是上帝用以召回人类的光荣工具。再次，基督无法在地上的世俗凡间永生，但是，他在完成和解任务以后，被召回荣登天国，他已给

---

① Ronald W. Cooley. *'Full of All Knowledge': George Herbert's Country Parson and Early Modern Social Discourse*. Toronto: University of Toronto Press, 2003, pp. 69-70.

② A. Tindal Hart. *Clergy and Society 1600-1800*. London: SPCK, 1968, p. 19.

自己组建了一批助理，他们就是牧师。因此，在《使徒书》开篇圣保罗就已经表明这一点，他在《歌罗西书》开篇直言"为基督的身体，就是为教会，要在他（保罗）肉身上补满基督患难的缺欠。"此处包含了牧师的完整定义。由此可见，牧师宪章明确包含尊严与职责两项内容。牧师尊严在于牧师可以做基督做过的一切，因为牧师权威就是基督赋予他的权威；牧师职责在于牧师有权力去做基督曾经做过的一切，按照基督的方式，既是为教义也是为生活。[①]

牧师就是基督的助理，是赫伯特对牧师工作性质的认识，然而，他对基督的认识，远远超过宗教层面，而是将牧师职责与牧师权威联系在一起，对教民生活以及大众文化的塑造产生影响。

赫伯特对教民行为的训导还体现在《乡村牧师》的体裁方面。

按照福勒的观点，文学体裁"不仅是一系列编码规则……而且作为真实话语情境的文学替代者具有准语用功能。因此，文学体裁以这种方式代替语境，为相关内容提供共同指南。"[②]

福柯在《规训与惩罚》（*Discipline and Punish*）中考察了惩罚权力演变的历史，展现了权力技术的复制性：在 17 和 18 世纪，规训机制逐渐扩展，遍布了整个社会机体。福柯对权力的思考与分析主要从法国历史中获得材料，因此，不少历史学家就此认为早期现代的英国还没有发展起来有效的社会控制机制，但是，这一社会控制机制已经在英国社会初露端倪。赫伯特在《乡村牧师》中努力建构的理想乡村牧师形象就是这个庞大机构中的一部分。

早在福柯之前，马克斯·韦伯就已经提出社会控制方法理论，辨析了传统权力体制与法律理性权力体制的本质区别。韦伯认为，传统社会秩序建立在远古传统的神圣不可侵犯性之上，建立在那些行使权力的机构的合法性基础之上。而在法律理性社会中，权力建立在对规范性规则模式"合法性"的信念基础之上，以那些被晋升职位并按照这些规则发号施令的人

---

①　George Herbert. *The Country Parson*. In George Herbert. *George Herbert: The Complete English Poems*. John Tobin ed., London: Penguin Books, 2004, pp. 201-202.

②　Alastair Fowler. "Georgic and Pastoral: Laws of Genre in the Seventeenth-Century". In *Culture and Cultivation in Early Modern England: Writing and the Land*, Michael Leslie and Timothy Raylor ed., Leicester: Leicester University Press, 1992, p. 82.

行使的权力为基础。[①] 在《乡村牧师》第 32 章 "牧师调查"中，赫伯特这样写道："我们的法律是实践"。此外，在《乡村牧师》这本书中，赫伯特还涉及宗教、法律职业化、医学职业化、农业、家庭关系等多种社会理念。英国 17 世纪特殊的社会语境表明，潜心研究这些主题的作家正在努力把传统知识与社会实践进行合并、整理与评价，而赫伯特便是其中一位，他选择从构建理想的乡村牧师入手，对社会秩序产生影响。然而，在 17 世纪英国的社会语境中，牧师职业因为医生和律师职业走上职业化进程而受到影响，在这一社会进程的影响下，牧师只有通过不断拓展自身的社会实践空间才能够获得存在的意义。

---

① Max Weber. *The Theory of Social and Economic Organization*. Translated by A.M. Henderson and Talcott Parsons. Oxford: Oxford University Press, 1947, p. 388.

第二章

赫伯特美德诗学的内涵

《圣殿》是赫伯特沉思《圣经》的产物，对《圣经》中表达的牺牲、爱人如己和善待他人等美德条目进行了诗性阐释。在《圣殿》的创作中，赫伯特通过丰富瑰丽的想象，描绘传统的基督教事件，再现基督受难等场景，"以心灵去创造超越现实的境界"①，对基督教的美德理想进行诗意的描绘。

在《圣殿》的主体部分"圣堂"②中，排在第二首的诗歌"牺牲"，是一首含有 63 个四行诗节的长诗，该诗以吊在十字架上受难的基督的口吻，表达了上帝之子基督在拯救人类罪孽、帮助人类获得救赎时所面临的"在生死之间进行选择"的伦理选择难题。因此，赫伯特的美德诗学即是基督教"受难美学"，上帝之子耶稣的牺牲具有伦理选择的维度，具有崇高的内涵。

第一节　赫伯特美德诗学思想的实践神学特征

探究赫伯特作品的美德主题是比较赫伯特宗教诗歌与中世纪宗教诗歌的一个重要切入点。"Virtue"及其相应的形容词"virtuous"在《圣殿》中总共出现了 16 次。其中"virtue"出现了 13 次；"virtuous"出现了 3 次，分别是在"virtuous soul"、"virtuous deeds"与"virtuous actions"中。"virtue"这个关键词在《圣殿》中出现的频率并不高，但是在渲染美德方面，赫伯特却使用"sweet"及其相应的同根词 79 次之多。在《圣殿》中，

---

① 周群：《宗教与文学》，南京：译林出版社，2009 年，第 8 页。
② 诗集《圣殿》包含"教堂门廊"（The Church-Porch），"圣堂"（The Church）和"教堂斗士"（The Church Militant）三个部分。

诗人通过多次运用通感这一修辞手法，将美德给基督教徒带来的"美好"影响贯穿在诗集始终，激发基督教徒去追求不仅给他带来愉悦的身体享受，也给他带来愉悦的精神享受的美德。

爱德华·赫伯特（Edward Herbert）是乔治·赫伯特的长兄，在论述自然神论时，谈到了美德对提升灵魂境界的作用。他说："由于自然永不停歇地努力，想把灵魂从它的肉体负担中解放出来，所以说自然本身给我们逐渐灌输了一种隐秘的信念，即认为对于让我们的精神逐渐从身体里面分离和解放出来，进入其所适宜的领域而言，美德构成了最有效的手段。而尽管在这个问题上还有很多的论据可资引用，我所能想到的最有说服力的证据却是这样一个事实，那就是惟有美德有能力把我们的灵魂从它所陷入的欢愉之中提升出来，甚至还能使它回到自己本来的领域之中，从而脱离罪恶的魔掌，并且最终摆脱对死亡本身的恐惧，它可以发挥自己应有的作用，并且获得内在的永恒喜乐。"[①] 美德帮助人摆脱罪恶的行为，脱离对世俗欢乐的向往，使人的灵魂得到提升，并获得最终的快乐。

在"洒圣水的容器"中，赫伯特对人们的行为提出要求，要求人们无论在公共生活领域还是在个人生活领域，都要注重约束自身的行为。但是，赫伯特并没有把人作为一个集体或者统一体来要求，在他看来，只有每个人使自己的行为符合规范，做一个最好的自己，才能从根本意义上改进社会秩序，促进英国国教和国家的进步。

由此可见，在赫伯特看来，基督徒个体美德的获得与他的行为实践密切相关，个体行为的品质直接关涉到基督教徒能否得到喜乐，获得基督的救赎。赫伯特的名诗"美德"（Virtue）直接以"美德"为题，突出表现了美德主题的重要价值。因此，可以认为赫伯特的诗学具有行为美学的性质。

关注基督徒的行为实践是文艺复兴时期众多基督教学者的精神追求。1633年，韦尔特郡牧师罗伯特·戴尔（Robert Dyer）出版了专著《基督教徒神学实践》（*The Christians Theorico-Practicon*），该书由他在牛津郡布道时撰写的两篇布道词组成。第一篇布道词的核心内容是基督徒的学识，第二篇布道词的核心内容是基督徒的实践，纵观两篇布道词，戴尔并没有孤

---

① ［英］爱德华·赫伯特：《论真理》，周玄毅译，武汉：武汉大学出版社，2006年，第277页。

立地谈论基督徒的学识与实践，而是在分别论述二者的过程中，探究学识与实践在基督徒生活中的价值与意义。在他看来，"我们的学识必须在实践中指导我们的意识，我们的实践就是使我们的学识变得十全十美。"接下来，戴尔强调，"实践的必要性在于获得灵魂的拯救。"[1]

《圣殿》中"花环"（A Wreath）这首诗表达的观点可以与戴尔的观点相媲美，尤其是在该诗的后4行，赫伯特写道：

> 请您赐予我简洁，我将因此而生，
> 我像基督一样活着，我将认识您的道路，
> 认识您的道路并将就此前行：随后我把
> 这可怜的花环献给您，把这赞扬的王冠献给您。（ll. 9–12）

在这四行诗中，诗人通过运用顶真[2]这种修辞手法，以及与该诗第一个四行诗节的韵律恰好相反的韵律，强调了圣洁的实践活动的本质是重复与循环，甚至是螺旋上升的状态：生活实践带来学识的积累，而学识的积累反过来带来更有意义的生活实践。赫伯特对神学理论与实践之间关系的重视，显然不应该被读者忽略。

散文集《乡村牧师》集中体现了赫伯特认为基督徒应该注重社会行为实践的观点，这一宗教体验是他对基督教信念的独特解读。此外，《圣殿》与《乡村牧师》的创作年代非常接近，几乎都是在诗人来到伯默顿担任牧师以后完成的。于是，《圣殿》和《乡村牧师》在思想方面存在一定的相通性，他们互为补充、互相阐释，形成互文。

《圣殿》是赫伯特的基督教抒情诗集，同时也是他发表德行观点的阵地。"洒圣水的容器"的77个六行诗节是关于德行与智慧的诗性布道文。而"圣堂"部分的一百多首诗或直接以基督教节日为题，或直接以教堂中的物体为题，或是诗人对日常生活中的物品展开沉思。在这些标题中，

---

① Robert Dyer. *The Christians Theorico-Practicon: or, His Whole Duty, Consisting of Knowledge and Practise*. London, 1633, p. 21. In Kenneth Graham. "Herbert's Holy Practice". In Christopher Hodgkins ed. *George Herbert's Pastoral: New Essays on the Poet and Priest of Bemerton*. Newark: University of Delaware Press, 2010, p. 72.

② 用上句结尾的词语作下句的开头，前后顶接，蝉联而下，促使语气衔接的修辞法，叫作顶真，又称联珠、蝉联、连环。"花环"一诗的最后4行原文为："Give me simplicity, that I may live, / So live and like, that I may know thy ways, / Know them and practice them: then shall I give/ For this poor wreath, give thee a crown of praise."

"Virtue"这个标题显得异常耀眼夺目，而对该题目的理解、阐释与翻译对理解赫伯特的诗学思想至关重要。是否应该像何功杰等译者那样，将其译为"美德"呢？还是结合诗人在"洒圣水的容器"中表达的思想，将其译为"德行"呢？这需要考察"Virtue"这个词的内涵及其发展变化。

　　在13世纪早期，"Virtue"写作"vertu"，意思是"有德性的生活与行为"。"vertu"这个词来自盎格鲁-法语和古法语词"vertu"，而"vertu"的词源是拉丁语"virtutem"（其复数形式是virtus），意思是"道德上的优秀、男子气概、英勇、卓越、有价值"[①]；该词在希腊语中的现代写法是"arête"，是一位女神的名字。[②]"arête"的本意表示任何类型的优秀，表示人的某种技能、特长或功能，表明人能够做什么，是一种功能性概念"[③]。在文艺复兴晚期，"virtue"一词的常用含义有两个，一个是指抵制诱惑的正确的道德行为；另一个是指"力量"。[④] 在考察"virtue"的词源之后，结合本文对赫伯特诗歌及其创作思想的理解，认为"virtue"译为"美德"更能突出本文的研究重点和研究价值。

　　当代西方最重要的伦理学家阿拉斯戴尔·麦金太尔（Alasdair MacIntyre）在其道德专著《追寻美德：道德理论研究》中使用历史主义的方法考察了美德的内涵，根据时代的变化，试图把握美德在不同社会语境下的真正含义。

　　麦金太尔把人类美德思想史的起源推至比《荷马史诗》产生的公元前7世纪还要早许多年的古代史诗中，他没有指出这一具体的时间，但是他明确指出在公元前6世纪正式背诵《荷马史诗》已经成为一种公共庆典。

　　美德，在荷马史诗中用来指任何种类的优秀。跳远的人显示了他双脚的优秀，一个人可以在一种美德上胜过其父辈、祖辈。正如亚里士多德所言："一切德性，只要某物以它为德性，就不但要使这东西状况良好，并且要给予它优秀的功能。例如眼睛的德性，就不但使眼睛明亮，还要使它的功能良好（眼睛的德性，就意味着视力敏锐）。马的德性也是这样，它要

---

　　① Online Etymonline Dictionary. "Virtue" [EB/OL] [2013-9-4]. http://www.etymonline.com/index.php?allowed_in_frame=0&search=Virtue&searchmode=none.

　　② Theoi Greek Mythology. "Arete" [2013-9-4]. http://www.theoi.com/Daimon/Arete.html.

　　③ Wikipedia. "arête" [EB/OL] (2014-4-23) [2013-5-4]. http://en.wikipedia.org/wiki/Arete.

　　④ Robert H. Ray. *A George Herbert Companion*, New York: Garland Pub., 1995, p. 161.

成为一匹良马，并且善于奔跑，驮着它的骑手冲向敌人。如若这个原则可以普遍适用，那么人的德性就是一种使人成为善良，并获得其优秀成果的品质。"①

　　在对荷马史诗《伊利亚特》进行考察后，麦金太尔首先得出美德在英雄社会中的含义。他认为："判断一个人就是判断其行为。要印证有关一个人的美德与罪恶的判断就看他在特定境遇中所表露的具体行为；因为美德恰恰就是维持一个自由人的角色，并在其角色所要求的那些行为中显示自身的那些品质。"② 在英雄时代，硝烟滚滚、人们流离失所、人类在自然面前的无助与弱小使得勇敢、友谊和坦然面对死亡成为当时的主要美德。在麦金太尔看来，在英雄社会中，美德是一种能够使个人履行其社会角色的品质，美德概念从属于社会角色。

　　时至公元前5世纪，在雅典，一些思想家开始探讨古典社会的德性，发现荷马对社会、对家庭乃至家族的要求已转化为对雅典、斯巴达等城邦的要求，这就使美德概念适用的共同体由血缘集团拓展到了城邦国家。由于道德权威中心的转移，美德概念获得了新的含义，并逐渐与社会角色概念相分离。在雅典，判断好人的标准不再是其社会角色，而是此人与他人之间的关系。

　　在智者学派③看来，成功必须是在某个特定城邦里的成功。这样，不同的城邦所孕育的美德概念就有所不同。"正义本身"只能是正义者杜撰出来的一个并不存在的幽灵，在现实生活中仅存在"雅典所认为的正义"、"底比斯所认为的正义"和"斯巴达所认为的正义"。所以，在智者学派那里，美德已成为一种多种多样的、区域性的、随机的品质。

　　与智者学派的论点相反，柏拉图追求统一性，他认为城邦的美德与个

------

① ［古希腊］亚里士多德：《亚里士多德选集：伦理学卷》，苗力田编，北京：中国人民大学出版社，1992年，第34页。

② ［美］麦金太尔：《追寻美德：道德理论研究》，宋继杰译，南京：译林出版社，2011年，第154页。

③ "智者"原是泛指有才智及某种技能专长的人。到公元前5至前4世纪，才用来称那批授徒讲学，教授修辞学、论辩术和参政治国、有处理公共事务本领的教师。在这批人中产生了不少出色的哲学家，因此称为"智者学派"。智者最早和最主要的代表人物是普罗泰戈拉和高尔吉亚，他们的思想奠定了智者学说的基础。对智者的研究，主要依据柏拉图、亚里士多德、塞克斯都·恩披里柯等人有关著作中对智者活动、论断的记载和转述。

人的美德是统一的，二者不可能相互冲突，但他也深知，合理欲望"只能在一个具备理想制度的理想国家中，得到真正的满足。所以必须在理性的欲望所渴望的善与城邦的现实生活之间作一截然的划分。可是，由政治途径获得的东西绝不能令人满足；令人满足的东西只能由哲学而非政治来达到……尽管如此，美德概念仍然是个政治概念；因为柏拉图关于有德之人的论述与他关于有德公民的论述是不可分离的。诚然，这是一种掩饰，一个优秀的人不可能不是一个优秀的公民，反之亦然。然而，优秀的公民不会居住在任何现实的城邦中，雅典、底比斯甚或斯巴达。在这些地方，统治城邦的那些人本身并不是由理性统治的"①。从这个意义来说，美德与其说同现实国家的政治实践相关，不如说同理想国家的政治实践相关。为了解决这种理想与现实的矛盾进而保持美德的统一性，柏拉图把人的本质归于灵魂。

在柏拉图看来，一个人的灵魂包含理性、激情与欲望三个要素，"灵魂的每一部分均应履行其特定的功能"②。他认为，理性、激情和欲望分别与智慧、勇敢和节制三种美德相对应。理性创造智慧，在个人灵魂中发挥主导作用；激情能够唤起勇气；欲望是人们感受爱、恨、饥、渴等本能的感觉。其中，理性与激情是人性中善的部分，而欲望则是人类灵魂中恶的部分。欲望的满足会让人感到快乐，但是强烈的欲望会使人变得邪恶。因此，人们必须用理性和激情来引导欲望，使过度的欲望得以控制。灵魂中理性、激情和欲望这三要素之间关系的调节与安排取决于正义。柏拉图的正义与我们当今对正义的理解不同。在他看来，正义是一种美德，是"给灵魂每一部分分配其特殊功能的美德"③。

柏拉图的学生亚里士多德是西方伦理学德性传统的奠基人。他直接把伦理学定义为"研究德性的科学"，把人预设为一种有理性、有目的性的动物，只有这样才能使"偶然成为的人"转化为"一旦认识到自身基本本

---

①　[美]麦金太尔：《追寻美德：道德理论研究》，宋继杰译，南京：译林出版社，2011年，第177-178页。

②　[美]麦金太尔：《追寻美德：道德理论研究》，宋继杰译，南京：译林出版社，2011年，第178页。

③　[美]麦金太尔：《追寻美德：道德理论研究》，宋继杰译，南京：译林出版社，2011年，第178页。

性后可能成为的人"①。亚里士多德认为人作为理性动物的最高目的就是自足的至善——幸福，而美德是实现至善的内在手段。对人类而言，究竟何为善？亚里士多德认为善是"当一个人自爱并与神圣的东西相关时所拥有的良好的生活状态以及在良好的生活中的良好的行为状态"②。美德就是使人能够达到这种状态的品质。拥有美德，人就能够达到至善，实现自身的幸福。

在亚里士多德看来，美德不是天生的，它是在人类的灵魂中生成的。③那么，在亚里士多德的德性观中，人如何才能获得美德呢？根据获得的途径不同，亚氏将美德分为理智美德（intellectual virtue）和品格美德（virtues of character）。理智、理解和明智是理智德性，而像慷慨、节制、勇敢等则属于道德德性。理智美德是通过教育获得的，品格美德则是来自习惯性的行为实践。④两类美德密不可分。

麦金太尔在阐释亚里士多德的《尼各马可伦理学》时，指出亚里士多德通篇很少提及规则。而且，他"把服从规则的那部分道德，看做是服从城邦所颁布的法律。这种法律绝对地规定并禁止某些行为，而这些行为属于一个有美德的人应该做或者要抑制着不去做的行为……可见，在亚里士多德那里，规则就是法则，它的目的主要是禁止人们做什么，而美德的目的主要还是告诉人们应该做什么。亚里士多德的美德与法则的关系，其实隐含着的是美德与共同体的关系"。⑤

在亚里士多德看来，美德不仅在个人生活中非常重要，而且在城邦生活中也必不可少。秦越存在论述亚里士多德的美德观在个人生活与城邦生活中的关系时，认为："要阐明美德与法则的关系，就要考察在任何一个时代建立一个共同体所要涉及的东西，这个共同体要实现共同的筹划，这

---

① 秦越存：《追寻美德之路：麦金太尔对现代西方伦理危机反思》，北京：中央编译出版社，2008年，第72页。

② ［美］麦金太尔：《追寻美德：道德理论研究》，宋继杰译，南京：译林出版社，2011年，第187页。

③ 王能昌、海默：《亚里士多德的德性论》，《南昌大学学报（人文社会科学版）》，2001年第4期，第42页。

④ ［美］麦金太尔：《追寻美德：道德理论研究》，宋继杰译，南京：译林出版社，2011年，第195页。

⑤ 秦越存：《追寻美德之路：麦金太尔对现代西方伦理危机反思》，北京：中央编译出版社，2008年，第73页。

一筹划旨在产生某种被所有参与这一筹划的人公认的、共享的善。共同体的成员有两种不同类型的评价性实践。首先是必须承认那些精神和性格中有助于实现其共同善的品质为美德；其次是要把有损于共同善的行为看做是恶。这种行为至少在某些方面、某些时候妨碍善的获得，从而破坏共同体的联结纽带。在这样一种共同体中，通行的那些美德会教导其公民何种行为将给他们带来功绩与荣耀；而那些违法行为则教导他们何种行为不仅被视为恶的，而且是不可容忍的。可见，对违法行为的广泛性认同和对美德的性质与意义的广泛认同一样，都是一个尚未腐朽的共同体的组成要素。"①

因此，对于一个共同体来说，仅有全体成员共同认可的美德条目是不够的，还必须有适合当时历史发展的法则与之相配，使法则与美德互为补充。

亚里士多德的德性论对后来西方文化的发展产生了重要影响。虽然中世纪是神学一统天下的时代，但是作为一个统一体，中世纪文化因为多种截然不同的成分之间的相互冲突而保持着一种脆弱而又复杂的平衡。中世纪社会通过多种不同类型的方式和途径完成从英雄社会到它自身的转变，它并没有完全抛弃英雄社会与古希腊、古罗马的城邦文化，而是对这些古典文化的精髓进行反思，使之渗入到自己的文化当中。

麦金太尔认为，虽然基督教的《圣经》文化在中世纪文化中占有支配地位，但是古典的文化传统依然十分重要，影响了整个中世纪文化。秦越存在描述这种文化冲突与融合的过程中说："整个中世纪的美德观不仅是基督教与异教的紧张与冲突的过程，也是基督教与异教相融洽的过程。……在这种冲突的背景条件下，道德教育才得以展开，美德才受重视并被重新界定。因此，12世纪的著作家以美德的方式提出了这样的问题，即如何使正义、审慎、节制与勇敢这四种核心美德的实践适应于神学的美德——信仰、希望与爱。异教作家所讨论的美德都是有利于创造和维系世俗社会秩序的品质，但神学的美德能把这些品质转变成真正的美德，而这些美德的

---

① 秦越存：《追寻美德之路：麦金太尔对现代西方伦理危机反思》，北京：中央编译出版社，2008年，第75—76页。

践行则通向人的超自然的目的地——天国。"①

在麦金太尔看来，中世纪的社会结构为践行亚里士多德设想中的美德提供了社会语境支持，因为中世纪的王国与亚里士多德设想的城邦之间有一定的相关性。"这两者都被设想为是人们在其中共同追求那种人类的善的共同体，而不仅仅是为每一个体角逐其自身私人的善提供竞技场……。"②无论是在古代社会，还是在中世纪的王国中，个体不仅要将其自身的才能发挥到卓越，还要实现其作为个体的特性角色，处理好个体与共同体之间的关系，这样个体才能实现自身的善。共同体对自我善的实现来说，至关重要，因为"我是作为这个国家、这个家族、这个氏族、这个部落、这个城邦、这个民族、这个王国的一名成员而面对世界的。除此以外，别无他'我'"。③对于中世纪的基督教徒来说，无论个体我属于哪一个教派，属于哪一个世俗共同体，他都把自己想象为天国的永恒的共同体中的一员。"因此，虽然在中世纪的社会中存在着道德争议，但是，这是一个概念背景一致并有着共同美德认同框架的历史条件下的争议。"④

在中世纪的众多观点当中，斯多葛派的观点颇具特色。与亚里士多德的美德思想不同，斯多葛派认为："aretê 本质上是个单数表达式，一个人要么拥有全部美德，要么一无所有；某个人要么拥有 aretê 所要求的完满性（在拉丁文中，virtus［优秀］和 bonestas［完善］都被用来译 aretê）要么什么也没有。人有了美德才有道德价值；没有美德，人就毫无道德价值。这里不存在任何中间层级。既然美德要求正确的判断，因此按照斯多葛主义的观点，善人必定也是有智慧的人。不过，他的行动倒不一定是成功的或有效的。做正确的事并不必然产生愉快或幸福、身体健康或功名利禄或任何其他形式的成功。然而，所有这一切都不是真正的善；它们只是在被有着正当意志的行为者在正当行动中所运用时，才是无条件的善。只有这

---

① 秦越存：《追寻美德之路：麦金太尔对现代西方伦理危机反思》，北京：中央编译出版社，2008 年，第 80 页。

② ［美］麦金太尔：《追寻美德：道德理论研究》，宋继杰译，南京：译林出版社，2011 年，第 217 页。

③ ［美］麦金太尔：《追寻美德：道德理论研究》，宋继杰译，南京：译林出版社，2011 年，第 217 页。

④ 秦越存：《追寻美德之路：麦金太尔对现代西方伦理危机反思》，北京：中央编译出版社，2008 年，第 80-81 页。

样一种意志才是无条件的善。因此，斯多葛主义放弃了任何有关 telos（目的）的概念"。①

在斯多葛派看来，一个正当行为的意志遵从的标准体现的是自然的标准和宇宙法则，美德标示的是内在性情和外在行动与宇宙法则的一致。理性对于个体的人来说是同一的，法则是世界性的，不受地域特征或者环境的限制。因此，斯多葛派的单一的美德一元论取代了远古的德性传统及其目的论。斯多葛主义在中古时期的发展，为欧洲后来的道德理念的建立确立了一种模式，法则置换了德性而成为中心，德性被边缘化了。

斯多葛主义的泛滥打破了自 12 世纪以来在欧洲大陆形成的即包含古典又包含神学的道德体系。这种将神学与亚里士多德的目的论伦理学结合在一起的道德伦理学敦促美德、禁绝恶行，教导信徒如何把潜能变为行动、如何实现自身的真实本质并达到自身的目的（telos）。这一体系的三个基本要素：偶然所是的人性（human-nature-as-it-happens-to-be）、理性伦理学的训诫，以及实现其目的而可能所示的人性（human-nature-as-it-could-be-if-it-realized-its-telos）紧密地结合在一起。这一理论的中世纪支持者理所当然地认为这是上帝启示的一部分。但是，"当新教和詹森派天主教登上历史舞台时，这种大规模的认同感就消失了。因为它们体现了一种全新的理性概念"，②跳出了传统基督教和美德思想的框架体系。

在中世纪行将结束、启蒙运动的曙光到来的时代，由于世俗社会排斥、拒绝新教和天主教神学，以及科学和哲学的发展脱离了亚里士多德主义，最终启蒙运动时代的道德哲学抛弃了中世纪神学道德体系中的"实现其目的而可能所是的人"这一概念。

此外，启蒙运动将道德世俗化，使人对道德判断作为神法的公开表达的地位产生了质疑。人们把道德判断本身看作是绝对命令，忽略了道德评判依据的标准。

休谟、狄德罗、康德都在自己的哲学著作中论证了启蒙运动失败的原因，指出 18 世纪道德哲学家的道德筹划注定不会成功。康德对这一问题的

---

① ［美］麦金太尔：《追寻美德：道德理论研究》，宋继杰译，南京：译林出版社，2011年，第 213 页。

② ［美］麦金太尔：《追寻美德：道德理论研究》，宋继杰译，南京：译林出版社，2011年，第 68 页。

批判更具代表性，他认为这是抛弃传统道德目的论直接导致的结果。至此，麦金太尔在对众多哲学家的哲学思辨分析的基础上，认为抛弃亚里士多德伦理学目的论的直接后果是导致启蒙筹划的失败。

在考察古典社会、雅典城邦社会、柏拉图和亚里士多德、中世纪和启蒙运动时期的美德内涵以及道德评判标准以后，麦金太尔阐释了自己的美德伦理思想，指出道德只有放在它所产生的文化背景中才具有意义，在对哲学史的梳理中，美德突出地显示出它在道德规范中的重要作用，提出要在道德规则与人性之间建立连接，就必须依靠传统，就必须回归亚里士多德，这才是拯救当今西方社会道德状况不尽如人意的良方。

从麦金太尔对西方社会美德内涵和道德评判标准考察的过程来看，西方社会在文艺复兴晚期到启蒙运动时期，经历了美德发展史上的第一次重大变化。中世纪形成的、与神学相结合的美德传统，在文艺复兴晚期，由于人的主权与地位的大力宣扬与建立，神法道德受到人们的质疑，亚里士多德的美德传统逐渐被抛弃。到启蒙运动时期，18世纪的道德哲学家们建立了一种脱离亚里士多德道德传统的理性道德观，这一观点彻底抛弃了亚里士多德的目的论，忽略了人对"至善"的追求以及美德在这一过程中的重要作用。

《圣殿》与《乡村牧师》由于其特殊的创作年代和赫伯特本人对美德的思考，显示出他在英国社会由中世纪向近代早期社会过渡的过程中独具慧眼，试图与古老的亚里士多德的美德思想建立连接，在美德与行为之间找到关联点。同时，由于他对神学的体验与感悟，他对美德与行为的感知又具有了神学的维度。

赫伯特的宗教思想在他的宗教抒情诗中有一定的体现，但是，主要体现在散文集《乡村牧师》中。赫伯特认为，乡村牧师不仅身兼宗教职责，还必须承担社会职责，维护社会秩序，有助于社会秩序的维系与确立。因此，把《乡村牧师》的研究置于早期现代英国社会的语境中，对于研究早期现代英国社会史具有重要意义。

一、理想牧师的"图书馆"："一种高尚的生活"

《乡村牧师》的结构本身反映了赫伯特对牧师日常工作和生活的关注。该书前5章是导入部分，依次说明该书的研究对象、读者以及主题，直接点明该书的主旨是研究乡村牧师的生活与教义学说。在接下来的 24 章中赫伯特着重分析乡村牧师实际生活的方方面面：祈祷、布道、礼拜日的活动、安慰、旅行、教义问答以及惩罚等。该书最后 8 章以赫伯特对乡村牧师神学思想的思考为主，涉及赫伯特对天道（providence）、基督徒的自由以及神圣特性的思考和反思。

沃伯格认为赫伯特的《乡村牧师》的创作思想与当时流行的其他探究牧师行为的手册文学有所不同。沃伯格说，在赫伯特生活的时代，典型的新教作家首先分析拯救的改革范式，然后再创作神学手册部分。也就是说，赫伯特的同时代基督教作家在探究如何才能拥有基督徒的合理身份之后，才解决如何使基督徒神圣化这个问题。这类神学手册首先探究的是关于灵魂获得拯救的问题，其次才是基督徒的神圣化问题，他们关注的是信仰问题，而不是行为问题。在他们看来，对于那些"精神已死"的人，即非基督教徒而言，探究他们如何才能过更加高尚的生活没有丝毫意义。所以，17 世纪基督徒手册的一大特点是首先探究教义，其次才是牧师的生活实践。[①]

巴克瑟特（Richard Baxter）撰写的《革新后的牧师》（*The Reformed Pastor*）便是其中一例。他首先利用大量篇幅探究基督教的教义问题，然后才开始论述牧师的实践伦理。在该书开篇，巴克瑟特用了很长一章告诫牧师要坚定信仰，并对很多人在成为真正的基督徒以前就担任牧师工作的现象深感悲痛。对他而言，充分论述真正意义上的基督教教义信仰是必不可少的，只有在这之后，他才开始探究牧师的圣洁生活与职责。埃姆斯（William Ames）的《神圣的精髓》（*The Marrow of Sacred*）同样生动地诠释了这一传统，他首先探究了牧师应该具有的教义信仰，然后才是牧师的生活实践。因此，该书包含两个部分，第一部分从广义上探究牧师的教义信仰问题；第二部分论述牧师的生活，也就是牧师在实践中对这些教义的遵守执行情况。在他看来，理论先于实践，信仰先于生活。[②]

在《乡村牧师》的写作中，赫伯特不仅颠倒了当时普遍接受的牧师手

---

① Kristine A. Wolberg. *"All Possible Art": George Herbert's The Country Parson*. Madison: Fairleigh Dickinson University Press, 2008, p. 19.

② Kristine A. Wolberg. *"All Possible Art": George Herbert's The Country Parson*. Madison: Fairleigh Dickinson University Press, 2008, pp. 19-20.

册的写作顺序，而且正如他在诗歌"教堂之窗"（The Windows）中所抒发的情感一样，他有意降低教义的重要性。沃伯格认为赫伯特在《乡村牧师》的写作中，多处使得基督教教义显得无足轻重。一般而言，在其他作家看来应该赋予教义的作用，在赫伯特的作品中，都被牧师的实践生活所代替，牧师的公众生活代替了基督教教义与信仰而被赋予首要位置。①

在《乡村牧师》中，与基督教教义相比，生活经历明显是牧师成为优秀牧师的更重要条件。在该书第 2 章，赫伯特给那些在大学里还没有毕业的读者提出了一些建议。他警告那些准备成为牧师的读者说仅仅经过完备的教义训练并不能成为一名好牧师："对于那些准备成为牧师的人而言，其目标与努力不仅要致力于获得学识，还要克制进而抑制欲望与激情；更不用想当他们阅读《圣父书》或者《经院学者书》时读到的内容。当培养出一名牧师的时候，上帝拯救人类的事业就已经取得了成功。"②

沃伯格指出赫伯特认为对于在毕业后准备成为牧师的人而言，生活本身至少要比一些教义问题重要，当他们离开神学院，就会发现生活经历比神学理论更加具有有用性。③"乡村居民往往行不义之举，却能狡猾地利用他人而使自己脱身，而神学学者必须勤于观察这一切，将他们曾经在神学院学到的一般原则应用在观察生活中的细小行为方面，因为这些是他们在书本中无论如何也找不到的。但是，生活在乡村，忠诚地履行牧师职责，他们很快就会发现这一切，尤其是当他们睁大双眼，关注职责而非个人喜好时。"④由此可见，在赫伯特看来，神学知识只是抽象的理论，只有与生活经验联系在一起，才能够获得意义。

在赫伯特看来，生活不仅能够弥补教义，而且在某些情况下生活经历比信仰更加重要。例如，当赫伯特述牧师该如何准备教育教民时，他并没有建议乡村牧师列举出一条条教义规则或者其他类型的说教材料。相反，

---

① Kristine A. Wolberg. *"All Possible Art": George Herbert's The Country Parson*. Madison: Fairleigh Dickinson University Press, 2008, p. 20.

② George Herbert. *The Country Parson*. In George Herbert. *George Herbert: The Complete English Poems*. John Tobin ed., London: Penguin Books, 2004, pp. 202.

③ Kristine A. Wolberg. *"All Possible Art": George Herbert's The Country Parson*, Madison: Fairleigh Dickinson University Press, 2008, p. 21.

④ George Herbert, *The Country Parson*. In George Herbert. *George Herbert: The Complete English Poems*. John Tobin ed., London: Penguin Books, 2004, p. 240.

他建议乡村牧师要从其个人的灵性生活经历寻找突破。赫伯特认为乡村牧师在灵性生活方面取胜的经历与"书中列举的节制规则"[①] 相比，能够为他提供更加有意的教义材料。牧师行为本身所体现出的美德比单纯的理论说教更有意义。"因此，在研习之后，牧师已经在内在的精神生活中掌控了他所有的欲望与情感以及外在世俗生活中的所有诱惑，因为他在与这些冲突中取得了胜利，所以他在准备布道时，有许多材料可以写进来。"[②] 由此可见，在赫伯特看来，牧师的德性生活能够为他的布道提供最有价值的施教材料，牧师成功的个人经验要比枯燥单调的基督教教义更有价值："他曾在餐桌上思考过关于自身食欲的问题，如果他想将这一点告诉其他教徒，那么可以通过布道；而且与抄写书中的节制规则相比，这种做法显得更加感性、更加高明……"[③]

虽然赫伯特清楚地意识到有必要去丰富内在的灵性生活，但是，他也"坚信古代基督徒的观点，认为个人私下里祷告上帝，远不如与会众一起共同在圣礼上祷告、敬拜上帝，远不如在圣礼上与会众一起共同倾听上帝的话语被朗读、被祷告，远不如在圣礼上共同庆祝上帝慷慨的仁慈。"[④] 由此可以理解，费拉尔在为赫伯特写的传记中写道："虽然他私下里对上帝进行了大量祷告，但是，他每天早晚都与家人一起来到教堂；在他的影响、劝诫与鼓励下，他教区的大部分会众也每天和他一起参加公开的礼拜活动。"[⑤]

赫伯特认为高尚的行为本身比教义更直接，更具有感染力，理想牧师的身体力行能够直接被教民观察到、感受到，其影响力远胜过基督教教义对教民产生的影响。牧师需要用自身的行为让教民感受他对教民的爱。在《乡村牧师》第11章"牧师礼仪"（The Parson's Courtesy）中，赫伯特写道：

---

① George Herbert. *The Country Parson*. In George Herbert. *George Herbert: The Complete English Poems*. John Tobin ed., London: Penguin Books, 2004, p. 251.

② George Herbert. *The Country Parson*. In George Herbert. *George Herbert: The Complete English Poems*. John Tobin ed., London: Penguin Books, 2004, pp. 251-252.

③ George Herbert. *The Country Parson*. In George Herbert. *George Herbert: The Complete English Poems*. John Tobin ed., London: Penguin Books, 2004, p. 252.

④ John N. Wall, ed. *George Herbert: The Country Parson, The Temple*. New York: Paulist Press, 1981, p. 4.

⑤ John N. Wall, ed. *George Herbert: The Country Parson, The Temple*. New York: Paulist Press, 1981, p. 4.

"乡村牧师有对穷人履行慈善的义务，有礼貌对待教区居民的义务，因此，他明辨是非，把自己的钱财用来帮助穷人，将自己的餐桌向那些依靠救济金生活的人敞开。他有时有意把穷人带回自己家，不只是欢迎他们坐上他的餐桌，而且让他们就坐在他旁边，为他们切肉，这既是他的谦卑之举，又是为他们舒适使然，他们因他的友好行为而倍感高兴。"①

因此，在赫伯特看来，生活经验远比教义说教重要："乡村牧师的图书馆是一种圣洁的生活……这生活本身即是布道。"生活取代教义成为牧师布道的资料来源，成为布道本身。赫伯特对生活经验的重视体现在《乡村牧师》第33章"牧师的图书馆"这个标题与其内容所构成的悖论中。当读者读到这章的标题时，一定会想赫伯特在这一章将要论述对他的宗教思想以及哲学思想产生重要影响的基督教著作，或者是讲述乡村牧师需要阅读的基督教著作以及一些圣徒传记。然而，赫伯特论述的内容却大大超出读者的预期，他认为乡村牧师的图书馆本身就是一种圣洁的生活，生活经历本身的重要性在他看来，已经超出了基督教经典作品。赫伯特对标题与内容的安排让读者不仅想到他作为剑桥大学官方发言人与演说家的语言天赋与表达才能。他通过标题与内容之间形成的巨大发差，强调在基督徒的生活中，生活本身的重要意义。这样，在他看来，乡村牧师在生活中的行为本身就显得尤为重要。牧师行为所体现出的高尚特性与美德，是他教育教区居民思想的真正来源。与同时代其他牧师手册作家相比，他没有将精力放在对自身教派属性的分析方面，而是强调乡村牧师行为本身所体现出的价值，这是赫伯特思想的独特之处。

在《乡村牧师》的写作中，每章的标题与内容大多体现出一致性，如第10章"牧师在家中"描述牧师的家庭事务与家庭成员之间的关系；第13章"牧师的教堂"是关于教堂这一建筑本身及其配备物品的。第33章的标题与内容之间形成的悖论与张力在《乡村牧师》的整体写作中体现出的独特性，将赫伯特对基督徒生活本身所体现出的神圣特性与美德凸显在乡村牧师的生活中。因此，乡村牧师生活的"神圣"与"美德"在赫伯特的基督教思想中具有十分重要的地位。

———————

① George Herbert. *The Country Parson*. In George Herbert. *George Herbert: The Complete English Poems*. John Tobin ed., London: Penguin Books, 2004, pp. 218-219.

赫伯特对基督徒生活神圣特性的描述不仅体现在第 33 章,在《乡村牧师》的其他部分也有论述。在第 24 章"牧师论辩"(The Parson Arguing)中,赫伯特说"如果乡村牧师教区中的一些基督徒相信一些奇怪的教义信条,那么乡村牧师要坚持不懈用一切可能的办法使他们回归共同信仰。首先,他可以运用祷告,祈求上帝之光照亮他的双眼……第二种方法也很好,通过经常去看望他们或者派人把他们请来……第三种方法就是观察生活,这是主要基础,也是牧师事业的核心。"[1] 牧师只有在实践中论辩过神圣生活的本质,才能在说服基督教徒回归正确的基督教信仰时具有话语权。

在《乡村牧师》中"牧师礼仪"一章,赫伯特写道,牧师要关注教区所有人的心理,要邀请教区中所有人,无论他们的身份、地位如何,使他们都有与他一同进餐的经历。

第 24 章的标题"牧师论辩"引发读者预测赫伯特的写作内容与信仰有关,结合 17 世纪上半叶英国基督教各教派之间斗争激烈的状况,读者期待赫伯特引用各种证据来论证何种信仰才是正统的基督教信仰,并借此来判断赫伯特的教派属性,然而,赫伯特的观点却再次超出读者的期待,使读者倍感失望。在"牧师辩论"这一章,赫伯特再次强调圣洁生活而非基督教教义在牧师生活中的重要意义:"牧师有两位强大助手和说服者:一位是严格的宗教生活,另一位则是谦卑而巧妙地探求真理的生活"。[2]

1625 年,尼古拉斯·费拉尔在弗吉尼亚公司倒闭之后,带着家庭退居到剑桥北边的小吉丁(Little Gidding),虽然这个大家庭并没有制定统一的誓言与纲领,但是,他们却遵循严格的生活纪律,而这些纪律大多是由尼古拉斯制定的。这些纪律涉及这个共同体的日间祷告活动以及针线活、阅读、写作、演奏与歌唱、抄写和装订图书技巧,有时甚至涉及正式对话等。费拉尔对这些活动提出的要求与共同体的道德标准类似,并有对其进行补充的作用,其核心观点不仅强调合作、顺从,而且强调情感的共鸣、勤劳、谦卑、认真以及尊崇上帝等。[3] 小吉丁共同体的理念中有不少内容与赫伯特

---

[1]　George Herbert. *The Country Parson*. In George Herbert. *George Herbert: The Complete English Poems.* John Tobin ed., London: Penguin Books, 2004, p. 237.

[2]　George Herbert. *The Country Parson*. In George Herbert. *George Herbert: The Complete English Poems.* John Tobin ed., London: Penguin Books, 2004, p. 237.

[3]　Paul Dyck. "'So Rare a Use': Scissors, Reading, and Devotion at Little Gidding". *George Herbert Journal*, No. 1 and 2, Fall 2003/Spring 2004, p. 67.

在《乡村牧师》中描述的理想的牧师和理想教区的秩序存在一致性，也许费拉尔受到了赫伯特的影响。

林语堂的《吾国与吾民》中的"中国的人文主义"一节，对西方哲学家无法找到人生的意义的原因进行了分析，指出了西方哲学存在局限性的原因，基督教的存在对人们的世界观产生了重要影响，在基督教的影响下，西方文化把人生的意义放在来生，放在基督对人死时其价值的判断。但是，在林语堂看来，从西方信奉的以苏格拉底为代表的目的论哲学的影响，到了来生，人的价值与意义还是存在于所谓的来生。这无论如何都是一个荒谬的论题。但是，他指出，西方文化在基督教的影响下，重视创造与拥有，而不是像中国传统哲学那样教育人们享受简单生活。因此，在西方的基督教文化语境中，创造与实践是其特征之一。

二、赫伯特实践神学的特征

按照福特的责任生态理论，基督教对学术、对教育、对教会以及对社会应当负有相应"责任"。

神学的实践特征，其重点并不是在"解释罪恶"，而是在想办法"抵制罪恶"。

基督徒如何才能认识上帝？需要依靠爱的实践，需要用"决定"的行动来塑造自己的人生，因此，在当代神学家福特看来，基督教的实质是实践。虽然赫伯特生活的年代距今已有将近400年，他并没有把自己对基督教神学的思考提升到某种理论的高度，但是，却将神学思想与社会实践密切联系起来。他的散文集《乡村牧师》就是指导乡村牧师社会实践、践行神学理论的实际可操作的手册。

赫伯特的基督教诗集《圣殿》、散文集《乡村牧师》以及格言集，将精神方面的复杂性与自己的思想和日常生活联系起来，用诗性语言诠释基督教思想与基督徒的生活实践。在他的宗教作品中，即有关于《圣经》文本、基督教历史与传统的思考与讨论，也有关于基督教信仰的学习与富有想象力的思考，还有关于教育、医疗、家庭以及公众生活的思考，这些内容涉及范围广阔，可操作性与实践性强，形成了一种全新的诗学。

赫伯特的实践神学既关注基督徒个人的幸福，也关注整个基督教社会的幸福，他将对社会幸福的把握与对社会的控制结合在一起，在张弛之间体现出一种气魄。赫伯特在各基督教派的纷争中提炼出基督教美德思想，与古希腊的美德伦理学建立起连接，在传统与当代之间架起一座超越各教派斗争的桥梁。

三、社会控制的实验场

库利指出，在《乡村牧师》中父权思想得以改进的关键在于其坚持了菲尔默（Sir Robert Filmer）那种缺乏连贯性的简单"身份"模式（"identity" model），菲尔默的理论缺乏连贯性这一点是可以证实的。理解自身的社会地位并不是简单地辨认出他应该顺从的父亲并从他那里得到应得的食物这一件事，而是要识别出在一个特定社会环境中一个人担当父亲角色的意义，扮演孩子角色的意义，而且一个人要学会同时扮演这两种角色。虽然赫伯特与那些家庭建议作家在阐释父权结构方面不如菲尔默那样系统化，但是，按理说，他们的思想在面对某个特定情境——不断变化、缺少稳定性、个性化的等级关系——中的既定事实时，却能够得到进一步提炼与升华。在这一范式中，父权家庭的意识形态功能与评论家按照传统等级制度赋予父权家庭的意识形态功能有很大不同：家庭不再因为稳定的权力关系而发挥模范作用，而是成为一个实验场，并且应对这些固有的、不稳定关系的技巧也能够被检查、改进与传播。家庭作为意识形态教化的内容，变得远不如其作为意识形态教化的手段与主要场所重要。[①]

这种可供选择的父权制范式甚至在个体意识内也非常明显，一些人支持"伟大链条"（"great chain"）这个比喻，用蒂利亚德（E. M. W. Tillyard）的话来说，也许可以称作微观层面。在赫伯特的理想牧师看来，"禁欲是就欲望、激情以及削弱并制止灵魂中所有的喧嚣力量而言。因此，他认真学习这一切，有可能完全成为自己的主人与掌舵人，因为上帝已经授予他一切。"[②] 而在《乡村牧师》中的其他部分，赫伯特明确地把灵魂进行女性化处理，阐明了诱惑有时也会引发人灵魂的激荡："因为人类的灵魂束缚在敏感

---

① Gordon J. Schochet. "Patriarchalism, Politics and Mass Attitudes in Stuart England". *The Historical Journal* (1969), pp. 413-415. In Ronald W. Cooley. *'Full of All Knowledge': George Herbert's Country Parson and Early Modern Social Discourse*. Toronto: University of Toronto Press, 2003, p. 128.

② George Herbert. *The Country Parson*. In George Herbert. *George Herbert: The Complete English Poems*. John Tobin ed., London: Penguin Books, 2004, p. 203.

的官能之内，几乎也有才智耗尽的时刻"（for the human soul being bounded
and kept in her sensitive faculty, will run out more or less in her intellectual.）[1]。
此处，赫伯特用代词"her"将人类的灵魂比喻为一名女性。这段文字的前
后内容分别为牧师单身的益处与牧师结婚的好处，赫伯特以此来探究牧师
是否应该结婚的问题。代词"her"的运用暗示即使对于没有结婚的牧师而
言，其内在灵魂中也有一名任性的女性形象对他产生影响。库利借用菲利
普·斯图尔特（Philip Stewart）的观点指出，灵魂的女性化及其官能是一
个哲学肖像学传统（a philosophical and iconographic convention），传统的等
级秩序理论也适用于这些官能。[2]自柏拉图以来，专制主义思想家一直坚持
认为"低级"感官应该服从"高级"感官。无论如何，人类灵魂自身处于
一种分裂状态，灵魂的"喧嚣力量"（"clamorous powers"）会屈服于"禁
欲"（"mortification"）[3]，这就使得赫伯特提出一整套自律方法（a regime of
self-discipline），而且他还削弱了那些明显的专制结构，有时甚至将其置换
变形。这套方法需要对等级制度进行精心策划以实现其转化。牧师"有时
有意把穷人带回自己家，不只是欢迎他们坐上他的餐桌，而且让他们就坐
在他旁边，为他们切肉，这既是他的谦卑之举，又是为他们舒适使然。"[4]
牧师的"屈尊降贵"行为与通过自谦方式寻求推进合作的温文尔雅式技巧
（courtly techniques）以及早期现代文化中的节日实践相似，目的是要强化
他们临时要颠覆的权力。[5]

　　这种模范自律行为（exemplary self-discipline）的重复与传播是家庭灵
性教育的中心目标，这也是赫伯特在第 10 章"牧师在家中"所要传达的主

---

① George Herbert. *The Country Parson.* In George Herbert. *George Herbert: The Complete
English Poems.* John Tobin ed., London: Penguin Books, 2004, pp. 213-214.

② Philip Stewart. "This is not a Book Review: On Historical Uses of Literature". *Journal of
Modern History 66* (1994), p. 525. In Ronald W. Cooley. *'Full of All Knowledge': George Herbert's
Country Parson and Early Modern Social Discourse.* Toronto: University of Toronto Press, 2003, p.
129.

③ George Herbert. *The Country Parson.* In George Herbert. *George Herbert: The Complete
English Poems.* John Tobin ed., London: Penguin Books, 2004, p. 203.

④ George Herbert. *The Country Parson.* In George Herbert. *George Herbert: The Complete
English Poems.* John Tobin ed., London: Penguin Books, 2004, pp. 218-219.

⑤ Ronald W. Cooley. *'Full of All Knowledge': George Herbert's Country Parson and Early
Modern Social Discourse.* Toronto: University of Toronto Press, 2003, p. 129.

要内容。牧师家中处于从属地位的成员应该尽可能变成像他们的代理人一样的人。他们必须学习控制灵魂中的"喧嚣力量"。因此，赫伯特坚持强调"自愿的""私下里的"祷告的重要性：

> 在家里除日常祷告以外，他严格要求所有人在睡觉前和在早晨起床前祷告，并且知道他们应该说哪些祈祷文，直到他们记住为止，然后，他让他们跪在他旁边，因为他认为这种私下里的祷告与他们被召集参加其他人的祷告相比，是一种更加自愿的行为，而且，当他们离开家的时候，他们也随身携带祈祷文。①

在这场从强迫（coercion）到志愿主义（voluntarism）、从监视（surveillance）到隐私（privacy）以及向最终的自治（eventual autonomy）转变的精心策划的行动中，赫伯特将家庭纪律的重点从外在的父系威权（patriarchal authority）转向社会控制的隐蔽程序。②正如苏珊·阿穆森（Susan Amussen）在论证时说，"因为观察而习得的强迫机制"，福柯将其与18和19世纪的惩罚理论联系起来，"在早期现代时期的村庄中"已经存在了，有人甚至会补充说在早期现代家庭中就已经存在了。

赫伯特的家庭纪律范式灌输自律思想，不仅仅适合用于牧师家庭。牧师作为生活中的典范与他对"自己教区的缺点"③的直接了解，使得他能够对其他家庭的管理者产生影响。"他（任何一名已婚男性）的家庭得到最好的关照：他指导他们的灵性操练、提升他们灵魂的高度，甚至到达天堂；就像园丁给选出的树锄草施肥、看到它们的笔直成长一样，他在子女以及仆人的成长中获得欢乐。"④训练家庭纪律的职责能够建立起父亲的规训空间（disciplinary space）。⑤"如果人们要找到这种乐趣，那么他们将很少离

① George Herbert. *The Country Parson*. In George Herbert. *George Herbert: The Complete English Poems.* John Tobin ed., London: Penguin Books, 2004, p. 216.

② Ronald W. Cooley. *'Full of All Knowledge': George Herbert's Country Parson and Early Modern Social Discourse*. Toronto: University of Toronto Press, 2003, p. 130.

③ George Herbert. *The Country Parson*. In George Herbert. *George Herbert: The Complete English Poems.* John Tobin ed., London: Penguin Books, 2004, p. 247.

④ George Herbert. *The Country Parson*. In George Herbert. *George Herbert: The Complete English Poems.* John Tobin ed., London: Penguin Books, 2004, p. 249.

⑤ Ronald W. Cooley. *'Full of All Knowledge': George Herbert's Country Parson and Early Modern Social Discourse*. Toronto: University of Toronto Press, 2003, p. 130.

开家，然而现在，无论在任何地方，他们都很少停留在家里。"① 如果父亲们能够被正确引导，那么，他们会因为自己的角色而感到高兴，并将他们自己控制在这一角色。因此，牧师并没有对教民施展牧师的准父亲角色，库利指出赫伯特主要是从宽恕与忍耐这两方面给这一关系下定义，他主要是通过作为一家之主观察和影响其他家庭主人的行为，从而实现权力的横向传播。② "比较敏感的"的牧师尤其"会对谴责做出迅速、理智而又敏感的反应，那么他就要将谴责的话语放置一边，不慌不忙地说到这一点，就像拿单（Nathan）那样，拿另外一个人来说事，让他们自己谴责自己。"③ 理想牧师在肯定核心家庭自治权力的基础上，小心翼翼地试图对家庭秩序产生影响，这在赫伯特论及牧师拜访亲戚时的行为时表现得尤为明显：

> 当他来到亲属或者亲戚的其他住宅并被给予掌控它的权力时，如果他在此停留一段时间，他就要在此用心地思考走向上帝的状态，这主要体现在两点：首先，住宅的外观、饮食是否正常，是否频繁开仓库，阅读毫无价值的书籍、随意发誓、教育孩子毫无职业意识而是在虚度中荒废时光等非正常事情的发生。其次，运用了何种虔诚的方式，是否进行每日祷告，是否坚持谢恩祷告、阅读经文以及其他书籍，礼拜日、圣日以及其他宗教节日是如何进行的。同样，牧师也会在这些事务与行为中发现不足之处，首先，他思考哪种治疗方法最符合这家人的脾气，然后，他就诚心诚意而且大胆地运用这一方法；然而，要合时宜而且谨慎小心地把住宅的男主人或者女主人或者男主人与女主人拉到一边单独交流，向他们表明他们应该敬重那些希望他们好运的人，促使他说这一切的并不是他渴望插手他人事务的欲望，而是他行一切能行善事的虔诚之心。④

牧师声称就他的职责而言，他没有"掌控它（亲戚的其他住宅）的权

---

①　George Herbert. *The Country Parson.* In George Herbert. *George Herbert: The Complete English Poems.* John Tobin ed., London: Penguin Books, 2004, p. 249.

②　Ronald W. Cooley. *'Full of All Knowledge': George Herbert's Country Parson and Early Modern Social Discourse.* Toronto: University of Toronto Press, 2003, p. 130.

③　George Herbert. *The Country Parson.* In George Herbert. *George Herbert: The Complete English Poems.* John Tobin ed., London: Penguin Books, 2004, p. 223.

④　George Herbert. *The Country Parson.* In George Herbert. *George Herbert: The Complete English Poems.* John Tobin ed., London: Penguin Books, 2004, p. 226.

力"。他所拥有的任何权力都是"房子的男主人或者女主人"赋予他的，他必须"合时宜而且谨慎小心地"同他们协商。

赫伯特希望牧师住宅的每一名成员都能够参与自律意识的横向传播。虽然牧师对教区其他家庭从属成员的权威明显高于他对其他家庭家长的权威，但是，他设法通过自己的妻子、孩子以及仆人曲折而间接地行使这项权力：

> 他住宅里的所有人既是老师，又是学生，因此，他的家庭是信仰的学校，他们都把教授不识字的人看作是最高贵的施舍。甚至就连家里的墙壁也不空闲，上面写满字或者画着画，激起读者虔诚的思想；尤其是《诗篇》第101首，它以布告板的形式展示了一个家庭的行事准则。当他们离家在外的时候，他的妻子在邻人中是美好对话的开创者，他的孩子在孩子们中是美好对话的开创者，他的仆人在仆人中同样也是如此；因此，在那些擅长音乐的人家里，所有人都是音乐家，在牧师的家里，所有人都是牧师。①

而且，由于牧师在社会生活中扮演如此多的角色——医生、律师、慈善机构的分发者、教师、道德以及经济发展的拥护者——"他住宅里的所有人"从某种程度上来说，都承担着这些功能。牧师的妻子不仅帮助他照顾病患，而且帮助他监管与维持教区的灵性生活。她"把布道考虑在内，并把每个人这一年与上一年取得的成绩进行比较"②。牧师的仆人也可以"在圣日"③教邻居的仆人阅读。人们也期待牧师的孩子们"看望生病的儿童，看护他们的伤口"④。赫伯特甚至要区分"派他们（孩子）把救济品送给穷人的行动中"和"有时他也给孩子们一点钱让他们依自己的内心行事，他们因此而快乐并因此而得到主的赏识"⑤这两件事。像义务/自愿、被监

---

① George Herbert. *The Country Parson*. In George Herbert. *George Herbert: The Complete English Poems*. John Tobin ed., London: Penguin Books, 2004, p. 216.

② George Herbert. *The Country Parson*. In George Herbert. *George Herbert: The Complete English Poems*. John Tobin ed., London: Penguin Books, 2004, p. 216.

③ George Herbert. *The Country Parson*. In George Herbert. *George Herbert: The Complete English Poems*. John Tobin ed., London: Penguin Books, 2004, p. 224.

④ George Herbert. *The Country Parson*. In George Herbert. *George Herbert: The Complete English Poems*. John Tobin ed., London: Penguin Books, 2004, p. 215.

⑤ George Herbert. *The Country Parson*. In George Herbert. *George Herbert: The Complete English Poems*. John Tobin ed., London: Penguin Books, 2004, p. 215.

管的 / 私下里的祈祷一样，牧师给孩子们钱的目的既是为他们自己也是为慈善目标，他这样做的目的是明显要建立一种强迫的自治或者说是自愿的屈从。上述任何一个示例足以表明赫伯特支持避免受到权力等级制度的直接影响，而是寻找塑造社会行为的隐蔽的横向方法。[①]

赫伯特在《乡村牧师》的最后一章"关于诽谤"（Concerning Detraction）中论述了分散规训权力（disciplinary power）的理由。该章首先讲述了中伤性诽谤的问题："当有些人空闲多的时候，他们就把他人的过错拿来给自己做消遣或者话题"（"entertainment and discourse"）[②]。对此，库利说，有些赫伯特的同时代人对此并不赞同。一些人认为，这样的"消遣"，尤其是当妇女沉溺其中的时候，经常被归类为责骂，并受到公共制裁。[③]但是，正如马丁·英格拉姆（Martin Ingram）等学者所言，通常以诗歌形式生产出的诽谤，也可能是一种社区纪律形式和追究不和的方法，它抗议不公正，挑起麻烦。一般而言，这种实践方式可以与把用来庆祝节日以及仪式的聚会颠倒过来的其他形式联系在一起，这当中包含用来羞辱和惩罚骂人的人和给丈夫戴绿帽子的人的"骑行"（"ridings"）。[④]因此，诽谤行为要么动摇了社会秩序，要么加固了社会秩序。许多普通人似乎内心矛盾地观看这些实践行为，而"当权派却采取一种完全谴责性质的态度。教会法庭则总是把这种类型的作品生产看作是诽谤，或者是违背了基督教

---

① Ronald W. Cooley. *'Full of All Knowledge': George Herbert's Country Parson and Early Modern Social Discourse*. Toronto: University of Toronto Press, 2003, pp. 131-132.

② George Herbert. *The Country Parson*. In George Herbert. *George Herbert: The Complete English Poems*. John Tobin ed., London: Penguin Books, 2004, p. 259.

③ David Underdown. "The Taming of the Scold: The Enforcement of Patriarchal Authority in Early Modern England". In Anthony Fletcher and John Stevenson ed. *Order and Disorder in Early Modern England*. Cambridge: Cambridge University Press, 1985, pp. 116-136. In Ronald W. Cooley. *'Full of All Knowledge': George Herbert's Country Parson and Early Modern Social Discourse*. Toronto: University of Toronto Press, 2003, p. 132.

④ Martin Ingram. "Ridings, Rough Music and Mocking Rhymes in Early Modern England". In Barry Reay ed. *Popular Culture in Seventeenth-Century England*. London: Groom Helm, 1985, pp. 178-186. In Ronald W. Cooley. *'Full of All Knowledge': George Herbert's Country Parson and Early Modern Social Discourse*. Toronto: University of Toronto Press, 2003, p. 132.

的慈悲。"① 库利认为，赫伯特的理想牧师在这个语境中表现惊人，他仔细衡量诽谤的价值并为其辩护。在赫伯特看来，谣言与诽谤是在教区中进行监督与管理的有效方法：

> 如果他让人们都闭嘴，禁止人们揭露他人的过失，那么，不仅会出现很多恶行，而且这些恶行还会在自己的教区里蔓延，没有任何补救措施能够弥补对上帝荣耀的诋毁与对他信徒的腐蚀，对牧师的不安、败坏的名声以及遇到的阻挠也无法补救。另一方面，如果公开他人的过错不合法（unlawful），那么依法（lawful）行事就不会带来任何好处与利益了：因为我们一定不能作恶，一切善皆源于恶。②

此处，正如在探讨自主裁定的慈善时一样，"合法"（"lawfulness"）是一个由目的引发的含混概念。其基本意义看起来是符合伦理的，考虑到"我们一定不能作恶，一切善皆源于恶"这一"善"的虚假本质。无论如何，赫伯特对这个术语的选择使得他得以脱离这个术语的广阔的道德意义，转向这个术语更加严格的法律意义，当他继续论证说公开过错"合法"，"因为声名狼藉本身就是法律惩罚坏人的一部分……在恶行中，所有人都是行刑者。"② 赫伯特在应对"教会法庭和其他官方机构存在的目的是进行道德规训"的观点时，将大众的嘲弄习俗渗入"官方"机制。③ 为充分理解赫伯特的这一立场与父权制之间的关系，库利认为，我们需要返回到赫伯特在《乡村牧师》前面部分提到的早期论断"当任何人犯过错的时候，人们就不会把他当作官员来憎恨，而是同情身为父亲的他。"④ 库利指出，如果

---

① Martin Ingram. "Ridings, Rough Music and Mocking Rhymes in Early Modern England". In Barry Reay ed. *Popular Culture in Seventeenth-Century England*. London: Groom Helm, 1985, p. 188. In Ronald W. Cooley. *'Full of All Knowledge': George Herbert's Country Parson and Early Modern Social Discourse*. Toronto: University of Toronto Press, 2003, p. 132.

② George Herbert. *The Country Parson*. In George Herbert. *George Herbert: The Complete English Poems*. John Tobin ed., London: Penguin Books, 2004, p. 259.

② George Herbert. *The Country Parson*. In George Herbert. *George Herbert: The Complete English Poems*. John Tobin ed., London: Penguin Books, 2004, p. 260.

③ Martin Ingram. "Ridings, Rough Music and Mocking Rhymes in Early Modern England". In Barry Reay ed. *Popular Culture in Seventeenth-Century England*. London: Groom Helm, 1985, p. 178. In Ronald W. Cooley. *'Full of All Knowledge': George Herbert's Country Parson and Early Modern Social Discourse*. Toronto: University of Toronto Press, 2003, p. 132.

④ George Herbert. *The Country Parson*. In George Herbert. *George Herbert: The Complete English Poems*. John Tobin ed., London: Penguin Books, 2004, p. 225.

这种真诚的父权制言辞能够缓和传统等级社会明显的独裁力度，那么，在某种程度上，它也能够通过在整个社会批准国家强制机构及其官员的分类与分布中来实现。当"所有人都是执行者"的时候，那么，这把利剑就变成了一张细针网。库利的这一比喻非常贴切。库利推断说赫伯特为诽谤所做的辩护，以及他将父权在整个社会秩序中进行分配的做法，反映了这种相对来说比较现代化的认知——许可与遵从不仅仅是通过让人们相信他们没有权力实现的，不仅仅是通过让人们相信他们需要服从上级实现的，而且还是通过让他们相信自己是有权力的来实现的，并且良好社会秩序取决于正确行使这一权力。①

这种权力，在许多重要方面，依然是国家权力，或者至少是传统意义上的上级权力，瞬间被委托给共同体成员，赫伯特的叙述将这一带有政治色彩的思想展现在读者面前，在他看来，大众行为准则受制于国家政治规则。赫伯特将犯罪行为了进行分类，辨析了臭名昭著的犯罪行为和自私的犯罪行为之间的区别；而"臭名昭著的违法行为"也可以分为两类，一类"是因为谣言而变得众所周知"，另一类"是在审判之后经历鞭刑、监禁或者类似惩罚而被纠正。"② 对于"自私"的犯罪行为，库利认为赫伯特有些含糊其辞。赫伯特论证说对于"自私"的犯罪行为，首先是要进行揭发，这是矫正这种罪行的第一步，这些罪犯应该接受公众监督；至少，赫伯特诉诸无罪推定（presumption of innocence）的法律原则，他说"所有人都是诚实的，除非有事实证明他们并非如此"③。如果"诽谤"如赫伯特所言不是一种法律之外的社会控制形式，而是由法律授予的权力的延申与应用，那么这就必须在法律话语的合法框架内进行。④

在赫伯特看来，这种法律话语的合法框架是由像牧师一样的专家构建的，他的职责是帮助教民找到追寻真理的正确道路，"带领他的教民正确地

---

①　Ronald W. Cooley. *'Full of All Knowledge': George Herbert's Country Parson and Early Modern Social Discourse*. Toronto: University of Toronto Press, 2003, pp. 132-133.

②　George Herbert. *The Country Parson*. In George Herbert. *George Herbert: The Complete English Poems*. John Tobin ed., London: Penguin Books, 2004, pp. 259-260.

③　George Herbert. *The Country Parson*. In George Herbert. *George Herbert: The Complete English Poems*. John Tobin ed., London: Penguin Books, 2004, p. 260.

④　Ronald W. Cooley. *'Full of All Knowledge': George Herbert's Country Parson and Early Modern Social Discourse*. Toronto: University of Toronto Press, 2003, p. 133.

走在真理的道路上，因此，他们不仅拒绝左倾，也拒绝右倾。"① 因为这个原因，赫伯特的理想牧师：

> 敬重良知，他也因此而受到颇多颂扬。……因为人们还没有明白何时拿物品交换金钱用以借贷这件事是一种罪过，何时不是；何时揭露他人的过错是一种过失，何时不是；何时灵魂渴望财富或者荣耀的热情是贪婪的罪过，何时是抱负，何时不是；何时身体对食物、饮酒、睡眠以及伴随睡眠的愉悦的欲望是暴饮暴食、酗酒、懒惰、贪婪的罪过，何时不是；同样的事情也发生在其他情形以及行动中。②

牧师的才能被屈尊用于禁戒伦理，用于一些罪过，"有些罪过的本质清楚而明显，例如：通奸、谋杀、憎恨和撒谎等"。③ 这些能够用相对直接的法律和大众抗议的手段来解决。受过良好教育的牧师的特殊专业才能就在于打破教民对许可的认知，正如他干扰他们对天道奖赏的依赖，这样他就能够对已经授予教民的权力保持一定程度的控制。④ 理想牧师用这一原则处理自己与妻子的关系，"他敬重她，给予她一半的管家权利……他绝不会放弃主控权，但是他有时会观察事务的运作方式，需要一个理由，但并不是通过报告的形式。"⑤ 赫伯特认为牧师"是他教民的父"⑥ 的主张最终可以被看作是即同时限制权力又给予权力的又一示例。像担任牧师代理人的妻子、孩子以及仆人一样，牧师角色表现出的权力比他实际拥有的权力要大得多。赫伯特回应了独裁的父权制理论话语，通过提升牧师的社会特权与责任感来引发牧师读者的好感。同时，牧师家庭成为他战略授权与传播自身有限权力的实验场，使得牧师/父亲能够充分利用，而不是遭受那种权力的内

① George Herbert. *The Country Parson*. In George Herbert. *George Herbert: The Complete English Poems*. John Tobin ed., London: Penguin Books, 2004, p. 206.

② George Herbert. *The Country Parson*. In George Herbert. *George Herbert: The Complete English Poems*. John Tobin ed., London: Penguin Books, 2004, p. 206.

③ George Herbert. *The Country Parson*. In George Herbert. *George Herbert: The Complete English Poems*. John Tobin ed., London: Penguin Books, 2004, p. 238.

④ Ronald W. Cooley. *'Full of All Knowledge': George Herbert's Country Parson and Early Modern Social Discourse*. Toronto: University of Toronto Press, 2003, p. 134.

⑤ George Herbert. *The Country Parson*. In George Herbert. *George Herbert: The Complete English Poems*. John Tobin ed., London: Penguin Books, 2004, p. 214.

⑥ George Herbert. *The Country Parson*. In George Herbert. *George Herbert: The Complete English Poems*. John Tobin ed., London: Penguin Books, 2004, p. 225.

在易变性与不稳定性的影响。[①]

赫伯特在《乡村牧师》中传达的基督教理想与社会思想在英国教会史上产生了深远影响，其运作模式与核心理念直接影响了英国教会的运作与牧师职责的界定，刘易斯－安东尼将赫伯特对英国牧师与教会的观点总结为"赫伯特主义"[②]。刘易斯－安东尼不是专门研究赫伯特的文学批评家，而是当今英国教会的一分子，他是一名牧师。他认为，英国教会这一社会组织深受赫伯特生活的影响，而且，这种影响本身是不自觉地，是英国教会的无意之举。在刘易斯－安东尼看来，在赫伯特的影响下，英国教会形成了一种文化模式与观念，但是，这种影响是由英国教会对赫伯特一生的不恰当回忆产生的。因此，赫伯特主义是一种错误的形式。刘易斯－安东尼对赫伯特主义持有明显的批判态度，他通过与当今英国各教区的牧师交流之后，发现赫伯特的牧师管理教区思想已经在当今失去了意义，在当今时代，赫伯特主义已经受到越来越多教区牧师的质疑，他们对赫伯特主义持有非常强烈的反对态度。

虽然，在刘易斯－安东尼等牧师看来，赫伯特在英国教会中的模范作用依然存在，一些准备入职或者在职牧师依然把赫伯特奉为楷模（the model）。这源于赫伯特在担任牧师期间，具有强烈的责任感与使命感，有时他主动解决问题承担更多责任，有时突发事件使他不得不承担更多责任。他的责任感与勇于承担责任的精神受到英国教会的推崇，因此，他成为17世纪英国的文化偶像。但是，赫伯特主义在当代英国却引发了强烈的争议。以福特为领袖的当代英国神学家从赫伯特身上提炼出"责任生态理论"，他们试图重新阐释英国神学的当代意义；但是，也有一部分神职人员特别抵触赫伯特，他们把赫伯特的神学以及社会思想称作典型的赫伯特主义，他们从中国禅宗思想中获得启示，寻求人类灵魂解放的新途径。他们甚至说，"如果你在路上遇到赫伯特，就要杀死他"。[③]这一思想的出现，在一定意义上，导致赫伯特主义在当代英国逐渐式微。

① Ronald W. Cooley. *'Full of All Knowledge': George Herbert's Country Parson and Early Modern Social Discourse.* Toronto: University of Toronto Press, 2003, p. 134.

② Justin Lewis-Anthony. *If You Meet George Herbert on the Road…Kill Him! Radically Rethinking Priestly Ministry.* London: Mowbray, 2009, p. 2.

③ Justin Lewis-Anthony. *If You Meet George Herbert on the Road…Kill Him! Radically Rethinking Priestly Ministry.* London: Mowbray, 2009, p. 4.

刘易斯－安东尼认为，中国禅宗思想中的临济宗对当代英国牧师产生了重要影响，当代英国牧师用临济宗的宗教思想来分析他们所处的形势与基督教传统。在当今英国牧师看来，自唐朝时期发展起来的临济宗，其禅师在把佛法传给门徒，意在让他们获得启示时，禅师会提醒门徒："道流。你欲得如法见解。但莫授人惑。向里向外，逢着便杀。逢佛杀佛，逢祖杀祖，逢罗汉杀罗汉。逢父母杀父母。逢亲眷杀亲眷。始得解脱。不与物拘。透脱自在。"（《古尊宿语录》卷四第 36 节）如果门徒心中产生佛陀幻象，一定要小心行事；因为这幻象很可能是他们把自己想象出来的佛陀形象投射在世间的某种物质之上。所以一定要警惕这些幻象！

对于这类表述，《路加福音》中的第 9 章第 59-62 节同样描述了牧师在训练门徒中所遇到的困难：

> 又对一个人说："跟从我来！"那人说："主，容我先回去埋葬我的父亲。"耶稣说："任何死人埋葬他们的死人，你只管去传扬神国的道。"又有一人说："主，我要跟从你，但容我先去辞别我家里的人。"耶稣说："手扶着犁向后看的，不配进神的国。"

从《路加福音》的这段文字来看，基督似乎在鼓励门徒放弃他们与人类社会之间的一切关系，其中包括对家庭的责任、对工作的职责、文化，甚至宗教。很显然，当代英国牧师在理解《圣经》中的规训时，通过吸收中国禅宗中的"达悟真空""以空摄有、空有相融"这一佛理，意在引导当代基督徒摆脱对世俗世界中一切事物的向往，追求一种"透脱自在"的心灵状态。

但是，为何部分当代英国牧师提出如果在路上遇到赫伯特，就要杀死他？赫伯特作为伯默顿的圣人、廷臣、诗人、乡村牧师到底会给当代英国牧师带来何种危险？这源于赫伯特曾经是英国牧师的模范、一直以来是英国牧师的模范、而且还将继续成为英国牧师的模范。无论你属于高教派、低教派，还是福音派，无论你属于何种派别，赫伯特都被人们看作是牧师、教师、传教士、施赈人员、谈判代表、绅士以及学者原型。[1]

刘易斯－安东尼在分析赫伯特主义的重要影响与意义时点明这是由三

---

[1]　Justin Lewis-Anthony. *If You Meet George Herbert on the Road…Kill Him! Radically Rethinking Priestly Ministry.* London: Mowbray, 2009, p. 6.

个原因造成的。首先，赫伯特的《乡村牧师》本身不可避免地论及他自己
在担任乡村牧师时的工作本质。我们可以从赫伯特的生活方式推测其教导
的合理性与建议的权威性。"言行一致"是赫伯特工作的典型特征。但是，
他在教区工作的时间非常短，鉴于他担任乡村牧师的时间非常有限，因此，
可以从其作品《乡村牧师》中推测他的生活。《乡村牧师》这本著作本身讲
述的就是乡村牧师的事。这还可以结合沃尔顿撰写的《赫伯特传》来分析。
《赫伯特传》记载了一则关于赫伯特的感人故事。一天晚上，赫伯特徒步去
参加在索尔兹伯里组织的音乐会，路上，他停下来去帮助"一位赶着一匹
可怜马儿的农民"，他脱下"牧师法衣"，帮助这位农民重新装载这匹可怜
马儿身上负担的重物，在这个过程中，他身上沾满了泥浆，上气不接下气。
这位可怜的农夫祝福他，赫伯特给予他以同样的回报，另外还送给他一些
钱，让他照顾好自己和那匹可怜的马。赫伯特告诉友人这样的善行"犹如
午夜音乐"，他感激上帝给予他这个安慰可怜灵魂的机会。[①] 这已经成为赫
伯特作为模范牧师的标志事迹之一，赫伯特就是这样的人，这些事情一定
会发生在他身上。[②]

　　其次，赫伯特去世时年仅 40 岁，而且死在工作岗位上，这一直以来
是英国牧师进入民间教会圣徒行列的最快途径。刘易斯－安东尼在分析这
一现象时说，在罗马天主教会，权威在于教皇；在不信奉英国国教的新教
教徒看来，权威在于《圣经》；而在英格兰教会看来，前任牧师才是权威。
如果前一任牧师在工作中去世，那么，他在牧师工作中间接做出的牺牲足
以被列入圣徒传。[③]

　　再次，就广义而言，用麦卡洛克（Diarmaid MacCulloch）的话来说，
赫伯特好像是"英国宗教改革神话"中的关键所在。这则神话以三种相互
关联形式中的某一种形式存在，即英国宗教改革根本就没有发生；或者它
是偶然发生的，而不是计划好的；或者说它是没有尽全力的，而是在天主
教与新教之间寻找一条中间道路。这则神话涉及英国教会的身份问题，涉

[①] Izaak Walton. *The Life of Mr. George Herbert*. In George Herbert. *George Herbert: The Complete English Poems*. John Tobin ed., London: Penguin Books, 2004, p. 303.

[②] Justin Lewis-Anthony. *If You Meet George Herbert on the Road...Kill Him! Radically Rethinking Priestly Ministry*. London: Mowbray, 2009, p. 6.

[③] Justin Lewis-Anthony. *If You Meet George Herbert on the Road...Kill Him! Radically Rethinking Priestly Ministry*. London: Mowbray, 2009, p. 6.

及其起源与职责。麦卡洛克认为，英国的宗教改革明显经历了两个阶段：第一个阶段是在17世纪中期威廉·劳德大主教（Archbishop William Laud）的影响下发生的；第二个阶段是在发生于19世纪前30年牛津运动的影响下发生的。在这两个阶段，赫伯特的作品特别受欢迎，并且产生了深刻影响。①

"赫伯特主义"是刘易斯－安东尼对赫伯特思想的概括、总结与升华。他认为赫伯特主义是一个主导英国国教会全体教区牧师的模式，对塑造英国教区牧师集体的责任感与特性产生了决定性影响。赫伯特主义发源于英国国教会对乔治·赫伯特人生与牧师职责的尊敬。反过来，赫伯特的人生完美地诠释了宗教改革与现代意义上的英国国家逐渐形成以后英国国教会对教会合法性的迫切需求。按照赫伯特主义，牧师不只是英国教会的代表，同时他们也是某一特定地区的"英国国教会"，更准确地说，他们是某一地区英国国教会的特定代表。牧师的工作场所在教区教堂，他们一天24小时常驻于此。他们需要在社区、家庭或者个人授权的仪式中履行职责：例如在棒球馆的开馆典礼或者婚礼上送出祝福。他们代表仁慈的宗教与上帝，时刻牢记要保持绅士风度，不能有任何有失体统的或者令人不安的行为。虽然他们都受过良好教育，甚至是好的高等教育，但是，他们所受到的教育不会离间他们与教民之间的关系。有不谙世事的倾向是牧师学识中一个可以接受的特征，而且如果这一特征表现得有些反常，那么，这一切一定是处于善意的考虑。牧师要把自己的身心完全融入教区生活之中，他们出席社区的一切活动，无论是教会活动还是社区居民活动。他们无时无刻不在教区工作的作用之一，就是要记录下个体的人或者某一群体为社区所做的贡献，尤其是那些突出贡献。牧师是社会倡导者（animateurs），是一个对社会文化负责任的个体。简而言之，在赫伯特主义看来，英国国教会的牧师是无时无刻不在的、有决定权的、能够证实一切的。②

赫伯特主义对英国牧师制度产生的这一影响一直持续到20世纪60年代。20世纪60年代，一位杰出的普通信徒写道：

① Justin Lewis-Anthony. *If You Meet George Herbert on the Road…Kill Him! Radically Rethinking Priestly Ministry.* London: Mowbray, 2009, p. 7.

② Justin Lewis-Anthony. *If You Meet George Herbert on the Road…Kill Him! Radically Rethinking Priestly Ministry.* London: Mowbray, 2009, p. 46.

目前，我教区的牧师全身心参与他主持的一切活动，而且其他人也可以发现这一点：然而，从某种程度上来说，他还是沉默寡言、没有表明态度。他可以在离开葬礼以后去参加一场足球比赛，可以在离开委员会后去上坚信礼课，将他自己的一切献给每一个人，好像人们关注的事情对于他而言非常重要。他可以从一种状态迅速调换到另一种状态，就好像人们在转动收音机旋钮。①

在以赫伯特主义为主导的英国国教会中，牧师是一位公众人物，他参与一切公众事务，共同塑造了英国社会中的公共空间。

"文化偶像"是对赫伯特圣洁行为的总结概括，这可以归功于沃尔顿在《赫伯特传记》中对其美好形象的塑造。在《赫伯特传》中，沃尔顿写道："现在，我要写他在伯默顿牧师住宅的事，这时他已经 36 岁了，我必须在此处停下来，预先请求我的读者准备倾听一个几乎令人难以置信的故事。这则故事讲述了他虔诚人生中余下的短暂日子里是何等神圣；他的一生尽行慈善、谦逊之举，彰显了基督教美德，这一切值得被称作"金口约翰"的圣克里索斯托（St. Chrysostom）的赞许与宣扬……我承认当我发现在他那个时代像他那样生活的人如此之少，在我们这个时代与他毫不相像的人如此之多时，我感到有多惊讶。②

杨周翰认为，当沃尔顿为包含赫伯特在内的五位英国国教徒撰写传记的过程中，特别强调"秩序"与"和平"。③

沃尔顿的《赫伯特传》出版于 1670 年，有些读者可能认为沃尔顿对赫伯特的刻画过于美好、过于理想化，那么，还可以通过 20 世纪中叶艾略特（T. S. Eliot）编辑出版的《赫伯特诗集》前言读到关于赫伯特的其他信息：

借着夜晚的灯光，当牛群蜿蜒着走在回家的路上时，善良的白发牧师站在大门前问候牧牛人，村庄的钟声召唤所有劳动者前来进行晚祷。因为这些心满意足的灵魂已经幸福地摆脱了矛盾冲突的信条的重压与嘈杂，上帝的福音已经表明神对他们工作的赞美……在这些典型

① Humphrey Mynors. "What I Look for in My Parish Priest", *Theology* (LXXI/572), February, 1968, p. 4. In Justin Lewis-Anthony. *If You Meet George Herbert on the Road…Kill Him! Radically Rethinking Priestly Ministry*. London: Mowbray, 2009, p. 47.

② Izaak Walton. *The Life of Mr. George Herbert*. In George Herbert. *George Herbert, The Complete English Poems*. John Tobin ed., London: Penguin Books, 2004, p. 290.

③ 杨周翰：《十七世纪英国文学》，北京：北京大学出版社，1996 年，第 282 页。

的灵魂中，在这些平静希望的指路灯塔中，没有人比乔治·赫伯特更加明亮，更加值得记忆。①

艾略特对赫伯特的描绘同样也突出了赫伯特的圣洁与高贵，赋予他以神圣属性。虽然在20世纪发生的两次世界大战在西方思想界引发了对上帝的质疑，但是，这对重视文学文化传统的艾略特却没产生丝毫影响，他在20世纪初期对以赫伯特为代表的玄学派诗歌的推崇，引发了学习与研读17世纪诗歌的热潮，一时间乔治·赫伯特、约翰·多恩等玄学派诗人备受推崇。

虽然赫伯特在伯默顿担任牧师仅仅有两年半的时间，但是，在这短暂的时间内，他却为自己赢得了巨大声誉，成为17世纪的文化偶像，对英国国教牧师这一职业的发展产生了重要影响。这要归功于他创作内容的丰富性：诗集《圣殿》在他死后得以出版，立刻受到彼此间纷争不断的各教派的推崇；1652年出版的散文集《乡村牧师》凭借具有17世纪流行的职业手册和性格特写的双重性质使得赫伯特成为英国国教牧师培养体系中的重要人物；而且他收集整理的谚语言简意赅容易记忆。

赫伯特的英语诗歌历来受到学者、批评家与诗人的赞赏，可以说他是英语诗歌界的一位天才诗人，是英语语言与英国国教会的荣耀之一。②正如肯尼斯·梅森（Kenneth Mason）所言，一本由上帝之爱姐妹会（the Sisters of the Love of God）出版的小册子中这样写道："实际上，赫伯特正是通过诗歌继续对我们布道……他的牧师职责就体现在诗歌中。"③

然而，在第二次世界大战以后，英国社会结构发生了重大变化，牧师地位也一落千丈：

> 年长牧师通常都是大学毕业生、绅士，虽然他们住得可能不够舒适，但至少有宽敞的大房子。他们有些类似于乡绅，且在板球队表现非常突出，能够以平等身份与教民相处融洽，同时，他们仍然能够获得其他人的敬重。人们都认识他……新牧师的住宅可能舒适，但是，却无足轻重……他的住宅不必在教堂附近……他可以确定得到一份收

---

① T. S. Eliot. *George Herbert*. Plymouth: Northcote House, 1994[1962], p. 20.

② Justin Lewis-Anthony. *If You Meet George Herbert on the Road…Kill Him! Radically Rethinking Priestly Ministry*. London: Mowbray, 2009, p. 15.

③ Kenneth Mason. *George Herbert, Priest and Poet*. Oxford: SLG Press, 1980, p. 1.

入，但是数额却非常有限，而且，他也没有必要像绅士一样生活。牧师几乎不再是一个有趣的人物形象了，他也不再是公众人物。[1]

二战以后，英国牧师的受教育程度与地位也发生了明显变化："他从社会知识的资深前辈一下子跌入专业教育需求最低的行业。"[2]在工作价值仅仅等同于薪酬的社会中，牧师薪俸的变化说明了这一点：

> 薪水可能成为衡量牧师职位社会价值的不确定检测因素，虽然在英国人们承认牧师的薪水与那些他们愿意放在一起比较的职业相比已经下降，但是英国社会却普遍没做任何努力，也没有发表任何言论，他们对牧师薪俸的减少毫不关心……人们认为牧师的工作已经不那么重要了；一般而言，社会不再把幸福感的获得看作是那些为之祈祷的人所做的努力，不再奖赏那些努力使人们接受上帝影响的人。[3]

在二战以后的英国，牧师地位的下降与人们对基督教信仰态度的变化，敦促以福特为首的当代神学家思考神学的当代价值。他的责任生态理论探究了基督教在当今时代的实践价值，他将基督教拓展到学术领域、教育领域以及社会领域，认为基督教不仅担当着神学责任，还要担当学术责任、教育责任和社会责任。从基督教担任的这些职责来看，福特继承了赫伯特的实践神学思想，把赫伯特的基督教美德思想拓展到当今英国社会生活的方方面面。

第二节　赫伯特诗歌的美德主题

情感对于诗人创作诗歌而言，非常重要，同样，诗歌中只有蕴含了饱满的情感，才能打动读者，正如刘勰所云："缀文者情动而辞发，观文者披

---

[1]　Adrian Hastings. *A History of English Christianity 1920-1990.* 3rd edition, London: SCM, 1991, pp. 614-615. In Justin Lewis-Anthony. *If You Meet George Herbert on the Road…Kill Him! Radically Rethinking Priestly Ministry.* London: Mowbray, 2009, p. 44.

[2]　Paul Ferris. *The Church of England,* London: Gollancz. 1962, p. 12. In Justin Lewis-Anthony. *If You Meet George Herbert on the Road…Kill Him! Radically Rethinking Priestly Ministry.* London: Mowbray, 2009, p. 44.

[3]　Bryan Wilson. *Religion in Secular Society: A Sociological Comment,* London: C. A. Watts, 1966, pp. 81-84. In Justin Lewis-Anthony. *If You Meet George Herbert on the Road…Kill Him! Radically Rethinking Priestly Ministry.* London: Mowbray, 2009, p. 44.

文以入情。"①诗人必须有情绪的敏感性，必须有丰富的情感，才能创作出动人的、打动读者心灵的诗歌。赫伯特在时代的激变洪流中，没有因为时代的变化，而放弃自身的敏感性，而是在一片混沌中，在"美德"这首诗的创作中，通过牧歌式描写，抒发了对"美好而圣洁的心灵"（"a sweet and virtuous soul"，l. 13）的无限向往之情，诗人的饱满情绪，深深打动了读者的灵魂。对于不同民族的读者而言，都能触动他们的灵魂。

一、《圣殿》的美德主题

《圣经》评注家通常把性的堕落与语言和想象力的堕落等同起来。人从伊甸园中异化出来的标志，也就是羞耻感（shame），无论是在人朝上帝努力的过程中，还是人有意避开上帝的过程中，都悄悄潜入基督徒的意识之中。②

基督徒羞耻感的产生源于他们的肉身在世俗世界对淫欲（lust）的渴望。赫伯特在诗歌中对淫欲展开控诉。

"教堂门廊"部分的长诗"洒圣水的容器"的写作具有圣经箴言的特点，对当时英国社会中的淫欲、酗酒、撒谎、懒惰、说脏话和爱好排场等不良价值观念进行了规劝，其中，淫欲首先遭到诗人的强烈批判。赫伯特鼓励和倡导相应的美德：忠诚、持重、真实、勤奋、朴素等。

路易斯·马兹（Louis L. Martz）对此进行了总结概括，他指出"洒圣水的容器"可以分为三个部分，分别是对个人行为的过失（第1到34节）、社会行为的过失（第35到62节）和宗教义务的过失（第63到77节）的批评和纠正。③在该诗最后一节，诗人这样写道：

> 即使是最微小的美德，也不要将其推迟：
> 生命的可怜的短暂时光不足臂长，在你的痛苦中虚度。
> 如果你作恶，喜乐就会消失，而痛苦留存：
> 如果你行善，痛苦就会消失，而喜乐永存。（ll. 459–462）

---

① 刘勰著：《文心雕龙注》卷十《知音第四十八》，范文澜注，北京：人民文学出版社，1958年，第715页。

② Warren M. Liew. "Reading the Erotic in George Herbert's Sacramental Poetics". *George Herbert Journal*, Vol, 31, No. 1 and 2, Fall 2007/Spring 2008, p. 53.

③ Louis L. Martz. *The Poetry of Meditation: A Study in English Religious Literature*. New Haven and London: Yale University Press, 1962, p. 291.

诗人在《圣殿》开篇长诗的结尾部分论及美德，说明美德是他视阈中的一个重要主题。

在"洒圣水的容器"这首长诗中，赫伯特对人们的行为提出要求，要求人们无论在公共生活领域还是在个人生活领域，都要注重约束自身的行为。但是，赫伯特并不是把人作为一个集体或者统一体来要求，在他看来，只有每个人使自己的行为符合规范，做一个最好的自己，才能从根本意义上改进社会秩序，促进英国国教和国家的进步。"在'圣堂'这部分的一百多首诗中，只有少数几首诗把教会或者社会描述为团体。相反，正像帕默说的那样，几乎每一首诗都是在描述个体与上帝之间的私人对话。"① 在赫伯特看来，美德与个体的人的行为密切相关，个体行为的品质直接关涉到基督教徒能否得到喜乐，获得基督的救赎。

赫伯特的名诗"美德"更是直接以"美德"为题，突出表现了美德主题的重要价值。然而，美德在赫伯特笔下并不是一个虚空的概念，诗人往往把对美德的肯定与对个体行为的关注结合在一起，借助美德对基督教徒个体行为进行约束，表现了他独特的行为美学。"洒圣水的容器"这首长诗具有教诲文学的性质，在创作内容上体现为"做"与"不做"准则的制定，集中表现了诗人对个体行为品质的关注。在散文集《乡村牧师》中，赫伯特则以乡村牧师为具体的批评对象，对牧师的高尚行为本身进行了详细界定。

牧师，上帝的牧羊人，在尘世生活中担当着拯救世人的职责。在散文集《乡村牧师》中，赫伯特对理想的乡村牧师形象进行了刻画，对牧师应有的知识与行为提出了要求，这涉及到牧师生活的方方面面，既有思想上的要求、也有灵修方面的要求，更有个人行为的要求，在赫伯特看来，对于牧师，拥有高尚的行为是最为重要的。在第 33 章"牧师的图书馆"中，赫伯特没有谈论给他提供思想源泉的大部头宗教著作或者思想著作，而是开篇就直接写道乡村牧师的图书馆是"一种高尚的生活"②。强调了"高尚的生活"本身，说明诗人对牧师行为的关注，只有将乡村牧师这一社会角色演绎到极致，使其行为与其身份相配，并获得教区人们的认可，这样的

---

① Christopher Hodgkins. "'Between This world and That of Grace': George Herbert and the Church in Society". *Studies in Philology*, 1990 (4), p. 466.

② George Herbert. *The Country Parson*. In George Herbert. *George Herbert: The Complete English Poems*. John Tobin ed., London: Penguin Books, 2004, p. 251.

乡村牧师就拥有了"美德"。

二、美德主题的诗性表现

赫伯特在《圣殿》的"教堂门廊"部分，描绘了当时英国社会的一些不良现象。他对这些不道德行为的描述，与斯宾塞的《仙后》有异曲同工之妙。圣乔治在误入骄傲之宫后，遇到了懒惰、贪食、淫欲、贪婪、忌妒和愤怒这其他六种罪恶，而骄傲为这七大罪恶之首。在诗歌中思考现实，对社会现实进行批判和反思，是赫伯特与斯宾塞的共同之处。不同点在于，斯宾塞以宗教寓言故事的形式反思社会现实，而赫伯特是以简洁而又富有智慧的诗行对青年人发出告诫。

在诗集《圣殿》主体部分"圣堂"的 162 首诗中，赫伯特多处用到美德（virtue）一词。例如，在"坚贞"一诗的第 21 至 25 行，赫伯特写道：

> 面对诱惑
> 而不动摇的人：当一日终了，
> 他的善行也不会驻足，而在黑暗中仍然奔跑：
> 太阳是他人的律法，
> 是他们的美德，美德就是他们的太阳。（ll. 21–25）

诗人将"美德"与"太阳"形成一对对照概念，用太阳普照世界的特性来阐释美德的无处不在。在"陪衬"（The Foil）一诗中，赫伯特将地球比作是"溢满美德的球体"。在"谦卑"（Humility）这首诗开篇，诗人将"美德"具体化、形象化，写道，"我见到众美德手挽手 / 按照等级围坐在天蓝色宝座周围。（ll. 1–2）"另外，该诗中还有对各种动物禽鸟的描述，并赋予它们一定的道德品质，例如："愤怒的狮子"、"胆怯的兔子"和"嫉妒的火鸡"等。诗人对动物之间关系的描述，影射了当时英国社会的实际状况。诗人对各种动物之间不和谐关系的描述，影射了诗人对和谐这一美德条目本身的向往与追求。

赫伯特的名诗"美德"，更是直接以"美德"作为诗歌标题，该诗全文如下：

> ### 美德
> 美好的白天，如此清爽、宁静、明朗，
> 那是天空和大地的婚礼；

但露水像泪珠将哭泣你落进黑夜的魔掌，
　　因为你有逃不脱的死期。

芬芳的玫瑰，色泽绯红，光华灿烂，
　　逼得痴情的赏花人拭泪伤心；
你的根儿总是扎在那坟墓中间，
　　你总逃不脱死亡的邀请。

美好的春天，充满美好的白天和玫瑰，
　　就像盒子里装满了千百种馨香；
我的诗歌表明你终会有个结尾，
　　世间万物都逃不脱死亡。

只有一颗美好而圣洁的心灵，
　　像风干的木料永不会变形；
即使到世界末日，一切化为灰烬，
　　美德，依然万古常青！（何功杰译）

　　初读此诗，感觉此诗是一首春天的颂歌，歌颂春日的美好这一英国文学中的传统主题，但是，在歌颂美好春日的同时，读者也感到诗人将死亡主题融入其中，在赞美之中感叹美好事物的短暂易逝。然而，该诗的意蕴并没有就此而止，而在于用清新、优美的诗行诠释诗人深邃的思想和虔诚的信仰。诗人清新的"花园世界"与阴郁的"死亡主题"相互交错，反映了诗人对美好事物本质的沉思：如何才能在短暂易逝中获得永恒？如何才能从世俗世界上升到神圣世界？如何才能实现人到神的过渡？答案只有一个，即通过获得"美好而又圣洁的心灵"。

　　在诗中，诗人运用首语重复法（anaphora）四次强调"美好的"（sweet）这一词语，突出美德的力量，使诗歌的结构清晰整洁，赋予诗歌一种抚慰读者心灵的独特品质。阅读原文就会发现，前三节均以"sweet"开头，以"die"结尾，第四诗节的开头是前三节开头的变体，而全诗的结尾却与前三节的结尾不同，用一个意义与"die"完全对立的词"live"，前后形成强烈的对比。于是，诗人用首语重复法制造出一种张力，使读者对自然的美好赞叹不已，却对自然及其象征的世俗世界的短暂易逝无限感伤，然而"美好而圣洁的心灵"的出现释放了张力，选择践行美德，是抵制短暂易逝的唯一办法。

在文艺复兴晚期，"virtue"一词的常用含义有两个，一个是指抵制诱惑的正确的道德行为；另一个是指"力量"。[①]在这首诗中，赫伯特用"具有美德的灵魂"像"风干的木料"这个"巧智"描写灵魂具有超越物质世界的持久性这一力量。它不会"变形"是指具有美德的灵魂既不会向世俗诱惑屈服，也不会向道德堕落低头。事实上，按照《圣经》预言，当"整个世界"（the whole world）在世界末日被大火焚烧、"化为灰烬"（turn to coal）时，只有拥有美德的灵魂（a sweet and virtuous soul）才能"万古长青"（chiefly lives）。

"天空和大地的婚礼"意味着天和地相交，而"天、地相交之处，是世界的中心"，[②]即地球是宇宙的中心，这是传统宇宙论的观点。到了文艺复兴时期，文学家们大力歌颂人的力量，说"人"是宇宙的中心。但是，从当时的创作来看，说"人"是宇宙的中心，不过是想提高在中世纪压抑已久的人性。传统宇宙论中"宇宙存在之链"蕴含的等级秩序的影响还不能在短时间内被消解。在这根链条上，天国世界处在最顶端，中间是人类世界，底端是动物世界。人究竟是能够荣登天国获得"神性"还是坠入低级的动物世界，就取决于人的道德选择。

综观全诗，诗人歌颂美德这一抽象的伦理观念，却将它置于宏大的宇宙框架与充满玄思的宗教思想范围内，想象到天与地的结合。从"天"与"地"结合的美好白日，写到世界末日；从充满生机的春日写到意味死亡的世界末日。在诗中，诗人以这种双重悖论来阐释抛弃世俗诱惑、追求永恒的"灵性生活"的决心。虽然"天"与"地"的婚配会随着美好白天的消逝而消失，但天空和大地在自然界举行婚礼时的宁静、明朗，"突出展现了一种纯洁无瑕的单纯"。[③]诗人在歌颂自然美景的前提下，托物言志，在

---

① Robert H. Ray. *A George Herbert Companion*. New York: Garland Pub., 1995, p.161.

② 胡家峦：《圆规："终止在出发的地点——文艺复兴时期英国诗人宇宙观管窥"》，《国外文学》1997年第3期，第38页。

③ 吴笛、吴斯佳：《外国诗歌鉴赏辞典1古代卷》，上海：上海辞书出版社，2009年，第1099-1100页。

思想上烘托出拥有高尚美德的灵魂的纯洁性。

在《圣殿》中，基督教神学中的上帝以多种形态和多种身份呈现出来。在"美德"这首诗歌中，上帝本身成为美德的象征，具有了某些"人"性的色彩，其"神"性被削弱，这样，上帝消失在诗人向往的牧歌传统之中，其"美好"形象引起各民族读者的共鸣，而赫伯特则通过该诗宣扬的"美德精神"万古流芳。

从我国读者对"美德"一诗的接受来看，中国读者更感兴趣的应该是美妙的自然景色，以及这其中蕴含的心灵超脱状态。鉴于此，该诗中呈现的场景犹如一副山水画，在这和谐的自然美景中，读者寻求诗意的心灵解脱，获得情感的释放，找到理想的栖居之所。

基督教文化是一种罪感文化，诗人在歌颂美德的同时，没有忘记原罪时时刻刻存在于基督徒的行为中。在"原罪（二）"（Sin II）一诗中，赫伯特把原罪看作是万能上帝的对立面，并写道，"原罪没有美德。"在该诗中，诗人讨论人类能否见到原罪的问题。诗人认为如果真能见到原罪，就会看到原罪丑陋无比。但是，对于人类来说，原罪如同魔鬼一样不可见。在诗中，赫伯特将这一观点和人们在绘画中表现魔鬼的模样相比较，认为，人们在绘画中看到的魔鬼，其实只是一种想象而已，画上显现出的魔鬼的模样并不是魔鬼的真像本身。诗人用魔鬼的不可见性来描述原罪的不可见性。在诗中，诗人还把死亡和睡眠相比较，认为睡眠只是一种伪死亡。原罪没有美德，原罪不会随着死亡而消失，救赎原罪需要美德，美德是人们灵性生活的必然追求，而获得美德的途径就是要约束自身的行为。

在"神"（Divinity）这首诗中，诗人探究了基督教律令与基督徒个体行为之间的关系，在诗人看来，个体行为才是体会上帝的最佳方式，在诗中，诗人用斜体字突出了行为本身的重要意义：

> *爱上帝，爱邻人。静观祷告。*
> *己所不欲勿施于人。*[①]
> 啊，复杂的律令啊；甚至复杂若白日！
> 谁能解开这些戈尔迪之结呢？（ll. 17—20）

"在赫伯特看来，个体因为经历与他人生活在社会共同体中的爱，而获

---

① 此处原文中诗人用的是斜体，以突出强调这一行，本书遵照诗人的写作意图。

得对上帝的感知。"①

对美德的关注，用诗行表达对美德的无限向往，使赫伯特的诗歌超越了基督教抒情诗的局限，具有了放之四海而皆准的普世价值。即使在鼓吹上帝已死的 20 世纪六七十年代，即使在人们对上帝的存在产生高度怀疑的年代，西方学者仍然普遍认为虽然上帝已死，但是基督教留给人们的恰恰就是美德。何光沪在描述 20 世纪 60 年代在美国出现的"无神论的基督教"或"上帝之死"派神学时这样说道，既称宗教，何以"无神"？答曰"上帝已死"。上帝既死，所余为何？答曰"道德"。② 由此可见，赫伯特基督教抒情诗的创作紧紧攫住了基督教的核心价值和实践准则，因此，也就具有了持久的魅力。

三、赫伯特宗教诗歌颂美德的原因

美德是诗集《圣殿》的一个重要主题，诗人在歌颂美德的同时，把抽象的美德概念与约束基督教徒个体行为的行为准则结合在一起，通过倡导个体行为之美，而最终实现个体灵魂的永恒与不朽。赫伯特对美德的关注，与 17 世纪上半叶英国社会密切相关。16 世纪末 17 世纪初，都铎王朝消亡以后，斯图亚特王朝登上历史舞台，然而，斯图亚特王朝管理英国社会秩序的方式与诗人的期待有很大不同。在与以詹姆斯一世为首的宫廷有过多次接触之后，赫伯特对其失望至极，毅然决然放弃有望获得升迁的宫廷生活，转而投入上帝的怀抱。1630 年 4 月 26 日，赫伯特在伯默顿举行了担任牧师的就职典礼。典礼结束之后，赫伯特对好友伍德诺特先生说，"现在我回顾往昔那些有抱负的思想，认为当时如果自己如愿以偿，该会多么幸福；然而现在，我可以用公正的眼光看待宫廷，可以明显地看到宫廷中处处都是欺骗、头衔、阿谀奉承和许多其他虚构的快乐，这些快乐如此空虚，以致于当人们享受这种快乐时，也无法填满这虚空；但是，在侍奉上帝的过程中，却充满了喜乐与快乐，没有厌烦；此刻，我要用一切努力使我的亲属和教民依靠我，我不会使他们失望。首先，我必须举止得当，因为牧

---

① Greg Miller. *George Herbert's "Holy Patterns": Reforming Individual in Community*. New York: Continuum, 2007, p. 92.

② 何光沪:《"上帝死了，只剩道德吗？"》,《基督教文化评论编委会. 基督教文化评论（第二辑）》. 贵阳：贵州人民出版社，1992 年，第 161 页。

师具有美德的生活本身是最强有力的证明，这足以使见到他品行的人敬畏他、热爱他，或者至少向往像他那样生活。我要这么做，因为我知道我生活的时代需要好的榜样，而不仅仅是概念……"① 在担任牧师期间，赫伯特处处身体力行，以自己的行动做自己思想的表率，此外，他还通过创作诗歌与散文，表达对都铎王朝时期英国社会秩序的向往。②

　　在散文集《乡村牧师》中，赫伯特对乡村牧师的行为举止提出了要求，但是在这部牧师手册中，我们无处找到具体描绘当时英国社会牧师形象的言辞。赫伯特的同时代诗人弥尔顿则对当时的"腐败牧师"进行了描述，他的挽歌《黎西达斯》一方面悼念自己的好友爱德华·金在去爱尔兰赴任牧师的途中死于海难，另一方面，弥尔顿还描绘了当时英国社会中腐败牧师的丑恶嘴脸，并预言腐败牧师终将覆灭。在痛斥"腐败牧师"的一段文字里，弥尔顿写道：

> 多的是这样的人，为了欲壑
> 偷偷地连挤带爬进了教会！
> 对别的事儿他们丝毫不琢磨，
> 只争先恐后上剪羊毛丰收的筵席，
> 将受邀请参加的可敬来宾来排挤。
> 瞎眼的嘴馋！压根儿不懂得使用
> 拐杖，或竟没有学会最起码的东西，
> 那可是忠实的牧人该具备的本领！
> 与他们何干？有必要吗？他们可运道，
> 平淡乏味的曲子，他们乘兴
> 在劣等单薄的芦笛上絮聒不休，
> 饿羊仰头求食，哪能得一饱，
> 喝撑西北风，毒雾疬瘴吸足，
> 五脏朽坏，恶性传染病遍地跑；
> 还有狼暗中伸魔爪穷凶极恶，

---

① Izaak Walton. *The Life of George Herbert*. In George Herbert. *George Herbert: The Complete English Poems*. Ed. John Tobin. London: London: Penguin Books, 2004, p. 291.

② Christopher Hodgkins. *Authority, Church, and Society in George Herbert: Return to the Middle Way*. Columbia, *Missouri* and London: University of Missouri Press, 1993, pp. 182-183.

天天吃一片，人们不吭不叫；

但是门口那两手操作的机器

等待着一劳永逸一举歼灭。（金发燊译）

诗中的牧羊人是"牧师"的隐喻，他们"偷偷地连挤带爬"进了羊圈，弥尔顿用三个动词（原文为 creep and intrude and climb）把这些所谓的"牧师"在"羊圈"隐喻的教会中获得牧师这一头衔的卑鄙状况描摹得绘声绘色，让读者不禁为之一振。"腐败牧师"造成瘟疫蔓延，似乎是对 17 世纪初伦敦大瘟疫的描述，在弥尔顿笔下，腐败的牧师对上帝背信弃义，受到上帝的惩罚，终将"顷刻覆灭"。"瞎眼的馋嘴"的腐败牧师只顾谋得自己的利益，根本就不关心教区民众生活的状况，他们还竭力排挤好牧师（"受邀请参加的可敬来宾"），这一段是弥尔顿对当时英国国教的猛烈抨击。由于对当时英国牧师职业的实际状况非常失望，弥尔顿最终放弃在基督学院毕业以后去当牧师的初衷，而是用自己的笔去鞭挞当时的英国社会。[①]

在 17 世纪上半叶的英国，不仅赫伯特、弥尔顿关注牧师的个人行为与生活实践，还有其他一些牧师也对此非常关注。1621 年英国牧师理查德·伯纳德在其著作《忠诚的牧羊人》一书中写道，"牧师的完美生活在于其对信徒的饶有趣味的教导，对信仰与教义的证实，对牧师职业的热爱，对造谣中伤者的制止，帮助他认识罪孽，重获精神自由，在于他敦促自身热爱美德。"[②]

个体德行及其对美德的追寻与其所属的社会共同体密切联系。"宗教团体是一种特殊的道德共同体，它的存在本身便为美德伦理的生长传衍提供了坚实的生活土壤和文化空间。在宗教团体内部的道德舆论的力量，能够协调社群内部成员的道德生活以及和外部的关系。"[③]作为乡村教区灵性生活的引导者，乡村牧师只有自身行为高尚，才能打动普通大众的心灵，引导他们追求一种更加高尚的行为和灵性生活，引导他们在获取"美德"的

---

①　胡家峦:《论弥尔顿的〈黎西达斯〉》,《北京大学学报（哲学社会科学版）》, 1990 年第 4 期, 第 77 页。

②　Neal Enssle. "Patterns of Godly Life: The Ideal Parish Minister in Sixteenth-and Seventeenth-Century English Thought". *The Sixteenth Century Journal*, Vol. 28, No. 1, 1997, p. 27.

③　万俊人:《美德伦理如何复兴》,《求是学刊》, 2011 年第 1 期, 第 48 页。

道路上更进一步。正如赫伯特在论及人的行为时说：

> 行为从低处入手，计划从高处着眼，
>
> 这样你就会举止谦卑、宽宏大度。
>
> 不要在精神上沉沦，目标对准苍天，
>
> 总比对准树梢射得更高更远。（Perirrhanterium，ll. 331–334）

　　赫伯特笔下的世界，按照《圣经》提供的秩序运行。例如，在"渴望"（Longing）一诗中，赫伯特说上帝"已经让万物都按照他们的轨迹运行"，"整个世界"就是上帝的"一本书"，"一切事物都有他们所在的固定页码"。和谐与秩序是一对孪生兄弟，和谐的秩序与秩序的和谐，是诗人精神所向之处。他的诗歌"天道"（Providence）就是对自然万物的存在秩序进行的诗意描绘。在该诗中，天道具有三个主要特征。首先，上帝创造了自然界各层次的物种，如大地、海洋、野兽、小鸟、大树、蜜蜂、花朵、羊群、青草、花朵、树林、草药、矿石、毒药、解药、海洋、海风、水手、马匹、老鹰、铁锹、人、火、梨树、丝绸、青蛙、蝙蝠、海绵、矿藏、鳄鱼、大象等；其次，上帝对万物的管理，赫伯特把上帝创造的世界比喻为上帝的家；再次，上帝愿意插手管理家务。虽然万物按照一定的次序排列，但是上帝经常按照他看到的适合的秩序对万物进行改造，可能是奖赏，也可能是惩罚。

> 要么因为您的命令，要么因为您的许可①
>
> 您的双手操控一切：他们是您的*左右手*。
>
> 第一只手拥有速度与效率；
>
> 第二只手阻止罪孽的潜行与偷盗
>
> 一切都无法逃避这二者，一切都应该显现，
>
> 一切应由您处置，装扮，协调，
>
> 是谁把一切调和地甜蜜。如果我们能够听到
>
> 您的技艺与乐音，那将是何种音乐！（ll. 33–40）
>
> ……

---

①　此处原文中诗人用的是斜体，以突出强调这一行，本书遵照诗人的写作意图。

因为您的住宅装满货物，所以我崇拜

您排列货物的奇妙的创造才能。

山丘上一片繁荣；山谷中装满货物；

南方盛产大理石；而北方盛产皮毛和森林。（ll. 93–96）

　　在诗中，诗人还描绘了动物在"伟大链条"上的位置，体现了诗人对宇宙秩序的关注，对社会和谐的向往，但同时也体现了诗人对完美品德的追求，人区别于动物的一个最重要标志就是人具有道德选择与伦理选择的能力，一旦失去这一能力，人也就失去了之所以为人的根基。因此，美德在人类生命中的重要作用不应该被忽视，这正如毕达哥拉斯所说"品德就是和谐"。[①] 在《圣殿》中，诗人多次对蜜蜂进行了描绘。赫伯特笔下的蜜蜂如同莎士比亚笔下的蜜蜂一样，"靠了自然规律为人类国家之有秩序的活动而示范的小生物"。[②]

　　赫伯特对个体行为与秩序的关注，与母亲玛格德琳·赫伯特有着密切关系。在赫伯特 3 岁半时，父亲理查德爵士因抓捕一名拒绝上法庭的人受伤去世，此后，由玛格德琳一个人负责照看这个拥有 10 个子女的大家庭。《乔治·赫伯特传》的作者沃尔顿对玛格德琳评价非常高，认为她是一位兼具智慧与美德的女性。[③] 在陪伴长子爱德华在牛津大学的王后学院学习时，她曾对爱德华说，"正如我们的身体从适宜我们食用的肉类中吸收营养一样，我们的灵魂也会因为效仿邪恶的同伴，或者与邪恶的同伴谈话而无意识地沾染恶习；对恶习的无知就是对美德的最佳维护：沾染恶习就如同引火物引燃罪孽，使之燃烧。"[④] 她对美德与个人行为的高度关注，使她个人的行为具有了高尚与崇高的维度，玛格德琳在牛津大学停留了 4 年，陪伴爱德华，她出众的才智与乐于助人的行为，给她当时结识的包括约翰·多恩在内的牛津内外许多显赫人物与学者留下了深刻印象，多恩曾写多首诗赞美她美好的品行。

---

　　① S. K. Heninger Jr. *Touches of Sweet Harmony: Pythagorean Cosmology and Renaissance Poetics*. San Marino: The Huntington Library, 1974, p. 256.

　　② 莎士比亚：《亨利五世》，梁实秋译，北京：中国广播电视出版社，2001年，第37页。

　　③ Izaak Walton. *The Life of George Herbert*. In George Herbert. *George Herbert: The Complete English Poems*. Ed. John Tobin. London: London: Penguin Books, 2004, p. 269.

　　④ Izaak Walton. *The Life of George Herbert*. In George Herbert. *George Herbert: The Complete English Poems*. Ed. John Tobin. London: London: Penguin Books, 2004, p. 271.

赫伯特的兄长爱德华·赫伯特对美德也进行了专门论述，他说，"由于自然永不停歇地努力，想把灵魂从它的肉体负担中解放出来，所以说自然本身给我们逐渐灌输了一种隐秘的信念，即认为对于让我们的精神逐渐从身体里面分离和解放出来，进入其所适宜的领域而言，美德构成了最有效的手段。而尽管在这个问题上还有很多的论据可资引用，我所能想到的最有说服力的证据却是这样一个事实，那就是惟有美德有能力把我们的灵魂从它所陷入的欢愉之中提升出来，甚至还能使它回到自己本来的领域之中，从而脱离罪恶的魔掌，并且最终摆脱对死亡本身的恐惧，它可以发挥自己应有的作用，并且获得内在的永恒喜乐。"① 美德帮助人摆脱罪恶的思想与行为，脱离对世俗欢乐的过度向往，使人的灵魂得到提升，并获得最终的喜乐。

赫伯特诗歌的独特魅力，在于他把对西方传统美德的可歌颂性与保守陈述传达神的不可言说性融为一体，以温柔、拘谨然而有时又颇具想象力的诗行对当时英国社会个体行为的过失、社会行为的过失和宗教生活的过失进行了批判，并提出了自己的诗性理解。在赫伯特的宗教视阈中，所有这些问题的解决，都需要以牧师自身行为举止的完善和提高为基础，只有牧师自身的提高才能够在行为上为普通大众树立榜样，带动所有个体的人追求"完美"，追求卓越，回归古希腊的个体型美德。

综观《圣殿》与《乡村牧师》，赫伯特希望通过自己的诗篇对生活在社会共同体中的个体行为进行规范和界定，以诗意的方式阐释个体行为实践的智慧，在 17 世纪英国文艺复兴悄悄走向尾声、工业革命即将到来的时代，向亚里士多德的美德伦理思想发出诉求，与传统建立连接。

第三节　圣餐诗学：基督受难的诗学呈现

在"安宁"（Peace）这首诗歌中，抒情主体在各处寻找安宁，诗中，诗人用到了"帝国王冠之花"（The Crown Imperial）这个意象，然而，让读者感到不安的是伴随这朵美丽绝伦的花出现的是一条令人讨厌的毒虫。毒虫意象的出现，暗示诗人对斯图亚特王朝的失望情绪，诗人无法在这个

---

① ［英］爱德华·赫伯特:《论真理》，周玄毅译，武汉：武汉大学出版社，2006年，第277页。

貌似光鲜的宫廷生活中找到安宁。在这首诗歌中，赫伯特借用朝圣文学传统的表现方式，尝试在不同的场所寻找安宁，但是，却无法寻得。在诗人看来，这安宁的获得与实现只能借助"秘密的美德"才能实现，秘密美德能够驱赶走罪孽，带来灵魂的安宁。而"圣餐"就是体会这种秘密美德的最佳渠道。

在赫伯特看来，美德的实现并不在于美丽的场景与图景之中，而在于对"甜美"的圣餐味道的"品尝"。圣餐的"美好"体验能够帮助基督徒实现救赎，但是，圣餐代表的确是基督的受难。

上帝之子耶稣的牺牲具有伦理选择的维度，具有崇高的内涵。那么，耶稣如何看待自己的受难呢？他似乎认为受难是他完成使命的必经阶段。耶稣将自己所遭受的苦难与排斥看作是拯救以色列这个伟大事业的一部分，并期待上帝做出公正裁决。与耶稣受难密切联系在一起的事件是他与门徒的最后晚餐。最后晚餐到底吃了哪些食物，目前还没有定论。但是，当时正值逾越节，人们通过宰杀和食用逾越节绵羊纪念以色列人逃离埃及。"在一次与许多《圣经》预言相似的短祷中，耶稣似乎已经将圣约和宽恕同自己的受难连在了一起，日后对此的纪念将以膳食进行，其中面包和红酒象征了他的身体和鲜血。耶稣的使命与身体之间的纽结从而决定性地系在一起，并以一死加上了封印。"[1]

圣餐是连接赫伯特与读者的一个重要中介。在《圣殿》中，赫伯特邀请他的读者与他一起回味四旬斋斋戒期间的精神盛宴与逾越节的筵席，这二者连接着作为撰写诗行的诗人、作为万物的创造者上帝以及具有基督教背景的读者。

"牺牲"这首诗歌以基督"道成肉身"的悲剧色彩，彰显舍己为人的基督教教义。此处的"道成肉身"可以解释为"肉身毁而道成"，"肉身"即指诗人在《圣殿》中赞扬的基督的牺牲精神，"道"则指的是"诚实"和"坚贞"，以及自成一体的话语、行为与风格。

基督道成肉身的悲剧，在《圣殿》中被诗人用隐喻的方式表现出来。例如在"坚贞"这首诗歌中，诗人再次以叙事结合隐喻的方式，以开篇"诚实的人"和结尾处的"神射手"来阐释圣子基督的生命历程及其精神关

---

① ［英］戴维·福特：《基督教神学》，吴周放译，南京：译林出版社，2011年，第89页。

照的道德维度。在这首诗歌中，诗人将"诚实的人"、"神射手"与他理想中的美德联系在一起。同时，在该诗中，诗人还通过运用谐音的"Sun"来描绘美德，说"美德是他的太阳 / 儿子"（Virtue is his Sun.）。"Sun"首字母的大写形式进一步表明该词语的双关性质，诗人通过圣父、圣子、圣灵的三位一体，表明在他的信仰体系中，上帝就是他所赞扬的"美德"。

在基督教的神话体系中，诗人歌颂抽象的"美德"概念。美德，在诗人来看，是圣子基督的隐喻，是基督徒个体的言语、行为与风格的一致性，其前提必须是"善"（Good）。同时，对于基督徒而言，在诗人看来，他们必须遵守太阳 / 圣子书写的律法，即基督教戒律，因为这是他们的美德。这样，诗人赋予"Sun"这个词以庄严的基督教神话意义与基督教立法概念，使该词的意义进一步深化。

赫伯特对"Sun"一词双关用法的使用，是对安德鲁·马韦尔的"run"、"Sun"隐喻体系的直接回击。众所周知，马韦尔在"致他娇羞的女友"（To His Coy Mistress）中用"run"和"Sun"两个词建构的是另一种重视肉体享乐的世俗爱情诗。在"致他娇羞的女友"中，马韦尔通过用"植物性爱情"这个奇喻（conceit）表明世俗爱情的双方受到时间的威压，唯有通过"烧枯的欲情"到"发情的飞鹰"才能感受到他所歌颂的纯粹的肉体享乐，才能在孕育"儿子"（结尾句的"Sun"构成的谐音双关）这个爱情果实的身上，战胜时间，使他们的世俗爱情得以延续下去。马韦尔对爱情的歌颂是纯肉体享乐式的，他"诗歌的三段式仅仅是看似'理性'的议论结构而已，它旨在利用诗歌末尾的'动物'意象彻底消解爱情中人类特有的'理性'因素。至于绅士和小姐们认为爱情中必备的一些因素，如无私、柔情、互相之间的宽慰等，更是在本诗中难觅踪影"[①]。

对于马韦尔诗歌的世俗爱情维度，赫伯特不屑一顾。他曾经写过一篇文章批判马韦尔。在"坚贞"这首诗歌中，赫伯特赋予"run"和"Sun"以美德概念，把美德看作是充满力量的"太阳"，它有无限的热力传递给信徒和坚信美德的诚实的人，最终帮助他们成长为诗人所赞颂的像圣子一样具有牺牲精神的追求善的人。在赫伯特看来，只有这样的人，才具有无

---

① 沈谢天：《修辞和三段式的奇绝运用——简评安德鲁·马维尔的〈致羞怯的情人〉》，《安徽文学》2010 年第 1 期，第 58 页。

限的生命力，这即是诗人歌颂的对象，也是诗人的精神追求。

"牺牲"这首诗歌的悲剧力量在于诗人用悲剧叙事阐释了圣子基督牺牲的反讽性质，其中"servile"一词的反讽性质尤为明显，基督陈述的悠悠语气所形成的悲剧氛围，将圣子基督应该享受到的主人待遇与其实际境遇构成了鲜明对比，在这种对比之中，彰显圣子隐喻的美德的巨大力量。

在"牺牲"这首诗歌中，诗人通过将古希腊的悲剧复活，彰显其诗学艺术成就。

"牺牲"中的基督教叙事，是诗人想象的创造，是赫伯特"诗性智慧"的产物，正如朱光潜先生所说，维柯"在费尔巴哈之前就已看出神是人的本质的对象化"①。

钱钟书曾经就科学语言与文学语言进行过论述，张隆溪在分析钱钟书的观点时认为："在科学的语言里，比喻不过是义理的外壳包装，但在文学的语言里，比喻却是诗的内在生命，词句不是抽象概念的载体，而是如卡西列所说，它们'同时具有感性的和精神的内容'……神话和诗都是隐喻，是想象的创造，在古代为神话，在近代则为诗。"②

在人类的童年时代，各民族都有自己的有关神死而复活的传说。英国人类学家弗雷泽在其神话原型批评代表作《金枝》中就对古希腊人每年秋天举行的祭祷酒神迪奥尼索斯（Dionysus）的传说进行了分析，认为这是古希腊人在纪念迪奥尼索斯的受难与死亡，不仅如此，希腊人也有活动庆祝酒神的复活。这种有关神的死亡、神的复活类型的祭祷活动与季节的更替密切相关。

用弗雷泽的观点来看圣子基督的受难与死亡，不仅能够在基督徒心目中激起强烈而崇高的情感体验，也能在包括我国读者在内的其他民族读者心中激起类似的心灵感受。卡尔·荣格的分析心理学指出，"艺术品是一个'自主情结'（autonomous complex），其创造过程并不全受作者自觉意识的控制，它归根结蒂不是反映作者个人无意识的内容，而是植根于超个人的、更为深邃的'集体无意识'……人类心理经验中一些反复出现的'原始意象'（primordial image），荣格认为他们就是集体无意识的显现，并称之为

---

① 朱光潜：《维柯的〈新科学〉简介》，《国外文学》1981 年第 4 期，第 12 页。

② 张隆溪：《二十世纪西方文论述评》，北京：生活·读书·新知三联书店，1986 年，第
56-57 页。

'原型'（archetype）……文艺作品里的原型好象凝聚着人类从远古时代以来长期积累的巨大心理能量，其情感内容远比个人心理经验强烈、深刻得多，可以震撼我们内心的最深处。"[1]

在"牺牲"中，诗人把上帝这位大神想象为人子的模样，让他成为悲剧英雄，为拯救人类无畏地选择死亡，因此，他的死有殉道和牺牲的意味。赫伯特用基督牺牲的悲剧力量打动读者，震撼他们的心灵。这是任何一个曾经拥有向神献祭仪式的民族都能体会到的蕴含着崇高的悲剧情感。

张隆溪在评价弗莱的原型批评理论时指出："古代神话充满了动人的真诚，闪烁着诗意的光辉，现代神话却分明是冷嘲热讽，在那荒诞的面具背后更多的不是想象，而是理智，不是对自然的惊讶，而是对人世感到的失望、苦闷和悲哀。"[2]

"牺牲"这首诗歌通过诗行将人类对美好事物的追求和对美德的向往展现在读者面前，将基督牺牲的重要宗教意义以一种各民族共通的对悲剧与崇高的理解相融合，凸显出宗教美德对基督徒的重要意义，丰富了其他民族对美德与崇高精神的理解。

在如何展现这些内容方面，作为诗人的赫伯特下了很多功夫。赫伯特对美与美德的追求和理解，体现在诗集《圣殿》和散文集《乡村牧师》的思考与形式等不同方面。在《圣殿》的创作中，赫伯特通过多变的艺术技巧，给读者留下深刻印象。这主要体现在两个方面：一个是诗歌的视觉表现形式；另一个是诗歌的修辞效果。

在古典主义大行其道的17世纪，诗人通过尝试诗歌表现形式的创新，吸引读者的注意力，并将诗歌的表现形式与诗歌的内容完美地结合在一起。俄国形式主义学家曾说："艺术的技巧就使对象陌生，使形式变得困难，增加感觉的难度和时间长度，因为感觉过程本身就是审美目的，必须设法延长。艺术是体验对象的艺术构成的一种方式，而对象本身并不重要。"[3]

《乡村牧师》一书的修辞，明显使该书与17世纪英国盛行的牧师手册

---

①　张隆溪：《二十世纪西方文论述评》，北京：生活·读书·新知三联书店，1986年，第59-60页。

②　张隆溪：《二十世纪西方文论述评》，北京：生活·读书·新知三联书店，1986年，第71页。

③　张隆溪：《二十世纪西方文论述评》，北京：生活·读书·新知三联书店，1986年，第76页。

的撰写完全不同。与"教堂门廊"的写作一样,赫伯特通过特定的体裁与风格,实现自己的写作目的。他的写作参考了当时礼节手册的写法。

沃伯格指出,在赫伯特时代,"Court"和"Country"是斯图亚特王朝早期英国社会日益分裂出来的两个部分,但是,在《乡村牧师》的写作中,赫伯特却将宫廷礼仪与乡村牧师的日常生活联系在一起,有意将二者结合起来,表明赫伯特试图调和查理一世统治英国时期各个分裂教派之间的关系,赫伯特试图用一种温和的、和谐的"中间道路"将各分裂教派团结起来。这是诗人对社会秩序进行干预的尝试,虽然结果不容乐观,如诗人在《圣殿》中传达的思想可以证明,但这也许是诗人对查理一世统治英国时期早期政治的辩护。

弗里德曼认为,赫伯特是一位文学批评家,他说赫伯特在"约旦(一)"和"约旦(二)"(Jordan II)中批判了牧歌的"双重性质",但却认为在诗歌创作中,有必要运用讽刺这一修辞手法。① 在《圣殿》的创作中,他有时把经验看作是"一种表现,一种狡辩的、不自然的、有意精巧创作的形式。"② 此外,弗里德曼还认为赫伯特"非常清醒地意识到、并且依靠(田园诗)形式的创造力,通过一面起初扭曲、但最终却明亮的镜子来观察他感兴趣的物体。"③

威尔科克斯则认为赫伯特是上帝与民众之间的必不可少的脆弱的媒介④,并指出赫伯特的诗歌"制定了牧师的功能"⑤,通过引诱会众、对他们

---

① Donald Friedman "Pastoral Conversions". In Christopher Heogkins ed., *George Herbert's Pastoral: New Essays on the Poet and Priest of Bemerton*. Newark: Unviersity of Delaware Press, 2010, p. 35.

② Donald Friedman "Pastoral Conversions". In Christopher Heogkins ed., *George Herbert's Pastoral: New Essays on the Poet and Priest of Bemerton*. Newark: Unviersity of Delaware Press, 2010, p. 38.

③ Donald Friedman "Pastoral Conversions". In Christopher Heogkins ed., *George Herbert's Pastoral: New Essays on the Poet and Priest of Bemerton*. Newark: Unviersity of Delaware Press, 2010, p. 39.

④ Helen Wilcox. "'Hallow'd Five': or, When Is a Poet Not a Priest?". In Christopher Heogkins ed., *George Herbert's Pastoral: New Essays on the Poet and Priest of Bemerton*. Newark: Unviersity of Delaware Press, 2010, pp. 96, 93.

⑤ Helen Wilcox. "'Hallow'd Five': or, When Is a Poet Not a Priest?". In Christopher Heogkins ed., *George Herbert's Pastoral: New Essays on the Poet and Priest of Bemerton*. Newark: Unviersity of Delaware Press, 2010, p. 101.

布道、在祈祷与颂扬中引领他们、与他们一起庆祝基督为救赎民众而经历的死亡，最后在"圣堂斗士"中派遣会众在整个世界"生活与工作"，参与到教会历史的建设中来，与罪过战斗。[1] 祈祷的作用对于基督徒而言，非常重要。沃尔顿曾经说祈祷是国教徒解决由宗教问题引发的精神痛苦的"最妥善的办法"[2]。沃尔顿认为，在英国国教徒看来，当灵魂面对种种困境，难以自拔时，最有效的途径就是祈祷，就是来到教堂，参加教会的祷告和领受圣餐。

赫伯特的诗歌"邀请"（The Invitation）、"门楣"（Superliminare）、"筵席"（The Banquet）、"那串葡萄"（The Bunch of Grapes）、"圣餐"（The Holy Communion）以及"爱（三）"（Love III）都与圣餐有关。凯恩（Mary Theresa Kyne）说，将这组诗歌放在一起研究，可以发现诗人在向读者展示基督徒的灵魂成长过程——面对诱惑、灵魂堕落与灵魂救赎。

"邀请"这首诗歌中的说话人履行牧师职责，邀请众多读者与他一起拜访上帝，领受圣餐，获得灵魂的救赎：

　　　　主啊，我已经邀请了所有人，

　　　　　　　我将

　　　　继续邀请，直到我得以拜访您的真容：

　　　　因为在我看来，这一切看起来

　　　　　　　既公正又正确，

　　　　万物本该就如此。（The Invitation, ll. 31–36）

《约翰福音》第6章第27节写道："不要为那必坏的食物劳力，要为那存到永生的食物劳力，就是人子要赐给你们的，因为人子是父神所印证的。"

路易斯·马兹认为，"在《圣殿》中，圣餐意象通过不同形式贯穿整部诗集，这不仅体现在那些直接歌颂圣餐的诗歌中，也体现在那些简要地提到'筵席'、'餐桌'、'肉'、'血液'、'十字架'与'伤口'的诗歌中。"[3]

同样，帕特里兹（C. A. Patrides）也认为圣餐是"赫伯特宗教感情的精

---

①　Helen Wilcox. "'Hallow'd Five': or, When Is a Poet Not a Priest?". In Christopher Heogkins ed., *George Herbert's Pastoral: New Essays on the Poet and Priest of Bemerton*. Newark: Unviersity of Delaware Press, 2010, p. 102.

②　杨周翰：《十七世纪英国文学》，北京：北京大学出版社，1996年，第287页。

③　Louis L. Martz. *The Poetry of Meditation: A Study in English Religious Literature*. New Haven and London: Yale University Press, 1962, p. 302.

髓所在"，并且，他说，如果把《圣殿》看作是一个体系，那么，在形式与内容方面，就是"圣餐体系"，表达对上帝的感恩。[1] 帕特里兹在对公共的圣礼主义（communal sacramentalism）以及英国国教的崇拜行为进行充分的比较之后，将圣礼主义定义为"万物的精髓，本质之本质，因为它反应了神圣建筑师－诗人在他最初创造世界的行为以及随后的保护世界的行为。这些思想交错融合在赫伯特的思想中，因为这些思想全都依赖一个单一的现实：历史中的上帝因为最后晚餐的圣礼——圣餐而无处不在。"[2] 同时，帕特里兹还认为赫伯特诗歌中表现圣餐意象的一些词汇让基督教读者不自觉地联想起罗马天主教传统中的圣餐意象。[3]

在"邀请"这首诗歌中，赫伯特连续五次在该诗的六个诗节之中的前五节首行重复诗行"你们全都到这里来"清楚地表明诗中说话人渴望基督教信徒走近圣坛，走近餐桌来分享教会的秘密圣餐。在诗歌结尾，诗中说话人向读者保证："这就是爱，它在死亡时甚至 / 拥有气息， / 在肉身死亡之后，永生。（ll. 28-30）"由此可见，死亡在赫伯特的基督教视角当中，并不是任何可怕的、值得恐惧的东西。

在"教堂门楣"这首从"教堂门廊"到"圣堂"的过渡性诗歌中，诗中说话人邀请读者"过来品尝 / 教会的神秘圣餐"（ll. 3-4），在第二小节，他告诫读者"不要渎神"，如果他崇高、圣洁而又富有智慧，那么他就可以"深入"圣殿——去追求这些美德——加入到基督教门徒的生活中去。《以赛亚书》第55章第1-2节与此相对应："你们一切干渴的都当就近水来，没有银钱的也可以来。……你们为何花钱买那不足为食物的，用劳碌得来的买那不使人饱足的呢？你们要留意听我的话，就能吃那美物，得享肥甘，心中喜乐。"这样进入教堂之门的渴望就与领受神秘的圣餐联系在一起，体现在"邀请"一诗中。

在"邀请"这首诗歌开篇，上帝就被进行了拟人化处理，诗中说话人说上帝为圣餐"已经在此准备好，并且穿戴就绪"（l. 4），上帝已经为所

---

[1] George Herbert. *The English Poems of George Herbert.* C. A. Patrides ed., New Jersey: Rowman and Littlefield, rpt. 1986, p. 17.

[2] George Herbert. *The English Poems of George Herbert.* C. A. Patrides ed., New Jersey: Rowman and Littlefield, rpt. 1986, p. 18.

[3] George Herbert. *The English Poems of George Herbert.* C. A. Patrides ed., New Jersey: Rowman and Littlefield, rpt. 1986, p. 19.

有基督教徒准备好了圣餐桌，尤其是那些"品味／就是他们失败原因的人"（ll. 1-2）。在接下来的几个诗节中，诗中说话人告诉读者他在"邀请"这个特殊语境中依然在灵魂中充满矛盾冲突。第二诗节对那些"葡萄酒确定"（ll. 7-8）的人选说"喝下这一杯／在你饮用之前它还是血"（ll. 11-12）。此处，基督的"血"成为上帝恩典的象征，象征上帝对基督徒灵魂的滋养，象征上帝在圣餐仪式中的此在特性，"按照路德宗的观点，看似饮酒，实际上好似在体会基督的真实存在"[①]。因此，在圣餐礼中，形而上的抽象的上帝形象在葡萄酒——这个象征基督血液的具体的日常生活中的常见事物，提醒"客人"和读者上帝的恩典。

在"邀请"中，诗人通过在前五诗节运用反复这种修辞手法，强调上帝号召基督教徒聚集在一起领受圣餐；此外，在第一诗节与第三诗节，诗人运用"waste"与"weep"构成的头韵增强"痛苦"（"pain"）带来的拟人化意境，对于那些没有饮用葡萄酒、正确领受圣餐的人而言，痛苦就会"指控"（"arraign"，l. 14）他们。然而，诗人告诫读者"体验一下，不要畏惧：上帝在此／就在这饮食中／是罪孽制造出这恐惧"（ll. 16-18）。在基督教徒看来，有两种快乐，一种是世俗快乐，一种是宗教意义上的喜乐。世俗快乐只能带来暂时的快乐，对于真正的基督教徒而言，这只是短暂的，最终只能造成精神上的痛苦。在接下来的诗句中，赫伯特写道："世俗的享乐将你的快乐／淹没"（ll. 22-23）。动词"淹没"（"drowneth"）隐含的是洪水意象。按照基督教传统，当上帝发现人类醉心于世俗享乐而堕落以后，他发动大洪水惩罚人类，此时，基督拯救了人类，所以，在"邀请"这首诗歌中，诗人似乎以此传统暗示上帝有时将圣水给予基督教徒，帮助他们净化灵魂中的罪过。

诗人在诗歌中呼吁世俗快乐对基督教徒而言是一种诱惑，他要坚决抵制这一诱惑；与此相反，他强烈邀请信徒追求"在肉身死亡之后永不消亡"（l. 30）的爱。这在诗歌中通过意象"鸽子"（l. 26）呈现出来，"把你引向天堂"（l. 27），凯恩认为鸽子象征世俗的、单方面的爱，在她看来，尘世现象犹如船只或者管道把灵魂引向上帝。在该诗最后一节，诗人再次强调

---

① Gene Edward Veith Jr. *Reformation Spirituality: The Religion of George Herbert*. Lewisburg: Bucknell University Press; London: Associated University Presses, 1985, p. 215.

他作为基督教诗人与牧师的双重职责，号召所有基督教徒一起赞美上帝。在"邀请"这首诗歌中的上帝是一位全知视角的人物，尤其是在最后一节，赫伯特运用"所有人"这个词强调了上帝充满爱意的接纳包括有罪之人在内的所有人。

综观"邀请"这首诗歌，可以发现全诗洋溢着轻松欢乐的情感基调。这与诗人在"牺牲"中表达的失落情绪、在"衣领"中表达的愤怒情绪有很大不同，诗人用快乐的情感表达快乐的结局，带给读者的是轻松与明快。从中，读者可以明显发现诗人的牧师身份以及他邀请所有人与他一起赞美上帝的牧师职责。

在"邀请"所有人来参加圣餐以后，接下来的诗歌正好是"筵席"，诗人向读者阐释了"邀请"的结果，与诗人一起品尝圣餐的美好。在"筵席"这首诗歌中，诗人共用"sweet"一次、"sweetly"一次、"sweetness"三次，通过五次运用这一同根词，诗人愉快地告诉读者圣餐的味道是"美好"，这味道带着"低微矮小"的"我"（l. 40），"远离宫廷 / 最终酒杯化作一只羽翼"（ll. 41-42），"只有我一人与它一同 / 飞向天空"（ll. 43-44）。这既是诗人对自己面临的人生境遇的思考，也是作为牧师的诗人引导读者在圣餐礼上进行反思，同时，也是诗人对自己诗歌才华与诗歌创作艺术目的的分析。在最后一节诗人写道：

> 让这怜悯的奇迹
>
> 　　成为我的歌谣，
>
> 　　占据我的诗行与生命：
>
> 请你在死亡的痛苦下倾听，
>
> 　　双手与呼吸
>
> 都为此而努力，热爱这冲突。（ll. 49-54）

在圣餐礼上，赫伯特对着面包与葡萄酒展开冥想，这些食物在诗人看来，是诗中说话人与上帝进行的个人的、直接的对话。他体会到面包与葡萄酒的香甜，因为"只有上帝，释放香气"（l. 22），让面包与葡萄酒变得甘甜美好。上帝通过面包与葡萄酒向他的信徒显现，通过无条件的爱，清除基督徒的罪过，带领他们的灵魂升入天国。

"筵席"是对基督受难、基督拯救基督徒的灵魂这些基督教历史事件的简要叙述，其重点在于圣餐。圣餐中的葡萄酒是甜的，因为"我们在酒杯中融入蜜糖"（1. 12），圣餐中的面包是甜的，因为"我们在面包中融入甜蜜"（1. 13），而这甜蜜"征服罪孽的气味"（1. 15），这样基督的敌人便无法取胜。

通过以上分析，可以发现"筵席"这首诗含有大量圣经意象与感官意象，而且，在这首诗歌中，"我"和"我的"这两个词语将诗人自己与诗中说话人等同起来，突出强调了诗人与上帝之间的密切关系以及他与上帝之间对话的神圣本质。

在"那串葡萄"这首诗歌中，诗人同样把水、面包、葡萄与葡萄酒想象为基督徒在朝圣之旅中得以维持生存并促进灵性进步与灵魂救赎的食物。上帝愿意因为"我的利益遭受挤压"（1. 28）强调了上帝有包容并拥抱诗中说话人的自由，他向诗中说话人保证能够让诺亚种植的葡萄树"结满葡萄"（1. 25）。

"那串葡萄"既是基督的象征，也是基督徒圣餐的象征。"诺亚的葡萄藤"（1. 24）的繁茂，是上帝祝福的象征，在洪水退去以后，诺亚种下了第一棵葡萄树，他用葡萄酿成了酒，喝醉以后，赤身裸体醉卧在葡萄树下，然而，这一幕被自己的儿子汗（Ham）发现了，他没有立刻找来衣物遮盖父亲的身体，却跑去告诉了自己的兄弟闪（Shem）和雅弗（Japhet）。闪和雅弗进了帐篷，用外套将父亲的裸体盖上。这样做的时候，为了不见到父亲的裸体，他们特地把脸别到一边。诺亚错误地使用上帝赐予自己的福，而他的儿子汗的后代却因此而受到惩罚。诺亚酒醒后，知道了这件事，称赞了闪和雅弗，诅咒汗的儿子迦南将作闪和雅弗的奴仆。由此可见，"诺亚的葡萄藤"既是上帝赐福的象征，又是上帝惩罚不虔诚信徒的象征。

从《旧约》时代开始，筵席与牺牲就是同义词。在犹太教中，当动物牺牲的意义减弱的时候，圣餐的神圣特征依然存在。耶稣，作为犹太人，当然遵循犹太教传统。因此，对于基督徒来说，圣餐永远提醒他们基督的牺牲，这是基督与他的追随者之间订下的契约，也是末世盛宴的缩影。[1]"葡萄藤意在表明基督有大量血液，足以用来拯救人类。"[2]在"那串葡

---

[1] Mary Theresa Kyne. *Country Parson, Country Poets: George Herbert and Gerard Manley Hopkins as Spiritual Autobiographers*. Eadmer Press, 1992, p. 165.

[2] Richard Strier. *Love Known: Theology and Experience in George Herbert's Poetry*. Chicago: The University of Chicago Press, 1983, p. 156.

萄"的最后小节，诗中说话人再次表明他对上帝的祝福与热爱，这表明他在圣餐中获得了启示，又一次在圣餐礼中获得喜乐。对于基督教徒而言，永恒喜乐只有在他们到达上帝的应许之地，才能获得。

"那串葡萄"还是摩西派去探路的以色列人在以实各谷（the valley of Eshcol）用杆子抬回来的那串葡萄。探路者违背上帝的意志，错误地向摩西报告他们的发现，以色列人因为违背上帝，被上帝放逐在荒野 40 年，这样，他们就失去了到达应许之地的权力。然而，"他因袭旧法使酸酸的液体变成甜酒"（l. 27），就会获得进入应许之地的权力，获得永恒喜乐。综观全诗，诗中说话人虽然一直在抱怨，但最终他明白自己不是以实各谷那个背叛上帝的以色列人。他终于明白上帝为他所做的牺牲，与圣保罗一样，他承认自己对上帝怀有的感激之情："他是爱我，为我舍己"（《加拉太书》第 2 章第 20 节）。他不会像以实各谷的那个以色列人，他可以来到得以永恒感到满足并能永远得到喜乐的应许之地。

"那串葡萄"这首典型的基督教诗歌"阐释了基督徒的思维方式，向读者展示他们如何用过去发生的基督教事件来阐释基督徒此时的状况，如何将历史上的'教义'运用于个体的人的'生活'之中。赫伯特认为《圣经》记载着人类灵魂的发展过程，他一直以来衡量自己对事件与态度的反应，以便在诗歌中能够传达一种共同经验。"① 在这首诗歌中，他清楚地描绘了诗中说话人与上帝之间的和解协调过程。简而言之，通过"那串葡萄"意象，诗人将该诗与基督教典故"诺亚醉酒"和"以实各谷"联系起来，告诉读者在基督教的历史上，基督徒经历过的犯过错、悔改以及学会热爱上帝的过程。维希认为，基督徒的悔改心理给基督徒提供了多种与上帝密切交流的方式，他们学会在日常生活中辨认出上帝的基础上，最终获得永恒的快乐。②

"那串葡萄"中"酸"与"甜"的双重味道再次表明在赫伯特的宗教思想中，罪过与救赎是基督徒灵魂中的一对二元对立关系，一直处于对立转化之中：在逆境与荒凉中寻找欢乐和安慰。与赫伯特的许多其他诗歌一样，

---

① Chana Bloch. *Spelling the Word: George Herbert and the Bible*. Berkeley: University of California Press, 1985, pp. 127-28.

② Gene Edward Veith Jr. *Reformation Spirituality: The Religion of George Herbert*. Lewisburg: Bucknell University Press; London: Associated University Presses, 1985, p. 135.

"那串葡萄"以基督身上溢出的、洒在人类心灵之上的、供基督徒分享的血液的救赎力量为中心思想。而且,"那串葡萄"这首诗提出,上帝对基督徒的奖赏只能在侍奉上帝的过程中找到,阐明基督徒获悉上帝向人类献上自己是人类最高盛宴时所发现的敬畏与喜乐。① 因此,"那串葡萄"这首诗歌具有明显的基督教教育意义,清楚地表明在赫伯特的基督教思想中,上帝具有仁爱的力量,能够给迷途的教徒指点方向,让他们在痛苦酸涩中再次找到甘甜。

对于基督徒而言,每次参加圣餐礼,在圣餐礼中感受面包与葡萄酒的甘甜时,都会让他受到世俗诱惑、曾经躁动不安的灵魂得到片刻安宁(rest),这是基督徒的终极追求。

对于圣餐礼,赫伯特明显赞成与坚持英国国教的做法。在"圣餐"的前两个诗行,诗人将英国国教教会举行的简朴的圣餐礼与罗马天主教圣餐礼仪式的豪华排场进行了比较:"没有华美的器具,没有精致的衣衫,/ 没有金砖"(ll. 1-2)。哈钦森(F. E. Hutchinson)指出,这里的"器具"在《出埃及记》第31章第7-9节专门用来指帐幕(tabernacle)中的器具。②

这篇诗歌一开始,诗中说话人再一次回顾了《出埃及记》中讲述的犹太人被贩卖为奴、获得自由以及神的显现这些基督教事件。斯图尔特(Stanley Stewart)认为《旧约》中的人物如同亚当堕落以前一样,有一种人类原有的天真以及与神之间的熟悉关系,这些令赫伯特向往。例如他在诗歌中运用"他从伊甸园走向天堂,/ 如同从一个房间走进另一间"(ll. 35-36)这些朴实的与家庭生活有关的比喻。这里的语气比《圣殿》中其他诗歌更为亲切和柔和,也许是因为这首诗始于赫伯特许多其他诗歌的终止之处:因为该篇诗歌强调感恩。③ 诗中说话人对罗马天主教会举行圣餐礼时用到的华贵器具以及精致的牧师法袍不屑一顾,而是特别重视象征基督身体与血液的圣餐的滋养力量。在他看来,"您通过滋养与力量 / 缓缓走进我心房"(ll. 7-8)、在他的生命中"延展力量至每一部分"(l. 11),进而遇到并且

---

① Mary Theresa Kyne. *Country Parson, Country Poets: George Herbert and Gerard Manley Hopkins as Spiritual Autobiographers*. Eadmer Press, 1992, pp. 166-167.

② George Herbert. *The Works of George Herbert*. F. E. Hutchinson ed., Oxford: Oxford University Press, 1953, p. 493, n. 1 to "The H. Communion."

③ Stanley Stewart. *George Herbert*. Boston, Mass.: Twayne Publishers, 1986, p. 53.

征服"罪过的力量与阴谋"（l. 12）。

　　"圣餐"这首诗歌明显包含两个部分。第一部分是前四个诗节，每节六行，绝大部分由五步抑扬格写成，押"abbacc"韵。第二部分是后四个诗节，每节四行，绝大部分诗行由四步抑扬格写成，押"abab"韵。第一部分在于描述诗中说话人的灵魂如何受到圣餐的滋养这一过程。对于第二部分，约瑟夫·萨默斯（Joseph Summers）认为，在一些版本中被命名为"祈祷（二）"（Prayer II），是赫伯特为礼拜仪式撰写的一首歌。萨默斯在分析这一原因时，认为赫伯特建议乡村牧师去调查其会众是否"在工作时或者在圣日有唱赞美诗"的习惯，并且希望乡村牧师鼓励会众唱赞美诗。[①]在第二部分，赫伯特描绘了升腾的灵魂与上帝和谐相处的画面，在诗人看来，灵魂之所以能够到达天国，就在于他领受圣餐，这样，诗中说话人就能够在神指定的日子"当我愿意时 / 让世人得以品尝圣餐。（ll. 39-40）"

　　因此，在"圣餐"这首诗歌中，赫伯特将诗学与音乐才能与他对圣餐的理解结合在一起，通过运用人称代词"我"的不同形式，将诗中说话人与诗人自己等同起来，把他对圣餐礼的强烈而又日常的体验传递给读者。在"圣餐"中，赫伯特的意象"房间"和"钥匙"这两个日常生活中的意象，似乎向读者证明，没有什么是世俗的、不洁的，所有这些日常生活的平凡物品，在他笔下，都能被他用作一块块"金砖"（l. 2），用以构建他的圣殿，与上帝建立起连接。

　　"爱（三）"是"圣堂"部分的最后一首诗歌，是上帝之爱在"圣堂"部分的呈现，在这里，上帝把对基督徒灵魂的关爱设定在圣餐桌前，温柔友好地邀请满是罪过的基督徒的灵魂品尝圣餐的美好。因此，赫伯特再一次把更深层次的基督教信仰与神秘呈现在读者眼前。为描述基督徒生活中上帝的恩典，赫伯特"没有将恩典进行一般化处理；而是将其有形化，让基督成为诗中说话人，以此表明说话人意识中被激起的思想来源于上帝。"[②]"爱（三）"这首诗歌探究了诗人对接受上帝之爱的方式的思考，他按照社交礼节礼貌地接受了上帝的邀请，诗人与上帝之间的关系，凯恩认

① Joseph H. Summers. *George Herbert: His Religion and Art*. New York: Center for Medieval and Early Renaissance Studies, 1981, p. 157.

② Diana Benet. *Secretary of Praise: The Poetic Vocation of George Herbert*. Columbia: University of Missouri Press, 1984, p. 194.

为表现为客人与主人之间的关系。[①] 因此，读者可以这样想象该首诗歌中描绘的情境：诗人在这首诗歌中扮演客人的角色，按照基督教，诗人这位客人带着满身罪过来到主人上帝面前，因为"微贱和罪过而退缩"（1.2），不敢坐上上帝的餐桌。此诗的特别之处在于诗人将个人才能与现实主义传统结合在一起，用感官意象告诉读者他对伊甸园的理解，正如弥尔顿在《失乐园》第四卷第 132-165 行把地上的伊甸园描绘为"美味的乐园"（"delicious Paradise"）一样，这是英国宗教诗人对伊甸园的典型想象。[②]

　　贝尼特认为"上帝对诗中说话人的生活以及他们之间关系发展状况的干预可以在这组以圣餐为主题的诗歌中得到证明。"[③] 在"邀请"这首诗歌中，诗中说话人恳求说："你们全都到这里来……揭露出你们的所有罪孽 / 品尝一下，不要畏惧"，因为"这就是爱"（ll. 1, 15-16, 28）。在"筵席"这首诗歌中，说话人青肿破碎的身体因为回忆起基督青肿破碎的身体而得以修复："上帝啊，请您向我显示他的爱 / 能走多远，/ 在这，他呈现给我们的是破碎"（ll. 28-30）。"那串葡萄"这首诗歌同样提醒读者："甚至是上帝自己，也因为我遭受挤压"（1. 28），这样基督教信徒可能"已经得到了他们的果实，甚至更多"（1. 23）。"圣餐"举例说明灵魂接受圣餐可能出现的两种结果——"滋养与力量"（1. 7）——并且认为这种交流是因为"接受友人的派遣"。（1. 24）

---

　　① Mary Theresa Kyne. *Country Parson, Country Poets: George Herbert and Gerard Manley Hopkins as Spiritual Autobiographers*. Eadmer Press, 1992, p. 174.

　　② Mary Theresa Kyne. *Country Parson, Country Poets: George Herbert and Gerard Manley Hopkins as Spiritual Autobiographers*. Eadmer Press, 1992, p. 174.

　　③ Diana Benet. *Secretary of Praise: The Poetic Vocation of George Herbert*. Columbia: University of Missouri Press, 1984, p. 174.

中篇

赫伯特美德诗学的
时代意识

第三章

客观关联物与赫伯特诗学的时代意识

赫伯特的《圣殿》与《乡村牧师》早已经被看作是基督教经典之作，对《旧约》与《新约》进行了解读与阐释，反映出在社会形态发生巨大变化的时代，诗人对神学的独特理解。赫伯特对神学的理解，已经超出对传统神学这一单一维度的范畴，而是具有了广阔的社会文化与时代气息。正如张隆溪所言，文学作品不同的风格显然带着时代风尚和作者个性的鲜明印记，离开历史和作家生平的研究，风格特点便难以阐明。①

钱德勒（John Chandler）是一位威尔特郡（Wiltshire）历史学家，他用教区记录、遗嘱和其他资料证明赫伯特的教区大约有 200 人，教区主要由三部分组成，分别是富格斯顿（Fugglestone）、伯默顿和奎德汉姆普顿（Quidhampton），这三个区域之间地域差距很大，存在很大不同，而且与赫伯特曾经生活过的丹特西（Dauntesey）和埃丁顿（Edington）有很大不同。②

《乡村牧师》对教民生活的关注表明赫伯特到伯默顿担任牧师，并不是消极遁世，而是积极参与社会活动的表现。赫伯特试图冷静地对当时的英国政治与社会生活进行反思与批判。

在同时代读者眼中，赫伯特是一位才华横溢的经典作家、剑桥大学的官方发言人、雪堡的爱德华勋爵的弟弟，威尔顿（Wilton）颇具影响力的

---

① 张隆溪：《二十世纪西方文论述评》，北京：生活·读书·新知三联书店，1986年，第123 页。

② John Chandler. "The Country Parson's Flock: George Herbert's Wiltshire Parish". In Christopher Heogkins ed., *George Herbert's Pastoral: New Essays on the Poet and Priest of Bemerton*. Newark: Unviersity of Delaware Press, 2010, pp. 158-170.

赫伯特家族的表亲。

20世纪最著名的"关联神学"倡导者保罗·蒂利希认为"信仰与文化相互关联"。①

在艾略特看来,"在艺术形式中表现情感的唯一方式就是找到'客观关联物'(objective correlative)",其要旨就是为主观的情感和思想找到某种客观的镜像物,将情感和思想客体化、对象化,以达到"冷抒情"的效果。②

诗人要表达这种复杂的情感就必须找到与这些情感密切相关的形象、情境以及情节等媒介。

第一节　赫伯特笔下的乡村田园

17世纪时,基督教徒去教堂聆听牧师布道,既是灵修的需要,又是娱乐的需要。讲道即是进行神学教育的有效工具,也是进行政治演说的有效工具。鉴于此,讲道表明牧师具有作为社会变化与政治变化代言人的潜质。③

讲道的政治维度在17世纪就已经受到统治者关注。1622年,英王詹姆斯一世发布了《至布道者公函与要求书》(*King James His Letter and Directions to the Lord Archbishop of Canterbury: Concerning Preaching and Preacher*),虽然这份文件颇具争议,但是,却一直沿用到查理一世统治时期。在这封公函中,英王宣布:"任何人不得以宗教以外的其他名义讲道,……任何年轻人都不该享有任何过度的自由去宣讲他听到的一切,去冒犯国王,干扰和扰乱教会与共和国。"④

按照这一宗教文件,只有牧师才具有讲道资格。此外,在这份文件中,詹姆斯一世还赋予牧师更多职责,牧师应该"致力于使英格兰教会的教规

---

① [英]戴维·福特:《基督教神学》,吴周放译,南京:译林出版社,2011年,第25页。

② 李永毅:《艾略特与波德莱尔》,《外国文学评论》2011年第1期,第72页。

③ Ian Green. "Teaching the Reformation: The Clergy as Preachers, Catechists, Authors and Teachers." In *The Protestant Clergy of Early Modern Europe*. C. Scott Dixon and Luise Schorn-Schutte ed., Hampshire: Palgrave Macmillan, 2003, p. 159.

④ James I. *King James His Letter and Directions to the Lord Archbishop of Canterbury: Concerning Preaching and Preache.* London: Thomas Walkeley, 1622, p. 1.

与纪律免于受到任何对手的攻击，尤其是当会众受到这种或者那种不良信息影响的时候。"[1]此外，这份文件还对牧师的布道行为做了进一步规定：

> 在大不列颠王国的疆域内，牧师除每个礼拜天和圣日下午可以在大教堂或者教区教堂布道以外，其他时间均不可布道。但是，对于部分教义问答手册，或者使徒信经以及十诫中的某些经文，或者主祷文，（除葬礼布道文以外），则鼓励讲道者去宣讲，同时，准许他们用整个下午的时间去考察儿童对教义问答手册的掌握情况，阐释教义问答手册中的几个要点以及标题，因为这些是英格兰教会中最古老、最值得称赞的教育传统。[2]

英国王室对牧师布道的法律规定表明当权者已经意识到布道的重要性，已经意识到在公共场合进行公开谈话的重要性。这一系列法律的出现明显流露出统治者对牧师权威与自由的焦虑。赫伯特的牧师手册明显受到詹姆斯一世训令的影响。在《乡村牧师》中，他对"牧师的教义问答"和"牧师布道"给予相同程度的关照，并且清楚地表明没有教义问答法的布道是没有效果的。

这就是赫伯特在伯默顿教区担任牧师时的社会政治语境。

库利认为《乡村牧师》的主要内容不只是谈论乡村牧师的祈祷职责，而是关于来自城市的大学毕业生如何能够胜任在乡村担任牧师职位的田园牧歌。库利认为该书强调的内容与劳德派的主要观点并不一致。[3]当赫伯特去世以后，大约在1638-1640年，其亲属打算出版《乡村牧师》时，遭到劳德派审查官的拒绝。[4]库利据此推测说，"如果此书在1633年接受审查，能否顺利通过确实很难得出结论，但是，可以肯定的是赫伯特的思想特别接近当时的政治风向，努力在式微的、循规蹈矩的加尔文教与蒸蒸日上的

---

[1] James I. *King James His Letter and Directions to the Lord Archbishop of Canterbury: Concerning Preaching and Preacher*. London: Thomas Walkeley, 1622, p. 1.

[2] James I. *King James His Letter and Directions to the Lord Archbishop of Canterbury: Concerning Preaching and Preacher*. London: Thomas Walkeley, 1622, p. 3.

[3] Ronald W. Cooley. *'Full of All Knowledge': George Herbert's Country Parson and Early Modern Social Discourse*. Toronto: University of Toronto Press, 2003, p. 41.

[4] Daniel W. Doerksen. "'Too Good for Those Times': Politics and the Publication of George Herbert's *The Country Parson*". *Seventeenth-Century News*. (Spring/Summer) 1991, pp. 10-11.

阿米尼乌斯派①权威之间找到一条合适的路线。②

　　库利认为，赫伯特为调和宗教争端所做的努力最明显地体现在他对跪下领受圣餐这一经常遭受指控的行为所做的评论，1604 年英国教会法（Canons of 1604）已经明确表明了这一点，而劳德派（Laudians）却对此非常固执：

> 　　关于领受圣餐的方式，因为乡村牧师自己要用尽敬虔之心，因此，他只给予那些虔诚的。实际上，圣餐要求坐下进行，因为这是一场筵席；但是，人的毫无准备却需要他下跪。来参加圣礼的人满怀做客的信心，他跪下来，承认自己是个没有价值的客人，因此，与其他参加筵席的人不同；但是，坐着的人把自己交付给使徒：在爱之筵席上的争辩与其说是抒发观点，不如说是散布谣言。③

赫伯特对下跪领受圣餐这一行为的维护具有明显的形式主义意味，因此，戴维斯（Horton Davies）认为这是典型的"圣公会观点"（Anglican viewpoint），但这并不表明赫伯特明确支持劳德派的仪式主义（Laudian ceremonialism）。相反，他的观点与加尔文教信仰（Calvinist consciences）相吻合，这样，赫伯特通过强调在圣餐仪式上下跪领受圣餐的特殊意义弱化了劳德派强调必须顺从的观点。在提出"圣餐……要求坐下"这个命题之后，赫伯特突出强调了把圣餐（Eucharist）看作筵席而非牺牲的新教观念（Protestant conception），这一观念明显与劳德派在教堂正厅最东边的位置安放装有围栏的"圣坛形状"的圣餐桌的实践行为不同。在明确表明其新教背景之后，赫伯特开始争辩说圣餐这一基督教仪式需要其教徒在圣餐仪式中表现出特别虔诚的姿势，而基督教徒在其他仪式中的姿势无法与之相比。库利分析说，赫伯特在撰写这段文字时，至少考虑到有两类读者：一种读者是审查官，他们不会同意出版这类宣传各类不同教派观点的书籍；另一类读者，从赫伯特的劝说语气来判断，应该是那些有所顾虑的读者。

---

　　① 欧洲宗教改革时期一个"异端"教派，其领袖阿米乌斯（Arminius, 1560–1609）为荷兰基督教新教神学家，他坚决反对加尔文"先定论"（人类在现实生活中的成败和来生是否得救在其生前由上帝决定）。

　　② Ronald W. Cooley. *'Full of All Knowledge': George Herbert's Country Parson and Early Modern Social Discourse.* Toronto: University of Toronto Press, 2003, p. 41.

　　③ George Herbert. *The Country Parson.* In George Herbert, *George Herbert: The Complete English Poems.* John Tobin ed., London: Penguin Books, 2004, pp. 233-234.

很明显，此处，赫伯特谨慎地想要使读者相信他是在强调教会统一而非分裂。①

赫伯特认为基督徒可以跪着领受圣餐既不是简单地表达自己的观点，不是墨守成规地遵循形式主义，也不是在几种可能形式之间寻求一种复杂谈判——库利分析说赫伯特此处说的话一定是他认为必须说的话，或者说是他可能会说的话，以及其他不同类型的读者必须听到或者想听到的话。②

"牧师论辩"这一章同样涉及这一特定主题：在避免造成丑闻的情况下，应对宗教意见一致性可能带来的顾虑与问题。在强调赢得皈依基督教的信徒"可爱而又美好的作用"的重要性时，库利说赫伯特运用苏格拉底式方法，想要使"教皇制信奉者"（"Papist"）和"支持教会分裂的人"（"Schismatick"，即不信奉英国国教的清教徒）都赞同英国国教。但是，对于这两类不同教徒，赫伯特运用的转化方法也有所不同。赫伯特规劝教皇制信奉者的尝试似乎涉及"最基本的事情"，而对于"教会分裂者"，则是使"曾经教会认为无关紧要的事情变得不再无关紧要。"③在处理宗教信仰的分歧时，权威机构权威观点的重要性无须赘言。在《乡村牧师》的写作中，赫伯特要避免误导读者，把权威理解为罗马天主教教会（Roman Catholic Church），同时还要避免一边削弱而又一边强化权威。库利认为，服从于一个"国外"教会，对于英国社会秩序而言非常危险；而服从于国家教会，能够使其"权威"合法化，无疑为一个巨大优点。④

一、赫伯特笔下的乡村田园生活

《乡村牧师》中与农业有关的语言、意象，对乡村生活、乡村居民和乡村劳动的描绘，在文本中被协调在一起，至少像该书反映了乡村经验一样，该散文集也反映了一种发散式话语传统。但是，库利认为，我们需要明确

① Ronald W. Cooley. 'Full of All Knowledge': George Herbert's Country Parson and Early Modern Social Discourse. Toronto: University of Toronto Press, 2003, p. 42.

② Ronald W. Cooley. 'Full of All Knowledge': George Herbert's Country Parson and Early Modern Social Discourse. Toronto: University of Toronto Press, 2003, p. 43.

③ George Herbert. The Country Parson. In George Herbert, George Herbert: The Complete English Poems. John Tobin ed., London: Penguin Books, 2004, p. 237.

④ Ronald W. Cooley. 'Full of All Knowledge': George Herbert's Country Parson and Early Modern Social Discourse. Toronto: University of Toronto Press, 2003, pp. 43-44.

该书中所叙内容的真实程度。《乡村牧师》这部散文集的文学性如何？因为赫伯特只是在他成年以后的 1628–1633 这几年时间首次、也是在他人生的最后五年来到乡村生活，他对乡村生活的真实描绘到底能够达到何种程度？他对乡村生活的描绘展现出何种延续性与矛盾？下文将围绕这几个问题展开论述。[①]

首先，有必要辨别与农业有关的哪种主流修辞话语被收入到《乡村牧师》之中，虽然这可能无法辨别清楚。在库利看来，这是因为在《乡村牧师》中没有线索表明该书的创作受到文艺复兴时期多元的、包含马洛（Marlowe）的《热情的牧羊人》（*Passionate Shepherd*）、西德尼（Sidney）的《阿卡迪亚》（*Arcadia*）、斯宾塞（Spenser）的《牧羊人日历》（*Shepheardes Calendar*）、莎士比亚的《皆大欢喜》（*As You Like It*）和弥尔顿的《利西达斯》（*Lycidas*）等在内的田园牧歌文学传统的影响。因此，库利说有必要完全放弃"田园牧歌"（"pastoral"）这个术语，而把《乡村牧师》看作农事诗（georgic），一种风格中立的说教文学形式，这一文学传统以赫西奥德（Hesiod）的《工作与时日》（*Works and Days*）和维吉尔（Vergil）的《农事诗》（*Georgics*）为基础，用具体细节描绘乡村劳动，与人们想象世界中乡村生活的闲适形成鲜明对比，歌颂乡村劳动的尊严。[②]尽管如此，库利又认为我们不应该完全避开"牧歌"这一术语，因为就基督教意义而言，赫伯特自己就运用这个术语来表明《乡村牧师》是一本写给牧师并与牧师有关的书。很明显，赫伯特笔下的"牧师"（pastor）这个词本身就是一个暗喻，或者更准确地说，这个词是一个约定俗成、缺乏新意的死隐喻（dead metaphor），能够激起读者对牧羊人隐喻的联想，并将牧师对会众的关照与牧羊人对羊群的关照联系在一起。[③]在《乡村牧师》的写作中，赫伯特经常运用"pastor"和"priest"这两个术语，而且运用"pastor"的频率明显高于"priest"。赫伯特能够以《圣经》经文的权威性和传统智慧为基础，建立起这样的意义关联：这并不特别的农业知识或者

---

① Ronald W. Cooley. *'Full of All Knowledge': George Herbert's Country Parson and Early Modern Social Discourse*. Toronto: University of Toronto Press, 2003, p. 90.

② Ronald W. Cooley. *'Full of All Knowledge': George Herbert's Country Parson and Early Modern Social Discourse*. Toronto: University of Toronto Press, 2003, p. 91.

③ Ronald W. Cooley. *'Full of All Knowledge': George Herbert's Country Parson and Early Modern Social Discourse*. Toronto: University of Toronto Press, 2003, p. 91.

经验能够确认：

> 我们的救世主创造了植物与种子用以教育人们：因为他是真正的
> 一家之主，他带来了各种新旧宝物：旧有的哲学以及新近的恩典，并
> 让旧哲学为新恩典服务。我猜想我们的救世主这样做有三个原因：首
> 先，通过熟悉的物体，他可能使得他的教义润物细无声般传入我们心
> 灵。其二，劳动者（这是他主要考虑的）可能会在四处为他的教义立
> 碑，在花园中记住他的芥菜种子与百合花，在田野中记住好种与稗
> 子的种子；不要全身心沉浸在他们自己职业的工作中，有时需要提升
> 思想追求美好，即使是在痛苦时分。第三，他也许可以为其他牧师
> （pastor）树立榜样。

此处，赫伯特断言自然之书与《圣经》经文的一致性。这与我们在赫伯
特的诗歌"天国"（Paradise）中读到的自然意象与农业意象非常接近，该
诗对农业的想象很少依靠实实在在的经验或者农耕——树木果实的丰收
与农业无关，而是"您（上帝）用刀修剪切割 / 丰产的树木果实最多。"[①]
赫伯特上述对上帝、植物、种子与哲学的论述与他的好友弗朗西斯·培
根（Francis Bacon）在《新工具》（Novum Organum）中运用的推论方法
非常接近，这种思维方法"避开感官与特例，找到最普遍原理，并从它确
定的、不可动摇的原理以及真理出发进行判断，去发现中间原理（middle
axiom）。"[②]

　　对于早期现代时期的基督教徒而言，不言而喻，基督是"真正的一家
之主"，上帝存在于他的创造物之中，这样，在对乡村居民进行布道时，
理想的乡村牧师就能够将教民最熟悉的事实呈现在他们面前。正如赫伯特
在《乡村牧师》第 4 章 "牧师的学识" 中说，"牧师甚至屈尊学习耕地和牧
场知识，这样才能在教化过程中充分利用这些学识，因为按照人们理解事

---

　　① George Herbert. *The Temple*. In George Herbert. *George Herbert: The Complete English Poems*. John Tobin ed., London: Penguin Books, 2004, p. 124.

　　② Francis Bacon. *Novum Organum* in *The Works of Francis Bacon*. James Spedding, Robert Leslie Ellis and Douglas Denon Heath ed., 7 Vols. London: Longmans, 1870, Vol 4, p. 50. In Ronald W. Cooley. *'Full of All Knowledge': George Herbert's Country Parson and Early Modern Social Discourse*. Toronto: University of Toronto Press, 2003, p. 91.

物的方式引导他们去掌握他们不理解的知识是最有效的教化方法。"①

　　然而，在描述"耕地和牧场知识"是通过"屈尊降贵"获得的知识时，赫伯特建议在大学接受教育的牧师要努力掌握神圣恩典与"耕地和牧场"之间的联系。他暗含的意思是牧师自己可能对于什么是"真正的一家之主"以及他做什么"并不了解"，如果他想要更加有效地与教民沟通，他也许就必须学习这些知识。他也许要"屈尊降贵"去习得更多关于"耕地和牧场"的知识细节，因为，赫伯特在第 7 章曾经说过"有针对性的知识比一般性知识更具有感染力"②。用库利的话说，赫伯特也开始对农业进行推理思考，开始运用好友培根的理论解释农业问题。因此，他认为《乡村牧师》的写作是两种农业话语相互作用的结果：一种是一般意义和传统意义上的农业话语范式，很大程度上具有《圣经》渊源；另一种是对当地农事细节与农业实践的关注与思考。③

　　对这一相互作用进行阐释的最令人愉快的例子就是赫伯特对牧师在工作日拜访教民的益处所做的论证，他说"因为这样他能够充分参与教民（"flock"）事务，观察他们最自然的生活状态（wallowing in their affairs）"④，这句话当中的"教民"（"flock"）这个词汇是个"死隐喻"指的是教堂会众，而"他"指的是赫伯特笔下的理想的乡村牧师。"教民"的本意是羊群，而牧师是"羊群的管理者"，可是，在赫伯特笔下，这个严肃的牧师形象却突然"在他们的事务中打滚"，"wallowing in their affairs"中的"wallow"的意思指的是"大动物或人（为保持凉爽或嬉戏在烂泥、水里）打滚、翻滚"。库利认为，将严肃的基督教教义词汇"羊群—教民"与颇具喜剧色彩的"打滚、翻滚"结合在一起，创造出一种强烈的喜剧效果，足以证实赫伯特在此处试图模糊牧师的牧羊人与基督徒管理者身份。赫伯特将基督教的"羊群—教民"传统与农业话语联系在一起，实际上传

---

① George Herbert. *The Country Parson*. In George Herbert, *George Herbert: The Complete English Poems*. John Tobin ed., London: Penguin Books, 2004, p. 204.

② George Herbert. *The Country Parson*. In George Herbert, *George Herbert: The Complete English Poems*. John Tobin ed., London: Penguin Books, 2004, p. 209.

③ Ronald W. Cooley. *'Full of All Knowledge': George Herbert's Country Parson and Early Modern Social Discourse*. Toronto: University of Toronto Press, 2003, p. 92.

④ George Herbert. *The Country Parson*. In George Herbert, *George Herbert: The Complete English Poems*. John Tobin ed., London: Penguin Books, 2004, p. 222.

达出这样一种可能性，库利说，赫伯特书写这些内容的时候，实际上就是他见到了工作状态中的农民，他们正在挖用以"灌溉或者排涝"的水渠。[①]

　　然而，在库利看来，赫伯特的实际乡村生活经验非常有限，不论是他在农村生活的时间，还是就他在农村生活过的地域范围而言，都是如此。对这一问题的研究，需要查阅地方志或者历史学家的著作，才能构建赫伯特在他有生之年观察到的各种各样的农活及其教民所处的社会状况与经济状况。赫伯特有限的经验也使得他在准备担任乡村牧师时查阅大量与农牧业有关的白话文著作，找到那些"更具有感染力，更容易唤起人们的觉醒"的乡村"生活细节"。

　　赫伯特的家庭关系主要体现在两个方面。正如克里斯蒂娜·马尔科姆森所言，赫伯特的继父约翰·丹弗斯爵士以及彭布罗克第三伯爵威廉·赫伯特（William Herbert）都是特别令人敬畏的园艺师，因此，赫伯特的诗歌创作反映出对文艺复兴时期英国园艺思想以及所取得的成就的想象与反思。另一方面，威尔顿的赫伯特家族是当时首屈一指的文艺资助人之一，包含杰维斯·马卡姆（Gervase Markham）和罗兰·沃恩（Rowland Vaughan）在内的农业作家都在他们的客户名单之列。实际上，如果说马卡姆不是他那个时代最具创新精神的农业作家，那么，他至少是当时最多产的农业作家，他一直以来被看作接受赫伯特家族资助的最重要的被资助人之一。[②]库利认为，考虑到赫伯特与安妮·克利福德（Anne Clifford）夫人之间的友谊以及她对土地问题的浓厚兴趣，在拜访她时，赫伯特很有可能在他们的谈话中讨论 17 世纪 30 年代早期在威尔特郡发生的农业进步事件。[③]

二、赫伯特与威尔特郡乡村

　　在分析赫伯特对乡村生活的观点时，读者需要关注的事实是赫伯特的大部分时间是在城市里度过的，赫伯特是一个彻底的城市人。虽然赫伯特

---

　　① Ronald W. Cooley. *'Full of All Knowledge': George Herbert's Country Parson and Early Modern Social Discourse*. Toronto: University of Toronto Press, 2003, p. 92.

　　② Michael G. Brennan. *Literary Patronage in the English Renaissance: The Pembroke Family*. London: Routledge, 1988, p. 183. In Ronald W. Cooley. *'Full of All Knowledge': George Herbert's Country Parson and Early Modern Social Discourse*. Toronto: University of Toronto Press, 2003, p. 93.

　　③ Amy M. Charles. *A Life of George Herbert*. Ithaca: Cornell University Press, 1977, pp. 171-173.

出生于威尔士郡与蒙哥马利郡的交界地带，他的祖父爱德华·赫伯特爵士（Sir Edward Herbert）是当地颇有名望的农场主兼地主。^①我们对他的土地以及农场规模的了解可以从他的遗嘱中获得，他的遗嘱上说他有 16 头牛——当时大多数耕作都需要马群或者牛群两两并列进行，当挖深沟的时候，往往需要 8、9 头牛与 2 匹或者 4 匹马，一般而言，这往往需要整个小镇共同投资完成。^②然而，由于赫伯特的祖父在他出生的 1593 年去世，而他的父亲也在这之后的三年半去世，所以，他的乡村生活非常短暂。赫伯特的母亲玛格达琳·赫伯特（Magdalen Herbert）在这以后，频繁搬家。首先，她带领孩子们来到她母亲位于塞文河上艾顿（Eyton-upon-Severn）的住宅；之后，在纽波特夫人（Lady Newport）于 1599 年去世以后，她又带着孩子们搬到了牛津；最后，她又在 1601 年搬到了伦敦的边缘地带，她在查令十字街建造了一所住宅。^③因此，从七岁开始，赫伯特就已经是一名城市男孩了。在他九岁时，他成为了一名伦敦人。而到他在 1609 年被剑桥大学三一学院录取时，他已经在伦敦度过了与他在城郊乡村度过的一样长的时间。

艾米·查尔斯认为"毫无疑问，小时候在父亲的住宅里……以及在祖母的住宅里……生发出一种家庭意识与地域意识，融入他（赫伯特）连续不断的、稳定的生命意识之中。"^④但是，对于查尔斯的观点，库利并不完全赞同，他认为赫伯特的地域意识并不具有明显的稳定性或者说连贯性。在探究这个问题时，库利认为读者不应该只是从传记决定论这一思路思考问题，他认为赫伯特的乡村生活理念，反映出一种经历多次亲人的离世与频繁的更换居所造成的断裂感和混乱感。库利的论述也在情理之中。无论如何，没有必要精心准备任何自传性质的或者是与心理有关的论据来证实这一问题，因为《乡村牧师》中反映出的对乡村生活的破碎的、矛盾的观

---

① Amy M. Charles. *A Life of George Herbert*. Ithaca: Cornell University Press, 1977, p. 22.

② Joan Thirsk ed. *The Agrarian History of England and Wales, Volume IV, 1500-1640*. Cambridge: Cambridge University Press, 1967, pp. 133, 163-166. In Michael G. Brennan. *Literary Patronage in the English Renaissance: The Pembroke Family*. London: Routledge, 1988, p. 183. In Ronald W. Cooley. *'Full of All Knowledge': George Herbert's Country Parson and Early Modern Social Discourse*. Toronto: University of Toronto Press, 2003, p. 93.

③ Amy M. Charles. *A Life of George Herbert*. Ithaca: Cornell University Press, 1977, pp. 31-35.

④ Amy M. Charles. *A Life of George Herbert*. Ithaca: Cornell University Press, 1977, p. 27.

点与整个 17 世纪早期英国农业发展的不稳定性相呼应。库利认为可以把这种一般意义上的不稳定行为看作技术革命发展中出现的必然现象；或者是封建的生产模式向资本主义社会的生产方式转变过程中出现的必然现象；或者说我们完全可以抛开革命或者变革这些术语，而是侧重于论述贯穿整个英格兰农业与社会实践中的巨大的地区间差异。① 这些研究方法虽然对一些重要问题产生了巨大分歧，然而，没有一种研究方法能够为艾米·查尔斯论证的赫伯特从早期童年生活中获得的、关于 17 世纪早期英国乡村生活的持续性与稳定性提供例证。

无论赫伯特从青年时代开始可能对乡村生活获得何种印象，他在开始撰写《乡村牧师》以前，都要阅读大量资料。他掌握的与农业有关的大部分知识都是在 1628-1632 年间停留在威尔特郡的乡间中获得的，在他 35 年的人生历程中，有 26 年的时间住在剑桥以及伦敦郊区或者市中心：1628年，赫伯特"从位于伦敦切尔西（Chelsea）的继父住宅搬到了他的叔父丹比伯爵（Earl of Danby）亨利·丹弗斯在威尔特郡（Wiltshire）位于奇番海姆（Chippenham）附近的丹特西住宅。"1629 年，他与堂妹简·丹弗斯（Jane Danvers）结婚以后，他们一起与简的寡居的母亲在贝恩顿住宅（Baynton house）附近住了"一年多时间……期间赫伯特在犹豫是否应该接受在 1630 年深冬或者初春时期分配给他的富格斯顿与伯默顿的教区长住宅。"② 赫伯特后来的几次搬迁彼此之间相距不远。位于埃丁顿附近的贝恩顿住宅距离赫伯特的教区大约 25 英里——艾米·查尔斯认为这段距离比较近，赫伯特很有可能在伯默顿教长住宅整修期间外出旅行参加周日的教会活动——因为这里距离丹特西不算太远。库利认为，无论如何，在这片较小的空间内，各地乡村特征有很大不同。从埃丁顿到伯默顿，赫伯特需要翻过位于村庄正南方的索尔兹伯里平原（Salisbury Plain）的白垩质峭壁，像他先前那样越过这两种完全不同的乡村经济之间的边界地带。③

埃丁顿位于威尔特郡外围，丹特西位于中间。威尔特郡以盛产奶酪著

① Ronald W. Cooley. *'Full of All Knowledge': George Herbert's Country Parson and Early Modern Social Discourse*. Toronto: University of Toronto Press, 2003, p. 94.

② Amy M. Charles. *A Life of George Herbert*. Ithaca: Cornell University Press, 1977, pp. 136, 145.

③ Ronald W. Cooley. *'Full of All Knowledge': George Herbert's Country Parson and Early Modern Social Discourse*. Toronto: University of Toronto Press, 2003, pp. 94-95.

称，在 17 世纪时期，这一地区主要致力于乳品制造业和以家庭为基础的纺织业。这一地区的主要特征是"教区所辖范围广，居民分散在各个聚居点，而不是相对集中的村庄，在布雷登（Braydon）、奇番海姆和梅尔克舍姆（Melksham）的林区有范围广阔的林地，庄园管理相对较弱。"① 在威尔特郡的这块区域，圈地和森林砍伐稳步进行；到 17 世纪时，威尔特郡约有四分之三的地区已经完成了圈地化进程，截止到大约 1624 年，奇番海姆和梅尔克舍姆两地的森林已经全部砍伐完毕。自此开始，在那些圈起来的小农场上，乳品制造业成为有效的经营方式。实际上，在这个从前以农业为主的地区，以奶酪制作为生的独立自主的小土地所有者数量越来越多。然而，人口的增长以及小家庭资产的增殖并没有带来统一的繁荣发展。砍伐森林对许多林农来说意味着被剥夺或者失去生存之道，他们成为没有土地的日工，靠做些零星农活以及日趋衰落的家庭布业为生。② 虽然这里没有发生像在吉林厄姆（Gillingham）和布雷登森林地区几年以后爆发的那样规模的动乱，然而，这里的社会发展依然处于困境之中。③

位于埃丁顿和伯默顿之间、索尔兹伯里平原的白垩质丘陵地带的威尔特郡南部地区与上述地区具有明显不同的特征。这里，人们居住在人口集中的村庄，相对来说接受庄园主的管辖。这里的地形以大片开阔土地为主，几乎一半是牧场，一半用于种植粮食作物。实际上，"饲养绵羊与种植玉米"模式的成功取决于牧场与耕地的平衡分布。羊群白天在牧场上啃青草，晚上睡在田野里，给土地施肥。正如赫伯特在诗歌"天道"中所写："羊群食用青草，然而它们的粪便对土地更加有用"（1. 69）④。这种实践活动的实现需要有大群羊群以及村民之间的大量合作。富有的地主有属于自己的私人羊群，佃农、小所有者以及普通自耕农则把他们的羊群混养在一起，他

---

① David Underdown. *Revel, Riot and Rebellion: Popular Politics and Culture in England, 1603-1660*. Oxford: Oxford University Press, 1985, p. 7. In Ronald W. Cooley. *'Full of All Knowledge': George Herbert's Country Parson and Early Modern Social Discourse*. Toronto: University of Toronto Press, 2003, p. 95.

② Ronald W. Cooley. *'Full of All Knowledge': George Herbert's Country Parson and Early Modern Social Discourse*. Toronto: University of Toronto Press, 2003, p. 95.

③ Ronald W. Cooley. *'Full of All Knowledge': George Herbert's Country Parson and Early Modern Social Discourse*. Toronto: University of Toronto Press, 2003, p. 95.

④ George Herbert. *The Temple*. In George Herbert. *George Herbert: The Complete English Poems*. John Tobin ed., London: Penguin Books, 2004, p. 110.

们轮流放牧羊群以确保每一位农民的土地都能够在合适的时机被施肥，这个过程由村庄里的牧羊人依照领主法院（manorial court）制定的规则负责监管。这将造成小所有者合并以及人口减少。这种实践活动虽然在威尔特郡南部取得了理想的合作效果，但是，这种实践形式却无法在威尔特郡北部取得成功，因为北部土层薄且覆盖在白垩上，无法安置围栏。①

历史学家大卫·昂德当（David Underdown）将农业实践与社会组织形式之间的区别，与一些早期现代英国历史学家描述的"方式改革"联系起来进行了分析。根据他的观点，在宽阔的白垩丘陵地带的耕地以及森林牧场地区（以盛产奶酪著称的乡村）代表了：

> 两种完全不同的社会、政治与文化力量中心，涉及对当时时代问题的两种截然不同的回应。一派相信和谐的、垂直一体的传统社会观念——在这个传统社会中，古老的家长制、顺从观念以及睦邻友好关系的束缚通过人们熟悉的宗教共同仪式表现出来——他们希望加强并维持这种社会形式。而另一派——主要是绅士阶层以及教区中的新精英阶层——他们希望强调一些道德原则与文化原则，使他们有别于比他们更加贫困的、不如他们守纪律的邻人，他们要凭借自己的力量按照自己的秩序原则与信仰原则改革社会。这两种类型的政治文化中心在英国任何一个地方都能够看到，但在不同地区两股势力之间的力量有所不同：前者在可耕地区域更加明显，而后者在靠织布为生的森林牧场区域更加明显。这两种社会组织形式同时存在……一种形式相对稳定、呈现出一种对待家长式的毕恭毕敬的关系；而另一种形式则不够稳定，欠缺和谐，个性化色彩过于浓厚。②

赫伯特在威尔特郡的生活经历虽然有限，但是，却让他因此了解到当时社会力量博弈的两个不同中心。库利说虽然赫伯特对当时政治、经济以及文化形势的认识也许并不如此清晰，但是，可以明确的是他接触到了这样的社会政治经济形态。此外，也许他还因为威尔特郡有抱负有创业精神的小

---

① Ronald W. Cooley. *'Full of All Knowledge': George Herbert's Country Parson and Early Modern Social Discourse*. Toronto: University of Toronto Press, 2003, p. 96.

② David Underdown. *Revel, Riot and Rebellion: Popular Politics and Culture in England, 1603-1660*. Oxford: Oxford University Press, 1985, pp. 40-41. In Ronald W. Cooley. *'Full of All Knowledge': George Herbert's Country Parson and Early Modern Social Discourse*. Toronto: University of Toronto Press, 2003, p. 96.

所有者、一贫如洗的忍受可悲生活的村民、墨守成规的佃农和庄园主之间的矛盾冲突而陷入麻烦之中。如果我们不用事后视角，而是仔细观察当时的英国风景以及社会事件，就会发现这些矛盾冲突显得愈加明显。在赫伯特的诗集《圣殿》的"教堂门廊"部分依然回荡着 16、17 世纪反对圈地运动的声音，诗歌中有大量的可见意象能够让读者联想起圈地运动，例如灌木篱笆、贪食的羊群、由耕地转化而来的牧场，以及由人口减少和小型家庭农场被淘汰带来的消极性结果，尤其以流浪和犯罪最为严重。17 世纪威尔特郡的情形与此相反，虽然威尔特郡也发生了圈地，但是，威尔特郡的绵羊数量少，人口数量只是稍微有所减少，因为威尔特郡拥有大量相对来说富裕的小所有者和贫困村民。威尔特郡的特殊地形使得传统露天畜牧业依然存在，虽然这里有羊群，有人口流失，但是却没有发生特别明显的破坏耕地改建牧场现象。17 世纪英国社会的这些矛盾现象动摇了都铎王朝统治时期人文主义者对农业进步的批判，将这与赫伯特的亲属——那位彭布罗克伯爵（Earl of Pembroke）的土地上发生的绵羊—玉米新型耕作模式放在一起，可能有助于解释赫伯特对农业进步事业的态度发生转变的原因，以及他在描绘乡村生活中所体现出的矛盾特征。

三、赫伯特时代的乡村居民

　　如果牧羊人不知道哪片草地有毒、哪片草地没毒，他怎么能适合做牧羊人呢？因此，乡村牧师要彻底了解人类行为中的一切特点，至少是了解他已经观察到的教区人们行为的一切特点。[1]

尽管赫伯特在《乡村牧师》的写作中坚持细节的重要性，但是，在这本散文集中依然充满大量的概述性知识，尤其是在讲乡村生活和乡村居民的时候。赫伯特将进行准确观察和评价的念头与想要提供概述性的、使用范围广泛的准则规范和格言警句两种想法融合在一起。赫伯特承认当时社会中存在的紧张气氛，因为他在著作中用自身经验告诫牧师读者（他用简短的文字谈到了当时的无人居住状况）：

　　因为乡村居民有大量琐碎的不公正行为，狡猾地利用他人使自己

---

① George Herbert. *The Country Parson*. In George Herbert. *George Herbert: The Complete English Poems*. John Tobin ed., London: Penguin Books, 2004, pp. 206-207.

脱身。神职人员必须勤勉地观察这些行为，把一般意义而言的神学院学习的规则推广到生活中最琐碎的行为，他们永远也不会在神学书籍中发现这些行为，但是生活在乡间，忠诚地履行他们的职责，他们很快就会发现这些行为，尤其是当他们时刻保持警惕、集中注意力履行职责而不是他们个人的升迁问题时。①

赫伯特对牧师读者的命令将《乡村牧师》这部著作置于一种容易引发歧义的境地，因为书中提到了"一般意义而言的神学院学习的规则"（general School rules），只要读者特别关注这个问题，那么他们就很容易忽视职责中的一些更加具体的方面。就这个意义而言，《乡村牧师》与赫伯特的诗歌一样，再一次证明赫伯特思想的丰富性与多样性。如果读者试图在《乡村牧师》中找到一些证据来证实赫伯特乡村经验的特征，或者说是他对乡村生活与习俗的"真正观点"，那么，库利认为读者需要思考《乡村牧师》中那些相互对立的意象之间的相互作用，以及书中呈现的内容实际上证实了一些在著作中没有记载的事件。②

赫伯特构建的第一个乡村居民形象出现在第 3 章"牧师的生活"（The Parson's Life）中，在赫伯特看来，他们具有一般印象中村民的刚毅坚强的特征，更准确地说，这一固有形象深深植根于田园农事文学传统之中。③

因为乡村居民生活艰难，因此乡村牧师要设身处地感受他们的辛苦劳作，才能体会到当有人增加他们的工作量，就是侵犯了他们的劳动成果。乡村牧师必须非常谨慎小心地避开一切贪婪行为。④

因为乡村居民（实际上像所有诚实的人一样）敬重他们的话语，因为这是世间购买、销售与经营之道，因此，牧师必须严格遵守诺言。⑤

---

① George Herbert. *The Country Parson*. In George Herbert. *George Herbert: The Complete English Poems*. John Tobin ed., London: Penguin Books, 2004, p. 240.

② Ronald W. Cooley. *'Full of All Knowledge': George Herbert's Country Parson and Early Modern Social Discourse*. Toronto: University of Toronto Press, 2003, p. 98.

③ Anthony Low. *The Georgic Revolution*. Princeton: Princeton University Press, 1985, pp. 88-98. In Ronald W. Cooley. *'Full of All Knowledge': George Herbert's Country Parson and Early Modern Social Discourse*. Toronto: University of Toronto Press, 2003, p. 98.

④ George Herbert. *The Country Parson*. In George Herbert. *George Herbert: The Complete English Poems*. John Tobin ed., London: Penguin Books, 2004, p. 203.

⑤ George Herbert. *The Country Parson*. In George Herbert. *George Herbert: The Complete English Poems*. John Tobin ed., London: Penguin Books, 2004, p. 204.

"牧师的观点"（The Parson's Eye）、"牧师的调查"、"哨兵牧师"（The Parson in Sentinel）和"牧师巡视"这几章即强调了牧师作为乡村居民生活观察者的角色，同时，也蕴含着一些内容意在告诫读者牧师也是乡村居民观察的对象。[①]库利说，如果上述内容反映了赫伯特本人的生活经历，那么，这些内容也反映出早期现代农业手册中记载的关于乡村道德的传统表达。在由巴纳比·古奇（Barnaby Googe）翻译为英文的康拉德·赫尔斯巴赫（Konrad Heresbach）的《农业四书》（*Foure Bookes of Husbnadrie*）中，作者的化身（authorial persona）深情地回忆起他的父亲，他的父亲是一名农夫、布道的狂热爱好者，他呼吁"整顿传道士和牧师秩序，让他们按照福音书的规则规划生活。"[②]库利认为，从这些描述中可以发现牧师的道德状况看起来并不那么令人信服，他们依赖、有时甚至从属于相对安全的社区共同体的道德权威。牧师权威与社区权威按照二元对立的关系运作，彼此互相监督，使彼此各就其位。[③]

似乎为保持这二者之间相互监督的约定，赫伯特反复缓和甚至抵制对乡村居民形象建构一般印象中的田园农事传统中的刚毅坚强的特征与具有明显喜剧传统的乡村居民特征。虽然就其他人而言，乡村居民处在道德正义的一方，不过，按照赫伯特的叙述，他们"有大量琐碎的不公正行为，狡猾地利用他人使自己脱身。"[④]他们对神职人员的演说无动于衷，于是，"牧师根据布道内容讲述他人的故事或者名言，因为与宗教训诫相比，故事与名言更容易被人们关注和记忆。"[⑤]此时此刻，牧师必须"代替上帝"奖赏和惩罚教民，因为"村民受到感觉而非信仰的引领，受到现世的奖励与

———————————

　　① Christopher Hodgkins. *Authority, Church and Society in George Herbert: Return to the Middle Way*. Columbia: University of Missouri Press, 1993, pp. 98-99.

　　② Konrad Heresbach. *Foure Bookes of Husbandry*. Translated by Barnaby Googe. London, 1596. 5r. In Ronald W. Cooley. *'Full of All Knowledge': George Herbert's Country Parson and Early Modern Social Discourse*. Toronto: University of Toronto Press, 2003, p. 98.

　　③ Ronald W. Cooley. *'Full of All Knowledge': George Herbert's Country Parson and Early Modern Social Discourse*. Toronto: University of Toronto Press, 2003, p. 98.

　　④ George Herbert. *The Country Parson*. In George Herbert. *George Herbert: The Complete English Poems*. John Tobin ed., London: Penguin Books, 2004, p. 240.

　　⑤ George Herbert. *The Country Parson*. In George Herbert. *George Herbert: The Complete English Poems*. John Tobin ed., London: Penguin Books, 2004, p. 209.

惩罚而非来世的引领。"① 就这几章内容而言，在赫伯特思想中似乎有两种明显不同类型的村民，虽然他没有明确区分这两种不同类型的村民。当然，就人的本质而言，人本身就是矛盾的，甚至是伪善的，他很有可能已经在伯默顿教民的身上见到了或者是想明白了人的这些特质。②

然而，还有另外一种同样貌似有理的、引人注目的可能性。人因为接受了教育才会按照规则思考与写作，如果他陷入一种完全不熟悉的社会与地理环境之中，而且那里距离他原来熟悉的地方相对来说并不远，但是那里人们的生活方式与生活模式与原来的地方相比又有明显区别，难道他不能根据已有的话语传统对那种经历做出回应吗？库利说这种话语传统是一系列相互矛盾的概括性观念，每一种观念对某一个特定群体而言，都是"真理"。库利在分析这个现象时说，那个准确观察牧师行为的人不能在威尔特郡北部富裕的小所有者中间找到吗？昂德当对这些人的特征进行了归纳，认为他们不是具有明显的清教主义倾向吗？他们"闲荡着来参加布道"，不是对他们牧师的缺点更加吹毛求疵吗？这些村民对布道与神学信仰漠不关心，却对即时奖励与惩罚更为坚持，这不是更具有那些坚持传统节日习俗和一种"更加古老、更注重传统秩序"的丘陵地带人们的典型特征吗？③《乡村牧师》对乡村居民的论述不是正好用典型修辞话语记载着社会的多样性与变异性吗？④

赫伯特对乡村劳动与职业的论述所呈现出的矛盾性似乎与赫伯特打算建构的人口的多样性的普遍特征相一致。第 14 章"牧师巡视"描绘了牧师在工作日拜访教民的情景。赫伯特描述的情景与威尔特郡北部的森林—牧场情景非常相似，只是他特别强调了勤劳与懒惰、有产者与无地的农民、

---

① George Herbert. *The Country Parson*. In George Herbert. *George Herbert: The Complete English Poems*. John Tobin ed., London: Penguin Books, 2004, p. 229.

② Ronald W. Cooley. *'Full of All Knowledge': George Herbert's Country Parson and Early Modern Social Discourse*. Toronto: University of Toronto Press, 2003, p. 99.

③ David Underdown. *Revel, Riot and Rebellion: Popular Politics and Culture in England, 1603-1660*. Oxford: Oxford University Press, 1985, pp. 77-88, 93. In Ronald W. Cooley. *'Full of All Knowledge': George Herbert's Country Parson and Early Modern Social Discourse*. Toronto: University of Toronto Press, 2003, p. 99.

④ Ronald W. Cooley. *'Full of All Knowledge': George Herbert's Country Parson and Early Modern Social Discourse*. Toronto: University of Toronto Press, 2003, p. 99.

虔敬的人与非虔敬的人之间的区别。[①] 该章首先论述了牧师对那些"花费时间学习宗教知识的人"或者"忙于自己事业的人"[②] 的观点，接着，他评说了"那些无所事事或者不好好从事自己行业的人"[③]。赫伯特在赞扬前者的同时，也运用了较大篇幅的警告话语：

> 他也警告他们两件事：首先，他劝诫他们不要过深地陷入世俗事务中，不要全身心投入到焦虑与担心中，不要在焦虑中劳作，不要在不信中劳作，不要在渎神中劳作。当他们过度劳作时，他们就会焦躁不安，而致失去安宁与健康。当他们怀疑神的旨意时，他们认为他们自己的劳作才是他们兴旺发达的原因，他们认为自己的兴旺发达掌握在自己手中。然后，当他们让自己像野兽一样工作，从不向上帝提升自己的想法或者用每日祷告圣化他们的劳作时，他们就是在渎神中劳作。[④]

库利认为这些警告性语句读起来好像是站在教会立场用"新教工作伦理"来描述教民的过度行为，只有那些富有的个体乡村劳动者才可能有这种行为。[⑤] 在该章第二部分，当赫伯特谈到"无所事事或者不好好从事自己行业的人"时，他可能想到威尔特郡北部那些没有土地的村民，他们以手工业生产（主要是纺纱）为生，需要断断续续从中部居民那里购买羊毛原料。[⑥] 在赫伯特坚持说任何一名教民的无所事事都应该遭到指责批评以后，尽管他的表达方式考虑到个人的地位与感情，赫伯特还是调查了他在家中遵循了哪些规则，"例如关于清晨与傍晚下跪祷告的问题、关于阅读经文、问答

---

① David Underdown. *Revel, Riot and Rebellion: Popular Politics and Culture in England, 1603-1660*. Oxford: Oxford University Press, 1985, p. 82. In Ronald W. Cooley. *'Full of All Knowledge': George Herbert's Country Parson and Early Modern Social Discourse*. Toronto: University of Toronto Press, 2003, pp. 99-100.

② George Herbert. *The Country Parson*. In George Herbert. *George Herbert: The Complete English Poems*. John Tobin ed., London: Penguin Books, 2004, pp. 222-223.

③ George Herbert. *The Country Parson*. In George Herbert. *George Herbert: The Complete English Poems*. John Tobin ed., London: Penguin Books, 2004, p. 223.

④ George Herbert. *The Country Parson*. In George Herbert. *George Herbert: The Complete English Poems*. John Tobin ed., London: Penguin Books, 2004, p. 223.

⑤ Ronald W. Cooley. *'Full of All Knowledge': George Herbert's Country Parson and Early Modern Social Discourse*. Toronto: University of Toronto Press, 2003, p. 100.

⑥ Ronald W. Cooley. *'Full of All Knowledge': George Herbert's Country Parson and Early Modern Social Discourse*. Toronto: University of Toronto Press, 2003, p. 100.

式教授法、在工作中以及在圣日歌唱赞美诗的问题。"[1] 那些贫穷的村民像他们那些更加富裕的邻居一样，虽然因为不同原因，也许需要接受牧师的提醒，"圣化他们的劳作"。该章结尾强调牧师监管那些"最贫穷的农舍，虽然他甚至能够进入这些农舍，虽然它的味道不那么令人讨厌。"[2] 同时，该章有迹象证明在早期现代时期普遍流行一种观点，即失业是一种犯罪，而无所事事则是一种原罪。而另一方面，有一些小的暗示表明人们已经认识到对于大多数人而言的无所事事并不是他们有意为之，而是由他们无法掌控的环境因素决定的。

随后，在第 30 章 "牧师对天道的思考"（The Parson's Consideration of Providence）中，赫伯特再次提到了同样问题，但是他的观点却发生了很大变化：

> 乡村牧师考虑到乡村居民最容易认为万物皆因自然规律而来，如果他们播种施肥，他们的土地就一定会出产粮食；如果他们好好看管饲养牲畜，他们就一定会出产牛奶和小牛犊，劳作减弱了他们见到上帝操控万物的能力，劳作使他们不容易相信主按照这样必然的秩序安放万物，但是，主经常按照他认为合适的样式改变自然，有时是奖赏，有时是惩罚。[3]

赫伯特叙事语气的变化表明地理、生平以及意识形态的变化。虽然赫伯特提到了牛群与牛奶，但是赫伯特好像是把他关注的重心从南方转移到了他在 1630 年迁入的索尔兹伯里平原的白垩丘陵地带。那里已经长期确立的"播种和施肥"的季节性节奏变化看起来非常像是一种"必然的秩序"。在北方，奶酪是主要的乳制品，劳动密集型的奶酪制作过程看起来似乎无法激发赫伯特产生抱怨的自满情绪。与该章前部分内容相比，这里谈到的农夫的典型罪过看起来似乎是由对上帝天道的不充分的、而不是过度的焦虑

---

① George Herbert. *The Country Parson*. In George Herbert. *George Herbert: The Complete English Poems*. John Tobin ed., London: Penguin Books, 2004, p. 224.

② George Herbert. *The Country Parson*. In George Herbert. *George Herbert: The Complete English Poems*. John Tobin ed., London: Penguin Books, 2004, p. 224.

③ George Herbert. *The Country Parson*. In George Herbert. *George Herbert: The Complete English Poems*. John Tobin ed., London: Penguin Books, 2004, p. 244.

造成的。[1]牧师必须要求这些教民"依赖上帝，甚至当他把所有粮食都放进谷仓，认为一切已经万无一失时，上帝也会发动一场火灾，烧毁他的一切财产：因此，要一直依赖上帝敬畏上帝。"[2]如果教民的伪善能够解释赫伯特记载的教民的道德与灵性活动的前后矛盾性，那么，以此来解释他们对劳动与天道的多种不同观点的原因却是缺少说服力的。库利说人们很可能在特别关注他人的过错时而对自己的过错无动于衷（库利尤其指出，清教徒经常因为他们的这种不一致性而遭到指责与批评），但是，人们不太可能同时既对自己的劳动效率感到焦虑，又感到自满。在观察乡村居民方面，无论赫伯特意识到自己是一名糟糕的观察者，还是一名优秀的观察者，他对乡村居民的态度，因为地域与农业实践的不同而有些许差别，却没有因为乡村居民本身而表现出差别。[3]库利说我们甚至可以在《乡村牧师》中观察到赫伯特对天道的评价反映了他在 1630 年和 1631 年体会到的农业歉收经历，那时，甚至是威尔特郡富裕的农民都很难找到足够的用于播种的好种子。[4]

赫伯特的归纳概括描绘了一幅乡村教民的破碎图画，然而，他对牧师读者的描绘却是相对连贯统一的。库利说《乡村牧师》的传统观点是向牧师的"保守派"（"old guard"）讲话，这些保守派是由地方招募的、缺乏教育的，阻碍了牧师职业现代化的发展进程。然而，正如库利所言，很难想象保守派牧师对一名出身绅士阶层的、经验并不丰富的年轻牧师所写的书有足够多的耐心或者说感兴趣。另一方面，赫伯特笔下出现大量假设的原因是赫伯特的读者缺少乡村生活经历。赫伯特把他的读者想象为像他一样出身绅士阶层，并且在城市长大和接受大学教育的年轻人，他们渴望晋升（或者说，也许在他们对世俗抱负感到灰心失望时），而且他们的行为举止

---

① Ronald W. Cooley. *'Full of All Knowledge': George Herbert's Country Parson and Early Modern Social Discourse*. Toronto: University of Toronto Press, 2003, p. 101.

② George Herbert. *The Country Parson*. In George Herbert. *George Herbert: The Complete English Poems*. John Tobin ed., London: Penguin Books, 2004, p. 245.

③ Ronald W. Cooley. *'Full of All Knowledge': George Herbert's Country Parson and Early Modern Social Discourse*. Toronto: University of Toronto Press, 2003, p. 101.

④ Eric Kerridge. "The Note Book of a Wiltshire Farmer in the Early Seventeenth Century". *Wiltshire Archeological and Natural History Magazine 5* (1952), p. 420. In Ronald W. Cooley. *'Full of All Knowledge': George Herbert's Country Parson and Early Modern Social Discourse*. Toronto: University of Toronto Press, 2003, p. 101.

很有可能拉开他们与乡村教民之间的距离。《乡村牧师》的写作目的之一也许是要为天真的大学毕业生了解乡村生活做好准备，以此减少由这新一代牧师所引发的反教权主义。[①]

上文谈到的《乡村牧师》中的相关章节描绘的牧师作用也表现出一致性。如果说赫伯特认为教民对很多弱点都毫无招架之力，那么，他理想的乡村牧师恰好能够相应地提供各种建议，可是这些建议，至少从表面上来看，却互相矛盾。那些努力工作而且能够自食其力的人被建议要相信上帝。对他们而言，在一致性与安全感方面，理想牧师象征天道。另一方面，那些将天道等同于自然与其循环更替的人而言，他们很有可能"依赖造化，而不信赖造物主"[②]，他们被要求提防突然发生的意想不到的灾难，因为这使得上帝的方式无法为人所知："上帝很高兴让人们感受到他的力量、承认他的力量，尊重他的力量，因此，当他发现一些事物在过去危险时，他就将其摧毁。"[③]无论如何，理想牧师似乎要向教民证明上帝的他者形象。通过还原教民的信仰状况，牧师得以提升自身形象，他满腹经纶，却自相矛盾，他对教民的进步作用来说既难以捉摸，又必不可少。如果说"上帝的善是为了对付人的执拗倔强"，那么，牧师作为上帝的副手，他的核心职责之一就是建构每个人的行为，将其看作"执拗倔强"的例子，以此赞美"上帝的善良"。[④]

库利认为此处赫伯特对牧师的偏袒揭示了隐藏在他理想的乡村牧师表象之下的经济意识形态。在赫伯特看来，对农业进步的所有评论者而言，关键的社会问题与"这片土地上最严重、最具有民族特色的罪过（他认为是）懒惰"[⑤]以及对这种罪过的指责与批判对牧师职责而言至关重要。[⑥]如

[①]　Ronald W. Cooley. *'Full of All Knowledge': George Herbert's Country Parson and Early Modern Social Discourse*. Toronto: University of Toronto Press, 2003, pp. 101-102.

[②]　George Herbert. *The Temple*. In George Herbert. *George Herbert: The Complete English Poems*. John Tobin ed., London: Penguin Books, 2004, p. 150.

[③]　George Herbert. *The Country Parson*. In George Herbert. *George Herbert: The Complete English Poems*. John Tobin ed., London: Penguin Books, 2004, p. 245.

[④]　Ronald W. Cooley. *'Full of All Knowledge': George Herbert's Country Parson and Early Modern Social Discourse*. Toronto: University of Toronto Press, 2003, p. 102.

[⑤]　George Herbert. *The Country Parson*. In George Herbert. *George Herbert: The Complete English Poems*. John Tobin ed., London: Penguin Books, 2004, p. 248.

[⑥]　Ronald W. Cooley. *'Full of All Knowledge': George Herbert's Country Parson and Early Modern Social Discourse*. Toronto: University of Toronto Press, 2003, p. 102.

果正如那个儿童—苹果寓言所示,《乡村牧师》的计划之一是要协调农业经济进步和革新的新颖修辞与家长式社会秩序的传统修辞之间的矛盾,那么这二者在协调的过程中,后者在逐渐修改前者。为了进步事业,劳动的神圣化并不需要特别中断。勤劳的人必须在他们劳动的时候,时刻"向上帝提升自己的想法"[1];而对那些沉迷于进步意识形态中的人而言,赫伯特的理想牧师则把上帝描绘为一位安慰者,他奖励那些努力工作的人,只要他们的工作是怀着敬虔之心完成的。另一方面,对那些过度依赖天道与自然秩序的人(也许他们参与了传统的牧羊兼种玉米劳作)而言,赫伯特要求他们不仅要精神上虔诚,而且要有一系列需要"依赖上帝的行动"——用委婉语来说,我们猜想,就是要更加努力地工作。传统的耕地农民,遵循父亲与祖父的耕作方式,他们就像那个只要苹果而不要苹果下面那枚金币的孩子一样:他的适度野心,说起来有点矛盾,是追求名利与一意孤行的迹象,牧师对他而言,就是上帝派来的"悔恨"("worm of conscience"),让他感到烦恼。[2]

四、赫伯特所在的威尔特郡农业发展所取得的进步

在思考农业进步的原因时,赫伯特的观点并不是一成不变的,他的观点发生转变的原因颇耐人寻味。有人很可能辩论说尽管这原因模糊且矛盾,但是作为一名年轻人,赫伯特所赞同的、保守的都铎王朝的人文主义者公益立场已经因为索尔兹伯里平原上传统的、以社区为基础进行的绵羊—玉米混合的农牧业生产方式而进一步得到了加强。很多评论家都认为赫伯特一生都坚持这一立场。[3]是什么促使他改变立场?也许是因为当他住在丹特西和埃丁顿这两个奶酪产地的时候,他被那里小所有者的更加个性化的精神深深打动了,他希望把这种积极的意识形态传递给伯默顿教区相对来说更加保守的教民,而且在《乡村牧师》整本书中他几乎都在传播这种个性化精神。但是,赫伯特在威尔特郡北部停留的时间非常短暂,读者无法

---

① George Herbert. *The Country Parson*. In George Herbert. *George Herbert: The Complete English Poems*. John Tobin ed., London: Penguin Books, 2004, p. 223.

② Ronald W. Cooley. *'Full of All Knowledge': George Herbert's Country Parson and Early Modern Social Discourse*. Toronto: University of Toronto Press, 2003, pp. 102-103.

③ Ronald W. Cooley. *'Full of All Knowledge': George Herbert's Country Parson and Early Modern Social Discourse*. Toronto: University of Toronto Press, 2003, p. 103.

想象这种转变在他迁入伯默顿以后、在没有任何持续加强力量的影响下，他还能够完成这种立场的转变。库利认为，赫伯特的这种转变还受到当时歌颂勤劳管家美德的农业手册的影响，这也许是赫伯特将乡村特性理想化的原因之一。[①] 布坎南·夏普（Buchanan Sharp）指出，17 世纪早期，可耕地的农业文化越来越以市场为导向："主干道已经最大限度地通向每一位地主，无论是大型还是中型土地所有者，都资助或者参与到圈地或者其他的进步农业活动中。"[②] 由此，库利指出，土地与耕作的集中意味着伯默顿以及周边乡村受到了圈地消极效果的影响——人口减少、小家庭农场的减少——虽然在伯默顿及其周边乡村并没有经历真正的圈地。库利认为绵羊—玉米兼作的农牧业结构需要依靠大规模的羊群与社区合作，其结果将导致集中。农场必须足够大，能够养得了私人羊群以及牧羊人，为降低饲养成本，牧场合并是必然出路。[③]

此外，赫伯特所在的威尔特郡的白垩丘陵地带，在 17 世纪的第 2 个 25 年中，灌水牧场（floated flowing water meadow）技术已经相当普及，并且成为当时英国农业发展的最重要技术，在此后一直沿用了两百多年。1632 年，怀利地区（Wylye）的一则合同记录记载的在彭布罗克郡公爵地产上的一项协议"表明该区的人们能够完全理解蓄水技术……农场主、佃农、以及庄园领主……全都清楚地知道这项技术革新的好处。"[④] 根据马尔科姆森的记载，当时赫伯特在伯默顿任牧师，同时也给他的亲属彭布罗克郡公爵担任家庭牧师。[⑤] 这项灌溉技术极大地改良了 16 世纪的灌溉方法，使得在干草即将消耗完的四月，灌水牧场能够开始为羊群提供新鲜牧草。这

---

① Ronald W. Cooley. *'Full of All Knowledge': George Herbert's Country Parson and Early Modern Social Discourse*. Toronto: University of Toronto Press, 2003, pp. 103-104.

② Sharp. "Rural Discontents and the English Revolution". In R.C. Richardson ed. *Town and Countryside in the English Revolution*. Manchester: Manchester University Press, 1992, p. 263. In Ronald W. Cooley. *'Full of All Knowledge': George Herbert's Country Parson and Early Modern Social Discourse*. Toronto: University of Toronto Press, 2003, p. 104.

③ Ronald W. Cooley. *'Full of All Knowledge': George Herbert's Country Parson and Early Modern Social Discourse*. Toronto: University of Toronto Press, 2003, p. 104.

④ Eric Kerridge. *The Agricultural Revolution*. London: George Allen and Unwin, 1967, pp. 257, 263. In Ronald W. Cooley. *'Full of All Knowledge': George Herbert's Country Parson and Early Modern Social Discourse*. Toronto: University of Toronto Press, 2003, p. 104.

⑤ Cristina Malcolmson. *Heart-Work: George Herbert and the Protestant Ethic*. Stanford: Stanford University Press, 1999, p. 193.

样大群牲畜就能够顺利度过冬天，同时，这些牲畜也能够为土地提供足够的肥料，进而提高农作物的产量。无论任何，灌水牧场的建造需要大量成本与劳动力，佃农个人无法实现，他们不得不联合在一起劳动建造水渠、堰、沟等。农民们的这些实践，一定给赫伯特留下了深刻印象，当他在《乡村牧师》中论述已婚男性应该如何养家糊口时说："改良他的土地，通过浸水或者排涝或者放养牲畜或者围上篱笆，使得土地能够给他自己和他的邻人都带来最大利益。"① 不仅如此，诗集《圣殿》中的诗歌对这一现象也有所反映，"水—路"（The Water-course）一诗的标题本身就是证明，"邀请"一诗的第四小节写道：

> 你们全都到这里来，是你们
>
> 　　破坏了喜乐，
>
> 然而你却毫无止境的索取：
>
> 世俗享乐将你的喜乐
>
> 　　淹没，
>
> 犹如水流淹没低地。（ll. 19–24）

在该节第二部分，赫伯特把圣餐比喻为受到灌溉滋养的草地，能够为羊群提供食物，然而，教民受到诱惑，毫无止境地索取。

　　在赫伯特时代，还有一本小书特别值得关注，罗兰·沃恩的《最受欢迎的经久不衰的水利工程》（*Most Approved and Long Experieced Water-Works*）出版于 1610 年，该书开篇有一篇长篇致辞，将此书献给彭布罗克第三公爵（third Earl of Pembroke）威廉·赫伯特（William Herbert），请求获得他的赞助，沃恩声称他与威廉·赫伯特的祖先（威廉·赫伯特的祖先也是乔治·赫伯特的祖先）是亲属关系。不过，在库利看来，罗兰·沃恩与乔治·赫伯特家的关系似乎更近些。因为乔治·赫伯特的姐姐嫁给了一位叫约翰·沃恩（John Vaughan）的人，并且，诗人乔治·赫伯特成为了他们的女儿们的监护人。② 《最受欢迎的经久不衰的水利工程》与当时的其他农业手册不同，该书并没有调查耕地与改良土壤的方法、作物种类、种植时

---

① George Herbert. *The Country Parson*. In George Herbert. *George Herbert: The Complete English Poems*. John Tobin ed., London: Penguin Books, 2004, p. 249.

② Ronald W. Cooley. *'Full of All Knowledge': George Herbert's Country Parson and Early Modern Social Discourse*. Toronto: University of Toronto Press, 2003, p. 199.

间以及牲畜的繁殖与饲养问题。相反，作者在书中用大量篇幅谈论自己在赫里福郡（Herefordshire）的土地上进行灌水牧场实践的经历，这是对灌水牧场的最早描述。此外，该书还记载了当时英国农业发展的进步状况以及英国由农业社会向资本主义社会转变的过程，以及为加速实现这一转变而进行的意识形态的操控过程。①库利指出，沃恩与许多其他农业设计师一样，他将进步计划与追求社会秩序联系在一起。在他居住的赫里福郡，土地的集中使得大批小农离开土地，由此引发贫困与流浪危机。②沃恩抱怨，"500名贫困居民；他们的主要谋生手段是纺织……这些懒散的人无法忍受按照其他方式谋生，不愿意通过乞讨、拾穗等给街坊邻里带来压力的行为来缓解自己的劳苦，不愿意花费时间去市场或者磨坊。"③库利说，沃恩说的"拾穗"（gleaning）其实是一种委婉说法，他本意指的是偷果园和花园里的果实。库利分析说，此处沃恩是在攻击完整的传统生产体制残余："在传统生产体制中，经济组织形式以家庭为单位。"④无论如何，沃恩并不是彻底的功利主义者或者是投机资本家，毫不奇怪，沃恩提出了一条神学中间道路："阁下会看到我不是教皇信奉者、不是清教徒，而是按照国王的命令，是一名真正的新教徒。"⑤库利说这是一种典型的伊丽莎白时代的妥协策略，保留

---

①　Ronald W. Cooley. *'Full of All Knowledge': George Herbert's Country Parson and Early Modern Social Discourse*. Toronto: University of Toronto Press, 2003, p. 105.

②　Joan Thirsk, ed. *The Agrarian History of England and Wales, Volume IV, 1500-1640*. Cambridge: Cambridge University Press, 1967, pp. 108-109. In Ronald W. Cooley. *'Full of All Knowledge': George Herbert's Country Parson and Early Modern Social Discourse*. Toronto: University of Toronto Press, 2003, p. 105.

③　Rowland Vaughan. *Most Approved and Long Experienced Water-Workes*. London: 1610. Facs. Repr. Norwood, N.J.: Walter J. Johnson, 1977, E2v. In Ronald W. Cooley. *'Full of All Knowledge': George Herbert's Country Parson and Early Modern Social Discourse*. Toronto: Toronto: University of Toronto Press, 2003, pp. 105-106.

④　Peter Laslett. *The World We Have Lost*. New York: Scribners, 1965, p. 4. In Ronald W. Cooley. *'Full of All Knowledge': George Herbert's Country Parson and Early Modern Social Discourse*. Toronto: University of Toronto Press, 2003, p. 106.

⑤　Rowland Vaughan. *Most Approved and Long Experienced Water-Workes*. London: 1610. Facs. Repr. Norwood, N.J.: Walter J. Johnson, 1977, G3v, H4r, F4r. In Ronald W. Cooley. *'Full of All Knowledge': George Herbert's Country Parson and Early Modern Social Discourse*. Toronto: University of Toronto Press, 2003, p. 107.

古老信仰的仪式用以巩固新神学,这一切都反映在沃恩的经济计划之中。[①]
沃恩神学思想的变化反映出的时代感同样对赫伯特的神学思想、社会思想
与文化思想产生了不可忽视的影响。

五、赫伯特的民族主义与乡村风味

沃恩神学思想的"中间道路",对当时英国村民懒惰状况的批判同样
反映在乔治·赫伯特对时代所做的思考当中。库利指出,赫伯特,这位致
力于解决"这片土地上最严重、最具有民族特色的罪过……懒惰"[②]的牧师
的思想可以从他在《乡村牧师》中对"乡村/国家"("country")这个词不
同含义的运用出发。沃恩与赫伯特的出发点都是为了造福英国,然而,沃
恩的关注点过于狭隘,赫伯特的著作则更多地是以牧师以及教民的爱国职
责为出发点。[③]正如散文集的标题《乡村牧师》所示,"乡村"("country")
这一词汇本身就具有"国家"含义,如果说,把该本著作译为"乡村牧
师",同样,这本著作也可以译为"国家牧师",因此,赫伯特笔下的"乡
村牧师"不仅仅是"乡村牧师",同时,在他的身上,也有"国家牧师"
的影子:

> 他的子女首先因为他成为信徒,而后成为共和国的合法居民;这
> 是牧师对天国的亏欠,也是牧师对世俗王国的亏欠,他对这些没有所
> 有权,唯一能做的就是做对天国与世俗王国有益的事。[④]

> 对于牧师生活的共和国而言,不去蚕食他人的职业是一种公义与
> 职责。[⑤]

> 对我们国家而言,从事某种职业也是一种义务,这与全体国民密

---

① Ronald W. Cooley. *'Full of All Knowledge': George Herbert's Country Parson and Early Modern Social Discourse*. Toronto: Toronto: University of Toronto Press, 2003, p. 107.

② George Herbert. *The Country Parson*. In George Herbert. *George Herbert: The Complete English Poems*. John Tobin ed., London: London: Penguin Books, 2004, p. 248.

③ Ronald W. Cooley. *'Full of All Knowledge': George Herbert's Country Parson and Early Modern Social Discourse*. Toronto: Toronto: University of Toronto Press, 2003, p. 107.

④ George Herbert. *The Country Parson*. In George Herbert. *George Herbert: The Complete English Poems*. John Tobin ed., London: Penguin Books, 2004, p. 215.

⑤ George Herbert. *The Country Parson*. In George Herbert. *George Herbert: The Complete English Poems*. John Tobin ed., London: Penguin Books, 2004, p. 236.

切相关，因此，任何人都不应该懒惰，而是应该忙碌起来。[①]
由此可见，"乡村牧师"这个表达方式本身就承载着一些民族国家色彩，而与此相对应的"村民"（"contryman"），在赫伯特的用法中，更多地是就社会地位而言，而不是就国家情感而言："如果村民性格坦率直接，那么他就直接谴责他。"[②] 同样，"乡村"这个名词也不一定必须指向国家，"country"在赫伯特笔下更多的时候引起读者关于某一地区的想象，例如关于赫伯特曾经生活过的威尔特郡这个奶酪产地的想象。当赫伯特把当治安官看作对国王的安全负责时，他评价说"也为居住在乡村的绅士或者贵族男性提供了光荣的工作机会"。[③] 由此可见，"country"这个词蕴含着赫伯特丰富的地理想象，有时根据语境这个词汇指向国家，有时缩小指向某个特定教区所在的乡村。[④]

上述引文中，大多数情况下，"country"的含义指向国家，与这一含义同时出现的还有一些商业财产术语，例如："亏欠（owe）"、"所有权（title）"、"蚕食（incroach）"等。在库利看来，赫伯特的"共和国"和"国家"（无论是天国还是地上国）似乎都已经彻底商业化了：几乎没有与传统自给农业相关的旧公益理念残存下来。赫伯特眼中的英国，越来越成为一个商业国家。因此，这个国家的理想牧师"首先推荐学习民法"，这大大出乎人们所料，因为这并不是教会法的基础，但是，民法是"从事商业经营的关键，也是了解他国法规的关键。"[⑤] 库利就此认为，考虑到除布料以外的其他商品出口直到17世纪末才成为英国经济发展的关键因素，赫伯特对商业与贸易的热情实在是具有远见卓识。1688年的一项估计表明出

① George Herbert. *The Country Parson*. In George Herbert. *George Herbert: The Complete English Poems*. John Tobin ed., London: Penguin Books, 2004, p. 248.

② George Herbert. *The Country Parson*. In George Herbert. *George Herbert: The Complete English Poems*. John Tobin ed., London: Penguin Books, 2004, p. 223.

③ George Herbert. *The Country Parson*. In George Herbert. *George Herbert: The Complete English Poems*. John Tobin ed., London: Penguin Books, 2004, p. 249.

④ Ronald W. Cooley. *'Full of All Knowledge': George Herbert's Country Parson and Early Modern Social Discourse*. Toronto: University of Toronto Press, 2003, pp. 107-108.

⑤ George Herbert. *The Country Parson*. In George Herbert. *George Herbert: The Complete English Poems*. John Tobin ed., London: Penguin Books, 2004, p. 251.

口商品占英国总产量的 7%。① 无论如何，商业措辞，正如农业进步措辞一样，弥漫于赫伯特牧师职责叙事的字里行间：

> 乡村牧师在周日清晨刚一醒来，就立刻开始工作，他感觉自己就像市集日刚一开始在市场上售货或者购物的人一样，或者感觉自己就像店主面对顾客上门时一样。他满脑子都在想如何让这一天变得最有意义，并为实现这个目标一直努力。②

即使经济上完全依靠羊的地区，"好牧人"也已经转变为商人。这是乡村牧师"屈尊学习耕地与牧场知识"③ 最终导向的目标：甚至在赫伯特生活的威尔特郡的最"传统"地区，农业也已经变得商业化。④

就此可以推断，赫伯特的理想牧师不仅是一位热情的宗教企业家，同时，他还是那个谨慎的、有本土意识的农民，怀疑革新与"域外"商品。赫伯特主张学习贸易与商业，但是，他痛批进口奢侈品对人的诱惑。在谈到医药时，他敦促读者知晓"哪些植物把花园变成药铺：因为自家产的草药不会给牧师造成经济负担，并且在所有人身上尝试过。"赫伯特将这个观点展开，进一步抒发了他的民族主义论调：

> 而对于香料，他不仅喜欢家里出产的香料，而且也因为它们的浮华虚空谴责它们，他认为没有任何植物香料可以和迷迭香、百里香、香薄荷与薄荷相比，所以，他把其他植物香料从花园里拔除；而对于种子类香料，他认为茴香与香菜的种子最好。同样，对于软膏，他妻子也不必去城市寻找，也不必在各种稀奇古怪的树胶中寻找，而是愿意在她的花园与田野里寻找。⑤

---

① Joan Thirsk. *Economic Policy and Projects: The Development of a Consumer Society in Early Modern England*. Oxford: Clarendon-Oxford University Press, 1978, p. 2. In Ronald W. Cooley. *'Full of All Knowledge': George Herbert's Country Parson and Early Modern Social Discourse*. Toronto: University of Toronto Press, 2003, p. 108.

② George Herbert. *The Country Parson*. In George Herbert. *George Herbert: The Complete English Poems*. John Tobin ed., London: Penguin Books, 2004, p. 211.

③ George Herbert. *The Country Parson*. In George Herbert. *George Herbert: The Complete English Poems*. John Tobin ed., London: Penguin Books, 2004, p. 204.

④ Ronald W. Cooley. *'Full of All Knowledge': George Herbert's Country Parson and Early Modern Social Discourse*. Toronto: University of Toronto Press, 2003, p. 108.

⑤ George Herbert. *The Country Parson*. In George Herbert. *George Herbert: The Complete English Poems*. John Tobin ed., London: Penguin Books, 2004, p. 236.

从这段文字可以发现，国家概念与乡村概念融合在一起，而城市则是"奇奇怪怪"的地方，在赫伯特看来，英国的城市具有异域色彩。只有花园与田野才是最具英国特性的地方。赫伯特的这一思想还体现在他对牧师家庭生活舒适度的评价：

> 他家中的家具非常简朴，但是整洁、完好无损，美好得如同花园带给他的感觉；因为他并没有钱置办花园，施舍是他唯一需要成本的芳香，当他施舍时需要成本。牧师的食物平常普通，但是却有益健康，他吃的并不多，但是却很合理；其中包含大部分羊肉、牛肉和小牛肉；如果因为特别重要的日子或者有客来访，需要增加其他食物，那么他的花园、果园、牲口棚或者后花园就可以供应：他不需要进一步的应酬，以免他踏入社会，他认为超出标准是荒谬的，因为他教育他人要节制。但是，他不会拒绝自家出产的，因为这源于更新改进，既便宜又好，否则他就会失去这一切。①

就这段文字而言，牧师的"country"似乎甚至又一次缩小到了他所拥有的那片狭小土地；如果离开自己的土地到更远的地方去寻找奢侈品，对牧师而言，就是冒险"踏入社会"。理想牧师的道德职责不允许他涉世过深。赫伯特用传统话语来约束他已经逐渐扩充的牧师的社会角色，其目的在于限制牧师的职业抱负与愿望。②

在赫伯特笔下，乡村劳动者与传统农民已经被他置换变形，在赫伯特看来他们更多地依赖传统信仰中的天道，而他牧师手册的预期读者却辨不清方向，受到已经移位的职责与所属关系结构的控制。这种矛盾确立并限制了牧师在行使权利中用到的米歇尔·福柯所谓的"驯顺空间"（disciplinary space）。在福柯看来，纪律需要"驯服的身体"（docile body）；赫伯特的牧师使得"他的身体是驯服的、有耐性的、健康的；他的灵如鹰炽热、活跃、年轻而健壮。"③规训的目的在于"每时每刻监督每个人的表

---

① George Herbert. *The Country Parson*. In George Herbert. *George Herbert: The Complete English Poems*. John Tobin ed., London: Penguin Books, 2004, pp. 216-217.

② Ronald W. Cooley. *'Full of All Knowledge': George Herbert's Country Parson and Early Modern Social Discourse*. Toronto: University of Toronto Press, 2003, p. 109.

③ George Herbert. *The Country Parson*. In George Herbert. *George Herbert: The Complete English Poems*. John Tobin ed., London: Penguin Books, 2004, p. 213.

现，给予评估和裁决，统计其性质和功过"①；《乡村牧师》中的一些章节，例如"牧师在家中"、"牧师的慰藉"（The Parson Comforting）、"欢乐的牧师"这3章就将牧师临时置于某种时刻，他需要在每一特定时刻表现出规定好的正确的行动与情感。然而，赫伯特对理想牧师的规定动作与情感的描述，却是通过瓦解、置换或者动摇这些规定动作与情感来实现的。例如，在"欢乐的牧师"一章开篇，赫伯特写道："一般而言，乡村牧师悲伤不断"。②正如理想牧师用对立与矛盾来训导的教民一样，牧师读者也会对实施纪律管理者的自己深感焦虑。他的职责清晰，标准强硬："要在他（保罗）肉身上补满基督患难的缺欠"③。在《乡村牧师》前言，赫伯特说他"努力的目标"遥不可及，激发他不停地努力，或者用他在诗歌"滑轮"（The Pulley）中用到的词语"抱怨不得休息"（"repining restlessness"）。因为乡村牧师纪律监督的手段与目标，必须同时忠于地方与国家，既需要尊严，又需要受到责任意识形态的约束，所以，乡村牧师必须停留在他工作的地方——教区。④

六、作为家长的牧师：《乡村牧师》中的性别、家庭与社会秩序

在第16章"作为父亲的牧师"（The Parson a Father）中，赫伯特写道：

乡村牧师不仅是教民的父，而且他自己也深信这一点，他似乎也认为是他生了整个教区。他充分利用这一点。因为借用这种方法，当任何人犯过错的时候，人们就不会把他当作官员来憎恨，而是同情身为父亲的他。甚至在他们在缴纳什一税或者其他方面对他所做的不义的行为中，他把罪人看作孩子，原谅他，这样他就会有矫正过错的可能；这样，经过多次劝告以后，任何继续执拗不肯悔改的人，他也不会就此放弃他，他要过很久才会着手剥夺他的继承权，或者永远也走

① ［法］米歇尔·福柯：《规训与惩罚》，刘北成、杨远婴译，北京：生活·读书·新知三联书店，修订译本，2013年，第162页。
② George Herbert. *The Country Parson*. In George Herbert. *George Herbert: The Complete English Poems*. John Tobin ed., London: Penguin Books, 2004, p. 241.
③ George Herbert. *The Country Parson*. In George Herbert. *George Herbert: The Complete English Poems*. John Tobin ed., London: Penguin Books, 2004, p. 202.
④ Ronald W. Cooley. *'Full of All Knowledge': George Herbert's Country Parson and Early Modern Social Discourse*. Toronto: University of Toronto Press, 2003, p. 110.

不到这一步；因为他知道有些人在最后时刻才接受神的召唤，因此，他仍然期待并且等待，唯恐他擅自决定上帝降临的时间；因为他无法触碰最后审判日，所以他也无法触碰转变信仰中间的日子。[①]

通过父子关系中的话语，赫伯特向读者展示出他对社会秩序与宇宙秩序中自身地位的理解。毫无疑问，他对这个问题的理解渗透到他对牧师尊严与责任的理解当中："乡村牧师是……教民的父"。但是，赫伯特在第30章"牧师对天道的思考"中用到的孩子与苹果寓言也揭示出那种意识形态中的分歧。正如马库斯（Leah Marcus）观察到的那样，赫伯特文化中的两股竞争力一边将童年理想化，一边又拒绝童年："保守的英国国教徒与保皇主义者的理论……支持孩子似的顺从……目的是为了恢复理想化的——拣选的——中世纪的英国想象。"同时，这个自我意识到的神性拒绝"中世纪基督教礼拜仪式与节日遗存……用孩子气这个词形容显得更加准确。"[②]

马库斯从对赫伯特诗歌的分析中得出结论，认为赫伯特属于"保守的英国国教徒"阵营，在他看来，"成为上帝的孩子意味着完全依赖天父的智慧与意愿，用以取代成人的才智与愿望。"[③]然而，库利对马库斯的分析并不完全认同，他从对《乡村牧师》中的苹果—黄金隐喻出发，认为赫伯特更接近马库斯所说的"清教徒"式的父权制社会，在这个社会中，理想的父亲培养孩子的"成年人的才智和意愿"，促进他的社会性与灵性生活走向成熟。[④]

由此可见，从诗集《圣殿》到散文集《乡村牧师》，赫伯特对基督徒与上帝之间关系的思考发生了重大变化。而这一切，要归功于当时英国农

---

① George Herbert. *The Country Parson*. In George Herbert. *George Herbert: The Complete English Poems*. John Tobin ed., London: Penguin Books, 2004, p. 225.

② Leah Sinanoglou Marcus. *Childhood and Cultural Despair: A Theme and Variations in Seventeenth - Century Literature*. Pittsburgh: University of Pittsburgh Press, 1978, p. 44. In Ronald W. Cooley. *'Full of All Knowledge': George Herbert's Country Parson and Early Modern Social Discourse*. Toronto: University of Toronto Press, 2003, p. 113.

③ Leah Sinanoglou Marcus. *Childhood and Cultural Despair: A Theme and Variations in Seventeenth - Century Literature*. Pittsburgh: University of Pittsburgh Press, 1978, p. 104. In Ronald W. Cooley. *'Full of All Knowledge': George Herbert's Country Parson and Early Modern Social Discourse*. Toronto: University of Toronto Press, 2003, p. 113.

④ Ronald W. Cooley. *'Full of All Knowledge': George Herbert's Country Parson and Early Modern Social Discourse*. Toronto: University of Toronto Press, 2003, p. 113.

业发展所取得的进步，土地管理与集中的进一步加强以及农牧业新技术的应用，都被赫伯特吸收理解，融入他对传统父权制社会理念的理解当中。因此，在《乡村牧师》的写作中，传统修辞的社会权力教促他理解当时出现的包含农业在内的各种革新，并将其看作原有社会秩序的延续。这一趋势在父权制领域表现得尤为明显。尽管关于童年与人类发展有许多不同概念，但是，早期现代英国社会对家庭、父母与子女的社会角色的呈现都把这些角色看作这个有时变化无常的社会中最稳定、最永恒的因素。但是，早期现代时期的英国家庭是如何对这些最稳定、最永恒的因素给予回应的呢？在理解赫伯特的写作中，读者同样需要面对这个早期现代家庭观念的核心问题，即如何理顺呈现与真实、传统与观察发现之间的问题。因此，在详细探索《乡村牧师》中的赫伯特如何处理父权制话语之前，很有必要先去了解一下早期现代家庭的传统历史与撰史传统。[1]

七、关于早期现代英国社会父权制之争

任何对早期现代英国家庭问题的研究，都会直接或者间接提及劳伦斯·斯通的著作《1500-1700 年英国的家庭、性与婚姻》。来自不同领域的学者都对斯通的关键性假设——他对 16、17 世纪英国社会特别典型的父权制特征的描述深表怀疑，斯通声称他发现了英国家庭结构的深刻转型，从开放的"世系家庭"（open lineage family）转向"有限的家长制核心家庭"（restricted patriarchal nuclear family），甚至是转向了"封闭的讲究家庭生活的核心家庭"（closed domesticated nuclear family）。按照斯通的观点，情感与选择越来越成为求婚、婚姻以及养育孩子的引导力量。[2] 历史人口统计学有力地证明核心家庭是当时英国家庭构成的最主要形式，而且，是当时西北欧家庭构成的最主要形式。[3] 通过分析日记、自传以及基督教徒的家庭

---

① Ronald W. Cooley. *'Full of All Knowledge': George Herbert's Country Parson and Early Modern Social Discourse*. Toronto: University of Toronto Press, 2003, p. 113.

② Ronald W. Cooley. *'Full of All Knowledge': George Herbert's Country Parson and Early Modern Social Discourse*. Toronto: University of Toronto Press, 2003, pp. 113-114.

③ Peter Laslett. "Mean Household Size in England since the Sixteenth Century". In Peter Laslett and Richard Wall ed. *Household and Family in Past Time*. Cambridge: Cambridge University Press, 1972. In Ronald W. Cooley. *'Full of All Knowledge': George Herbert's Country Parson and Early Modern Social Discourse*. Toronto: University of Toronto Press, 2003, p. 114.

建议文学（Chritsitian domestic advice literature），一些学者描绘出一幅仁爱的、精心培育的父权制社会图景。[1] 很明显，除少数例外，年轻男女在婚恋方面都拥有大量自由，最典型的就是他们会因为经济原因而在成年以后推迟结婚。[2]

由此可见，关于早期现代时期英国的家庭构成模式以及人们结婚意愿的分析，历史学家间存在很大分歧，这也给读者构建早期现代英国的家庭生活图景提供了广阔的想象空间。与斯通强调的英国家庭结构在早期现代时期发生变化不同，许多批评家特别强调斯图亚特王朝早期英国社会的稳定性与延续性。例如艾伦·麦克法兰（Alan Macfarlane）的《1300—1840年英国的婚姻与爱情》就像"那些 20 世纪 50 年代的大部头社会学著作一样用和谐自我平衡功能主义理论（harmonious homeostatic functionalism）阐释了所有的社会经济关系。不可避免地，因为他没有对那些不和谐因素给予应有的关注，他的方法论最终将导向平权家庭的和谐图景（a portrait of egalitarian family harmony）。"[3] 但是，家庭结构以及家庭成员间的关系与社会的功能、发展和变革以及各组成部分之间有必然联系吗？ 1640 年前的英国社会，到底处于前革命状态还是处于过渡阶段？

在许多都铎王朝和斯图亚特王朝史的记载当中，家庭的作用，正如历史人物所经历过的一样，具有隐喻的作用，从心理学、生理学层面上升到国家政治层面。[4] 这就是"伟大的存在之链"（"Great Chain of Being"）所拥有的精巧的"对应体系"，蒂利亚德曾经在他的著作《伊丽莎白时代的世界图景》（*Eliazabethan World Picture*）中对此有过描述。当然，这本书

---

[1]　Ronald W. Cooley. *'Full of All Knowledge': George Herbert's Country Parson and Early Modern Social Discourse*. Toronto: University of Toronto Press, 2003, p. 114.

[2]　Ralph Houlbrooke. *The English Family, 1450-1700*. London: Longman, 1984, pp. 63-64. In Ronald W. Cooley. *'Full of All Knowledge': George Herbert's Country Parson and Early Modern Social Discourse*. Toronto: University of Toronto Press, 2003, p. 114.

[3]　Sarah Heller Mendelson. "Review of Marriage and Love in England, 1300 -1840, by Alan Macfarlane, and The Patriarch's Wife: Literary Evidence and the History of the Family by Margaret J.M. Ezell". *Renaissance Quarterly 44* (1991), p. 851. In Ronald W. Cooley. *'Full of All Knowledge': George Herbert's Country Parson and Early Modern Social Discourse*. Toronto: University of Toronto Press, 2003, p. 114.

[4]　Ronald W. Cooley. *'Full of All Knowledge': George Herbert's Country Parson and Early Modern Social Discourse*. Toronto: University of Toronto Press, 2003, p. 115.

讲述的内容早已过时，但是，这本书中所揭示的价值观念，在伊丽莎白时代却十分普遍。在这幅伊丽莎白时代的图景中，家庭是这个讲究尊卑的等级体系的基石，无可否认其独裁的、高度分层的、由神命定的、而又几乎被普遍接受的特征。①库利解释说，在伊丽莎白女王时代，人们习惯于用自己对上级和下级的责任以及他们因为自身地位而受到的对待而给自己以及自己在社会中的位置下定义。阶层归属感（class affiliation）与矛盾（antagonisms）不会脱离不同家庭的子女对家庭的归属感以及子女集体和父母集体之间的矛盾而单独存在。矛盾应该被看作属于家庭、村庄以及郡县内部的不同地区以及派系之间的矛盾，这些矛盾还不足以引发社会秩序图景的改变。②

　　无论如何，普遍接受的社会等级制度也会遇到一些特例。在论述17世纪早期英国的职业状况时，库利说新兴职业就明显属于这些特例。律师、医生以及牧师这三种职业一部分是由出身决定的、一部分是由收入决定的、还有一部分在某种程度上来说与这些传统的社会等级秩序没有关系。每种职业都属于一个阶层群体，而群体内部之间的地位关系却处于一种不确定状态，对这部分新兴群体的著作的研究，能够更好地理解17世纪早期英国社会正在经历的变化。

　　首先值得阅读的资料是一些将家庭比喻为身体的布道词和家庭建议手册（domestic advice books），在这类著作中"丈夫是头颅，妻子是身体或者肋骨"，或者拿一个小型共和国来比方，"国王就是要看到他的领土被治理得很好，因此，他［即父亲］是一户家庭的主要统治者。"③就家庭结构而言，传统观点认为，每个人都知道自己的宏观责任与微观责任。正如盖特克（Thomas Gataker）在《婚姻的主要责任》（*Marriage Duties Briefly*

① Mervyn James. *The Family, Lineage and Civil Society: A Study of Society, Politics andMentality in the Durham Region, 1500-1640*. Oxford: Clarendon Press, 1974, p. 150. In Ronald W. Cooley. *'Full of All Knowledge': George Herbert's Country Parson and Early Modern Social Discourse*. Toronto: University of Toronto Press, 2003, p. 115.

② Ronald W. Cooley. *'Full of All Knowledge': George Herbert's Country Parson and Early Modern Social Discourse*. Toronto: University of Toronto Press, 2003, p. 115.

③ Thomas Gataker. *Marriage Duties Briefly Couched Togither*. London, 1620, pp. 7-8; William Gouge. *Of Domesticall Duties: Eight Treatises*. 3rd ed. London, 1634, p. 260. In Ronald W. Cooley. *'Full of All Knowledge': George Herbert's Country Parson and Early Modern Social Discourse*. Toronto: University of Toronto Press, 2003, p. 116.

Couched Togither）中所言，"男人和妻子之间职责的缺失将导致家庭中以此为基础的所有职责遭到忽视，是的，他们对上帝也负有责任。"[1] 赫伯特的《乡村牧师》在这个传统中即使不是独一无二的，也至少是有特色的，因为赫伯特将家庭类比系统地拓展到职业领域。赫伯特宣布"乡村牧师……是教民的父，"[2] 很明显，赫伯特遵循了以盖特克为首的文学传统，把父亲比作牧师："因为……牧师的嘴唇应该为他的人民维护知识，他们要征求他的立法：因此丈夫的头脑应该为他的妻子维护智慧与忠告，而她则应该接受他的建议。"[3] 不管怎样，上述两则文本表明这些文本传递、延伸并加强了家庭等级制度的意识形态，并显示出这种意识形态还不够充分。他们记录了一种更加微妙的家庭生活状态——权威与顺从、慈爱与压迫——同时并存，并处于紧张状态。[4]

正如阿穆森所言，"政治理论家［以家庭为喻］认为他们处理的是自然的、一成不变的关系；而家庭手册作家却认为他们正在处理的是社会的且时刻变化的关系"，所有的上一级同时也是下一级。因此，高奇（William Gouge）警告说"人首先要学会服从，然后才能治理好，"大体而言，"他们可以是当权派，也可以是被管理者：主人也有主人。因为上帝是万王之王，万主之主。"[5]

尽管赫伯特认为乡村牧师是他教区的父，并且用这些术语探究了牧师的职责，但是，赫伯特没有通过与家庭关系的类比描绘出理想牧师的完整的、毫无疑问的图画。经过赫伯特的仔细梳理，牧师的家庭等级制度，对读者可能期待的微妙的社会地位与政治地位的动态变化给出了小于预期的

---

① Thomas Gataker. *Marriage Duties Briefly Couched Togither*. London, 1620, p. 5. In Ronald W. Cooley. *'Full of All Knowledge': George Herbert's Country Parson and Early Modern Social Discourse*. Toronto: University of Toronto Press, 2003, p. 116.

② George Herbert. *The Country Parson*. In George Herbert. *George Herbert: The Complete English Poems*. John Tobin ed., London: Penguin Books, 2004, p. 225.

③ Thomas Gataker. *Marriage Duties Briefly Couched Togither*. London, 1620, p. 19. In Ronald W. Cooley. *'Full of All Knowledge': George Herbert's Country Parson and Early Modern Social Discourse*. Toronto: University of Toronto Press, 2003, p. 116.

④ Ronald W. Cooley. *'Full of All Knowledge': George Herbert's Country Parson and Early Modern Social Discourse*. Toronto: University of Toronto Press, 2003, p. 116.

⑤ William Gouge. *Of Domesticall Duties: Eight Treatises*. 3rd ed. London, 1634, pp. 23, 175. In Ronald W. Cooley. *'Full of All Knowledge': George Herbert's Country Parson and Early Modern Social Discourse*. Toronto: University of Toronto Press, 2003, p. 116.

洞见。早期现代时期牧师的不寻常的社会地位，万千家庭所在社会环境的紧张局势以及需要解释的家庭秩序、不可避免地加剧了家庭—社会类比的可阐释力度。[①]因此，那些像赫伯特一样继续把父权制家庭看作社会结构的作家不得不去寻找一些新方法。

库利在评判斯通观点的基础上说，我们不能按照斯通的观点得出结论说当时家庭结构发生的重大变化在赫伯特有生之年已经变成现实，但是，我们也许可以得出一个适度的结论说父权制作为一个系统的社会与政治理论在赫伯特所在的 17 世纪出现并最终走向消亡。用来阐明这一理论的、被引用次数最多的著作是罗伯特·菲尔默爵士的《父权》（Patriarcha）一书，这本著作与赫伯特的《乡村牧师》创作于同一时代。[②]此外，据说菲尔默在一本没有出版的手稿中把赫伯特称作"我的亲密伙伴"。[③]《父权》一书为君权神授进行辩护，其基础是历史遗传理论，认为君主家庭是第一个家庭，也是最完美家庭。菲尔默坚持主张，君主"作为上帝的后继者进行统治的权力是上帝在创世之初赋予亚当的。"[④]用菲尔默自己的话来说，就是"我不认为……亚当的孩子，或者说其他某个人的孩子能够不受父母的支配。孩子的顺从是王权的唯一基础，是由上帝自己任命的。"[⑤]这一论述给予圣经诫命"要孝敬父母"一丝人类学含义，其意义在于表达了子女要服从父母的管理这一层含义，推而广之，还要服从国王官员的管理，要服从社会中所有顶头上司的管理。在 1604 年增加到《公祷书》中的教义问答部分，出现了这样的诫命：

[①] Anthony Fletcher and John Stevenson, *Order and Disorder in Early Modern England*. Cambridge: Cambridge University Press, 1985, p. 10. In Ronald W. Cooley. *'Full of All Knowledge': George Herbert's Country Parson and Early Modern Social Discourse*. Toronto: University of Toronto Press, 2003, p. 117.

[②] Ronald W. Cooley. *'Full of All Knowledge': George Herbert's Country Parson and Early Modern Social Discourse*. Toronto: University of Toronto Press, 2003, p. 117.

[③] Ronald W. Cooley. *'Full of All Knowledge': George Herbert's Country Parson and Early Modern Social Discourse*. Toronto: University of Toronto Press, 2003, p. 117.

[④] Ronald W. Cooley. *'Full of All Knowledge': George Herbert's Country Parson and Early Modern Social Discourse*. Toronto: University of Toronto Press, 2003, pp. 117-118.

[⑤] Sir Robert Filmer. *Patriarcha and Other Writings*. Johann P. Sommerville ed,. Cambridge: Cambridge University Press, 1991, p. 7. In Ronald W. Cooley. *'Full of All Knowledge': George Herbert's Country Parson and Early Modern Social Discourse*. Toronto: University of Toronto Press, 2003, p. 118.

我对邻人的责任就是爱他如我，我应该像对待他人对我一样对待他人：爱护荣誉、帮助父母；尊敬君主、服从君主以及那些直接接受他领导的人；我自己要服从所有的官员、教师、精神牧师和灵性导师；使自己谦卑而虔诚地对待所有的上司。①

约翰·洛克（John Locke）在《政府论》（*Two Treatises of Government*）中对菲尔默观点的回应最为有名，因此，库利说人们在构建关于政府的观念时，父权制作为一种政治理论（当然不能把父权制看作一种意识形态）实际上已经走向了灭亡。综上所述，早期现代父权制思想作为阐释各种社会关系的正统思想地位越来越薄弱，而且越来越像一种脆弱而持久的意识形态（毕竟它一直与我们在一起），它在自身的矛盾中不堪重负，而又在面对新的社会现实问题时不断重构自我。②

八、作为族长的牧师

毫无疑问，可以用广义的父权制思想传统分析赫伯特的创作思想。在《圣殿》中的"孩子与仆人角色卑微，虽然赫伯特不总是经历这种卑微，但是由这种角色延伸出来的卑微却一直能够使他从精神争斗中脱离出来。"③《乡村牧师》第16章"作为父亲的牧师"向读者揭示了这一类比的另一层含义：

乡村牧师不仅是教民的父，……因为借用这种方法，当任何人犯过错的时候，人们就不会把他当作官员来憎恨，而是同情身为父亲的他。甚至当他们在缴纳什一税或者其他方面对他所做的不义的行为中，他把罪人看作孩子，原谅他，这样他就会有矫正过错的可能；这样，经过多次劝告以后，任何继续执拗不肯悔改的人，他不会就此放弃他，他要过很久他才会着手剥夺他的继承权，或者永远也走不到这

① Ronald W. Cooley. *'Full of All Knowledge': George Herbert's Country Parson and Early Modern Social Discourse*. Toronto: University of Toronto Press, 2003, p. 118.

② Ronald W. Cooley. *'Full of All Knowledge': George Herbert's Country Parson and Early Modern Social Discourse*. Toronto: University of Toronto Press, 2003, p. 118.

③ Leah Sinanoglou Marcus. *Childhood and Cultural Despair: A Theme and Variations in Seventeenth - Century Literature*. Pittsburgh: University of Pittsburgh Press, 1978, p. 95. In Ronald W. Cooley. *'Full of All Knowledge': George Herbert's Country Parson and Early Modern Social Discourse*. Toronto: University of Toronto Press, 2003, p. 118.

　　一步。①

如果说赫伯特在诗集中把自己想象为上帝的孩子并从中寻得了安慰，那么，从对《乡村牧师》的文本细读来看，他主要把牧师想象为父亲。无论哪一个角色都与他的社会地位不匹配。这只是由早期现代社会衍生而来的、并不那么容易形成的社会等级秩序所带来的第一个也是最明显的感觉。也许因为这是一种不确定的结果，父权制模式对赫伯特产生的作用与菲尔默对其作用的理解并不完全一样。在赫伯特笔下，父性这一比喻并不是用来证明牧师权威的论据，而是用来证实克制（forbearance）、坚持（persistence）与宽恕（forgiveness）这些品质应该纳入父性之中，尤其是当他呼吁这些品质应该延伸至牧师纪律这一准政治领域的时刻。与将权利的荣耀由父母延伸到国家官员的传统宗法制理论路线不同，赫伯特坚持强调"官员"（"officer"）与"父亲"（"father"）之间的不同点，他竭力主张"国家与社会之间要分开的观点在契约条款中已经不言自明"，甚至当他在为国家事务争辩时，也是如此。例如关于什一税的争辩（一般而言，什一税是关于习惯法诉讼的事件）就应该以家族方式进行。②因此，库利认为如果父权制话语能够调和国家权威的威严，那么，父权制话语也能够有益于建立国家权威的自治。只有当一名国家官员清楚地明白他不必成为一个像父亲的人，他才能够愉快地像官员一样行事。③

　　很明显，起初这一温和的立场看起来使得赫伯特的理想牧师成为一个像德博拉·舒格（Debora Kulla Shuger）的"养父"（"Nursing Fathers"）一样的人物，他无条件地坚定地爱自己的孩子。实际上，牧师与上帝之间的婴儿化关系，通过《圣经》经文，他"吸吮、活着"④，也许这些词汇能够

----

① George Herbert. *The Country Parson*. In George Herbert. *George Herbert: The Complete English Poems*. John Tobin ed., London: Penguin Books, 2004, p. 225.

② Gordon J. Schochet. *Patriarchalism in Political Thought: The Authoritarian Family and Political Speculation and Attitudes Especially in Seventeenth-Century England*. Oxford: Basil Blackwell, 1975, p. 56. In Ronald W. Cooley. *'Full of All Knowledge': George Herbert's Country Parson and Early Modern Social Discourse*. Toronto: University of Toronto Press, 2003, p. 119.

③ Ronald W. Cooley. *'Full of All Knowledge': George Herbert's Country Parson and Early Modern Social Discourse*. Toronto: University of Toronto Press, 2003, p. 119.

④ George Herbert. *The Country Parson*. In George Herbert. *George Herbert: The Complete English Poems*. John Tobin ed., London: Penguin Books, 2004, p. 204.

有助于阐释这位仁爱的父亲形象。[①] 舒格认为"孝子与慈父的文本表述象征着要建立一种远离胁迫、易变和争斗关系的渴望。"[②] 然而，这一观点却因为赫伯特对家庭秩序的描述而显得更加复杂，在赫伯特的家庭秩序中，存在着明显的权威色彩：乡村牧师"让仆人处于爱与恐惧之间，就像他发现的那样；但是，一般来说，他是这样分配二者的：对于子女而言，他表现出的爱多于惊吓；对于仆人而言，他表现出的惊吓多于爱；但是，年长的好仆人在家中的地位相当于孩子。"[③] 在这段文字中，赫伯特将子女与仆人放在同一个句子中进行讨论，其区别仅仅表现在程度上，这揭示出父权制类比内部存在的内在紧张关系。从这个视角来看，仆人并不是生物学意义上的子女；毫无疑问，仆人有权享受父亲（或者说家长式）的情感，只是与子女相比程度有所不同。此外，在所有情况下，尤其是在对待孩子的情况下，"爱与惊吓"之间的分配比例是要根据父亲与孩子之间的生物关系或者经济关系来确定。然而，《乡村牧师》并没有想象出"一种远离胁迫、易变和争斗的关系"，更不用说赞成哪一种关系了。牧师的父亲般的爱是有条件的、精于算计的。虽然赫伯特对乡村牧师的刻画具有理想化色彩，但是，他更关注的是家庭内部的争斗与易变等社会现实。[④]

九、赫伯特的婚姻观

赫伯特对家庭生活现实与紧急情况的关注，尤其明显地表现在他对婚姻问题的看法方面。考虑到赫伯特神学的新教色彩以及他下定决心结婚与被任命为牧师两件事情距离如此之近，在读到《乡村牧师》中的这段文字：

[①] Deborah Kuller Shuger. *Habits of Thought in the English Renaissance*. Berkeley: University of California Press, 1990, pp. 218-249. In Ronald W. Cooley. *'Full of All Knowledge': George Herbert's Country Parson and Early Modern Social Discourse*. Toronto: University of Toronto Press, 2003, p. 119.

[②] Deborah Kuller Shuger. *Habits of Thought in the English Renaissance*. Berkeley: University of California Press, 1990, p. 236. In Ronald W. Cooley. *'Full of All Knowledge': George Herbert's Country Parson and Early Modern Social Discourse*. Toronto: University of Toronto Press, 2003, p. 119.

[③] George Herbert. *The Country Parson*. In George Herbert. *George Herbert: The Complete English Poems*. John Tobin ed., London: Penguin Books, 2004, p. 216.

[④] Ronald W. Cooley. *'Full of All Knowledge': George Herbert's Country Parson and Early Modern Social Discourse*. Toronto: University of Toronto Press, 2003, p. 120.

"乡村牧师认为童贞是比婚姻高级的状态，因此牧师认为不结婚比结婚更美好更优越。"[1]读者也许会感到非常惊讶。库利分析说，赫伯特对待婚姻的想法明显继承了伊丽莎白女王统治时期的牧师独身主义思想。[2]然而，当他在谈论婚姻给牧师带来的便利时，赫伯特指明独身给牧师生活带来的不便之处非常明显：

> 但是，因为他身体的特征以及他所在教区的特征，他可能有许多与女性谈话的场合，在那些多疑的人中间，以及其他他可能想到的场合中，牧师是需要结婚的，而不是不需要结婚的。让他经常通过祷告向上帝讲述这件事，因为上帝的恩典将引领他前行。如果他不结婚并且自己料理家务，在他的家中没有女性，那么，他有机会请男性仆人在家里为他调制肉食或者做其他家务，在外面洗涤日用织品。如果牧师独身且在某一地方短暂停留，那么他绝不会单独与女性谈话，但是，在少数有其他听众在的情况下，他会严肃地与她交谈，但绝不会嬉笑玩闹。[3]

独身对一些新教徒而言，也许是一种神学理想，但是，虔诚的婚姻在整个基督教传统中却是有尊严的体现，其优势如此之多，在基督徒生活中发挥关键作用。[4]正如前文所述，在早期现代时期，女性无法独立从事医学行业，唯一可以名正言顺地从事医学实践的方法就是成为牧师的妻子，以牧师的名义为教区内的病患医治。而在《乡村牧师》中的这段文字则说明已婚对牧师而言，也能够提供工作之便，使得他们能够更好地从事牧师行业，因此，对于牧师以及他的妻子，尤其是擅长医学的妻子而言，婚姻对他们双方来说都是一种保护，而且，这种保护还是双向的。在赫伯特看来，积极的牧师需要经常与教民进行密切交流，如果牧师单身未婚，那么，他的一切行为就会引起教民的怀疑。

---

①　George Herbert. *The Country Parson*. In George Herbert. *George Herbert: The Complete English Poems*. John Tobin ed., London: Penguin Books, 2004, p. 212.

②　Ronald W. Cooley. *'Full of All Knowledge': George Herbert's Country Parson and Early Modern Social Discourse*. Toronto: University of Toronto Press, 2003, p. 120.

③　George Herbert. *The Country Parson*. In George Herbert. *George Herbert: The Complete English Poems*. John Tobin ed., London: Penguin Books, 2004, pp. 212-213.

④　Ralph Houlbrooke. *The English Family, 1450-1700*. London: Longman, 1984, p. 96. In Ronald W. Cooley. *'Full of All Knowledge': George Herbert's Country Parson and Early Modern Social Discourse*. Toronto: University of Toronto Press, 2003, p. 121.

赫伯特把婚姻看作一种实在标准的观念也反映出这样的现实：对于绅士阶层以下的男士而言，婚姻是其社会属性成熟和独立自主的开始，而且对于出身底层的牧师而言，他们表现得是否具有绅士风度往往成为人们评判他们的标准。二十多岁的学徒与熟练工往往被认为是不成熟的，同样，年轻未婚的副牧师或者收入尚可的单身牧师在当时的社会中处于一种模糊不清的状态。家长与丈夫这两个角色几乎密不可分。[①] 此外，雇佣男仆的成本大大高于雇佣女佣，娶一位能够不用支付工资就能完成家务的妻子或者是雇佣一名低薪女佣，对于一名比较贫穷的牧师而言，也是难以承受的。[②] 同样，这些顾虑与人本身的需求，也促使埃塞克斯牧师拉尔夫·若瑟兰（Ralph Josselin）像赫伯特那样，在他的牧师职业没有稳定的情况下选择单身，而在接受副牧师（curacy）职位以后就立刻订婚了。

赫伯特与女性接触时的小心谨慎的态度，正如迈克尔·舍恩菲尔德（Michael Scholenfeld）所言，意味着"与女性陪伴有关的敏锐紧张情绪"，但是，这种焦虑几乎没有引起赫伯特产生某些特别的心理特征。[③] 但是，赫伯特的这些心理特征看起来似乎是早期现代英国社会，也许是贯穿整个欧洲的对性行为和公共道德的越来越明显的监督与焦虑——例如，这种焦虑明显反映在莎士比亚的戏剧《一报还一报》（Measure for Measure）中。[④] 虽然对这一问题的看法地区间存在很大差异，但是在 16 世纪末期和 17 世纪早期有民事法院和宗教法庭的记录表明，公众对性行为的监管越来越严厉，监管主要体现在"人们对私生子的态度变得更加严厉、对怀孕新娘的

---

① Peter Laslett. *The World We Have Lost*, New York: Scribners, 1965, p. 12; Gordon J. Schochet. 'Patriarchalism, Politics and Mass Attitudes in Stuart England'. The Historical JournalU (1969), pp. 422-423. In Ronald W. Cooley. *'Full of All Knowledge': George Herbert's Country Parson and Early Modern Social Discourse.* Toronto: University of Toronto Press, 2003, p. 121.

② Ann Kussmaul. *Servants m Husbandry in Early Modern England.* Cambridge: Cambridge University Press, 1981, pp. 143-144. In Ronald W. Cooley. *'Full of All Knowledge': George Herbert's Country Parson and Early Modern Social Discourse.* Toronto: University of Toronto Press, 2003, p. 121.

③ Michael C. Schoenfeldt. *Prayer and Power: George Herbert and Renaissance Courtship.* Chicago: University of Chicago Press, 1991, p. 253.

④ Peter Burke. *Popular Culture in Early Modern Europe.* New York: Harper and Row, 1978, pp. 207-286. In Ronald W. Cooley. *'Full of All Knowledge': George Herbert's Country Parson and Early Modern Social Discourse.* Toronto: University of Toronto Press, 2003, p. 122.

容忍度越来越低以及公众对婚姻登记的控制越来越牢固。"[①]在一些地区，例如特林（Terling）、埃塞克斯（Essex），有理由将人们对性侵害检举数量的增长与小型清教徒集团引导教徒为维护上帝的神圣纪律而进行的更大规模运动联系在一起。[②]同样，在索尔兹伯里地区也有明显证据表明这里进行过道德改革运动，虽然在威尔特郡乡村几乎没有进行过类似改革。[③]实际上，在早期现代时期英国的婚姻与性这两个问题方面，《乡村牧师》几乎就没有涉及早期现代道德运动中与通奸、乱伦以及下流行为等有关的问题。对赫伯特而言，这些罪过看起来太明显，根本不值得特别对待："有些罪过的本质清楚而明显，例如：通奸、谋杀、憎恨和撒谎等。而一些罪过的本质，至少初始晦暗不明，例如贪婪与贪食。"[④]总体而言，赫伯特似乎对牧师处理那些晦暗不明的罪过更加感兴趣。

对于理想中的牧师是否应该选择结婚，与谁结婚，赫伯特也满是算计：

> 如果牧师打算结婚，那么他选择妻子要倾听他人对她言行的评价而不是她的外貌；他要根据判断而不是情感选择适合自己的妻子，他对她谦卑而慷慨的性情的关注胜过对其美貌、财富或者特权的关注。他知道（上帝把女性送往天国的工具）明智而友爱的丈夫出于谦卑能够创造出信仰、耐心、温顺、爱意、顺从等任何一种特殊的恩典；出于慷慨能够使她在一切事务中取得收益。因为乡村牧师公正地处理所有事务，因此，他的妻子也必然如此，他不会计较个人得失，因为任

---

① Martin Ingram. "The Reform of Popular Culture? Sex and Marriage in Early Modern England". In Barry Reay ed. *Popular Culture in Seventeenth-Century England*. London: Groom Helm, 1985, p. 157. In Ronald W. Cooley. *'Full of All Knowledge': George Herbert's Country Parson and Early Modern Social Discourse*. Toronto: University of Toronto Press, 2003, p. 122.

② Keith Wrightson and David Levine. *Poverty and Piety in an English Village: Terling, 1525-1700*. New York: Academic Press, 1979, pp. 110-185. In Ronald W. Cooley. *'Full of All Knowledge': George Herbert's Country Parson and Early Modern Social Discourse*. Toronto: University of Toronto Press, 2003, p. 122.

③ Paul Slack. "Poverty and Politics in Salisbury 1597-1666". In Peter Clark and Paul Slack ed. *Crisis and Order in English Towns, 1500-1700*. Toronto: University of Toronto Press, 1972, pp. 164-203; Ingram. "The Reform of Popular Culture? Sex and Marriage in Early Modern England". In Barry Reay ed. *Popular Culture in Seventeenth-Century England*. London: Groom Helm, 1985, pp. 157-159. In Ronald W. Cooley. *'Full of All Knowledge': George Herbert's Country Parson and Early Modern Social Discourse*. Toronto: University of Toronto Press, 2003, p. 122.

④ George Herbert. *The Country Parson*. In George Herbert. *George Herbert: The Complete English Poems*. John Tobin ed., London: Penguin Books, 2004, p. 238.

何计较都会使他有失公允。因此，在仆人与他人面前，他敬重她，给
予她一半的管家权力，同时保留一些事务用来转移自己的注意力；他
绝不会放弃主控权，但是他有时会观察事务的运作方式，需要一个理
由，但并不是通过报告的形式。他经常或者偶尔这样做，是他根据对
妻子的谨慎行事的满意程度来确定的。①

毫无疑问，赫伯特对待求婚与婚姻的观点带有明显的父权制色彩。丈夫是
上帝"送女性进入天国"的工具；妻子，具备慷慨与谦卑的必要本质，是
其丈夫把一堆黏土塑造成的特殊形式。谦卑与慷慨这些必备品质使得新娘
愿意接受她在婚姻中的从属地位。赫伯特对待婚姻的态度初看与早期现代
时期严苛而压抑的婚姻观不同，实际上，赫伯特的婚姻观依然揭示了传统
秩序的社会范式。赫伯特把理想牧师如何选择妻子这件事看作个人事件，
但是，实际上这件事情本身的意义却非常复杂，尤其是当他在书中单独谈
起这一问题，并把这种想法作为指导思想传递给其他打算入职的年轻牧师
的时候。人口统计学的证据表明，在 17 世纪早期的女性中间流行晚婚，尤
其是对社会地位较低的女性而言，她们在选择伴侣时也有很大的自由空
间。② 在父权制话语体系内部，赫伯特强调新娘的"性情"，表明他对女性
"内在美"的赞扬。库利在分析赫伯特选择妻子的观点时，与 21 世纪男性
选择妻子的观点进行了对比。库利指出，在 21 世纪，"我选择我的妻子是
因为她的品性"并不暗示任何与爱无关的算计；而"我爱我的妻子是因为
她的品性"则意味着成熟的爱情，与欲望和迷恋无关。在这种语境中，读
者不能不想起赫伯特将"喜爱"（"affection"）与"判断"（"judgement"）
这对词语对立起来，回想起"affection"这个词汇有一个已经废弃不用的、
表示"非理性激情"（"irrational passion"）的含义。库利引导读者关注的并
不是将赫伯特对爱情与婚姻的观点贴上现代与"启蒙"的标贴，将其与过
时和父权对立起来。父权制在"启蒙"社会与传统社会中都发挥作用，但
是，功能却有所不同。在菲尔默看来，父权制是国家权威的基础和基本原

---

① George Herbert. *The Country Parson*. In George Herbert. *George Herbert: The Complete English Poems*. John Tobin ed., London: Penguin Books, 2004, p. 214.

② E. A. Wrigley. "Family Limitation in Pre-Industrial England". *Economic History Review*, 2nd ser. 19 (1966), pp. 82-109. In Ronald W. Cooley. *'Full of All Knowledge': George Herbert's Country Parson and Early Modern Social Discourse*. Toronto: University of Toronto Press, 2003, p. 123.

则；同样，国家权威最终在所谓的个人自主性的掩盖下发挥作用，因为国民最终变成了公民。因此，库利指出，赫伯特的父权制理念处于两种立场之间，尽管父权制有其可疑的阐释性影响，但是赫伯特的父权制理念一边依附于这种父权制，一边又努力吸收这一思想使其融入一种新范式。[①]

十、父权权威与牧师权威

在《乡村牧师》中，赫伯特的父权制思想表现出些许紧张意味，在他描述家长权威对家庭成员的限制时，有两段文字反映了这一点。第一段在上文曾经引用过，赫伯特坚持认为妻子在家庭中要被赋予平等权力，但是，他的关于家庭公正的论述却十分有限："乡村牧师公正地处理所有事务，因此，他对待妻子也必然如此，他不会计较个人得失，因为任何计较都会使他有失公允。"[②] 从此处赫伯特的措辞来看，妻子实际上也是一种物品，其所有权属于牧师，她的权力并不是建立在她与牧师之间的特殊关系之上，而是建立在一种笼统的、对所有权的所有形式进行限制的管理规则之上。然而，对于这些问题，赫伯特的思想明显还没有形成体系。在对待仆人时，赫伯特坚持认为这种区别不只是表现在程度方面，而是表现在仆人与普通财产之间的区别：

> 如果上帝给我安排了仆人，我给他们的却很少或者是腐败了的，有时是变质的肉、有时太咸、或者没有营养，那么我就是贪婪的。我选择这个例子是因为人们经常认为仆人就像他们用钱买其他的物品一样，例如他们买来一段木头，可以切、可以砍、也可以扔进火炉里，因此，他们支付仆人工资，这样一切顺理成章。[③]

上述关于父权制权威的两则示例及其局限性表明《乡村牧师》在意识形态方面存在分歧。一方面是对一个狭隘地构建的等级学说的继承，其目的是给各种关系寻找一个单一的解释，这个解释以一直流传的传统宇宙论为基础，认为家庭是世俗生活的模型。另一方面与契约主义思想（contractualist thinking）

---

① Ronald W. Cooley. *'Full of All Knowledge': George Herbert's Country Parson and Early Modern Social Discourse*. Toronto: University of Toronto Press, 2003, p. 124.

② George Herbert. *The Country Parson*. In George Herbert. *George Herbert: The Complete English Poems*. John Tobin ed., London: Penguin Books, 2004, p. 214.

③ George Herbert. *The Country Parson*. In George Herbert. *George Herbert: The Complete English Poems*. John Tobin ed., London: Penguin Books, 2004, p. 239.

有着更加密切的关系，契约主义思想并没有抛弃传统的等级秩序理论，而是依然坚持特定等级关系（particular hierarchical relationships）的特殊性。赫伯特对特定性的关注在《乡村牧师》一书中表现得十分明显，全书共有 24 处用到 "particular" 的各种形式，这便是赫伯特继承与改造父权制话语的一个重要元素。①

在家庭事务方面，赫伯特将父权制与特殊化和谐统一在一起，明显地表现在他对继承人与其他年幼儿子接受的不同待遇的评价方面。正如琼·瑟斯克（Joan Thirsk）所言，这是早期现代绅士阶层与贵族阶层家庭政治的痛处所在。根深蒂固的长子继承制（primogeniture）传统营造出一种模式，只有兄长才能保留和加强私产，而其各位弟弟的财富与地位则会世世代代衰落下去。② 很明显，这也是赫伯特作为一个大家族小分支的第五个儿子面临的人生轨迹。虽然他有智力优势、接受过良好教育、有有权势的家庭和友人，但是，他最终却选择做一名收入有限的乡村牧师了却一生。如果他也能够成为父亲，那么，从他给牧师兄弟的建议中可以判断，他的孩子们将会过得更加简朴。赫伯特的模范牧师 "将自己的关照转向给他们配备某种职业，当然他绝不会吝惜长子，而是赋予他从事其父亲的行业的特权，对于他的其他子女，他并不会这么做。"③ 牧师长子所获得的遗产就是大学教育（而且这越来越成为接受圣职的必要条件），当然，对于出身贵族之家的赫伯特而言，虽然不是长子，他也能够享受到大学教育这一权益。而牧师的长子，除非他在世俗事务中变得异常富有，否则，很难让下一代也从事牧师这一行业。④

赫伯特对牧师长子要继承牧师行业这一模式的认识，在《乡村牧师》第 32 章 "牧师调查" 中阐明牧师绅士阶层的父权义务时，已经确认了这一

---

① Ronald W. Cooley. *'Full of All Knowledge': George Herbert's Country Parson and Early Modern Social Discourse.* Toronto: University of Toronto Press, 2003, p. 124.

② Joan Thirsk. "Younger Sons in the Seventeenth Century". *History 54* (1969), pp. 358-377. In Ronald W. Cooley. *'Full of All Knowledge': George Herbert's Country Parson and Early Modern Social Discourse.* Toronto: University of Toronto Press, 2003, p. 125.

③ George Herbert. *The Country Parson.* In George Herbert. *George Herbert: The Complete English Poems.* John Tobin ed., London: Penguin Books, 2004, p. 215.

④ Ronald W. Cooley. *'Full of All Knowledge': George Herbert's Country Parson and Early Modern Social Discourse.* Toronto: University of Toronto Press, 2003, p. 125.

观点。继承人要在社区中准备继承他们父亲的角色，无论是地主、治安官还是议会议员：

> 对于那些继承者的弟弟们，当牧师发现有人散漫，没有从事他们父母的职业时，他认为他们对职业的疏忽不仅对国家而且对他们自己家庭都是让人难以容忍的，是一种可耻的错误行为；对于他们，在他向他们表明整日将时间浪费在穿衣打扮、恭维赞美、游览做客以及嬉戏放荡是违背道德准则的行为以后，他首先向他们推荐学习民法，因为这是令人钦佩而又明智的知识，鉴于此，伊丽莎白女王聘请了许多教授，因为这是从事商业经营的关键，也是了解他国法规的关键。其次，他推荐他们学习数学，因为这是创造奇迹的知识，因此，需要头脑最聪明的人去研习。在建议他们学习这些知识以后，他就此建议他们坚持，而且主要是坚持两条卓越的分支知识：即防御与航海，其一适用于所有国家，其二尤其适用于岛屿国家。①

在赫伯特对儿童教育与继承权的评价中没有迹象表明他批判长子继承制度，按照瑟斯克的观点，这一制度在 1600—1650 年间已经在年轻的儿子中间引发了众所周知的怨恨，这在当时已经成为论辩的焦点。② 当然，也没有迹象证明乔治·赫伯特对兄长爱德华·赫伯特不愿意支付他们本应该由父亲支付给年轻的儿子们的年金而产生持续不断的怨恨情绪。③ 相反，人们具有强烈的职业意识。无论身份地位如何，父母都愿意给年轻的儿子们提供受教育的机会，这样他们就能够各自以某种职业或者生意为生，激发他们的独立自主意识，以免他们懒惰、自我放纵。只有这么做，父母们才能充分履行他们作为父母的义务。代替他们的父母行事的牧师，强化这一信息：要好好表现，"如果年轻的勇武男子认为这些课程枯燥沉闷，那么，除那些新种植园以及地理大发现外，他能够在哪里使自己忙碌起来？"④ 鉴于赫伯

---

① George Herbert. *The Country Parson*. In George Herbert. *George Herbert: The Complete English Poems*. John Tobin ed., London: Penguin Books, 2004, pp. 250-251.

② Joan Thirsk. "Younger Sons in the Seventeenth Century". *History 54* (1969), p. 361. In Ronald W. Cooley. *'Full of All Knowledge': George Herbert's Country Parson and Early Modern Social Discourse*. Toronto: University of Toronto Press, 2003, p. 125.

③ Amy M. Charles. *A Life of George Herbert*. Ithaca: Cornell University Press, 1977, pp. 29, 48.

④ George Herbert. *The Country Parson*. In George Herbert. *George Herbert: The Complete English Poems*. John Tobin ed., London: Penguin Books, 2004, p. 251.

特意识到由这些没有找到合适工作的年轻绅士所造成的社会压力与家庭压力，同时他又致力于推进农业与经济进步的意识形态，都需要与长子继承制密切相关的乡村资本的集中，所以，赫伯特在《乡村牧师》中表达的观点实际上是强化了继承人与其他年轻儿子的区别。解决年轻儿子们懒散问题的方法，实际上，并不是像一些小册子作家在 17 世纪 50 年代说的那样，再次引入可分割继承（partible inheritance）这一古老传统（这种方法在肯特郡大部分地方依然实行，在其他地区鲜有实行），而是打消这些出身于地主家庭的年轻儿子们的想法，让他们懂得他们没有资格自动继续这种已经熟悉了的生活方式。①

　　如果牧师的准父亲角色使得他在教育年轻儿子们父权制思想一直存在时，他也一定会阐明这一思想的局限。一名收入微薄、出身尚可的乡村牧师可能会给出一些家长式忠告，但是，他却不能真正代替贵族或者绅士家庭的父亲管理儿子们。因此，为了维护牧师权威，就要削减他们亲生父亲的权威。③此外，他没有办法，也没有权威帮助这些年轻的儿子们确立其在社会中的地位。按照父权制理论，至少在其最极端的形势下，这种"主仆、师生、雇主与工人、地主与佃农、牧师与会众以及法官与臣民之间的主从关系都被看作与父子关系一致的关系"。④但是，当任何人思考赫伯特描述的情况时，他都会意识到那种所谓的身份，充其量，仅仅是一种勉强的类比。牧师最显著的社会身份，实际上，其权威仅仅是限制在教堂庭院内部的狭小空间。⑤走出教堂的庭院，也许他最希望的事情是对教民施加影响，

----

　　①　Alan Macfarlane. *The Origins of English Individualism*. Oxford: Basil Blackwell, 1987, p. 87. In Ronald W. Cooley. *'Full of All Knowledge': George Herbert's Country Parson and Early Modern Social Discourse*. Toronto: University of Toronto Press, 2003, p. 126.

　　③　Patricia Crawford. *Women and Religion in England, 1500-1700*. London: Routledge, 1993, p. 51. In Ronald W. Cooley. *'Full of All Knowledge': George Herbert's Country Parson and Early Modern Social Discourse*. Toronto: University of Toronto Press, 2003, p. 126.

　　④　Gordon J. Schochet. *Patriarchalism in Political Thought: The Authoritarian Family and Political Speculation and Attitudes Especially in Seventeenth-Century England*. Oxford: Basil Blackwell, 1975, p. 66. In Ronald W. Cooley. *'Full of All Knowledge': George Herbert's Country Parson and Early Modern Social Discourse*. Toronto: University of Toronto Press, 2003, p. 126.

　　⑤　Martin Ingram. *Church Courts, Sex and Marriage in England, 1570-1640*, Cambridge: Cambridge University Press, 1987, pp. 340-363. In Ronald W. Cooley. *'Full of All Knowledge': George Herbert's Country Parson and Early Modern Social Discourse*. Toronto: University of Toronto Press, 2003, p. 126.

以此来获得他们对他的尊敬。

之所以说牧师与教民之间是名义上的"父子"关系的一个重要原因，在于真正的父亲要供养自己的儿子，而对收入微薄的牧师来说，这是无法做到的。经济状况直接决定了牧师与教民之间的父子关系，与真正意义上的父子关系存在很大差距。当牧师与贵族家庭交往时，赫伯特建议说"他们不应该过度的惟命是从、卑微恭顺，他们应该跟上房屋男主人和女主人的步伐，在和他们以及所有人之间交流时保持自信，甚至是由于形势所迫需要当面批评他们时也需如此，但是他们需要择时而为且谨慎小心。"① 在赫伯特看来，"跟上房屋男主人和女主人的步伐"是牧师工作的常态，而难在"和他们以及所有人之间交流时保持自信"。这是由牧师的社会地位以及牧师的经济状况决定的。

在"牧师被蔑视"（The Parson in Contempt）这一章，赫伯特承认"人们对乡村牧师这一职业的普遍蔑视"②，但是，他要求牧师读者应该通过"必要时对教区内最优秀的人的大胆而公正的谴责"③ 而重获尊敬。这一章的结构看起来好像记录了赫伯特对牧师地位所表现出的挫败感，即高贵又谦卑，即有权威却又无能为力。在该章前半部分，他首先对蔑视牧师权威现象进行了回应，最终诉诸教会正义。在第二部分，赫伯特承认蔑视牧师权威这种行为"不应该受到法律的制裁"④，或者"乡村牧师也认为根据他自己的裁量，与这些人辩论要么不适合要么毫无用处。"⑤ 接下来，他描述说"敬虔的人有五面盾牌对抗恶行的进攻"⑥。正如阿穆森所言，如果说家庭建议手册只是完全在理论上赞成父权，而在实践上却是视情况而定的、

---

① George Herbert. *The Country Parson*. In George Herbert. *George Herbert: The Complete English Poems*. John Tobin ed., London: Penguin Books, 2004, p. 203.

② George Herbert. *The Country Parson*. In George Herbert. *George Herbert: The Complete English Poems*. John Tobin ed., London: Penguin Books, 2004, p. 242.

③ George Herbert. *The Country Parson*. In George Herbert. *George Herbert: The Complete English Poems*. John Tobin ed., London: Penguin Books, 2004, p. 242.

④ George Herbert. *The Country Parson*. In George Herbert. *George Herbert: The Complete English Poems*. John Tobin ed., London: Penguin Books, 2004, p. 243.

⑤ George Herbert. *The Country Parson*. In George Herbert. *George Herbert: The Complete English Poems*. John Tobin ed., London: Penguin Books, 2004, p. 243.

⑥ George Herbert. *The Country Parson*. In George Herbert. *George Herbert: The Complete English Poems*. John Tobin ed., London: Penguin Books, 2004, p. 243.

易变的，那么，《乡村牧师》对于牧师权威做出的回应也是同样的。①

　　这一现实不仅反映在牧师与那些自认为社会地位高于牧师的人的交流方面，而且在整个教区也是如此。如果"在奖励美德、惩罚恶行方面，牧师致力于代替上帝行事"②，那么，教民在监测牧师的美德与恶行方面也发挥相同作用。因此，为努力成为"圣洁、公正、慎重、懂得克制、胆大勇敢、庄重严肃"③的人，乡村牧师"需要在那些可能使教区蒙受耻辱的事情上投放大量精力"④。正如克里斯托弗·霍奇金斯所言，牧师"应该经得起实质上是史诗般的监测检验"，因为他的教民检测他行为的方方面面。实际上，牧师与教民的关系可以说是"监测者与被监测者的关系"⑤。用父权类比可以阐明这一点，牧师"不仅是他教民的父，"不仅是某些人的父亲或者是某些人的儿子；对于教区内的每一个人而言，他既是父亲，又是儿子。在霍奇金斯看来，牧师身上背负的这对父子悖论，是赫伯特对牧师仅仅具有有限权力（limited authority）这一教义而表述的观点。对此，库利并不完全赞同，他把牧师深陷其中的社会关系的描述看作"权威"（"authority"）这一法学政治概念不充分的表现，最终导向到福柯在《规训与惩罚》和《性史》（*The History of Sexuality*）中提出的"权力"（"power"）的难以捕捉与模糊的概念。在这种社会模式中，权力"不是……一般意义上一个群体对另一个群体进行统治的体制"，而是"权力关系流动变化的基础，因为其不公正的特点，不断地形成各种权力状态……并且总是当地的、不稳

----

　　① Susan Dwyer Amussen. *An Ordered Society: Gender and Class in Early Modern England*. Oxford: Basil Blackwell, 1988, p. 66. In Ronald W. Cooley. *'Full of All Knowledge': George Herbert's Country Parson and Early Modern Social Discourse*. Toronto: University of Toronto Press, 2003, p. 127.

　　② George Herbert. *The Country Parson*. In George Herbert. *George Herbert: The Complete English Poems*. John Tobin ed., London: Penguin Books, 2004, p. 229.

　　③ George Herbert. *The Country Parson*. In George Herbert. *George Herbert: The Complete English Poems*. John Tobin ed., London: Penguin Books, 2004, p. 203.

　　④ George Herbert. *The Country Parson*. In George Herbert. *George Herbert: The Complete English Poems*. John Tobin ed., London: Penguin Books, 2004, p. 203.

　　⑤ Christopher Hodgkins. *Authority, Church and Society in George Herbert: Return to the Middle Way*. Columbia: University of Missouri Press, 1993, pp. 99, 95.

定的。"① 在赫伯特笔下，牧师的角色与作用一直在发生变化，其特征可以说逐步从菲尔默的父权转变为福柯笔下的"权力"。②

第二节 "水路"与"搓捻"：赫伯特对圈地运动的思考

> 上帝拥有三重能力掌控与人有关的万物。第一重能力是维持生存能力，第二重能力是管理能力，第三重能力是精神动力。运用维持生存能力，他能够维护和驱使他存在中的任何一样事物，这样作物生长，不是因为其他原因，而仅仅是因为作物需要生长、他需要不断地提供供给，如果没有那种供给，作物立刻就会干涸，就像河流的源头被切断，河流立刻就会干涸一样。人们可以观察到如果任何事物的运行遵循必然进程并始终如一，那么它要么是天空中的太阳，要么是地球上的火焰，因为其暴躁、坚定而又狂暴的本性；然而，当上帝高兴的时候，日头停留，而地火却不熄。凭借管理能力，上帝命令事物与事物之间形成参照并维护这种参照关系，这样，虽然作物生长，但是它却应该按照上帝维持生存的能力这一行为模式生长，然而，如果他不愿意使得他物适合作物生长，例如他掌管的季节、天气以及其它偶发事件，即使是大丰收也会变得颗粒无收。人们可以观察到，上帝很高兴让人们感受到他的力量、承认他的力量，尊重他的力量，因此，当他发现一些刚结束的事情存在危险时，他就将其摧毁；那就是他进行干预的时刻。③

乔治·赫伯特在为乡村牧师这一新兴职业进行辩护的过程中，坚决抵制法律与医生这两种职业对牧师职业的冲击，库利认为赫伯特的叙事方式属于早期现代时期那个充满矛盾、冲突与悖论的更加广阔的社会话语的一部分。库利指出赫伯特叙事话语中这种类型的悖论虽然涉及论辩的双方，但是就

---

① Michel Foucault. *The History of Sexuality*. Translated by Robert Hurley. 3 Vols. New York: Random House, 1978-86, Vol. 1, pp. 92-93. In Ronald W. Cooley. *'Full of All Knowledge': George Herbert's Country Parson and Early Modern Social Discourse*. Toronto: University of Toronto Press, 2003, p. 128.

② Ronald W. Cooley. *'Full of All Knowledge': George Herbert's Country Parson and Early Modern Social Discourse*. Toronto: University of Toronto Press, 2003, p. 128.

③ George Herbert. *The Country Parson*. In George Herbert. *George Herbert: The Complete English Poems*. John Tobin ed., London: Penguin Books, 2004, pp. 244-245.

意识形态而言，这种悖论绝非是中立的。通常这种悖论能够瓦解保守派对社会变化的抵制。例如，在《乡村牧师》第 30 章"牧师对天道的思考"中，赫伯特笔下的宇宙既具有稳定性，又具有不确定性，并认为这对悖论是由上帝的"维持能力"与"管理能力"造成的。[1]彼得·拉斯利特（Peter Laslet）在他颇有影响力的著作《我们遗失的世界》（*The World We Have Lost*）中虽然没有明确承认，但是却记载了早期现代英国社会政治与意识形态的结构。一方面，拉斯利特历史人口统计学的研究表明 16、17 世纪时期英国社会的人口状况比人们普遍认为的状况更具有流动性，无论是在人口的社会性方面，还是在人口地理位置的流动性方面，还是经济状况的变化方面。短暂性（transience）是这个时代的时代规则，并不是特例，尤其是对年轻的未婚人口而言："大多数在职年轻人……看起来似乎把每隔几年变更工作看作和他们进入新家庭一样司空见惯的事。"[2]另一方面，拉斯利特像大多数社会意识形态评论家一样坚持认为"我们遗失的世界"的居民普遍相信社会机构与社会关系的持久性：

> 支持、享受以及忍受社会古代秩序的人们认为这个秩序是永恒的、亘古不变的，他们并不期待改革。但是，当经济组织形式需要由家庭组织，社会关系需要严格由社会体制以及基督教本身内容来调控时，这种古代秩序会发生怎样的变化呢？[3]

库利认为早期现代时期的英国社会同时具有永恒性与不确定性这双重特征。赫伯特认为的"事物与事物之间的联系"具有悖论的特征，一方面具有确定性，另一方面又具有惊人的流动性。当然，在意识形态与其意图阐释与证明的状况之间存在着分歧。[4]

　　当卡尔·马克思在阐释资本的原始积累时写道当大部分人口突然被

---

①　Ronald W. Cooley. *'Full of All Knowledge': George Herbert's Country Parson and Early Modern Social Discourse.* Toronto: University of Toronto Press, 2003, p. 82.

②　Peter Laslett. *The World We Have Lost.* New York: Scribners, 1965, p. 7. In Ronald W. Cooley. *'Full of All Knowledge': George Herbert's Country Parson and Early Modern Social Discourse.* Toronto: University of Toronto Press, 2003, p. 82.

③　Peter Laslett. *The World We Have Lost.* New York: Scribners, 1965, p. 4. In Ronald W. Cooley. *'Full of All Knowledge': George Herbert's Country Parson and Early Modern Social Discourse.* Toronto: University of Toronto Press, 2003, p. 82.

④　Ronald W. Cooley. *'Full of All Knowledge': George Herbert's Country Parson and Early Modern Social Discourse.* Toronto: University of Toronto Press, 2003, p. 82.

剥夺了他们赖以生存的物质资料，并被宣布成为自由的、"一无所有的"（"unattached"）无产阶级时，他发现了这一悖论。[①]"一无所有的"的引号突出强调了早期现代工人阶级所拥有的自由的虚假属性（马克思特别指出因为圈地被逐出土地的工人，与那些从来就没有拥有土地的人有所不同）。当劳动者突然从需要效忠的土地所有者或者封建社会意义上的主人的义务中解放出来时，毫无疑问，他们之间的主仆关系就结束了。流浪（vagrancy）这个法律词汇就内涵而言取决于这种"没有主人保护的状态"（"masterlessness"）。资本主义，即使在其萌芽时期，也立刻需要这种同时具有流动与顺从特点的、既有所依又无所依的劳动力。[②]劳动者自身的"被束缚的自由"的悖论状态已经深深植根在早期现代英国的社会话语体系之中。[③]在《赫伯特传》中，沃尔顿对赫伯特人生与心灵状态的描述明显体现出这一社会话语的影响："他（读者）将看到上帝与我的灵魂之间精神冲突的图景，在我能够使自己的灵魂服从我主耶稣的意愿以前，在侍奉耶稣的过程中，我找到了真正的自由"。[④]悖论、矛盾与冲突是早期现代英国社会意识形态的典型体现，在《乡村牧师》中赫伯特用以描述乡村与农业的话语就是最明显的体现。

在《乡村牧师》中，在论及提升人的修养、改良土地时，赫伯特写道：

> 他（家长）的工作有两类；首先，改善（improvement）家人的修养，让他们在对上帝的敬畏中、在上帝的教养下成长；其次，改良（improvement）他的土地，通过浸水或者排涝或者放养牲畜或者围上篱笆，使得土地能够给他自己和他的邻人都带来最大利益。[⑤]

---

① Karl Marx. *Capital: A Critique of Political Economy*, Translated by Samuel Moore and Edward Aveling. Edited by Frederick Engels. New York: Modern Library-Random House, 1906, p. 787. In Ronald W. Cooley. *'Full of All Knowledge': George Herbert's Country Parson and Early Modern Social Discourse*. Toronto: University of Toronto Press, 2003, p. 82.

② Ronald W. Cooley. *'Full of All Knowledge': George Herbert's Country Parson and Early Modern Social Discourse*. Toronto: University of Toronto Press, 2003, pp. 82-83.

③ Ronald W. Cooley. *'Full of All Knowledge': George Herbert's Country Parson and Early Modern Social Discourse*. Toronto: University of Toronto Press, 2003, p. 83.

④ Izaak Walton. *The Life of Mr. George Herbert*. In George Herbert. *George Herbert: The Complete English Poems*. John Tobin ed., London: Penguin Books, 2004, pp. 310-311.

⑤ George Herbert. *The Country Parson*. In George Herbert. *George Herbert: The Complete English Poems*. John Tobin ed., London: Penguin Books, 2004, p. 249.

在《乡村牧师》中，这种论及改善灵魂修养与改良农业状况的家长式修辞话语也被赫伯特用在阐释教区纪律方面，因为"乡村牧师是……教民的父"，[①] 也许这来源于赫伯特基督教理念中的上帝作为"世界大家主"需要照管他的创造物这一思想。[②] 就表面而言，这似乎与用以维持以顺从为基础的早期现代英国等级制社会关系的思维方式相似，这个社会至少是建立在封建残余基础上的。[③] 正如赫伯特所言："绅士……都应该知道如何使用武器：就像他们要会农夫的工作一样，当时机来临时，他们必须拿起武器为保卫国家而战。"[④] 毫无疑问，赫伯特在《乡村牧师》中试图构建的是一种没有漏洞的、和谐的社会秩序与宇宙秩序，当然，这也不是一种完美的秩序，这与他在诗歌中设想的社会秩序非常相似。在《乡村牧师》中，赫伯特说"从中可以观察到上帝的善良与人的顽固之间如何展开博弈；在今生人愿意坐下来，上帝恳求他卖掉粮食，然后买进更好的"。[⑤] 此处隐含着一个深刻的基督教信念，即上帝与人的灵魂之间的冲突状态是公正而美好的秩序。

赫伯特对"买进更好的"的这一命令的隐喻式阐释以及他对《圣经》经文写作模式和比喻的极具个性的改写，含蓄地证实了这一秩序与"提升"道德和精神修养的永恒性特性：

就像一位父亲，他手中有一枚苹果，并在下面放了一枚金币；孩子来了，拉扯着，从父亲手里拿到了苹果；父亲恳求他扔掉苹果，他会为此而给他一枚金币，可是孩子却彻彻底底地拒绝了，他吃下了苹果，却因里面的虫饱受折磨：这样，充满肉欲而又固执的人生活在现世蠕虫的坟墓里，而随后他又遭受良心的谴责。[⑥]

---

　　① George Herbert. *The Country Parson*. In George Herbert. *George Herbert: The Complete English Poems.* John Tobin ed., London: Penguin Books, 2004, p. 225.

　　② George Herbert. *The Country Parson*. In George Herbert. *George Herbert: The Complete English Poems.* John Tobin ed., London: Penguin Books, 2004, p. 217.

　　③ Ronald W. Cooley. *'Full of All Knowledge': George Herbert's Country Parson and Early Modern Social Discourse.* Toronto: University of Toronto Press, 2003, p. 84.

　　④ George Herbert. *The Country Parson*. In George Herbert. *George Herbert: The Complete English Poems.* John Tobin ed., London: Penguin Books, 2004, p. 250.

　　⑤ George Herbert. *The Country Parson*. In George Herbert. *George Herbert: The Complete English Poems.* John Tobin ed., London: Penguin Books, 2004, p. 245.

　　⑥ George Herbert. *The Country Parson*. In George Herbert. *George Herbert: The Complete English Poems.* John Tobin ed., London: Penguin Books, 2004, pp. 245-46.

赫伯特讲述的这则小故事是对商人与价值昂贵的珍珠这个基督教故事的叙事改写，很明显，赫伯特非常喜欢这则基督教小故事，此处他对基督教中揭示父子关系的隐喻进行了更具生活化色彩的叙事改写。因为"知道村民受到感觉而非信仰的引领，受到现世的奖励与惩罚而非来世的引领，"[①]乡村牧师像睿智的父母一样，规劝固执的孩子（对于这个固执的孩子形象，可以在"衣领"（The Collar）一诗的开篇读到）摒弃眼前的、即刻就可以获得的奖赏，而是要寻求更大的奖赏。库利认为赫伯特的叙事改写具有几个显著特征。因为赫伯特的故事取材来源于《圣经》，因此，赫伯特用与钱币有关的术语来阐释基督教徒对拯救的渴望：简单点说，就是信仰成了一种精神上的贪婪行为。同时，节制饮食，这个几乎经常使赫伯特着迷的话题，在这种情境下，也成为世俗习气与顺从的隐喻。令人感到吃惊的是，按照赫伯特在诗歌"贪婪"（Avarice）中的观点，那个拒绝"金钱，极乐的摧毁者，万恶的根源"的孩子，却选择上帝创造的地球上的有益水果，成为"肉欲与固执"的象征。因此，赫伯特在此处描绘的童年与他在诗歌"衣领"、"神圣的洗礼（二）"（Holy Baptisme II）和《马太福音》（Matthew）第18章第3节（"你们若不回转，变成小孩子的样式，断不得进天国"）描绘的童年有所不同，他并不想让教民回归这样的童年状态，这是他引导教民摒弃的状态。正如"哥林多前书"（1 Corinthians）第13章第11节所言，"我做孩子的时候，话语像孩子，心思像孩子，意念像孩子；既成了人，就把孩子的事丢弃了。"在赫伯特的基督教理念中，孩子与成人是人类两种不同的心灵状态。那么，按照赫伯特的隐喻，他要摒弃的是一种怎样的孩童状态呢？他要摒弃的那个象征"肉欲与固执"的苹果是什么呢？[②]

　　库利认为，解答这一问题，需要返回探索道德与灵性生活的进步与农业进步之间的类比关系。[③]经过仔细思考，赫伯特说到的"改良他的土地，

---

　　① George Herbert. *The Country Parson.* In George Herbert, *George Herbert: The Complete English Poems.* John Tobin ed., London: Penguin Books, 2004, p. 229.

　　② Ronald W. Cooley. *'Full of All Knowledge': George Herbert's Country Parson and Early Modern Social Discourse.* Toronto: University of Toronto Press, 2003, p. 85.

　　③ Ronald W. Cooley. *'Full of All Knowledge': George Herbert's Country Parson and Early Modern Social Discourse.* Toronto: University of Toronto Press, 2003, p. 85.

通过浸水或者排涝或者放养牲畜或者围上篱笆"①，尤其是围上篱笆，似乎没有明确表明他对圈地运动这一意识形态的赞同关系。然而，这却掀起了针对早期现代英国"可调控对立情绪"（regulated antagonisms）的辩论。②

由圈地引发的投诉和对抗也许是这种对社会利益（social good）和上下级之间相互性职责缺少一致性观点的最明显体现。圈地运动是导致早期现代英国社会性质发生重大转变的原因，用韦伯的术语来说，英国传统的社会等级秩序在早期现代时期向尊重法律—理性的社会转变，如果用马克思的术语来分析，则是从封建社会向农产品的资本主义运作模式转变。③赫伯特在诗集《圣殿》与散文集《乡村牧师》中的声明和主张不可避免地反映出他受到早期现代英国这一社会话语的影响。如果把赫伯特的声明和主张看作独一无二的、处于统治地位的意识形态表现，那么，这些声明和主张则体现出一种非连贯性。在一场久经考验的争论中，那些被视为赫伯特效忠的宣言表明他只是在其所在时代的一个决定性问题上改变了立场。

在早期诗歌"教堂门廊"（The Church Porch）中，赫伯特采用的是都铎王朝时期盛行的人文主义立场，这一主张与赞同圈地和推动社会进步的思想相矛盾：

> 哦，英格兰！充满罪恶，但是大多数的懒惰；
> 喷吐出迟钝的黏液，让你的胸中充满荣耀：
> 你的绅士抱怨，好像你的土布
> 将绵羊般的顺从融入你的故事：
> 不是说他们都是这样；但是懒惰最多
> 他们失业了，迷失在牧场上。（Perirrhanterium, ll. 91–96）

在赫伯特看来，懒惰是英国人的特性之一，而且，更为重要的是，懒惰也

① George Herbert. *The Country Parson.* In George Herbert. *George Herbert: The Complete English Poems.* John Tobin ed., London: Penguin Books, 2004, p. 249.

② Cristina Malcolmson. *Heart-Work: George Herbert and the Protestant Ethic.* Stanford: Stanford University Press, 1999, pp. 145-204.

③ Karl Marx. *Capital: A Critique of Political Economy*, Translated by Samuel Moore and Edward Aveling. Edited by Frederick Engels. New York: Modern Library-Random House, 1906, pp. 784-805. In Ronald W. Cooley. *'Full of All Knowledge': George Herbert's Country Parson and Early Modern Social Discourse.* Toronto: University of Toronto Press, 2003, p. 85.

是基督徒要克服的七宗罪 ① 之一。《圣经·箴言》第 19 章第 15 节写道："懒惰使人沉睡，懈怠的人必受饥饿。"同时，赫伯特在这段引文中运用的"牧场"（pasture）一词在基督教语境中，也具有特殊含义。因为上帝经常被看作牧羊人，信徒经常被看作绵羊，所以，这里的牧场指的是整个英格兰社会。这个社会充满了罪恶，让羔羊在这里迷失，失业了，而诗人的作用就是指引这些迷途的羔羊。其实，这里诗人赫伯特的作用有点相当于先知，或者上帝的使者引导基督徒走出谜团。

托马斯·莫尔（Thomas More）曾经在 1516 年出版的《乌托邦》（Utopia）第一部中对当时英国的圈地运动表达过类似抱怨，老水手希适娄岱（Hythloday）观察到的英国绵羊：

> 变得很贪婪、很凶蛮，以至于吃人，并把你们的田地，家园和城市踩蹋成废墟。全国各处，凡出产最精致贵重的羊毛的，无不有贵族豪绅，以及天知道什么圣人之流的一些主教，觉得祖传地产上惯例的岁租年金不能满足他们了。他们过着闲适奢侈的生活，对国家丝毫无补，觉得不够，还横下一条心要对它造成严重的危害。他们使所有的地耕种不成，把每寸土都围起来做牧场，房屋和城镇给毁掉了，只留下教堂当作羊栏。②

英国民众对"羊吃人"的圈地运动的抱怨反复持续了一个多世纪，在 16 世纪的布道文、小册子文学作品、议会演说以及一系列都铎王朝时期的"减少人口"法规（"depopulation" statutes）中均有所体现。这尤其可以在《1489 年法案》（The 1489 Act）的序言中找到与此有关的特别观点，这部法案的第一条宣布：

> 这个国家因为要在那些曾经耕耘农作物的土地上铺设牧场而蓄意遗弃摧毁住宅和城镇造成的垃圾每天都给生活带来巨大不便，由此引

---

① "七"在基督教中是个神秘的数字，上帝用七天造亚当，取出亚当的第七根肋骨造了夏娃。撒旦的原身是有七个头的火龙，同时共有七名堕落天使被称为撒旦，所以基督教用撒旦的七个恶魔的形象来代表七种罪恶（即七宗罪，the seven deadly sins）：饕餮（Gluttony）、贪婪（Greed）、懒惰（Sloth）、淫欲（Lust）、嫉妒（Envy）、暴怒（Wrath）和傲慢（Pride）。傲慢之罪为路西华（Lucifer），贪欲为玛蒙（Mammon），好色为阿斯蒙蒂斯（Asmodeus），愤怒为撒旦（Satan），暴食为贝鲁赛巴布（Beelzebul），懒惰为贝利亚（Berial），而利卫旦（Leviathan）为嫉妒之罪。（对于七宗罪所指的人物说法不一，以上只是其中的一种。）

② 托马斯·莫尔：《乌托邦》，戴镏龄译，北京：商务印书馆，1996 年，第 21 页。

发的懒惰——一切不幸的原因和起点——却与日俱增。因为在一些曾经居住两百人的城镇，那些人们依法劳作生活的地方，现在却被两三名牧羊人占据了，于是，其余的人都变得懒散，这样，农业，这个国家曾经引以为傲的宝贵财富之一，就这样衰落了；教堂被毁坏了；侍奉上帝的宗教仪式也取消了；埋在墓地里的尸体也不再有人为之祷告；牧师与副牧师也遭受到了不公正的对待；我们这片土地抵抗敌人的防御能力就表象而言已经虚弱无力，被大大地削弱了；这引发了上帝的不满，使得这片土地上的政策与完美的规则也随之瓦解。①

圈地，尤其是那些把耕地变成牧场的圈地，用都铎王朝统治时期人文主义的话语修辞来说，与乡村人口减少和流浪者的出现密切相关。②将近一个世纪以后，托马斯·史密斯（Thomas Smith）爵士在 1581 年出版的《公益的话语》（*Discourse of the Commonweal*）中再现了同样抱怨：

> 圈地摧毁了我们所有人……所有土地都被牧场占据了，用来养羊或者放牧牛群。据我所知，近七年在我居住的周围方圆六英里的地方，只有十二个人种田，而从前这里有四十人在此谋生，可是现在一个人和他的一名牧羊人就拥有了一切。这是引起骚动的最主要原因，因为这些圈地行为，许多人丧失了生计，变得懒散。③

库利认为这里特别需要关注的应该是官方话语与抗议文学之间如何达成一致。在传统物质主义观点看来，这也是都铎王朝和那些声称支持无产者的人赞同的观点，公益不仅仅是就最大生产力而言，而是为数量最大的人口提供生存与雇佣之道。④致力于发展牧场而不是农业的英格兰是一个"充斥……

① 4 Henry VII, c. 19. In Ronald W. Cooley. *'Full of All Knowledge': George Herbert's Country Parson and Early Modern Social Discourse.* Toronto: University of Toronto Press, 2003, p. 86.

② Ronald W. Cooley. *'Full of All Knowledge': George Herbert's Country Parson and Early Modern Social Discourse.* Toronto: University of Toronto Press, 2003, p. 86.

③ Sir Thomas Smith, William Stafford, John Hales. *A Discourse of the Commonweal in this Realm of England* [1581]. Edited by Mary Dewar. Charlottesville: University Press of Virginia, 1969, p. 17. In Ronald W. Cooley. *'Full of All Knowledge': George Herbert's Country Parson and Early Modern Social Discourse.* Toronto: University of Toronto Press, 2003, p. 86.

④ Ronald W. Cooley. *'Full of All Knowledge': George Herbert's Country Parson and Early Modern Social Discourse.* Toronto: University of Toronto Press, 2003, p. 87.

懒惰"的英格兰，圈地者的贪婪是一切懒惰与"骚动"的源泉。[①] 在这样的社会语境中，赫伯特预言中的孩子，那个想要苹果而不想要金币的孩子，很可能就是这个故事中的主人公。正如琼·瑟斯克（Joan Thrisk）所言，"大多数人期待以农业为生……而注重秩序的、不能利用邻人的观点则被看作维系集体农耕社会运作的唯一哲学体系。"[②] 农业"进步"（"improvement"）中最容易看见的形式是圈地，至少在16世纪大部分时间如此，而圈地这种农业进步的方式很可能被描述为有害于传统秩序的社会，圈地不仅可以引发讽刺与大规模反抗，而且可能在立法、议会演讲以及皇家公告中有所体现。

然而，到16世纪末期，涌现出大量对圈地运动的积极评价，这种变化与赫伯特在早期诗歌和晚期散文作品中表现出的对圈地运动的态度变化相同。[③] 在克里斯蒂娜·马尔科姆森看来，"赫伯特想得……并不正确……圈地以及其他的农业进步对邻人以及资本主义农场主最有益"。[④] 但是，考虑到赫伯特已经意识到都铎王朝时期反对圈地运动的社会话语，以及他对圈地这个社会问题的态度前后自相矛盾的事实，很难得出结论说赫伯特对圈地这个社会改良问题持天真的乐观主义精神。[⑤] 在琼·瑟斯克（Joan Thrisk）看来：

> 16世纪90年代标志着这一时期农业发展的转折。接连歉收造成了粮食短缺、瘟疫，并几乎引发饥荒。据此，在失去粮食的情况下，利润率不再青睐草场了。圈地运动没有停下来，但是，与前面两代人相比，将耕地转为牧场对人们来说已经不再像从前那样富有吸引力。[⑥]

---

① Ronald W. Cooley. *'Full of All Knowledge': George Herbert's Country Parson and Early Modern Social Discourse.* Toronto: University of Toronto Press, 2003, p. 87.

② Joan Thirsk ed. *The Agrarian History of England and Wales*, Volume IV, 1500-1640. Cambridge: Cambridge University Press, 1967, p. 206. In Ronald W. Cooley. *'Full of All Knowledge': George Herbert's Country Parson and Early Modern Social Discourse.* Toronto: University of Toronto Press, 2003, p. 87.

③ Ronald W. Cooley. *'Full of All Knowledge': George Herbert's Country Parson and Early Modern Social Discourse.* Toronto: University of Toronto Press, 2003, p. 87.

④ Cristina Malcolmson. *Heart-Work: George Herbert and the Protestant Ethic.* Stanford: Stanford University Press, 1999, p. 151.

⑤ Ronald W. Cooley. *'Full of All Knowledge': George Herbert's Country Parson and Early Modern Social Discourse.* Toronto: University of Toronto Press, 2003, p. 87.

⑥ Joan Thirsk ed. *The Agrarian History of England and Wales*, Volume IV, 1500-1640. Cambridge: Cambridge University Press, 1967, p. 211. In Ronald W. Cooley. *'Full of All Knowledge': George Herbert's Country Parson and Early Modern Social Discourse.* Toronto: University of Toronto Press, 2003, p. 87.

库利说，17世纪进行的大部分圈地运动是在得到许可的情况下进行的（然而许可并不意味着没有压迫），其目的是要促进集约耕作（intensive cultivation），而不是要把耕地转化为牧场。围绕圈地运动与农业改良的社会话语的转变促成了集约耕作的实现。1649年，沃尔特·布莱斯（Walter Blith）在《英国社会改良》（*The English Improver*）中公开指责公耕农业（open-field agriculture）阻碍了工业的发展与兴旺："当所有人的土地混合在一起时［例如在传统公耕农业中］……心灵手巧的人无法改进自我，因为其他的人不愿意这样做，除非所有人共同参与进来，否则无法实现改进。"①16世纪英国农业作家塔塞（Tusser）和菲茨赫伯特（Fitzherbert）早在16世纪就曾表达过类似观点。②《农业好观点五百条》（*Five Hundred Points of Good Husbandrie*）收录了塔塞的一篇题为"一流乡村与其他乡村比较"（Comparison Between Champion Country and Severall）的诗歌，塔塞写道：

> 我赞颂那圈起来的乡村，
>
> 其他乡村无法让我快乐，
>
> 因为它无法积累财富，
>
> 它是如此这般低劣。

接下来，他把这种反对圈地的感伤情绪与抗议者对贪婪的圈地者的社会恶习联系在一起：

> 这些平民为平民哭喊，
>
> 他们不愿忍受圈地：
>
> 然而一些人甚至不能
>
> 像母牛一样呆在小牛旁。
>
> 更不用说以此为生了，
>
> 他们只能偷偷摸摸闲荡隐藏。③

---

① Walter Blith. *The English Improver*. London, 1649, A4v. In Ronald W. Cooley. *'Full of All Knowledge': George Herbert's Country Parson and Early Modern Social Discourse*. Toronto: University of Toronto Press, 2003, p. 87.

② Ronald W. Cooley. *'Full of All Knowledge': George Herbert's Country Parson and Early Modern Social Discourse*. Toronto: University of Toronto Press, 2003, p. 87.

③ Thomas Tusser. *Five Hundred Points of Good Husbandry* [1573]. Oxford: OxfordUniversity Press, 1984, 'A Comparison,' St. (Stanzas) 1, 17. In Ronald W. Cooley. *'Full of All Knowledge': George Herbert's Country Parson and Early Modern Social Discourse*. Toronto: University of Toronto Press, 2003, p. 88.

16世纪圈地运动的支持者往往将圈地与管理牲畜联系在一起，不过，从某种程度上来说，到17世纪时，这些观点还是越来越强调圈占耕地，而且逐渐成为主流。

1589年，在《公益的话语》（*Discourse of the Commonweal*）中记录了大众对圈地代替耕作观点的转变，武士（the Knight）论证说：

> 圈地应该盈利，对公益无害，因为我们看到那些圈地的国家是最富有的国家……我曾经听到一名平民说这句话，这句话在他看来是句格言，"被许多人共同拥有的东西实际上忽略了所有人，"经验表明佃农一起工作时无法像他们为自己工作时那样好好发挥作用。

武士的这则论述直接导致医生（the Doctor），一名反对圈占田园的人，阐释自己立场的合理性：

> 我并不是要指明所有的圈占现象，或者是所有平民，而仅仅是要说明这种把公共用地转换为牧场的圈地，没有提供合理补偿而暴力圈占公共用地的做法……因为如果几块土地被分别圈占的意图是在那之后进行农业生产，每个人都为自己圈占出同样大小的土地，如果每个人都统一这么做，我认为这只有好处，而没有坏处。[①]

《公益的话语》本身不仅关注粮食短缺，而且关注粮价上涨以及圈地。因此，当它指出"暴力圈占"牧场是造成粮食短缺的原因时，它指的是在与平民达成一致的情况下圈占耕地，用以解决粮食短缺这个问题。[②]用以解决粮食短缺问题的手段最终却成为造成粮食短缺的原因，这是早期现代英国社会中一组不可调和的悖论。

约翰·诺登（John Norden）在1607年出版的《幸存者对话》（*Surveiors Dialogue*）中戏剧化地呈现了促进农业进步与革新的相似原因。该剧以勤勉正直的土地调查员与给人印象深刻的年轻农夫之间的对话开篇，年轻农夫抱怨说土地调查是打扰农业的新手段，他说：

> 数以百万计的应该平静地生活在他们自己农场和房屋中的农民变

---

① Sir Thomas Smith, William Stafford, John Hales. *A Discourse of the Commonweal in this Realm of England* [1581]. Edited by Mary Dewar. Charlottesville: University Press of Virginia, 1969, p. 50. In Ronald W. Cooley. *'Full of All Knowledge': George Herbert's Country Parson and Early Modern Social Discourse*. Toronto: University of Toronto Press, 2003, p. 89.

② Ronald W. Cooley. *'Full of All Knowledge': George Herbert's Country Parson and Early Modern Social Discourse*. Toronto: University of Toronto Press, 2003, p. 89.

得焦躁不安，现在他们每天都因为你仔细的观察、测量数值、观察品质、重新计算价值、让地主告诉他所有人的生存之道而烦恼，他们的祖先拥有的少却可以过得更好。可是现在因为按照你们的方法收取租金，我们干得活更多，而且每一英亩土地都被彻底认知，罚金也比测量土地、调查土地出现之前更高了。①

为应对农夫在抱怨中提到的肆无忌惮的佃农侵占地主以及邻人的特权，土地调查员劝说年轻的真正需要调查的土地调查员要维护在"这个小共和国内，佃农是成员，土地是机构，而地主则是领袖"②的秩序。在斯图亚特时期的官员看来，"圈地的益处正在赶超其缺点。"在 1607 年和 1630 年，斯图亚特王朝成立了调查委员会专门调查农村人口减少的问题，但是，事实却如同《幸存者对话》和《公益的话语》中的农夫所抱怨的那样。因此，赫伯特在"教堂门廊"中书写的那些反对圈地的诗节稍微有着些许不合时宜的意味。③

在《乡村牧师》中并没有此类不合时宜的论述。赫伯特具有前瞻性的家长模范并不仅仅是一名圈地者，而是像《公益的话语》中的武士那样，是一名支持农业进步的地方拥护者，是坚持向不情愿的佃农推广进步福音以增加其自身收益的社区领袖之一。④除自己的土地与家庭以外，他"为那里的每一个人着想，尤其是帮助他们或者是给整个镇子或者村子，提出促进公共储备发展以及根据实际情况管理公共土地或者林地的总体性建议。"⑤

---

① John Norden. *The Surveiors Dialogue*. London, 1610, p. 4. In Ronald W. Cooley. *'Full of All Knowledge': George Herbert's Country Parson and Early Modern Social Discourse*. Toronto: University of Toronto Press, 2003, p. 89.

② John Norden. *The Surveiors Dialogue*. London, 1610, p. 4. In Ronald W. Cooley. *'Full of All Knowledge': George Herbert's Country Parson and Early Modern Social Discourse*. Toronto: University of Toronto Press, 2003, p. 89.

③ Ronald W. Cooley. *'Full of All Knowledge': George Herbert's Country Parson and Early Modern Social Discourse*. Toronto: University of Toronto Press, 2003, p. 89.

④ Andrew McRae. "Husbandry Manuals and the Language of Agrarian Improvement". In Michael Leslie and Timothy Raylor ed. *Culture and Cultivation in Early Modern England: Writing and the Land*. Leicester: Leicester University Press, 1992, pp. 38-39. In Ronald W. Cooley. *'Full of All Knowledge': George Herbert's Country Parson and Early Modern Social Discourse*. Toronto: University of Toronto Press, 2003, pp. 89-90.

⑤ George Herbert. *The Country Parson*. In George Herbert. *George Herbert: The Complete English Poems*. John Tobin ed., London: Penguin Books, 2004, p. 249.

到 17 世纪 30 年代早期他开始撰写《乡村牧师》时为止，赫伯特似乎已经接受了农业"进步"的新正统观念。然而，社会流行话语以及赫伯特自身立场的转变，并不意味着以传统社会秩序观为根基的反圈地论辩术的衰落，因为圈地与传统社会秩序观念之间曾经有着不可调和的矛盾。这里特别值得关注的是这种话语的持久性与延伸性，这种话语能够吸收并接受曾经看起来似乎是相反的、甚至是最初具有革命性质的倡议与论辩。[①] 正如库利所言，如果传统修辞话语能够在传统生活模式与谋生模式的变化中保留下来，那么，需要找到一些方法来弥补意识形态之间的裂痕，将不受时间限制的、和谐的、由神决定的社会秩序，与突然出现的变化了的修辞话语和农业进步与革新实践联系在一起。[②] 库利说，这就是赫伯特的《乡村牧师》在融合多种不同类型的农业话语方面所承载的文化工作的一个侧面。[③] 正如《公益的话语》中的医生所言，赫伯特构建了在先前对待圈地行动的态度中所缺少的"共同立场"，即满是冲突的中间道路。[④]

一、"水—路"（"The Water-course"）与圣约神学（Covenant Theology）

库利认为，对赫伯特后期诗歌创作历史焦点的关注，可以通过对比两位重要的赫伯特研究学者对赫伯特神学研究的观点入手。理查德·斯蒂尔（Richar Strier）认为，赫伯特在诗歌中坚持"原始的宗教改革神学"，尝试在"阿米尼乌斯的理性预定论"（Arminius' rationalized view of predestination）[⑤] 和与剑桥神学家约翰·普雷斯顿（John Preston）和理

---

① Ronald W. Cooley. *'Full of All Knowledge': George Herbert's Country Parson and Early Modern Social Discourse*. Toronto: University of Toronto Press, 2003, p. 90.

② Ronald W. Cooley. *'Full of All Knowledge': George Herbert's Country Parson and Early Modern Social Discourse*. Toronto: University of Toronto Press, 2003, p. 90.

③ Ronald W. Cooley. *'Full of All Knowledge': George Herbert's Country Parson and Early Modern Social Discourse*. Toronto: University of Toronto Press, 2003, p. 89.

④ Ronald W. Cooley. *'Full of All Knowledge': George Herbert's Country Parson and Early Modern Social Discourse*. Toronto: University of Toronto Press, 2003, p. 90.

⑤ 雅各布斯·阿米尼乌斯（Jacobus Arminius 1560－1609），（其姓又译亚米纽斯，亚米念，阿民念，阿明尼乌），荷兰基督新教神学家，阿米尼乌斯主义创始人。他的主要神学观点是神愿意人人都得救，拯救所有愿意悔改、相信及坚守下去的人。在他看来，基督是为人人而死，但死的果效却不是临到所有的人。基督在十字架上舍身，只是使人有得救的可能，人若满足得救的条件（如：信心、顺服）便可以得救，所以人必须负起自己不信的责任。

查德·西比斯（Richard Sibbes）相关联的清教徒"圣约神学"①（Covenant Theology）之间找到一条道路。清教徒"圣约神学"是"一个与阿米尼乌斯教义（Arminianism）同时期发展的基督教理性主义思潮，它反对阿米尼乌斯教义，深刻颠覆了宗教改革要义。"②这两股基督教思潮通过把唯意志论（voluntarism）、道德主义（moralism）和契约主义（contractualism）元素引入从本质上来说反对这些思潮的基督教神学体系当中，减弱了加尔文教严格的"双重预定论"（double destination）③的影响力。这两股基督教思潮都强调基督徒在世俗生活中的责任，并且把这种责任看作圣约、经济业务和体力劳动的"世俗"话语。④例如，普雷斯顿在布道中说"如果一个人相信基督，那么，这是一项艰难的工作，如同农业一般艰难，如同把手放在犁上一般艰难，如同把手放在轭上一般艰难。"⑤与斯蒂尔相反，西德尼·戈特利布（Sidney Gottlieb）在赫伯特对威廉姆斯手稿的修改与增补中看到了一种远离"通常与清教主义联系在一起的、对上帝与人之无能的严格理解"的趋势。在这些诗歌中，而不是在威廉姆斯手稿的诗歌中，"人在灵魂提升行动中发挥作用"。换句话说，戈特利布发现赫伯特从加尔文教

---

① 圣约神学包括两方面的主要内容：行为的约（covenant of works）和恩典的约（covenant of grace）。《旧约》虽然没有明显提及工作的约，却加以暗示。从圣约神学家看来，神在人类堕落之前，是与亚当建立了一个约；在此约中，神应许在考验期内，亚当会因顺服而得着永生，也因不顺服而死亡。在考验中，亚当是做全人类的代表（federal head），要是他顺服，他就可以得着义，将福气传给全人类。但结果他犯罪跌倒，故此亚当的不顺服就传给全人类——所有人都生在罪中，在罪的权柄以下。人类堕落犯罪后，神与亚当建立了另一个约（亚当是代表全人类）。在此约中，神按照他丰盛的恩赐，应许所有相信耶稣基督的人都得着永生。基本上，恩典的约是根据救赎的约；这救赎的约是在亘古以前由三位一体神所定，由父差遣子，而子也同意要借着他赎罪的死，为全世界预备救恩。恩典的约可理解为救赎的约的施行，但只限于蒙拣选的人。

② Ronald W. Cooley. *'Full of All Knowledge': George Herbert's Country Parson and Early Modern Social Discourse.* Toronto: University of Toronto Press, 2003, p. 139.

③ 加尔文的双重预定论认为：神在万古以前，就已经无条件地预定好哪一部分人得永生，哪一部分人受永刑。这两项无条件的预定是同时的，这就构成了双重预定论。

④ Ronald W. Cooley. *'Full of All Knowledge': George Herbert's Country Parson and Early Modern Social Discourse.* Toronto: University of Toronto Press, 2003, p. 139.

⑤ John Preston. "The Breastplate of Faith and Love". In *18 Sermons*. London, 1630, p. 31. In Ronald W. Cooley. *'Full of All Knowledge': George Herbert's Country Parson and Early Modern Social Discourse.* Toronto: University of Toronto Press, 2003, p. 139.

立场向阿米尼乌斯教义立场转变，即使他在生命的尽头也没有抵达终点。[①]

斯蒂尔与戈特利布的论证主题围绕诗歌"水—路"展开。"水—路"这首诗并没有被收入威廉姆斯手稿。

水—路

你居住徘徊在下界的尘世，

而这世界的状况脆弱不堪，

立刻所有植物制造出痛苦；

如果烦恼突然降临你身，切勿哀号：

因为希望得到少的人，热爱 ⎰ 生活。
　　　　　　　　　　　　　　 ⎱ 冲突。

但是不要扭转水管与水路

是为冲刷你的罪孽，让你充满

从真正悔恨迸发出的至高无上的泪水：

于是你在纯洁中把他崇拜，

他把一切给予人类，因为他认为这适合 ⎰ 拯救。
　　　　　　　　　　　　　　　　　　　 ⎱ 惩罚。[②]

对于斯蒂尔而言，就像对萨默斯、芭芭拉·莱瓦尔斯基（Barbara Lewalski）、吉恩·威斯（Gene Edward Veith）一样，"水—路"这首诗歌的结尾是赫伯特坚持严格宿命论（predestinarian doctrine）的最明显证据。斯蒂尔坚持说"赫伯特……接受了奥古斯丁的'变化无常'的上帝和唯名论的虔诚。"[③] 在

---

① Sidney Gottlieb. "The Two Endings of George Herbert's 'The Church'". In Mary A. Maleski ed. *A Fine Tuning: Studies of the Religious Poetry of Herbert and Milton. Medieval and Renaissance Texts and Studies* 64. *Binghamton: Medieval and Renaissance Texts and Studies*, 1989, pp. 65, 68. In Ronald W. Cooley. *'Full of All Knowledge': George Herbert's Country Parson and Early Modern Social Discourse.* Toronto: University of Toronto Press, 2003, p. 139.

② George Herbert. *The Temple.* In George Herbert, *George Herbert: The Complete English Poems.* John Tobin ed., London: Penguin Books, 2004, p. 160.

③ Richard Strier. *Love Known: Theology and Experience in George Herbert's Poetry.* Chicago: The University of Chicago Press, 1983, p. 85; see also Joseph H. Summers. *George Herbert: His Religion and Art*, New York: Center for Medieval and Early Renaissance Studies, 1981, p. 58; Barbara Kiefer Lewalski, *Protestant Poetics and the Seventeenth-Century Religious Lyric*, Princeton: Princeton University Press, 1979, p. 286; and Gene Edward Veith, Jr., *Reformation Spirituality: The Religion of George Herbert*, Lewisburg: Bucknell University Press; London: Associated University Presses, 1985, pp. 90-91. In Ronald W. Cooley. *'Full of All Knowledge': George Herbert's Country Parson and Early Modern Social Discourse.* Toronto: University of Toronto Press, 2003, p. 140.

戈特利布看来，"水—路"与另外几首诗歌，例如"衰老"（Dotage）、"家"（Home）和"一瞥"（Glance）都与清教徒的主要观点相一致，这使得他主动避开"晚期的赫伯特是那个灵活多变而又坚定的国教徒"这个颇具诱惑的结论。[①]戈特利布根本无法否认"水—路"这首诗歌的加尔文教立场，他论证说，无论如何，诗歌都是赫伯特观点的不完整反映。他敏锐地观察到在"筵席"这首诗歌的结尾——"请你在死亡的痛苦下倾听 / 双手与呼吸 / 都为此而努力，热爱这冲突"[②]——以其生命和冲突的身份，回忆和放大"水—路"。在侍奉上帝这个喜乐源泉的过程中，甚至是在"死亡的痛苦下"，冲突转变为努力的、费劲的活动。正如赫伯特在《乡村牧师》的序言中非常平淡地写道："虽说这是快乐的困扰，但确实是因为上帝为我们做得实在太多了"。[③]这两首诗歌，还有《乡村牧师》，与赫西奥德的《工作与时日》相呼应，其奥秘在于揭示了两种不同类型的冲突，"一种支持邪恶的战争与争吵……另一种……甚至是在人得过且过的情况下使人打起精神工作。"[④]

　　库利分析说，戈特利布尝试阐明赫伯特的加尔文教倾向的难点，可能在于他在尝试时采用了错误的方向，他采用了那个可以被称为英国国教教义（Anglicanism）这一用错了时代的术语，用现在的术语来说，那个教义应该被称作阿米尼乌斯主义（Arminianism）或者劳德主义。[⑤]库利接着分析说，这明显可以从《乡村牧师》中看出来，因为这本著作强调人为了提

---

① Sidney Gottlieb. "The Two Endings of George Herbert's 'The Church'". In Mary A. Maleski ed. *A Fine Tuning: Studies of the Religious Poetry of Herbert and Milton. Medieval and Renaissance Texts and Studies* 64. *Binghamton: Medieval and Renaissance Texts and Studies*, 1989. p. 71. In Ronald W. Cooley. *'Full of All Knowledge': George Herbert's Country Parson and Early Modern Social Discourse.* Toronto: University of Toronto Press, 2003, p. 140.

② George Herbert. *The Temple.* In George Herbert. *George Herbert: The Complete English Poems.* John Tobin ed., London: Penguin Books, 2004, p. 172.

③ George Herbert. *The Country Parson.* In George Herbert. *George Herbert: The Complete English Poems.* John Tobin ed., London: Penguin Books, 2004, p. 201.

④ Hesiod. *Works and Days.* Translated by David W. Tandy and Walter C. Neale, Berkeley: University of California Press, 1996, p. 53. In Ronald W. Cooley. *'Full of All Knowledge': George Herbert's Country Parson and Early Modern Social Discourse.* Toronto: University of Toronto Press, 2003, p. 140.

⑤ Ronald W. Cooley. *'Full of All Knowledge': George Herbert's Country Parson and Early Modern Social Discourse.* Toronto: University of Toronto Press, 2003, p. 142.

升家庭与国家的道德进步以及土地的经济效益要按照神意坚持不懈地努力；在赫伯特人生的最后几年，他神学思想的加尔文教倾向并没有被阿米尼乌斯教义或者"英国国教"的道德神学（"Anglican" moral theology）所加强，而是被清教徒的圣约神学元素大大加强了。这些元素包括赫伯特在许多诗歌中运用的意在强调使命感（calling）与宗教礼仪（service）的话语，以及他对商业、法律以及契约话语的运用。[①]出自诗歌"神职"（The Priesthood）的把上帝比喻为制陶匠的奇喻（conceit）回应了约翰·普雷斯顿在《信仰与爱的铠甲》（The Breastplate of Faith and Love）中对《以弗所书》第2章第10节（Ephesians 2：10）"我们原是他的工作"的解释："上帝是工匠，我们是像他拿在手中的黏土、木材一样的原材料……他在新模具中锻造我们，给我们一个新的心灵，在我们内部塑造新的灵魂，这样我们就能够在他前面以新的形象行走。"[②]当神学学者与学生赫伯特成为乡村牧师的时候，他的加尔文主义一心向着社会性与世俗性方向发展，但他依然是位加尔文主义者。[③]

赫伯特与深层圣约神学原则的关系明显体现在诗歌"四旬斋"（Lent）和"真正的赞美诗"（A True Hymn）中，库利认为这两首诗歌可以被当作"恩典的约"的诗学呈现来阅读。按照佩里·米勒（Perry Miller）的观点，"（恩典的约）的基本概念是服从法律和对其判决的减缓；圣人可能没有被完全净化，然而，他依然坚信他的心灵会被上帝封印。"[④]库利在比较之后发现，普雷斯顿在布道中，除坚信上帝与他所选的人之间的绝对恩典的约外，还回应了戴夫南特主教（Bishop Davenant）的"假设普遍主义"

---

① Bernard Knieger. "The Purchase-Sale: Patterns of Business Imagery in the Poetry of George Herbert". *Studies in English Literature, 1500-1900* 6 (1966), pp. 111-124. In Ronald W. Cooley. *'Full of All Knowledge': George Herbert's Country Parson and Early Modern Social Discourse.* Toronto: University of Toronto Press, 2003, p. 142.

② John Preston. "The Breastplate of Faith and Love". In *18 Sermons*. London, 1630, p. 40. In Ronald W. Cooley. *'Full of All Knowledge': George Herbert's Country Parson and Early Modern Social Discourse.* Toronto: University of Toronto Press, 2003, p. 142.

③ Ronald W. Cooley. *'Full of All Knowledge': George Herbert's Country Parson and Early Modern Social Discourse.* Toronto: University of Toronto Press, 2003, p. 142.

④ Perry Miller. *The New England Mind in the Seventeenth Century*. Cambridge, MA: Belknap-Harvard University Press, 1939, p. 387. In Ronald W. Cooley. *'Full of All Knowledge': George Herbert's Country Parson and Early Modern Social Discourse.* Toronto: University of Toronto Press, 2003, p. 142.

（"hypothetical universalism"），"有条件的恩典的约，适合于所有人。"每个人都应该"过一种神圣的生活，一种宗教的、冷静的、正直的生活……然而，我们不能赋予自身这种神圣特性，这种宗教的、冷静的对话一定是与上帝一起完成的。"[1]荒谬的是，被净化的心灵，也许实际上必须是"完全神圣的，"尽管罪过一直持续存在：

> 除非心灵完全神圣，否则它无法遵守所有法律，有这样一种不可能性，即我们不应该遵守每一条诫命。因此，心灵必须正直完整，虽然我们不能完美地遵守上帝的所有律法，但至少以福音派忠诚的方式，我们有可能做到这一点。[2]

在"真正的圣歌"中，赫伯特的自我经常与职责和缺陷构成的一系列悖论争斗：

> 他雕琢所有思想，
> 　　所有心灵、力量与时间，
> 　　　如果语言仅仅押韵，
> 　　只是抱怨，那么在其背后一定有某种内容
> 使其成为诗文，或者写下一首真正的颂歌。
>
> 　　　然而如果心灵被激荡，
> 　　虽然这诗文品质有些拙劣，
> 　　　上帝也会满足他的需要。
> 正如叹惜获得认可时心灵说
> *啊，我能爱！停下来说：上帝已经写下，你已被爱。*[3]（ll. 11–20）

上帝雕琢完美，当他发现缺陷的时候，他自己"满足他的需要"。这是一种保障，与自满相区别。渴望上帝许可的心灵敏锐地意识到自身的不足。库利在分析这一观点时，引用了米迦勒·麦吉弗特（Michael McGiffert）的

---

① John Preston. "The Breastplate of Faith and Love". In *18 Sermons*. London, 1630, p. 38, 40. In Ronald W. Cooley. *'Full of All Knowledge': George Herbert's Country Parson and Early Modern Social Discourse.* Toronto: University of Toronto Press, 2003, p. 142.

② John Preston. "The Breastplate of Faith and Love". In *18 Sermons*. London, 1630, p. 217. In Ronald W. Cooley. *'Full of All Knowledge': George Herbert's Country Parson and Early Modern Social Discourse.* Toronto: University of Toronto Press, 2003, p. 142.

③ 此处原文中诗人用的是斜体，以突出强调这一行，本书遵照诗人的写作意图。

观点，"恩典的约承认其成员接受基督束缚的特权。"①

"水—路"这首诗歌本身的悖论色彩就非常明显，它同时强调虔诚的人类努力与绝对的属神的权柄。正如威斯所言，"据说人类已经'扭转水管'"，然而，在"水—路"这首诗歌的结尾句，上帝已经决定行使他的意志，"因为他认为这适合"。但是，尽管威斯最初强调赫伯特诗歌与加尔文神学中共有的悖论——肯定人类的选择与上帝的拣选——他也认为"水—路"这首诗歌的结尾是正确的："在最后一行已经写明这水龙头是由上帝掌控的。"② 然而，该首诗歌所传达的内容与威斯的分析有所不同，在关系从句中诗人明确扩大了而不是收回了自己的神学主张：③

> 他把一切给予人类，因为他认为这适合 ⎰ 拯救。
>   ⎱ 惩罚。（1.10）

库利说在该诗的最后两行也没有表示转折的关联词"但是"（"but rather"），但赫伯特却在第6行开头用过这个转折关联词："但是不要扭转水管与水路 / 是为冲刷你的罪孽"。如果说该诗的最后一行与第2小节中其他强调人类主动性的部分不相容的话，读者就被迫放弃人类即有可能向善也有可能向恶的观念，而是思考人与神意之间的秘密交流。④

当读者思考"水—路"这首诗的整体发展进程时，人类努力的重要性就变得愈加明显。该诗的第一小节是中世纪时期"贬抑现世"（"contemptus mundi"）主题的经典呈现，在评价这个"脆弱的"的世界方面与新教神学（Protestant theology）相一致，但是，却隐含地偏爱苦行静修，这与新教神学恰好相反。⑤新教对这个腐朽世界的典型反应是积

---

① Michael McGiffert. "Grace and Works: The Rise and Division of Covenant Divinity among Elizabethan Puritans". *Harvard Theological Review* 75 (1982), p. 481. In Ronald W. Cooley. *'Full of All Knowledge': George Herbert's Country Parson and Early Modern Social Discourse.* Toronto: University of Toronto Press, 2003, p. 143.

② Gene Edward Veith Jr. *Reformation Spirituality: The Religion of George Herbert.* Lewisburg: Bucknell University Press; London: Associated University Presses, 1985, p. 91.

③ Ronald W. Cooley. *'Full of All Knowledge': George Herbert's Country Parson and Early Modern Social Discourse.* Toronto: University of Toronto Press, 2003, p. 142.

④ Ronald W. Cooley. *'Full of All Knowledge': George Herbert's Country Parson and Early Modern Social Discourse.* Toronto: University of Toronto Press, 2003, pp. 143-144.

⑤ Ronald W. Cooley. *'Full of All Knowledge': George Herbert's Country Parson and Early Modern Social Discourse.* Toronto: University of Toronto Press, 2003, p. 144.

极地但是批判地参与到世俗事务中，这一观点可以用弥尔顿笔下拉斐尔（Raphael）对亚当的话来总结："不要过爱你的生命也别恨它；当你活时好好地活吧，长短由天"（《失乐园》第 11 章第 553-554 行）。[1] 库利认为，在"水—路"的第二诗节，赫伯特就采用了这一立场。技术、独创力与人类对上帝给予的天赋的操练突然看起来在人类获得救赎的过程中发挥作用。纵观第二小节，这种作用转变为一种神秘的作用：如果扭转水管是人类的行为，那么"流淌／是为冲刷你的罪孽"的江河似乎来自于一种外部力量，至少是在这江河之水转化为比喻意义上的泪水之前是这样。由"真正的悔恨"迸发出的泪水可能是神圣的，但是，基督与罪人共同拥有的泪水表明上帝的行动对积极主动的人类代理人产生影响，而不是对消极对象人类产生影响。[2]

因此，库利认为，"水—路"这首诗歌的结尾句特别值得关注。只有对这首诗歌中的奇喻进行全面而准确的历史解读，才能提供重要的确证与详细说明。鉴于西方读者的基督教背景，库利说读者在读"水—路"这首诗的时候，从该诗的中心意象出发，一直可以追溯到加尔文的《基督教要义》（*Institutes of the Christian Religion*）、《旧约》中的《约珥书》第 3 章第 18 节以及《撒迦利亚书》中的第 13 章第 1 节中的喷泉意象和流水意象。[3] 虽然可以肯定这些资料间存在联系，但是，赫伯特本人在 17 世纪 30 年代初期经历了威尔特郡农业灌溉技术的革新，记录农业进步的材料随处可见，这很可能激发读者产生创作灵感，这种合理性会因为加尔文的著作以及《圣经》经文中的文字而得到印证。

根据《牛津英语词典》（*OED*），"水—路"（"water-course"）的第一条定义是"一条水流、一条河流或者一条小溪；也可以指用来运送水的人

---

① 弥尔顿：《失乐园》，朱维之译，上海：上海译文出版社，1984 年，第 434 页。

② Ronald W. Cooley. *'Full of All Knowledge': George Herbert's Country Parson and Early Modern Social Discourse.* Toronto: University of Toronto Press, 2003, p. 144.

③ Jean Calvin. *Institutes of the Christian Religion.* John T. McNeill ed. Translated by Ford Lewis Battles et al. 2 Vols. Philadelphia: Westminster Press, 1960, 3.24.3 and 4.17.9. In Gene Edward Veith Jr. *Reformation Spirituality: The Religion of George Herbert.* Lewisburg: Bucknell University Press; London: Associated University Presses, 1985, p. 91, and Jeanne Clayton Hunter. "Herbert's 'The Water Course': Notorious and Neglected". *Notes and Queriesn.s.* 34 (1987), pp. 310-312. In Ronald W. Cooley. *'Full of All Knowledge': George Herbert's Country Parson and Early Modern Social Discourse.* Toronto: University of Toronto Press, 2003, p. 144.

工开凿的沟渠。"此外,《牛津英语词典》还特别列举了水路在农业中应用的例子(虽然该词典给出的例子来自 17 世纪以后)。所以,"水—路"这首诗歌中的"水—路"并不是指喷泉或者"支管"("branching pipe"),而是指支流或者是一个灌溉系统中的沟渠。①

另外,库利说,以此方式来理解"水—路"的含义,还可以在《圣经》的权威版本中找到两个例子,用以说明"水—路"的意思是灌溉用沟渠。②第一处文字详细叙述了西希家(Hezekiah)的虔诚与富贵,西希家"塞住基训的上源,饮水直下,流在大卫城的西边。西希家所行的事,尽都亨通"(《历代志下》第 32 章第 30 节)。③另一段文字出自上帝对约伯的挑战:"水为雨水分道? 谁为雷电开路 / 使雨降在无人之地,无人居住的旷野 / 使荒废凄凉之地得以丰足,青草得以发生。"④在这两段文字中,正如在赫伯特的诗歌中,转移水流是为了提高土壤的生产力与丰产丰收,然而,说来矛盾的是,这即是无所不能的上帝的独一无二的行为,也是他忠诚的人类仆人的精心之作。

很显然,赫伯特诗歌中的奇喻又一次特别将恩典与农业和灌溉联系在一起,而不是与用于洗礼和净化的"生命之水"("the water of life")意象联系在一起;而且这一意象贯穿整首诗歌,并不仅仅是在该诗的第二小节出现。⑤在这首诗歌中,赫伯特把基督教读者想象为那些"不要过深地陷入

---

① Ronald W. Cooley. *'Full of All Knowledge': George Herbert's Country Parson and Early Modern Social Discourse.* Toronto: University of Toronto Press, 2003, p. 144.

② Ronald W. Cooley. *'Full of All Knowledge': George Herbert's Country Parson and Early Modern Social Discourse.* Toronto: University of Toronto Press, 2003, p. 144.

③ 原文为 "stopped the upper watercourse of Gihon, and brought it straight down to the west side of the city of David. And Hezekiah prospered in all his works"(2 Chronicles 32:30). In Ronald W. Cooley. *'Full of All Knowledge': George Herbert's Country Parson and Early Modern Social Discourse.* Toronto: University of Toronto Press, 2003, p. 144.

④ 原文为 "Who hath divided a watercourse for the overflowing of waters, or a way for the lightning of thunder; /To cause it to rain on the earth where no man is; on the wilderness, wherein there is no man;/To satify the desolate and waste ground; and to cause the bud of the tender herb to spring forth?" (Job 38: 25-7) In Ronald W. Cooley. *'Full of All Knowledge': George Herbert's Country Parson and Early Modern Social Discourse.* Toronto: University of Toronto Press, 2003, p. 144.

⑤ Donald R. Dickson. *The Fountain of Living Waters: The Typology of the Waters of Life in Herbert, Vaughan and Traherne.* Columbia: University of Missouri Press, 1987, p. 120. In Ronald W. Cooley. *'Full of All Knowledge': George Herbert's Country Parson and Early Modern Social Discourse.* Toronto: University of Toronto Press, 2003, p. 145.

世俗事务中"①中的农夫。但是，他在这个"所有植物制造出痛苦"的世界上耕作。那么，他怎样才能繁荣发展呢？海伦·文德勒在这首诗歌中没有发现"给纠结的灵魂带来的舒适"，而是在第一小节过渡到第二小节的转折中，诗中说话人主张一种并不像她想象得那样黯淡的激进主义态度。②这种解决方案并不是要克己，而是要追求灵魂与农业"进步"。这首诗歌的第二小节并没有给基督徒生活在此生中的麻烦提供一个解决方案，而是给理解这些麻烦提供了不同方法，"向上帝提升自己的想法或者用每日祷告圣化他们的劳作"③。在"衣领"这首诗歌中的那个"只收获到荆棘"（l. 7）的农夫，必须"扭转水管"（The Waster-course, l. 6），他的土地才能涌动"至高无上的泪水"（The Waster-course, l. 8），再次变得肥沃。由此可见，在解读"水—路"这首诗歌时，如果忽略或者不去强调该诗的独特的农业观念，那么，对该诗的解读就从对人类努力的关注中脱离出来，转向对水的神圣属性的关注。因此，该诗既体现出诗人强烈的时代感，又反映出诗人的宗教背景，由此，可以说"水—路"这首诗歌具有世俗与神圣的双重属性。在分析该诗时，库利说，赫伯特好像心中真地拥有一块浸水草甸，巨大的人类努力通过调动水流，即诗人对威尔特郡地理与经济状况的奇妙的置换变形，人类的努力劳作因为这水的神圣属性而被洗涤圣化，因此，该诗的救赎色彩异常浓厚。如果说拯救这个暗喻意味着投入大量资本、土地与劳作，那么，拯救愿景的实现意味着在 17 世纪早期虔诚的基督徒共同体的社会与政治愿景在契约神学家与当地道德主义者的推动下前进。④

　　对于 17 世纪早期的基督教徒而言，他们在阅读"水—路"时，很容易关注诗歌中的拯救含义，期望通过"至高无上的泪水"，获得个体的灵魂救赎，这些对于英国国教徒来说，非常容易理解。因此，该诗也具有强烈的社会特征。库利认为这就是詹尼斯·勒尔（Janis Lull）所说的"脱离抒

---

① George Herbert. *The Country Parson*. In George Herbert. *George Herbert: The Complete English Poems*. John Tobin ed., London: Penguin Books, 2004, p. 223.

② Helen Vendle. *The Poetry of George Herbert*. Cambridge: Harvard University Press, 1975, p. 187.

③ George Herbert. *The Country Parson*. In George Herbert. *George Herbert: The Complete English Poems*. John Tobin ed., London: Penguin Books, 2004, p. 223.

④ Ronald W. Cooley. *'Full of All Knowledge': George Herbert's Country Parson and Early Modern Social Discourse*. Toronto: University of Toronto Press, 2003, p. 146.

情诗个人主义的进步"，这种进步在后来补充到威廉姆斯手稿的几首诗歌中已经有所反应。[①]这些诗歌在没有放弃神学的情况下，对虔诚、道德以及普通的人物事件等实际问题和在世俗世界中人们的敬虔行为给予了特别关注。赫伯特诗集《圣殿》早期与晚期手稿的变化反映了17世纪神学诗歌创作的总体变化趋势，"由思辨冥想向实践神学转变"，神学诗歌甚至"紧密地与对真实经验的准确观察联系在一起"[②]，库利指出，这是赫伯特早期诗歌与晚期诗歌的最大不同，然而，迄今为止，注意到赫伯特诗歌这一变化的批评家并不多。

通过上述分析，可以发现赫伯特早期诗歌与晚期诗歌的明显不同之处在于它们是赞同还是破坏自身的论述过程。例如，在"救赎"（Redemption）这首诗歌中，该诗在威廉姆斯手稿中的标题是"激情"（Passion），该诗与"水—路"一样，都含有基督是农夫这个奇喻，他"不繁荣富足"（1.2）的原因在于他的劳作环境（寓意其灵魂状况）非常严酷。

救赎

久为租赁苦——我主富有，

我不繁荣富足，定意放胆，

向他求告，希冀供我

小额新租约，取消旧约。

我到他天堂住所寻访

他们说，他近来离开

处理某地，那是他以高价购得

早自创世伊始，为要得为产业。

我笔直折返，知他高贵出身，

遂四觅著名处所：城市、剧场、花苑、园林，及宫廷：

终于听到刺耳的吵杂与讥讽

在盗匪与杀人犯之间：当下我看见他，

---

① Janis Lull. *The Poem in Time: Reading George Herbert's Revisions of The Church*. Newark: University of Delaware Press, 1990, p. 74.

② Ronald W. Cooley. *'Full of All Knowledge': George Herbert's Country Parson and Early Modern Social Discourse*. Toronto: University of Toronto Press, 2003, p. 146.

无保留地，"你的所求蒙允。"他说，然后死去。①

在"救赎"这首诗歌中，正如理查德·斯蒂尔所言，"这首诗歌的句法造成了诗中说话人世界图景的崩塌"，同时也造成了诗中将上帝比喻为地主这个奇喻的瓦解，上帝从一位富有的地主变成了与盗匪和杀人犯一般的人。"救赎"这首诗描述的上帝行为明显与其他诗歌不同，该诗通过把上帝置于"匪盗与杀人犯"中间，赋予神圣恩典以"陌生"和"陌生的给予性"这两个特征。②该诗中的奇喻虽然在该诗结尾没有完全消失，但是，其解释说明的力量却随着诗歌内容向前推进逐渐消失了。③据此，库利推断说在与比喻性语言之间进行的、不恰当的、不安的斗争中，"救赎"这首诗歌与"祈祷（一）"（Prayer I）有相似之处。相比之下，"水—路"这首诗歌是赫伯特强调人类事业价值的诗歌之一。与威廉姆斯手稿中的许多诗歌不同，"水—路"这首诗并没有展示"自我消解的艺术"，诗中这一奇喻也没有在意识到"你（上帝）的话语即是一切"（The Flower, l. 21）的压力下失败。④

二、"我这颗忙碌的心要用所有的白日纺纱"：赫伯特对织布业的赞颂

"水—路"这首诗歌是赫伯特多首诗歌中唯一一首从普通物质文化中选取物品作喻来描绘上帝应对人性的诗歌。⑤赫伯特的许多诗歌从织布业中汲取了大量家用纺织意象。例如，在"珍珠"（The Pearl）和"天道"这两首诗歌中，上帝就是一名身处其他物品中间的纺纱工，他在天与地之间"搓捻"（"twist"）。在"珍珠"这首诗歌中，"而是你在天国朝我放下的丝捻"（But thy silk twist let down from heaven to me, l. 38）；在"天道"这

---

① ［英］麦格拉思编：基督教文学经典选读（上册），苏欲晓等译.北京：北京大学出版社，2004 年 08 月第 1 版．第 489 页。笔者将该译文中的"不足"该为"不繁荣富足"，其他部分采用该译文。

② Richard Strier. *Love Known: Theology and Experience in George Herbert's Poetry*. Chicago: The University of Chicago Press, 1983, pp. 57, 58.

③ Michael C. Schoenfeldt. *Prayer and Power: George Herbert and Renaissance Courtship*. Chicago: University of Chicago Press, 1991, p. 81.

④ Stanley Fish. *Self-Consuming Artifacts: The Experience of Seventeenth-Century Literature*. Berkeley: University of California Press, 1972, p. 156.

⑤ Ronald W. Cooley. *'Full of All Knowledge': George Herbert's Country Parson and Early Modern Social Discourse*. Toronto: University of Toronto Press, 2003, p. 152.

首诗歌中，"您将时间与季节旋转地如此完备 / 使黑夜与白昼交相呼应形成绳索（"make a twist"）！/ 是谁像它一样把风拉长，把我们卷入"（ll. 57-59）。同样，"人——这混合物"（Man's Medley）这首诗歌，再宽泛一点，也可以算上"约瑟夫的外衣"（Joseph's Coat）这首诗，这两首诗歌利用纺织品意象来阐释人性独一无二而又矛盾的状态，"一手触碰天国，一手触碰大地"（l. 12）；而"约旦（二）"、"一瞥"（The Glimpse）、"保证"（Assurance）和"颂扬（三）"（Praise III）这几首诗歌同样也采用了编织、纺织意象。这其中既有诗人对这个意象的积极运用，也有对这个意象的消极运用，其目的是用以阐释人的独创性与话语。在上述诗歌中，只有"约旦（二）"和"珍珠"这两首诗歌被收录在威廉姆斯手稿中，而且在这两首诗歌中，纺织品意象出现的时间非常短暂；其余诗歌都是在后来的修订中被补充进来的，而且这四首诗歌"一瞥"、"保证"、"颂扬（三）"和"约瑟夫的外衣"在诗集终稿中出现的次序相对集中，且都与纺织动作和纺织品有关。

在这四首与纺织有关的诗歌中，最重要的诗歌是"一瞥"，该诗把"快乐"（"delight"）看作一位准备离去的访客，他离开得太早，而回来的次数却非常少。海伦·文德勒分析说，这首诗歌与"爱（三）"非常相似，二者都礼貌地责备来访的客人。① 但是，在"一瞥"这首诗歌中描绘的主客关系却十分令人费解，"您的短暂逗留 / 不会向人提供食物，却增加其食欲"（ll. 57-59），"我心希望见到您，它 / 处处捡食碎屑，不会死亡，"主人为何看起来需要依靠客人得到食物呢？

> 然而，如果哭泣的心
> 定要放开您，那么，当它再次叩响，请您回来。
> 虽然您成堆的宝物
> 留作将来之用，但是经常会有
> 宝物滴下来，却解不开锁。
>
> 如果我有更多线去纺，

---

① Helen Vendler. *The Poetry of George Herbert*. Cambridge: Harvard University Press, 1975, p. 258.

纺轮就会继续转动，那么您的停留就会变得短暂。

您知道这悲痛和罪孽

怎样扰乱这工作。啊，不要让我感受他们的欢乐，

他会因为您的到来而创造一座宫廷。（ll. 21-30）

很难将这些诗行用于描述与客人分别的场景。那么，这位来访者是谁？何种"成堆的宝物 / 留作将来之用？"这位来访者的到来和离去与最后一节中提到的纺线有何联系？库利认为，答案可以在第 26 和 27 行寻找："如果我有更多线去纺，/ 纺轮就会继续转动"，这可以被看作诗中说话人顺从的表现。[①] 起初，诗中说话人似乎在说"很好，如果需要我做更多，我会尽最大努力的。"但是，在理解这句话的内容时，库利指出，这些诗行可以被看作从"留作将来之用"的"成堆的宝物"中祈求得到更多。库利说，可以这样理解这些诗行："如果您给予我更多（给予我更多羊毛去纺织），我就立刻开始工作，但是请保证不要离开那么久。"就实现手段而言，此处并不需要顺从。相反，诗中说话人在表达个人的需求方面，变得愈加绝望明了，因为很多纺织工都是未婚女性。[②]

17 世纪 20 年代威尔特郡羊毛纺织业的情况揭示了赫伯特诗歌对当时状况的准确记载。威尔特郡，尤其是赫伯特在 1628 年至 1630 年间居住的北部地区是当时英国羊毛纺织业的中心。[③] 该地区没有土地的（或者几乎没有土地的）村民通过白天做农活（当他们能找到活干的时候）和为中间商加工纺纱为生。中间商主要有两类，一类是为未婚女性提供羊毛并自己织布的布料商；另一类是独立的纱线商（口语中俗称纱线贩子），他们经营羊毛和纱线，但并不经营织好的布料。纺纱工的"原料"完全依靠中间商，他们一般从供应商那里小批量买进羊毛。臭名远扬的"1614-1616 科凯恩计划"（Cockayne Project of 1614-1616）的目的从表面上看是要增加就业，但实际上却禁止未加工完成布料的出口，就实际影响而言，破坏了英国布料的欧洲大陆市场，摧毁了英国国内的纺织工业。布料商无法销售已

---

①　Diana Benet. *Secretary of Praise: The Poetic Vocation of George Herbert*. Columbia: University of Missouri Press, 1984, p. 76.

②　Ronald W. Cooley. *'Full of All Knowledge': George Herbert's Country Parson and Early Modern Social Discourse*. Toronto: University of Toronto Press, 2003, p. 153.

③　Ronald W. Cooley. *'Full of All Knowledge': George Herbert's Country Parson and Early Modern Social Discourse*. Toronto: University of Toronto Press, 2003, p. 153.

经加工完成的商品，遣散织布工人，囤积起羊毛原材料，拒绝为纺纱工供货。"〔1620 年〕复活节季审法庭法官收到了来自失业纺纱工和织布工的申请，经过查询得知已经有 130 多部织布机闲置起来了；由此可以推断，失业人数不会少于 260 人。"17 世纪 20 年代早期，枢密院反复下达命令说"制布国家的治安法官要明白羊毛不应该被囤积起来，衣料商不应该遣散工人，共有的羊毛与纱线应该提供给失业者。"虽然在 17 世纪 20 年代前几年，经济衰退得最为严重，但是，1628–1630 年间，在威尔特郡去世的布料商的庄园里仍然储存的大量羊毛、纱线以及未销售的布料表明这些社会经济问题一直延续到赫伯特生活在威尔特郡的这段时间。①

　　这就是"一瞥"（The Glimpse）这首诗歌后面几节内容暗示的情境。该诗用"快乐"暗喻中间商，他为纺纱工／诗中说话人提供维持生存必备的原材料。然而，中间商却很少来，因为他正忙于囤货，等待市场状况有所改善，然而，诗中贫穷的说话人却挣扎着活下来：

　　　您的短暂逗留
　　不会向人提供食物，却增加其食欲。（ll. 11–12）

　　　我心希望见到您，它
　　处处捡食碎屑，不会死亡。（ll. 16–17）

库利说，提及纺织意象并不是要说明这首诗歌是要坚定不移地探索纺织这个奇喻的运用；而且这首诗歌中还有"生石灰"（Lime）和起到加热作用而不是冷却作用的"临近的泉水"（neighbouring spring）两个令人感到好奇的寓言（ll. 13–15）。此外，织物这个奇喻还在诗中持续稳定发展，因为诗中说话人还在努力寻找能够表达灵魂之乐反复无常这一特性的比喻用词。这对主／客关系在开头几个诗节中看起来是占据主导地位的社会关系，但是，随着诗歌内容的不断推进，其经济关系变得越来越明显，越来越紧绷，而该诗中的神学观点似乎越来越与经济色彩联系在一起。②

---

　　① G.D. Ramsay. *The Wiltshire Woolen Industry in the Sixteenth and Seventeenth Centuries*. New York: Augustus M. Kelly, 1965, pp. 76, 77, 82. In Ronald W. Cooley. *'Full of All Knowledge': George Herbert's Country Parson and Early Modern Social Discourse*. Toronto: University of Toronto Press, 2003, pp. 153-154.

　　② Ronald W. Cooley. *'Full of All Knowledge': George Herbert's Country Parson and Early Modern Social Discourse*. Toronto: University of Toronto Press, 2003, p. 154.

当我们仔细思考"一瞥"这首诗歌中的意识形态时，诗歌中涌动的经济暗流就变得更加清晰。通过运用贫困计件工人的苦难探索灵性生活的困境，赫伯特邀请我们去发现在诗歌中，有一种与后来掘地派和平权主义者（Diggers and Levellers）相关联的工人阶级初期的意识形态。以这种方式理解"一瞥"这首诗歌，就使得该诗与《乡村牧师》和像"水—路"一诗那样推动一种创业精神的诗歌相对立。然而，这种对立又是虚幻的，因为诗歌中对灵性生活困境出现原因的描述与对布业经济衰退的官方解释相一致。如果人们不再需要英国生产的细平布，那么传统观点一般认为这布料一定是出了问题，如果布料出问题，那么，有人就应该受到责备。17世纪30年代早期，枢密院任命安东尼·威瑟（Anthony Wither）去调查英国西部地区布匹制造业发展的缺陷，通过调查发现，这是由英国布匹在欧洲大陆市场的名誉下降造成的。[1]那些已经成名的布匹商将这些缺陷归因于他们的竞争对手——那些主宰彩色西班牙羊毛贸易，即当时唯一兴旺繁荣的独立的布匹交易纱线商或者说是"市场纺纱工"（"market spinners"），说他们在羊毛中掺假。[2]实际上，"西班牙混纺羊毛"（"Spanish Medleys"）的成功引发了这场竞争，"西班牙混纺羊毛"的成功抬高了纺纱工工资，造成了其他布料商的困难处境。因此，虽然布料商的指控有些许道理，但是，实际上他们受到了公益话语的影响，这些指控反应了他们自身的经济利益。在1633年（赫伯特去世那一年），在威瑟调查结果和一个特殊委员会报告的支持下，英国政府发布了一项反布料加工欺诈公告。但是，丹比伯爵代表他的兄长约翰·丹弗斯爵士，也就是诗人赫伯特的继父，对这项公告进行干预，其中打算压制独立纱线商的条款在最后时刻被取消了。此时，约翰·丹弗斯爵士正住在威尔特郡，他正设法理顺自己的财务状况。[3]很明

---

① Ronald W. Cooley. *'Full of All Knowledge': George Herbert's Country Parson and Early Modern Social Discourse.* Toronto: University of Toronto Press, 2003, p. 155.

② G.D. Ramsay. *The Wiltshire Woolen Industry in the Sixteenth and Seventeenth Centuries.* New York: Augustus M. Kelly, 1965, pp. 90-91. In Ronald W. Cooley. *'Full of All Knowledge': George Herbert's Country Parson and Early Modern Social Discourse.* Toronto: University of Toronto Press, 2003, p. 155.

③ G.D. Ramsay. *The Wiltshire Woolen Industry in the Sixteenth and Seventeenth Centuries.* New York: Augustus M. Kelly, 1965, p. 9. In Ronald W. Cooley. *'Full of All Knowledge': George Herbert's Country Parson and Early Modern Social Discourse.* Toronto: University of Toronto Press, 2003, p. 155.

显，此时，赫伯特已经是丹弗斯家族成员，丹弗斯家族的利益与新兴纱线贸易企业家有着更加密切的联系，相比之下，他们与白色细平布商之间的联系正在减少。这则修订报告产生的影响并不是要以经济补偿道德问题，而仅仅是要限制那些在社会经济金字塔底层的人的道德阐释范围：纺纱工、织工以及检察官总是忽视他们自身的职责或者是遭到布匹商的威胁。这就是"一瞥"这首诗歌结尾的忏悔语气所反映的经济背景：

> 您知道这悲痛和罪孽
>
> 怎样扰乱这工作。啊，不要让我感受他们的欢乐，
>
> 他会因为您的到来而创造一座宫廷。（ll. 28—30）

这些诗行记录了纺纱工对他／她困境的道德阐释的接受情况。的确，只有灵魂与经济在"悲痛和罪孽"窘迫状态双重原因的作用下才能使得纺纱这一奇喻在诗歌中发挥作用。但是，该诗的结尾句也包含着诗中说话人的最后一次绝望的尝试，他试图使这个解释能够对纺纱工有利：纺纱工似乎在说，"如果你让我落难，我为你所做的工作就会变得不再新颖，你也会因此遭殃。"纺纱工努力赶上他的雇主，通过将传统的道德哲学与经济理性主义相结合，宣布他们自身效忠于雇主的意识形态，其目的在于增强他们在讨价还价中的地位。①

就策略而言，这种意识形态认同的好处在另一首与纺纱意象有关的诗歌"颂扬（三）"中也有反映：

> 主啊，我打算说出对您的赞美，
>
> 　　只是对您的赞美。
>
> 我这颗忙碌的心要用所有的白日纺纱：
>
> 　　当用完所有储备而停下来时，
>
> 我将用叹惜和呻吟去挤拧，
>
> 　　您可能得到更多。（ll. 1—6）

在这个小节中，纺纱奇喻包含的情感内容发生了变化，由诗中说话人作为纱线商的快乐转向歌颂纺纱，因为这纱线是由诗中说话人自己纺出来的。但是，诗中描绘的情境却是一模一样的。诗中说话人／纺纱工又一次开始

---

① Ronald W. Cooley. *'Full of All Knowledge': George Herbert's Country Parson and Early Modern Social Discourse.* Toronto: University of Toronto Press, 2003, p. 156.

担忧"当用完所有储备而停下来时"将会发生什么事？当缺少纺线用的原材料，当缺少可以颂扬的喜乐时，诗中说话人绞尽脑汁发出"叹息和呻吟"，这将成为赞美之词。诗中说话人绞尽脑汁所做的决定，"您可能得到更多"，再次重复了在"一瞥"这首诗歌中所反映的经济问题的道德化现象。纺纱工/诗中说话人责备自己缺少"储备"，但是他却依然维持他对没有给他提供原材料的供应商/顾客提供成品的承诺。①

"颂扬（三）"这首诗的第二、三小节是纺纱工设法通过折磨内心而表现出来的额外颂扬，进一步加强了诗中经济与灵魂两种不同状态的比喻的合并情况：

> 当您为任何行为提供帮助，
>
> > 它运行，它飞逝：（ll. 7-8）

> 但是当您阻碍人类的行为，
>
> > 它便受到阻碍无法前进。（ll. 13-14）

在该诗的第五小节，海伦·文德勒发现了"不可思议的唯物论色彩"（"strangely materialistic"），诗中说话人用来编织赞美的泪水转化为慈善募捐箱：②

> 我没有丢失一滴眼泪：
>
> > 当我的眼
>
> 向天堂哭泣，他们发现天堂有一个瓶子
>
> > （如同我们拥有的给穷人捐款的箱子）
>
> 准备将泪滴收起；然而按照尺寸
>
> > 它能容纳更多。（ll. 25-30）

如果说这是因慈善引发的悲痛，那么，这也是作为投资的慈善。基督，"悲伤之王"（"感恩"（"The Thanksgiving"，l. 1）），用一种极度富足的恩典形成的"与之相配的补助"补充了诗中说话人贫乏的捐赠：

> 但是当您从右眼

---

①　Ronald W. Cooley. *'Full of All Knowledge': George Herbert's Country Parson and Early Modern Social Discourse.* Toronto: University of Toronto Press, 2003, p. 156.

②　Helen Vendler. *The Poetry of George Herbert.* Cambridge: Harvard University Press, 1975, p. 195.

> 滑落一滴眼泪之后,
>
> （它悬挂在那里，犹如某些公正教堂
>
> 　在接近顶端的地方悬挂的彩旗,
>
> 显示您曾经经历过的痛苦和流血的战争。）
>
> 　这玻璃瓶已经盛满泪水甚至更多。(ll. 31-36)

在《乡村牧师》中，赫伯特也运用相同逻辑，当"他在考虑给子女留下一部分钱财的时候，他自己要下定决心不要忘记当前他所能做的善事。这样，与把钱财交给伦敦慈善堂的司库相比，他可以更加确信以这种方式借给上帝的钱财对他的子女更有利。"[①] 最终，赫伯特许下诺言说以基督信徒的名义所做的牺牲，终将获得奖赏。

　　同时，在"颂扬（三）"这首诗的最后一个诗节，诗中说话人面临着令人堪忧的前景，他的"心 / 遭受碾压，只能从中挤出细流"(ll. 37-38)。然而又一次，悲痛成为具有优势的机遇。在该诗的最后几行，诗中说话人为求得一种既传播福音又具有企业精神的职业而祈祷:

> 啊，我应该让一些其他人的心皈依您,
>
> 　请您连同利润一起拿走这储备丰富的物品吧:
>
> 我对您的所有颂扬之词和更多物品
>
> 　都将涌入您的箱子。(ll. 39-42)

当这个诗中说话人成为牧师之时就是他成为一名灵魂投机资本家的时刻，他借用他人心灵的"利润"，因为他要从"储备"中编织赞扬，去装满上帝的"箱子"。就材料类比而言，诗中说话人祈祷他能从老式"市场纺纱工"（独立且需要依靠中间商）成长为新兴资本主义市场纺纱工（成为那些投机取巧的、爱冒险的、富裕的人之一）。只有打破赞扬（个体祈祷）的家庭生产模式，并进入资本家模式，诗中说话人才能制造出"更多"颂扬。

　　由此可见，纺线与编织这些与当时英国社会经济生活密切相关的字眼出现在赫伯特的诗歌中，被赫伯特赋予了宗教想象与宗教意义。赫伯特笔下的上帝处在"扭曲的丝巾"的顶端，对基督徒的灵魂进行关照。

----

① 　George Herbert. *The Country Parson.* In George Herbert. *George Herbert: The Complete English Poems.* John Tobin ed., London: Penguin Books, 2004, pp. 215-216.

在"珍珠"一诗中，诗中说话人在认同基督的牺牲以后，必须接过象征十字架的"扭曲的丝巾"意象，沿着它攀爬升腾，才能实现灵魂的升腾。在赫伯特看来，诗中说话人的安宁状态通过连续在诗歌中抒发"我热爱您"前面的反诘语气词"然而"（yet）来实现。此处的十字架既是教育符号，又要求读者采取行动。如果没有这一符号，就没有了引导人类灵魂实现"安宁"的途径。如果没有这个置换变形了的十字架，那么，这首诗歌就缺少了一个结尾，诗中的说话人也就缺少了一种表达途径。那么，诗中抒情主体的表达就是没有结局的、无意义的行动：一种缺少道成肉身这一事件的历史，就会造成基督教叙事的不完整性。

上帝是"放下扭曲的丝巾"这个动作的执行者，也是"攀爬"这个动作的承受者，这个动作表明"道成肉身"这个事件对诗人本身的重要意义。

下篇

赫伯特美德诗学的
诗意呈现

第四章

赫伯特美德诗学在《圣殿》中的呈现

按照基督教教义，基督徒的生活具有双重特性，一方面是基督徒的肉身所经历的世俗生活，另一方面是基督徒的灵魂所经历的灵性生活。对 17 世纪英国宗教诗人而言，尘世生活是个非常重要的问题。复杂的教派斗争与社会环境对宗教诗人以及其他宗教界人士产生了重要影响。他们在创作中努力寻找一种让自己的认知保持平衡的观念与方法。他们不仅要在创作中发现现实，同时还要思考现实的本质问题。对此，多恩勇往直前，赫伯特充满信心，沃恩却对此只抱有最后的希翼。①

17 世纪英国的基督徒在特殊的历史语境中，生活在肉体和灵魂、自然与恩典以及黑暗与光明的双重世界之间，因此，具有两栖属性。正如赫伯特在诗歌"痛苦（四）"（Affliction IV）中说"在世俗世界与恩泽世界之间的空间内 / 遭受折磨。"（ll. 5-6）这一诗行映射出两个世界之间的紧张关系，一种两难困境。希利格（Sharon Cadman Seelig）认为诗集《圣殿》的排序毫无内在关联，缺少秩序感，不应该是诗人呈现给上帝的最后状态，因为在这杂乱无序中，有时还体现出秩序。

第一节 《圣殿》的建构过程

圣殿，是基督教文学作品中的传统主题，在赫伯特的灵性作品中处于主导地位，与 17 世纪盛行的宗教诗歌与宗教散文作品有着直接联系。"（纵观 17 世纪），诗歌潜在的最大价值就在于上帝能够通过诗歌，使人类理解

---

① Sharon Cadman Seelig. *The Shadow of Eternity: Belief and Structure in Herbert, Vaughan and Traherne*. Kentucky: The University of Kentucky, 1981, p. 4.

自身与上帝之间的关系。"① 诗集中说话人的心灵因受到各种世俗诱惑而有所动摇，但是，上帝建造的结构却因为原初建筑师（Original Architect）的爱与道的维持而非常坚固。人类与上帝之间关系没有因此松散，却因此而变得更加坚固。②

在考察《圣殿》的整体性以及结构安排时，艾略特认为虽然《圣殿》中的诗歌没有注明写作日期，没有按照历时的先后顺序来排列，而且这些诗歌的写作日期也无从考察，但是，"赫伯特按照他希望读者阅读的方式排列《圣殿》，因为，《圣殿》就本质而言体现了一种结构模式，而且，也许在这个结构的最终形式呈现在读者面前时，经过了作者的不间断地反复修改，因而显得更加精致。"③ 在进入《圣殿》的教堂门廊之前，诗中说话人说要把《圣殿》献给上帝：

> 上帝，我的首批创作成果展示给您
>
> 然而，这成果不是我的：因为他们来自您，
>
> 必须归还给您。请您接受这些创作和我吧，
>
> 让这些作品和我歌颂您的盛名。（"奉献"（The Dedication），ll. 1–4）

在诗集主体部分"圣堂"之前的"教堂门廊"部分，最主要的诗歌是"洒圣水的容器"。在这首诗歌中，诗人对准备进入教堂的年青人提出了道德与行为方面的具体要求。该诗包含有 77 个六行诗节，是"教堂门廊"的主体部分。该标题让人联想到基督教仪式"洗礼"，赫伯特笔下的"洗礼"是对年青人精神上的洗礼、行为上的约束与基督徒个体生活在世俗世界中应该履行的职责的描述。赫伯特对青年人行为的要求与当时的宗教改革领袖路德的观点有些相似，路德认为完成世俗生活的职责是个体所能实现的道德活动的最高形式。由此可见，在现代早期的英国，普遍认为基督教徒的个体行为方式与道德有着密切联系，完美的履行个体职责、约束个体行为，就能够拥有美德。由此可见，"洒圣水的容器"是进入"圣堂"之前的

---

① Joseph H. Summers. *George Herbert: His Religion and Art*. New York: Center for Medieval and Early Renaissance Studies, 1981, p. 78.

② Mary Theresa Kyne. *Country Parson, Country Poets: George Herbert and Gerard Manley Hopkins as Spiritual Autobiographers*. Eadmer Press, 1992, p. 53.

③ T. S. Eliot. "George Herbert: Writers and Their Work". In Mario A. DiCesare ed. *George Herbert and the Seventeenth-Century Religious Poets*. New York: W. W. Norton, 1978, p. 236.

一个具有准备性质的洗礼仪式。①引导读者从"教堂门廊"来到"圣堂"的是一系列赫伯特与上帝之间的文学对话，展示了灵魂与造物主之间的对话，灵魂向基督提出问题、灵魂抵制上帝的降临、最后灵魂接受上帝的意愿。

在"洒圣水的容器"一诗开篇，首先映入读者眼帘的四句话具有明显的对话风格。诗中的说话人犹如一位智慧老人，与朝气蓬勃、充满发展前途的年轻人谈话，论及他们对"地位"、"身价"以及"财宝"的看法。在诗中说话人看来，青年人的追求，与"善"相对，是世俗生活追求的真理，但这种追求会引人产生羞耻感。聆听诗人的诗行，将促使青年向善，在另一个世界中追求真理。"诗歌"犹如一座桥梁，将世俗世界与由"布道"和"牺牲"这两个具有浓郁基督教色彩的词汇建立起来的灵性世界联合在一起，能够引导美好的青年探求另一个世界的真理。

在17世纪的社会文化语境中，"牺牲"（sacrifice）一词本身不仅字面意义丰富，而且具有浓厚的比喻意义。"牺牲"本意为屠杀动物，有时甚至人类，并将其献给犹太教上帝或者其他异教神。这样在犹太教看来，将动物作为牺牲献给耶和华，与上帝之子基督牺牲自身以赎人类的罪孽之间建立起一种连续性。因此，牺牲可以用于向上帝祈祷、感恩、忏悔或者奉献时的献祭。在给出"牺牲"这一词语以后，赫伯特立刻接下来说阅读诗歌本身就是一种快乐，在阅读过程中，给读者带来审美愉悦；但对于作为上帝子民的诗人而言，他创作的歌颂上帝的诗歌就是基督教徒对上帝的奉献，是一个获得精神熏陶与教化的过程。这样，牺牲这个词汇本身与杀戮有关的内涵大大减弱。但是，在阅读《圣殿》的过程中，"牺牲"这个词的比喻意味逐渐呈现出来，上帝之子基督为拯救人类的罪孽，被钉死在十字架上，这是一个让虔诚的基督徒备感悲痛的事件。"教堂门廊"的说话人逐渐意识到"牺牲"一词的献祭意义，他开始抱怨上帝用"快乐"做诱饵诱惑他，把他纠缠，在他看来，相信上帝并不意味着单纯的快乐，这快乐与痛苦相伴，是上帝给基督徒带来的双重情感体验。

在分析诗集《圣殿》的结构时，威斯认为："《圣殿》的结构并不是建筑学意义上的，然而，从某种程度上说，具有一定的空间意义，因为圣殿

① John N. Wall ed. *George Herbert: The Country Parson, The Temple*. New York: Paulist Press, 1981, p. 121.

外—圣殿内—圣殿外的模型构造把教堂描绘为一个整休，即一座"圣殿"，这既是从把个体信徒看作一座上帝居住的殿堂而言，也是从全体信徒与世界交流的有形实体这个角度而言。"① 因为《圣殿》中的一切成果"首先是献给上帝的果实"，诗集中诗歌的排列位置、内容、语调、甚至是赫伯特对这些诗歌所做的修订，持续调解着门徒生活中的不和谐因素。

尽管学者霍尔与沃克（John David Walker）设法将圣殿中的三个房间与基督徒生活中的三个阶段，以及在教堂中的物品与人体各部分之间建立起诗学联系，但是，凯恩认为这种试图将《圣殿》的诗学结构融入固定的分层结构的做法忽视了基督徒在他/她通往上帝的旅程中其灵魂难以理解的本质，因此，凯恩认为，这恰好是赫伯特文学作品的本质所在。虽然作为牧师的赫伯特了解并且敬重英国的国教传统与教堂本质，但是作为诗人的赫伯特却将他的诗学与牧师职责的蓝本建立在基督——真正的房主之上——正如他在《乡村牧师》第23章"牧师的完整性"中所说"他取出自己的所有宝物，无论新旧……用来侍奉他人。"② 同样，读者可以想起赫伯特在第7章"牧师讲道"（The Parson Preaching）这一章告诫读者的话："没有人走出教堂时如同他进来时一样，人只会变得更好或者更糟。"③ 这一陈述着重强调基督徒的内在本质一直处于变化之中。

"教堂斗士"这部分虽然位于诗集《圣殿》之中，但不可否定的一点是在"圣堂"部分结束以后，诗人写下了"结束语：愿荣耀归于神，安宁归于地上国，愿人得善。"④ 这样的结束语似乎告诉读者诗集到此已经结束。然而，后面接着出现的"教堂斗士"告诉读者，那才是真正的结尾部分。这句独特的结束语为后世读者提供了可供争论的谈资。

"教堂斗士"部分的写作与"教堂门廊"和"圣堂"部分的写作方式不同，这部分以叙事手法叙述了基督教拯救人类的历史。"教堂斗士"中的说

---

① Gene Edward Veith Jr. *Reformation Spirituality: The Religion of George Herbert*. Lewisburg: Bucknell University Press; London: Associated University Presses, 1985, p. 229.

② Mary Theresa Kyne. *Country Parson, Country Poets: George Herbert and Gerard Manley Hopkins as Spiritual Autobiographers*. Eadmer Press, 1992, p. 186.

③ George Herbert. *The Country Parson*. In George Herbert. *George Herbert: The Complete English Poems*. John Tobin ed., London: Penguin Books, 2004, p.209.

④ George Herbert. *George Herbert: The Complete English Poems*. John Tobin ed., London: Penguin Books, 2004, p. 178.

话人"采用公开立场与教会历史学家的普遍视角",与"圣堂"部分抒情诗人的终极个人视角有很大不同。①

凯恩认为,赫伯特在《圣殿》中收入"教堂斗士"这部分的目的,在于证明基督教门徒事业的未完成性(the unfinished nature)。②

对于"教堂门廊"、"圣堂"和"教堂斗士"部分与《圣殿》之间的关系,历来学者们争论不休,有的学者认为"教堂门廊"与"圣堂"两部分有机地结合在一起,但是"教堂斗士"部分则显得与众不同,无法融入其中,例如1874年《圣殿》的编辑者格罗萨特(Alexander Grosart)故意把"教堂斗士"这部分从诗集中抽离出来,与赫伯特的没有收入该诗集的诗歌和拉丁语诗歌编辑在一起,认为这样将"教堂斗士"与前两部分分开,就不会因为距离前两部分近而干扰《圣殿》的整体感。从帕默(G. H. Palmer)一直到最近的批评家约翰逊(Lee Ann Johnson)与恩迪科特(Annabel M. Endicott)都认为"教堂斗士"是《圣殿》的附属篇章。恩迪科特说"教堂斗士"是一首长篇叙事诗,包含五个部分,其诗学结构在形式与主题方面与前两部分有所不同。凯恩点名恩迪科特,认为"教堂门廊"、"圣堂"和"教堂斗士"是有机整体的假说,对后来的批评家萨默斯、马兹、沃克、斯图尔特(Stanley Stewart)和汉利(Sara W. Hanley)产生了影响,这些批评家以恩迪科特假说为基础进行批判,提出了他们自己对《圣殿》结构的独特理解。

凯恩认为学者们围绕这一问题展开的争论虽然热切,但是他们却没有提出令人信服的证据,无法证明"教堂门廊"、"圣堂"与"教堂斗士"之间的连贯性,她认为也许只能从赫伯特的作品中才能找到证据,在《乡村牧师》第4章"牧师的知识"部分如实地叙述了赫伯特如何理解《圣经》经文、教义、真理以及最终安排"教堂斗士"的重要理由。赫伯特写道:

　　由于真理本身具有一致性,仅由拥有同一灵魂的一人书写,因此只有勤勉而审慎地比较章节内容必定对正确理解《圣经》经文提供显著帮助。此外,还要考虑经文文本的连贯性,考察文本前后的内容,

---

①　Barbara Kiefer Lewalski. *Protestant Poetics and the Seventeenth-Century Religious Lyric*. Princeton: Princeton University Press, 1979, p. 305.

②　Mary Theresa Kyne. *Country Parson, Country Poets: George Herbert and Gerard Manley Hopkins as Spiritual Autobiographers*. Eadmer Press, 1992, p. 175.

就像考察圣灵的活动范围一样。[1]
此处可以明显看到赫伯特对思维过程以及支配他的生命的连贯性的阐释，这一连贯性建立在灵性启发之上，指导基督徒的理性与逻辑分析。接下来，赫伯特对律法与《福音书》中的多种不同观点与分歧持赞成态度，他说："因为上帝的律法有一种要求，而《福音》有另一种要求；虽然两种要求不同，但这两者却并不矛盾：因此，这两者的精神需要再次思考与衡量。"[2]从这段文字，读者可以看到赫伯特对主导他写作、布道以及存在的节奏与策略的运用和把握。赫伯特从宗教事务开始思考，然而，他的思考却不仅仅限于宗教事务，而是涉及他的诗学创作以及他的存在哲学，即他对自身存在的思考。

在《乡村牧师》正文之前，赫伯特已经在"致读者"部分说明了他的写作意图："主将意图向我呈现，而其他人也不会贬低我卑微的劳作，但是与我观察到的这些观点一道，本书将发展成为一本完备的心灵牧歌（a complete Pastoral）。"[3]按照约翰逊（Samuel Johnson）、哈钦森以及《牛津英语词典》，"牧歌"（Pastoral）指的是治愈灵魂的书籍。将"教堂斗士"置于《圣殿》最后部分，这是一个非常重要的空间排列形式，凯恩认为这种排列证明赫伯特想要运用"一切艺术形式"建造那座梦想中的圣殿，期待上帝能够完成他已经开始的建造工作。[4]"在'教堂斗士'部分，在上帝的更加宏大的计划中，信仰的共同体已经清晰可见，他的拯救计划的实现将引领教堂向前走向'最终审判出现的时空'（l. 277）。"[5]因此，"教堂斗士"根本就不是"至圣所或者登上更高等级的最高一级台阶"，相反，而是"一部早期作品，被收在诗集末尾，只是因为方便起见"，因为它记录了基督徒的生活，并将其融入历史的、正在进行的一般意义上的教会生活

[1] George Herbert. *The Country Parson*. In George Herbert. *George Herbert: The Complete English Poems*. John Tobin ed., London: Penguin Books, 2004, p. 205.

[2] George Herbert. *The Country Parson*. In George Herbert. *George Herbert: The Complete English Poems*. John Tobin ed., London: Penguin Books, 2004, p. 205.

[3] George Herbert. *The Country Parson*. In George Herbert. *George Herbert: The Complete English Poems*. John Tobin ed., London: Penguin Books, 2004, p. 201.

[4] Mary Theresa Kyne. *Country Parson, Country Poets: George Herbert and Gerard Manley Hopkins as Spiritual Autobiographers*. Eadmer Press, 1992, p. 189.

[5] John N. Wall ed. *George Herbert: The Country Parson, The Temple*. New York: Paulist Press, 1981, p. 47.

之中。①

在阅读"教堂门廊"或者"圣堂"之前阅读"教堂斗士",能够为读者提供关于基督教使徒历史的总体性观点,使徒们各不相同的背景使得《圣殿》的内容变得更加丰富。就此,凯恩认为,赫伯特的诗歌具有明显的冥想本质,能够唤起并且训练读者的思维力量,激发他们到达神启时刻以获得对自身存在统一性的认识。因此,凯恩指出"教堂斗士"是那个"唤醒"赫伯特的批评家与读者去了解他明显的灵性生活视角与文学创作视角的作品。②

罗斯(Malcolm Mackenzie Ross)认为赫伯特深切关注英国社会福利,所以"教堂斗士"才具有预言性质,17 世纪的英国教会与国家就历史发展而言相对落后的原因,在于懒惰(sloth)"使得驱使绅士阶层行动的冲动平息下来,这促进时代发展的驱动力不再表现为危险、但却表现在真实的土地与金钱的利益联盟条款方面。贪婪打破了旧有的平衡状态,也粉碎了人类的希望。"③ 赫伯特在"教堂门廊"部分描绘的"精神争斗图景"展现出一直以来持续不断地占据使徒灵魂的斗争情景,斗争的动机既是纯洁的,又是肮脏的。"总而言之,赫伯特的目的在于侍奉上帝,尽管一些世俗的或者教会的进步可能对他有益。他选择乡村教区表明他对基督的忠诚以及他置当时社会的和教会的价值体系于不顾……毕竟,位于伯默顿的教堂远离斯图亚特王朝的宗教与政治生活中心。这样,赫伯特自己就获得了只有完整人格才能保障的话语权。"④ 因此,凯恩认为,赫伯特因为远离外在的政治或者宗教纷争,所以他看待宗教与政治的视角就广度而言更加清晰,就质量而言更加具有包容性。然而,事实是也许一些对诗歌不感兴趣的人阅读了《圣殿》,因为当时一些诗歌与赫伯特所热爱的教会针锋相对,查理一世在被送上断头台的前一年阅读了赫伯特的"神圣诗歌",他们共同见

① Annabel M. Endicott. "The Structure of George Herbert's Temple: A Reconsideration". *University of Toronto Quarterly*, Vol. 34, No. 3, April 1965, pp. 234, 236.

② Mary Theresa Kyne. *Country Parson, Country Poets: George Herbert and Gerard Manley Hopkins as Spiritual Autobiographers*. Eadmer Press, 1992, p. 190.

③ Malcolm Mackenzie Ross. *Poetry and Dogma: The Transfiguration of Eucharistic Symbols in Seventeenth-century English Poetry*. New York: Octagon Books, 1969, p. 149.

④ John N. Wall, ed. *George Herbert: The Country Parson, The Temple*. New York: Paulist Press, 1981, p. 3.

证了《圣殿》的成功，而且他们也欣赏赫伯特"从基督教没有分裂的经验层次"的写作。[①]

在"教堂斗士"的序言，赫伯特就引入了"权力"（power）与"爱"（love）这两个相互矛盾的概念。序言以"您的权力"（1.3）为开端，以"不是您权力的法令，而是您爱的乐队"（1.10）为结尾。"'权力与爱'的对立面——一个是软弱，另一个是恶意或自私——是《圣殿》中的诗歌用来刻画人物的主要术语。"[②] 因此，希利格认为"教堂斗士"是对使徒灵魂斗争的刻画，而不是使徒取得胜利或者休息，是"在读者的灵魂中的再现……然而，确实也存在这种可能性，作为读者我们可能不如诗歌中的人物敏锐，我们可能堕入与他一样的困境，我们可能会采用他的观点，无论如何这都是对赫伯特斗争状态的反应。"[③]《圣殿》反映了赫伯特的诗歌创作方式与生活方式之间的密切关系，确定了他的诗歌创作和牧师职责的牺牲本质与圣礼本质。[④]

赫伯特的诗歌与散文既是他精神生活的模式，也是他精神生活的写照。希利格说，《圣殿》"不仅是一本诗集；在某种程度上说，《圣殿》只是一首诗歌……就像他的亲戚西德尼一样，赫伯特为堕落的人类写作……《圣殿》的统一性与复杂性主要在于它要呈现的世界，在这个世界，真理是可以感知的，然而并不能总感知到，即使这些战斗在第一首诗歌取得了胜利，然而这场战斗在诗集末尾还得再进行一次，因此，虽然诗集中的这一主题一直存在，可是对这些主题的理解与处理却并不总是如此。"[⑤]

斯图尔特（Stanley Stewart）认为"教堂斗士"属于神正论（the Christian theme of theodicy）。他认为这个附属部分：

> 提到了天道思想，正如教会历史所示，诗中说话人不时提醒自己

---

① Marchette Chute. *Two Gentle Men: The Lives of George Herbert and Robert Herrick*. London: Secker & Warburg, 1960, p. 151.

② Richard Strier. *Love Known: Theology and Experience in George Herbert's Poetry*. Chicago: The University of Chicago Press, 1983, p. 6.

③ Sharon Cadman Seelig. *The Shadow of Eternity: Belief and Structure in Herbert, Vaughan and Traherne*. Kentucky: University of Kentucky Press, 1981, pp. 11, 15.

④ Mary Theresa Kyne. *Country Parson, Country Poets: George Herbert and Gerard Manley Hopkins as Spiritual Autobiographers*. Eadmer Press, 1992, pp. 191-192.

⑤ Sharon Cadman Seelig. *The Shadow of Eternity: Belief and Structure in Herbert, Vaughan and Traherne*. Kentucky: University of Kentucky Press, 1981, pp. 17, 41, 42.

上帝创作计划的有序性……在某种程度上说，这个附属部分不是简单
地调用沉思语调；在时间方面（如在"圣堂"部分所刻画）它将灵魂
在过去经历的争斗置于更加宽广的、最终的视野之内。[如《圣殿》
中所有诗歌一样]"教堂斗士"强调了在上帝创世时得以看见的上帝
的天道……正如人类的痛苦属于一个更加宏伟设计的一部分，教会的
考验与磨难也必须从长远的角度来看待。这个长远视角中只有一部分
能够应用在人身上……"教堂斗士"中的说话人，从时间的整体性去
思考创世的问题，能够（在一首简短的"特使"（L'Envoy）之后）发
出第二声最终让灵魂感到满意的"结束"。因为到此为止，上帝的设
计全都展现在他的视野之中。①

菲尔卡（William H. Pahlka）提出了一个颇具趣味的关于"'教堂斗士'
笨拙风格"（"gracelessness" of "The Church Militant"）的理论，认为虽
然位于"圣堂"结尾的"爱（三）"中的人类灵魂，接受了邀请，"坐了下
来，开始进餐"（l. 18），品尝圣餐筵席。然而，"教堂斗士"再现滋养主题
（theme of nutriment），但是却

> 从一种语言转到另一种语言，从简单教义转到一种生命形式的教
> 义。伦理教义的语言与个人经验的语言以及转化根本就没有必要，因
> 为我们已经为侍奉上帝牺牲了我们的个人意愿，我们已经成为基督教
> 会的一部分。我们，如同没有名字、没有个性的演员一样，在敞开时
> 间的戏剧中走入历史与预言的语言之中。美已经完成教义，用具体的
> 实在的美的愉悦吸引灵魂。其目的是为用途，而不是为享乐，美的作
> 用已经完成。愉悦，正如预言所示，已经转变为牺牲，而诗人，其罪
> 人之爱使词语变得美妙，勉强接受自己的意愿，用诗歌呈现一切。②

"教堂斗士"主体的第一部分（ll. 9-100）描绘了教会与基督教的进步
与发展。第二部分（ll. 101-258）讲述了罪过的进步与发展，明显具有支撑
《圣殿》的典型的赫伯特悖论特征，即基督教与罪过同时存在、并且同时取
得成功的发展历程。第三部分以及尾声（ll. 259-279）讲述了在这种共存的

---

① Stanley Stewart. "Time and The Temple". *Studies in English Literature 1500-1900*. 1966, Vol. 6, No. 1, pp. 108-110.

② William H. Pahlka. *Saint Augustine's Meter and George Herbert's Will*. Ohio and London: Kent State University Press, 1987, p. 202.

历史中罪过的作用以及教会的宗教生活。"尽管宗教的成功总是伴随着罪过的成功这一令人沮丧的事实——并且在诗中以罪过战胜宗教为该诗的高潮所在——但是，宗教取得胜利却是注定了的，而且诗歌中的语气也充满了庆祝意味。历史的变迁牢牢地掌握在上帝手中。"①

"教堂斗士"是一部心灵冲突戏剧（a drama of psychomachia），灵魂与罪过之间的争斗在拯救历史的背景中进行。威斯认为"'圣堂'遵循个体基督徒生活的过程，直至其启示世界结论的来临，但是，活着的基督徒却是'教堂斗士'的一部分，因为'教堂斗士'这个术语仍然指的是参加战斗的人。"②"教堂斗士"的内容揭示了赫伯特对人类历史的理解，在他看来，人类进步的历史就是宗教与罪过之间斗争的过程，而基督徒内在灵魂的矛盾斗争正是这种罪过与上帝恩典之间斗争的过程。威斯说："教堂斗士参与的斗争并不局限于教会本身，而是涉及'公众'（'commonweals'，l. 5）、帝国（'empires'，l. 73）、艺术（'Arts'，l. 263）的进步以及诸如美洲被殖民（'America'，l. 235）等历史事件。"③如同基督徒会产生心灵的内在冲突一样，教会的发展也要面对罪过与圣灵之间的斗争，教会发生的一切，在诗人看来，在末世来临时，"最终审判将要出现"（l. 277）。

"教堂斗士"的写作，反映了诗人宽广的历史视角与社会视角。他不再沉浸于表达在"圣堂"部分抒发的个人宗教情感与描述的宗教体验，而是从社会与历史视角思考宗教。"宗教"（religion）这个抽象的文化概念在"圣堂"以及"教堂门廊"这两个部分一次也没有被诗人提及，可是，在"教堂斗士"部分，却被诗人反复运用了9次。如果说在"圣堂"部分的诗歌中，诗人描绘的是基督徒的灵魂对天国的渴望，向往在天国获得灵魂的安宁；那么，在"教堂斗士"部分，诗人描述的则是地上国的世俗生活中的教会生活，其强烈的现实展现在读者面前，罪过与宗教并存。

"教堂斗士"讲述了教会发展的历史是一个自东向西的行进过程，从埃及开始，经过希腊、罗马、德国、西班牙、英国，一直传播到美洲，恰

① Gene Edward Veith Jr. *Reformation Spirituality: The Religion of George Herbert*. Lewisburg: Bucknell University Press; London: Associated University Presses, 1985, p. 174.

② Gene Edward Veith Jr. *Reformation Spirituality: The Religion of George Herbert*. Lewisburg: Bucknell University Press; London: Associated University Presses, 1985, p. 176.

③ Gene Edward Veith Jr. *Reformation Spirituality: The Religion of George Herbert*. Lewisburg: Bucknell University Press; London: Associated University Presses, 1985, pp. 231-232.

如太阳每日升起与落下经过的路线（ll. 10-100），伴随教会发展的是罪过（l. 101），如同夜晚一样，罪过在太阳落下以后降临。教会的发展历史，如同太阳的东升西落一样，形成一个完整的环形，既讲述了历史，又预言了未来——罪过将跟随宗教一起在美洲传播。人类行为本身伟大与残忍的悖论属性为这一循环的继续提供了无限动力：

> 他们已经拥有了属于自己的时代，
>
> 为他们的美德和罪行设定了时间。（ll. 261–262）

美德与罪过相对立，正如黑暗与光明相对立，他们因为相互对立而相互促进。太阳"照亮我们的视野 / 也启发我们的智慧"（ll. 17–18），照亮我们前面的路、也照亮我们后面的路，因为"太阳虽然向前飞行 / 却关照后面的一切，给予其光明 / 直到所有人出发"（ll. 31–33）。因此，光照亮人的视野、启发人的思维。而黑暗，则否定一切。光明与黑暗之间的交替，将教会与罪过带回到他们的生发之地——因此，教会与罪过处于相同的境况之中，等待末日审判：

> 当他们完成这一轮回，
>
> 他们在东方曾听闻最初也最古老的声音，
>
> 末日审判将满足他俩，并把他俩搜寻。（ll. 267–269）

教会虽然受到罪过迫害，但是并没有阻止教会自东向西的传播过程。诗人以太阳东升西落的循环往复过程暗示教会与罪过之间的争斗循环往复没有尽头。

虽然"教堂斗士"中的历史叙事有一定的逻辑顺序可言，但是，该诗却没有给出解决罪过与宗教之间问题的符合情理的说法，只是将一切寄托于上帝的仁慈。"教堂斗士"在以历史叙事的方式阐释罪过与宗教的发展历程之后，终于在诗集《圣殿》的最后一首诗"特使"中发出对上帝的祷告，诗中说话人请求上帝停止罪过与宗教之间的战争，这样他的信徒就会因为他而获得灵魂的安宁，进而更加热爱他。"因为热爱您，信仰您才得以安睡"（l. 4）就采用了赫伯特抒情诗中解决灵魂争斗的典型态度与方法。因此，纵观《圣殿》的写作，诗人一贯以来坚信上帝，认为上帝的力量与爱能够解决他遇到的一切问题：

> 当罪孽日益扩张侵略时，
>
> 不要让他吞噬您的羊栏，

请您夸张地说血液已经冰冷，

您的死神已经死亡；

您的信徒没有食物，

您的十字架变成一块普通的木头。（ll. 5—10）

在祈祷中，上帝被要求保护他的羊栏，因此，这场宗教与邪恶之间的战争
就转化为上帝与罪过这两者之间的私人关系。上帝被呼唤着祈祷着向罪过
展示他的力量——他流动的鲜血与神圣的十字架——这样，罪过便无法夸
耀他征服了人类。接着，诗中说话人祈祷上帝惩罚罪过：

制止他，不要再让他说话，

扼住他的呼吸，

直到您的征服与他的堕落

促成叹惜把他的气息耗尽。

然后请您与风儿谈判

扔下剩下的一切。（ll. 11—16）

诗中说话人坚信上帝与他的力量，定能战胜敌人。他希望上帝拯救基督徒，
不仅因为他们是信徒，而且因为他们是上帝的信徒，属于上帝。诗中说话
人是上帝羊栏中的一份子，这就使得他可以抱着轻松的心态向上帝祈祷，
因此，"特使"这首诗歌中的说话人对上帝表现出一种亲密关系，而这却是
在"教堂斗士"所没有的。

在"教堂斗士"与"特使"这两首诗歌中，诗中说话人乞求上帝的方
式有所不同。"教堂斗士"中的上帝好似坐在宝座上，他理性、冷静，对一
切了解得清楚透彻，动词"知道"（"to know"）将上帝的思想逻辑展现在
读者面前：

全能的上帝，是谁从您荣耀的宝座上

得以看见并统治作为整体的万物：

最小的蚂蚁或者原子知晓您的力量，

人们每时每刻都知晓您的力量：

共和国更多地承认您的力量，

他们用您的律令保护其政策，

顺从您的建议，不做那些

违背您永恒思想的事。（ll. 1—18）

上帝的能力可以用"时间"（"每时每刻"）与"物质"（"最小的蚂蚁或者原子"）来表达，从特殊到一般（"共和国"），上帝的一切（"律令"、"建议"与"思想"）都统一在一起（"看见并统治作为整体的万物"）。思想是语言结构的基础。诗中说话人从描述教会的开拓与发展开始，接下来讲述了罪过随之出现，一直与教会在一起。诗人对教会与罪过的同时发展处理得极具戏剧化色彩，他们同时登上舞台，就像两个旅人，一个跟着另一个循环往复。诗人运用五步抑扬格描述了教会发展的历史，而且诗人还用大量基督教历史事件为其发展历程提供佐证。

　　而在"特使"这首诗歌中，诗中说话人的语气明显不同，他向上帝叫喊，把上帝的力量与上帝对人的仁慈当作理所当然的事，要求上帝保护他（ll. 2-5）。在这首诗歌中，每行仅有七个音节，与"教堂斗士"的每行十个音节相比，显得短小轻快，使得诗中说话人的语气显得焦急，凸显出他急于获得上帝的保护，丝毫没有"教堂斗士"中说话人的那种解释语气。然而，从"教堂斗士"到"特使"的语气转换并不突然。在"教堂斗士"中，"啊，主啊，您的忠告对我来说多么珍贵！／谁能与您相提并论？"这两句话反复出现了五次（ll. 47-48, 99-100, 155-156, 208-209, 278-279），打破了该诗的叙事顺序，记录了说话人与神的交流。

　　在"教堂斗士"部分，诗人说教会是"您的教会、您的伴侣"（l. 9），鉴于基督教中的上帝是男性上帝，所以，诗人对教会的想象与描述就具有了女性色彩，她不仅是一个自我约束机构，也是对上帝的补充。把教会与上帝之间的关系想象为新娘与新郎之间的关系，最为恰当。在沙夫（Philip Schaff）看来"她（教会）存在的每时每刻都依赖于他，就如同身体之于灵魂，或者枝条之于葡萄树。但是，他要永远把神圣的礼物与超自然力量赐予她，不断地把自己向她显现，把她用作机构以扩展自己的王国，使整个世界基督教化，直到一切执政的、掌权的都服从他、崇拜他，把他当作重生的人的永恒先知、牧师和君王。"[①]在教会不是由"您权力的法令"（decrees of power）统治，而是由您"爱的乐队"（bands of love, l. 10）掌管。赫伯特对教会的刻画具有人的魅力。她来自东方，对于西方世界的英语读者而言，具

---

　　① Philip Schaff. *History of the Christian Church, Vol. 1, Apostolic Christianity, A. D. 1-100.* New York, 1882, p. 508. In Silvia Mussi da Silva. "Herbert's 'Church Militant'". *Alfa Revista De Linguistica*, 2001, p. 272.

有明显的异国情调，诗人提到的东方"香料"（spice）激起读者的味觉感受，而在接下来第 15 行的"甜美如诺亚阴凉的葡萄藤"再次强化了诗中说话人对教会的情感体验。赫伯特对这段基督教历史的描写能够引起读者联想起饮酒带给人的愉悦，例如《创世纪》中记载的亚当在葡萄园饮酒这件事，愉悦也会引发罪过。然而，上帝、教会与葡萄园三者之间的关系更深刻。在赫伯特看来，上帝对教会表现出特别的兴趣，因为他"早早起来种下这棵葡萄树"（l. 11）。"种植"意味着婚姻与孕育后代，大地就是上帝的配偶，她的土地肥沃，种子得以在花园里茁壮成长。地上的花园就是上帝在地上国的伊甸园，可是基督徒却"因为诱惑而失去伊甸园"（l. 66）。于是，使徒与僧侣开始向西方传播《福音书》的话语。"力量铲平土壤，艺术得以繁荣 / 宗教如甘露降落，枝头缀满果实"（ll. 87-88）。宗教的甘霖滋润着沃土，种子得以发芽成长。这样，水与宗教两个意象联系在一起。水对花园的重要性而言，不言而喻，同样，洗礼在基督与人类之间也发挥着神秘的联结作用。在"教堂斗士"中，太阳照亮教会发展所走过的路线，为花园中葡萄树上果实的成长，提供养料。纵观整部《圣经》，花园意象与教会联系在一起：

> 正如花园是从一片废地中因某种特殊用途而被选择出来一样，基督的教会也是在世界上因为某种特殊用途而被选择出来。在花园中，美好的植物不会自然而然地生发，而是由人种植与布置；因此，人的心灵内部没有善，善由天国的农夫种植与布置……花园中有各种各样的花朵与香料；因此，在基督徒的内心也有某种恩典。人在花园中行走，感到快乐，他修篱墙、除杂草、浇水、种下植物，因此而快乐，所以，基督的关照与快乐是为他的教会。花园中有喷泉与溪流经过，如同伊甸园中有四条溪流经过；这样教堂就是基督的乐园，他的灵就是这泉水中的一眼，滋润着信徒的灵魂。花园需要去除杂草与修整；在基督徒的心灵中，基督也一直这样做，否则他们就会长满杂草、变成荒野。①

在上帝的花园中，诗人提到葡萄园并不是偶然原因，而是因为从葡萄藤上有垂下来的葡萄。基督自己将其血液与葡萄酒联系在一起。他的身体被罗

---

① Alexander Cruder. *A Complete Concordance to the Holy Scriptures of the Old and New Testaments*. Philadelphia, 1872, p. 226.

马士兵刺伤，流着血，他被钉在了十字架上，献给了人类。他经历了训导，给人类提供了一个获得救赎的机会，因此，他的血液变成了甜酒。他至高无上的牺牲是因为对人类的爱。在"那串葡萄"中，赫伯特对基督经历的痛苦考验表现出了极度的感激之情：

> 但是，那串葡萄在哪？在哪可以品尝
> 它的味道？主啊，如果我必须借用，
> 就让我像接受他们的悲伤一样，接受他们的喜乐。

> 但是，他已经有了葡萄酒，还会要葡萄吗？
> 　　　　　　我已经得到了他们的果实，甚至更多。
> 主应该受到称颂，是他让诺亚的葡萄树繁茂，
> 　　结满葡萄。
> 　　但是，我更崇拜他，
> 是他因袭旧法使酸酸的液体变成甜酒，
> 甚至是上帝自己，也因为我遭受挤压。（ll. 19–28）

上述诗行证实了赫伯特在"教堂斗士"中表达的观点，即《旧约》中描述的种种基督教事件仅仅是为基督降临做准备。对基督徒而言，上帝不仅是能够严厉惩罚信徒的律法，也是爱。诗人已经意识到基督必然使自己遭受挤压，这样他才能喝到那甘甜的葡萄酒。因此，基督是教会的真正根基。在"教堂斗士"中基督被罗马士兵刺穿身体的故事揭示了基督对人类的爱，基督的受难事件是"最高层次的宗教境界——不是因为种植，而是因为灌溉，不是因为外在的行为与积极的工作，而是因为内在的沉思默想以及对基督本身神秘事件的洞察"。[1] 因此，席尔瓦（Silvia Mussi da Silva）说这就是赫伯特接近基督的方式。[2]"律法本是借着摩西传的，恩典和真理都是由耶稣基督来的"（《约翰福音》第1章第17节）。基督不仅布道，而且以人们能够理解的方式行事。这就是赫伯特在《圣殿》中描绘的基督形象。席尔瓦说，"教堂斗士"不是赫伯特所做的一次布道，而是对其朝圣之旅的

---

[1]　Philip Schaff. *History of the Christian Church, Vol. 1, Apostolic Christianity, A. D. 1-100*. New York, 1882, p. 415. In Silvia Mussi da Silva. "Herbert's 'Church Militant'". *Alfa Revista De Linguistica*, 2001, p. 273.

[2]　Silvia Mussi da Silva. "Herbert's 'Church Militant'". *Alfa Revista De Linguistica*, 2001, p. 273.

戏剧化呈现。描绘教会发展的具体过程更加令人信服。"教堂斗士"中的教会犹如一位朝圣者，谦卑地前行，敲开所有人的大门——没有"奢侈与权贵"（l. 198）阻挠她的前行——一路向西谦卑前行，以十字架为杖。在前行过程中的某一时刻，基督自己也变为朝圣者：

> 皈依的罗马武士弯下腰，从尘土中拾起
>
> 悲哀的忏悔，而不是劫掠的欲望；
>
> 罗马武士放下长矛，唯恐它再次穿透
>
> 那为他而死，和信徒们在一起的基督。（ll. 67–70）

> The great heart stroops, and taketh from the dust
>
> A sad repentance, not the spoils of lust
>
> Hitting his spear, lest it should pierce again
>
> Him in his members, who for him was slain.（ll. 67–70）

在这段原文中，大量长元音、双元音以及"s"音的运用，使得这四行的韵律变得异常缓慢，显示出基督受难的痛苦。基督是有心之人，他只对那些想要悔改的世人感兴趣，无意于追查世人的过失。按照基督教，上帝创造了人类，并与他们订立了契约，而基督就是代替上帝履行约定的人。他不会因为人对上帝的不忠，就解除这约定。基督的十字架就是上帝与人订立契约的最重要象征，在赫伯特看来，基督被钉上十字架，使得这约定变得更加牢固（l. 24）。

方舟是《圣殿》中上帝与人订立契约的另一个象征。首先，方舟与洪水相关联。当上帝对人类的罪过愤怒时，他决定发大洪水毁灭一切，只留下顺从的诺亚一家。因此，方舟就是上帝救赎人类的方式。诺亚一家在方舟中得以幸存。在"教堂斗士"中，方舟一直跟随朝圣者，虽然诗人没有特意去描绘这个意象，但是，赫伯特却借用这个意象表达延续观念。[①]

席尔瓦对"教堂斗士"中的罪（sin）进行了细致的文本分析，点名了罪过的本质与诗人对罪过的理解。在把教会比喻为新娘的基础上，席尔瓦用妓女意象来描绘罪恶。东方与西方的巴比伦是东方与西方罪恶的中心。这两座繁荣的城市是伟大文明的摇篮，但是它们的富庶却在放荡中堕落。

---

① Silvia Mussi da Silva. "Herbert's 'Church Militant'". *Alfa Revista De Linguistica*, 2001, p. 274.

在"教堂斗士"中，这两座城市与荣耀、享乐（ll. 135, 142）和金钱（ll. 126, 250-251）联系在一起。"光荣是它以前的主要武器／当它变得冷酷时，享乐随即出现／享乐很快被吹成一股巨大的烈焰（ll. 143-145）。"罪行不会因为牧羊人有象征权杖的钩子就会有所收敛；善行也并不足以建造一座圣殿。罪行振作起来，购买神龛与神谕用做花圃（l. 128），它的西巴比伦非常富有，足以"支付"（l. 213）从东方开始的旅行；相反，宗教却与贫穷为伍（l. 252）。美洲殖民地的黄金总是源源不断地运送到英国。受贿是罪过的主要特征，其"传染的不忠"（l. 158）总是寄希望于"肉体享乐"（l. 159），与教会的贞洁形成了鲜明对比。它总是"扰乱她的安宁，玷污她的美名"（l. 106）。那个恶棍意象也同样准确地表达了这一观点。罪恶是个"恶棍"（l. 149），一个"放荡的恶棍"（l. 164），"爱献殷勤"，用来描绘他行动脚步的词汇是"潜行"（l. 121）。"他比善行狡诈得多／留下大量驻军罪行"（ll. 124-125）。恶意与贪婪（l. 237）是他谎言得逞的武器。

> 全世界人们的手中，钱包中都装满
>
> 大量奖券，人们可以从中抽取几张。
>
> 但这一切都是荣耀的欺骗，无畏的欺骗，
>
> 可怜的事实被暂时搁置在一旁
>
> 让人们去相信他，而不去相信
>
> 那些在他后面勇敢地揭示真相的人。（ll. 133-138）

在诗人看来，罪过通过种种伪装增加自身的可信度，他"从埃及悄悄隐退，／用从希腊、古罗马学习到的庄严"步伐（ll. 187-188）向西迈进。虽然真理与他并行，但是，罪过却坐下来，"清点已经取得的胜利"（l. 190），他用曾经迷惑犹太人的方法，欺骗那些最敏锐的国家——埃及、希腊、罗马——如同"施行魔法"（l. 193）。罗马根本没有像古巴比伦那样被俘，而是自愿接受罪过的诱惑，"所有国家都追随罗马"（l. 195）。罗马的基督教已经与罪恶别无二致，因为教皇利用权力赚取钱财，而在用钱时却没有章法可言。

因为教会传播基督的话语，所以罪恶也"振作起来"（l. 127），在地上国"播种"（l. 107）花园：

> 他首先到达埃及，播种
>
> 众神的花园，它每年都

增加新鲜而美丽的神祇，他们因此付出

巨大代价，因为一只头盔而失去唯一神。（ll. 107–110）

在希腊，罪恶也创造了"一座花圃"（l. 127）。然而，这花圃却没有像基督的花园一样滋养信徒。在赫伯特看来，这座花圃中虽然拥有几乎所有与罪恶有关的滋养意象——"他们（东方与西方的巴比伦）是恶行的乳头，哺乳东方与西方"（l. 220）——实际上，他们并没有给人提供食物。罪恶花园里的河流已经遭到污染，那里的水已经无法饮用："罪孽即将用这一切湮没台伯河 / 与泰晤士河，污染它的水流"（ll. 241–242）。此外，基督徒们却只崇拜食物，而不吃这食物，因此，他们不能正确运用他们已经拥有的：

啊，没有上帝恩典的人是个什么东西！

面带谦卑地崇拜大蒜，

向那他应该吃的食物祈求，

却在向那食物顶礼膜拜时忍饥挨饿。

如果人与神祇被无限分开，

谁将成为他神祇的根基，他是那样低贱！

当他崇拜扫把时，房间却肮脏难闻，

怎样的不幸才能为他让路？（ll. 111–118）

蒜这种食物在《圣经》中只出现过一次，在《民数记》第 11 章第 5 节，当以色列人在赶往上帝给予他们的应许之地途中，抱怨他们在途中经历的苦难，一些人哭号着说："我们记得在埃及的时候，不花钱就吃鱼，也记得有黄瓜、西瓜、韭菜、葱、蒜。"罪恶给信徒吃"裹着蜜饯的毒药丸"（l. 132），味道甜美，却含有毒素。与之相比，基督提供给信徒的血液却是甜美的，它品尝起来味道甜美，但却是通过痛苦来实现。

"教堂斗士"中的教会与罪恶在诗人看来，表现为光明与黑暗两个对比鲜明的意象。歌珊地（"Goshen"，出埃及前以色列人住的埃及北部肥沃的牧羊地）的黑暗与接受过洗礼的埃及人的光明形成了鲜明对比（l. 43）。"然而新旧巴比伦好比地狱与夜晚 / 就像月亮与太阳好比天堂与光明"（ll. 214–215）。

萨默斯也赞同"教堂斗士"是长篇叙事诗的观点，但是，他认为"教堂斗士"与《圣殿》中的其他诗歌不同。① 然而，无可否认的是，"教堂斗士"的写作也反映了赫伯特对政治与宗教的关注：

> 基督教在我国翘首以待，
>
> 即将被传到美洲海岸。（ll. 235–236）

《圣殿》本身的政治与宗教色彩，使其在接受出版审查的时候面临重重困难。沃尔顿说，当尼古拉斯·费拉尔把《圣殿》送去剑桥大学准备出版时，剑桥大学副校长起初由于第 235–236 行的明显的政治预言色彩而拒绝这两行诗的出版。但是，费拉尔却异常坚持出版整本诗集，不能删掉这两行。在争论之后，剑桥大学副校长说"我非常了解赫伯特先生，我也知道他曾经有许多对天国的预言，他是一位神圣诗人；但是，我希望世人不要把他当作有灵感的预言家，鉴于此，我同意出版整本书。"②

最终，诗集得以整本出版，唯一不是由赫伯特创作的部分就是由费拉尔撰写的前言。凯恩说，1863 年，第一位致力于研究赫伯特的专业学者约翰·尼可（John Nichol）在其编辑的《乔治·赫伯特诗集》（*The Poetical Works of George Herbert*）序言中说："该作者与其作品蕴含着浓厚的普遍性（catholicity），这使得整部诗集能够引起广泛兴趣，而且该作者使得祷告上帝与赞扬上帝在所有形式中都能成为一种合适的表达。"③

费希（Stanley Fish）则认为"教堂斗士"部分的叙事特征是由教义问答的顺序决定的，他说，"在我读到的改革时期传道师中，只有兰斯洛特·安德鲁斯（Lancelot Andrewes）会在作品中融入如此大量的历史材料，但是，在他（赫伯特）的作品中，历史零零碎碎呈现出来，并没有采用连续的编年体。"④ 费希对"教堂斗士"的评论颇具启示意义。他提醒读者：

> 这首诗具有不确定性、比例不协调、虎头蛇尾，而且也没有给读者留下令人满意的结局。但诗歌本身并不在此。"教堂斗士"实际上

---

① Joseph H. Summers. *George Herbert: His Religion and Art*. New York: Center for Medieval and Early Renaissance Studies, 1981, 217, n. 28.

② George Herbert. *The Works of George Herbert*. F. E. Hutchinson ed., Oxford: Oxford University Press, 1953, p. 547.

③ George Herbert. *The English Poems of George Herbert*. C. A. Patrides ed., New Jersey: Rowman and Littlefield, rpt. 1986, pp. 259, 260–261.

④ Stanley Fish. *The Living Temple: George Herbert and Catechizing*. Berkeley; London: University of California Press, 1978, pp. 152–153.

是要说明斗争与辛劳存在的必要性。只有在某种草率的、因而也是危险的假设中，才能认为上帝的建筑物已经完成，否则就不会有安息与终结。对这一危险任何人都要时刻保持警惕……如果读者在放下《圣殿》后能够获得宁静与安全，那么赫伯特就没有完成教师–传道师的使命。作为教师与传道师，赫伯特想让他的读者–学生习惯于忍耐，这才是侍奉上帝的人应该努力去做的……一些人误读了"教堂斗士"，因为他们没能在这首诗歌中找到自己想要的——那个令人满意的肯定性结论。但是，因为"教堂斗士"拒绝向我们提供那份满足感，而是告诉我们一个它永远不会呈现永远也不会包含的未来时刻，最终，该诗实现了这一功能。那么，也许有人会说，作为诗歌与经验，《圣殿》是不完整的，事实确实如此……赫伯特想让我们意识到这一工作永远也不会完成，至少在人类作家笔下是无法完成的。①

"教堂斗士"纵览了拯救历史在"东方与西方"（l. 274）的发展过程，既涉及"罪过与黑暗"（l. 272）的力量，也涉及"教会与太阳"（l. 273），接近"最后审判即将出现的时空"（l. 277）。

一、再思"反宫廷组诗"

生活在纷争世界与生活在话语世界中的问题对于理解西德尼·戈特利布定义的"反宫廷组诗"来说最为重要，根据戈特利布，这组诗歌从"内容"（Content）一直到"痛苦（三）"（Affliction III），或者也许是到"星"（The Star），"星"这首诗歌并没有被戈特利布归入这组诗歌，而是由库利补充进来的。为安排《圣殿》中诗歌的顺序，赫伯特重新安排了威廉姆斯手稿中的四首诗歌，他将其中的"痛苦（一）"（Affliction I）移到其他位置，在这组诗歌后面又补充了两三首新诗。戈特利布分析说，这组诗歌总体而言是劝说性质的，他认为按照这一顺序排列的诗歌是要"废除宫廷""剖析……某些宫廷行为、美德、自我观念，以及诗歌定义。"即便是这些诗歌"试图预见可供选择的行为方式，"戈特利布论证说，这组

---

① Stanley Fish. *The Living Temple: George Herbert and Catechizing*. Berkeley; London: University of California Press, 1978, pp. 154-55, 156, 157, 161.

诗歌"证明了这一事实，即宫廷是无所不在的，也许是压抑不住的。"①但是，事实是这组诗歌中的最后几首并没有被收入威廉姆斯手稿中，他们几乎没有明确提及宫廷以及宫廷行为，而是倡导另一种阅读形式，这样，这组诗歌的排列顺序就像"水—路"这首诗一样，从抨击宫廷的彬彬有礼入手，朝着虔诚的行动主义想象前进，这个想象出来的世界并不是建构在宫廷意象之上。②读者在对赫伯特有所了解之后，就会发现这组诗歌几乎没有反映赫伯特年轻时期的抱负与困惑，几乎没有迹象表明宫廷的内在性与压抑性。③

　　这组诗歌中的前四首带有"水—路"一诗开篇明显体现出的中世纪"贬抑现世"传统。这些诗歌将世俗属性等同于宫廷属性，目的是要放弃这二者。在"内容"这首诗的开篇，诗中说话人试图压制他自己心中的"抱怨思想"，他祈祷说：

> 请给予我柔韧的思想，它优雅的尺度
> 　遵循和适合所有的世俗职位；
> 它能够瞄准王权，然而欣然
> 　居住在教堂的大门之内。（ll. 13–16）

在该诗结尾，诗人也采用同样风格，像在赫伯特大多数诗歌中一样，重新将命令归于寂静，在这个过程中，诗人通过理想乡村对其进行建构，这个理想乡村与优雅和雄辩著称的城市相对立："论说的灵魂，请停下去培育各自的阵地"（l. 33）。"本质"（The Quidditie）这首诗以诗学话语和宫廷话语之间的联系为中心，试图中断这二者之间的联系，这种做法与赫伯特早期献给母亲的试图中断世俗爱情与诗歌之间联系的十四行诗有些许相似之处：

　　① Sidney Gottlieb. "From 'Content' to 'Affliction' [III]: Herberts Anti-Court Sequence". *English Literary Renaissance* 23 (1993), pp. 474, 473. In Ronald W. Cooley. *'Full of All Knowledge': George Herbert's Country Parson and Early Modern Social Discourse.* Toronto: University of Toronto Press, 2003, p. 148.

　　② Sidney Gottlieb. "From 'Content' to 'Affliction' [III]: Herberts Anti-Court Sequence". *English Literary Renaissance* 23 (1993), p. 475. In Ronald W. Cooley. *'Full of All Knowledge': George Herbert's Country Parson and Early Modern Social Discourse.* Toronto: University of Toronto Press, 2003, p. 148.

　　③ Ronald W. Cooley. *'Full of All Knowledge': George Herbert's Country Parson and Early Modern Social Discourse.* Toronto: University of Toronto Press, 2003, p. 148.

> 我的上帝，一首诗不是一项王冠，
>
> 不是荣誉，不是华丽的外套，
>
> 不是猎鹰、宴席、抑或名望，
>
> 不是一把利剑，也不是一把鲁特琴。（ll. 1–4）

"本质"这首诗歌的修辞策略也与"祈祷（一）"相似：

> 祈祷是教堂的盛宴，天使的时光，
>
> 　　是上帝给人生命的呼吸，
>
> 　　是灵的释义，心的朝拜，
>
> 是基督徒的呼喊响彻天空大地。① （ll. 1–4）

这两首诗歌都通过一系列隐喻，或者说在"本质"这首诗歌中，通过一系列反隐喻，设法定义一种话语模式（祷告／诗歌）。无论这种策略是一系列认同（可能意味着扩大或者意味着删除和倒置）还是一系列差别，结果却是相似的：主张元话语的无用性。正如"祈祷（一）"这首诗歌，"本质"这首诗也以省略姿态结束，意在人类话语中激起神圣的逻各斯（logos），以保证其诗学内涵："但是，当我使用它时，／我与您在一起，收获最多"（ll. 11–12）。在"本质"这首诗歌中，诗人打算将诗歌从宫廷中脱离出来的尝试只有在认同宫廷与世俗世界，并将诗歌从世俗世界中脱离出来的情况下才能取得成功。这就将内在灵性（inwardness）与理想世界（otherworldliness）留给了真正的诗歌，并成为这些诗歌的唯一选择。正如戈特利布所论证的那样，在这两首诗歌中，"赫伯特达到了语言的极限。"②

接下来的"谦卑"和"脆弱"（"Frailty"）两首诗歌，进一步展开了"内容"和"本质"两首诗歌对宫廷属性（courtliness）与世俗属性（wordliness）的批判。在"谦卑"这首诗歌中，对宫廷腐败的讽喻以微妙的暗示结尾，"法律几乎无法与犯罪相区别。"在某种程度上，正是这种以寓言诠释宫廷的非常不具体的特征构成了广义的谴责。尽管提到法律与犯罪，当戈特利布向往这种情境的时刻，"美德……犹如身居高位、有等级意

---

① ［英］麦格拉斯：《基督教文学经典选读（上册）》，苏欲晓等译，北京：北京大学出版社，2004 年，第 492 页。

② Sidney Gottlieb. "From 'Content' to 'Affliction' [III]: Herberts Anti-Court Sequence". *English Literary Renaissance* 23 (1993), p. 480. In Ronald W. Cooley. *'Full of All Knowledge': George Herbert's Country Parson and Early Modern Social Discourse.* Toronto: University of Toronto Press, 2003, p. 149.

识的詹姆斯一世时期的保护人一般行事……那些有抱负的、初期暴躁的廷臣［像动物一样］。"但是，无论这些保护人与廷臣产生何种影响，他们毕竟属于同一阶层。与令人讨厌的乞求者和处于主持地位的美德这个讽喻相一致的也许是地方法庭（quarter session），但是也许更像庄园法庭（manor court），我们经常把它们的功能与王室宫廷联系在一起——管理与行使保护权——我们经常把这些与法院联系在一起——解决争端、惩罚违法者，在主持法庭的人与出现在法庭的人之间的社会地位的差距变得更大。在这种语境中，由颠倒位置造成的对"社会等级秩序崩塌"的威胁大量存在。①然而，关键问题是诗歌中没有信息说明我们读到的内容是关于王室宫廷还是地方法庭：这种讽喻的非严密性正是威廉姆斯手稿的特征，将读者的注意力从物质与社会引向灵魂的救赎。这个具体实在的意象的确切性质对于该诗本身能否取得成功而言并不是特别重要。如果宫廷代表世俗世界，那么，任何宫廷，或者说法院纲要，都能发挥作用。"脆弱"与"谦卑"这首诗歌相似，二者都是从世俗的外部世界向他们内在对应物迅捷转向。诗歌不是要谴责"何物不经证实／被命名为荣誉、财富、明眸"（ll. 2-3），并把他们作为说话人的反应不稳定的原因——因此，也许因为这，这首诗歌被安排在"坚贞"这首诗歌的前面。尽管反复强调"精神上正确的""贬抑现世"观念——"我多么鄙视"；"我把他们命名为贴金的黏土"；"我的脚践踏／在他们头顶"——诗中说话人仍然受到诱惑："这一切都源于尘土，发展迅速，／刺我的眼"（ll. 15-16）。我们对于诱惑他的事物了解甚少，因为问题的焦点在于诱惑的精神驱动力。这两首诗歌与"水—路"构成了鲜明对比，在"水—路"一诗中，水路被赋予了神学观点，显得特别重要。

　　"坚贞"这首诗是"反对宫廷"组诗中第一首没有收入到威廉姆斯手稿中的诗歌，在对人类世界事务的看法方面，与"水—路"这首诗歌非常接近。一方面，这首诗歌不是批评、忏悔、讽刺或是抱怨，而是赞扬。此外，这是一首赞扬人类美德的诗歌。与其他诗篇不同，该诗的运动走向是由内向外，从具有概括性和抽象性的坚贞走向对社会行为表现形式的关

---

　　①　Sidney Gottlieb. "From 'Content' to 'Affliction' [III]: Herberts Anti-Court Sequence". *English Literary Renaissance* 23 (1993), pp. 483, 481, 482. In Ronald W. Cooley. *'Full of All Knowledge': George Herbert's Country Parson and Early Modern Social Discourse.* Toronto: University of Toronto Press, 2003, p. 149.

注。考虑到"坚贞"一诗后面诗歌的消极特征,"坚贞"这首诗歌显得特别天真。尽管如此,这首诗歌与《乡村牧师》中的实用道德哲学产生了共鸣,使其具有赫伯特后期文学创作中的典型立场。再者,如果说该诗中的道德哲学是乐观的,那么,它却远非简单化,库利说,远非天真。与其前面任何一首诗歌不同,"坚贞"这首诗歌放弃了"贬抑现世"和邪恶的放纵造成的痛苦对立,努力将其主题置于背景中考虑,在日益变化着的"使他们松动或者动摇"(l. 10)的社会中想象善良的行为(virtuous action)。库利指出,在这个世界中,基督徒的职责就是去热爱与服侍"上帝、世人与他自己",这并不是通过以相同方式对待每一个人实现的,甚至也不是按照某个唯一固定不变的规则来对待每一个人实现的:坚贞必须与千篇一律或者僵化死板相区别。因此,坚贞的人能够权衡"事例与罪过","谁能驾驭他的马坚定而均匀的小跑,/ 虽然整个世界向前运行,现在却被落在后面"(ll. 3, 13, 14-15)。在一个因性别等级高度分化的社会中,因为道德标准其分层更加明显(例如,根据穷富之间的差异),基督徒对其邻人的职责也因邻人是谁以及需要履行职责的情境而有所不同。诚实的人,"当他对待那些 / 容易被激情动摇的病人和女性时 / 他承认一切,在自己的坚贞路上不动摇"(ll. 26-28)。"坚贞"一诗的最后一节为应对激发"内容"、"本质"(The Quiddity)、"谦卑"和"脆弱"的世俗属性与退缩会出现的对立两极给出了另外一种选择。那么,在"两大阵营 / 世俗世界的阵营与您的阵营"(Frailty, ll. 9-10)之间的选择就成为在这个世俗世界两种生活方式之间的选择,"享受变化……[或者]去制止"(Constancy, l. 33,引用时有改动)。在"坚贞"一诗开篇的理想化的"诚实的人"在诗歌结尾成为一名"射手",他不只是射手,正如哈钦森所言,他还是目标人物。[①]库利分析说该诗的结尾句将这种理想化、然而却又实用的道德哲学置于更具有加尔文教色彩的语境之中,而不是阿米尼乌斯教义的语境之中。对这名"诚实的人"的终极考验是他并不是把自己的坚忍不拔的美德归于他的个体意愿,而是归于上帝的恩典:"他仍然正确,祈求一切安宁"(l. 35)。[②]

① Ronald W. Cooley. *'Full of All Knowledge': George Herbert's Country Parson and Early Modern Social Discourse.* Toronto: University of Toronto Press, 2003, p. 151.

② Ronald W. Cooley. *'Full of All Knowledge': George Herbert's Country Parson and Early Modern Social Discourse.* Toronto: University of Toronto Press, 2003, pp. 150-151.

实际上，"坚贞"这首诗歌并没有讲述与宫廷相关的任何信息。该诗的确打破了位于该诗以前的其他更具批判意义与讽刺意义的诗歌对宫廷以及世界的比喻性认同。这种突破考虑到了对世界及其道德变化无常的更加微妙的描述。同时，"坚贞"这首诗歌也为重新思考在"内容"以及"本质"这两首诗歌中涉及的诗学问题开辟了道路，"内容"与"本质"这两首诗歌以渐渐转向无法付诸实践的"沉默修辞"（"rhetoric of silence"）著称。

位于这组诗歌之后的诗歌是"痛苦（三）"，该诗实现了与语言和世界物质性的和解，库利指出，和解的基础在于基督徒认识到虽然在世人中间基督的"生命就是悲痛"，但是，他却"执着于此"（ll. 13—14）。在"痛苦（三）"的第一小节，诗中说话人用"无法驾驭的叹惜"（l. 6）发出呼号："我的主啊！（l. 1）"在"内容"这首诗歌中，诗中说话人曾经努力在他"胸膛的四壁里"（l. 2）维持这种"私人的呐喊"（"private ejaculations"），但是，这就像"坚贞"那首诗一样，语境就是一切。接下来，诗中说话人立即恢复了勉强口齿清楚的对悲痛的表达，以此证明神的保护："如果您不救赎世人，/ 无法驾驭的叹惜定然粉碎我心"（ll. 5—6）。甚至这也能激起最缺乏诗意的话语。在第二小节中，对传统"精神家园"（"spiritus"）意象的颇具玩味的叙述——"您用呼吸赋予我生命和形体"（l. 7）——意味着叹息可能是灵感的最基本形式。叹息，诗中说话人将其看作"一阵即将给我带来福祉的风"（l. 12），表明人类对生活在世俗世界接受审判的回应，人们应该忍受，甚至应该欣然接受这种表达与审判，而不是逃避。①

在这组"反宫廷诗歌"中，戈特利布并没有将"星"这首诗歌加入进来，尽管在这首诗歌中，诗中说话人礼貌地请求获得保护——"请您给我留一个站立之处"（l. 21）——以完成这个和解运动。实际上，也许有人认为赫伯特的这组"反宫廷诗歌"应该放弃"贬抑现世"的立场，应该以拥护宫廷的诗歌收尾，因为对于生活在世俗世界的人而言，"宫庭"（"court"）不仅象征世俗世界的所有糟糕属性，②而且宫廷（court）也象征着天国荣耀的世俗显现。

---

① Sidney Gottlieb. "From 'Content' to 'Affliction' [III]: Herberts Anti-Court Sequence". *English Literary Renaissance* 23 (1993), pp. 151-152.

② Ronald W. Cooley. *'Full of All Knowledge': George Herbert's Country Parson and Early Modern Social Discourse*. Toronto: University of Toronto Press, 2003, p. 152.

二、《乡村牧师》与《圣殿》的联系与区别

在"痛苦（一）"中，赫伯特这样写道：

现在我在这里，您将如何对付我

没有一本书能够揭示。

我读书、哀叹，希望自己是一棵树；

因为无论如何，我都会

结满果实、绿树成荫；至少一些鸟雀

会把巢穴安在我的身上，我应该公正。（ll. 55-60）

在"神职"中，赫伯特也对这一问题发表了看法：

是我经常看见，精巧的双手

与火的力量怎样把讨厌的泥土

铸造成精巧的物体。我曾经鄙夷不屑地站在

那泥土上，它由烈火与精巧

匠人手工技艺锻造，适合

摆放在最好客的主人的餐桌上。（ll. 13-18）

以上两节诗歌都是以牧师职业为主题的诗歌，共同表达了诗人希望对上帝及其追随者有用的渴望，或者也可以用诗人在"爱（三）"中用到的词汇"侍奉"（"serve"）来表达。根据大多数学者推测，"痛苦（一）"是诗人的早期作品，诗中处处流溢着诗人的焦虑与痛苦。然而，该诗却以绝望的祷告，神秘而令人感兴趣的双行体为结尾："啊，我亲爱的上帝！虽然我被完全忘却 / 如果我不爱您，就让我不爱您吧。"（"Ah my dear God! Though I am clean forgot / Let me not love thee, if I love thee not."）这里，赫伯特表达了一种神秘的宗教体验，在作为基督教徒的诗人看来，上帝无所不能，而对于作为基督徒的诗人来说，这一切却又充满了不确定性。库利认为，"神职"这首诗的写作时间要比"痛苦（一）"晚很多，风格和内容与"痛苦（一）"有很大不同。在"神职"中有一个奇喻，赫伯特把上帝比喻为制陶工人，一位"用低级的物质 / 制造器物满足高级需求"（ll. 34-35）的手艺人。在这首诗歌中，诗中说话人的态度不如"痛苦（一）"中说话人的态度谦卑，这也许是因为诗人经过思考变得更有自信了。"神职"中的说话人决定：

　　我匍匐在您脚下。

　　我匍匐在此，直到我的造物主找到

　　某种低微的物质显示他的巧妙：

　　接下来的时间属于我。（ll. 36–39）

与"痛苦（一）"中的说话人不同，这首诗歌中的说话人看起来似乎肯定他的"时间"将要到来。"神职"这首诗歌中展现出的职业敏感性与《乡村牧师》中的关于牧师职业与社会进步的意识形态密切相关。

　　《乡村牧师》是赫伯特后期的重要著作，在某种意义上说是赫伯特文学造诣的巅峰之作。然而，却鲜有学者将这部作品作为他的最重要著作来研究，《乡村牧师》是赫伯特有生之年作为他所在时代社会话语参与者的最后观点。这部作品揭示出赫伯特对他所在时代的一些观点的拒绝、修正与接受。如果有人赞同这一观点，至少是部分接受这一观点，那么，重新考虑赫伯特诗歌中的一些问题也许是有必要的。为重新考虑这些问题，我们需要重新思考《圣殿》中诗歌的写作顺序。[①] 正如玛丽·艾伦·里基（Mary Ellen Rickey）已经证明，在一篇赫伯特批评研究的早期代表作中，那些相对来说的早期诗歌——即那些收录在威廉姆斯手稿（Williams manuscript）中的诗篇——在语调、演说方式、比喻技巧和韵律方面明显与在后来的波德里亚手稿（Bodleian manuscript）中找到的诗歌不同。读者据此推断说《乡村牧师》与一些赫伯特晚期诗歌存在相似之处。[②] 无可否认，对于波德里亚手稿中的诗篇，我们无法确定其具体的创作时间，不过，这些诗歌似乎反映了赫伯特思想与表达在发展过程中的一个不同阶段。大多数赫伯特批评家对这一问题进行过总体述评。例如，艾米·查尔斯论证说"（那些诗歌）两个版本之间的变化无疑是我们证明赫伯特作为诗人成长的最重要证据。"[③] 然而，许多读者却并不重视赫伯特文学创作的变化或者是整个进

---

　　① Ronald W. Cooley. *'Full of All Knowledge': George Herbert's Country Parson and Early Modern Social Discourse.* Toronto: University of Toronto Press, 2003, p. 136.

　　② Mary Ellen Rickey. *Utmost Art: Complexity in the Verse of George Herbert.* Lexington: University of Kentucky Press, 1966, pp. 103–147.

　　③ Amy M. Charles and Mario DiCesare. *Introduction to The Bodleian Manuscript of George Herbert's Poem: A Facsimile of Tanner.* Delmar, N.Y.: Scholars' Facsimiles and Reprints, 1984. Xix. In Ronald W. Cooley. *'Full of All Knowledge': George Herbert's Country Parson and Early Modern Social Discourse.* Toronto: University of Toronto Press, 2003, p. 136.

程，或者是他们只是关注赫伯特个别几首诗歌中表现出的那种明显变化，如果他们没有获得诗学或者宗教视野，那么，他们则试图把《圣殿》看作一个复杂的、至少是一个包含明确问题的整体。然而，库利指出，就历史而言，这些论证也许属于告知型论证，他们试图抹杀《圣殿》中诗歌的区别。然而，正是这些诗歌间的区别也许能够反映特定的历史境况，因为历史境遇的紧张状态或者说诗人所在时代的意识形态的冲突都会内化于诗人的视野。[①]

当然，赫伯特在文学创作中，把这种时代的紧张感以及意识形态的冲突曲折地反映在诗歌以及散文作品当中。通过将创作的诗歌编入一部诗集，他有意以特殊方式安排诗歌的排列顺序，效仿《圣经》经文文本间的重复与预测，甚至在被许多书页或者几个世纪间隔开的时候，例如，在"圣典（二）"（The Holy Scriptures II）这首诗歌中，赫伯特写道："这诗行表明光芒与天体／朝着第三方向运动，留下十页文字。"[②]正如《圣经》，截然不同的文本组合在一起，作为一个整体——用弗莱的话说，这是一部"伟大的代码"——对基督教文学文化发挥作用，而《圣殿》的结构含蓄地坚称其多重叙事声音与视角在创作的某个单独时刻共同存在于诗人的意识之中。但是，库利指出，这只是一种虚构。在承认意识复杂性的情况下，这种虚构的真正价值就在于不应该把对建构意识的历史进程的考察排除在外。[③]

那么，把赫伯特的诗歌作为历史与传记共同建构的艺术品来考查，需要从哪些方面进行？不管怎样，我们还是要避开乔治·赫伯特·帕默拆散赫伯特自己安排确定的诗歌排列次序，而采用推测出来的传记顺序将赫伯特诗歌重新进行排序的做法。在讨论这个问题时，需要时刻牢记准确性也是有限度的。《圣殿》中根据合理推测可以明确具体创作日期的诗歌数量非常少。[④]如果我们接受查尔斯有说服力的论点，接受威廉姆斯手稿的早期创

---

① Ronald W. Cooley. *'Full of All Knowledge': George Herbert's Country Parson and Early Modern Social Discourse.* Toronto: University of Toronto Press, 2003, pp. 136-137.

② George Herbert. *The Temple.* In George Herbert. *George Herbert: The Complete English Poems.* John Tobin ed., London: Penguin Books, 2004, p. 52.

③ Ronald W. Cooley. *'Full of All Knowledge': George Herbert's Country Parson and Early Modern Social Discourse.* Toronto: University of Toronto Press, 2003, p. 137.

④ Ronald W. Cooley. *'Full of All Knowledge': George Herbert's Country Parson and Early Modern Social Discourse.* Toronto: University of Toronto Press, 2003, p. 137.

作日期，那么，我们就无法确定，波德里亚原始手稿中那些被后来补充进去的诗歌到底是晚到何时才被创作出来的。[①] 当赫伯特写好威廉姆斯手稿的时候，另外 90 多首诗歌中的一部分可能已经被他写好了，可是，却因为某种原因，没有被赫伯特收入到诗集当中。然而，还需要考虑另一个原因，赫伯特下定决心把这些诗歌编入诗集《圣殿》的时间可能有些晚。[②] 而且，查尔斯还颇为合理地指出赫伯特一生中唯一一段能够写出大批诗歌的闲暇时间，应该是 1628-1630 年间当他住在威尔特郡的时候。在那段时间，他先和叔父丹比伯爵住在丹特西住宅，然后，诗人和他的新婚妻子以及岳母住在埃丁顿附近的贝恩顿住宅。[③] 库利认为有几首诗歌可以反映诗人担任教区牧师的经历，但是，这类诗歌数量非常少。无论如何，赫伯特在威尔特郡生活的最后五年可以在"圣堂"部分的终稿中找到些许痕迹。[④]

　　20 世纪末期西方学者再次掀起研究赫伯特修订诗歌的热潮。西德尼·戈特利布发现一个朝着"确信停滞期"（"plateau of assurance"）转变的阶段，这与"《圣殿》改编之后的结尾所体现出的……辛苦成果和对赫伯特的英国国教信仰……的证实相符。[⑤] 库利说詹尼斯·勒尔的研究令人信服，然而稍微有些试探性质，她发现威廉姆斯手稿和波德里亚手稿之间的变化体现出"远离抒情式的个人主义（lyrical individualism）的发展状态"。[⑥] 克里斯蒂娜·马尔科姆森通过将威廉姆斯手稿的修订与赫伯特在大约 1627 年谋求高位联系在一起，为赫伯特的修订原因给出了最明确的论点。马尔科姆森论证说，放弃"通过扮演'外在的'高贵身份和'内在的'

　　① Ronald W. Cooley. *'Full of All Knowledge': George Herbert's Country Parson and Early Modern Social Discourse.* Toronto: University of Toronto Press, 2003, p. 137.

　　② Ronald W. Cooley. *'Full of All Knowledge': George Herbert's Country Parson and Early Modern Social Discourse.* Toronto: University of Toronto Press, 2003, p. 137.

　　③ Amy M. Charles. *A Life of George Herbert*. Ithaca: Cornell University Press, 1977, p. 138.

　　④ Ronald W. Cooley. *'Full of All Knowledge': George Herbert's Country Parson and Early Modern Social Discourse.* Toronto: University of Toronto Press, 2003, p. 138.

　　⑤ Sidney Gottlieb. "The Two Endings of George Herbert's 'The Church'". In Mary A. Maleski ed. *A Fine Tuning: Studies of the Religious Poetry of Herbert and Milton. Medieval and Renaissance Texts and Studies* 64. Binghamton: Medieval and Renaissance Texts and Studies, 1989, pp. 71-72. In Ronald W. Cooley. *'Full of All Knowledge': George Herbert's Country Parson and Early Modern Social Discourse.* Toronto: University of Toronto Press, 2003, p. 138.

　　⑥ Janis Lull. *The Poem in Time: Reading George Herbert's Revisions of The Church.* Newark: University of Delaware Press, 1990, p. 74.

灵性生活的贫瘠以实现社会流动性的最初身份结构……修改之后的《圣殿》则净化其自身，使其摆脱了为追求高位和利益好处而带有的贬义色彩。"[①]根据上述批评家所言，修订之后的诗集《圣殿》具有明显的英国国教色彩，与之相比，个人色彩被大大削弱了，同时，与威廉姆斯手稿相比，修订后的诗集对"社会流动性"（"mobility"）关注得更少。[②]库利说上述批评家遗漏了最明显的事实，而是追求如下结论：在"圣堂"部分的终稿中，我们了解到牧师所做的工作，是一名作家想象着"尝试"担任国家教会发言人这个特定的社会角色与叙事声音。[③]

在"圣堂"部分，有可能记录了一个稳定发展的——虽然是踌躇的——从禁欲的内省向热衷于传道的、牧师的、礼拜仪式的、说教形式的话语转向。赫伯特的宗教诗歌属于几种不同类型的话语范畴。第一类诗歌，也是他数量最多的诗歌是直接说给上帝听的祈祷诗和赞美诗。这类诗歌在"圣堂"部分占大约 40% 的比例，虽然对于其具体比例很难说清楚。[④]余下部分的诗歌可以分为呼语诗（apostrophe）、对话诗、叙事诗、以及类似庆祝仪式的诗歌等这几类，他们不仅在文本内部而且还和文本外部有联系，涉及更多的说话人与听众。根据保守估计，大约有一半从威廉姆斯手稿中转到修订本中的诗歌是祈祷诗，鉴于此，修订版新加入的诗歌中有三分之一是祈祷诗。而且，在这些"新"祈祷诗中，有八首被穿插到构成"圣堂"前半部分的威廉姆斯手稿的大部分诗歌当中。这样，在"圣堂"后半部分中共有 76 首诗歌不是来自于威廉姆斯手稿，其中只有 20 首祈祷诗（大约占后半部分的四分之一）在这部分。这样，在这部诗集中，沟通的坐标轴在由第一部分到第二部分的过渡中，呈现出由纵向（人对上帝的祈祷）到横向（人与人之间的沟通）的转变。直接向上帝祈祷的诗歌数量在"圣堂"部分明显呈现出下降趋势；赫伯特后来补充到诗集中的诗歌更多地是针对

---

①　Cristina Malcolmson. *Heart-Work: George Herbert and the Protestant Ethic.* Stanford: Stanford University Press, 1999, pp. 97-98.

②　Ronald W. Cooley. *'Full of All Knowledge': George Herbert's Country Parson and Early Modern Social Discourse.* Toronto: University of Toronto Press, 2003, p. 138.

③　Ronald W. Cooley. *'Full of All Knowledge': George Herbert's Country Parson and Early Modern Social Discourse.* Toronto: University of Toronto Press, 2003, p. 138.

④　Ronald W. Cooley. *'Full of All Knowledge': George Herbert's Country Parson and Early Modern Social Discourse.* Toronto: University of Toronto Press, 2003, p. 138.

人类听众，讲述内容要么是人类的境遇，要么是世俗人类与神之间的交流，库利认为从中我们可以发现牧师或是英国国教的叙事声音。①

第二节　"星之书":《圣殿》的空间结构

沃尔顿在《赫伯特传》（*The Life of Mr. Herbert*）中将赫伯特描绘为"圣徒，没有被世俗世界玷污，经常救济施舍，充满谦卑之心，是拥有美德的生活的典型"，②费拉尔在《圣殿》的序言中，将赫伯特称作"原始圣徒的伙伴"③。在《圣殿》的创作中，诗人不仅通过言语论辩让读者去领略其诗才，而且经常采用17世纪神学诗人在创作中经常运用的圣依纳爵（St. Ignatius）的冥想方法，在头脑中构造"那个地方的精神意象"④，将诗行构造为具体的图形，激发读者的视觉感受力，进而从精神上感受上帝。实现形与意、形与思的统一。

具体的实在的圣殿是灵魂的圣殿，象征着基督的身体。而赫伯特的诗歌创作，犹如教区的教堂或者礼拜堂，是一座设计精巧的传统结构，对所有人开放，等待所有人进入。"有形体的教堂——在赫伯特时代根据法律所有人接受洗礼的机构，是堕落的男人与女人的伙伴、是上帝恩典的共同体、是上帝与人类和解的源泉……对于赫伯特而言，末世降临的时刻势必意味着上帝要完成与所有信徒的和解工作。在这项神圣的工作中，人要把上帝爱人的启示充分传递给人类。为深入完成这些工作，赫伯特在诗学创作中投入的精力不比投入到乡村牧师工作中的精力少。"⑤

从诗集《圣殿》的结构安排来看，"教堂门廊"部分远不如"圣堂"部分的162首诗歌重要，然而，"教堂门廊"的伦理意义远远超过其仪式意

---

① Ronald W. Cooley. *'Full of All Knowledge': George Herbert's Country Parson and Early Modern Social Discourse.* Toronto: University of Toronto Press, 2003, pp. 138-139.

② Izaak Walton. *The Life of Mr. George Herbert.* In George Herbert. *George Herbert: The Complete English Poems.* John Tobin ed., London: Penguin Books, 2004, p. 314.

③ George Herbert. *George Herbert: The Complete English Poems.* John Tobin ed., London: Penguin Books, 2004, p. 3.

④ Mary Theresa Kyne. *Country Parson, Country Poets: George Herbert and Gerard Manley Hopkins as Spiritual Autobiographers.* Eadmer Press, 1992, p. 26.

⑤ John N. Wall. *George Herbert: The Country Parson, The Temple.* New York: Paulist Press, 1981, pp. 36-37.

义，该诗开头部分的词汇："美好"（sweet）、"财宝"（treasure）、"快乐"（pleasure）、"诱饵"（bait）以及"牺牲"（sacrifice）却是整部诗集的关键词，主导整部诗集的内容，又在诗集中不断被诗人赋予新的内涵。在"牺牲"这首诗歌中站在十字架上受刑的基督一点也不畏惧牺牲，他说他的牺牲是"美好的牺牲"（"sweet sacrifice", l. 18），此处的"美好"直指基督受难，与用来形容青年的"美好"构成了强烈对比，形成了辛辣讽刺，也许赫伯特想要以此来引导读者理解真理，理解一种充满悖论的、然而是可以获得救赎的现实，引导读者进入一个"爱是一种甜蜜而又神圣的液体，/ 我主感到那是血，而我则感觉是酒"（"痛苦"（The Agony），ll. 17-18），或者如诗人在"牺牲"一诗中说"您的安全在我病中得以维持"（l. 227）。

　　此类语义转换自始至终贯穿在诗集《圣殿》中，给读者的判断和思考提供多种可能性。读者会不自觉地接受诗中说话人的观点，也就是赫伯特自己的观点，感受到诗人对他所在世界的矛盾认知。因此，诗人将诗歌的教育意义和诗学创作技巧结合在一起，在诗歌的创作形式与生活方式之间建立一种连接。

　　位于"圣堂"部分开篇的"破碎的圣坛"（The Altar）是一首图形诗，诗人将诗行设计为严谨的基督教教堂中的圣坛形状，诗行有着严谨的格律以及韵律，并且"圣坛"（ALTAR）这一词语在该诗第一行圣坛的顶部以及圣坛底部该诗的最后一行分别出现，诗人似乎以此来突出该诗主题，而位于圣坛中部的支柱部分则用了8行二步抑扬格，位于这8行二步抑扬格首行的"心灵"（HEART）一词将建造圣坛的典故与基督徒的心灵联系在一起，意在表明圣坛这首诗歌不仅要塑造圣坛的形状，同时要约束诗中说话人的心灵。在这里，诗人不仅用诗行言说建造诗行圣坛的困难，同时在朗读诗歌中，读者可以感受到该诗单音节韵律所带来的紧张感，建造圣坛与营造心灵秩序都绝非易事。

　　圣坛支柱部分的8个短行运用了《圣经》典故，与《出埃及记》第20章第25节相关："你若为我筑一座石坛，不可用凿成的石头，因你在上头一动家具，就把坛污秽了。"建造圣坛的石块只能是天然未经过人工雕琢的石块，就如基督徒的心灵，只有经过上帝的教诲，才能够真正感受到基督的牺牲，获得灵魂的平静，才能在圣子的牺牲中获得救赎，获得完整的心灵。

在"破碎的圣坛"的最后两行，诗人写道："如若有幸获得灵魂之安宁／我之心石将颂扬您永不停歇"，这是诗人对"生命短暂，艺术永恒"（"ars longa, vita brevis"）主题的变化应用，令读者想起莎士比亚第18首十四行诗结尾的双行体"只要世间尚有人吟诵我的诗篇／这诗就将不朽，永葆你的芳颜。"赫伯特不仅是诗人，同时，还是一名地地道道的基督教牧师，因此，他认为虽然自己愿意歌颂上帝、赞美上帝，但是对上帝的颂扬却无法限定在他的诗行之中，这一切应该久远绵长。

人与上帝之间的关系是西方文化传统中典型的二元对立关系。西方基督教徒在理解个体的自我的过程中，上帝是一个重要的参照物。圣依纳爵在他的《属灵操练》（Spiritual Exercises）中说："人被创造出来，是要歌颂、崇敬、侍奉上帝我们的主，人的灵因此而被救"。① 由此可见，在"破碎的圣坛"这首诗歌中，诗人对上帝的祷告与颂扬，正是遵循了这一传统，由心灵铸就的"破碎的圣坛"由悔恨的泪水加固，与此相融，去赞美主。"破碎的圣坛"是"圣堂"开篇典型的图形诗，诗人以破碎的圣堂形状吸引读者的视觉；然后，在这首诗歌的第一行、第五行、倒数第二行以及倒数第一行，依次用大写字母强调了"圣坛"（ALTAR）、"心灵"（HEART）、"牺牲"（SACRIFICE）和"圣坛"（ALTAR）这四个词汇。构成这四个词汇的大写字母在诗歌的结构呈现方式方面，给读者留下了深刻的印象，显示了诗人独特的视觉诗的创作思想；同时，这四个词主要分布在该诗的开头与结尾部分，尤其是"圣坛"（ALTAR）这个词，位于第一行与最后一行，表明圣坛即是人心，心灵即是圣坛的宗教思想。这样，诗人的宗教玄思通过基督教徒日常生活中的普通事物得以显现出来，使得诗人的宗教思想与诗人的诗学思想融合在一起。

在诗人的理想世界中，诗人描绘人类灵魂的谦卑而温和的状态，尝试在混乱中寻找秩序与和谐。"圣堂"开篇的"破碎的圣坛"以图形诗（shape poem）的形式，用诗行绘画出一座破碎的圣坛形状，也许，诗人以圣坛的破碎形态来描述当时英国宗教界的分裂混乱状态，想通过诗行描述这一切，并以此来追寻秩序与和谐。因此，"圣堂"在他笔下成为秩序、力

---

① St. Ignatius. *The Spiritual Exercises of St. Ignatius*. Translated and edited byLouis J. Puhl. Chicago: Loyola University Press, 1952, p. 12.

量与稳定的代名词："建筑物的轮廓形状能够反应人们谨慎设计建筑物时的信念……作为文学形象，建筑物简单，容易让人理解。因为按照基督教传统，上帝是世界上的第一位建筑设计师，他设计了具有错综复杂平衡特征的人类躯体，设计了强有力的教会和国家这两个人类社会机构……就宗教而言，神学的整个结构可以看作一座结构复杂的建筑，宗教信仰可能成为支撑柱，每一个联邦都是维护这一结构的基础。就各种宗教结构而言，英格兰教会将秩序理想、权力理想与对美的追求的理想融合在一起，发挥其为大众谋福利的机构功能。"①

因此，对赫伯特而言，"圣殿"是他诗学与宗教表达的载体，含有多重象征义，正如海伦·怀特（Helen C. White）所说："它（圣殿）也许被用来表示实实在在的教堂建筑本身、教堂的装饰品、教堂的含意；也许被用来描述上帝的神秘躯体；教会，连同其根基《圣经》经文、内住的圣灵、仪式、圣餐式、盛宴、斋戒、会议、纪念仪式都可以用来描述圣灵，用来描述因挣扎而得启发的个体基督教徒的灵魂能够辨认的圣殿，都可以用来描述圣灵的忏悔与信心。"② 在政治改革与宗教改革异常复杂的情况下，赫伯特发出个体基督教徒的"诚实声音"③，督促其读者在阅读《圣殿》的过程中，体会教堂是基督教徒的圣所，体会教堂是基督教信徒共同体的外在呈现，是他们提升思想与心灵、崇拜与感谢上帝的神圣之地。

希腊传统牧歌的结构——通过每行音节多少变化将诗的主题显现为相应图像：咏叹鸽子，即显形为鸽子振翅，歌咏斧头或鸡蛋，则显形为斧头或鸡蛋，风笛的诗歌显现出风笛轮廓。④ 玛丽·道格拉斯（Mary Douglas）认为，杜西亚达斯（Dosiadas）的诗歌"第一座圣坛"（The First Altar）具有希腊传统牧歌的典型结构，且诗行采用的是抑扬格韵律。⑤ 根据玛丽·道

---

① Bernard N. Schilling. *Dryden and the Conservative Myth: A Reading of Absalom and Achitophel*. New Haven and London: Yale University Press, 1961, p. 252.

② Helen C. White. *The Metaphysical Poets: A Study in Religious Experience*. New York: Macmillan Company, 1936, p. 168.

③ Mary Theresa Kyne. *Country Parson, Country Poets: George Herbert and Gerard Manley Hopkins as Spiritual Autobiographers*. Eadmer Press, 1992, p. 6.

④ J. M. Edmonds. *The Greek Bucolic Poets*. Loeb Classical Library, Heinemann, 1912, p. 501.

⑤ 玛丽·道格拉斯：神话建构：《<利未记>文本编码与"圣所"投射》，唐启翠译，《百色学院学报》2016 年 1 月，第 33 页。

格拉斯画出的圣所示意图，圣坛是位于教堂外院的第一个重要建筑[①]，基督教徒在此燃烧馨香料[②]。

道格拉斯认为无论是建筑空间，还是文本空间，其模式都是一种叙述。[③]看到圣坛的形状，想象最终获得救赎的神圣空间，基督教徒得以在自己的微观世界思想中，不断建造自己的宇宙观，想象自己在宇宙中的位置。受这种思维模式的影响，基督教徒就能够在诗人建造的图形的引领下，按照他们喜欢的样式建造他们自身的神圣空间。在想象世界中，正确地绘制空间，基督教徒们就能够像建造原初的神圣的圣所一样，想建造多少，就能够建造多少。

就"破碎的圣坛"的内容而言，与《诗篇》第51篇第17节的内容相呼应："神所要的祭，就是忧伤的灵。神啊，忧伤痛悔的心，你必不轻看。"赫伯特犹如基督教的圣徒大卫，通过诗行向上帝发出请求，赞美上帝，邀请读者走入由他与神圣建筑师建造的圣殿。"正如大卫的心，这颗圣坛之心已经破碎懊悔，但是，它仍然是一颗凝固在石块上的'坚硬的心'。它由上帝而不是人类铸就成为一座适合赞美的圣坛。"[④]

通过对"破碎的圣坛"这首诗歌的图形与内容的分析，基督教徒读者可能不自觉地回忆起保罗的话："你们是神的殿，神的灵住在你们里头……因为神的殿是圣的，这殿就是你们"（《哥林多前书》第3章第16-17节）。

"破碎的圣坛"位于《圣殿》中间主体部分"圣堂"开篇，意味着作为诗人与基督徒，赫伯特要把自己创作的诗歌作为祭品，献给上帝，放在"圣坛"上。这"圣坛"不仅是圣餐桌，而且也反映了诗人对心灵、诗歌创作艺术以及歌颂上帝这三者之间关系的认识与信仰。

对于赫伯特而言，他是"旅途中的人"（homo viator），诗歌是引领他走向上帝、获得救赎的船只，走向上帝的过程就是一种精神之旅，然而，这一比喻会让读者禁不住想起在通往上帝之旅中遇到的船只残骸或者混乱。

[①]　玛丽·道格拉斯：神话建构：《<利未记>文本编码与"圣所"投射》，唐启翠译，《百色学院学报》2016年1月，第34页。

[②]　这在《利未记》第16章第11-14节有所记载。

[③]　玛丽·道格拉斯：神话建构：《<利未记>文本编码与"圣所"投射》，唐启翠译，《百色学院学报》2016年1月，第37页。

[④]　Barbara Kiefer Lewalski. *Protestant Poetics and the Seventeenth-Century Religious Lyric.* Princeton: Princeton University Press, 1979, p. 310.

诗歌能够帮助诗人表达这些经历，能够将诗中说话人和读者与他们的造物主联系起来，正如"本质"一诗的结尾句所言："当我使用它（诗歌）时／我与您在一起"（ll. 11–12）。诗歌中的言辞与文学创作技巧在旅途中陪伴着基督教徒走向归家的路，诗歌是诗中说话人的灵魂能够抵达上帝的唯一通道。"在这一定义中，语言无法找到固定的港湾——因为它只能'使用'世俗声音的唯一性传达上帝的完整性。"①

基督教徒在阅读《圣经》的过程中，不仅可以朝圣圣所，也可以登上西奈山，甚至可以抵达只有摩西能够抵达的地方。因此，玛丽·道格拉斯认为阅读《圣经》形成了一种内在化的圣所：它表明这是一种"认知地理"，而与现实地理区别开来。②

在"破碎的圣坛"这首诗歌中，诗人用诗行构建圣坛的外形，期望通过这种结构外形的相似在上帝这位神圣建筑师与诗人建造者之间建立起连接。因此，在这首寓意丰富的图形诗歌中，"不仅发展了视觉论证，而且以诗歌本身的形状和结构呈现这一主题。"③

阿尔伯特·拉布廖拉（Albert C. Labriola）与罗伯特·肖则持有不同观点，他们认为"破碎的圣坛"这首诗歌呈现出来的是大写字母"I"（"我"）的形状，这一阐释能够更好地阐释该诗集是诗人"精神冲突的图景"，这首诗歌意味着"诗中说话人罪恶的自我……与圣名的符号。"④拉布廖拉认为诗中的说话人经历了一场灵魂之旅，从固执和自命不凡的冲动与自满走向神圣化。⑤

仔细观察"破碎的圣坛"这首诗歌的形状，可以发现该诗诗行的排列形状呈现垂直对称，四行诗节开头，四行诗节结尾，中间是八行诗节，共是十六行，采用的格律是抑扬格。起始部分由两行押韵的五步抑扬格和

---

①　Heather Asals. *Equivocal Predication: George Herbert's Way to God*. Toronto: University of Toronto Press, 1981, p. 58.

②　玛丽·道格拉斯：神话建构：《<利未记>文本编码与"圣所"投射》，唐启翠译，《百色学院学报》2016年1月，第37页。

③　Joseph H. Summers. *George Herbert: His Religion and Art*. New York: Center for Medieval and Early Renaissance Studies, 1981, p. 123.

④　Albert C. Labriola. "The Rock and the Hard Place: Biblical Typology and Herbert's 'The Altar'", *George Herbert Journal*, 10, 1986-1987, p. 68.

⑤　Albert C. Labriola. "The Rock and the Hard Place: Biblical Typology and Herbert's 'The Altar'", *George Herbert Journal*, 10, 1986-1987, p. 62.

两行押韵的四步抑扬格构成；结尾部分由两行押韵的四步抑扬格和两行押韵的五步抑扬格组成；中间的八行是两步抑扬格，每两行押韵，其中三四五六行押韵。因此，无论是从纵向来看，还是从横向来看，该诗歌形状的排列都呈对称状。埃德蒙·米勒（Edmund Miller）对"破碎的圣坛"的图形形状的观察结果令人信服，他认为赫伯特的这首诗歌延续使用了杜西亚达斯的诗歌"第一座圣坛"的表现形式，但与之不同的是，赫伯特的圣坛上没有石板。① 当圣殿被摧毁的时候，圣坛也就随之被毁，但是，赫伯特的诗行让读者想起《圣经》中的规训："有基督耶稣自己为房角石，各房靠他联络得合式，渐渐成为主的圣殿。你们也靠他被建造，成为神藉着圣灵居住的所在"（《以弗所书》第 2 章第 20-22 节）。"破碎的圣坛"位于诗集《圣殿》主体部分"圣堂"之首，此后是"牺牲"一诗，这一独特的诗歌排列顺序再次强调了基督教的这一传统文化，在原初的圣殿破坏以后，圣坛也随之而毁，然而，上帝之子基督的牺牲却在信徒的心中建造起一座圣殿。

"破碎的圣坛"垂直对称与横向中轴对称的精巧结构复制并重复了作为神圣建筑师的上帝的完美形式，也强调了作为万物创造者的上帝的公义与力量这一逻各斯的价值，他的神秘本质净化了建造圣坛的石块——人类，使之成为心灵的祭坛。②

"敬虔诗人（devotional poet）要虔诚地表达就本质而言是语言物种的人类，如何才能被建成适宜表达上帝的活着的圣殿。"③ 要建造基督徒心灵的圣殿，那么，就需要有破碎的心灵，这显然充满悖论含义。然而，这个主题在《圣殿》中反复出现，作为诗人，赫伯特总是在重复叙述这一悖论。"圣堂"部分开篇的"破碎的圣坛"就将破碎的圣坛与破碎的心灵联系在一起，点名破碎的圣坛由心灵铸就。破碎的心灵就是破碎的圣殿这一主题在《圣殿》主体部分多次出现，例如，在"痛苦（四）"中，诗中说话人因为受到世俗生活的诱惑而倍感痛苦、饱受煎熬，这时，他呼唤上帝"主啊，

---

① Mary Theresa Kyne. *Country Parson, Country Poets: George Herbert and Gerard Manley Hopkins as Spiritual Autobiographers*. Eadmer Press, 1992, pp. 27-28.

② Mary Theresa Kyne. *Country Parson, Country Poets: George Herbert and Gerard Manley Hopkins as Spiritual Autobiographers*. Eadmer Press, 1992, p. 28.

③ Terry G. Sherwood. *Herbert's Prayerful Art*. Toronto: University of Toronto Press, 1989, p. 99.

请您帮助我"（1. 19）！他已经意识到只有上帝对他的赞扬，才能减轻他的"痛苦"（1. 28）。直到"圣堂"部分的结尾诗篇"爱（三）"，诗中说话人还在为自己的罪过而感到羞耻，不敢走进上帝的圣殿，但是，这时上帝以温柔的爱人形象出现在他面前，主动而温柔地邀请他享用圣餐，帮助他最终实现灵魂救赎。

从诗行音步的数量以及诗行的排列来看，赫伯特特别沉迷于诗行的数字特征与比例，有意将长短行交替使用，使诗行排列呈现出特别的图形。

"世界"（The World）是另外一首与建筑物和空间有关的诗歌。

因为《圣经》中有许多圣殿的同义词，例如房屋、住宅与宫殿等，所以，当读者阅读到"世界"中的首句"爱建造了一座庄严的寓所"时，不得不面对此处"庄严的寓所"（stately house）这一短语的复杂含义。"庄严的寓所"犹如幽闭的空间，为诗人所向往，在诗歌中，诗中说话人呼唤渴望得到一处封闭幽暗的空间，使他可能"帮助人类抵御干旱与露珠"（1. 12）。然而，这一切对诗中说话人而言，却是徒劳。诗中看起来美好的财富女神（Fortune）和快乐女神（Pleasure）所代表的世俗享乐，被智慧女神（Wisdom）与神圣的律法（reverend laws）所代表的基督教智慧与理性抵消了。该诗重申的圣灵居住的圣殿"庄严的寓所"被罪过之神（Sin）与死亡之神（Death）"狡猾地""夷为平地"（1. 17）。如果不是因为上帝之爱的慷慨与神圣建筑师的无处不在，在"世界"这首诗歌中，他就无法继续在"滑轮"这首诗歌中没有完成的建造任务，无法完成"建造一座比以前更加华丽的宫殿"（1. 20）。这座更加华丽的宫殿就是基督教徒的灵，它对破坏其根基结构的虚妄想象与"美丽蛛网"毫不畏惧。

"世界"这首诗与"滑轮"这首诗一样，揭示了诗人对基督徒生活状态——"抱怨不得安宁"——的描述，按照赫伯特的理解，基督徒的生活就是如此，不得安宁，基督徒毕生为追求灵魂的安宁而努力。

第三节 赫伯特对人与上帝之间关系的想象

凯恩认为赫伯特的主要观点在于人类获得救赎的可能性，这并不是个体的故事，而是上帝的故事。而探究人类如何获得救赎是由赫伯特作为牧师与诗人的双重身份决定的，他要向读者揭示上帝对人类的爱。①

批评家萨默斯也认为赫伯特诗歌与散文中的上帝形象，并不是一般神学意义上的上帝，而是一位艺术家："作为创造物，他必须爱他们；因为从没有艺术家憎恨自己的作品。"②

在《圣殿》中赫伯特以上帝与人类灵魂之间的"情人关系"、"父子关系"以及"主仆关系"等具有戏剧化、甚至是诗意化的媒介对 17 世纪基督徒的复杂的宗教情感体验进行了描述，发现上帝与人类灵魂之间的情感关系在赫伯特笔下体现为"美好"（sweet）这一主要特征，以"谦卑的自制"为主要内容，以实现灵魂的"安宁"为最终目标。实现灵魂的安宁，不仅是基督教徒获得灵魂救赎的维度，也是全人类对终极幸福的追求。此外，对"安宁"目标的追求，反映了赫伯特对死亡的诗学想象。

想象对于诗人的艺术创作来说，尤为重要。正如康德在《判断力批判》中所言："诗人敢于把不可见的东西的观念，例如极乐世界，地狱世界，永恒界，创世等等来具体化；或把那些在经验界内固然有着事例的东西，如死，嫉妒及一切恶德，又如爱，荣誉等等，由一种想象力的媒介超过了经验的界限——这种想象力在努力达到最伟大东西里追踪着理性的前奏——在完全性里来具体化，这些东西在自然里是找不到范例的。本质上只是诗的艺术，在它里面审美诸观念的机能才可以全量地表示出来。但这一机能，单就它自身来看，本质上仅是（想象力）的一个才能。"③ 费尔巴哈对诗歌与想象的关系的论述也同样如此，他说："因为幻想是诗的主要形式或工具，所以人们也可以说，宗教就是诗，神就是一个诗意的实体。"④

张隆溪在论述诗人与神或者超自然力之间的关系时说："上古时代的诗人相信自己凭借神力歌唱，所以荷马史诗开篇便吁请诗神佑助，且成为后

---

①　Mary Theresa Kyne. *Country Parson, Country Poets: George Herbert and Gerard Manley Hopkins as Spiritual Autobiographers*. Eadmer Press, 1992, pp. 28-29.

②　George Herbert. *The Country Parson*. In George Herbert. *George Herbert: The Complete English Poems*. John Tobin ed., London: Penguin Books, 2004, p. 256.

③　［德］康德：《判断力批判·上卷》.宗白华译，北京：商务印书馆，1964年，第160-161页。

④　［德］路德维希·费尔巴哈：《费尔巴哈哲学著作选集·下册》.北京：商务印书馆，1984年，第683页。

代史诗沿袭的套语。"①

在《圣殿》的创作中，"教堂门廊"开篇，诗人便呼吁缪斯的帮助，希望他帮助自己"将欢乐变成献祭"，抛去《圣殿》基督教抒情的背景不谈，单就在开篇呼吁诗神这一套路而言，也是对荷马以来的古典诗学传统的继承。

同时，在《圣殿》中，诗人多处把诗中的说话人/抒情主体称作上帝的秘书/大自然的秘书，其职责是要歌颂大自然、歌颂上帝，也无不是对荷马史诗传统的继承与发展。

在论述诗人与神之间的关系时，张隆溪举了《九歌》作为实例。他说"《九歌》中的'灵'有时指神，有时指巫，又都是诗人借以抒发感情的媒介，所以在古时，神、巫和诗人可以浑然一体，瑰丽的神话还活在民间，那种神人交欢的盛况，难怪会勾得后世诗人们艳羡而神往了。"② 由此可见，张隆溪认为，诗人在探求自身与神之间的关系时，神是诗人抒发感情的媒介。就此而论，《圣殿》可以被看作一部基督教神话诗集，在这里，赫伯特在想象中构建人与上帝之间的各种关系，通过这些关系的微妙变化，抒发自己内心的各种真实情感。

神话是人类童年时代的产物，人们用神话来解释各种难以解释的自然现象，幻想着在整个自然界存在着众多神祇。然而，随着科学知识的积累和人们对自然界认识的加深，神话逐渐衰落，在赫伯特时代，启蒙时代即将到来，自然科学技术的发展逐渐走向繁荣。虽然诗人不排斥科学主义、不排斥经验主义，但是，诗人却无法在这些科学与经验之中找到抒发感情的媒介。唯有借助神祇才可能实现这一切，而在诗人生活的基督教语境中，唯有在探究人类灵魂与上帝之间的各种关系中，才能实现抒发情感的目的。所以，在《圣殿》中，诗人借助人类灵魂与上帝之间的"情人关系"、"父子关系"和"主仆关系"等来构建他的想象世界，以此来抒发内心的真实情感。

---

① 张隆溪：《二十世纪西方文论述评》，北京：生活·读书·新知三联书店，1986年，第50页。

② 张隆溪：《二十世纪西方文论述评》.北京：生活·读书·新知三联书店，1986年，第50-51页。

一、赫伯特与基督教诗歌传统之间的关系

在诗歌中描述基督徒个体与上帝之间的关系，并不是赫伯特的独创，而是有着悠久的基督教文学传统。赫伯特的宗教抒情诗创作继承了 14 世纪基督教抒情诗"珍珠"（Pearl）的宗教抒情诗创作传统。①

在阅读《圣殿》中，读者通过体会诗人描述的"上帝与我灵魂之间精神冲突的图景"②，能够帮助读者认识到给自我下定义以及揭示对自我的认知的多种可能性。在《圣殿》中，诗人的灵魂有时尝试脱离上帝追求自由，有时对自我进行暴露，诗人的这种精神体验有着深厚的基督教传统背景，其中的神秘体验已经存在了若干世纪。玛丽·凯恩指出赫伯特诗歌作品中蕴含传统信仰，因为灵魂在四个方面效仿上帝：灵魂是一种精神（灵性）；灵魂是不朽的（不灭）；灵魂能够推理（智慧）；灵魂能够选择（自由意志）。③灵魂与上帝之间的冲突最终在上帝的干预下得以解决，正如诗人在"爱（三）"中所描述，上帝以世俗爱人的身份出现，热情地邀请灵魂坐下就餐。吃下上帝给予的圣餐，意味着上帝对人类灵魂的救赎，上帝在人类灵魂觉得自身可耻没有获得救赎可能性时，给予的圣餐与灵魂救赎，彰显了上帝的博爱与胸襟。

赫伯特笔下的上帝是一位仁爱宽厚的上帝。将赫伯特笔下上帝的形象在与弥尔顿笔下的上帝比较起来，就可以发现二者之间的明显不同点。在《失乐园》中，弥尔顿借助反叛者撒旦之口，对上帝大加指责，他批判了上帝的独裁，质疑了上帝的权威。王昕认为《失乐园》中的上帝"是自由意志的对立物，他专横、强暴、狭隘。作为万物的创造者，他的态度武断而有失公平，只因为他赋予万物生灵以生命，他便要求它们无限的感激和绝对的服从……他凭借自己的权威在宇宙间称霸，他的话就是真理、法令，要求一切天使都遵从……当撒旦和其他天使不满进行反抗时，他残忍地将他们打入地狱，让他们在深渊火湖中备受煎熬。他之所以创造人类，只是

①　Mary Theresa Kyne. *Country Parson, Country Poets: George Herbert and Gerard Manley Hopkins as Spiritual Autobiographers*. Eadmer Press, 1992, p. 65.

②　Izaak Walton. *The Life of Mr. George Herbert*. In George Herbert. *George Herbert: The Complete English Poems*. John Tobin ed., London: Penguin Books, 2004, p. 311.

③　Mary Theresa Kyne. *Country Parson, Country Poets: George Herbert and Gerard Manley Hopkins as Spiritual Autobiographers*. Eadmer Press, 1992, p. 18.

将人类作为自己的玩物，任意加以摆布，并向诸神炫耀其权威。"①

通过比较赫伯特与弥尔顿笔下的上帝形象，可以发现弥尔顿对上帝的理解与赫伯特对上帝的理解截然不同。《圣殿》中的上帝是博爱精神、宽厚仁慈的化身，是仁爱的父、温柔的情人与慈祥的主人。与之相对，人类的灵魂在他笔下呈现多种姿态：或是对上帝的力量表示崇敬、或是对上帝的力量表现出畏惧、或是对上帝的力量表示质疑、或是对上帝表现出厌烦；有时，人类灵魂犹如弥尔顿的撒旦一样，对上帝发出反叛的呐喊，但是，人类灵魂的一切起伏变化、甚至反抗最终都被上帝所包容。因此，人类灵魂与上帝之间呈现出一种二元对立关系。

诗人与上帝之间关系的变化揭示了诗人的宗教冥想过程，在人类灵魂与上帝之间的对立关系中，人类加深了对自我的认知。这一方式的实现，是通过诗人的诗学叙事实现的。文德勒说："因为赫伯特诗歌彰显内在的、前进的平静，所以普通的叙事分析不足以分析他的文学创作，他喜欢反复重复、自我纠正、更新、悔悟、启发与复杂。"②

虽然赫伯特的诗歌"朴实地传达了需求之感和平静的渴望"③。但是，赫伯特也有一些"大胆的想象"。祈祷诗"痛苦（二）"（Affliction II）的开头写道："不要每日杀死我"；"戒律"（Discipline）的开头写道"扔下您的棍棒"，紧接着，诗人写道，"请您采用文雅的方式"。有时，赫伯特的诗歌在开头就表现出"一种强烈的反叛气氛（我敲着餐桌，喊道，不要再这样了。）时，其思想活动仍然是以不紧不慢的速度上升到顶点，然后才突然下降，归于一种极其动人的平静。"④

诗人的大胆想象，经过他的冥思苦想，最终归于平静，这尤其体现在"美德"这首诗所营造的田园牧歌氛围当中。

在赫伯特看来，基督的生活本身充满悖论，他的写作就是要模仿基督的生活并以此为创作主题。作为一名基督徒，赫伯特也体会过基督的生活

① 王昕：《解读<失乐园>中的"双面"上帝》,《时代文学月刊》2010年第7期，第93页。
② Helen Vendler. *The Poetry of George Herbert*. Cambridge: Harvard University Press, 1975, p. 68.
③ ［英］哈里·布拉迈尔斯.《英国文学简史》.濮阳翔、王义国等译，成都：四川人民出版社，1987年，第141页。
④ ［英］哈里·布拉迈尔斯.《英国文学简史》.濮阳翔、王义国等译，成都：四川人民出版社，1987年，第140页。

状态：孤独、被抛弃与无意义感。基督徒的灵魂在逐渐成熟的过程中，必然要经历安慰与遗弃这两种心理过程，这是基督徒从造物主那里获得的禀赋，用以培养其性格的形成。①赫伯特经历的灵魂冲突，是他作为基督徒实现灵魂净化的过程，灵魂在体会痛苦的价值时，得以净化与升腾。

"从《圣经》的历史观来看，我们可以发现统摄赫伯特诗歌内容发展走向的范式：人类犯过错，而后忏悔；上帝责备人，而后欢迎人。然而，赫伯特诗歌的欢乐结局并不像一些读者想象地那般容易。这些诗歌属于整卷诗集中一个更加宏大的循环模式，在对沮丧与苦涩的历时性记录中，充斥着瞬间获得喜乐的直觉。"②

希利格在分析赫伯特的诗歌"生命"（Life）、"死亡"（Death）、"人"（Man）、"安宁"、"原罪"组诗（Sin I, II）以及"痛苦"组诗（Afflictions I-V）以后，强调说："这些诗歌不应该被错认为仅仅属于诗人自己。激发读者立刻产生明显回应也许是赫伯特写作计划的一部分，因为当"生命"被证明是与"死亡"有关的事情时，"禁欲"（Mortification）在死亡中向读者展现生命，我们发现这些短小诗篇的智慧超过自身，这些短小诗篇来自人类的世俗世界，却把人引向上帝的天国。③

赫伯特将他对秩序与意义的追寻融入到宗教诗歌的冥想之中，于是，读者在阅读其诗歌的过程中，理解了诗人与上帝之间的关系。

《希伯来书》第12章第5、6节写道："我儿，你不可轻看主的管教，被他责备的时候，也不可灰心。因为主所爱的，他必管教，又鞭打凡所收纳的儿子。"

"衣领"是《圣殿》中一首颇具名气的诗歌，该诗将灵魂的反叛意识以及灵魂的无序状态以最具戏剧化形式呈现出来。凯恩认为，"衣领"一诗中描述的反叛行为就本质而言是由追求"肉体舒适"（Carrion Comfort）引发的。"肉体舒适"这个术语被"奥古斯丁用来描述人类反叛上帝的原初行为。人类在背离上帝、反对上帝的意愿以后，转向世俗生活，接受低劣的

① Mary Theresa Kyne. *Country Parson, Country Poets: George Herbert and Gerard Manley Hopkins as Spiritual Autobiographers*. Eadmer Press, 1992, p. 119.

② Chana Bloch. *Spelling the Word: George Herbert and the Bible*. Berkeley: University of California Press, 1985, pp. 167-168.

③ Sharon Cadman Seelig. *The Shadow of Eternity: Belief and Structure in Herbert, Vaughan and Traherne*. Kentucky: University of Kentucky Press, 1981, p. 10.

爱（具有奥古斯丁式的地上之城的典型特征），代替高尚的爱"。[1]

"衣领"这首诗歌以怀旧的叙事手法，诗中说话人回忆了过去的经历："我敲打着门板，喊着，不要再这样啦"（l. 1）。按照诗中说话人的理论，他已然顺从的规则应该引领他实现最终目标，可是，说话人期待的一切却没有实现，他只能回忆失去的一切，只能思考毫无希望的未来。诗中说话人甚至在一段时间内拒绝其牧师职责，他宁愿选择不再"着牧师袍"（l. 6）。他用来履行牧师职责的灵魂的袍服，会被"满足他需求"的服装所代替，他因此而不再顾及神圣建筑师的设计。"衣领"这首诗歌表达了诗人对世俗生活中人们因为具有某种天分、适合从事某项职业的必要性的思考，基督徒在面对世俗生活中个人才能的实现与宗教生活中侍奉上帝之间应该如何选择？在《乡村牧师》的第 32 章"牧师调查"一章中，赫伯特承认：

> 所有人要么从事某种行业，要么准备从事某种行业：如果他真诚而又认真地准备，却没有得到工作或者无法得到工作，那么他也是安全的，能够领受上帝眷顾的。因此，所有人要么现在从事某种行业，如果他们适合从事这个行业而且这个行业也适合他们；或者接受他人的关心与建议，弄清楚什么最适合他们，并且为此勤奋地努力。[2]

17 世纪新教圣公会牧师的衣领采用特殊样式，以与一般教徒区分开来。"也许这首诗歌中戏剧化呈现出来的焦躁是因为牧师被他的岗位纪律刺激引发的。"凯恩说，诗中说话人把自己与上帝之间的关系理解为主仆关系，所以这位说话人体会到的灵性生活仅仅是从工作职责、义务与《旧约》中所反映的律法意义上的奴役关系。在诗歌中，诗人的一系列反叛思想最终因为上帝的一声呼唤"孩子"而消失。在分析赫伯特的这一创作理念时，凯恩认为赫伯特模仿了《圣经》的写作手法。在《撒母耳记上》第 3 章第 10 节，撒母耳强烈表示愿意倾听上帝的话语，因为他是上帝的仆人；同样，在《加拉太书》第 4 章第 3-7 节和《罗马书》第 8 章第 14-17 节，保罗强调他不是责任意义上上帝的仆人，而是上帝的儿子，是上帝诺言与王国的后嗣。另外，"Collar"与"Caller"是同音双关词，读者在理解这首

---

① Mary Theresa Kyne. *Country Parson, Country Poets: George Herbert and Gerard Manley Hopkins as Spiritual Autobiographers.* Eadmer Press, 1992, pp. 121-122.

② George Herbert. *The Country Parson.* In George Herbert. *George Herbert: The Complete English Poems.* John Tobin ed., London: Penguin Books, 2004, pp. 248-249.

诗歌的时候，诗中说话人把来访者（"Caller"）想象为他喜欢的上帝形象，但是，他性格暴躁——"残酷与狂野"（l. 33）——得意洋洋地穿戴牧师衣领（"Collar"），彰显他的牧师职责。①

"衣领"这首诗歌揭示了强烈的对比关系。16 世纪时"Collar"作为"摔跤时抓住对方颈部的一种花招"的含义传入英语。在"衣领"这首诗歌中，诗中说话人好像与上帝之间进行了一场摔跤运动，他很快就被神圣对手以绝对优势牵制住，直到最后他与上帝和解。

基督徒灵魂的"遗弃 - 安慰模式"在"痛苦（四）"中进一步得到证实，诗中说话人把自己想象为"备受折磨的奇迹"（l. 5），一个在"在世俗世界与恩泽世界之间 / 的空间内"（ll. 4-6）可怜的创造物。希利格说赫伯特的"痛苦"组诗是"一部微型自传"，该组诗歌重新给出了痛苦的意义。"痛苦（四）"以破碎的心灵作为开端："您已把我砸碎成一片片"（l. 1）。诗中说话人的思想被装进"一个装满利刃的匣子"（l. 7），在这里，心灵受伤，灵魂被刺穿，所有这一切，都为诗中说话人获得救赎提供了契机。于是，在说话人心灵内部获得了由罪过引发的痛苦与救赎带来的喜乐之间的较量，并以诗人经常运用的快乐结局作为全诗的结束。

赫伯特的诗歌展现出人类灵魂逐渐走向成熟的过程，因为赫伯特描述了基督徒的灵魂状态在悲伤与喜乐、怀疑与肯定之间的摇摆状况。

"正义（一）"（Justice I）这首诗歌通过探究人与上帝之间的关系，诗人向读者展示了 17 世纪神秘主义的三个发展阶段。诗中说话人首先认为上帝的方式不是他自己的方式——"我无法理解您"（l. 1），然后，诗人对上帝的理解上升到另一个层次——"给生命和赞扬做标记"（l. 6），最后，诗人承认他不仅没能理解上帝的方式，而且还无法"理解自己的方式"（l. 12）。凯恩分析说，赫伯特的神秘主义反映了诗人在信仰与怀疑、获得拯救的信心与害怕遭到上帝的斥责之间摇摆不定，最后，诗人得出结论，认为上帝运用自己的方式使他的信仰加固，并且使得他的信仰生动而鲜活。②

奈茨（L. C. Knights）认为赫伯特的诗歌"致力于表达矛盾冲突。但

---

① Mary Theresa Kyne. *Country Parson, Country Poets: George Herbert and Gerard Manley Hopkins as Spiritual Autobiographers*. Eadmer Press, 1992, pp. 123-124.

② Mary Theresa Kyne. *Country Parson, Country Poets: George Herbert and Gerard Manley Hopkins as Spiritual Autobiographers*. Eadmer Press, 1992, p. 144.

是，他的诗歌又不仅如此，而是最终有意识地并且稳当地导向矛盾的解决与整合。"①

斯坦恩认为"正义（一）"这首诗歌在基督教律法与诗歌形式方面反映了诗人在灵修与文学创作方面所取得的进步，他说这首诗歌"反复、一环扣一环、循环往复。诗人有意用修辞、韵律，原初的、简洁的、动人的，而又丝毫不引人注意的、内涵微妙的词汇或短语阐明人类对上帝的完全依赖以及无能为力……"②同时，这首诗歌也反映了诗人的二元对立思想，因为在这首诗歌中，甚至就在同一诗行中，既有诗人说的"是"，也有诗人说的"否"，灵魂的这一分裂状态，只能在上帝的救赎中，才能获得进步成长。

"冥想"（"contemplation"）对基督徒而言，是重要的灵性操练方法，他们需要在冥想中，去思考自身与上帝之间的关系，去反思自己的行为，去感受上帝等。凯恩在考察"冥想"这一词汇的词源时发现了这个词汇本身蕴含的伦理意义。他认为按照依纳爵的灵性修炼传统，需要考察这个词的多重意义。他说，该词来源于拉丁词"contemplari"。而这个拉丁语由"com"和"templum"两部分内容构成，"com"是一个加强语气的前缀，"templum"的意思是指在近东地区占卜师用以观察星辰，进而推测万物命运而划出的那块空白空间。（在古罗马，那些想要确定神的意愿的占卜师也打开一块空间，通常在禽类体内，他们仔细观察，以确定在那块空间内符号的意义。）而且，词根"temp"意为延展或者扩张（通常被认为是拉丁词"tempus""temporis"或者说是时间的词根），因此，成为"冥想"（"contemplation"）的词根。凯恩认为当基督教徒按照上帝的意愿行事时，为了顿悟上帝在世俗世界中的时光，他（她）不可避免地在某些时间或者空间受到诱惑。冥想总是阻止诱惑的发生。《马太福音》第4章讲述基督抵挡住魔鬼三次诱惑的故事便是如此。基督在经过诱惑的考验以后，天使便来到他身边。

在"拒绝"（Denial）这首诗歌中，赫伯特描述了人类灵魂向上帝的"寂静的双耳"（l. 2）祈求这一冥想事件。诗歌韵律的不一致与结构的松散展示了基督徒的灵魂在无法获得上帝的救赎时所处的状态。这种状态对非

---

① L. C. Knights. *Exploration: Essays in Criticism Mainly on the Literature of the Seventeenth Century*, London: Chatto & Windus, 1951, p. 121.

② Arnold Stein. *George Herbert's Lyrics*. Baltimore: The Johns Hopkins Press, 1968, pp. 25-26.

基督教徒来说，很难理解。但是，诗人的写作手法却为我们提供了理解诗中说话人灵魂状态的一条重要线索。凯恩认为，在赫伯特同时代人看来，上帝的"寂静的双耳"是精神空虚的象征。此外，诗行节奏韵律的混乱也揭示了诗中说话人所经历的痛苦的灵魂冲突过程。在赫伯特看来，当灵魂感受不到上帝时，就如同被掐下来的花朵、被"折断"的弓、破碎的心灵、跑掉的音乐、韵律以及诗节。凯恩赞同萨默斯的观点，认为"拒绝"这首诗是一首象形诗，诗人以诗歌的形状与结构展现心灵破碎与精神荒芜的状态。"拒绝"的诗学叙事表明了基督徒灵魂的争斗状态：灵魂在经历苦难的过程中找寻神圣的上帝之爱，而语言能够承载、描述与定义上帝的经历。①

"拒绝"这首诗歌以基督徒呼唤谦卑与降低自身的存在感为基础。也许，在基督徒看来，只有克服自身的自我意识，他/她才能获得灵魂的救赎，诗歌才能因此而完美。在"十字架"这首诗歌中，赫伯特用排比句记录诗中说话人所经历的一切痛苦，在"拒绝"一诗中，赫伯特列举了诗中说话人感受到痛苦的各个身体部位——心灵、膝盖、舌头和灵魂——以此回应了《圣经·诗篇》的作者，指责破坏他诗歌韵律与结构的上帝，诗中说话人向上帝祷告："双膝和心灵日夜哭号/来吧，来吧，我亲爱的主，哦，来吧/但是我主未听见"（ll. 13—15）。凯恩认为，此时诗中说话人的呼喊犹如孤独的雅各在接受信仰考验时的呼喊一样，不会被上帝关注。希利格认为，尤其是在"拒绝"这首诗歌中，赫伯特笔下的意象创造出一种身心处于矛盾分离状态的图景。②

二、上帝与人类灵魂之间的父子关系

接下来我的头上带上了荆棘之冠：
因为那就是以色列人背负的葡萄，
虽然我的葡萄藤在此灌溉生长：

任何时候悲痛都像我这样吗？

---

① Mary Theresa Kyne. *Country Parson, Country Poets: George Herbert and Gerard Manley Hopkins as Spiritual Autobiographers*. Eadmer Press, 1992, p. 106.

② Sharon Cadman Seelig. *The Shadow of Eternity: Belief and Structure in Herbert, Vaughan and Traherne*. Kentucky: University of Kentucky Press, 1981, p. 26.

> 这样，亚当的堕落给地球带来的巨大诅咒
>
> 降临在我头顶：因此我把它从地球
>
> 转移到我眉梢，戴上这人性的枷锁：
>
> > 任何时候悲痛都像我这样吗？

（The Sacrifice, ll. 161–168）

对于赫伯特笔下的葡萄藤意象，不同学者的理解截然不同，燕卜荪认为基督头上的荆棘之冕是以色列人背负的葡萄，具有明显的圣礼象征，这让他想起酒神节的狂欢者，他们的后代都是悲剧作家。

> 他们向我屈膝下跪，呼喊着，我王万岁：
>
> 愚弄与嘲笑能带来什么，
>
> 我就是土地，我就是藏垢的深坑，他们全都向我猛扑：
>
> > 任何时候悲痛都像我这样吗？
>
> 然而由于人的权杖脆弱如芦苇，
>
> 他们的王冠也布满荆棘，他们的芦苇也染上鲜血；
>
> 我，我是真理，把他们的行为幻化为真理：
>
> > 任何时候悲痛都像我这样吗？

（The Sacrifice, ll. 173–180）

此处，以第一人称叙事的基督"我"用自己生命最大可能地拯救基督徒的罪孽彰显了他作为王的身份，而他爬上苹果树的意象则表明，他要归还人类始祖亚当已经盗走的苹果。基督爬上苹果树，不是为了偷盗，而是为了偿还人类的罪过。正如盗取火种的普罗米修斯一样，为了人类，触犯神而成为罪人。[1] 燕卜荪认为赫伯特的十字架意象继承了中世纪基督教传统，在赫伯特看来，让基督承受痛苦的十字架是由禁树制成。[2] 在这个隐喻中，作为上帝之子的基督如同孩子一般摘取，而不是盗取禁树上的苹果：

> 啊，所有路过的人，都瞧一瞧看一看吧；
>
> 人偷食禁果，但是我却必须攀爬这棵树木；
>
> 只有我，为所有人攀爬这棵生命树：

---

[1] William Empson. *Seven Types of Ambiguity*. London: Chatto and Windus, 3rd edition, 1953, p. 231.

[2] William Empson. *Seven Types of Ambiguity*. London: Chatto and Windus, 3rd edition, 1953, p. 232.

任何时候悲痛都像我这样吗？

（The Sacrifice, ll. 201–204）

这一小节的第一句，基督神化了自己作为孩子的意象，他没有亚当夏娃那样高大可以伸手摘苹果，而是要攀爬到树上。"攀爬"这个动作体现了赫伯特对基督行为的同情与怜悯，也体现出赫伯特对基督天真无辜的认知。然而，这个神化了的孩子意象却也违背了基督教的伦理观念，作为儿子，他不应该在没有得到父亲许可的情况下，随意摘取父亲果园里的果子，燕卜荪认为这是乱伦的象征，因此，基督是最严重的罪过与至高美德的结合。①圣子基督本身就是一个悖论：

看，我被悬吊在这里，因为有罪的世界，两个世界中

更加庄严的这个遭受指控；那个世界由上帝

话语铸就，但是在这个世界我只有通过悲痛才能获得：

任何时候悲痛都像我的这样吗？

（The Sacrifice, ll. 205–208）

在基督教传统中，只有这样的基督才是完整的，他兼具替罪羊与悲剧英雄双重身份；因为被憎恨才被爱；因为被憎恨才具有神性，因为饱受折磨最终才得以免受折磨。

图夫（Tuve）明确点明赫伯特诗中人物的复杂性："赫伯特既渴望灵魂的教会生活，也渴望'享乐、学识与智慧'的宫廷生活。"②赫伯特灵魂上的反叛与启示的获得之所以得到各教派的认可，在于其灵魂活动的深刻真实性，尤其在 17 世纪，这个人们总是寻求克制与冷静表达宗教激情的时代。一般而言，基督徒的灵性生活与想象，害怕并回避"反叛"这一强烈的情感表达，然而，赫伯特在上帝面前愤慨地指责上帝对他的疏远与怀疑，他满怀信心地指出这些秘密事件应该为人所知。③尽管诗中说话人表现出强烈的愤怒与明显的自由，可是众所周知，他的结局只有一条，就是最终获得上帝的爱与救赎，这一显在的快乐结局阐释了诗中说话人逻辑的愚蠢。

---

①　William Empson. *Seven Types of Ambiguity*. London: Chatto and Windus, 3rd edition, 1953, p. 232.

②　Mary Theresa Kyne. *Country Parson, Country Poets: George Herbert and Gerard Manley Hopkins as Spiritual Autobiographers*. Eadmer Press, 1992, p. 125.

③　Helen C. White. *The Metaphysical Poets: A Study in Religious Experience*. New York: Macmillan Company, 1936, pp. 184-85.

斯坦恩（Arnold Stein）在研究赫伯特诗歌的风格与形式之后，指出"衣领"这首诗中呼唤"孩子"（l. 34）的声音是一种终极表达，因为这个代表上帝的声音一直到诗歌结尾才出现，这声呼唤突然收住了说话人失控的自我表达的自由，限制住这位说话人个人语言的流畅自然，当然，这种流畅的表达并不仅限于表达"正确的"情感。[①]

"衣领"这首诗歌中诗行的不均衡分布与令人困惑的韵律进一步强化了诗中说话人经历的紧张与狂乱。因此，萨默斯将该诗定义为"混乱的形式化图形"（"a formalized picture of chaos"），并且，他认为，该诗是"赫伯特对'象形诗'（'hieroglyphic' form）形式刻意经过深思熟虑之后进行的冒险尝试"。[②] 他解释说："直到该诗最后四行，这首诗巧妙而令人信服地表现了内心的反抗，其对口语的模仿几乎使我们相信这一原因的公正属性。"[③]

威斯认为"衣领"中的说话人与读者除了感受到混乱、无序以及困惑以外，"上帝恩典的永恒性和不可抵制的力量以及人类经验，都与上帝预定的万无一失的计划相对应。"[④] 凯恩说当上帝的计划由基督徒自主执行时，人类的灵魂处于非和谐状态。只有当"孩子"在诗歌结尾认识到"我的主"，并服从上帝的意愿时，才能实现自身的完整。由此可见，诗歌开篇与接近结尾的"我要登上船"（I will aboard）的含义明显不同。诗歌开篇的"我要登上船"带有反叛色彩，诗中说话人不相信上帝，不愿意接受基督教的一切，而在接近结尾的"我要登上船"则表明诗中说话人在经历内心的种种争斗之后，心甘情愿地接受上帝的约束。人与上帝之间的关系得以巩固，其内涵发生了重大变化。

赫伯特笔下基督徒的灵魂在经历苦与痛之后，最终实现与上帝的和解。在他看来，由于上帝的神圣的仁慈，他心灵上的创伤与内心的伤痛因此而有所缓解。在《乡村牧师》结尾部分的"布道前祷告"中，赫伯特叙述了上帝的仁慈、耐心与恩典：

---

① Arnold Stein. *George Herbert's Lyrics*. Baltimore: The Johns Hopkins Press, 1968, p. 153.

② Joseph H. Summers. *George Herbert: His Religion and Art*. New York: Center for Medieval and Early Renaissance Studies, 1981, p. 90.

③ Joseph H. Summers. *George Herbert: His Religion and Art*. New York: Center for Medieval and Early Renaissance Studies, 1981, p. 92.

④ Gene Edward Veith Jr. *Reformation Spirituality: The Religion of George Herbert*. Lewisburg: Bucknell University Press; London: Associated University Presses, 1985, p. 109.

　　但是，主啊，你是耐心、怜悯、甜美与爱；因此，我们作为人子，不会被毁灭。您让自己的仁慈凌驾于万物之上，您拯救我们，您没有惩罚我们，这是您的荣耀：所以，当罪过而非死亡多不胜数时，您的恩典就显得极为充足；同样，当我们无论是在天国还是在人间犯了错，您都会说：看，我来了。他获得肉身、哭泣、死亡……尊贵的救主！但是，尽管您的血液是曾经穿越黑暗、墓地与地狱的溪流；无论多少河流都无法扑灭您的爱！无论多少宝藏都无法征服您的爱。但是，因为这些，您的矛盾以及那些看似的危险，都不会将您打败，这样，我们因此而取胜。①

三、上帝与人类灵魂之间的爱人关系

　　因为沃尔顿为赫伯特撰写的传记塑造了一位"原始圣徒"般的赫伯特，17世纪以来的批评家们往往把赫伯特与"神圣"以及"虔诚"联系在一起。同时，由于赫伯特在写给母亲的新年颂歌中批判了当时流行的爱情诗，所以，后世批评家在探究赫伯特的思想以及作品时，经常考虑的是他的玄学诗艺、宗教思想以及其他，而回避他诗歌创作中的爱情主题以及相关修辞。

　　舍恩菲尔德（Michael Schoenfeldt）对此展开论辩，他承认赫伯特的爱情诗语言可能引发焦虑："我们没有承认赫伯特诗歌中的性冲动及其引起的不安，我们只是使得赫伯特的诗歌成为我们抑制的主题。"②

　　"正统教会最核心、最强烈的拯救意象是礼拜仪式，通过盛宴、斋戒以及教会年的平常日子来庆祝。在这个复杂的符号当中，拯救的关键意象是'神格化'的，是通过与上帝婚姻一般的结合所实现的对人性的美化。从根本上来说，它并不像大多数西方式历程那样'集中于耶稣受难一事'。耶稣之死意义深刻，但总是被设定在（尤其是通过圣像）道成肉身和三位一体的视角之中，而这两个教义最在乎上帝与人性之间的结合以及二者合宜的区分。"③

　　在"教堂门廊"部分的长篇诗歌"洒圣水的容器"开篇，赫伯特呼唤

① George Herbert. *The Country Parson*. In George Herbert. *George Herbert: The Complete English Poems*. John Tobin ed., London: Penguin Books, 2004, p. 261.
② Michael C. Schoenfeldt. *Prayer and Power: George Herbert and Renaissance Courtship*. Chicago: University of Chicago Press, 1991, p. 231.
③ ［英］戴维·福特：《基督教神学》，吴周放译，南京：译林出版社，2011年，第113页。

"美好青春"，但是，他并没有指明这青春属于男性青年，还是属于女性青年，性别的模糊，为诗人探讨造物主与诗中说话人之间的关系做了铺垫。

在"爱（三）"中，主人与客人之间的关系因为叙事声音角度的转换，体现出一种含混与重叠。"亲爱的，我将要侍奉"中的"侍奉"（serve）既有宗教含义又与世俗爱情中肉体享乐的语汇相关联。诗中对话者的身份因为"我的"和"我"没有明确的话语称呼而使读者无从辨别。首先，我们可以假设说话者谦卑地表明他要"侍奉"上帝的欲望，因为他把上帝称为"我亲爱的"。那么，在这种假想的语境中，上帝就成为客人，而对话中这个没有明确指称的"我"便是主人。但是，如果把该诗放在基督教圣餐传统中去理解，那么，基督就成为圣餐仪式中的主人，他把象征他身体与血液的圣餐"侍奉"给他"亲爱"的听众，也就是该诗歌中的另一位说话人。同时，诗中的另一位说话人，作为圣餐主人的"客人"，也是邀请基督进入他身体圣殿的"主人"。

在"爱（三）"中，性诱惑与交际意义上的谦恭在戏剧化场景中将"男子气的"权威与"女性化的"好客结合在一起，消解了这对主—客关系中性与社会责任之间的界限。[1] 这种指称的模糊性还体现在"握紧双手"（Clasping of Hands）一诗中，"握紧双手"这个表示互相屈服让步的动作进一步抹杀了"你的"和"我的"之间的界限，在这首诗歌中，自我与他者：

> 因为死亡中的你不属于你，
>
> 然后我复活属于我自己。
>
> 啊，仍然让我属于我！仍然让我属于你！
>
> 啊，不要让我既不属于你，也不属于我！ （ll. 17–20）

赫伯特对这个"自我与他者"的理解，与《雅歌》（Song of Solomon）第6章第3节中的唱词"我属我的良人，我的良人也属我"（"I am my beloved's, and my beloved is mine."）形成一种互文。正如张隆溪在解释"互文性"时说，"'互文性'不仅指明显借用前人辞句和典故，而且指构成本文的每个语言符号都与本文之外的其他符号相关联，在形成差异时显出自己的价值。"[2] 赫伯特通过双方在紧握的双手中你中有我，我中有你这个意

---

① Warren M. Liew. "Reading the Erotic in George Herbert's Sacramental Poetics". *George Herbert Journal*, Vol, 31, No. 1 and 2, Fall 2007/Spring 2008, p. 51.

② 张隆溪：《二十世纪西方文论述评》，北京：生活·读书·新知三联书店，1986年，第159页。

象暗示与《所罗门之歌》中的热烈爱情的神圣维度产生关联，使爱情诗歌的意义得以神圣化和崇高化。对中国读者而言，这种自我与上帝之间热情的情感互动很难想象与理解。

"爱（三）"中叙事声音的交叠合并，同样也意味着客人与主人、新娘与新郎以及创造物与造物主之间社会等级与性别等级的颠覆。同样，说话者／听众之间身份的分裂状态也被这种你中有我，我中有你的状态所消解。

"整部诗集《圣殿》的非凡之处在于诗中说话人与上帝之间的轻松自如的对话。"① 这一对话不仅轻松自如，而且上帝与诗中说话人之间的对话显得非常熟悉。例如，在"爱（三）"开篇，"眼光极为锐利的爱人"（l. 3）接近我，"甜美地询问／我是否因缺少某些东西而烦闷"（ll. 5-6），凯恩认为，上帝与说话人之间对话的语言犹如店主或者酒馆工人与顾客之间的对话。② 凯恩的分析自有其合理之处，然而，诗行原文中"爱人"（Love）首字母的大写强调这位爱人是位神圣爱人，与说话人之间关系非常亲密。上帝与诗中说话人之间对话的亲密程度赋予他的牧师职责与诗人职责以美感和尊严。

"爱（三）"这首诗将基督徒犯过罪、需要获得救赎、和解与重新获得上帝的爱这一过程进行了浓缩，涉及仆人为主的回归做好准备的必要性，唯有如此，仆人才会因为上帝的回归而获得奖励。因此，"爱（三）"是一首典型的赫伯特诗歌，该诗歌在内容、写作方式等方面与《诗篇》、寓言故事以及《福音书》相呼应。在这类典型的赫伯特诗歌中，基督徒被带到上帝面前，接受上帝的审判。他由于遗传或者自身的缺点，而被上帝发现缺少某种东西。他在上帝面前的谦卑，为他赢得了上帝的宽容、仁慈、正义、恩典以及爱，上帝将这一切注入到他的创造物身上，使他的灵魂获得了救赎。从这个角度而言，"爱（三）"这首诗歌简要叙述了诗集《圣殿》的主要内容。

在"爱（三）"这首诗歌开篇，诗中说话人感到自己处于紧张状态、毫无价值可言，因此，他的灵魂状态被进行了拟人化处理，在面对爱人的邀请时"退缩"（l. 1）不前。说话人只是简要而诚实地说出在他与上帝之

---

① Chana Bloch. *Spelling the Word: George Herbert and the Bible*. Berkeley: University of California Press, 1985, p. 109.

② Mary Theresa Kyne. *Country Parson, Country Poets: George Herbert and Gerard Manley Hopkins as Spiritual Autobiographers*. Eadmer Press, 1992, p. 175.

间的关系中，他"无情无义"（l. 9），"由于微贱和悔过"（l. 2）。然而，爱人却对此非常不满，他已经"厌烦了谴责"（l. 15），现在他拉起说话人的手，"微笑"（l. 11），让他坐在摆着筵席的餐桌边，最终说话人接受了爱人上帝的邀请，"于是我坐了下来，开始进餐"（l. 18）。毫无疑问，上帝的无条件的爱最终胜过罪人的无价值感，上帝与说话人之间的辩论以上帝胜出而结束，其独特之处在于上帝的话语掺杂着一丝自嘲色彩。

对话与论辩是诗集《圣殿》的修辞特征之一，抽象的上帝在《圣殿》中呈现为多种不同类型的人物，与诗中说话人展开论辩，有时带有讽刺色彩。文德勒认为，这是赫伯特对中世纪文学的继承。[1] 在实现自我接受以前，诗中说话人甘愿忍受痛苦、羞耻和自我反省的屈辱，最后他终于同意"侍奉"上帝，只是这时爱人提出另一个要求，她说："你得坐下，将我血肉品尝"（l. 17）。在该诗歌结尾处，诗中侍奉这一动作的主体发生了转变：由原来诗中说话人对上帝的侍奉转为象征上帝的爱人侍奉诗中说话人，正如基督在最后晚餐上的作为一样，说话人只有在接受上帝的侍奉、领受圣餐获得灵魂救赎之后，才能去侍奉上帝。

诗人以"爱（三）"这首诗歌作为"圣堂"部分的结尾，向读者展现的欢迎、微笑、对话、拉手以及餐桌边的椅子等令基督徒心生向往，也是他们在经历灵魂内部的斗争之后，必然出现的结果，上帝会以无限温柔友好的爱人形象出现在基督徒的冥想世界中，给他们带来灵魂的安宁与喜乐。很明显，这个首字母为大写字母的"爱人"（"Love"），表明在赫伯特的基督教想象世界中，上帝就是爱。

在赫伯特的宗教诗歌中，上帝为信徒描绘了一张摆着圣餐的餐桌，并向他们发出诚挚的邀请并感化他们的心灵，接受上帝的邀请。通过对上述诗歌的分析，可以发现赫伯特在诗歌中为他的信徒提供了一场天国盛宴，邀请所有基督教徒修复视觉，一起品尝天国盛宴，获得灵魂的安息。凯恩认为，这一系列诗歌记录了基督徒从四旬斋斋戒（Lenten Fast）到逾越节盛宴（Paschal Feast）的灵魂成长过程。[2]

---

[1]　Helen Vendler. *The Poetry of George Herbert*. Cambridge: Harvard University Press, 1975, p. 59.

[2]　Mary Theresa Kyne. *Country Parson, Country Poets: George Herbert and Gerard Manley Hopkins as Spiritual Autobiographers*. Eadmer Press, 1992, p. 180.

第五章

"美好"与"谦卑"：诗人美德诗学的关键词

本部分首先探究情感在赫伯特诗歌中的表现，发现在《圣殿》中诗人并不是直接抒发个人情感，而是以复杂甚至困难的形式表现复杂的思想情感。"美好"（"sweet"）是一个体现赫伯特诗歌创作与诗学思想的关键词。

"美好"不仅是赫伯特描绘的美好的情感体验，也是他描绘的多种感官体验。此外，《圣殿》中有很大一部分诗歌用以描绘基督的牺牲、道成肉身等一系列基督教历史事件，但是，基督受难在《圣殿》中的反复出现体现出一种共时性特征，反映出诗人的宗教哲学与道德哲学之维。

在《圣殿》的创作中，"sweet"（有时也用做"sweets""sweetly"和"sweetness"）是赫伯特最喜欢使用且使用次数最多的词汇之一，它在《圣殿》中的出现次数达到 70 次之多。赫伯特用这个词来表达自己对上帝的强烈而复杂的情感体验。海伦·威尔科克斯认为赫伯特的"甜美概念"没有感伤的基调，而是包含了从感官享乐、艺术美感、美德以及对救赎的热爱等多重含义。"sweet"的出现有着深厚的《圣经》渊源，通过运用"美好"一词，赫伯特实现了与 17 世纪文化的互动，在对原罪的回忆中，通过无花果树叶以及堕落的肉体等意象，唤起基督教共同体的记忆，在回忆中构建美好的基督教共同体想象和道德想象，调动基督教徒的信仰热情。

第一节 "美好"内涵的悖论色彩

哲学家保罗·利科认为："努力确定词语在某个句子当中或者书籍在某

一时期当中的意义非常重要，但要对其更深层次的意义进行限定则无法做到。"①他把这称为"经典文本中的意义'过剩'或'冗余'，这些文本溢出了原有的语境，单词会有无尽的新阐释和新评注。"②

我国当代文学批评家张隆溪指出，"诗人用的字与他要表现的情趣意味密切相关。"③他认为，中国文学批评学者经常用"诗眼"来分析古诗的语言艺术，探究诗人如何在"练字"过程中，创造独特雅致的意境。对"诗眼"与"练字"的分析可以彰显诗歌格调的高低，这种方法不仅适用于分析中国的古诗、日本的俳句，同样也适用于分析英语诗歌。④的确，文学用词的意义本身并不能由词语的外延与内涵简单地决定，而是与作家的情感、品味、时代以及读者所处的时代和语境密切相关。

在描绘诗集中说话人的灵魂经历的悖论与矛盾体验时，赫伯特用非常简练的短语"苦涩"与"甜蜜"（"Bitter-Sweet"）来表达，并以此为标题，在简短的八行诗歌中，进一步用大量矛盾修饰短语来描述，例如"亲爱的发怒的主"（l. 1）和"阴郁甜蜜的日子"（l. 7）。"亲爱的"与"发怒的"这对词语揭示了诗中说话人对上帝的复杂的情感体验，诗中说话人对上帝的爱似是而非，一方面，这种爱具有一种暴力色彩，另一方面，说话人非常自信，他确信上帝对自己的爱，也确信自己热爱上帝。"在信仰当中，质疑、讨论、苦闷，当然还有坚持，都由来已久。"⑤罗伯特·肖认为赫伯特对圣餐神学的理解使得他不但能够忍受痛苦，而且也能够体验快乐。⑥对于赫伯特而言，上帝的爱与愤怒是亲密而又密切相关的经验。"三个元素——对悲痛的夸张叙述、与上帝的争吵以及听到上帝召唤的确定性——构成了赫伯特抱怨的依据。"⑦

① ［英］戴维·福特:《基督教神学》，吴周放译，南京：译林出版社，2011年，第127页。
② ［英］戴维·福特:《基督教神学》，吴周放译，南京：译林出版社，2011年，第127页。
③ 张隆溪:《二十世纪西方文论述评》，北京：生活·读书·新知三联书店，1986年，第123页。
④ 张隆溪:《二十世纪西方文论述评》，北京：生活·读书·新知三联书店，1986年，第123页。
⑤ ［英］戴维·福特:《基督教神学》，吴周放译，南京：译林出版社，2011年，第75页。
⑥ Robert B. Shaw. *The Call of God: The Theme of Vocation in the Poetry of Donne and Herbert*. Cowley Publications, 1981, p. 79.
⑦ Chana Bloch. *Spelling the Word: George Herbert and the Bible*. Berkeley: University of California Press, 1985, p. 262.

　　"苦与甜"这首诗采用三音步抑扬格，两个诗节，每个诗节四行。该诗中的词语由单音节词汇和双音节词汇构成。赫伯特的简单措辞并不意味着思想简单。玛丽·艾伦·里基就认为"赫伯特关注那些最有争议的话题，参与到对人类灵魂最深入的探寻之中。在他的所有诗歌中，运用单音节和双音节词汇是非常常见的，因为这些词汇是日常谈话中可能出现的词语"①。在分析赫伯特运用日常生活中简单词汇的原因时，里基认为赫伯特的目的是"剥去异国情调对天堂（天国）的遮挡，仅仅用他们世俗生活中的措辞（去描述）。"②

　　在"苦与甜"中，诗中说话人意识到"阴郁甜蜜的日子"（l. 7）是为了让他改正自我。正如诗人在"牺牲"以及"玫瑰"（The Rose）中所强调的，苦涩之中蕴含着甜蜜。"在治疗的苦涩之中，上帝之爱的甜蜜呈现出来，这挽救了他的创造物。登上精神痛苦的十字架就是去发现爱之牺牲的甜蜜；就会找到已经净化的甜蜜的玫瑰，就会在净化人类罪过的痛苦模式中找到已经表达出的爱意。"③在《乡村牧师》第34章"牧师机敏地运用纠正方法"中，赫伯特写道：

> 　　基督徒的人生中有两种状态，一种是战斗状态，另一种是平和状态。战斗状态是当我们受到内在或者外在诱惑攻击的时候。而平和状态是当魔鬼离开我们，就像他离开我们的救世主，众天使把他们自己的食物给予我们，甚至把圣灵中的喜乐、平和与安逸也同时给予。④

在赫伯特看来，上帝具有纠正基督徒灵魂状态的力量，他能够使得基督徒失衡的、混乱的内心世界变得平和。

　　"苦与甜"中的声音、韵律、结构、意象并置以及矛盾修饰法揭示了诗人一贯以来坚持的观点：上帝跨越天国与世俗世界这两极，他作为神圣

---

① Mary Ellen Rickey. *Utmost Art: Complexity in the Verse of George Herbert.* Lexington: University of Kentucky Press, 1966, p. 166.

② Mary Ellen Rickey. *Utmost Art: Complexity in the Verse of George Herbert.* Lexington: University of Kentucky Press, 1966, p. 168.

③ Terry G. Sherwood. *Herbert's Prayerful Art.* Toronto: University of Toronto Press, 1989, p. 65.

④ George Herbert. *The Country Parson.* In George Herbert. *George Herbert: The Complete English Poems.* John Tobin ed., London: Penguin Books, 2004, p. 253.

医生（Divine Physician）的角色使得他具有谴责与拯救的双重作用。[①] 在诗中说话人看来，上帝由"热爱世人，却折磨他们／情绪低落，却愿施恩惠"（ll. 2–3）这样的暴力形象转变为"哀悼您，热爱您"（l. 8）这样和缓的形象。"却"字（yet）使得第二、三两行的内容呈现为明显的对立关系，然而，这一对立关系却被第八行中"and"表现出的平静所取代。因此，上帝与人之间的二元对立关系最终走向统一。"苦与甜"展示了基督教徒的冥想过程，神圣的恩典使得基督教徒的灵魂状态从抱怨上帝转变为赞扬上帝，哀悼（lament）与爱（love）构成的头韵进一步巩固了上帝对人类灵魂的包容。在基督徒看来，宗教生活中糟糕的事情发生之后，总是伴随着幸福，幸福将冲淡一切糟糕事件。

另外一首能够阐释这一观点的诗歌是"暴风雨"（The Tempest），在这首诗歌中，诗中说话人首先认识到诗中描述的"狂暴的时代"（tempestuous times, l. 5）所揭示的紧张状态既具有净化心灵的作用，又对"净化胸膛内外的空气"（l. 18）有必要。该诗以大海为背景，开篇的"叹息与呻吟"表达了诗中说话人对上帝的抵触情绪，然而，这一切都受到了"狂风与水波"的检验，启发诗中说话人去沉思冥想。他如同"苦与甜"中的说话人一样，坚信上帝一定能够拯救他，带他实现灵魂的净化。

在"苦与甜"和"暴风雨"这两首诗歌中，赫伯特运用谈话主题，表达他对上帝与人类灵魂之间关系的思考。在"暴风雨"中，诗人在面对绝望时，运用急迫、大胆、哄劝、甚至告诫上帝的方式，敢于"袭击您，包围您的大门"（l. 12）。布洛赫（Chana Bloch）认为这种修辞手法具有赞美诗的写作特征，指出"在《圣殿》中，这一赞美诗的写作特征与玄学派诗歌的修辞手法相巧合。诗中说话人策略的多样性与才智能够打动读者进一步发展他们的兴趣。"[②] 莱瓦尔斯基认为赫伯特诗歌中的说话人，犹如《圣经·诗篇》的作者一样，在诗歌形式与种类的多样性方面意在使"圣堂"部分的诗歌成为宗教抒情诗诗集。[③] 然而，理查德·斯蒂尔认为这一论述并

---

① Mary Theresa Kyne. *Country Parson, Country Poets: George Herbert and Gerard Manley Hopkins as Spiritual Autobiographers*. Eadmer Press, 1992, p. 78.

② Chana Bloch. *Spelling the Word: George Herbert and the Bible*. Berkeley: University of California Press, 1985, pp. 266-267.

③ Barbara Kiefer Lewalski. *Protestant Poetics and the Seventeenth-Century Religious Lyric*. Princeton: Princeton University Press, 1979, p. 301.

不足以揭示赫伯特宗教诗歌的内涵，他认为"'圣堂'部分不仅是圣诗集，而且也是对简单的我—你关系的记录与戏剧化呈现。"①赫伯特以简单的宗教词汇向读者表明日常生活的圣礼属性。只有对基督教本质特别了解的人，才可以用这样的词汇与写作技巧去表达他们的宗教情感与宗教体验，才可以在诗中这样对上帝讲话。此时，诗中说话人不再是一个卑微的、低人一等的人，而是一个与上帝具有同等地位、敢于与之争辩的真正的、实实在在的人。灵魂与上帝之间关系的日常戏剧性呈现使得灵魂获得救赎的过程显得更加崇高，进一步加强了信仰的启示意义。

　　"暴风雨"这个重要意象揭示了上帝与人类灵魂之间的动态变化关系，这一用法在赫伯特的其他诗歌中也有所呈现。例如，在"口袋"（The Bag）这首诗歌的第五行，赫伯特说"暴风雨却是他艺术的典范"，在《乡村牧师》第 9 章"牧师的生活状态"（The Parson's State of Life）中，赫伯特写道，"他（牧师）认为在具有迫害性质的让人身处逆境的午夜暴风雨中有必要而且也很难赋予（牧师）以完美的耐心和基督式的刚毅"②。在自暴自弃和与上帝的竞争过程中，赫伯特找到了他在信中告诉尼古拉斯·费拉尔的"完美的自由"。③暴风雨能够惊醒"可怜的灵魂"，让他们意识到"罪过"（l. 6）以及进行悔改的必要性。贝尼特认为在"暴风雨"这首诗歌中，诗中说话人认为天气给他以及所有人下了指令④这一指令的含义在于只有经历宗教生活以及世俗生活中琐事的考验，人才能享有灵魂的安宁；没有经历灵魂与上帝之间的分离隔阂，就无法实现灵魂与上帝的统一，就无法实现灵魂的救赎。凯恩认为人类灵魂在认识上帝的过程中所遭受的一切，如同诗人在"暴风雨"之前的一些诗歌中对上帝欢乐的赞美一样重要，都是人类灵魂认识上帝神性的一部分。因为这些自然信息能够传达神的旨意，能够展示人类灵魂在认识上帝这一动态过程中的进步。这些自然元素应该

---

　　① Richard Strier. *Love Known*: *Theology and Experience in George Herbert's Poetry*. Chicago: The University of Chicago Press, 1983, p. 166.

　　② George Herbert. *The Country Parson*. In George Herbert. *George Herbert: The Complete English Poems*. John Tobin ed., London: Penguin Books, 2004, p. 213.

　　③ Helen Vendler. *The Poetry of George Herbert*. Cambridge: Harvard University Press, 1975, p. 233.

　　④ Diana Benet. *Secretary of Praise: The Poetic Vocation of George Herbert*. Columbia: University of Missouri Press, 1984, p. 62.

得到诗中说话人的赞美，正如在"暴风雨"的最后两行，诗人写道："诗人扰乱可怜的暴风雨：这些时日最美好；/他们净化胸膛内外的天气。"。[1]贝尼特进一步指出"自然界中发生的一切自然现象以及由此激发的灵魂状态是天道计划中自然而然的因果关系。因此，《圣殿》中的说话人把自然世界看作是造物主最动人的面容。"[2]鉴于此，凯恩认为，赫伯特的诗歌与散文提醒读者祈祷、赞颂以及与上帝对话的精神力量陪伴在旅途中的基督徒的灵魂来到天父的"大门"。暴风雨对赫伯特而言，是引导他实现灵魂救赎的象征。[3]

第二节 "谦卑的自制"：诗人的宗教情感体验

"基督教在其发展过程中又汲取了希腊精神或日耳曼精神，由重宽恕、谦卑变而更注重自我的尊严与个体意志，这也是基督教中具有的近代思想因子。"[4]这尤其体现在作为17世纪，由文艺复兴时期向启蒙时期过渡的赫伯特的基督教抒情诗歌中。赫伯特诗歌中的人虽然谦卑，但是能够恣意的发出自我的声音，并在思想的短暂释放之后，获得一种灵魂与心灵上的安宁，实现一种作为人的情感的完整性，所以，赫伯特诗歌中的抒情主体是一个具有个体意志的完整的自我。

上帝在赫伯特的基督教冥想世界中，明显表现出两种特征，一方面，上帝是爱与美的表现，另一方面，上帝是破坏者与恐怖制造者的化身。赫伯特对上帝的这两种认知与感受在《圣殿》中交替出现，最终在"爱（三）"中上帝表现为对诗人灵魂的毫无保留的爱。诗人对上帝的这种认知具有明显的改革神学灵性生活的特点。[5]正如路易斯·马兹在《冥想诗歌》

---

[1]　Mary Theresa Kyne. *Country Parson, Country Poets: George Herbert and Gerard Manley Hopkins as Spiritual Autobiographers*. Eadmer Press, 1992, p. 81.

[2]　Mary Theresa Kyne. *Country Parson, Country Poets: George Herbert and Gerard Manley Hopkins as Spiritual Autobiographers*. Eadmer Press, 1992, p. 81.

[3]　Mary Theresa Kyne. *Country Parson, Country Poets: George Herbert and Gerard Manley Hopkins as Spiritual Autobiographers*. Eadmer Press, 1992, p. 81.

[4]　周群：《宗教与文学》，南京：译林出版社，2009年，第6-7页。

[5]　Mary Theresa Kyne. *Country Parson, Country Poets: George Herbert and Gerard Manley Hopkins as Spiritual Autobiographers*. Eadmer Press, 1992, p. 11.

（*The Poetry of Meditation*）中说，冥想王国"范围广阔，足以纳入耶稣会会士与清教徒、多恩与弥尔顿、克拉肖的巴洛克式浮华辞藻以及赫伯特的精妙克制（the delicate restraint of Herbert）。"①

"悲痛"（grief）是《圣殿》中的高频词汇之一，赫伯特经常运用这一词汇表达他对生活中艰难选择境遇的情感体验。在"牺牲"这首"圣堂"部分最长的诗歌中，十字架上遭受折磨即将被折磨得流光血液而死的基督反复用"悲痛"来描述他的身体与心灵的双重体验。面对痛苦的伦理选择，基督没有用自己作为上帝之子的身份与能力去拯救自己，而是在痛苦的折磨中等待死亡以及"复活"，"复活"的是基督的灵，是基督的精神，他的肉身已经在十字架上死去了。

"痛苦"是基督徒世俗生活中面对伦理选择时所经历的痛苦体验，是面对诱惑时所产生的情感体验。从某种程度上来说，"痛苦"源于诱惑，"痛苦"源于面对诱惑时的心灵状态。对于"痛苦"与"诱惑"之间关系的分析，需要历时性考察"痛苦"组诗的写作过程。哈钦森认为，威廉姆斯手稿是《圣殿》的早期版本，在这个早期版本中，"痛苦（四）"的标题为"诱惑"。赫伯特将"诱惑"与"痛苦"联系在一起，凯恩认为，恰好证明诗人对依纳爵冥想传统的继承与发展。因为依纳爵冥想传统特别注重冥想与诱惑之间的密切关系。②同样，里基认为诗歌标题的改变阐释了"这里谈到的诱惑的模式问题，阐释了诗中说话人的个人反叛思想的问题，这与'痛苦'组诗中其他诗歌相关联——"痛苦（一）"中的疾病、"痛苦（二）"中对自身的毫无价值的反思、"痛苦（三）"向世人表明对基督痛苦的同一性认识、"痛苦（五）"（Affliction V）表明人类在亚当堕落之后所经历的变迁使他们变得比亚当这位人类始祖更为坚强。因此，这五首诗歌互为补充，阐明了诗人对人类苦难的认识。③

在精神上饱受的痛苦与折磨使得诗中说话人得以重塑心灵，从而"到达天堂，胜过您（l. 30）。"所以，在"痛苦（四）"之后的诗歌"人"把

① Louis L. Martz. *The Poetry of Meditation: A Study in English Religious Literature*. New Haven and London: Yale University Press, 1962, pp. 3-4.

② Mary Theresa Kyne. *Country Parson, Country Poets: George Herbert and Gerard Manley Hopkins as Spiritual Autobiographers*. Eadmer Press, 1992, 136-137.

③ Mary Ellen Rickey. *Utmost Art: Complexity in the Verse of George Herbert*. Lexington: University of Kentucky Press, 1966, p. 117.

建造者得以居住的地方叫做"庄严的寓所"（l. 2）。

因此，赫伯特笔下的痛苦自有其内涵：诗中说话人在"履行生命的职责"，实现与上帝的结合之后，就能够净化其灵魂，"如同太阳通过光线散播热量／所有的反叛都在夜晚平息。（Affliction IV, ll. 23-24）"诗人知道他最深沉最持久的欲望就是过一种与上帝的意愿结合在一起的生活。

赫伯特的座右铭"无法企及您（上帝）的点滴仁慈"[①]揭示了诗人对自身地位以及状况的认知，在宗教生活领域，他丝毫没有野心，而是将上帝置于一个令人无法企及的高度，为认识人类灵魂的进步提供了一个谦卑而温和的视角。

赫伯特对自身灵魂进步状况的认知，不仅体现在他的宗教信仰方面，也体现在他对世俗生活中自身灵魂状态的认知，他似乎想以宗教生活中的谦卑与温和来处理日常世俗生活中的问题，不激进，不急躁，追求内心生活的平静与温和。从这个角度来理解，在他生活的那个时代，英国从封建社会向资本主义社会开始迈进，在各教派之间斗争冲突不断的情况下，赫伯特努力阐释他心中最理想的人类灵魂状况。

一、"适宜的谦卑"（"An Humbleness Very Suitable"）[②]

"适宜的谦卑"是赫伯特对英国教会权威性的认识。赫伯特看待英国宗教一致性的问题，远非静止不变。相反，赫伯特对英国教会一致性的认识是通过肯定、确认、合格、推进以及倒退这样一个连续的过程，这与赫伯特诗歌中经常反复出现的自我纠正过程一样。这一写作策略，引发各派教徒之间的争辩，不仅仅在清教徒与形式主义者之间引发争辩，也在教权主义者（clericalist）与平民主义者（populist）之间引发争辩。这一写作策略在《乡村牧师》中还特别引发了关于道德神学的争辩，赫伯特的道德

---

① 英文原文为"Lesse then the least of Gods mercies."费拉尔在出版《圣殿》时，在序言中也提到这句话，参见 Robert H. Ray. "The Herbert Allusion Book: Allusions to George Herbert in the Seventeenth Century", *Studies in Philology*, Vol. 83, No. 4（Autumn, 1986），p. 6. 另外，赫伯特的诗歌"座右铭"（The Posy）直接以"座右铭"为题，在诗中两次用到此句，表达了自己对这句座右铭的喜爱之情。目前，西方学术界普遍认为赫伯特的座右铭是他对《创世纪》第32章第10节和《以弗所书》第3章第8节内容的独特整合。

② George Herbert. *The Country Parson*. In George Herbert. *George Herbert: The Complete English Poems*. John Tobin ed., London: Penguin Books, 2004, p. 230.

神学意在调节 17 世纪发展起来的新教诡辩论（Protestant casuistry），与相对来说历史稍微悠久一些的新教徒把《圣经》经文当作道德与精神向导的绝对自信之间的矛盾。一方面，赫伯特的理想牧师也"深受良知影响，他也因此而受到颇多颂扬。实际上，这就是乡村牧师带领他的教民正确地走在真理的道路上的最伟大的能力，因此，他们不仅拒绝左倾，也拒绝右倾。"[1]但是，另一方面，牧师"最主要最首要的学识却存在于书之经典——生命与舒适的仓储——《圣经》之中，他从中汲取养分并因此而活。他在《圣经》中发现了四个理念：生命训诫、知识学说、阐释范例以及安适许诺"。[2]正如斯赖茨（Camille Wells Slights）特别提到，英国新教诡辩术在珀金斯和埃姆斯等清教徒以及桑德森（Robert Sanderson）和泰勒（Jeremy Taylor）等形式主义者之间的形成需要经历"对《圣经》经文的字面主义理解的转变"，这种转变与这一时期日益增长的"对实践神学（practical divinity）的关注"有关。[3]有时，赫伯特也愿意进行这样的转变——在"滑轮"这首诗歌中他对创世故事的再创造就是证据——但是，在诗歌中，他也对任何"否认《圣经》经文完美的人"[4]抒发焦虑，甚至愤慨。

《乡村牧师》的最后几章强调对判定人是否具有良心问题的必要的特殊知识，明显表示出对法律的尊重，同时也具有强烈的诡辩论色彩。[5]在"牧师的观点"这一章，赫伯特建议：

> 当一个人开始积攒钱财用来购买生活必需品的时候，他当前是为了家庭，以后是为了子女，但是，他几乎无法意识到从什么时候，他的积攒行为开始违背道德标准；然而，有一段时间他积累钱财是合乎道德标准的，然而有一个临近点或者说是中心，在那个时间段的积累

---

① George Herbert. *The Country Parson*. In George Herbert. *George Herbert: The Complete English Poems*. John Tobin ed., London: Penguin Books, 2004, p. 206.

② George Herbert. *The Country Parson*. In George Herbert. *George Herbert: The Complete English Poems*. John Tobin ed., London: Penguin Books, 2004, pp. 204-205.

③ Camille Wells Slights. *The Casuistical Tradition in Shakespeare, Donne, Herbert and Milton*. Princeton: Princeton University Press, 1981, pp. 7-8. In Ronald W. Cooley. *'Full of All Knowledge': George Herbert's Country Parson and Early Modern Social Discourse*. Toronto: University of Toronto Press, 2003, p. 44.

④ George Herbert. *The Country Parson*. In George Herbert. *George Herbert: The Complete English Poems*. John Tobin ed., London: Penguin Books, 2004, p. 222.

⑤ See "The Parson in Liberty", "The Parson's Library" and "Concerning Detraction".

即使现在是合乎道德的，马上就会从道德转变为不道德。因此，忠于职业的牧师已经充分思考了美德与邪恶的概念，尤其是详细探究了那些本质上最容易行偷窃行为的人以及最开始就让人感觉不可靠的人。[①]帮助教民明白美德的边界，是牧师的特别专长，或者用赫伯特的话来说，是牧师的"事务"。正如牧师自身所受的优质教育一样，牧师在良知方面的专长使他有别于会众。库利认为这一立场既不是清教徒的，也不是形式主义者的；这是赫伯特时代司空见惯的"新牧师意识形态"（"neo-clerical ideology"）宣言。[②]

通过再次强调传统意义上新教徒对《圣经》经文权威性的坚守，通过在运用诡辩术的章节反复谦卑地运用第一人称代词，《乡村牧师》中的其他观点弱化了赫伯特对牧师职业专长的强调。例如，在"牧师观点"中对贪婪的讨论从有距离感的第三人称视角转化到有自我融入感的第一人称立场："如果这些或者那些都与我相关，我或者无所作为，或者节衣缩食，拿出一点点不堪入目的钱财来到主安放我的地方，那么，我是贪婪的。再具体一点，我再给所有人举一个实例，如果上帝给我安排了仆人，我给他们的却很少或者是腐败了的，有时是变质的肉、有时太咸、或者没有营养，那么我就是贪婪的。"[③]当赫伯特发现清教徒、形式主义者以及处于这两派之间中间道路上的牧师能够共享他自己提出的教权主义立场时，他接下来回答或者缓解那些反对教权的异议。虽然牧师的唯一"事务"（"business"）是区分美德（virtue）与邪恶（vice）这两个概念，但是，无论如何，他也像其他任何人一样容易受到弱点与诱惑的影响。事实上，他对良心发表意见的资格，准确地说，取决于他受到诱惑的经历，以及他明显的神圣特性："乡村牧师研究并掌握了自己所有内在的欲望与偏好以及外在的所有诱惑，所以他已经写下了大量布道词，就像他成功克服了这一切。"[④]牧师的声望

---

①　George Herbert. *The Country Parson*. In George Herbert. *George Herbert: The Complete English Poems*. John Tobin ed., London: Penguin Books, 2004, p. 239.

②　Ronald W. Cooley. *'Full of All Knowledge': George Herbert's Country Parson and Early Modern Social Discourse*. Toronto: University of Toronto Press, 2003, p. 45.

③　George Herbert. *The Country Parson*. In George Herbert. *George Herbert: The Complete English Poems*. John Tobin ed., London: Penguin Books, 2004, p. 239.

④　George Herbert. *The Country Parson*. In George Herbert. *George Herbert: The Complete English Poems*. John Tobin ed., London: Penguin Books, 2004, pp. 251-252.

可能远在教民之上，但是，赫伯特坚持说牧师的声望一定是像所有基督教徒一样经历灵魂的拷问获得的。

在《圣殿》中有许多与牧师职业有关的诗歌，记载了牧师对内在灵魂进行调节与干预的状况。例如，在"亚伦"（Aaron）这首诗歌中，理想的牧师与"可怜的牧师"（1.10）形成了鲜明对比。理想的牧师犹如在《出埃及记》（Exodus）第28章中描述的那样穿着"真正的亚伦"（1.5）服装，而诗中说话人则是这"可怜的牧师"，他是"缺点与黑暗"（1.10）。"可怜的牧师"要变成真正的祭祀亚伦就必须经过和解，他需要经历每个教徒都同样必须经历的信仰的转变。在他"穿戴一新"（1.20）出现在基督面前并在最后一节对他的子民发出号召以前，必须放弃祭司身份的区别，正如他在第三节和第四节中所做的那样。牧师的法衣，那些颇受争议的教士尊严的象征，象征着"穿上基督"的经历，根据使徒的说法，抹杀社会差别的经验（见《加拉太书》第3章第25-29节）。同样，在"神职"和"窗户"这两首诗歌中也包含着类似的辩证关系，上帝"神圣的神职"（1.1）的卓越和力量与诗中说话人"罪恶又脆弱"（1.11）的人性缺陷之间相对立。在"窗户"这首诗歌中，人是"一个脆弱的、布满裂缝的玻璃杯"（1.2），他几乎无法传达神的旨意，直到基督使得他的生命在"神圣的布道者／内心闪光"（ll.7-8）。正如上述几首诗歌一样，《乡村牧师》也具有对立结构，其开篇几章提供了一个二元对立目录：牧师的"渴望与工作"，他"取悦上帝"与"滋养教徒"的职责，"真正牧师的决定因素与主要特征"，他的"尊严……与……职责。"①甚至在第13章，当赫伯特赞扬中间道路时，作品中的权威声音以当时新教文学中盛行的清教主义与形式主义者之间的二元对立为基础，说："因为这两条规则包含了我们本职工作的双重目标：上帝与我们的邻人；前者是为了上帝的荣光，后者是为了我们邻人的好处。"②实际上，赫伯特在此处对"双重目标"的强调，既是在强调《乡村牧师》的写作目标，也是在强调的牧师的任务，而这两者的成功与否互为补充。

赫伯特双重目标的形成是对理查德·胡克（Richard Hooker）双重目标

---

① George Herbert. *The Country Parson*. In George Herbert. *George Herbert: The Complete English Poems*. John Tobin ed., London: Penguin Books, 2004, pp. 201-202.

② George Herbert. *The Country Parson*. In George Herbert. *George Herbert: The Complete English Poems*. John Tobin ed., London: Penguin Books, 2004, p. 222.

的回应。胡克是维护中间道路的伟大辩护者，他在《教会组织法》(*Of the Lawes of Ecclesiastical Politie*) 第五卷写道："……［向公众布道］的目标包含上帝与人这两者……因此，我们的全部工作的总和就是颂扬上帝与拯救世人。"[1] 库利认为，即使这二者此处在表面上看起来有些相似，但是也有一些重要的不同之处。赫伯特从《哥林多前书》第 14 章中找到支持他要求在教堂中要遵守秩序与教化民众的观点。《哥林多前书》第 14 章认为"讲道的恩赐胜过说方言"，因为英国新教坚持牧师的布道职责："作先知讲道的，乃是造就教会"(《哥林多前书》第 14 章第 4 节)。而且，赫伯特的第一人称复数代词"我们的职责"看起来比胡克的"我们的全部工作"看起来更具有包容性，因为"我们的全部工作"如同是我们的一部分，好像与另外一个结构"他们"构成了对比。牧师歌颂上帝、侍奉邻人的职责与所有基督徒共同分享。而胡克则不同，他对劳德派 (the Laudians) 有所期待，强调牧师与信众之间的区别："牧师的权利是分隔的标志，因为牧师的权利是侍奉他们，将他们与他人分隔开，为他们祝圣，使他们属于一个特殊等级，使他们能够侍奉最高等级的事务，他人可能无法干涉。"[2] 胡克对牧师职业概念的提升并没有在《乡村牧师》中找到相应的体现，而且，胡克总是设法缓和牧师与信众之间的区别。[3]

《乡村牧师》各章内容的侧重点也有所不同，通过强调牧师双重目标的神圣属性，赫伯特努力在谦卑与提升之间维持平衡。第 4 章 "牧师的知识" 就是一个很好的例子，赫伯特运用他创作诗集《圣殿》中许多诗歌的技巧——再发明 (re-invention) ——来实现他的写作目标。在第 4 章开篇，赫伯特描绘了一位已经提升的牧师形象，他 "掌握各种学识"。作为信徒的老师，乡村牧师 "屈尊学习耕地与牧场知识，这样才能在教化过程中充

① Richard Hooker. *Lawes of Ecclesiastical Politie*. In Richard Hooker. *The Folger Library Edition of the Works of Richard Hooker*. 4 Vols. Cambridge, MA: Belknap-Harvard University Press, 1977, Vol. 2, pp. 413-414. In Ronald W. Cooley. *'Full of All Knowledge': George Herbert's Country Parson and Early Modern Social Discourse.* Toronto: University of Toronto Press, 2003, p. 46.

② Richard Hooker. *Lawes of Ecclesiastical Politie*. In Richard Hooker. *The Folger Library Edition of the Works of Richard Hooker*. 4 Vols. Cambridge, MA: Belknap-Harvard University Press, 1977, Vol. 2, p. 425. In Ronald W. Cooley. *'Full of All Knowledge': George Herbert's Country Parson and Early Modern Social Discourse.* Toronto: University of Toronto Press, 2003, p. 47.

③ Ronald W. Cooley. *'Full of All Knowledge': George Herbert's Country Parson and Early Modern Social Discourse.* Toronto: University of Toronto Press, 2003, pp. 46-47.

分利用这些学识，因为按照人们理解事物的方式引导他们去掌握不理解的知识是最有效的教化方法。"① 赫伯特在讲述完牧师的已知内容时，便开始讲述牧师不太了解的内容，他的权威叙事声音立刻开始限制并且提升这个似乎是要知晓一切的非常具有代表性的包容性声音，该章的主题也发生了变化，不再是牧师需要掌握的一切学识，而是"他最主要最首要的学识却存在于书之经典——生命与舒适的仓储——《圣经》之中，他从中汲取养分并因此而活。"② 随着中心观点的缩小以及再次强调《圣经》经文，赫伯特笔下的牧师形象被削弱了，他由一名家长式教师转变为需要上帝话语滋养的孩子，他"从中汲取养分并因此而活"③。接下来，当赫伯特论述牧师"理解《圣经》经文的方式"时，他再次重复了这一过程。"他首先可以运用的方式，就是铭记主的话语，过圣洁的生活，正如《约翰福音》第 7 节写道'人若立志遵着他的旨意行，就必晓得这教训。'同时，牧师还要清楚明白，无论邪恶的人学识有多么渊博，他们不能理解《圣经》，因为他们感受不到《圣经》，这是因为没经过圣灵书写的灵魂无法理解《圣经》经文。其次，他可以运用祈祷的方式，如果在世俗世界中有必要进行祈祷，那么在另一个世界不是更有必要进行祈祷吗？"④ 同样，对祷告与"另一个世界事物"的强调表明赫伯特对理想牧师的描述从牧师的能力所及转向力所不能，而且通过运用第一人称代词的复数形式，在说话人、牧师以及其余所有堕落的人类之间相应地建立起一种认同关系。这样，占主导地位的第三人称叙事模式带来的冷酷与疏离也有所减弱。该章主题句紧扣这一点，具体说明了赫伯特在该章开篇的主张"乡村牧师掌握各种学识"："因为一个国家并不能生产可能成为商品的一切物品，因此，上帝也不曾并且也不可能只将真理向一个人呈现，这样，为播撒爱与谦卑，上帝的仆人之间很

---

① George Herbert. *The Country Parson*. In George Herbert. *George Herbert: The Complete English Poems*. John Tobin ed., London: Penguin Books, 2004, p. 204.

② George Herbert. *The Country Parson*. In George Herbert. *George Herbert: The Complete English Poems*. John Tobin ed., London: Penguin Books, 2004, p. 204.

③ George Herbert. *The Country Parson*. In George Herbert. *George Herbert: The Complete English Poems*. John Tobin ed., London: Penguin Books, 2004, p. 204.

④ George Herbert. *The Country Parson*. In George Herbert. *George Herbert: The Complete English Poems*. John Tobin ed., London: Penguin Books, 2004, p. 205.

可能交换知识。"① 正如上文的成人—儿童类比一样，该章开篇的农业意象也被转化了。牧师从玄学意义上的农夫发生了彻底转变，他把知识的种子播撒给教民，把知识的种子播撒在已经播种了"爱与谦卑"的土壤中。

同样的写作手法在第 6 章"牧师祷告"中也有所体现，不过赫伯特稍微进行了调整，表现为从肯定到怀疑、再到肯定的过程，关注视角从外部转向内部、再转向外部的过程：

> 当乡村牧师准备做礼拜的时候，他需要提升心灵、双手与双眼，用尽一切姿势表达忠心而真诚的虔敬之情，竭尽所能撰写令人崇敬的文字。首先，乡村牧师这样做是因为他真切地被上帝的威严触动了并因此而感到惊奇，在上帝面前，他仅代表他自己；然而，他并不是一个孤立的个体，而是代表了教堂会众，他承担着所有人的罪过，与他自己的罪过一道被他带到圣坛，在盛放上帝血液的器皿中接受沐浴与洗涤。其次，因为这是造成乡村牧师内心恐惧的真实原因，因此，他对自己能够尽最大可能向外界表达这种恐惧感到满意。他明白在他自己被感化之后，他才可能去感化民众，他知道只有当民众前来教堂进行祷告这一神圣的行为中又一次忘记布道词的时候，布道才能真正感化他们，达到令人崇敬的地步。②

很显然，赫伯特在此给理想的乡村牧师提出的建议是由多个因素决定的，因为他还同时参与了一系列相互关联的辩论。在描绘牧师祷告时，赫伯特不仅要在清教徒慷慨激昂的即兴祷告理想和形式主义者对遵守秩序的仪式的热爱之间协调，还要在教权主义者和平民主义者的牧师行为概念之间协调。牧师形象"代表教堂会众，他承担着所有人的罪过，与他自己的罪过一道被他带到圣坛，在盛放上帝血液的器皿中接受沐浴与洗涤"③，这样的牧师形象有些许劳德派形式主义祭司的特征。然而，库利再次强调，因为第 6 章的主题是牧师祷告，不是圣餐。即便是赫伯特采用了劳德派的前卫思想，他仍然调整修辞，使其与《圣经》经文的神圣性相一致。正如舍伍

---

① George Herbert. *The Country Parson*. In George Herbert. *George Herbert: The Complete English Poems*. John Tobin ed., London: Penguin Books, 2004, p. 205.

② George Herbert. *The Country Parson*. In George Herbert. *George Herbert: The Complete English Poems*. John Tobin ed., London: Penguin Books, 2004, p. 207.

③ George Herbert. *The Country Parson*. In George Herbert. *George Herbert: The Complete English Poems*. John Tobin ed., London: Penguin Books, 2004, p. 207.

德（Terry Sherwood）所言，赫伯特追寻加尔文和克兰默（Cranmer），努力寻找解决新教徒关于圣餐的困境是一个以神学为中心的问题，不再是一个独一无二的将"圣餐礼与祷告相融合"的和解形式，"而是将他们看作是同一真理的密不可分的表现形式"。①犹如赫伯特在诗歌"祈祷（一）"中说，祈祷是"教堂的盛宴"，牧师带着他自己的以及会众的罪过来到天国的圣坛旁，而不是尘世的圣餐桌边。此处，赫伯特对要"表达忠心而真诚的虔敬之情"②的身体姿势的坚持隐含着他的企图，按理说是要在已经固化的礼拜仪式的限制中获得，而不是要强制推行一种"走进上帝的确信的、简洁的、自然的、亲近的、直接朝向上帝的"的品质，清教徒经常将这一点与即兴祷告联系在一起。③而且，此处也明显可以看到赫伯特努力缩减牧师与会众之间的距离。赫伯特笔下的理想牧师代替上帝，站在会众面前，而且，他也以罪人的名义站在上帝面前。在该章结尾，赫伯特颠覆了他在"致读者"部分写到的"感谢上帝的方法就是勤勉而忠诚地为我的教民传输思想"④这一观点。在第 6 章结尾处，赫伯特写到理想牧师为教民传输思想——"达到令人崇敬的地步"⑤——例如，他在布道中"正是通过祈祷这一虔诚的行为"⑥，把注意力转向上帝，而不是信徒，以此来表现自己的崇敬之情。这样，赫伯特把理想牧师的关注视角又转向了上帝。在上帝面前保持一颗谦卑之心，在赫伯特看来是牧师规范自我行为、提升自我修养的基础。

① Terry G. Sherwood. *Herbert's Prayerful Art*. Toronto: University of Toronto Press, 1989, pp. 18-19.

② George Herbert. *The Country Parson*. In George Herbert. *George Herbert: The Complete English Poems*. John Tobin ed., London: Penguin Books, 2004, p. 207.

③ Horton W. Davies. *Worship and Theology in England*. 5 Vols. Princeton: Princeton University Press, 1961-1975, Vol. 2, p. 191. In Ronald W. Cooley. *'Full of All Knowledge': George Herbert's Country Parson and Early Modern Social Discourse*. Toronto: University of Toronto Press, 2003, p. 49.

④ George Herbert. *The Country Parson*. In George Herbert. *George Herbert: The Complete English Poems*. John Tobin ed., London: Penguin Books, 2004, p. 201.

⑤ George Herbert. *The Country Parson*. In George Herbert. *George Herbert: The Complete English Poems*. John Tobin ed., London: Penguin Books, 2004, p. 207.

⑥ George Herbert. *The Country Parson*. In George Herbert. *George Herbert: The Complete English Poems*. John Tobin ed., London: Penguin Books, 2004, p. 207.

二、"谦卑的自制"

在艾略特看来，玄学派诗人是最成功的诗人，因为他们的诗歌体现了情感与理智的完美结合。在把赫伯特与多恩放在一起进行比较的时候，艾略特认为多恩的诗歌体现了理智对情感的控制，而赫伯特的诗歌则恰好相反，体现了情感对理智的控制。[①]

注意到赫伯特诗歌具有浓郁的情感特色的批评家非常多。批评家黑尔伍德承认"在某些方面来说，赫伯特是位热情的诗人"[②]。海伦·文德勒同样也没有忽略赫伯特在诗歌中流露出的情感因素，在评价"渴望"这首诗的时候，她指出诗人对上帝发出的那一声声呼唤"请您倾听"非常孩子气，生动地显示出诗人对自身形象的刻画。正是对这个请求无所顾忌地坚持，使诗人成为最擅长准确描写劝谏、痛苦、呐喊、受伤的情感以及情感策略的诗人之一。[③]理查德·斯蒂尔据此认为，情感在赫伯特的信仰体系中占有非常重要的位置。[④]而另一位批评家巴克斯特同样也认为"用心之作与天堂之作"构成了《圣殿》整部诗集的内容。

赫伯特的诗歌注重内在的心灵体验，尤其是内在的情感体验，与诗人生活在一个动荡、激烈、充满变化的时代密切相关。路德、加尔文作为宗教改革派反对斯多葛主义者抵制情感，尤其是抱怨的做法。加尔文强调说"神不要我们麻木或无奈地忍受十字架"，不是要我们成为斯多葛主义者所描述的"'那灵魂伟大之人'：在人一切与生俱来的情感被剥夺之后，不管他受难或兴旺，经历忧伤或快乐都有同样的反应——事实上，就如石头那样没有任何的感觉"[⑤]。在加尔文看来，斯多葛主义者要求信徒摒弃一切情感的做法十分荒谬，人根本就做不到。

---

① 维基百科，"乔治·赫伯特"［EB/OL］（2014-2-13）［2014-3-16］. http://zh.wikipedia. org/wiki/%E4%B9%94%E6%B2%BB%C2%B7%E8%B5%AB%E4%BC%AF%E7%89%B9.

② William Halewood. *The Poetry of Grace: Reformation Themes and Structures in English Seventeenth - Century Poetry.* New Haven, Conn.: Yale University Press, 1970, p. 102.

③ Helen Vendler. *The Poetry of George Herbert.* Cambridge, Mass.: Harvard University Press, 1975, p. 265.

④ Richard Strier. *Love Known: Theology and Experience in George Herbert's Poetry.* Chicago: The University of Chicago Press, 1983, p. 174.

⑤ ［法］约翰·加尔文：《基督教要义》，钱曜诚译，北京：生活·读书·新知三联书店，2010 年，第 701 页。

　　为了驳斥斯多葛主义者，加尔文在《圣经》中找到了大量的支撑观点："信徒在自然的忧伤中挣扎地保持耐心和节制，就如保罗恰当地描述的：'我们四面受敌，却不被困住；心里作难，却不至失望；遭逼迫，却不被丢弃；打倒了，却不至死亡。'（林后4：8-9）"[①]在加尔文看来，基督徒应该视苦难出于神，但是对这一神学事实的接受，要具有人自身的情感体验，'因若神禁止一切的流泪，那么我们要如何看待主的汗珠如大血滴在地上？'（路22：44）若一切的惧怕都是出于不信，那我们要如何看待基督自己所深感的惧怕？（太26：37；可14：33）我们若弃绝一切的忧伤，那么我们如何接受基督的这句话：'我心里甚是忧伤，几乎要死'？（太26：38）"[②]

　　改革派教徒特别强调基督徒在感受上帝时"自然情感"的流露。在《马可福音》与《马太福音》描述在十字架上受难的基督的章节中，基督两次引用《诗篇22》中的诗句"我的主啊，我的主啊，您为何撇弃我？"基督作为圣子，尚能像普通世人一样抒发自己的哀怨与质问，基督徒为何就要表现的像"那灵魂伟大之人"一样？加尔文在分析这一现象时说，"首先，这个诗行包含了两个明显对立的句子，当诗篇的作者说到他被上帝遗弃的时候，他的语气表明他似乎是处于绝望之中的人，"加尔文继续解释说"通过把上帝唤作他自己的上帝，他把呻吟与哀怨埋藏在自己的心底，这样，诗篇作者就清楚地表明了自己的信仰立场。"加尔文认为，"当我们想到神报应一切的罪孽时，信心提醒我们：只要罪人投靠神的怜悯，神必赦免一切的罪孽。如此，敬虔之人无论遭受何种患难或引诱，至终都会胜过一切困难，不容任何仇敌夺去他对神怜悯的确据。一切攻击他的仇敌反而增加这确据。一个关于这一点的证据是，当圣徒似乎遭受神的报应时，他们仍向神来抱怨；并当神似乎掩耳不听他们时，他们仍求告他。他们若不期待从神那里获得安慰，那么求告他有何用处呢？事实上，他们若不相信神早已预备救助他们，他们就连想也不会想求告他。"[③]因此，在加尔文看

<hr />

　　① ［法］约翰·加尔文：《基督教要义》，钱曜诚译，北京：生活·读书·新知三联书店，2010年，第701页。

　　② ［法］约翰·加尔文：《基督教要义》，钱曜诚译，北京：生活·读书·新知三联书店，2010年，第702页。

　　③ ［法］约翰·加尔文：《基督教要义》，钱曜诚译，北京：生活·读书·新知三联书店，2010年，第555页。

来，基督徒要有一颗虔信上帝的心灵，并且像圣子基督一样，有向上帝诉求和抱怨的权利，在诉求和抱怨的过程中，基督徒使自己压抑的情感得以抒发，进而获得心灵安慰与灵魂慰藉。

无论赫伯特到底有没有说过如沃尔顿在传记中写的这句"使沮丧的灵魂得到益处"，毫无疑问，他的诗歌都表明他在描绘对上帝的种种复杂的情感体验。"圣堂"部分的多首诗歌，如"抱怨"（Complaining）、"渴望"和"叹息与呻吟"（Signs and Groans）都带有强烈的情感色彩。"渴望"这首诗明显继承了加尔文在《基督教要义》中强调的"渴望而又抱怨"这种充满悖论色彩的情感体验：

> 我的喉咙，我的灵魂嘶哑：
>
> 我的心像您诅咒过的土地
>
> 一样萎蔫。（ll. 8-10）

诗中的说话人在讲述灵魂感受不到上帝恩典的糟糕状况以后，认为似乎这一切都是因为他没有将这些情况告诉上帝造成的，所以在该小节的最后两行，赫伯特写道："主啊，我崩溃／然而我呼求。"赫伯特从来没有因为痛苦而放弃他向上帝呼求抱怨的权利。

"苦涩与甜蜜"这首诗歌的标题本身就是一个悖论，描绘了上帝带给基督徒的双重情感体验。在诗人看来，向上帝抱怨呼求与热爱上帝都是基督徒信仰生活中的内容。

赫伯特认为抱怨与呻吟是人类灵魂感悟上帝最自然不过的方式了。"锡安"（Sion）这首诗就突出显示了"呻吟抱怨"在人类情感中的积极作用。它把《圣殿》中的"教堂地板"（Church-floor）和"未知的爱"（Love Unknown）两首诗歌整合起来，探讨心灵在感悟上帝过程中的作用。在诗人看来，心灵不仅是人们灵性生活的场所，也是人们产生情感的场所。[1] 在"锡安"这首诗歌中，赫伯特特别用到了"发怒"（"peevish"）这个词来修饰心灵（heart）：

> 您与一颗爱发怒的心争斗，
>
> 它有时阻挠你，你有时阻挠它：

---

[1] Richard Strier. *Love Known: Theology and Experience in George Herbert's Poetry*. Chicago: The University of Chicago Press, 1983, p. 179.

这场战斗对双方来说十分艰难。

伟大的上帝在战斗，他甘愿忍受。（ll. 13-16）

上帝愿意承受人类的心灵在感受他时的愤怒，愿意忍受这一切，上帝的这一认知，诗人在接下来的两行便点名了："所罗门镀上黄铜的世界与石块铸就的宫殿／对您来说还不如一声呻吟宝贵。（ll. 17-18）"这里，诗人似乎告诉读者一切宫殿与偶像都不及人的内心对上帝的虔诚体验重要。

在谈及上帝与人之间的关系时，索伯桑通过比较多恩与赫伯特对救赎与信仰等基本基督教概念的态度时指出，与多恩相比，读者很容易发现赫伯特在接受这些基督教观念时感受到的压力要比多恩小得多。教会的律令与权威在许多赫伯特同时代人看来如同重担一般，但是，对于这一切，赫伯特却可以坦然接受。在多恩等赫伯特同时代宗教诗人看来，他们感受到的是上帝的愤怒、上帝的审判、上帝的意愿、上帝的秩序与上帝的力量。这些主流的宗教体验同样体现在赫伯特的宗教诗歌中，但是，除此以外，赫伯特还感受到了上帝的惊奇、上帝的亲近、上帝的怜悯与上帝的温柔。[1]因此，赫伯特笔下的上帝与多恩等其他诗人笔下的上帝相比，抛去了义正言辞、一丝不苟的权威形象，而是以一种温婉和善的形象出现在诗人的宗教情感体验中。诗人不仅对上帝及其代表的基督教信仰与神学观念深信不疑，同时，也感受到了上帝的人性色彩。

诗集《圣殿》与散文集《乡村牧师》不仅展现了赫伯特的诗歌创作才能与简洁练达的散文风格，同时也传达了他传统的基督教信仰精神。乔治·赫尔德（George Held）认为，在这两部作品中，赫伯特表现了他坚定而正统的基督教信仰。[2]在"信仰"（Faith）这首诗中，赫伯特就坚定而不动摇地把基督看作是救世者的信仰：

信仰使我成为任何一件物品，抑或

我所相信的一切都在神圣故事中：

罪孽置我于亚当堕落之处，

---

[1] Jeffrey G. Sobosan. "Call and Response: The Vision of God in John Donne and George Herbert". *Religious Studies*. Vol. 13, No. 4 (Dec., 1977), p. 400.

[2] George Held. "Brother Poets: The Relationship Between Edward and George Herbert". In Edmund Miller and Robert DiYanni ed. *Like Season'd Timber: New Essays on George Herbert*. New York: Peter Lang Publishing, 1987, p. 33.

　　　　　　　　　是信仰使我在上帝荣耀中升腾。（ll. 17–20）

　　在"神"这首诗的结尾，也有类似的诗句："信仰不需要肉体做支撑，但是它自身／却完全可以引导你荣登天国。（ll. 27–28）"其实，早在该诗的第二节，赫伯特就表达了对信仰的重视"理智获得胜利，信仰就在旁边。"接下来，诗人写到：

　　　　上帝的智慧首先端起酒，它能不用

　　　　　　教义就使这酒更醇厚吗？

　　　　如果他的衣服本就完美，上帝的智慧

　　　　　　能用精巧的问题和分段给它扯出缺口吗？

　　　　但是，他教授与给予的全部教义，

　　　　　　都来自天国，如天国般澄澈。（ll. 9–14）

这些诗行无不表达了诗人的坚定信仰。

　　同样，在《乡村牧师》中，赫伯特也主张以信奉上帝和《圣经》为基础，提倡用教义问答法传授信仰。在《乡村牧师》的第 21 章"牧师的教义问答"中，赫伯特说："基督教不全是这样的事物吗？这一切不可见，但是却可以相信吗？"①

　　在诗人看来，上帝是一个超自然存在，他是宇宙的缔造者，他是人类与自然界的创造者，他无所不能，无处不在，但是人却无法亲眼目睹其尊容。于是，上帝的无处不在与其不可见性形成一个永恒的悖论。所以，在《圣殿》中，赫伯特所描述的上帝是他想象中的上帝。虽然上帝是诗人想象中的上帝，但是，他并没有在诗人的头脑中一直显现，赫伯特笔下的上帝，是一位"隐蔽的"的上帝，正如他在"寻觅"（The Search）这首诗中所描述的那样：

　　　　我的主啊，你在哪里？哪处

　　　　隐蔽的场所仍旧把你藏匿？

　　　　哪处掩蔽物敢于遮蔽你的容颜？

　　　　这是你的愿望吗？（ll. 29–32）

---

① George Herbert. *The Country Parson*. In George Herbert. *George Herbert: The Complete English Poems*. John Tobin ed., Penguin Books, 2004, p. 231.

　　由此可见，赫伯特笔下的上帝是在某处"隐蔽的场所"的"隐蔽的上帝"，他并不是一直存在于诗人的想象世界中。诗人对上帝感知的不确定性贯穿在《圣殿》始终，而上帝也并不是一个具体的形象，诗人设法运用一系列符号或者创设一系列情境把他展现在读者的想象世界中。

　　在"花"（The Flower）这首诗中，赫伯特首先把上帝理解为具有季节性或者循环生命的植物，上帝如同"春天的花朵"能够"复活"，在这美妙的季节，悲伤能够"消融"。当诗人感受不到上帝时，他就把这样的时刻比喻为冬季，这时连球茎植物都经历"一切糟糕的天气／让世界死寂，让我们的房屋无名"（ll. 13-14）。这些内容提供给读者的暗示信息是：在赫伯特看来，上帝的复活可以由季节更迭的不可避免性来描述，这样上帝的复活就是有规律可循的。因此，这时诗人希望自己是一株植物，生长在上帝的乐园："啊，过去我在您的天堂／迅速变化，在那儿，花儿不会枯萎！（ll. 22-23）"

　　在诗集《圣殿》中，赫伯特另外还有两次表达了希望自己变成一株植物的愿望。在"痛苦（一）"这首诗中，他写道："我读书、哀叹，希望自己是一棵树"；在"雇佣（二）"（Employment Ⅱ）中，赫伯特写道："啊，我希望自己是一株橘子树／那种一树繁华的植物！"诗人的这一表达方式本身具有矛盾性。因为"一棵树"，尤其是结满果实的树，在基督教语境中象征着人类灵魂的提升，所以，诗人的这一愿望彰显了诗人的宗教热情。然而，对"树"的植物生命的追求，隐含着诗人对灵魂生活感到苦恼的情绪，他似乎希望从中逃脱出来。诗人在"花"这首诗中也表达了与此相似的思绪。

　　赫伯特的花朵生长在由上帝照管的、秩序井然的花园中，诗人仔细地观察大自然的一切，同时，诗人将自己的灵魂体验与对自然界的感知交融在一起。大自然为赫伯特阐释精神体验提供了可供运用的语言，同时，大自然的发展变化也为诗人灵性生活的展开创设了语境。在该诗的第一节，赫伯特写道：

　　　　啊，主，您的复活多么新鲜、甜蜜、清洁！
　　　　就像是春天的花朵芬芳。
　　　　除了花朵的美丽，
　　　　晚来的霜给他们带来欢乐。

> 悲伤消融，
>
> 就如五月的雪，
>
> 好像世上从来就没有如此冰冷的物体。（ll. 1–7）

在这节诗中，有两处明喻，即上帝的复活犹如春天的花朵，悲伤的消融如同雪花在五月消融。本体和喻体因为诗人用了两个明喻指示词"as""like"清晰可辨。在接下来的一节中，本体和喻体之间的距离因为诗中说话人角色的转变开始缩短：

> 谁会认为我那颤抖的心灵
>
> 还能恢复那片绿？它已逝去
>
> 在深深的地下；就如花朵的凋零
>
> 去见他们的根之母，当他们枯萎；
>
> 又一次，他们在一起
>
> 一切糟糕的天气，
>
> 让世界死寂，让我们的房屋无名。（ll. 8–14）

在这一节，诗人运用了明喻和暗喻两种比喻，我的心灵"颤抖"、经历"所有糟糕的天气""在地下逝去""恢复那片绿"是诗人运用的暗喻，虽然心灵有如此多的感受，但是心灵还是心灵，心灵因为分号后面的明喻指示词"as"而与花朵意象明显地联系在一起。心灵绿洲的恢复揭示了基督教中的一个普遍真理，即上帝"永远也不会拒绝向他求助的罪人，虽然那气候由痛苦与不幸造就。"① 由此可见，在前两节，诗人是在谈论花朵意象。

然而，第三节却是一段插曲，在这一节，诗人直接向"力量之主"上帝发表演说，对上帝的复活及其复活给基督徒带来的福祉发表无限感慨。但是，到了第四节，诗中的说话人又含糊地回到花朵这个意象上来：

> 啊，过去我在您的天堂，
>
> 迅速变化，在那儿，花儿不会枯萎！
>
> 多少个春天，我都迅速成长，
>
> 朝向天空，生长着，呻吟着：

---

① Jeanne Clayton Hunter. "George Herbert and Puritan Piety". *The Journal of Religion*. Vol. 68, No. 2 (Apr., 1988), p. 236.

> 我的花并不想
>
> 要春天的雨露，
>
> 我的罪与我联系在一起。（ll. 22-28）

与生长在自然界的花朵不同，生长在天国的花朵永远不会枯萎。天国不是一座城市，而是一座伊甸园，是上帝的花朵、人类的心灵得以按照秩序生长的花园。花园的主人上帝，则在这"灵魂的生态系统"[①]之外，不仅能够保护天国花园免受侵袭，也能给它提供阳光、雨露、风、霜、雨、雪。

花朵朝向天空的生长与呻吟即是对机体成长的描述，也是对灵魂成长的比喻性描述。基督徒成长的目标是灵魂的天堂，而花朵生长的目标是天空这一客观实在物。花朵在成长的过程中因要努力生长和遇到外界压力而呻吟；基督徒在成圣的道路上也会遇到成长本身带来的各种压力以及外界、肉体与魔鬼带来的一切压力，这一切情感与精神上的压力使他痛苦呻吟。此处赫伯特引用了《圣经》中的一处典故，《罗马书》第 8 章第 22 至 23 节讲到："我们知道一切受造之物一同叹息、劳苦，直到如今。不但如此，就是我们这有圣灵初结果子的，也是自己心里叹息，等候得着儿子的名分，乃是我们的身体得赎。"

在接下来的第五节，随着季节更替而生的植物因为它明显的堕落受到诗人的质疑，它笔直地毫无顾忌地向天空生长，最终招致上帝的"愤怒"：

> 但是，当我笔直生长时，
>
> 我仍然朝上望去，好像天空属于我一人，
>
> 您发怒，我下降：
>
> 雾对于此算什么？极地又不是赤道，
>
> 在那儿一切都在燃烧，
>
> 当您心回意转时，
>
> 至少您会皱眉吗？（ll. 29-35）

在第六节，赫伯特接着告诉读者上帝愤怒时的行动是"暴风雨"，后果是花的"死亡"。虽然在这首诗中，赫伯特把第一人称作为抒情主体，

---

① Frances Cruickshank. *Verse and Poetics in George Herbert and John Donne*. Surrey: Ashgate, 2010, p. 77.

告诉读者花的生长过程，但是在第六节，赫伯特通过"我依然活着写作"把第一人称从单一的"花"扩展到诗人自己，诗人对花的死亡展开联想，认为他的生命不应该像花那样，接受上帝的暴风雨的洗涤，上帝对植物的惩罚如若放在诗人身上或者说基督教徒身上，是不恰当的："我就是 / 被您的暴风雨淋了一整夜的那个他 / 这不可能。（ll. 40-42）"

　　诗人不相信上帝会像对待植物一样对待人。但是，人与花之间的共同点是二者都要经历生长、繁茂、死亡的过程。当人在成长的过程中，如果像花朵一样笔直"向上"，"傲慢"向前，那么，这样的人就会像花朵一样受到上帝的惩罚；如果人懂得谦卑，懂得热爱上帝，那么，上帝就是"爱之主"，自然界的一切美好与人生的美好便成为上帝行的"神迹"（"wonders"）。所以在该诗的最后一节，诗人写道：

> 爱之主，这一切都是您的奇迹，
>
> 让我们看到自己不过是转瞬即逝的花朵：
>
> 我们曾经找到并且证实，
>
> 您有一所花园给我们居住，
>
> 我们会因此而变得人数众多，
>
> 通过贮藏而膨胀，
>
> 因为傲慢而丧失天堂。（ll. 43-49）

　　人与植物的区别在于，人有一颗谦卑的心，有认识到自身罪孽的可能，当人认识到自身的罪孽时，人就有了进入天国的可能，如果一味傲慢，不对自己的行为进行反思，就会像傲慢的、笔直向上的花朵一样"丧失天堂"。

　　在"拒绝"这首诗歌中，诗人同样也描绘了这种谦卑而又自制的宗教情感体验。加德纳认为，在这首诗中"赫伯特谨慎地用过去时提及他的痛苦以使之与我们保持距离……它既涉及到精神的孤寂和祈祷的无用，也提到了写诗灵感的匮乏"[①]：

拒绝

> 当我的祈祷无法穿透

---

① ［英］海伦·加德纳：《宗教与文学》，沈弘、江先春译，成都：四川人民出版社，1989年，第211-212页。

您寂静的双耳时；
我的心破碎了，我的诗行破碎了：
我的心房塞满了恐惧
　　　　和无序：

我的弯曲的思想，犹如易碎的琴弓，
支离破碎的飞行：
每一思想都有它自己的路线；一些飞向愉悦
一些飞向战争和雷鸣
　　　　的警报。

如同善行可以到达任何地方一样，他们说，
双膝与心灵，
日夜嚎哭，麻木停滞
来吧，来吧，我亲爱的主，啊，来吧，①
　　　　但是我主未听见。

哦，您应该给尘埃一个舌头
向您哭诉，
然而，您未听到他的呼号！但是一整天
我的心灵都在我身，
　　　　我主未听见。

上帝无视我的灵魂，
于是，它走了调：
我脆弱的灵魂，无法直视
犹如一朵被掐下来的花
　　　　失意地悬挂在枝头。

---

① 此处原文中诗人用的是斜体，以突出强调这一行，本书遵照诗人的写作意图。

> 啊，鼓舞和演奏我无心的胸膛，
> 不要拖延时间；
> 您的恩惠承认我的请求，
> 他们和我的思想一致，
> 　　修补我的韵律。

在这首诗中，诗中的说话人与诗歌的作者融为一体，呈现在读者面前。他通过描写自己诗才的不济来烘托自己对上帝的情感体验，虽然感到孤独与痛苦，但是他对上帝的体验并不是绝望的，因为诗中的说话人作为诗人还有词可写，并在最后一节获得了预期的、完美的韵律。由此可见，诗中说话人最终以诗歌韵律的和谐来类比他的心灵与上帝之间的和谐。这样，赫伯特通过使用过去时营造一种"谦卑自制"的语气，来描写他的精神体验，虽然不如强烈的肉体感受那样无以言表，却也将他宗教情感的真实性展现在读者面前。

赫伯特在上帝面前表现出的"谦卑自制"也许来自他畏惧上帝的情感。"抱怨"一诗的第一节生动地展现了这一点：

> 不要欺骗我的心，
> 　　因为您是
> 我的力量与智慧。不要让我受到耻辱，
> 　　因为我是
> 您的会哭泣的黏土，会呼唤的尘埃。（ll. 1—5）

如果把这一小节作为一个整体来思考，读者可能会模糊地意识到上帝会做那些基督徒请求他不要做的事。因为诗中说话人的论辩看起来非常的平静，也非常的理智：上帝不应该欺骗诗中的说话人的原因是上帝是他的力量与智慧。上帝不应该使诗中说话人蒙受耻辱的原因是诗中说话人是上帝创造的泥土与尘埃。但是，如果把这一小节分开来研读，就会发现这样一个问题：在前两行，诗中的说话人请求上帝不要背叛他，原因是因为上帝是上帝；在第四和第五这两行，说话人请求上帝不要使他蒙羞的原因是诗中说话人的存在。无论从哪一角度来思考，这一小节的内容都无法回避诗人对上帝产生的一丝畏惧感，这一畏惧感与中世纪宗教诗歌中抒发的对上帝的畏惧感有所不同。

中世纪宗教诗人表达的畏惧情感多是对上帝权威形象的畏惧，所以，中世纪诗人对上帝的情感体验也比较单一，且呈现为无条件顺从的状态。而赫伯特对上帝这一形象的体验则有所不同。也许出于对《新约》的热爱，赫伯特对他笔下的上帝深信不疑，反应热烈，然而，赫伯特在抒发对上帝的强烈情感体验的同时，却没有僭越造次之心，而是时时刻刻保持着一种"谦卑的自制"。由此可见，上帝的权威形象依然屹立在诗人的神学想象世界中。

第六章

赫伯特美德诗学在《乡村牧师》中的呈现

第一节 从《圣殿》到《乡村牧师》话语体系的转变

自从 1633 年首版以来，到 1709 年间，诗集《圣殿》共出版了 13 版（甚至是在内战期间，当查理一世被囚禁在卡里斯布鲁克城堡（Carisbrook Castle）时，他也有一本《圣殿》）。但是，在 18 世纪，赫伯特并没有受到人们的关注，直到 1799 年，都没有新版本的《圣殿》出版。人们只不过把赫伯特看作是一个聪明的，但是没有丝毫新意的匠人：德莱顿（Dryden）嘲笑赫伯特一派诗人，说他们住在"藏头诗地方"（"Acrostick land"）。

进入 20 世纪以来，在艾略特的影响下，赫伯特的才华才重新得到人们的重视，而艾略特本人也在后半生支持赫伯特。20 世纪 30 年代，他在评价赫伯特时，说：

> 他的形象就被这样保留下来……他是真正的，然而却又非常传统的宗教诗人之一……我们读多恩的诗歌，读克拉肖的宗教诗：但是，赫伯特却特别值得被看作是温和教会抒情诗人的代表。[①]

接下来，艾略特写到赫伯特的诗歌之所以优秀是因为他的宗教信仰，他甚至怀疑说《圣殿》中如没有基督教框架与焦点，赫伯特就是一名拙劣诗人（versifier）："如果你不重视赫伯特所重视的，不重视使他成为那个样子的

[①] T. S. Eliot. "George Herbert". In *The Spectator*, 12 March 1932. Reprinted in C. A. Patrides ed. *George Herbert: The Critical Heritage*. London: Routledge & Kegan Paul, 1983, pp. 333, 334.

一切，你就无法从阅读他的作品中获得满足感。"① 到 1962 年，艾略特已经大大拓宽了对赫伯特可阐释性与适用性认知的界限。艾略特说读者不必只因信仰的需要才去阅读赫伯特，虽然他的作品能够很好地发挥这一功能。相反，赫伯特可以被当作向导，引领读者走出精神斗争的向导：

> 我主张任何热爱英语诗歌的读者都应该阅读赫伯特的诗歌，任何学习英语诗歌的学生都应该学习赫伯特的诗歌，无论他们有无宗教信仰，首先，我这样认为并不是因为他精致的诗歌创作技艺、娴熟的韵律，也不是因为用词的妥帖，而是因为他诗歌的内容……［他们］……记录了精神冲突，这与人的情感相关；拓宽了那些没有宗教信仰、无法感受宗教情感的读者的感受阈限。②

赫伯特诗歌具有坦率与亲切特质的部分原因在于赫伯特对英语语言的运用。安东尼在分析这个原因时说："在阅读赫伯特诗歌的时候，有时候很难让人记起赫伯特在英国内战以前去世，因为，那是一个政治、社会、统治机构，尤其是语言发生激烈动荡的时代。"③ 对读者而言，17 世纪 40 年代犹如一座分水岭。在这之后的英语诗歌与散文能够容易地从书页上"读出来"，而在此以前的英语诗歌与散文需要读者在阅读过程中的努力并且要集中注意力，这样才能够理解作者的写作意图。而赫伯特在离开剑桥大学，摆脱詹姆斯一世对剑桥大学官方发言人这一职位的华丽辞藻要求以后，他似乎并有受到当时复杂的句法与引经据典的用词的影响。例如，"颂扬（一）"（Praise I）这首诗歌：

Prasie I

　　To write a verse or two, is all the praise,

　　　　That I can raise:

　　Mend my estate in any ways,

　　　　Thou shalt have more.

---

① C. A. Patrides ed. *George Herbert: The Critical Heritage*. London: Routledge & Kegan Paul, 1983, p. 335.

② T. S. Eliot. *George Herbert*. Plymouth: Northcote House, 1994[1962], p. 25.

③ Justin Lewis-Anthony. *If You Meet George Herbert on the Road…Kill Him! Radically Rethinking Priestly Ministry*. London: Mowbray, 2009, p. 16.

I go to Church; help me to wings, and I
>Will thither fly;
Or, if I mount unto the sky,
>I will do more.

Man is all weakness; there is no such thing
>As Prince or King:
His arm is short; yet with a sling
>He may do more.

An herb distill'd, and drunk, may dwell next door,
>On the same floor,
To a brave soul: Exalt the poor,
>They can do more.

O raise me then! poor bees, that work all day,
>Sting my delay,
Who have a work, as well as they,
>And much, much more.

在这首诗歌中，没有一个单词的音节数超过两个，诗人的简单措辞与诗歌的简洁形式传达了深层次的内涵，彼得·波特（Peter Porter）说在这首诗歌中并没有特别的宗教意义，但是却有深刻的玄学意味。①

赫伯特的诗歌现已成为英国文学经典的一部分，其词句经常被用作书名或者广播电台的节目名称。虽然赫伯特的文学地位远不及莎士比亚，但是这并没有阻挡两名美国学者创作一部《乔治·赫伯特词汇索引》（*A Concordance of George Herbert's Vocabulary*）的热情与决心。② 此外，赫伯

---

① Peter Porter. Introduction. In T. S. Eliot. *George Herbert*. Plymouth: Northcote House, 1994[1962], p. 9.

② Mario A. Di Cesare and Rigo Mignani. *A Concordance to the Complete Writings of George Herbert* (Cornell Concordances). Ithaca: Cornell University Press, 1977.

特的赞美诗还被收入了英国教堂的赞美诗集中。

　　赫伯特的宗教诗歌在英国宗教诗歌史上的地位不庸赘言，但是，他的宗教思想，更准确地说他在《乡村牧师》中设想的理想牧师职责在英国教会史上曾经发挥了应有的重要作用，刘易斯－安东尼将赫伯特的宗教思想与我国唐朝时期发展起来的临济宗的禅宗思想进行比较之后，认为赫伯特的宗教思想就是英国圣公会的临济宗（Anglican Lin-Chi）。[①]

　　《乡村牧师》这部散文集是赫伯特来到伯默顿担任牧师以后开始撰写的，大约完成于 1632 年。而出版时间则要晚得多，大约是在 1652 年。奥利（Barnabas Oley）在他的《赫伯特遗产》（*Herbert Remains*）中编写了一篇简短的赫伯特传记以及赫伯特收集整理的格言集《慎行》（*Jacula Prudentum*），他认为，1652 年，正值英国共和国发展到巅峰之时，英国国教遭到镇压；牧师、主教和祈祷书都被长老会当权派取代。据此，安东尼推测，《乡村牧师》能够出版的唯一原因可能是赫伯特家族与英国内战中胜利方之间的关系；赫伯特的继父约翰·丹弗斯爵士曾经参与签署对查理一世执行死刑令。[②] 尽管如此，伊丽莎白·克拉克依然将《通往圣殿的牧师》看作是"一种对内战以前英国教会的致敬行为"。[③]《通往圣殿的牧师》是编辑给该书加上去的标题，这是一种非常精明的营销手段，以此引起读者对《圣殿》中那些经典诗篇的回忆，同时，这个副标题还有一定的挑衅意味："牧师的"职责是劳德派教会憎恨的原则之一，"牧师圣职"、高级教士以及其他教皇实践制度都已经被废除了。

　　然而，我们也不应该认为赫伯特明确支持"高教会派"（"High Church"party）。虽然在第 13 章"牧师的教堂"，赫伯特引用了劳德派的口号"让一切事务体面而有序地进行"，他对此却有限制，他说"让一切要有益于教化"。赫伯特认为教会举行的宗教仪式在某种程度上而言，是为教育会众，而不是像劳德派所描述的那样认为教会的仪式是为了歌颂上帝的荣耀。教堂应该有人好好打理，保持整洁且要维护得好，赫伯特故意

　　[①]　Justin Lewis-Anthony. *If You Meet George Herbert on the Road…Kill Him! Radically Rethinking Priestly Ministry*. London: Mowbray, 2009, p. 17.

　　[②]　Justin Lewis-Anthony. *If You Meet George Herbert on the Road…Kill Him! Radically Rethinking Priestly Ministry*. London: Mowbray, 2009, p. 17.

　　[③]　Elizabeth Clarke. "The Character of a Non-Laudian Country Parson". *Review of English Studies*, Vol. 54 No. 216, September 2003, pp. 479-496, 480.

提到圣餐桌，而不是（劳德派的）圣坛；故意否认教堂物品的神圣属性，而是强调"在迷信与邋遢之间保持那条中间道路"①。尽管他建议教徒跪着领受圣餐，但是，他拒绝要求教徒必须如此，他说："在爱之筵席上的争辩与其说是抒发观点，不如说是散布谣言。"②他认为自己对教堂的管理工作，是为了上帝的荣耀与教民的利益，他追求与《圣经》经文的一致性，与那些"否定《圣经》不完美"的人不同；也就是说，那些遵从教会传统的人更愿意在教会活动中担当指导者的角色。刘易斯－安东尼认为，关于《乡村牧师》这本书的最大讽刺，在于1640—1641年间该书遭遇当权的劳德派拒发出版许可证，可是仅仅在12年后，劳德派却照搬赫伯特在《乡村牧师》中表达的观点，用以支持自己的立场。③

《乡村牧师》这部散文集言简意赅，共37章，最长一章不超过1600词，假定了牧师责任（a parson's responsibilities）应该具有的广度。这部著作首先简要地讨论了牧师的本质、牧师的不同类型、大学或者其他重要机构的牧师以及教区牧师。赫伯特在《乡村牧师》第1章"论牧师"开篇第一句话明确说明所有这些不同类型牧师的目的："牧师就是上帝代理人，要引导人归顺上帝"。④接下来，他从分析牧师生活的本质（在所有方面都要表现得圣洁、正直、谨慎、温和、勇敢、庄重）开始，接下来分析了牧师的受教育程度，最后到分析牧师祈祷与布道的双重职责。乡村牧师安排时间、休闲、工作以及家庭生活的方式，要向教民表明"他的家庭就是宗教学校"⑤。

在《乡村牧师》中，赫伯特利用大量篇幅描述牧师的拜访职责，他用"巡视"（"circuit"）和"放哨"（"sentinel"）这样的字眼来描述这一切。牧师应该拜访教民，这样他就能够见到教民的真实情况，而不是"礼拜天

---

① George Herbert. *The Country Parson*. In George Herbert. *George Herbert: The Complete English Poems*. John Tobin ed., London: Penguin Books, 2004, p. 222.

② George Herbert. *The Country Parson*. In George Herbert. *George Herbert: The Complete English Poems*. John Tobin ed., London: Penguin Books, 2004, p. 234.

③ Justin Lewis-Anthony. *If You Meet George Herbert on the Road…Kill Him! Radically Rethinking Priestly Ministry*. London: Mowbray, 2009, 18.

④ George Herbert. *The Country Parson*. In George Herbert. *George Herbert: The Complete English Poems*. John Tobin ed., London: Penguin Books, 2004, p. 201.

⑤ George Herbert. *The Country Parson*. In George Herbert. *George Herbert: The Complete English Poems*. John Tobin ed., London: Penguin Books, 2004, p. 216.

最好的"行为。牧师的任务就是在拜访过程中对教民进行劝谏与教育，甚至帮助他们学习阅读与写作。对于教区穷人，"牧师愿意进入最贫穷的村舍，虽然他是悄悄进去的，然而里面的气味并不令人恶心。因为上帝与那些为他而死的都在那里。"① 对牧师而言，接近穷人比接近富人更让他感到舒适；除考虑到他自身之外，牧师还会因为接近富人而让他感到极不自在。

关注牧师职位的正面作用，能够给读者理解《乡村牧师》这本书以及乡村牧师这个人物提供线索。正如赫伯特在该书前言中说："我决定记下真正牧师的决定因素与主要特征，这样我就有了努力的目标：我将尽我所能设定最高目标，因为瞄准月球的人要比瞄准树梢的人射得更远。"② 因此，《乡村牧师》这本书以及书中勾勒的乡村牧师这个人物形象是赫伯特为之奋斗的目标。《乡村牧师》并不是一本简单的实践手册，而且还是另外一种文体——性格特写手册。

"性格特写"是17世纪早期最受欢迎的文体之一。它以古典作家提奥弗拉斯特（c. 370-c. 285 BC）的《性格特写》（*The Characters*）一书为蓝本。在《性格特写》一书中，提奥弗拉斯特生动而辛辣地描述了不同类型的道德，用以教化读者。虽然他对这些形象的描绘可能生动有趣，但是，这是通过才思、讽刺以及辱骂来实现的。因此，性格特写都有道德教育意义。伊丽莎白·克拉克对《乡村牧师》与性格特写这一文体之间的关系进行了分析。她说，《乡村牧师》的原标题是《乡村牧师：其性格与神圣生活模式》，每一章的内容都简短精炼，以其考察内容作为每一章的开端，例如，在第19章"他人眼中的牧师"（The Parson in reference）开篇，赫伯特写道："在所有亲友眼中，乡村牧师正直而诚实。"③ 该书首次出版时，采用的是最常见的用以出版性格特写书籍的版式——方便的、可以放在衣服口袋里的尺寸；在写作中，赫伯特采用一般现在时，往往用一段简洁而又具有教育意义的话作为结尾［克拉克将其命名为"格言警句"（"sententious"）］，例如在第29章"牧师与教区教会管理员"（The Parson

① George Herbert. *The Country Parson*. In George Herbert. *George Herbert: The Complete English Poems*. John Tobin ed., London: Penguin Books, 2004, p. 224.

② George Herbert. *The Country Parson*. In George Herbert. *George Herbert: The Complete English Poems*. John Tobin ed., London: Penguin Books, 2004, p. 201.

③ George Herbert. *The Country Parson*. In George Herbert. *George Herbert: The Complete English Poems*. John Tobin ed., London: Penguin Books, 2004, p. 227.

with his Church-Wardens）结尾，赫伯特写道"做事要谨慎正直，要让所有人明白这一点。"①

赫伯特对模范牧师的构建显示出他的英语修辞素养与曾经担任剑桥大学官方发言人这一职位的工作能力。在《乡村牧师》开篇几章，为使得乡村牧师能够引导教徒顺从上帝，那么乡村牧师需要懂得如何教育他们以及运用何种措辞。

首先，在第3章"牧师的生活"中，赫伯特说乡村牧师的生活要堪作楷模，因为他的绝大部分生活都能够为他的教民所见。

第二，牧师应该在教育教民的过程中，无论是口头教育还是示范教育，都应该仔细观察教民的反应，同时，相应地调整自己的教育方式。例如，在第7章"牧师讲道"中，赫伯特说"……其次，他用认真而全神贯注的目光注视听众，让他们知晓他已经观察到谁在他心中留下印迹，谁没有在他心中留下印迹；再次，他还因人而异调整他的演讲内容，使其适合青年人，然后适合年长的人，使其适合穷人，然后使其适合富人。"②一般情况下，因为基督遭受的痛苦与人类的罪孽与苦难，牧师的心情悲伤难过，由此，"他自己和其他人屈尊俯就地面对人类的脆弱；偶尔他根据听众的情绪在话语中掺入快乐。"③

在牧师布道的内容与修辞艺术方面，赫伯特的同时代牧师理查德·伯纳德也建议牧师选择一些在任何时间都适合而且容易理解的具有普遍意义的经文进行布道，牧师布道的目的是为了教区民众的灵魂救赎，而不是个人学识的炫耀："如果一个人能够在任何时间、任何地点对各种类型的人发表演说，他就必须选择能够与所有人都有关的具有一般意义的经文，而不只是对某些人说……"④

---

① George Herbert. *The Country Parson*. In George Herbert. *George Herbert: The Complete English Poems*. John Tobin ed., London: Penguin Books, 2004, p. 244.

② George Herbert. *The Country Parson*. In George Herbert. *George Herbert: The Complete English Poems*. John Tobin ed., London: Penguin Books, 2004, p. 209.

③ George Herbert. *The Country Parson*. In George Herbert. *George Herbert: The Complete English Poems*. John Tobin ed., London: Penguin Books, 2004, p. 242.

④ Richard Bernard. *Faithfull Shepherd: Wholly in a Manner Transposed and Made Anew, and Very Much Inlarged Both with Precepts and Examples, to Further Young Divines in the Studie of Divinite: With the Shepherds Practics in the End*. London, 1621, p. 121.

第三，牧师在处理教民的问题时，不应该害怕纠正或者责备他们。在第 18 章"哨兵牧师"中，赫伯特写道"无论乡村牧师在哪，他都是上帝的守护者；也就是说，在牧师的陪伴下，没有什么话可以说，也没有什么事可以做，只能接受他的考验与批评"。[①]而且，赫伯特也给牧师留了一点余地，让他决定应该何时批评教民："对于那些无所事事或者不好好从事自己行业的人，起初，牧师并不会责备他们，因为这样做既不礼貌，也不会取得任何效果；但是，他往往在离开的最后时刻和他们这样说。"[②]

如果仅从职业化角度去解读《乡村牧师》，就会平添客观化色彩，而忽略将该部作品看作是赫伯特自身对社会想象的反思这一主观性特征，就会对理解赫伯特的诗学作品造成偏颇。首位为赫伯特做传记的沃尔顿写道："他弥留之际，对前来看望他的好友邓肯先生（Mr. Duncon）说……这本小书描绘了上帝与我的灵魂之间精神冲突的图景，在我能够使自己的灵魂服从我主耶稣的意愿以前，在侍奉耶稣的过程中，我找到了真正的自由。"[③]《乡村牧师》即是赫伯特在接受牧师岗位之后对这一问题所做的思考，他在侍奉上帝的过程中，找到了解决矛盾冲突的方法。然而，批评家们对《乡村牧师》的评价却有很大不同。查尔斯认为赫伯特早在 1613—1614 年就经历了精神冲突，与早在他之前的先辈经历的冲突相比，赫伯特经历的冲突时间更长，但是，他所经历的冲突远不及他们的强烈。[④]斯沃茨（Douglas J. Swartz）的观点与查尔斯相比显得非常极端，在他看来，"《乡村牧师》通过牧师及其掌握的宗教话语和教民的'灵魂、道德、政治以及物质生活'，确立了几乎是实现绝对控制的理想目标，这一观点可以看作是早期圣徒的镜像，以一种专制国家和专制教会的完全客观的独白式'官方话语'代替了圣洁的作者－牧师个体的神圣属性。但是，《乡村牧师》并不是牧师

①　George Herbert. *The Country Parson*. In George Herbert. *George Herbert: The Complete English Poems*. John Tobin ed., London: Penguin Books, 2004, p. 227.

②　George Herbert. *The Country Parson*. In George Herbert. *George Herbert: The Complete English Poems*. John Tobin ed., London: Penguin Books, 2004, p. 223.

③　Izaak Walton. *The Life of Mr. George Herbert*. In George Herbert. *George Herbert: The Complete English Poems*. John Tobin ed., London: Penguin Books, 2004, pp. 310-311.

④　Amy M. Charles. *A Life of George Herbert*. Ithaca: Cornell University Press, 1977, p. 87.

在教区绝对权威的独白式表达。"①

在《乡村牧师》序言结尾处，赫伯特写道："主将意图向我呈现，而其他人也不会贬低我卑微的劳作，但是与我观察到的这些观点一道，本书将发展成为一本完备的心灵牧歌。"②在列举出乡村牧师需要具备的基督教素养与各项世俗生活能力之后，在该书结尾处的"作者布道前祷告"中，赫伯特说："啊！全能的永生的主啊！上帝……我们与你相反，我们只能呼唤您，我们怎敢在您面前出现？"③此处赫伯特表现出的谦卑与他在前面的37章中对牧师外在行为的要求形成了鲜明对比。外在于文本主体之外的序言与祷告内容，强调了文本说话人与上帝之间的关系，而文本本身则重点强调了说话人的世俗义务，即"为了我们邻人的好处"④。因此，《乡村牧师》一书的主要目的就是为了履行那些世俗义务。

在《乡村牧师》的写作中，为体现观点的权威性与客观性，赫伯特经常在第一人称复数与第三人称之间转换。例如，在第 7 章"牧师讲道"中，他宣布说牧师性格的神圣特性是通过"将我们的词语与句子在我们心灵中浸泡与滋养"⑤来实现的。人称代词"我们"将说话人、牧师、读者、牧师教区会众以及所有人联系在一起，在牧师与所有人之间建立起一种关联，体现出一种经验的共性，最终，理想牧师的自我形象被消解了，体现出牧师观点的客观性。此外，在《乡村牧师》中，赫伯特运用大量第三人称单数形式，例如在第 36 章"牧师祈福"（The Parson Blessing）中，赫伯特写道："乡村牧师因人们很少为教友祈福而感到惊讶，而他却认为祈福不仅是庄重而令人尊重的，而且也是有益的。"⑥此处叙事语气不只是说教，而且

---

① Douglas J. Swartz. "Discourse and Direction: *A Priest to the Temple, or, The Country Parson* and the Elaboration of Sovereign Rule", *Criticism*, 1994, pp. 191, 195.

② George Herbert. *The Country Parson*. In George Herbert. *George Herbert: The Complete English Poems*. John Tobin ed., London: Penguin Books, 2004, p. 201.

③ George Herbert. *The Country Parson*. In George Herbert. *George Herbert: The Complete English Poems*. John Tobin ed., London: Penguin Books, 2004, p. 261.

④ George Herbert. *The Country Parson*. In George Herbert. *George Herbert: The Complete English Poems*. John Tobin ed., London: Penguin Books, 2004, p. 222.

⑤ George Herbert. *The Country Parson*. In George Herbert. *George Herbert: The Complete English Poems*. John Tobin ed., London: Penguin Books, 2004, p. 209.

⑥ George Herbert. *The Country Parson*. In George Herbert. *George Herbert: The Complete English Poems*. John Tobin ed., London: Penguin Books, 2004, p. 257.

语意练达，强调了赞同他的人与反对他的人之间的区别，赞同他的人将他的观点投射到对理想的乡村牧师的想象之上，这样，通过运用第三人称代词"他"显示出理想的乡村牧师更加自信，他能就某一具有争议的问题给出令人信服的、合乎公理的判断。因此，第三人称单数"他"这个人称代词的使用，使得乡村牧师的表达具有强烈的权威性色彩。

在第 20 章"代替上帝的牧师"（The Parson in God's stead）中赫伯特措辞的权威性语气强调了牧师犹如上帝一般在教民中间发挥作用，"牧师致力于代替上帝行事，因为他知道村民受到感觉而非信仰的引领，受到现世的奖励与惩罚而非来世的引领"，他"奖励美德、惩罚恶行"[1]：

> 虽然我们因为上帝本身就是上帝而应该爱他，但是他却因为无尽的怜悯而把天堂作为人们走上虔信之路的奖赏，他至少应该因为人们因此而变得善良而感到满足。因此，乡村牧师作为上帝道路的辛勤观察者与践行者，尽自己所能尝试多种办法引导人们向善，这就是为了荣耀、为了恩惠、为了盛名；如果这些办法不是最好的，那么，至少在某种程度上他使教区变得善良。[2]

只有将上帝的神性降解到人类理解力的范畴，牧师才能成为"代替上帝的牧师"。将天堂进行人格化处理并将其看作是导向美德的动因，认为上帝会满足于任何有目的的奉献的暗示以及声称牧师有合法权力运用任何一种方法"使教区变得善良"，这一切都会使读者回想起"感恩"这首诗中的说话人被误导的合理性与为自己利益着想的合理性，该诗全文如下：

感恩

啊！悲伤之王！（奇怪的称呼，然而，
　　在众王之中只有您才真正配得上）
啊！伤口之王！我为您深感悲伤，
　　谁能阻挡我的悲伤？
我应该哭泣流血吗？您为何为这店铺哭泣？
　　您的身体是它的一扇门。

① George Herbert. *The Country Parson*. In George Herbert. *George Herbert: The Complete English Poems*. John Tobin ed., London: Penguin Books, 2004, p. 229.

② George Herbert. *The Country Parson*. In George Herbert. *George Herbert: The Complete English Poems*. John Tobin ed., London: Penguin Books, 2004, p. 219.

我应该被鞭打、愚弄、装入箱子卖掉吗?

　　这不过是讲述众所周知的故事。

我的上帝啊,我的上帝啊,您为何离开我?

　　这是一种不能为之的悲伤吗?

那么,我可以略过这阴郁故事歌唱吗?

　　歌颂您成功的荣耀。

您的伤痛将要化作我的诗行吗? 您的荆棘,我的鲜花?

　　您的权杖,我的花朵? 您的十字架,我的凉亭?

那么,我该如何效仿您?

　　模仿您书写字迹优美、然而流血的手掌?

我定然因为您的爱向自己要求补偿,

　　证明谁获取胜利。

如果您给予我财富,我宁可

　　向穷人布施,也将全部归还。

如果您给予我荣誉,人们将看到,

　　那荣誉全都归属于您。

我不会结婚;除非她愿意属于我,

　　她和孩子都愿意属于您。

我的知己挚友,如果亵渎您的名声,

　　我将因此毁坏他的爱与名声。

如果妻儿、挚友先我而去,我将余生

　　无论生死,都献给教堂。

对于您的受难——在受难之后,

　　我与他人分享。

为了您的预言,接下来的三年

　　我将设法努力,如果我还活着,

我要建造一座慈善堂,或者完善人们的行为,

　　但无论如何,毫无拖延地先完善我的行为。

我将使用您创造出来的作品,

　　好似为了表象,我才使用。

我将与世界争吵;那一年

　　　　无法理解，我为何在此。
　　我的乐音将找到您，每一根琴弦
　　　　都将为您歌唱；
　　所有的乐音都因您而和谐，
　　　　证明世界上只有一个上帝，一种和谐。
　　如果您赋予我智慧，它将闪现，
　　　　如果您已将它给予我，那么它就在这诗行中。
　　不，我要阅读您的经文，不再四处奔波
　　　　直到我在此发现您的神圣之爱；
　　您爱人的艺术，我将回馈给您，
　　　　啊，我亲爱的救世主，胜利万岁！
　　我要努力回报——您的受难——
　　　　啊，我主，我无力回报。

诗中说话人几乎不惜任何代价地强调行为美德对他的重要性，似乎扰乱了他一贯以来强调的对上帝的虔敬谦卑之心，而且，《圣殿》中的诗歌反映了诗人对上帝的不同的情感体验，同样，诗人情感的流动与变化也反应在诗人对理想的乡村牧师应该具备的价值观念的判断之上，我们在判断赫伯特的宗教属性以及他对理想的乡村牧师的构建时，要避免以偏概全，以点带面的方式，而是要对赫伯特的总体观念进行思考与分析。

　　赫伯特构建的理想的乡村牧师性格具有多面性，对《乡村牧师》中某些内容的分析，就如同发现了大拼盘中的某种物品一样，他们彼此之间矛盾冲突不协调，但是，放在一起却形成了一种奇异的和谐，揭示了赫伯特所在时代的文化特征，安吉诺将其命名为"可调控对立情绪"。[1]

　　贝尔（Susan J. A. Bell）把赫伯特在《乡村牧师》中提出的观点同当时著名的清教徒牧师理查德·伯纳德进行了一番比较，认为"在把必要布道的重要性与牧师作为牧师的其他职责联系在一起而言，与伯纳德相比，赫伯特的观点更温和。"[2]

---

　　① Ronald W. Cooley. *"Full of All Knowledge": George Herbert's Country Parson and Early Modern Social Discourse*. Toronto: University of Toronto Press, 2003, p. 24.

　　② Susan J. A. Bell. "'Sermons are Dangerous Things': George Herbert, Richard Bernard and the Politics of Preaching". *Toronto Journal of Theology*, Supplement 1, 2010, p. 52.

一、"布道是危险的"（"Sermons are dangerous things"）

库利指出，充分理解赫伯特在《乡村牧师》中对基督教、神学以及个人所面临的压力与机遇的复杂性所做出的回应，读者不仅需要考察他对一些特定神学问题和礼拜仪式问题的应对，还需要考察他对诸如祈祷、布道以及个人行为之间关系问题的思考。在清教徒、加尔文主义者和形式主义者之间，虽然他们对一些重要的象征问题立场非常明确，但总是涉及程度、平衡与比例的问题。合乎礼节的秩序与偶像崇拜在仪式、教堂装饰和牧师服装这三个方面的分界线在哪里？什么是宣讲神的话语的最有效方法？神圣博学的布道牧师从一开始就是宗教改革的中心目标，而忽视布道、无知与道德涣散则是赞成继续进行改革的支持者最常拿来指责牧师的说辞。相反，在 17 世纪二三十年代，教会与国家层面的最高权威机构把引发争议的布道定为扰乱社会罪和扰乱政治罪。[①]1622 年，詹姆斯一世颁布了《牧师管理条例》（Directions Concerning Preachers），对低等牧师布道的主题进行了严格限制，禁止那些"等级在主教（bishop）或者主任牧师（dean）之下的牧师探索宿命（predestination）、拣选（election）、遭到上帝的拒绝（reprobation）、上帝恩典的普遍性（universality）、效力（efficacy）、抵抗性（resistibility）或不可抵抗性等深刻观点。"[②] 这部条例由约翰·威廉斯（John Williams）起草，他是林肯郡加尔文教主教（the Calvinist Bishop of Lincoln），很快他就成为了乔治·赫伯特的第一位教会保护人，后来，他成为"劳德主教圣坛政策最有名的反对者"。[③] 甚至诗人约翰·多恩在 1622 年的布道中也对限制性《牧师管理条例》表示支持，当他坚持把牧师的"实实在在的布道"看作是牧师职业的基础时，他就明显地回应了"清教

---

① Ronald W. Cooley. *"Full of All Knowledge": George Herbert's Country Parson and Early Modern Social Discourse*. Toronto: University of Toronto Press, 2003, p. 50.

② Edward Cardwell. ed. *Documentary Annals of the Reformed Church of England, Being a Collection of Injunctions, Declarations Orders, Articles of Inquiry etc*. 2 Vols. Oxford: Oxford University Press, 1844, Vol. 2, p. 202. In Ronald W. Cooley. *'Full of All Knowledge': George Herbert's Country Parson and Early Modern Social Discourse*. Toronto: University of Toronto Press, 2003, p. 50.

③ Nicholas Tyacke. *Anti-Calvinists: The Rise of English Arminianism, c. 1590-1640*. Oxford: Clarendon Press, 1987, p. 209. In Ronald W. Cooley. *'Full of All Knowledge': George Herbert's Country Parson and Early Modern Social Discourse*. Toronto: University of Toronto Press, 2003, p. 50.

徒"的某些立场。但是，多恩又与同时代清教徒不同，他贬低教育与个人的虔诚，他说"学识和其他美好事物，以及模范生活仅处于第二位"，至少到目前为止涉及到会众的时候，就是如此。^①相反，胡克预料到劳德派的立场，认为劳德派会坚称牧师在公开祷告中的作用至关重要，在某种程度上，当牧师布道的职责"与祈祷交织在一起的时候"，是令人满意的。库利认为，实际上，对胡克而言，"牧师掌握做其他事情的知识的博大与平庸、适宜或者不足除非能够在教堂像教化陌生人一样教化民众，否则，我们共同祷告的形式与他没有任何关系。"^②库利引用莱克（Peter Lake）的观点论证说，胡克在英国"国教"（"Anglican"）主流中的中心地位仅仅是被补偿性地认可的。在他生活的时代，胡克可是"在英国新教徒中提出了新见解"，他"在上帝与民众之间，通过祈祷，构建了作为仲裁员或者说调停者的牧师形象。"^③在分析对比威廉斯、胡克与多恩之后，库利认为他们试图构建一个体系，但是却无法构建一条已经高度完美了的、有明确特征可以辨别的中间道路。赫伯特的《乡村牧师》同样也是如此。^④

　　库利认为，赫伯特对祈祷、布道以及个人的神圣特性的观点，乍一看，似乎有些令人困惑；当然，他也认为这是由多种因素混合造成的。但是，考虑到可以采用的观点的范围以及失误可能造成的代价，采用将多种立场结合在一起的方法实际上是一种有利策略。在"牧师讲道"这一章，赫伯特写道"布道是危险的"。紧接下来，赫伯特清楚地阐明，布道对精神上

---

①　John Donne. The Sermons of John Donne. Evelyn M. Simpson and George R. Potter ed., 10 Vols. Berkeley: University of California Press, 1953, Vol. 4, p. 202; Vol. 6, p. 103. In Ronald W. Cooley. *"Full of All Knowledge": George Herbert's Country Parson and Early Modern Social Discourse.* Toronto: University of Toronto Press, 2003, p. 50.

②　Richard Hooker. *Lawes of Ecclesiastical Politie.* In Richard Hooker. *The Folger Library Edition of the Works of Richard Hooker*, 4 Vols. Cambridge, MA: Belknap-Harvard University Press, 1977, Vol. 2, pp. 113-117, 141, 135. In Ronald W. Cooley. *'Full of All Knowledge': George Herbert's Country Parson and Early Modern Social Discourse.* Toronto: University of Toronto Press, 2003, p. 50.

③　Peter Lake. *Anglicans and Puritans? Presbyterianism and English Conformist Thought from Whitgift to Hooker.* London: Unwin Hyman, 1988, p. 170. In Ronald W. Cooley. *'Full of All Knowledge': George Herbert's Country Parson and Early Modern Social Discourse.* Toronto: University of Toronto Press, 2003, p. 50.

④　Ronald W. Cooley. *'Full of All Knowledge': George Herbert's Country Parson and Early Modern Social Discourse.* Toronto: University of Toronto Press, 2003, p. 50.

自鸣得意的教区居民是危险的，因为"没有人走出教堂时如同他进来时一样，人只会变得更好或者更糟"。① 这个睿智的构想可能意味着"清教徒"相信宣讲《福音书》具有救赎的力量。库利指出，清教徒不敢过于公开地支持这一立场的原因可能隐含着不为人知的政治原因。考虑到这一点，库利认为，在《乡村牧师》中同样也可以发现一些令人怀疑的、非常接近胡克的形式主义观点的、关于布道效用的评论："只有当民众前来教堂进行祷告这一神圣的行为中、又一次忘记布道词的时候，布道才能真正感化他们，达到令人崇敬的地步。"② 赫伯特在赞扬教义问答法的时候，也采用了这一立场，他认为牧师的行为可以取代星期日下午的布道："然而在布道中有一种状态，在教义问答中有一种非常适合基督徒灵魂重生的谦卑之心，这让他感到非常快乐，因为对他举行宗教仪式和对他祷告的目的是为了督促他苦修；因为在对他人的祷告中，他不会忘记自我，但是，他先要为自己布道，然后再为他人布道，因他教区的成长而成长。"③ 赫伯特这样做的理由，在库利看来，是因为他认为问答式授教者（catechist）比布道者（homilist）更加谦卑。库利认为赫伯特的这一观点没有迎合注重基督教权威的形式主义者（formalist）心态，而是迎合了平民主义者和清教徒的牧师职责理念。赫伯特坚持认为布道（sermon）并不意味着减少对讲道（preach）的投入，因为教义问答法（catechizing）也是讲道，尽管是以一种更加私人化的、然而依然是有人参与的、分散的形式。④ 用费希的话来总结，赫伯特对布道的观点，具有苏格拉底式教义问答讲授的特点。⑤ 按照传统，改革派教徒要求进行更多的布道，而当时英国国教会以及国家机构则给牧师施压要求减少布道，面对这两种宗教势力之间的紧张局势，赫伯特提出的解决方案不仅是要动摇双方立场，而且还要动摇广义的与狭义的讲道概念。库利分析说，

---

① George Herbert. *The Country Parson*. In George Herbert. *George Herbert: The Complete English Poems*. John Tobin ed., London: Penguin Books, 2004, p. 209.

② George Herbert. *The Country Parson*. In George Herbert. *George Herbert: The Complete English Poems*. John Tobin ed., London: Penguin Books, 2004, p. 207.

③ George Herbert. *The Country Parson*. In George Herbert. *George Herbert: The Complete English Poems*. John Tobin ed., London: Penguin Books, 2004, p. 230.

④ Ronald W. Cooley. *'Full of All Knowledge': George Herbert's Country Parson and Early Modern Social Discourse*. Toronto: University of Toronto Press, 2003, p. 51.

⑤ Stanley Fish. *The Living Temple: George Herbert and Catechizing*. Berkeley; London: University of California Press, 1978, pp. 11-24.

实际上，赫伯特对讲道与布道进行了区分，他说应该多进行讲道（more preaching），然而，应该少进行布道或者缩减布道的长度。在"牧师讲道"这章开篇，赫伯特主张"乡村牧师要持续进行讲道；教堂讲坛既是他的喜乐又是他的宝座"[①]，在该章结尾，他写道"牧师讲道的时长不要超过一个小时"。[②]库利认为，赫伯特所强调的持续的讲道，在这个语境中，不是指延长讲道的时间，而是指在讲道过程中不被打断，讲道时要阐明神圣生活的方方面面："他纯净的思想从中流溢出来，甚至得以滋养他的身体、服装与居所。"[③]鉴于此，库利指出，赫伯特有别于多恩与胡克，因为《乡村牧师》的任何一个章节都强调"典范生活"（"an exemplar life"）的重要性。因此，库利认为赫伯特对典范生活的强调使得他更像清教徒的"实验"神学家，而不是像多恩或者胡克一样的人。当理想的牧师与他人一起旅行的时候，他总是"说些有益于陶冶情操的话语"，就像班扬（Bunyan）的朝圣者一样。当他拜访病患的时候，他"一贯地运用""所有安慰的要点"[④]。而在日常活动中，像教区居民工作一样，牧师也要讲道，告诫教民"不要在焦虑中劳作，不要在不信中劳作，不要在渎神中劳作。"[⑤]库利指出，赫伯特的这种认为布道不应该间断的理想可以被看作是对胡克讲究仪式论点的回应，在胡克看来，"公共祷告本身是一种职责，与布道相比，应该更频繁地尽可能地举行。"[⑥]

在赫伯特刚刚被任命为教堂执事（deacon）的 1626 年和他完成《乡村牧师》的 1632 年之间的讲道政治，意味着上述含混的、闪烁其词的立场

---

① George Herbert. *The Country Parson*. In George Herbert, *George Herbert: The Complete English Poems*. John Tobin ed., London: Penguin Books, 2004, p. 208.

② George Herbert. *The Country Parson*. In George Herbert, *George Herbert: The Complete English Poems*. John Tobin ed., London: Penguin Books, 2004, p. 211.

③ George Herbert. *The Country Parson*. In George Herbert, *George Herbert: The Complete English Poems*. John Tobin ed., London: Penguin Books, 2004, p. 204.

④ George Herbert. *The Country Parson*. In George Herbert, *George Herbert: The Complete English Poems*. John Tobin ed., London: Penguin Books, 2004, p. 224.

⑤ George Herbert. *The Country Parson*. In George Herbert, *George Herbert: The Complete English Poems*. John Tobin ed., London: Penguin Books, 2004, p. 223.

⑥ Richard Hooker. *Lawes of Ecclesiastical Politie*. In Richard Hooker. *The Folger Library Edition of the Works of Richard Hooker*. 4 Vols. Cambridge, MA: Belknap-Harvard University Press, 1977, Vol. 2, p. 122. In Ronald W. Cooley. *'Full of All Knowledge': George Herbert's Country Parson and Early Modern Social Discourse*. Toronto: University of Toronto Press, 2003, p. 52.

对于一个还没有在教会中获得稳定地位的或者说希望能够获得晋升的人而言，可能是他在面对典型劳德派教徒时唯一能够采取的安全立场。库利认为，这是赫伯特一生中经历最重大转变的时期，同时也是英国教会史上最不稳定的时期之一。[1]《乡村牧师》这本书采用的谨慎的神学政治观点反映了时代给诗人带来的压力。实际上，《牧师管理条例》限制大学针对一些有争议的问题进行讲道（把一些偶然问题留给高级牧师），在接下来的 1626 年和 1628 年，英国王室连续两次发布公告，对大学里的讲道进行限制。当时，剑桥大学圣玛丽学院神学教授塞缪尔·沃德（Samuel Ward）计划在 1626 年毕业授予典礼上为一篇关于绝对宿命论的论文进行辩护。尼尔主教（Bishop Neile）阻止了他，他于 6 月 16 日给沃德传去刚刚颁布了两天的要"为英国教会建立和平与宁静"的王室公告。一个月以后，在 7 月 13 日，赫伯特在约克豪斯仪式上履行了他作为"官方发言人的最后一次公开演讲"，庆祝白金汉公爵被任命为剑桥大学校长。[2] 按照尼古拉斯·泰亚克（Nicholas Tyacke）的观点，正是这次事件标志着"剑桥大学加尔文主义开始钳制言论自由"。[3]

赫伯特自己做的这次演讲事实本身特别值得关注。因为他在 1624 年从剑桥大学离职以后加入了议院，在他离开的这两年时间里，赫伯特的公开演讲职责是由其他副职官方发言人完成的。他在为白金汉公爵发表祝贺演说之前的行为也让人颇为困惑：1623 年，他在庆祝查理王子从西班牙回来的演说中，向在一些评论家看来是"已经下定决心开战"的王子和重臣"勇敢地赞美和平"。[4] 此外，库利认为，1626 年 7 月 5 日赫伯特有恰当的理由在其他地方。同年 7 月 5 日，他就职为林肯大教堂咏礼司铎（Canon of Lincoln Cathedral）的仪式"……已经由他人代理完成，也许是因为他已经

---

① Ronald W. Cooley. *'Full of All Knowledge': George Herbert's Country Parson and Early Modern Social Discourse.* Toronto: University of Toronto Press, 2003, p. 52.

② Amy M. Charles. *A Life of George Herbert.* Ithaca: Cornell University Press, 1977, p. 121.

③ Nicholas Tyacke. *Anti-Calvinists: The Rise of English Arminianism, c. 1590-1640.* Oxford: Clarendon Press, 1987, p. 49. In Ronald W. Cooley. *'Full of All Knowledge': George Herbert's Country Parson and Early Modern Social Discourse.* Toronto: University of Toronto Press, 2003, p. 52.

④ Amy M. Charles. *A Life of George Herbert.* Ithaca: Cornell University Press, 1977, p. 100.

在参与那个赞扬公爵仪式的策划活动。"[①]虽然赫伯特致辞的文本没有保留下来，但是，有证据表明赫伯特在彻底断绝他与剑桥大学的关系而走上教会工作生涯之前，已经利用这次机会给阿米尼乌斯派主教[②]的主要赞助人与新任国王的首席顾问留下了好印象。库利分析说，赫伯特的做法使得他已经参与到了日常事务当中，而不是退隐到乡间不问世事。剑桥大学曾经是避风港，但是在赫伯特那个时代已经不是了。有加尔文主义者约翰·威廉斯主教担任新的教会保护人，有颇有影响力的家庭关系做后盾，乔治·赫伯特在人们可以想象得到的最困难的时间，着手在英国教会开创一番事业。

《乡村牧师》——赫伯特对他所从事的职业的理想化呈现——是一部让人费解的书，它的困惑与令人费解明显与查理一世早期教会的困惑和令人费解密切相关。据此，库利认为赫伯特在《乡村牧师》中通过把教区牧师职责中两个相对立的概念融入一种令人赞美但又相互矛盾的状态中，构建了一个难以捕捉的、动态的中间道路，既维护了形式主义者的实践，阐明其意在呼吁神圣，也用形式主义者的术语维护了清教徒的神学实践，也用世俗平民主义者（lay-populist）的术语维护了教权主义者的实践行为。《乡村牧师》故意采用并且改编了潜在对手的话语，以此来争取每一位读者。

二、权力、父权制与神职（Power, Patriarchy, and Priesthood）

《乡村牧师》这部散文集反映的社会秩序概念处于理想化的、传统的、父权制的权力概念与一种更加现代的契约观念之间的分水岭上。按照现代契约观念，这个权力机制因为个体的自主权而变得更加分散、模糊。虽然《乡村牧师》坚持令人心安的父权制隐喻和家庭隐喻，但是，在该书描述的世界中，用这些术语描述的社会关系却与传统的遵从与权威范式不同。赫伯特用意的含混在诗集《圣殿》中的表现远不如在散文集《乡村牧师》中

---

① Amy M. Charles. *A Life of George Herbert*. Ithaca: Cornell University Press, 1977, p. 121.

② 欧洲宗教改革时期一个"异端"教派，其领袖阿米尼乌斯（Arminius，1560–1609）为荷兰基督教新教神学家，他坚决反对加尔文"先定论"（人类在现实生活中的成败和来生是否得救在其生前由上帝决定）。阿米尼乌斯1603年起终生任利登大学神学教授。起初相信加尔文的"先定论"（另译为"得救预定论"），后来提出"条件选择说"。即上帝伸出救恩之手，凡凭心响应者必蒙上帝选择。他死后由乌伊藤伯盖尔特写成教义宣言《抗议书》由信徒签署发表，遂形成阿明尼斯派及其主义。1795年抗议书派兄弟会得到正式承认。

表现得明显，但是，近年来，越来越多的批评家注意到了赫伯特诗歌中蕴含的这一特征。最恰当的例子莫过于"握紧双手"这首诗，这首诗歌并没有被收到威廉姆斯手稿中，但是，该诗却沉醉于一种令人困惑的复杂情境和等级关系的不稳定性之中，而不是赋予等级关系以虚假的简单。从表面上看，"握紧双手"这首诗是一首完美的供自己欣赏的诗歌。诗歌的结尾具有矫正的性质——"啊，不要让我既不属于您，也不属于我"（"Or rather make no Thine and Mine"）——诗人用精心设计的、然而又多变的"我的"和"您的"之间的区别、似乎向读者保证没有必要尝试跟上诗歌中的逻辑，因为该诗的终极目标就是要消解这二者之间的区别。① 虽然如此，消解这二者之间的区别正是祈祷的主题，而不是这首诗歌必须达到的目标。

　　库利认为，读者在判断该诗结尾两句诗歌的价值时，需要从全诗出发，而不仅仅是从结尾句出发。那么，读者就需要思考"mine"和"thine"的含义，到底指的是我的什么？您的什么？世俗世界的哪种所属关系可以用来类比上帝与信徒之间的关系？库利说威廉·内斯特里克（William V. Nestrick）是"握紧双手"这首诗歌的最认真读者，他从假设"我的"和"您的"这两个词指平等的、理想化的爱人关系出发："爱，作为公式中表达的状态（"是"〈"to be"〉加上人称代词）包含一个人被上天给予的存在，而且这种存在感日益增强，因为这个人因他人被上天给予的存在而变得不再像他自己。"② 在内斯特里克看来，"我的"和"您的"指的是"我的爱人"和"您的爱人"，但是，这种阅读似乎预先假定了诗中说话人在最后一行恳求的完美结合。而且，这一理解在世俗语言层面假定了男女两性之间的平等，然而，这一点与赫伯特在《乡村牧师》中所描述的历史史实相距甚远，而且，库利指出，赫伯特的同时代人所运用的语言与现在也有很大差别，在早期现代时期，人们可以用"我的"来指代另一个人，而用"您的"来指代他们自己。据此，库利认为，该诗自始至终关注的是等级关系，他解释说，这是赫伯特对《腓立比书》第2章（Philippians 2）中保罗

---

① Stanley Fish. *Self-Consuming Artifacts: The Experience of Seventeenth-Century Literature*. Berkeley: University of California Press, 1972, p. 173.

② William V. Nestrick. "'Mine and Thine' in *The Temple*". In *'Too Riche to Clothe the Sun': Essays on George Herbert*, ed. by Claude J. Summers and Ted-Larry Pebworth, Pittsburg: University of Pittsburg Press, 1980, p. 120.

劝诫教徒要谦卑和他对这段文字中基督放弃神性而化身为人（kenosis）所做的冥想。[1]最初，"我的"和"您的"这对用词把人与上帝之间的关系定义为宗法体制下的从属关系，与夫妻关系、父子关系，尤其是主仆关系相类似。[2]

"握紧双手"这首诗歌探究了基督"取了奴仆的形象"和"成为人的样式"[3]所具有的悖论意义。从这一假设出发，库利对该诗做了如下解读，以阐明诗人在诗中故意运用的精心设计的反复与区别：

> 主啊，您是我的主人，如果我是我自己，这是因为我首先是您的奴仆：的确，我是您的奴仆，而不必或者可能是我自己。然而，成为您的奴仆使我得以复原；这样我再次成为我自己，而我正是那个从这种关系中受益的人，因为这种个体性（我成为我自己的这种途径），带有您的尊严，而您在使我还原为我的过程中，再次成为您自己。

> 我应该试图成为一名完全拥有自主权的个体？（置您于不顾），我就不再是我，也不再是您的仆人。

> 主啊，我是您的主人，您是我的奴仆：因此我假设说您属于我，胜过您属于您自己。因为您忍受痛苦要复原的人是我，而不是您自己，您为侍奉我而遭受痛苦，而我是那个受益的人，因为您直到死也不会成为您自己（不再是上帝，而是成为人？），然而，作为我的仆人（我的代理人），您使我复原。

> 啊，请继续成为我的（我的仆人，我的主人，我的代理人），请继续让我做您的仆人（您的主人？），更确切地说，废除这两者之间的区别。[4]

第一小节明显是为注重尊卑的等级制度所做的辩护。主人与仆人这二者都从等级关系中获得对自身社会身份的认知。在这种论辩中，服从对于下属

---

[1]　Ronald W. Cooley. *'Full of All Knowledge': George Herbert's Country Parson and Early Modern Social Discourse.* Toronto: University of Toronto Press, 2003, p. 159.

[2]　Ronald W. Cooley. *'Full of All Knowledge': George Herbert's Country Parson and Early Modern Social Discourse.* Toronto: University of Toronto Press, 2003, p. 159.

[3]　《腓立比书》第二章第 7 节。

[4]　Ronald W. Cooley. *'Full of All Knowledge': George Herbert's Country Parson and Early Modern Social Discourse.* Toronto: University of Toronto Press, 2003, p. 159.

来说也是"好事",这不只是对上级而言。① 仆人也能分享主人的尊严,而没有主人的仆人(也就是游民)是最低等的、最危险的人,这样的人没有社会身份。②

　　然而,第二小节通过颠倒这对术语,使得这个关于相互性的论辩达到极致,进而使得这个局势变得愈加复杂。作为读者,起初我们在"我是您的"后面补上"主人"和在"您是我的"后面补上"仆人"(l. 11)会感到犹豫不绝,但是,接下来的两行回应了第一诗节中的相应诗行,似乎值得这样去阅读。在两种情况下,仆人(第一小节中的说话人;第二小节中的上帝)更趋向于属于主人这个角色(第一小节中的上帝;第二小节中的说话人),而不是属于他自己。至此,事情变得更加复杂了,因为该诗在坚决放弃其逻辑对称的基础上要维持其自身的对称结构,这就传达出一个新观点:"因为您遭受苦难复活 / 不是您,而是我"(ll. 14-15)。

　　在"握紧双手"这首诗歌中,第一诗节中的上帝扮演主人的角色,人因此而获得"益处";第二小节中的人扮演主人的角色,人仍然获得"益处"。实际上,在第二小节中,基督复原一切的力量似乎直接与他蒙受的耻辱成比例。基督完全放弃了神性——"因为您死之后不再是您"(l. 17)——是他无处不在的保证。就神学而言,库利认为这并没有什么特别引人注目之处。强大的软弱这一悖论(mighty weakness)是《圣经》的传统主题之一,存在于所有基督教文学作品。但是赫伯特的诗歌暗示这一教义的政治功用在于其精心策划把权力的强制策略转变为权力的生产策略,从那种与传统等级制度相连的、自上而下的社会控制范式转变为赫伯特在《乡村牧师》中已经充分探索的自下而上的横向扩展范式。③ 库利分析说读者能够清楚地与那个在第一诗节中通过奴役获得收益的仆人达成共识,但是,他在第二小节中达成的共识却远不如第一诗节清晰稳定。作为一名世俗世界的基督徒,他接受邀请把自己想象为主人,接受谦卑的基督的侍奉。

---

① 　William Fleetwood. *The Relative Duties of Parents, Husbands, Masters*. London, 1705. pp. 385-386. In Ronald W. Cooley. *'Full of All Knowledge': George Herbert's Country Parson and Early Modern Social Discourse*. Toronto: University of Toronto Press, 2003, pp. 159-160.

② 　Ronald W. Cooley. *'Full of All Knowledge': George Herbert's Country Parson and Early Modern Social Discourse*. Toronto: University of Toronto Press, 2003, p. 160.

③ 　Ronald W. Cooley. *'Full of All Knowledge': George Herbert's Country Parson and Early Modern Social Discourse*. Toronto: University of Toronto Press, 2003, p. 160.

作为一名仆人，正如《域外格言集》（*Outlandish Proverb*）所主张，"每个人既是主人，又是仆人"①，他有权把自己想象为像上帝一样的人物。然而，即谦卑又具有像上帝一样权力的最好例子莫过于牧师。牧师是"基督的助理，他指引人归顺上帝，"②"因为人们对乡村牧师这一职业的普遍蔑视，而且更多地是因为他决定遵守那些他在本书中选出来的、已经描述的判断准则，乡村牧师清楚地知道他一定遭到鄙视，因为这也是他的主上帝以及他的兄弟圣徒遭受的一部分，这可以预见到，而且会一直持续，直到万物的消亡。"③"牧师愿意进入最贫穷的村舍，虽然他是悄悄进去的，然而里面的气味并不令人恶心。"这时，牧师的这种权力并没有减少，反而是扩大了。按照赫伯特的观点，"在侍奉上帝的过程中，没有事情可以说是小事：一旦事情本身与那个名字的荣耀联系在一起，它就立刻变得伟大了。"④通过将这些思想精简压缩进诗歌并进行推广，"握紧双手"这首诗歌不再是以服从的益处为缘由而对下属进行的为服从所做的传统式辩护，而是把服从与谦卑当作真正权力的轨迹进行美化。⑤库利认为，在这样的语境中，结尾句"啊，不要让我既不属于您，也不属于我"较少地强调纠正，而是与诗歌主体连接为一体，该诗句的意义非常复杂，并不像表层阅读所暗示的那样。人的身份通过有依赖性的主人和像上帝一般的仆人这两个角色的传播，成为彻底抛弃主人／仆人区别的末世论序曲。⑥

这种身份的传播与权力的分配把专制纪律转化为自律。⑦库利指出，我们还可以从"家庭"（The Family）这首诗歌中的家里／天国次序观点中

---

① George Herbert. *The Works of George Herbert.* F. E. Hutchinson ed., Oxford: Oxford University Press, 1953, p. 355.

② George Herbert. *The Country Parson.* In George Herbert. *George Herbert: The Complete English Poems.* John Tobin ed., London: Penguin Books, 2004, p. 201.

③ George Herbert. *The Country Parson.* In George Herbert. *George Herbert: The Complete English Poems.* John Tobin ed., London: Penguin Books, 2004, p. 224.

④ George Herbert. *The Country Parson.* In George Herbert. *George Herbert: The Complete English Poems.* John Tobin ed., London: Penguin Books, 2004, p. 224.

⑤ Ronald W. Cooley. *'Full of All Knowledge': George Herbert's Country Parson and Early Modern Social Discourse.* Toronto: University of Toronto Press, 2003, p. 161.

⑥ Ronald W. Cooley. *'Full of All Knowledge': George Herbert's Country Parson and Early Modern Social Discourse.* Toronto: University of Toronto Press, 2003, p. 161.

⑦ Michael C. Schoenfeldt. *Prayer and Power: George Herbert and Renaissance Courtship.* Chicago: University of Chicago Press, 1991, p. 131.

读到这一点。在诗歌中，诗中说话人抱怨"我心中思想的噪音"，就像不受管教的孩子与仆人一样发出"响亮的抱怨与呜咽的恐惧"（ll. 1, 3）。然而，在第二诗节，诗中说话人放弃了他对上帝的父权，突然间把自己想象为房屋，把上帝想象为房屋管理人。然而，即使他拒绝扮演独裁的家长形象，他规劝上帝断绝或者否认与拒不服从的孩子和仆人之间的联系："赶走那些玷污您座椅的吵闹抱怨者／因为您的居所必须洁净"（ll. 7-8）。在接下来的一节中，起初，命令的语言色彩非常强烈："首先安宁与安静控制一切争端"（l. 9）。但是，如果这是命令，那么它潜移默化地开始用现在时态描述自律的敬虔家庭的运作情况。没有迹象表明上帝对此进行干预，然而，结果证明这个家庭中一些顺从的成员在没有父权高压手段的干预下也能够"控制"争端。这种自律的结果，正如赫伯特在《乡村牧师》中极力催促的那样，是一整套对道德景观的改良措施：

> 然后秩序与灵魂调和；
> 赋予所有物品以固定的形体与时日，
> 把原始丛林变成美丽的小路与荫凉。（ll. 10-12）

诗中说话人的心灵被分开，然后再被细分为更多的从属部分，每一部分都有它自己的调控功能：

> 谦卑的顺从站在门边，
> 期待指令：
> 对等待的人而言，没有什么比这更缓慢，
> 她走时没有什么比她更快。（ll. 13-16）

毫无疑问，这个顺从的人物被拟人化为一名女性。然而，这房屋中最缓慢的仆人，在某种程度上来说，是最重要的，因为她是形成自律的被动与主动相混合的缩影。[1]

如果说"握紧双手"这首诗歌邀请读者采取一种像神一样谦卑的姿态，他们因为顺从而变得强大，那么，"家庭"这首诗歌则提供了家庭从属人员

---

[1] Ronald W. Cooley. *'Full of All Knowledge': George Herbert's Country Parson and Early Modern Social Discourse.* Toronto: University of Toronto Press, 2003, p. 162.

间相互自律的寓言，"顺从"（Obedience）这首诗歌则记录了强大的软弱这一悖论的社会扩展范围，例如顺从的基督徒努力通过吸引他人像他们一样顺从而行使权力。这种扩展方式并不是分级授权方式，而是通过法律契约的形式，也许是对当时圈地协议的模仿。① "顺从"这首诗歌的前三节把虔诚的宗教诗歌描绘为一张契约，通过诗中说话人的心，把神的权威传递给上帝。按照理查德·斯蒂尔的观点，接下来的三个小节似乎要放弃"意愿与契约的语言"，不幸的是从斯蒂尔的论点来看，语言在该诗最后三节再次出现。库利认为，如果我们不按照斯蒂尔的思路，摒弃作为"事后思考"的结论，我们需要重新思考中间诗节的作用，以及由中间诗节引发的该诗法律框架的转型。② 库利认为，该诗的中间部分实际上是从契约模式转变为祈祷模式，但是，祈祷模式并没有否认契约模式的意思。毕竟，誓言与承诺经常是以惯用语"这样上帝就会帮助我"来收尾。"顺从"这首诗歌的第4到第6小节对这个惯用语进行了仔细阐述：

> 请您让神圣的意志
> 　用您的快乐填满我！
> 让我不再用自己的方式思考行为，
> 　　但是就像您的爱将要指示一样，
> 我将按照您的建议放弃船舵。（ll. 16–20）

说"这样上帝就会帮助我"或者是表达这个意思意味着重新思考人的意志在"自愿"交易中的作用，但是，这种重新思考的结果，与其说是认识到自愿行为能够被上帝的神性监督和他先前的行为激发、限制和决定，不如说是对唯意志论（voluntarism）的拒绝：③

> 因为您不能挑选而只能看到我的行为；
> 　您的圆满如此伟大，
> 您将像看到一样指引我的行为。

----

① Ronald W. Cooley. *'Full of All Knowledge': George Herbert's Country Parson and Early Modern Social Discourse.* Toronto: University of Toronto Press, 2003, p. 162.

② Richard Strier. *Love Known: Theology and Experience in George Herbert's Poetry.* Chicago: The University of Chicago Press, 1983, pp. 93, 96.

③ Ronald W. Cooley. *'Full of All Knowledge': George Herbert's Country Parson and Early Modern Social Discourse.* Toronto: University of Toronto Press, 2003, pp. 162-163.

　　　　　此外，您的死亡与鲜血

　　　　向我们展示了一种奇异的爱：

　　　您的悲伤真挚；没有虚弱的提议，

　　　　　或者肤浅的给予

　　　我们不会接受，也不会承受。（ll. 23–30）

库利指出，就此而言，唯意志论与限制并不是互相排斥的：契约是这种既自愿同时又受限制的关系的范例。①

　　在这首诗歌中间的法律与契约话语存留下来的最明显证据是"真挚"（"the earnest"）这个表达方式，这个表达方式不只是指上帝的诚意，而且是指他"为了达成协议或合同"而提前支付保证金（*OED*）。在对第 7 诗节中的合同进行修订的过程中，记录了对诗中说话人的认可，不是因为没有合同，而是因为他首先看作是一张契约的东西实际上是一张出售契据，它完成了一些土地的出让，正如赫伯特在"救赎"这首诗歌中所写："以高价购得 / 早自创世伊始"（ll. 7–8）：

　　　　这一行为本身就是一种模仿

　　　　　　对礼物或者贡献的模仿，

　　　　主啊，通过购买，释放它吧。②（ll. 33–35）

库利认为，虽然"顺从"这首诗歌与"救赎"那首诗歌不同，但是诗中契约和法律奇喻的运用一直持续到"顺从"这首诗的结尾。库利接着指出，一旦诗中说话人明白在契约中的一方上帝已经被提前满足，那么，考虑到上帝的慷慨，诗中说话人的义务就显得愈加清晰了。因此，"顺从"一诗的结尾预示着上帝福音的到来，诗中说话人决定不只是把自己的土地 / 心灵传递给上帝，而是成为上帝代理人，招募邻人签约，这样，这份协议就会在"天国的宫廷装满卷卷公文 / 他们将被生有羽翼的圣灵 / 分给这二人③，这要比二人应得的好很多"（ll. 43–45）。

　　在"顺从"这首诗歌中提及"天国的宫廷装满卷卷公文"（"heav'n's

---

　　① Ronald W. Cooley. *'Full of All Knowledge': George Herbert's Country Parson and Early Modern Social Discourse.* Toronto: University of Toronto Press, 2003, p. 163.

　　② 此处原文中诗人用的是斜体，以突出强调这一行，本书遵照诗人的写作意图。

　　③ 在"顺从"这首诗歌中，结尾诗节中提到的"二人"，指的是指诗中说话人和善良的人这一听众。

Court of Rolls"）以及土地交易的独特性质，清楚地表明最后几个诗节并不是事后之思，而是该诗对顺从的定义中不可缺少的一部分。① 哈钦森解释说"装满卷卷公文的宫廷"暗指"名单主人用来储存记录的庭院"，但是，这略具误导性。② 名单主人指的是大法官（Chancery official）、大法官法庭（the court of Chancery）记录的保管人，以及大法官的高级代表，因此，赫伯特似乎心中有一个与大法官相对的天堂对等物。库利认为，这一观点就神学而言，特别正确，因为大法官法庭不是法庭，而是"衡平法院"（"court of equity"），其功能，用埃尔斯米尔法官（Lord Ellesmere）的话来说，是"为了安抚法律的极限。"③ 大法官也集中注意力于地产问题。诗中说话人所处的情境与 17 世纪签署圈地协议的双方面临的情境相同。④ 除非拥有公地使用权的所有佃农被说服接受圈地，否则圈地协议就不具有法律效力。那些打算放弃公地所有权给地主并希望因此而获得补偿的佃农必须劝说他们的邻居做与他们相同的选择。越来越多的圈地协议在法院与财政部的诉讼中变得合法化。这些诉讼案件有时仅仅是记录一些早已达成的协议，但是，有时候他们也要恐吓那些不情愿的邻居，以获得他们的许可。⑤ 库利说，赫伯特当然并不主张这种强制政策。正如他在《乡村牧师》中主张在基督徒邻人中间，温和劝说胜过对抗诉讼程序。无论如何，此处构想出来的传播福音的命令显然用了世俗生活术语与法律术语，而且这一呈现是通过圈地协议这个奇喻来实现，将其看作是基督徒顺从的必要元素。于

---

　　①　Ronald W. Cooley. *'Full of All Knowledge': George Herbert's Country Parson and Early Modern Social Discourse*. Toronto: University of Toronto Press, 2003, p. 164.

　　②　George Herbert. *The Works of George Herbert*. F. E. Hutchinson ed., Oxford: Oxford University Press, 1953, p. 514.

　　③　Earl of Oxford's case, 1615, qtd. In J.H. Baker. *Introduction to English Legal History*, 2nd ed. London: Butterworths, 1979, p. 90. In Ronald W. Cooley. *'Full of All Knowledge': George Herbert's Country Parson and Early Modern Social Discourse*. Toronto: University of Toronto Press, 2003, p. 164.

　　④　E. C. K. Gonner. *Common Land and Inclosure*, London: MacMillan, 1912, pp. 51-56. In Ronald W. Cooley. *'Full of All Knowledge': George Herbert's Country Parson and Early Modern Social Discourse*. Toronto: University of Toronto Press, 2003, p. 164.

　　⑤　Maurice Beresford. "Habitation Versus Improvement, The Debate on Enclosure by Agreement". In *Essays in the Economic and Social History of Tudor and Stuart England*. F. J. Fisher ed., Cambridge: Cambridge University Press, 1961, pp. 60-63. In Ronald W. Cooley. *'Full of All Knowledge': George Herbert's Country Parson and Early Modern Social Discourse*. Toronto: University of Toronto Press, 2003, p. 164.

是，基督徒的牧师职位成为回答赫伯特后期诗歌中提出的一系列问题的那个最具一致性的答案。例如，赫伯特在"感恩"这首诗歌中提出的疑问："我该如何为您深感悲伤 / 谁能阻挡我的悲伤？（ll. 3-4）"库利指出，对基督牺牲的正确反应不是在"感恩"这首诗歌中拒绝与上帝进行的徒劳的爱之争，纵观主体部分"圣堂"中的 162 首诗歌，也不在于末世静默（eschatological quietism），而是在于对爱、权力与职责的流淌方向，从神与人之间的纵轴重新定位为人与人之间的横轴。牧师的职责，用"水—路"这首诗歌中的语言来说，就是"扭转水管"，重新调整"至高无上的泪水"的方向，使之流向贫瘠的土地。①

对重新调整方向至关重要的是理解赫伯特的内部对话诗（internal dialougues）、顿呼式诗歌②（apostrophic poems）以及后来创作的与威廉姆斯手稿相比具有分裂主题的诗歌的发展进程。在论证这一问题时，库利引用了罗莎莉·奥斯蒙德（Rosalie Osmond）的观点，认为这些诗歌在很大程度上应该归功于中世纪时期的身体 / 灵魂对话诗，这些诗歌表达了那个二元的"只痴迷于死亡，并且把生命看作是为死亡做准备"的观念。奥斯蒙德说"在早期身体灵魂文学中，强调的是死亡，身体与灵魂所经受的折磨，以及随之而来的占据主导地位的对尘世财产和享乐的虚荣心。"③

赫伯特创作的表现自我分裂的诗歌，尤其是收录在早期威廉姆斯手稿中的诗歌，明显属于这种中世纪时期的"贬抑现世"模式。库利指出，最明显的例子也许是"教堂纪念碑"（Church-Monuments）这首诗，该诗运用家庭等级秩序与宗教信仰指导的寓言，阐明其表述隐秘但是却依然传统的神学观点：④

　　　　肉体就是那个装满测量

---

① Ronald W. Cooley. *'Full of All Knowledge': George Herbert's Country Parson and Early Modern Social Discourse.* Toronto: University of Toronto Press, 2003, p. 164.

② 库利认为顿呼式诗歌是片面的内部对话诗歌。

③ Rosalie Osmond. *Mutual Accusation: Seventeenth-Century Body and Soul Dialogues in Their Literary and Theological Context.* Toronto: University of Toronto Press, 1990, pp. 69, 61. In Ronald W. Cooley. *'Full of All Knowledge': George Herbert's Country Parson and Early Modern Social Discourse.* Toronto: University of Toronto Press, 2003, p. 165.

④ Ronald W. Cooley. *'Full of All Knowledge': George Herbert's Country Parson and Early Modern Social Discourse.* Toronto: University of Toronto Press, 2003, p. 165.

> 我们寿命的沙漏，终将
>
> 化为尘土。（ll. 20-22）

在构成该奇喻的叙事中，诗歌中的"我"起初扮演父母的角色，委托他年轻而又缺少经验的孩子，"我的身体属于这所学校"（坟墓），然而长子（灵魂）却在无人监管的情况下"修葺她的信仰"。然而，随着诗歌内容的进一步发展，这部家庭戏剧变得越来越复杂。库利分析说该诗开头几行隐含的家庭关系如同坟墓中的肉体一般分散消解。在该诗第 2 小节，那位如同父亲一般的说话语气直接对他的肉体／孩子诉说，他用最温柔的语调努力缓和一则毁灭性信息："亲爱的肉体，当我的灵祈祷时／你要知晓你的主干与真正的血统在此"（ll. 17-18）。你不是我亲生的孩子。你是养子，我一直视你如己出，但是，此刻，我们必须分别。你将不得不忍受由你的"出身"决定的命运；现在，你的职责是"用你的肉体对抗死亡"（l. 24）。在伤害中加受侮辱，这位父亲似乎要遵守长子继承权，与长子联合。当肉体归于坟墓时，诗中说话人"我"得以监督肉体与灵魂，因为过去"我"与肉体或者灵魂完全不同，而现在"我"无法与那个"修葺她的信仰"的灵魂相区别。① 虽然"教堂纪念碑"这首诗歌间接地反映了长子继承权这一事实，但是，诗人并没有因此而感受到不公正，诗人没有在个体内心对这种想象世界中的家庭内部的无情分层提出质疑。② 库利分析认为，实际上，诗中说话人放弃那个"不怀好意的"养子，而喜欢亲生子女（类似的故事也发生在《李尔王》中的埃德加身上，他由无知茫然到成为一名英雄）这个过程的合理性使得这条艰难的教义"润物细无声般传入我们心灵"③。④

　　在库利看来，灵魂的分裂概念不必只是强调恭顺的等级观念与放弃世俗世界的理念。通过创造出与物质的世俗世界达成和解和在世俗的物质世

---

① 库利认为"教堂纪念碑"这首诗歌以他的父亲为背景，反映出一种悲怆与苍凉。诗人的父亲在他三岁时去世，而他父亲的头衔与财产都留给了长子爱德华·赫伯特（Edward Herbert）。

② Ronald W. Cooley. *'Full of All Knowledge': George Herbert's Country Parson and Early Modern Social Discourse.* Toronto: University of Toronto Press, 2003, p. 165.

③ George Herbert. *The Country Parson.* In George Herbert. *George Herbert: The Complete English Poems.* John Tobin ed., London: Penguin Books, 2004, pp. 235-236.

④ Ronald W. Cooley. *'Full of All Knowledge': George Herbert's Country Parson and Early Modern Social Discourse.* Toronto: University of Toronto Press, 2003, pp. 165-166.

界中迷失方向的充满悖论的混合，灵魂的分裂概念可以很容易地被改为有效的社会控制工具。赫伯特在创作未被收入威廉姆斯手稿的诗歌中越来越多地运用这种方法。[①] 库利认为，最好的例子要数"良心"（Conscience）这首诗歌。"良心"作为后来补充入《圣殿》大量诗歌中的第一首，显然通过庆祝不服从而不是专制的自治扰乱了"教堂纪念碑"中稳定的社会动态与神学动态。该诗似乎以一场代表被剥夺的感官对良心的反抗为开端：

> 安宁的空谈者，不要怒目相视：
>
> 不是善意的一瞥，但是你却称它邪恶：
>
> 不是一道甜美的菜肴，但是你却说它酸涩：
>
> 音乐向你嚎哭。
>
> 我听到您谈论恐惧
>
> 于是我失去眼与耳。（ll. 1-6）

按照惯例，良心在官能等级中被赋予最高道德权威的地位，好像是"上帝在他与人之间放置的物品一样，好像是做出判决的仲裁者一样。"[②] 当诗中说话人指责自己的良心时，他似乎要去动摇内在的据说反映天国模式的等级秩序，然而，诗中没有迹象表明这种反叛。因此，库利认为，赫伯特努力应付这个重要的建立在等级道德神学中的"神学困境"（"theoretical dilemma"），这个"遭受谴责的良心"（"erring conscience"）的问题。17 世纪诡辩家普遍认为"人必须总是按照良心行事，即使这判断是错误的……但是，那个按照遭受谴责的良心行事的人如果堕入邪恶也是有罪的"[③]。该诗针对应该遭受谴责的良心（库利说这是不公正统治者引发的政治问题的缩影）的解决办法，涉及重新思考良心的层级模式，其中道德权威是分配给下级的。库利说，仔细想来，还没有完全弄清楚标题中的"良心"是诗

---

①　Ronald W. Cooley. *'Full of All Knowledge': George Herbert's Country Parson and Early Modern Social Discourse*. Toronto: University of Toronto Press, 2003, p. 166.

②　William Perkins. *The Works of William Perkins*. Ian Breward ed., Abingdon: Sutton Courtenay Press, 1970. "A Discourse of Conscience" in Vol.1, p. 517. In Ronald W. Cooley. *'Full of All Knowledge': George Herbert's Country Parson and Early Modern Social Discourse*. Toronto: University of Toronto Press, 2003, p. 166.

③　Camille Wells Slights. *The Casuistical Tradition in Shakespeare, Donne, Herbert and Milton*. Princeton: Princeton University Press, 1981, p. 13. In Ronald W. Cooley. *'Full of All Knowledge': George Herbert's Country Parson and Early Modern Social Discourse*. Toronto: University of Toronto Press, 2003, p. 166.

中说话人与之交谈的"空谈者"。如果诗中的说话声音抵制权威纪律，在某种程度上说，他也是在执行纪律，在这个过程中，他主张以良心的名义进行。实际上，尽管诗中说话人抱怨他遭到的限制，但是他的方式却完全像他对对手的态度一样具有优越感。诗中此处对良心的抨击同时表明这也是谨慎的良心的另一种表现形式。回想在多首赫伯特诗歌中出现的要求沉默的命令，我们可以说"良心"这首诗歌中的说话人试图要使那个敦促沉默的声音安静下来。就此，库利认为"良心"这首诗歌并不是要化解而是要引发道德的不确定性。那么，哪种声音才是"良心"这首诗歌的真正呼声？是选择放弃还是适度放纵？该诗同时呈现了两个截然对立的方面：一方面是合乎道义的愤慨批判的对象，另一方面却是彰显道义优越性的纲领。所有官能与感官，无论等级与程度，同时不仅是纪律与控制的工具，而且也是纪律与控制的目标。[①]

　　总之，"良心"这首诗歌为矫正自我演说诗歌（poems of corrective self-address）提供了一个范式，它与中世纪时期放弃世俗世界的精神和恭敬的服从理念完全不同。这一新范式既解放了对人类事务和人类心理的看法，又限制了对人类事务和人类心理的看法：说其解放是因为它废除了许多传统的约束条件；说其限制，是因为它用一个令人眼花缭乱的、矛盾的、无法逃避的监视与纠正网络代替了等级权威的唯一链条，而且它大多数情况下采取友好协商会议的形式。[②]迈克尔·舍恩菲尔德（Michael Schoenfeldt）证明赫伯特的诗歌如何反复探索上帝对疼痛术语的掌握情况，"惩罚工具被转化为皇家［和神］的权力符号。"[③]但是，有个情况需要提出来，赫伯特的许多诗歌描述了另一种可供选择的控制技术，其诗中说话人自己承担规训角色，减少了上帝履行暴力纠正的必要。[④]赫伯特笔下的上帝经常扮演施刑者角色，自上而下地行使权力；他还扮演友人角色，从内部、侧面以及

---

①　Ronald W. Cooley. *'Full of All Knowledge': George Herbert's Country Parson and Early Modern Social Discourse*. Toronto: University of Toronto Press, 2003, pp. 166-167.

②　Ronald W. Cooley. *'Full of All Knowledge': George Herbert's Country Parson and Early Modern Social Discourse*. Toronto: University of Toronto Press, 2003, p. 167.

③　Michael C. Schoenfeldt. *Prayer and Power: George Herbert and Renaissance Courtship*. Chicago: University of Chicago Press, 1991, p. 131.

④　Ronald W. Cooley. *'Full of All Knowledge': George Herbert's Country Parson and Early Modern Social Discourse*. Toronto: University of Toronto Press, 2003, p. 167.

下方引导基督徒，例如在诗歌"真正的赞美诗"、"未知的爱"以及"大炮"（Artillery）中。

在"良心"这首诗歌后面紧跟着几首矫正自我演说诗歌，这些诗歌都没有在威廉姆斯手稿中出现。在这些诗歌中由内心声音组成的合唱，时而敦促大胆与保留，时而敦促确定与怀疑，时而敦促行动与停滞、时而敦促悲伤与快乐。在"虚荣（二）"（Vanity II）这首诗歌中，庄严的说话人因为居住在世俗世界的"低级乐趣"而责备自己"可怜、虚弱的灵魂"，警告说"唯恐你现在比较 / 与撰写，因为甜蜜证明是一种酸涩的不快。（ll. 2, 1, 5-6）"在"黎明"（The Dawning）这首诗歌中，诗中说话人的语调发生了变化，作为一种新声音，或者说不同心境的同一声音，尝试唤醒他的"悲伤的心"去感受耶稣复活带来的喜乐。① 在"忙碌"（Business）这首诗歌中的说话人拥护坚定的神学职业道德："愚蠢的灵魂，你今天犯了过失 / 还能虚度光阴吗？（ll. 1-2）"这些诗歌的共同点是坚持顺从。然而，他们提出了"顺从"（submission）的多个概念，而且这些概念之间相互作用，最终达成了在"滑轮"这首诗歌中歌颂的"懊悔不安"（"repinging restlessness"）并将其推广。② 按照传统恭顺的等级制度，秩序指的是一个人明白自身在社会中所处的地位并按照这一位置生活，身处这一位置并安于其中，不思原因，不想变革。在赫伯特的诗歌中，尤其是在他的后期诗歌中，灵魂秩序与社会秩序的概念似乎是要在世界中找到一个合适的顺从之所，虽然最热烈的顺从姿态，可以被看作是坚定自信的表现［例如在"钉子"（The Holdfast）这首诗歌中］，而最贫乏的顺从姿态也可以被接受［例如在"真正的赞美诗"这首诗歌中］。库利认为，这个顺从之所也许像禁欲苦修一样吸引人，在面对不同程度的顺从进行选择的时刻，秩序已不再是选择。世俗世界就是寻找上帝这一过程发生的场所（赫伯特探寻的内部世界惊人地象征着物质世界与世俗社会世界），正如诗人在"寻觅"这首诗中感叹"我的寻觅是我每日的食粮"（l. 3）。③

---

① Ronald W. Cooley. *'Full of All Knowledge': George Herbert's Country Parson and Early Modern Social Discourse*. Toronto: University of Toronto Press, 2003, p. 167.

② Ronald W. Cooley. *'Full of All Knowledge': George Herbert's Country Parson and Early Modern Social Discourse*. Toronto: University of Toronto Press, 2003, p. 167.

③ Ronald W. Cooley. *'Full of All Knowledge': George Herbert's Country Parson and Early Modern Social Discourse*. Toronto: University of Toronto Press, 2003, p. 168.

第二节　《乡村牧师》中宗教美德的现代性

136. 陈年佳酿与老友是好供给。

1117. 新事物美丽。

1121. 我们必须后退一点点，才能跳得更远。

——乔治·赫伯特:《域外格言集》(*Outlandsih Proverbs*)

　　早期现代时期的英格兰到底现代化到何种程度? 在某种程度上说，甚至提出这个问题本身就意味着"对社会发展……阐释的中断(discontinusit)……其中许多现代机构［被理解为］……独一无二的，在形式上与传统秩序中的所有类型不同。"① 与历史学家相比，社会批评家与文学批评家更喜欢此类阐释。对于许多人而言，这种对早期现代英国历史的"中断"阅读("discontinusit" reading)变得越来越合理，因为历史学家已经达成共识，他们不再把英国内战看作是资产阶级革命，不再把斯图亚特王朝早期看作是革命前时期。② 库利分析说研究斯图亚特王朝早期历史的历史学家面对一个最常见、最令人烦恼的编史问题的特殊情况:如何记录当时英国社会的变化、如何记录这种过去与现在的不同、如何定义这些历史变化。③

　　历史学家对已经记录的历史、对过去历史的论证或者分析的最严肃指控就是"非历史"("ahistorical")。库利分析说，这包含两层意思。首先，就历史而言，这种记述或者分析本身就是错误的，它记录的事情根本就没有发生过。此类非历史主义相对来说非常少见。第二种非历史主义则更加巧妙。它与不合时宜有关，例如抓错了重点，没能理解或者否认背景与顺

---

① Anthony Giddens. *The Consequences of Modernity*. Stanford: Stanford University Press, 1990, p. 3. In Ronald W. Cooley. *'Full of All Knowledge': George Herbert's Country Parson and Early Modern Social Discourse.* Toronto: University of Toronto Press, 2003, p. 169.

② Ronald W. Cooley. *'Full of All Knowledge': George Herbert's Country Parson and Early Modern Social Discourse.* Toronto: University of Toronto Press, 2003, p. 169.

③ Ronald W. Cooley. *'Full of All Knowledge': George Herbert's Country Parson and Early Modern Social Discourse.* Toronto: University of Toronto Press, 2003, p. 169.

序。① 因此，康拉德·罗素（Conrad Russell）指控前人在读英国内战历史的时候"前后颠倒"：

> 我们已经努力为一些所谓的"结果"寻找原因，这些原因实际上是想象出来的：我们从所谓的原因中推断出结果……例如，令人痛苦的事实是不能把内战（the Civil War）看作是两个明显不同的社会阵营或者社会阶层之间的冲突；如果忽略人们在家庭教区进行的布道，即使充分了解了他们的社会经济背景，也无法给我们提供任何关于他们在内战中可能表现忠诚的信息。②

在罗素支持的修正主义观点看来，那些把内战看作是社会变化结果的评论家仅仅是把 19 世纪事件发生的框架模式强加在 17 世纪事件之上，他们用目的论的视角，把早期事件与情境看作是后来发生的事件的准备条件，却忽略了过去的事情已经过去这一属性。③

这是一种颇具力度的批评。但是，彻底拒绝目的论也是一种与非历史主义稍微有些不同的冒险。反对把社会变化看作是英国内战重要原因的论证往往强调社会与意识形态的连贯性，但是它有时几乎让人无法察觉地偏离，最终走向否认社会变化。坚持认为把一段公认的革命前时期的社会与政治奇想，简单地看作是稳定发挥作用的国家组织正常的兴衰沉浮也意味着否认历史差异。这意味着虽然过去与现在可能有所不同，但是，它本身却是一个连贯的、没有差别的整体。库利指出，历史学家很少做出这样的声明，但是，实际上，他们总是说，"不，这不是分水岭，重大变化会发生的，但是只是在后来。"经常这样说足以创造出一种静止的过去印象，与现在不同，然而，矛盾的一点是它仍然没有变化。④

R. 马尔科姆·斯马茨（R. Malcolm Smuts）在他最近的著作《1585-

---

① Ronald W. Cooley. *'Full of All Knowledge': George Herbert's Country Parson and Early Modern Social Discourse.* Toronto: University of Toronto Press, 2003, pp. 169-170.

② Conrad Russell. *The Causes of the English Civil War.* Oxford: Clarendon Press, 1990, p. 2. In Ronald W. Cooley. *'Full of All Knowledge': George Herbert's Country Parson and Early Modern Social Discourse.* Toronto: University of Toronto Press, 2003, p. 170.

③ Ronald W. Cooley. *'Full of All Knowledge': George Herbert's Country Parson and Early Modern Social Discourse.* Toronto: University of Toronto Press, 2003, p. 170.

④ Ronald W. Cooley. *'Full of All Knowledge': George Herbert's Country Parson and Early Modern Social Discourse.* Toronto: University of Toronto Press, 2003, p. 170.

1685 年英国的文化与权力》(*Culture and Power in England，1585-1685*) 一书中总结了这个社会问题，"［英国内战］演变为一个更长的历史过渡时期的高潮时刻……不可避免地会引发高度的目的论阐释——或者说——如果摒弃目的论——直到查理一世统治时期政治事件的介入才打破没有任何真正动态的战前时期的稳定图景。"①

在分析《乡村牧师》的过程中，库利已经运用历时方法分析记录了传统话语与理性主义话语之间的相互作用，表明传统修辞——那个连续性修辞，如何参与促进社会意识形态变化。② 在赫伯特的语言合成体系 (synthesis) 中，传统与理性高度相互依存。库利说，《乡村牧师》中蕴含的传统更像是特洛伊木马或者说是糠皮与谷子之间的区别。马或者糠皮不仅仅起保护作用；而且它对传播种子或者侵略军起到至关重要的作用，其有用性取决于迷人的外表，甚至滋养它并从中获得养料。尽管如此，它的即时有效性仍然是，并且最终是，可以支配的。最终它必须被放弃、用完、或者允许衰败。同样，传统实践与最终代替他们的实践并存，虽然传统渐渐隐去。③

对于早期现代英格兰的现代性到底发展到何种程度，历史学家们给出了三种明显不同的答案，艾伦·麦克法兰 (Alan Macfarlane) 说：曾经正统的"辉格党"或者马克思主义的答案是，"还没有现代而是正在现代化进程中"；修正主义者的答案是："仍然非常传统"；标新立异派则认为"早已经非常现代了"。但是，无论如何，英国的 17 世纪是一个异常复杂的时代，兼具连贯性与间断性，兼具现代性与中世纪色彩，兼具传统与理性主义。④

R. 马尔科姆·斯马茨还有另外一种构建 17 世纪英国社会的设想。他

---

① R. Malcolm Smuts. *Culture and Power in England, 1585-1685*. New York: St Martin's, 1999, pp. 4-5. In Ronald W. Cooley. *'Full of All Knowledge': George Herbert's Country Parson and Early Modern Social Discourse*. Toronto: University of Toronto Press, 2003, pp. 170-171.

② Ronald W. Cooley. *'Full of All Knowledge': George Herbert's Country Parson and Early Modern Social Discourse*. Toronto: University of Toronto Press, 2003, p. 171.

③ Ronald W. Cooley. *'Full of All Knowledge': George Herbert's Country Parson and Early Modern Social Discourse*. Toronto: University of Toronto Press, 2003, p. 171.

④ Ronald W. Cooley. *'Full of All Knowledge': George Herbert's Country Parson and Early Modern Social Discourse*. Toronto: University of Toronto Press, 2003, p. 172.

通过调查最近几年学者们对荣誉概念（the concept of honour）的理解，发现中世纪的武士气概符码与更新了的人文主义思想融合在一起："许多历史学家已经发现了一种渐进的、但是最终具有决定性质的转变……因为中世纪时期暴力的武士精神已经被都铎王朝的君主们驯化，最终被一种更加新颖的人文主义和新教价值观念所取代。"① 无论如何，他坚持认为，这并没有牵涉"简单的置换进程……［但是］在古代的荣誉理想和新的价值观念之间……有着更加复杂的互动。"然而，正如斯马茨所言，说"中世纪与现代贵族文化共生"可能会误导读者，因为共生的生物学隐喻表明共同的利益与养料，一种无限期的可维系关系。对此，库利予以批判的继承，他说我们必须承认斯马茨的术语"古代"与"更新"，以及他们之间的共同存在是渐变的关系，而且还要认识到这种渐变远非简单可以描述。毕竟，中世纪的武士荣誉符码最终或多或少地融入到小说领域与民间文学领域，总是被当作一种文化理想，但是，在具体的文学实践中却出现得越来越少。决斗，这种暴力的、私人的审判形式在早期现代时期逐渐淡出历史舞台，而且其复苏的可能性已经微乎其微，现代社会注重理性秩序，这种冲动的个人审判形式已经没有复活的可能。当代社会注重诉讼、公诉等理性的法律审判，这已经取代了为满足个人复仇情感而进行的个体伤害行为，而且当代国家对暴力的监管也已经卓有成效。17世纪早期，新旧荣誉观念之间复杂的相互作用遏制、并最终加快了武士实践行为，例如决斗行为的消亡。公民人文主义（civic humanism）与武士荣誉精神的共同存在因为使公民意识和法制意识变得"安全"而取代了武士风范（chivalric），不过，相对而言，并没有立刻对武士实践行为的存在构成威胁。一般而言，新的观念与实践行为取代旧的观念与实践行为，取决于二者之间初期的共存状态以及这种共存状态维系时间的长度。②

　　赫伯特在文化现代化的进程中发挥的作用，应该被看作是具有征兆性质的，而不是决定性的。赫伯特的《乡村牧师》并没有培根的《学术的伟

---

　　① R. Malcolm Smuts. *Culture and Power in England, 1585-1685*. New York: St Martin's, 1999, pp. 11-12. In Ronald W. Cooley. *'Full of All Knowledge': George Herbert's Country Parson and Early Modern Social Discourse*. Toronto: University of Toronto Press, 2003, p. 173.

　　② Ronald W. Cooley. *'Full of All Knowledge': George Herbert's Country Parson and Early Modern Social Discourse*. Toronto: University of Toronto Press, 2003, p. 173.

大进展》重要，因为《学术的伟大进展》是现代思想史上的经典文本。但《乡村牧师》却也是早期现代英国社会中的一个重要文本，主要原因有两个：首先，《乡村牧师》阐释了司马茨所说的意识形态的共生现象，而不是强有力的、有目的性的意识形态；其次，因为《乡村牧师》涉及的内容非常广泛，阐释了神学、健康、法律、社会规范以及农业多个领域的创新过程。在每一个领域，文中的分析论证已经表明传统与传统修辞学被用来介绍和传播现代性及其合理性进程。此外，在每个不同领域，这种相互作用也明显不同。①

　　库利指出，宗教与神学是现代化的最好阐释，因为这一领域内传统与革新思想之间的交融最为复杂。尽管新教（Protestantism）在韦伯的合理化进程中处于中心地位，读者可能会提出令人信服的理由说"传统"是一个毫无意义的、或者至少是毫无益处的反义词。毕竟，宗教改革（Roformation）的主要观点"唯独圣经"（"sola scriptura"）明确拒绝把教会传统看作是神学命题与教会安排的正常理由。然而，在这一领域，无法在传统与理性革新之间构建起简单的对立形式，因为早期宗教改革家攻击天主教会的圣餐、传统与习俗，认为这些是腐朽的革新，但是，他们却支持恢复所谓更纯洁的、遵守圣经原文的信仰与实践。因此，库利指出，早期宗教改革家把"传统"（"tradition"）与"革新"（"innovation"）当作同义词来使用。但是，宗教改革把这种观念的回归看作是一种变化，同时，宗教改革也提供了强有力的革新修辞话语。此外，英格兰的新教教会，到赫伯特生活的时代为止，历经数代人的努力已经创造出拥有其自身显著特征的崇拜传统与思维习惯，这违背了理查德·胡克的法律主义（legalism）和劳德的仪式主义（ceremonialism），因此，这种革新可能被看作是危险的创新。同样，劳德主教和他的支持者也采取相同策略。他们主张废除圣像（iconoclasm）以及反圣礼主义（anti-sacramentalism）的宗教改革可能已经动摇了教会的传统威严与神秘，他们主张说对反天主教修辞话语（anti-Catholic rhetoric）的美化、仪式主义以及压制，意味着要恢复"真正的"英格兰教会。在英国宗教改革的动荡中，涉及的各方势力都拥护因为可怕

---

① Ronald W. Cooley. *'Full of All Knowledge': George Herbert's Country Parson and Early Modern Social Discourse.* Toronto: University of Toronto Press, 2003, pp. 173-174.

的革新而造成的、早已被废除了的或者被削弱了的传统，他们坚持认为向前发展就意味着回顾过去。①

这种令人困惑的情境，使得彼此之间互相敌对的教会派别也难以理解他们共同面对的革新领域：帕特里克·科林森将其命名为"新牧师意识形态"，这是一次将牧师看作是韦伯所谓的"整个人生模式合理化方法指向"的工具的尝试。②从家庭到教区，到整个国家，对各个层次英国人的生活而言，扩大牧师的影响是清教徒和劳德派形式主义者的共同愿望。这种新型的影响，经常呈现为一种更新之后的影响，怎样才能——通过祈祷或者布道，庄严的或者是刻意的谦卑取得最好效果——仍然是一个为人激烈辩论的问题。然而，在某种程度上来说，这一辩论往往被看作是用来转移注意力的，被赋予了另外一个有争议的命题（教会及其代理人应该喜欢这种已经增强了的影响），对拥有共同点的不同教派来说，他们把这看作是理所当然的。宗教争论、焦虑和监督也许很难使基督徒对基督教不感兴趣，即使这是一个人的意愿：培养派别意识就是培养承诺。③在这样的语境中，人们就能够理解赫伯特谨慎地表达对圣礼仪式中需要屈膝下跪的含糊其辞的话语、戴夫南特主教愿意忍受布道时接受各项限制的意愿、戴夫南特主教对亨利·舍菲尔德的检举以及赫伯特坚持在面对来自上层社会牧师的蔑视时需要的勇敢。以上任何一种姿态，无论是安抚调解的，还是互相对立的，他们共同关注的是要保护，如果有可能是要促进，教会以及牧师在面临来自英国上层社会和下层社会的威胁时应该拥有的立场。④库利将赫伯特和戴夫南特主教与卡尔·马克思进行了比较，指出如果像卡尔·马克思一样认为这个时期的显著特征是农业资本的原始积累，那么赫伯特和戴夫南特主

---

① Ronald W. Cooley. *'Full of All Knowledge': George Herbert's Country Parson and Early Modern Social Discourse*. Toronto: University of Toronto Press, 2003, p. 174.

② Patrick Collinson. *The Birthpangs of Protestant England: Religious and Cultural Change in the Sixteenth and Seventeenth Centuries*. Basingstoke: Macmillan, 1988, p. 111; Max Weber. *On Charisma and Institution Building*. S.N. Eisenstadt ed., Chicago: University of Chicago Press, 1968, p. 272. In Ronald W. Cooley. *'Full of All Knowledge': George Herbert's Country Parson and Early Modern Social Discourse*. Toronto: University of Toronto Press, 2003, p. 174.

③ Ronald W. Cooley. *'Full of All Knowledge': George Herbert's Country Parson and Early Modern Social Discourse*. Toronto: University of Toronto Press, 2003, pp. 174-175.

④ Ronald W. Cooley. *'Full of All Knowledge': George Herbert's Country Parson and Early Modern Social Discourse*. Toronto: University of Toronto Press, 2003, p. 175.

教与劳德一样，努力为教会积累社会资本与文化资本，即使他们对教会的准确特征深表担忧。[①]

　　然而，这种社会资本与文化资本的积累并非没有遇到竞争。牧师寻求的特权与影响也受到其他有学问阶层的觊觎，其他任何一个阶层都致力于发展自己的专业领域，努力设定自己专业的边界。通过创建医学院，通过医学院对无照医生的检举，早期现代时期的医学行业在医疗培训和专门知识还难以从其他受教育程度较高的人中区别出来之时，就致力于规范医疗服务。就本质而言，赫伯特的《乡村牧师》代表牧师群体对此做出了回应。即便《乡村牧师》为新兴医学行业努力压制的传统治疗方法提供辩护，它也欣赏并且模仿医学话语而致力于将它从中世纪遗存转化为职业精英。同样，在法律领域，《乡村牧师》通过培育地方调节传统，也参与到广泛的反对早期现代时期诉讼激增和法律变得越来越复杂的运动之中。[②]从这个意义上来说，赫伯特的文本分享和延续了公众对法律、律师以及法庭的怀疑。然而，赫伯特仅仅是通过赞美和模仿英国法律捍卫者赋予法律的公正性和准确性，他就能够把牧师调节看作是诉讼的另一种选择。就像法院的公正裁决一样，赫伯特理想的、由牧师跟进解决邻里争端的方式，承诺在诉讼之外，还有另一种解决方式；然而，赫伯特的这一理想似乎提出了另一个诉讼舞台，扩展了它似乎质疑的法律体系。[③]

　　在医学与法律领域，赫伯特最接近司马茨在论述早期现代时期荣誉观念时提出的传统与理性的共生理念（symbiosis of tradition and rationality）。传统主义者和理性主义者的思想与实践元素以一种特殊方式交织在一起，增加了牧师特权与影响，而不是仅仅提出一种合理的理性主义或传统主义议程。然而，此处对事后认知和目的论的评判，对于清楚的认识来说，至

　　[①]　Ronald W. Cooley. *'Full of All Knowledge': George Herbert's Country Parson and Early Modern Social Discourse.* Toronto: University of Toronto Press, 2003, p. 175.

　　[②]　Craig Muldrew. "The Culture of Reconciliation: Community and the Settlement of Economic Disputes in Early Modern England". *Historical Journal39* (1996), pp. 915-942. In Ronald W. Cooley. *'Full of All Knowledge': George Herbert's Country Parson and Early Modern Social Discourse.* Toronto: University of Toronto Press, 2003, p. 175.

　　[③]　Ronald W. Cooley. *'Full of All Knowledge': George Herbert's Country Parson and Early Modern Social Discourse.* Toronto: University of Toronto Press, 2003, pp. 175-176.

关重要。^① 由于教会后来没能在新兴官僚政体（emerging bureaucratic state）中维护其作为社会控制首要工具的地位，它对理性主义与职业化所做的让步明显超过固守传统的企图。然而，在行将失败的事业中、在一场理性主义论点几乎毫不含糊就能够取得胜利的争斗中，将传统主义和法律理性主义论据有效地结合在一起，无意之中，会破坏这个语言合成体系中的传统元素。正是在这个意义上，赫伯特对传统话语与法律理性话语的合并，才能够被理解为促成法律理性话语的最终优势。^②

《乡村牧师》表明这种直截了当的"置换"模型并不总是这样的过分简单化。在他生活的时代，关于圈地与农业"进步"的伦理问题已经是一个长期存在的问题，关于这一点，赫伯特好像在相对较短的时间内，已经转变了立场。然而，这种转变并不需要直截了当地拒绝"传统主义"道德观，而是一种将"进步"的意识形态融入传统道德观中的尝试。而且，这也适用于罗兰·沃恩的著作《水—路》（*Water-Workes*），很明显，这是一本明确致力于"进步"和创新事业的书，在这方面，与赫伯特的《乡村牧师》一样。^③

在这两种情况下，在早期现代农业整体的话语体系中，与传统等级秩序相关的顺从原则和地方依附原则，似乎对这个最具创新性的计划来说至关重要。赫伯特的修辞话语在维持生计与商业、知足与抱负、熟悉与离奇、地方与国家之间的摇摆，足以引发焦虑和依赖感，在一个几乎没有手段迫使人们产生顺从感的社会中，这种依赖是为了确保顺从。^④赫伯特对英国乡村生活的描绘为延续性/非延续性问题提供了另一种稍微有些不同的阐释方式。很可能是因为植根于不同的经济地理条件，所以赫伯特观察到的乡村特征、习俗与性情存在许多不同之处，这些在《乡村牧师》这本书中表现为延续性方面。如果事实果真如此，那么，《乡村牧师》这本书就显示出

---

① Ronald W. Cooley. *'Full of All Knowledge': George Herbert's Country Parson and Early Modern Social Discourse.* Toronto: University of Toronto Press, 2003, p. 176.

② Ronald W. Cooley. *'Full of All Knowledge': George Herbert's Country Parson and Early Modern Social Discourse.* Toronto: University of Toronto Press, 2003, p. 176.

③ Ronald W. Cooley. *'Full of All Knowledge': George Herbert's Country Parson and Early Modern Social Discourse.* Toronto: University of Toronto Press, 2003, p. 177.

④ Ronald W. Cooley. *'Full of All Knowledge': George Herbert's Country Parson and Early Modern Social Discourse.* Toronto: University of Toronto Press, 2003, p. 176.

延续性修辞的一贯力量。至少，有可能是一些修正主义者在早期现代世界观中发现的：连贯性是由端庄稳重与艰苦的文学努力共同作用产生的，延续性的虚构来源于事情应该怎样和事情应该被如何描述的强大信念。[①]

　　这种虚构的力量在家庭父权制话语中体现得更加明显。尽管父权制类比不足以描绘英国的社会秩序，赫伯特与他的同时代人仍然坚定地运用这一类比。在这种情况下，这不仅仅是因为熟悉的家庭话语为社会和经济变革提供了安全背景，而且也是因为家庭是一个受到谨慎的、自我监控的、从顺从精神转向自愿精神、从监督转向隐私和自治的试验场。赫伯特从未放弃关于他正在描述的一种既定秩序主张，他将家庭纪律的重点从公开行使父权制权力转移到隐蔽地行使社会控制程序上，这样做就为在整个社区推广类似控制程序提供了一个参照范式。[②]

　　赫伯特的后期诗歌创作回应并且证实了这些洞见，这些诗歌从苦行的内心生活走向福音、田园、礼拜和布道模式，而且与物质世界和诗意幻想的物质性相调和。像"水—路"和"一瞥"（The Glimpse）这两首诗歌强调赫伯特作品中所蕴含的朴实与熟悉一样，它们也体现出一种进展，从中世纪的贬抑现世理念到原始现代契约思想（protomodern covenant）的进步，它们赞同把具体的人类努力看作是奉献精神的表现。这些诗歌中的灵魂，正如贬抑现世理念一样，仍然是分离的自我、在它所拥抱的世界中迷失了方向。作为福音传道的工具和对象，赫伯特的诗中说话人使他自身失去了平衡。如果说赫伯特的世界在重要方面仍然是以顺从和屈从为特征的传统世界，那么放弃这个世界的传统选择基本上已经消失了。[③]赫伯特的乡村牧师可能害怕"走进这个世界"，但最终这是他唯一的选择，所以他必须"掌握各种学识"[④]，应对突然而至的现代化进程。

　　① Ronald W. Cooley. *'Full of All Knowledge': George Herbert's Country Parson and Early Modern Social Discourse*. Toronto: University of Toronto Press, 2003, p. 177.

　　② Ronald W. Cooley. *'Full of All Knowledge': George Herbert's Country Parson and Early Modern Social Discourse*. Toronto: University of Toronto Press, 2003, p. 177.

　　③ Ronald W. Cooley. *'Full of All Knowledge': George Herbert's Country Parson and Early Modern Social Discourse*. Toronto: University of Toronto Press, 2003, p. 177.

　　④ George Herbert. *The Country Parson*. In George Herbert. *George Herbert: The Complete English Poems*. John Tobin ed., London: Penguin Books, 2004, p. 204.

结　语

　　《圣殿》与《乡村牧师》这两部作品中的教会既是一个神学机构，又是一个世俗机构，阅读这两部作品，能够帮助基督教徒认识他们自身在教会内部以及世俗社会生活中的地位，处理自身与信仰、他人和社会这三者之间的关系。

　　在赫伯特看来，上帝是逻各斯，是事物的本源，是伟大的创造者，是终极的美。在《圣殿》的创作中，在"教堂门廊"这一部分，在赫伯特看来，上帝为个体、社会和教会践行美德制定规则，对拥有"美好的青春"的青年发出邀请。在"圣堂"部分，诗人通过各种基督教仪式，尤其是"圣餐仪式"，使"基督受难"的历史在当下进行的仪式、想象与朗诵中反复再现，打破了基督教的线性时间观，上帝得以通过象征、意象和图形等不断地向读者显现，将他的逻各斯"主动地"传递给读者，而诗人，作为上帝的读者之一，立刻对上帝的行为做出回应，用一系列诗行表达自己对上帝的无限向往、愁苦、愤怒、畏惧和期望等多种情感。"教堂斗士"的写作则打破了传统基督教的时间与空间界限，在《圣殿》中演绎诗人作为预言家的角色，对基督教发展的历史做出总结，对基督教的未来做出预测，承认罪孽与基督教的发展并行不悖，号召拥有"美好的青春"的青年与诗人一道履行基督教斗士的角色，与伴随基督教发展而出现的罪孽进行斗争。于是，在"圣殿"的建构中，"教堂门廊"、"圣堂"与"教堂斗士"这三部分，因为赫伯特强调基督在基督教圣餐仪式中所表现出的美德与博爱而打破传统的基督教线性时间观，因为诗人对个体在公众生活空间与个人生活空间中提出的要求而结合为一个有机整体。

　　赫伯特的基督教抒情诗与浪漫主义抒情诗的不同之处，在于他能够将读者拉近抒情主体，使之切身体会到抒情主体的强烈情感。赫伯特善于在抒情主体和读者之间建立起一种认同感，缩短抒情主体与读者之间的距离，让读者在诵读时体会到抒情主体的多种复杂的情感体验。这一目的的实现是通过运用多种修辞手法来实现的。这包括诗歌中主语和呼语在"你"和"我"之间转换。对于赫伯特诗歌与散文中主语和呼语之间人称的转换问题，文中已经进行了详尽论述。

在赫伯特生活的 17 世纪，英国文化发展已经走上了现代化进程，虽然赫伯特并不是像弗朗西斯·培根那样对文化现代化进程产生决定性影响的人物，但是，他的思想折射出一丝文化现代化征兆，这主要体现在神学、医药健康、法律、社会规范与农业等多个领域。赫伯特的文化现代化思想既有对传统的尊重与维系，又明显体现出创新过程。赫伯特的文化创新观念主要表现在宗教观念与神学观念两个方面。

赫伯特宗教观念与神学观念的现代性，体现在他对牧师职业现代性的认识方面。在赫伯特的宗教思想中，牧师职业与 17 世纪医生职业和律师职业边界的划定体现出一种竞争关系。在现代化进程中，牧师作为一种职业需要牧师掌握包括医生和律师职业在内的部分从业能力，或者管理一些人使他们代替他行使医治职责。赫伯特的理想牧师，即他在《圣殿》中对其在公众生活以及个人生活中提出德性要求的拥有"美好的青春"的青年，在历经《圣殿》的精神锻造以后，成为为一名"神射手"，这不仅是"美好的青春"的目标，也是诗人心目中理想的人类生活状态。

赫伯特诗歌的独特魅力在于他把对美德传统的歌颂与传达神的不可言说融为一体，以温和、谦卑、优美而又颇具想象力的诗行，对当时英国社会个体行为的过失、社会行为的过失与基督教生活的过失进行了批判，并提出了自己的诗性理解。在赫伯特的基督教思想中，所有这些问题的解决，都需要以完善和提升牧师自身的行为修养为基础，只有牧师自身的提高才能够在行为上为普通大众树立榜样，带动所有个体的人追求"完美"，追求卓越，回归古希腊的个体型美德。赫伯特对理想牧师的塑造注重其行为对教民的引导作用，因此，他的神学可以概括为实践神学。

此外，赫伯特的宗教思想具有强烈的包容意识，能够在宗教纷争异常激烈的 17 世纪受到各个教派的认可与尊重。

在论及理想牧师对待婚姻的观点时，赫伯特表明婚姻对于牧师而言，很重要，这与他的牧师需要从事的工作有关，已婚身份能够为牧师提供便利的工作身份，不会由此引发谣言，同时，婚姻也能为牧师妻子行医提供身份保护。牧师在家庭中的父亲身份和丈夫身份，代表了一种新的社会秩序，他从严格要求和规范自身的行为出发，引导基督徒在世俗生活中规范自身行为，处理好个体自我与信仰、他人和社会之间的关系，他通过严格的模范生活、约束自身的行为，为教区树立榜样，教导会众过一种追求美德的生活，思考自身行为的德性价值。就这方面而言，与抽象的神学思想相比，赫伯特对教民的教导体现出对美德的追寻。

在诗集《圣殿》中，赫伯特通过"水—路"与"搓捻"两个意象，含蓄而包容地对"圈地运动"进行反思，通过对《圣殿》早期威廉姆斯手稿和后期波德里亚手稿的对比，可以发现赫伯特对圈地运动在英国社会产生影响的认识，而且，赫伯特前后对待圈地运动态度的变化表明：基督教没有必要墨守成规，各教派之间也没有必要进行残酷的纷争，他通过诗歌与散文告诫读者、告诫即将成为牧师的美好青年，接受变化、适应牧师职业的变化。

赫伯特广阔神学视角的获得源于他对希腊美德伦理思想的继承与发展，他把对美德思想的继承与社会资本和文化资本积累的反思融合在一起，分析了牧师阶层的特权与对社会产生的影响。赫伯特对牧师职业现代化的反思使他特别强调牧师要具有医治病患的能力；他对律师职业发展的反思使他要求理想牧师融入地方调解传统，对教区社会秩序产生影响。

赫伯特在近 400 年前对英国理想的牧师职责的想象与规划，体现了明显的预见色彩，他的以美德为指引的实践神学思想被英国教会继承下来，成为英国教会发展的一种模式，被学者刘易斯－安东尼定义为"赫伯特主义"。"赫伯特主义"奠定了英国教会的发展走向，然而在当今已经失去其昔日光彩。英国当代神学家戴维·福特提出神学研究的责任生态理论，指出当今神学研究的主要责任以及涉及的各个领域，当然，也映射出赫伯特神学思想的一丝残影。

参考文献

（一）赫伯特著作

［1］Herbert, George. *G. Herbert's Poetical Works*, Rev. George Gilfillan ed., Edinburgh: James Nichol; London: James Nisbet and Co.; Dublin: W. Robertson, 1817.

［2］Herbert, George. *The Works of George Herbert, In Prose and Verse Vol. II.*, William Pickering, ed., 1853.

［3］Herbert, George. *The Works of George Herbert*, F. E. Hutchinson ed., Oxford: Oxford University Press, 1953.

［4］Herbert, George. *The Country Parson, The Temple*, John N. Wall Jr. ed., NewYork: Paulist Press, 1981.

［5］Herbert, George. *The English Poems of George Herbert*, C. A. Patrides ed., New Jersey: Rowman and Littlefield, rpt. 1986.

［6］Herbert, George. *George Herbert*, Oxford: Oxford University Press, 1994.

［7］Herbert, George. *George Herbert: The Complete English Poems*, John Tobin ed., Penguin Books, 2004.

［8］Herbert, George. *Herbert Poems*, Alfred A. Knopf ed., New York, London, Toronto: Everyman's Library, 2004.

［9］Herbert, George. *The English Poems of George Herbert*, Helen Wilcox ed., Cambridge; New York: Cambridge University Press, 2007.

［10］Herbert, George, "Memoriae Matris Sacrum", *George Herbert Journal*, Vol.33, No.1 & 2 (Fall, 2009/Spring, 2010), pp. 1-54.

（二）赫伯特研究文献

研究专著：

［1］Albrecht, Roberta J. *Using Alchemical Memory Techniques for the Interpretation of Literature: John Donne, George Herbert, and Richard Crashaw*, Lewiston, N.Y.: Edwin Mellen Press, 2008.

［2］Asals, Heather A. R. *Equivocal Predication: George Herbert's Way to God*, Toronto: University of Toronto Press, 1981.

［3］Barnes, Andrew William. *Post-closet Masculinities in Early Modern England*, Lewisburg: Bucknell University Press, 2009.

［4］Benet, Diana. *Secretary of Praise: The Poetic Vocation of George Herbert*, Columbia: University of Missouri Press, 1984.

［5］Bloch, Chana. *Spelling the Word: George Herbert and the Bible*. Berkeley: University of California Press, 1985.

［6］Bottrall, Margaret. *George Herbert*, London: John Murray Ltd., 1954.

［7］Charles, Amy M. *A Life of George Herbert*. Ithaca: Cornell University Press, 1977.

［8］Clarke, Elizabeth. *Theory and Theology in George Herbert's Poetry*, Oxford University Press, 1997.

［9］Cooley, Ronald W. *'Full of All Knowledge': George Herbert's Country Parson and Early Modern Social Discourse*. Toronto: University of Toronto Press, 2003.

［10］Cruickshank, Frances. *Verse and Poetics in George Herbert and John Donne*, Burlington, VT: Ashgate, 2010.

［11］Cesare, Mario A. Di and Mignani, Rigo. *A Concordance to the Complete Writings of George Herbert* (Cornell Concordances). Ithaca: Cornell University Press, 1977.

［12］Doerksen, Daniel W. *Picturing Religious Experience: George Herbert, Calvin, and the Scriptures*, Newark: University of Delaware Press, 2011.

［13］Eliot, T. S. *George Herbert*, London: Published for the British

Council and the National Book League by Longman's, Green, 1962.

［14］Fish, Stanley. *The Living Temple: George Herbert and Catechizing.* Berkeley; London: University of California Press, 1978.

［15］T. S. Eliot. *George Herbert.* Plymouth: Northcote House, 1994[1962].

［16］Guibbory, Achsah. *Ceremony and Community from Herbert to Milton,* Cambridge: Cambridge University Press, 1998.

［17］Hodgkins, Christopher. *Authority, Church, and Society in George Herbert: Return to the Middle Way,* Columbia, Mo.: University of Missouri Press, 1993.

［18］Hodgkins, Christopher. *George Herbert's Pastoral: New Essays on the Poet and Priest of Bemerton,* Newark: University of Delaware Press, 2010.

［19］Hodgkins, Christopher. *George Herbert's Travels: International Print and Cultural Legacies,* Newark: University of Delaware Press, 2011.

［20］Judge, Jeannie Sargent. *Two Natures Met: Geroge Herbert and the Incarnation,* New York: Peter Lang Publishing, Inc., 2004.

［21］Kyne, Mary Theresa. *Country Parson, Country Poets: George Herbert and Gerard Manley Hopkins as Spiritual Autobiographers.* Eadmer Press, 1992.

［22］Lewis-Anthony, Justin. *If You Meet George Herbert on the Road... Kill Him! Radically Rethinking Priestly Ministry.* London: Mowbray, 2009.

［23］Lull, Janis. *The Poem in Time: Reading George Herbert's Revisions of The Church.* Newark: University of Delaware Press, 1990.

［24］Mason, Kenneth. *George Herbert, Priest and Poet.* Oxford: SLG Press, 1980.

［25］Miller, Greg. *George Herbert's "Holy Patterns": Reforming Individuals in Community,* New York: Continuum, 2007.

［26］Malcolmson, Cristina. *George Herbert: A Literary Life,* Houndmills, Basingstoke, Hampshire: Palgrave Macmillan, 2004.

［27］Malcolmson, Cristina. *Heart-work: George Herbert and the Protestant Ethic,* Stanford: Stanford University Press, 1999.

［28］Miller, Edmund & Diyanni, Robert. *Like Seasoned'd Timber: New*

Essays on George Herbert, NewYork: Lang, 1987.

［29］Wall, John N. ed. *George Herbert: The Country Parson, The Temple*. New York: Paulist Press, 1981.

［30］Patrides, C. A. *George Herbert: The Critical Heritage*, London: Routledge &Kegan Paul, 1983.

［31］Ray, Robert H. *A George Herbert Companion*, New York: Garland Pub. , 1995.

［32］Rickey, Mary Ellen. *Utmost Art: Complexity in the Verse of George Herbert*, Lexington: University of Kentucky Press, 1966.

［33］Schoenfeldt, Michael C. *Prayer and Power: George Herbert and Renaissance Courtship*. Chicago: University of Chicago Press, 1991.

［34］Seelig, Sharon Cadman. *The Shadow of Eternity: Belief and Structure in Herbert, Vaughan and Traherne*. Kentucky: The University of Kentucky, 1981.

［35］Sherwood, Terry G. *Herbert's Prayerful Art*. Toronto: University of Toronto Press, 1989.

［36］Stein, Arnold. *George Herbert's Lyrics*. Baltimore: The Johns Hopkins Press, 1968.

［37］Stewart, Stanley. *George Herbert*. Boston, Mass.: Twayne Publishers, 1986.

［38］Strier, Richard. *Love Known*: *Theology and Experience in George Herbert's Poetry*, Chicago: The University of Chicago Press, 1983.

［39］Summers, Joseph H. *George Herbert: His Religion and Art*, Cambridge: Harvard University Press,1954.

［40］Todd, Richard. *The Opacity of Signs: Acts of Interpretation in George Herbert's The Temple,* Columbia: University of Missouri Press, 1986.

［41］Tuve, Rosemond. *A Reading of George Herbert*, Chicago: University of Chicago Press, 1952.

［42］Vendler, Helen. *The Poetry of George Herbert*, Cambridge, Massachusetts and London: Harvard University Press, 1975.

［43］Veith, Jr., Gene Edward. *Reformation Spirituality: The Religion of George Herbert*, Lewisburg: Bucknell University Press; London: Associated

University Presses, 1985.

［44］Wolberg, Kristine A. *"All Possible Art": George Herbert's The Country Parson*, Madison: Fairleigh Dickinson University Press, 2008.

研究论文：

［1］Barnes, A. W. "Editing George Herbert's Ejaculations", *Textual Cultures*, Vol. 1, No. 2 (Autumn, 2006), pp. 90-113.

［2］Bell, Susan J. A. "'Sermons Are Dangerous Things': George Herbert, Richard Bernard and the Politics of Preaching", *Toronto Journal of Theology*, Supplement 1, 2010, pp. 41-54.

［3］Brown, C. C. & Ingoldsby, W. P. "George Herbert's 'Easter-Wings'", *Huntington Library Quarterly*, Vol. 35, No. 2 (Feb., 1972), pp. 131-142.

［4］Carnes, Valerie. "The Unity of George Herbert's *The Temple*: A Reconsideration", *ELH*, Vol. 35, No. 4 (Dec., 1968), pp. 505-526.

［5］Colie, R. L. "Logos in The Temple: George Herbert and the Shape of Content", *Journal of the Warburg and Courtauld Institutes*, Vol. 26, No. 3/4 (1963), pp. 327-342.

［6］Doerksen, Daniel W. "'Too Good for Those Times': Politics and the Publication of George Herbert's *The Country Parson*". *Seventeenth-Century News*, (Spring/Summer) 1991, pp. 10-13.

［7］Dyck, Paul. "'So Rare a Use': Scissors, Reading, and Devotion at Little Gidding", *George Herbert Journal*, No. 1 and 2, Fall 2003/Spring 2004, pp. 67-81.

［8］Doerksen, Daniel W. "George Herbert, Calvinism, and Reading 'Mattens'", *Christianity and Literature*, Vol. 59, No. 3 (Spring, 2010), pp. 437-451.

［9］Ende, Frederick Von. "George Herbert's 'The Sonne': In Defense of the English Language", *Studies in English Literature, 1500-1900*, Vol. 12, No. 1, The English Renaissance (Winter, 1972), pp. 173-182.

［10］Ford, Brewster S. "George Herbert and the Liturgies of Time and Space", *South Atlantic Review*, Vol. 49, No. 4 (Nov., 1984), pp. 19-29.

［11］Fraser, Russell. "George Herbert's Poetry", *The Sewanee Review*, Vol. 95, No. 4 (Fall, 1987), pp. 560-585.

［12］Freeman, Rosemary, "George Herbert and the Emblem Books", *The Review of English Studies*, Vol. 17, No. 66 (Apr., 1941), pp. 150-165.

［13］Gallagher, Michael P. "Rhetoric, Style, and George Herbert", *ELH*, Vol. 37, No. 4 (Dec., 1970), pp. 495-516.

［14］*George Herbert Journal*, Bridgeport, Conn. , s. n. Semiannual.

［15］Gordis, Lisa M. "The Experience of Covenant Theology in George Herbert's 'The Temple'", *The Journal of Religion*, Vol. 76, No. 3 (Jul., 1996), pp. 383-401.

［16］Harman, Barbara Leah. *"George Herbert's 'Affliction (I)': The Limits of Representation"*, *ELH*, Vol. 44, No. 2 (Summer, 1977), pp. 267-285.

［17］Harman, Barbara Leah. "The Fiction of Coherence: George Herbert's 'The Collar'", *PMLA*, Vol. 93, No. 5 (Oct., 1978), pp. 865-877.

［18］Hayes, Albert McHarg. "Counterpoint in Herbert", *Studies in Philology*, Vol. 35, No. 1 (Jan., 1938), pp. 43-60.

［19］Hill, Christopher A. "George Herbert's Sweet Devotion", *Studies in Philology*, Vol. 107, No. 2 (Spring, 2010), pp. 236-258.

［20］Hodgkins, Christopher. "'Betwixt This World and That of Grace': George Herbert and the Church in Society", *Studies in Philology*, Vol. 87, No. 4 (Autumn, 1990), pp. 456-475.

［21］Hodgkins, Christopher, "The Church Legible: George Herbert and the Externals of Worship", *The Journal of Religion*, Vol. 71, No. 2 (Apr., 1991), pp. 217-241.

［22］Horton, Ronald A. "Herbert's 'Thy Cage, Thy Rope of Sands': An Hourglass", *George Herbert Journal*, Vol. 21, No. 1 and 2(Fall, 1997/Spring, 1998), pp. 83-88.

［23］Hunter, Jeanne Clayton. "George Herbert and Puritan Piety", *The Journal of Religion*, Vol. 68, No. 2 (Apr., 1988), pp. 226-241.

［24］Knieger, Bernard & Herbert, George. *"The Purchase-Sale: Patterns of Business Imagery in the Poetry of George Herbert"*, *Studies in English*

Literature, 1500-1900, Vol. 6, No. 1, The English Renaissance (Winter, 1966), pp. 111-124.

[25] Levitt, Paul M. & Johnston, Kenneth G. "Herbert's 'The Collar': A Nautical Metaphor", *Studies in Philology*, Vol. 66, No. 2 (Apr., 1969), pp. 217-224.

[26] Lewis-Anthony, Justin. "If You Meet George Herbert on the Road... Kill Him! Herbertism and Contemporary Parish Ministry", *George Herbert Journal*, Vol. 32, No. 1 and 2, Fall 2008/Spring 2009, pp. 31-42.

[27] Lull, Janis. "Expanding 'The Poem Itself': Reading George Herbert's Revisions", *Studies in English Literature, 1500-1900*, Vol. 27, No. 1, The English Renaissance (Winter, 1987), pp. 71-87.

[28] Martin, Anthony. "George Herbert and Sacred 'Parodie' ", *Studies in Philology*, Vol. 93, No. 4 (Autumn, 1996), pp. 443-470.

[29] Miller Blaise, Anne-Marie. "'Sweetnesse Readie Penn'd': Herbert's Theology of Beauty", *George Herbert Journal*, Vol. 27, No. 1 & 2 (Fall, 2003/ Spring, 2004), pp. 1-21.

[30] Nardo, Anna K. "George Herbert Pulling for Prime", *The John Hopkins University Press: South Central Review*, Vol. 3, No. 4 (Winter, 1986), pp. 28-42.

[31] Primeau, Ronald. "Reading George Herbert: Process vs. Rescue", *College Literature*, Vol. 2, No. 1 (Winter, 1975), pp. 50-60.

[32] Randall, Dale B. J. "The Ironing of George Herbert's 'Collar' ", *University of North Carolina Press: Studies in Philology*, Vol. 81, No. 4 (Autumn, 1984), pp. 473-495.

[33] Ray, Robert H. "The Herbert Allusion Book: Allusions to George Herbert in the Seventeenth Century", *University of North Carolina Press: Studies in Philology*, Vol. 83, No. 4 (Autumn, 1986), 1986, pp. i-ix+1-167+169-182.

[34] Ray, Robert H. "Recent Studies in George Herbert, 1974-1986", *English Literary Renaissance*, Vol. 18, No. 3 (Sep., 1988), pp. 460-475.

[35] Ray, Robert H. "Recent Studies in George Herbert, 1987-2007", *English Literary Renaissance*, Vol. 40, No. 3 (Autumn, 2010), pp. 458-480.

［36］Reiter, Robert E. "George Herbert's 'Anagram': A Reply to Professor Leiter", *College English*, Vol. 28, No. 1 (Oct., 1966), pp. 59-60.

［37］Richey, Esther Gilman. "Herbert's 'Temple' and the Liberty of the Subject", *The Journal of English and Germanic Philology*, Vol. 102, No. 2 (Apr., 2003), pp. 244-268.

［38］Richey, Esther Gilman. "Herbert's Technical Development", *The Journal of English and Germanic Philology*, Vol. 102, No. 2 (Apr., 2003), pp. 244-268.

［39］Rickey, Mary Ellen. "Rhymecraft in Edward and George Herbert", *The Journal of English and Germanic Philology*, Vol. 57, No. 3 (Jul., 1958), pp. 502-511.

［40］Rubey, Daniel. "The Poet and the Christian Community: Herbert's Affliction Poems and the Structure of The Temple", *Studies in English Literature, 1500-1900*, Vol. 20, No. 1, The English Renaissance (Winter, 1980), pp. 105-123.

［41］Shawcross, John T. "Some Colonial American Poetry and George Herbert", *Early American Literature*, Vol. 23, No. 1 (1988), pp. 28-51.

［42］Sherwood, Terry G. "Tasting and Telling Sweetness in George Herbert's Poetry", *English Literary Renaissance*, Vol. 12, No. 3 (Sep., 1982), pp. 319-340.

［43］Sobosan, Jeffrey G. "Call and Response: The Vision of God in John Donne and George Herbert", *Religious Studies*, Vol. 13, No. 4 (Dec., 1977), pp. 395-407.

［44］Strier, Richard. "Sanctifying the Aristocracy: 'Devout Humanism' in Francois de Sales, John Donne, and George Herbert", *The Journal of Religion*, Vol. 69, No. 1 (Jan., 1989), pp. 36-58.

［45］Summers, Joseph H. "Herbert's Form", *PMLA*, Vol. 66, No. 6 (Dec., 1951), pp. 1055-1072.

［46］Swartz, Douglas J. "Discourse and Direction: *A Priest to the Temple, or, the Country Parson* and the Elaboration of Sovereign Rule", *Criticism*, Vol. 36. (Spring, 1994), pp. 189-212.

［47］Thorpe, Douglas. "'Delight into Sacrifice:' Resting in Herbert's

Temple", *Studies in English Literature, 1500-1900*, Vol. 26, No. 1, The English Renaissance (Winter, 1986), pp. 59-72.

〔48〕Toliver, Harold. "Herbert's Interim and Final Places", *Studies in English Literature, 1500-1900*, Vol. 24, No. 1, The English Renaissance (Winter, 1984), pp. 105-120.

〔49〕Tuve, Rosemond. "On Herbert's 'Sacrifice'", *The Kenyon Review*, Vol. 12, No. 1 (Winter, 1950), pp. 51-75.

〔50〕Tuve, Rosemond. "George Herbert and Caritas", *Journal of the Warburg and Courtauld Institutes*, Vol. 22, No. 3/4 (Jul. - Dec., 1959), pp. 303-331.

〔51〕Tuve, Rosemond. "Sacred 'Parody' of Love Poetry and Herbert", *Studies in the Renaissance*, Vol. 8 (1961), pp. 249-290.

〔52〕Tuve, Rosemond. "Notes on the Virtues and Vices", *Journal of the Warburg and Courtauld Institutes*, Vol. 26, No. 3/4 (1963), pp. 264-303.

〔53〕Whalen, Robert. "George Herbert's Sacramental Purituanism", *Renaissance Quarterly*, Vol. 54, No. 4 (Winter, 2001), pp. 1273-1307.

〔54〕Whitlock, Baird W.. "The Sacramental Poetry of George Herbert", *South Central Review*, Vol. 3, No. 1 (Spring, 1986), pp. 37-49.

〔55〕Wood, Chauncey. "George and Henry Herbert on Redemption", *Huntington Library Quarterly*, Vol. 46, No. 4 (Autumn, 1983), pp. 298-309.

〔56〕崔波、蔡琳:《语篇衔接之于诗歌主题的表达——对乔治·赫伯特诗作《美德》的文体学分析》,《思想战线》,2011年第1期,第493-495页。

〔57〕党元明:《美德不朽 诗作长存——读赫伯特的〈美德〉》,《时代文学(下半月)》,2010年第3期,第76页。

〔58〕邓艳芬:《乔治·赫伯特诗歌〈人〉中的人神关系》,《剑南文学(下半月)》,2010年第4期,第39页。

〔59〕杜一鸣、李瑾:《对乔治·赫伯特诗歌中人神关系的解析》,《河北青年管理干部学院学报》,2006年第2期,第52-55页。

〔60〕郭亚星:《〈复活节翅膀〉的符号象似性分析》,《文教资料》,2008年第18期,第35-37页。

［61］黄杲炘:《从英语"象形诗"的翻译谈格律诗的图形美问题》,《外国语（上海外国语大学学报）》,1991 年第 6 期,第 37-40 页。

［62］黄辉辉:《Virtue 美德》,《英语知识》,2005 年第 3 期,第 12-13 页。

［63］黄慧强、刘英瑞:《乔治·赫伯特的宗教诗〈复活的翅膀〉解读》,《齐齐哈尔大学学报（哲学社会科学版）》,2007 年第 2 期,第 93-94 页。

［64］李瑾、李静:《〈圣殿〉中上帝权威意象的研究》,《山花》,2009 年第 14 期,第 138-139 页。

［65］李向梅:《偏离常规,以形达意——浅析乔治·赫伯特的形体诗〈复活节的翅膀〉》,《剑南文学（下半月）》,2010 年第 3 期,第 67-68 页。

［66］冷宁:《玄学派诗人乔治·赫伯特的＜美德＞的艺术魅力》,《河北旅游职业学院学报》,2010 年第 4 期,第 96-98 页。

［67］楼育萍:《矛盾与升华——乔治·赫伯特〈正义〉一诗的文体学赏析》,《安徽文学（下半月）》,2009 年第 10 期,第 99-100 页。

［68］王明:《赫伯特的诗集＜圣殿＞中的树意象》,《青年文学家》,2011 年第 22 期,第 13 页。

［69］王卓:《别样的人生历程,不同的情感诉求——解读赫伯特诗歌中上帝与人之间的情人关系》,《阜阳师范学院学报》（社会科学版）,2011 年第 5 期,第 60-62 页。

［70］王卓、杜丽娟、赵文慧:《赫伯特诗歌〈美德〉的基督教寓意及道德启示作用,《赤峰学院学报（汉文哲学社会科学版）》,2012 年第 1 期,第 153-155 页。

［71］吴虹:《浅论〈圣殿〉中的宇宙意象》,《绍兴文理学院学报（哲学社会科学版）》,2012 年第 6 期,第 49-52 页。

［72］吴虹:《"星之书":〈圣殿〉结构研究》,《国外文学》,2014 年第 1 期,第 113-121 页。

［73］吴虹:《论赫伯特宗教诗的美德主题》,《外语学刊》,2014 年第 2 期,第 115-120 页。

［74］吴虹:《论赫伯特"痛苦组诗"中的痛苦意识》,《名作欣赏》,2016 年第 10 期,第 91-96+107 页。

［75］邢锋萍:《"来吧，品尝教堂神秘的筵席"：乔治·赫伯特〈圣殿〉中的圣餐观》,《外国文学评论》, 2017 年第 3 期，第 85-104 页。

［76］邢锋萍:《理性大获全胜，信仰无人问津——乔治·赫伯特诗歌中的反理性主题》,《外语研究》, 2015 年第 1 期，第 103-108 页。

［77］邢锋萍:《乔治·赫伯特诗其人》,《佳木斯教育学院学报》, 2012 年第 10 期，第 95-96+98 页。

［78］邢锋萍:《乔治·赫伯特诗歌国外研究概述》,《湖北第二师范学院学报》, 2013 年第 1 期，第 10-12 页。

［79］邢锋萍:《他们不一样的上帝——多恩与赫伯特神学诗中的上帝形象之比较》,《国外文学》, 2015 年第 1 期，第 101-110+159 页。

［80］张鹤:《对上帝的赞歌——赏析乔治·赫伯特的诗歌〈人〉》,《学周刊·C》, 2010 年第 9 期，第 143 页。

［81］张亚蜀、申玉革:《美德的热情颂歌——乔治·赫伯特〈美德〉赏析》,《名作欣赏》, 2005 年第 11 期，第 75-76 页。

毕业论文:

［1］Diaconoff, Theodore Andre. *George Herbert's Use of The World Harmony Theory in The Temple*, Thesis for Ph. D., University of California, 1973.

［2］Dyck, Paul. *"All the Constellations of the Storie": George Herbert's Temple and English Seventeenth-Century Textual Common Places*, Thesis for Ph. D., University of Alberta, 2000.

［3］Elsky, Martin. *Time History and Liturgy in George Herbert's The Temple*, Thesis for Ph. D., Columbia University, 1977.

［4］Harvey, Andrew James. *Chiasmus in English Renaissance Literature: The Rhetorical, Philosophical, and Theological Significance of 'X' in Spenser, Donne, Herbert, and Brown*, Thesis for Ph. D., University of North Carolina, 2001.

［5］Holland, Robert Gordon. *Voice and Dramatic Process in George Herbert's "The Temple"*, Thesis for Ph. D., Emory University, 1975.

［6］Horton, Jessica Victoria. *A Joyous Synchrony: Ralph Vaughan*

Williams' Settings of George Herbert's Poetry in Five Mystical Songs, Thesis for Ph. D., The Florida State University, 2006.

［7］Menkens, Anne Judith. "And in Another Make Me Understood": Reading George Herbert in the Light of His Contemporaries, Thesis for Ph. D., University of North Carolina, 2009.

［8］Mintz, Susannah B. Negotiating the Threshold: Self-other Dynamics in Milton, Herbert, and Donne, Thesis for Ph. D., Rice University, 1996.

［9］Paschold, Steven Recce. Spirited Sacrifice in George Herbert's The Temple, Thesis for Master Degree, The University of British Columbia, 1978.

［10］Smolinsky, Michael William. Almentation and Aesthetics: The Metaphor of Taste in Early Modern Drama, Thesis for Ph. D., The University of Iowa, 2008.

［11］Tocheva, Polya. The Language of Man and the Language of God in George Herbert's Religious Poetry, Thesis for Master Degree, The University of Maine, 2003.

［12］Whalen, Robert Hilliard. The Poetry of Immanence: Sacrament in Donne and Herbert, Thesis for Ph. D., University of Toronto, 1999.

［13］Winters, Sarah Fiona. "Me Thoughts I Heard One Calling": Talking to God in the Poetry of John Donne, George Herbert, Christina Rossetti, and Gerard Manley Hopkins, Thesis for Ph. D., University of Toronto, 1999.

［14］包桂影：《乔治·赫伯特宗教诗中独特的象征艺术》，硕士学位论文，河北师范大学，2002 年。

［15］李瑾：《乔治·赫伯特诗歌中的上帝形象》，硕士学位论文，河北师范大学，2007 年。

［16］刘洁：《乔治·赫伯特〈圣殿〉中的原型》，硕士学位论文，河北师范大学，2008 年。

［17］申玉革：《乔治·赫伯特诗歌中的张力》，硕士学位论文，河北师范大学，2006 年。

［18］王卓：《乔治·赫伯特诗歌中的人神关系》，硕士学位论文，河北师范大学，2007 年。

［19］吴虹：《赫伯特宗教诗歌研究》，博士学位论文，浙江大学，

2014 年。

［20］邢锋萍：《"我的五官充满活力"：乔治·赫伯特〈圣殿〉中的感官意象与新教神学》，博士学位论文，浙江大学，2015 年。

［21］张薇：《乔治·赫伯特诗歌中的基督精神》，硕士学位论文，河北师范大学，2005 年。

网络资源：

［1］Christian Classics Ethereal Library, "Temple Garden". http://www. ccel.org/h/herbert/temple /TT Garden.htm.

［2］Helen Wilcox, "Oxford Dictionary of National Biography: George Herbert(1593-1633)" [EB/OL] (2004) [2013-8-6]. http://www.oxforddnb.com/ view/printable/13025.

［3］Poetry Foundation, "George Herbert" [EB/OL] [2011-6-20]. http:// www.poetryfoundation.org/bio/george-herbert.

［4］Poetry Foundation, "George Herbert" [EB/OL] [2013-8-8]. http:// www.poetryfoundation.org/bio/george-herbert.

［5］Tom Paulin, "This Way to Paradise" [N/OL]. The Guardian, 2004-7-17 [2013-8-1] http://www.theguardian.com/artanddesign/2004/jul/17/art.poetry.

［6］维基百科．"乔治·赫伯特"［EB/OL］（2014-2-13）［2014-3-16］. http://zh.wikipedia.org/wiki/%E4%B9%94%E6%B2%BB%C2%B7%E8% B5%AB%E4%BC%AF%E7%89%B9.

（三）相关文献
相关专著：

［1］Bernard, Richard. *Faithfull Shepherd*: *Wholly in a Manner Transposed and Made Anew, and Very Much Inlarged Both with Precepts and Examples, to Further Young Divines in the Studie of Divinite: With the Shepherds Practics in the End*. London, 1621.

［2］Brennan, Michael G. *Literary Patronage in the English Renaissance*: *The Pembroke Family*. London: Routledge, 1988.

［3］Clark, Alice. *Working Life of Women in the Seventeenth Century*.

London: Frank Cass, 1919.

［4］Corns, Thomas N. *English Poetry: Donne to Marvell*, Shanghai: Shanghai Foreign Language Education Press, 2001.

［5］Connell, Michael O'. *The Idolatrous Eye: Iconoclasm and Theater in Early-Modern England*, New York: Oxford University Press, 2000.

［6］Cruder, Alexander. *A Complete Concordance to the Holy Scriptures of the Old and New Testaments*. Philadelphia, 1872.

［7］DiCesare, Mario A. ed. *George Herbert and the Seventeenth-Century Religious Poets*. New York: W. W. Norton, 1978.

［8］Dixon, C. Scott and Schorn-Schutte, Luise ed. *The Protestant Clergy of Early Modern Europe*, Hampshire: Palgrave Macmillan, 2003.

［9］Donne, John. *Poems of John Donne Vol II*, E. K. Chambers ed., London: Lawrence & Bullen, 1896.

［10］Donne, John. *John Donne: The Complete English Poems*, A. J. Smith ed., Penguin Books, 1996.

［11］Edmonds, J. M. *The Greek Bucolic Poets*. Loeb Classical Library, Heinemann, 1912.

［12］Fish, Stanley. *Self-Consuming Artifacts: The Experience of Seventeenth-Century Literature*. Berkeley: University of California Press, 1972.

［13］Greaves, Richard L. *Society and Religion in Elizabethan England*. Minneapolis: U. of Minnesota Press. 1981.

［14］Guite, Malcolm. *Faith, Hope and Poetry: Theology and the Poetic Imagination*, Farnham, England; Burlington, VT: Ashgate, 2010.

［15］Gust, Richard and Hughes, Ann ed. *Conflict in Early Stuart England: Studies in Religion and Politics, 1603-1642*. London: Longman, 1989.

［16］Halewood, William. *The Poetry of Grace: Reformation Themes and Structures in English Seventeenth - Century Poetry*, New Haven, Conn.: Yale University Press, 1970.

［17］Hart, A. Tindal. *Clergy and Society 1600-1800*. London: SPCK, 1968.

［18］Heninger, S. K. Jr. *Touches of Sweet Harmony: Pythagorean Cosmology and Renaissance Poetics*, San Marino: The Huntington Library, 1974.

［19］Hunter, John C. *Renaissance Literatue: An Anthology of Poetry and Prose*, 2nd ed., Oxford: Blackwell, 2010.

［20］St. Ignatius. *The Spiritual Exercises of St. Ignatius*. Translated and edited byLouis J. Puhl. Chicago: Loyola University Press, 1952.

［21］James I. *King James His Letter and Directions to the Lord Archbishop of Canterbury: Concerning Preaching and Preache*. London: Thomas Walkeley, 1622.

［22］Kilby, Richard. *The Burthen of a Loaden Conscience*. London, 1608.

［23］Leslie, Michael and Raylor, Timothy ed., *Culture and Cultivation in Early Modern England: Writing and the Land*. Leicester: Leicester University Press, 1992.

［24］Lewalski, Barbara Kiefer. *Protestant Poetics and the Seventeenth-Century Religious Lyric*. Princeton: Princeton University Press, 1979.

［25］Louis L. Martz. *The Poetry of Meditation: A Study in English Religious Literature*. New Haven and London: Yale University Press, 1962.

［26］Morrill, John. *The Nature of the English Revolution: Essays by John Morrill*. London: Longman, 1993.

［27］Netzley, Ryan. *Reading, Desire, and the Eucharist in Early Modern Religious Poetry*, Toronto; Buffalo: University of Toronto Press, 2011.

［28］O' Day, Rosemary. *The English Clergy: The Emergence and Consolidation of a Profession 1558-1642*. Leicester: Leicester University Press, 1979.

［29］Pahlka, William H. *Saint Augustine's Meter and George Herbert's Will*. Ohio and London: Kent State University Press, 1987.

［30］Rawson, Claude. *The Cambridge Companion to English Poets*, Cambridge; New York: Cambridge University Press, 2011.

［31］Robertson, Alec & Stevens, Denis. *The Pelican History of Music* Vol. 2, Penguin Books, 1963.

［32］Ross, Malcolm Mackenzie. *Poetry and Dogma: The Transfiguration of Eucharistic Symbols in Seventeenth-century English Poetry*, New York: Octagon Books, 1969.

［33］Russell, Anthony. *The Clerical Profession*. London: SPCK, 1980.

［34］Schilling, Bernard N. *Dryden and the Conservative Myth: A Reading of Absalom and Achitophel*. New Haven and London: Yale University Press, 1961.

［35］Tomlinson, Howard ed. *Before the English Civil War: Essays on Early Stuart Politics and Government*, New York: St Martin's, 1983.

［36］Wear, Andrew ed. *Medicine in Society: Historical Essays*, Cambridge: Cambridge University Press, 1992.

［37］Weber, Max. *The Theory of Social and Economic Organization*. Translated by A.M. Henderson and Talcott Parsons. Oxford: Oxford University Press, 1947.

［38］White, Helen C. *The Metaphysical Poets: A Study in Religious Experience*. New York: Macmillan Company, 1936.

［39］Zhang Longxi, *The Tao and the Logos*, Durham & London: Duke University Press, 1992.

［40］［美］莫特玛·阿德勒、查尔斯·范多伦:《西方思想宝库》，北京：中国广播电视出版社，1991 年。

［41］［意］圣多玛斯·阿奎那:《神学大全·第十五册·论圣事、圣洗、坚振、圣体、告解》，王守身、周克勤译，中华道明会／碧岳学社联合出版，2008 年。

［42］［苏联］阿尼克斯特:《英国文学史纲》，戴镏龄等译，北京：人民文学出版社，1980 年。

［43］［英］艾弗·埃文斯:《英国文学简史》，蔡文显译，北京：人民文学出版社，1984 年。

［44］［美］艾布拉姆斯:《镜与灯：浪漫主义文论及批评传统》，郦稚牛等译，北京：北京大学出版社，1989 年。

［45］艾略特:《艾略特诗学文集》，王恩衷编译，北京：国际文化出版公司，1989 年。

［46］艾略特:《艾略特文学论文集》，李赋宁译，南昌：百花洲文艺出版社，1997 年。

［47］［美］爱默生著:《爱默生集（上）·论文与讲演录》，波尔泰编，

赵一凡等译，北京：生活·读书·新知三联书店，1993年。

［48］安徽师范大学中国诗学研究中心:《中国诗学研究第4辑·新诗研究专辑》，北京：人民文学出版社，2005年。

［49］［英］约翰·拜利:《音乐的历史》，黄跃华，张少鹏等译，太原：希望出版社，2003年。

［50］北大哲学系外国哲学教研室编译:《古希腊罗马哲学》，北京：生活·读书·新知三联书店，1982年。

［51］北京师联教育科学研究所:《外国诗歌基本解读·13·英国卷（上册）》，北京：人民武警出版社，2002年。

［52］［英］彼得·伯克:《欧洲近代早期的大众文化》，杨豫等译，上海：上海人民出版社，2005年。

［53］［古希腊］柏拉图:《裴多》，杨绛译，北京：中国国际广播出版社，2009年。

［54］［英］哈里·布拉迈尔斯:《英国文学简史》，濮阳翔、王义国等译，成都：四川人民出版社，1987年。

［55］［美］克林斯·布鲁克斯:《精致的翁：诗歌结构研究》，郭乙瑶等译，上海：上海人民出版社，2008年。

［56］［美］哈罗德·布鲁姆:《西方正典：伟大作家和不朽作家》，江宁康译，南京：译林出版社，2011年。

［57］常耀信:《英国文学通史第1卷》，天津：南开大学出版社，2010年。

［58］陈才宇译:《英国早期文学经典文本》，杭州：浙江大学出版社，2007年。

［59］丛滋杭:《中国古典诗歌英译理论研究》，北京：国防工业出版社，2007年。

［60］崔建军、孙津:《诗与神的对话：外国文学与宗教》，海口：海南出版社，1993年。

［61］戴清:《能影响你一生的至理名言》，上海：科学普及出版社，1991年。

［62］邓艳艳:《从批评到诗歌：艾略特与但丁的关系研究》，北京：中国社会科学出版社，2009年。

［63］杜承南、罗义蕴:《英美名诗选读》，重庆：重庆出版社，1990年。

［64］杜小安:《基督教与中国文化的融合》,北京:中华书局,2010年。

［65］杜运燮等:《一个民族已经起来——怀念诗人翻译家穆旦》,南京:江苏人民出版社,1987年。

［66］范岳、沈国经:《西方现代文化艺术辞典》,沈阳:辽宁教育出版社,1996年。

［67］飞白:《诗海游踪:中西诗比较讲稿》,杭州:浙江工商大学出版社,2011年。

［68］［德］路德维希·费尔巴哈:《费尔巴哈哲学著作选集·下册》,北京:商务印书馆,1984年。

［69］［德］路德维希·费尔巴哈:《基督教的本质》,荣震华译,北京:商务印书馆,1997年。

［70］［英］尼尔·弗格森:《帝国》,雨珂译,北京:中信出版社,2012年。

［71］［英］戴维·福特(D. F. Ford):《基督教神学》,吴周放译,南京:译林出版社,2011年。

［72］［法］米歇尔·福柯:《规训与惩罚》,刘北成、杨远婴译,北京:生活·读书·新知三联书店,修订译本,2013年。

［73］傅明伟、潘文雅:《世界妙语精萃大典》,南京:河海大学出版社,1994年。

［74］［美］胡斯都·L. 冈察雷斯:《基督教思想史》,陈泽民等译,南京:译林出版社,2008年。

［75］高健:《英诗揽胜》,太原:北岳文艺出版社,1992年。

［76］高岩杰:《名人名言录》,西安:陕西人民教育出版社,1990年。

［77］［英］埃普斯勒·薛瑞·格拉德,《世界最险恶之旅》,尹萍译,重庆:重庆出版社,2007年。

［78］［美］詹姆斯·格雷克:《混沌学传奇》,卢侃、孙建华译,上海:上海翻译出版公司,1991年。

［79］郭方:《英国近代国家的形成——16世纪英国国家机构与职能的变革》,北京:商务印书馆,2007年。

［80］辜正坤:《世界名诗鉴赏词典》,北京:北京大学出版社,1990年。

［81］浩瀚、刘同冈:《英语礼品屋:英汉赠语箴言精选》,北京:新时

代出版社，2001 年。

　　［82］何光沪：《跨世纪文存：何光沪自选集》，桂林：广西师范大学出版社，1999 年。

　　［83］［英］爱德华·赫伯特：《论真理》，周玄毅译，武汉：武汉大学出版社，2006 年。

　　［84］胡家峦：《历史的星空》，北京：北京大学出版社，2001 年。

　　［85］胡家峦：《英国名诗详注》，北京：外语教学与研究出版社，2003 年。

　　［86］胡家峦：《英美诗歌名篇详注》，北京：中国人民大学出版社，2008 年。

　　［87］胡雪冈：《意象范畴的流变》，南昌：百花洲文艺出版社，2001 年。

　　［88］黄杲炘：《英国抒情诗选》，上海：上海译文出版社，1997 年。

　　［89］黄绍鑫：《灵感：英美名诗译粹》，重庆：重庆出版社，2002 年。

　　［90］基督教文化评论编委会：《基督教文化评论（第一辑）》，贵阳：贵州人民出版社，1992。

　　［91］基督教文化评论编委会：《基督教文化评论（第二辑）》，贵阳：贵州人民出版社，1992。

　　［92］［英］乔治·吉辛：《四季随笔》，刘荣跃译，成都：四川文艺出版社，2009 年。

　　［93］季羡林等：《外语教育往事谈——教授们的回忆》，上海：上海外语教育出版社，1988 年。

　　［94］［英］海伦·加德纳：《宗教与文学》，沈弘、江先春译，成都：四川人民出版社，1989 年。

　　［95］［法］约翰·加尔文：《基督教要义》，钱曜诚译，北京：生活·读书·新知三联书店，2010 年。

　　［96］姜岳斌：《伦理的诗学——但丁诗学思想研究》，杭州：浙江大学出版社，2007 年。

　　［97］蒋永文：《中西审美之思》，昆明：云南大学出版社，2007 年。

　　［98］［德］康德：《判断力批判·上卷》，宗白华译，北京：商务印书馆，1964 年。

　　［99］［丹麦］索伦·克尔凯郭尔：《非此即彼》，陈俊松、黄德先译，北京：光明日报社，2007 年。

［100］［美］约翰·克罗·兰色姆,《新批评》,王腊宝、张哲译,北京:文化艺术出版社,2010年。

［101］李枫:《诗人的神学:柯勒律治的浪漫主义思想》,北京:社会科学文献出版社,2008年。

［102］李赋宁:《英语学习指南》,北京:北京大学出版社,1986年。

［103］李果、厚强:《启世箴言》,济南:山东教育出版社,1991年。

［104］李雅娟、王德才:《基督教常识》,长春:吉林人民出版社,2008年。

［105］李岩:《中外名人名言精选（上）》,北京:中国社会出版社,2000年。

［106］李云起:《太阳的旅行:英美短诗诵读（英汉对照）》,沈阳:辽宁教育出版社,2000年。

［107］李正栓:《英国文艺复兴时期诗歌研究》,保定:河北大学出版社,2006年。

［108］［英］丽月塔:《绅士道与武士道——日英比较文化论》,王晓霞等译,杭州:浙江人民出版社,1990年。

［109］梁工:《基督教文学》,北京:宗教文学出版社,2001年。

［110］梁工:《圣经文学研究第一辑》,北京:人民文学出版社,2007年。

［111］梁实秋:《梁实秋文集·第10卷》,梁实秋文集编委会编,厦门:鹭江出版社,2002年。

［112］刘光耀、杨慧林:《神学美学 第1辑》,上海:上海三联书店,2006年。

［113］刘光耀、杨慧林:《神学美学 第2辑》,上海:上海三联书店,2008年。

［114］刘光耀、杨慧林:《神学美学 第3辑》,上海:上海三联书店,2009年。

［115］刘建军:《基督教文化与西方文学传统》,北京:北京大学出版社,2005年。

［116］刘小枫:《拯救与逍遥》,上海:上海三联书店,2001年。

［117］刘勰著:《文心雕龙注》卷十《知音第四十八》,范文澜注,北

京：人民文学出版社，1958 年。

［118］刘新利、陈志强:《欧洲文艺复兴史·宗教卷》，北京：人民出版社，2008 年。

［119］刘忠信:《人生格言大全》，长春：吉林人民出版社，1990 年。

［120］［美］罗伯特·路威:《文明与野蛮》，吕叔湘译，北京：生活·读书·新知三联书店，1984 年。

［121］［英］戴维·罗比森:《伦理学》，郭立东译，北京：生活·读书·新知三联书店，2016 年。

［122］罗芃等:《欧美文学论丛（第五辑）：圣经、神话传说与文学》，北京：人民文学出版社，2007 年。

［123］马志勇:《外国语言文学研究论丛》，哈尔滨：黑龙江人民出版社，2008 年。

［124］［英］麦格拉思:《基督教文学经典选读》，苏欲晓等译，北京：北京大学出版社，2004 年。

［125］［美］阿拉斯戴尔·麦金太尔，《追寻美德：道德伦理研究》，宋继杰译，南京：译林出版社，2003 年。

［126］［美］阿拉斯戴尔·麦金太尔:《追寻美德：道德理论研究》，宋继杰译，第 2 版，南京：译林出版社，2011 年。

［127］［英］约翰·弥尔顿:《多雷插图本〈失乐园〉》，［法］多雷绘，朱维之译，长春：吉林出版集团有限责任公司，2007 年。

［128］［英］约翰·弥尔顿:《复乐园·斗士参孙》，朱维之译，上海：上海译文出版社，1981 年。

［129］［英］约翰·弥尔顿:《失乐园》，朱维之译，上海：上海译文出版社，1984 年。

［130］［美］默顿:《十七世纪英格兰的科学、技术与社会》，范岱年等译，北京：商务印书馆，2000 年。

［131］［英］托马斯·莫尔著:《乌托邦》，戴镏龄译，北京：商务印书馆，2008 年。

［132］［美］尼古拉斯·H. 纳尔逊:《英国经典诗歌阅读与欣赏：从多恩到彭斯》，北京：中国人民大学出版社，2009 年。

［133］聂珍钊:《英国文学的伦理学批评》，武汉：华中师范大学出版

社，2007 年。

　　[134] 聂珍钊:《英语诗歌形式导论》，北京:中国社会科学出版社，2007 年。

　　[135] 聂珍钊:《外国文学史 2·17 世纪至 19 世纪初期文学》，武汉:华中师范大学出版社，2010 年。

　　[136][美] 乔伊斯·卡罗尔·欧茨著:《浮生如梦:玛丽莲·梦露文学写真》，周小进译，北京:人民文学出版社，2002 年。

　　[137][英] 大卫·帕尔菲曼:《高等教育何以为"高"》，冯青来译，北京:北京大学出版社，2011 年。

　　[138][美] 卡米拉·帕格利亚:《性面具 艺术与颓废:从奈费尔提蒂到艾米莉·狄金森（上）》，呼和浩特:内蒙古大学出版社，2003 年。

　　[139][法] 帕斯卡尔:《思想录:论宗教和其他主题的思想》，何兆武译，北京:商务印书馆，1985 年。

　　[140][英] 弗朗西斯·培根:《新大西岛》，何新译，北京:商务印书馆，1959 年。

　　[141][古希腊] 普鲁塔克:《道德论丛 I》，席代岳译，长春:吉林出版集团有限责任公司，2016 年。

　　[142] 齐宏伟:《心有灵犀:欧美文学与信仰传统》，北京:北京大学出版社，2006 年。

　　[143] 钱乘旦、陈晓律:《英国文化模式溯源》，上海:上海社会科学出版社，四川人民出版社，2003 年。

　　[144] 秦越存:《追寻美德之路:麦金太尔对现代西方伦理危机反思》，北京:中央编译出版社，2008 年。

　　[145] 瞿明安:《隐藏民族灵魂的符号:中国饮食象征文化论》，昆明:云南大学出版社，2001 年。

　　[146] 人类智慧宝库编委会:《人类智慧宝库·西方智慧卷》，北京:改革出版社，1992 年。

　　[147][英] 安德鲁·桑德斯:《牛津简明英国文学史》，北京:人民文学出版社，2000 年。

　　[148][英] 莎士比亚:《莎士比亚全集 1·亨利五世》，梁实秋译，北京:中国广播电视出版社，2001 年。

［149］史建斌、王丽娟：《英语赛诗会：英汉诗歌精选》，北京：新时代出版社，2001年。

［150］［德］舒曼：《舒曼论音乐和音乐家——论文选》，陈登颐译，北京：人民音乐出版社，1960年。

［151］［美］斯特伦：《人与神：宗教生活的理解》，金泽、何其敏译，上海：上海人民出版社，1991年。

［152］宋杰、孔宁：《一生应知的格言》，上海：上海科学技术文献出版社，2008年。

［153］孙建：《英国文学辞典作家与作品》，上海：复旦大学出版社，2005年。

［154］孙毅：《个体的人：祁克果的基督教生存论思想》，北京：中国社会科学出版社，2004年。

［155］屠岸：《英国历代诗歌选（上册）》，南京：译林出版社，2007年。

［156］［美］玛戈·托德：《基督教人文主义与清教徒社会秩序》，刘榜离等译，北京：中国社会科学出版社，2011年。

［157］［英］基思·托马斯著：《人类与自然世界》，宋丽丽译，南京：译林出版社，2008年。

［158］汪靖洋：《写作语典》，南京：江苏教育出版社，1992年。

［159］王德领：《重读八十年代：兼及新世纪文学》，北京：学苑出版社，2009年。

［160］王海明、孙英：《美德伦理学》，北京：北京大学出版社，2011年。

［161］王尚文：《新语文读本·小学卷·12》，南宁：广西教育出版社，2002年。

［162］王守仁、方杰：《英国文学简史》，上海：上海外语教育出版社，2006年。

［163］王志远：《世界名著鉴赏大辞典》，北京：中国书籍出版社，1990年。

［164］王佐良：《英国诗选》，上海：上海译文出版社，1988年。

［165］王佐良：《英国诗史》，南京：译林出版社，2008年。

［166］［英］雷蒙·威廉斯：《关键词：文化与社会的词汇》，刘建基译，北京：生活·读书·新知三联书店，2005 年。

［167］吴笛：《比较视野中的欧美诗歌》，北京：作家出版社，2004 年。

［168］吴笛、吴斯佳：《外国诗歌鉴赏辞典 1·古代卷》，上海：上海辞书出版社，2010 年。

［169］吴笛：《英国玄学派诗歌研究》，北京：中国社会科学出版社，2013 年。

［170］吴晓：《意象符号与情感空间——诗学新解》，北京：中国社会科学出版社，1990 年。

［171］伍德林、夏皮罗：《哥伦比亚英国诗歌史》，外语教学与研究出版社，2005 年。

［172］［爱尔兰］西默斯·希尼：《希尼诗文集》，吴德安等译，北京：作家出版社，2000 年。

［173］许德金：《英语语言文学纵论》，北京：对外经贸大学出版社，2007 年。

［174］徐向东：《美德伦理与道德要求》，南京：江苏人民出版社，2007 年。

［175］［古希腊］亚里士多德：《亚里士多德选集：伦理学卷》，苗力田编，北京：中国人民大学出版社，1992 年。

［176］阎照祥：《英国史》，北京：人民出版社，2003 年。

［177］［英］威廉·燕卜荪：《朦胧的七种类型》，杭州：中国美术学院出版社，1996 年。

［178］杨慧林、黄晋凯：《欧洲中世纪文学史》，南京：译林出版社，2001 年。

［179］杨周翰：《十七世纪英国文学》，北京：北京大学出版社，1996 年。

［180］余光中：《听听那冷雨》，台北：纯文学出版社，1974 年。

［181］张隆溪：《二十世纪西方文论述评》，北京：生活·读书·新知三联书店，1986 年。

［182］张隆溪：《走出文化的封闭圈》，北京：生活·读书·新知三联书店，2004 年。

［183］张松建:《现代诗的再出发:中国四十年代现代主义诗潮新探》,北京:北京大学出版社,2009 年。

［184］张鑫友:《英美文学选读自学指南》,长沙:中南大学出版社,2002 年。

［185］张玉书:《外国抒情诗赏析辞典》,北京:北京师范学院出版社,1991 年。

［186］赵秀明、赵张进:《英美散文研究与翻译》,长春:吉林大学出版社,2010 年。

［187］赵永刚:《美德伦理学:作为一种道德类型的独立性》,长沙:湖南师范大学出版社,2011 年。

［188］周林静:《西洋全史(十六)近现代文化史》,台北:燕京文化事业股份有限公司,1979 年。

［189］周群:《宗教与文学》,南京:译林出版社,2009 年。

［190］［英］伊丽莎白·朱:《当代英美诗歌鉴赏指南》,李力、余石屹译,成都:四川人民出版社,1987 年。

［191］朱维之:《基督教与文学》,上海:上海书店出版社,1941 年。

相关论文:

［1］Carlson, Eric Josef. "Clerical Marriage and the English Reformation," *Journal of British Studies*, 31 (1992), pp. 1-31.

［2］Clarke, Elizabeth. "The Character of a Non-Laudian Country Parson", *Review of English Studies*, 54, (2003), pp. 479-496.

［3］Cook, Harold J. "Good Advice and Little Medicine: The Professional Authority of Early Modern Physicians", *Journal of British Studies* 3 (1994), pp. 1-31.

［4］Cressy, David. "Foucault, Stone, Shakespeare and Social History", *English Literary Renaissance*, Vol. 21, No. 2, 1991, pp. 121-133.

［5］Enssle, Neal. "Patterns of Godly Life: The Ideal Parish Minister in Sixteenth-and Seventeenth-Century English Thought", *The Sixteenth Century Journal*, Vol. 28, No. 1 (Spring, 1997), pp. 2-28.

［6］H. C. "The Art of Modern Criticism", *Poetry*, Vol. 72, No. 6 (Sep.,

1948), pp. 318-321.

［7］Lake, Peter. "Calvinism and the English Church: 1570-1635", *Past and Present*, 114 (1987), pp. 32-76.

［8］Pettigrew, Andrew M. "On Studying Organizational Cultures", *Administrative Science Quarterly*, Vol. 24, No. 4 (1979), pp. 570-581.

［9］Silva, Silvia Mussi da. "Herbert's 'Church Militant'". *Alfa Revista De Linguistica*, 2001, pp. 265-278.

［10］Stewart, Stanley. "Time and *The Temple*". *Studies in English Literature 1500-1900*, 1966, Vol. 6, No. 1, pp. 97-110.

［11］Stone, Lawrence. "Social Mobility in England, 1500-1700", *Past and Present*, Vol. 33 (1966), pp. 16-55.

［12］陈唏:《诗中的教义：纵观宗教与中英诗歌》,《湖南大学学报》,2003 年第 2 期，第 91-94 页。

［13］玛丽・道格拉斯：神话建构:《<利未记>文本编码与"圣所"投射》,唐启翠译,《百色学院学报》2016 年 1 月，第 32-41 页。

［14］胡家峦:《沉思的花园："内心生活的工具"——文艺复兴时期英国园林诗歌研究点滴》,《国外文学》,2006 年第 2 期，第 21-29 页。

［15］胡家峦:《第三种类型的"亚当"——读约翰・多恩〈病中赞上帝〉》,《名作欣赏》,1994 年第 6 期，第 9-12 页。

［16］胡家峦:《建立在大自然中的巴别塔——亨利・沃恩的宗教冥想哲理诗》,《国外文学》,1993 年第 2 期，第 1-7 页。

［17］胡家峦:《金链："万物的奇妙联结"》,载李翔鹰主编的《新世纪新思考新探索：高校外语教学研究论集》,2001 年，第 1-19 页。

［18］胡家峦:《两棵对称的"树"——文艺复兴时期英国诗歌园林意象点滴》,《国外文学》2002 年第 4 期，第 46-54 页。

［19］胡家峦:《论弥尔顿的〈黎西达斯〉》,《北京大学学报（哲学社会科学版）》,1990 年第 4 期，第 75-80 页。

［20］胡家峦:《圣经、大自然与自我——简论 17 世纪英国宗教抒情诗》,《国外文学》,2000 年第 4 期，第 63-70 页。

［21］胡家峦:《艺术与自然的"嫁接"——文艺复兴时期英国园林诗歌研究点滴》,《国外文学》,2004 年第 3 期，第 27-34 页。

［22］胡家峦:《圆规：终止在出发的地点——文艺复兴时期英国诗人宇宙观管窥》,《国外文学》, 1997 年第 3 期, 第 31-39 页。

［23］李永毅:《艾略特与波德莱尔》,《外国文学评论》2011 年第 1 期, 第 67-79 页。

［24］沈谢天:《修辞和三段式的奇绝运用——简评安德鲁·马维尔的〈致羞怯的情人〉》,《安徽文学》2010 年第 1 期, 第 57-58 页。

［25］舒小昀:《英吉利民族绅士风度解析》,《贵州社会科学》, 2012 年第 8 期, 第 32-36 页。

［26］万俊人:《美德伦理如何复兴》,《求是学刊》, 2011 年第 1 期, 第 44-49 页。

［27］王彩云:《中西和谐观辨析》,《济南大学学报（社会科学版）》, 2003 年第 6 期, 第 11-14 页。

［28］王能昌、海默:《亚里士多德的德性论》,《南昌大学学报（人文社会科学版）》, 2001 年第 4 期, 第 41-47 页。

［29］王昕:《解读＜失乐园＞中的"双面"上帝》,《时代文学月刊》2010 年第 7 期, 第 93-94 页。

［30］向荣:《文化变革与西方资本主义的兴起：读韦伯〈新教伦理与资本主义精神〉》,《世界历史》, 2000 年第 3 期, 第 95-102 页。

［31］邢锋萍:《探析西方文化中"五感"的等级之分——以古典和中世纪作品为例》,《北京社会科学》, 2017 年第 2 期, 第 64-71 页。

［32］张晶华:《"绅士风度"对英国公学的积极影响》,《文教资料》, 2008 年第 4 期, 第 147-148 页。

［33］赵雪梅:《由〈傲慢与偏见〉看英国绅士化兴盛时期的绅士文化》,《中南大学学报（社会科学版）》, 2013 年第 2 期, 第 228-233 页。

［34］朱光潜:《维柯的〈新科学〉简介》,《国外文学》1981 年第 4 期, 第 11-14 页。

［35］朱永生:《语符变异与诗歌赏析》,《外国语》, 1989 年第 3 期, 第 60-64 页。

相关毕业论文:

［1］Balla, Angela Joy. *Immaterial Evidence: Piety and Proof in Early*

Modern England, Thesis for Ph. D., University of Michigan, 2003.

［2］Olson, Kristen L. *The "Soul's Imaginary Sight": Visuality and Mimesis in Early Modern Poetics*, Thesis for Ph. D., Case Western Reserve University, 2001.

相关网络资源：

［1］Wikipedia, "arête" [EB/OL] (2014-4-23) [2013-5-4]. http://en.wikipedia.org/wiki/Arete.

［2］Online Etymonline Dictionary, "Virtue" [EB/OL] [2013-9-4]. http://www.etymonline.com/index.php?allowed_in_frame=0&search=Virtue&searchmode=none.

［3］Theoi Greek Mythology, "Arete" [2013-9-4]. http://www.theoi.com/Daimon/Arete.html.

［4］百度百科."威廉·燕卜荪"［EB/OL］（2014-2-13）. http://baike.baidu.com/view/2105218.htm.

［5］百度百科."三十九条信纲"［EB/OL］（2014-5-5）［2014-6-5］. http://baike.baidu.com/link?url=-kdvxjVgdM5KzdzYG5eMHXw8AGTyktF2bu7KvpGS7pKTCFl3CLcJMPzljbE2Pl72ljxysRHI59npnd_hXmsusa.

［6］王馥芳:《"话语即权力"的哲学本质》,《社会科学报》,［EB/OL］［2018-3-22］. http://www.shekebao.com.cn/shekebao/2012skb/xs/userobject1ai6784.html.

相关电子资源：

［1］*Oxford English Dictionary*, 2nd Edition on CD-Rom (v. 4.0), Oxford University Press, 2009.

附录：

赫伯特生平年表

1593 年	4 月 3 日，赫伯特出生于威尔士的蒙哥马利。其父是理查德·赫伯特骑士，母亲是玛格达琳·赫伯特。乔治在十个孩子中排行第七。艾萨克·沃尔顿出生。马洛去世。胡克的《论教会国家组织的法律》第一至四卷出版。
1596 年	10 月 15 日，赫伯特父亲去世。
1597 年	赫伯特一家移居到玛格达琳母亲在什罗普郡的居所埃顿。
1599 年	赫伯特一家移居至牛津大学。
1605 年	赫伯特入威斯敏斯特学校，同年 6 月 29 日入选奖学金获得者。培根的《学术的伟大进展》出版。
1607 年	约翰·多恩写信给玛格达琳·赫伯特。
大约 1608 年至 1609 年	约翰·多恩写了几首诗献给玛格达琳·赫伯特。
1609 年	2 月 26 日，赫伯特的母亲玛格达琳嫁给约翰·丹弗斯。3 月 5 日，丹弗斯被册封为爵士。5 月，赫伯特以国王学者的身份进入剑桥大学三一学院。10 月 18 日，赫伯特作为自费生被三一学院录取。斯宾塞的《仙后》对开本第一版出版。莎士比亚的《十四行诗集》出版。
1611 年	1 月 1 日，乔治·赫伯特写信给母亲，信中包

含了歌颂新年的十四行诗。詹姆斯一世"钦定版"《圣经》出版。

1612 年	英国王位继承人亨利王子去世。赫伯特用拉丁文写了两首悼亡诗，并发表，这是他最先发表的两首诗作。
1616 年	赫伯特当选为剑桥大学三一学院高级讲师。
1618 年	赫伯特被委任为剑桥大学修辞学讲师。
1620 年	赫伯特被选举为剑桥大学官方发言人（一直担任此职位至 1628 年）。
1624 年	赫伯特被选举为蒙哥马利的议会代表（1625 年再次当选）。乔治的长兄爱德华·赫伯特的著作《论真理》在巴黎出版。
1625 年	詹姆斯一世去世；继任者查理一世迎娶法国公主亨丽埃塔·玛丽亚为王后。尼古拉斯·费拉尔在亨廷登郡（Huntingdonshire）的小吉丁安顿下来。培根把他完成的《英译赞美诗诗集》献给赫伯特。
1626 年	赫伯特被推荐到亨廷登郡，距离小吉丁四英里的地方担任受俸牧师。培根去世。赫伯特用拉丁文撰写了一首悼亡诗。
1627 年	赫伯特的母亲去世；葬礼布道由多恩主持；与多恩的布道词一起出版的还有赫伯特撰写的纪念诗集，该诗集收入了赫伯特的拉丁诗集《追忆圣母》（*Memoriae Matris Sacrum*）。
1629 年	赫伯特迎娶继父的表妹珍妮·丹弗斯为妻。乔治的长兄爱德华·赫伯特被授予贵族爵位，称"雪堡的赫伯特勋爵"（Lord Herbert of Cherbury）。
1630 年	4 月，赫伯特被委任为富格斯顿教区（Fugglestone）的教长，富格斯顿教区位于索尔兹伯里附近的伯默顿。

1631 年	多恩去世。德莱顿出生。
1632 年	克拉肖拜访小吉丁。
1633 年	查尔斯一世拜访小吉丁。3 月 1 日，赫伯特因肺结核去世，享年 40 岁。
1633 年	赫伯特去世之后，《圣殿》出版。赫伯特翻译的意大利人路易吉·科尔纳罗（Lguigi Cornaro）的作品《论戒酒与节制》（*A Treatise of Temperance and Sobrietie*）出版。
大约 1652 年	《通往圣殿的牧师或乡村牧师，其品格与神圣生活法则》出版。

图书在版编目(CIP)数据

乔治·赫伯特美德诗学研究 / 吴虹著. — 北京：
商务印书馆，2022
ISBN 978-7-100-19729-8

Ⅰ. ①乔… Ⅱ. ①吴… Ⅲ. ①乔治·赫伯特—诗歌研究 Ⅳ. ①I561.072

中国版本图书馆CIP数据核字(2021)第053538号

乔治·赫伯特美德诗学研究
吴虹 著

商 务 印 书 馆 出 版
（北京王府井大街 36 号 邮政编码 100710）
商 务 印 书 馆 发 行
艺堂印刷（天津）有限公司印刷
ISBN 978-7-100-19729-8

2022 年 6 月第 1 版　　　　开本 710×1000　1/16
2022 年 6 月第 1 次印刷　　　印张 23¾
定价：118.00 元